「芸術」をつくった男

THE COLLECTOR OF LIVES
GIORGIO VASARI AND THE INVENTION OF ART

イングリッド・ローランド
ノア・チャーニー 著
北沢あかね 訳

柏書房

THE COLLECTOR OF LIVES:
Giorgio Vasari and the Invention of Art

Japanese translation rights arranged
with W. W. Norton & Company, Inc.
through Japan UNI Agency, Inc., Tokyo

有名な宝探しの現場、五百人広間。ヴァザーリが広間を改装した時に手を打って、ダ・ヴィンチの『アンギアーリの戦い』を壁で覆ったと考えられている。壁画を発見すべく、探索は今も続く。

ダ・ヴィンチの『アンギアーリの戦い』がどのような絵だったかは、ルーベンスが黒チョークとペンで描いたこの素描でわかるだけだ。

ダ・ヴィンチの『アンギアーリの戦い』の向かいに描くよう依頼されたが、実際には描かれることのなかったミケランジェロのフレスコ画『カーシナの戦い』の習作。

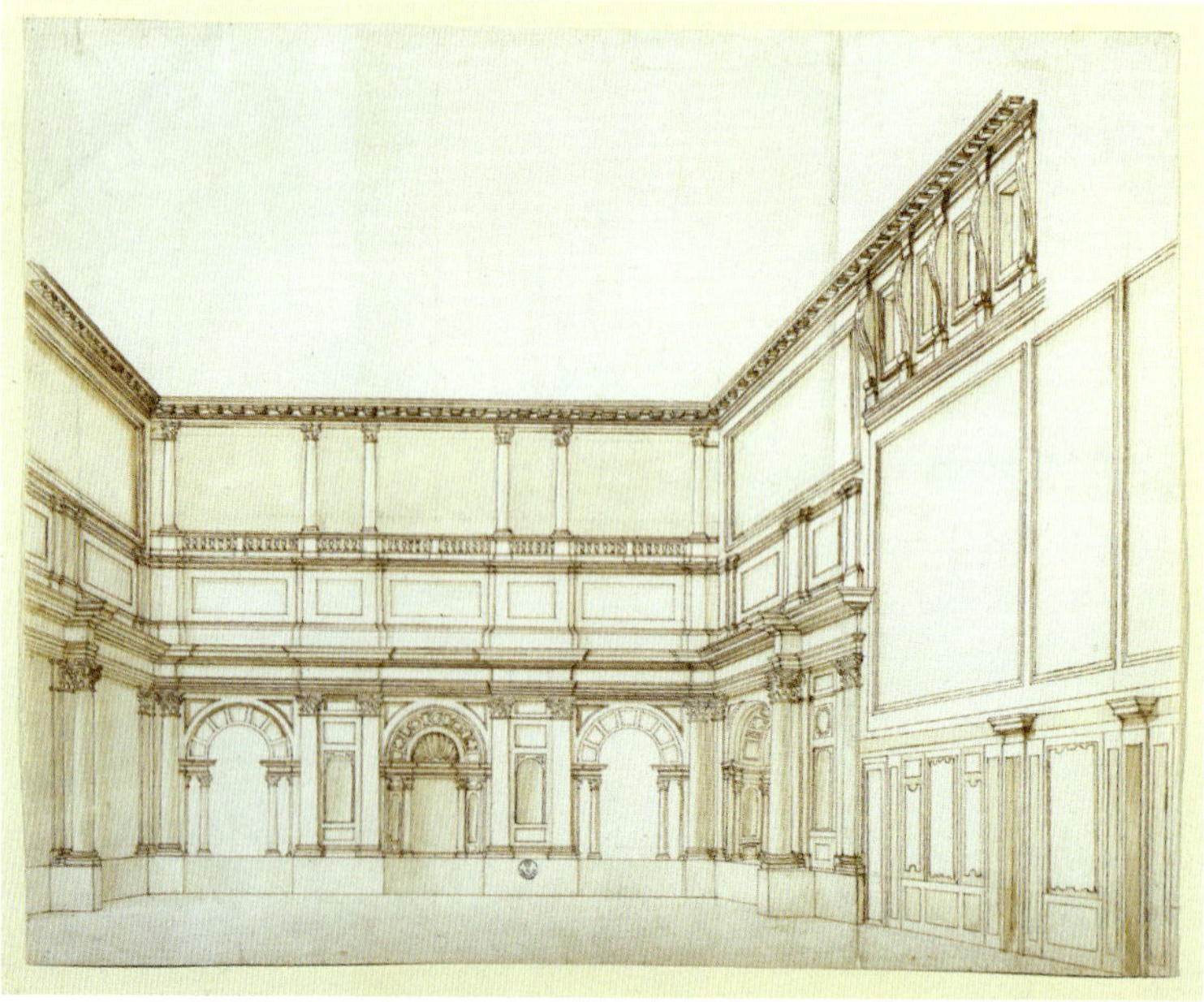

ヴァザーリは五百人広間の壁画だけでなく、広間の改装と拡張を任された。彼の改装計画の見取図。

ダ・ヴィンチの失われた絵画の場所を示しているかもしれない手がかり——「チェルカ・トローヴァ（探せよ、さらば見つからん）」——が隠されたヴァザーリのフレスコ画。

「チェルカ・トローヴァ」と記された旗幟を持つ戦場の兵士の細部。五百人広間の東壁。

『芸術家列伝』の２つの版の間に描かれたヴァザーリの自画像。

フィレンツェの家におけるヴァザーリの工房。仕事の拠点だった。

ヴァザーリが描いたかつての学友アレッサンドロ・デ・メディチの肖像。アレッサンドロの暗殺は劇的だった。

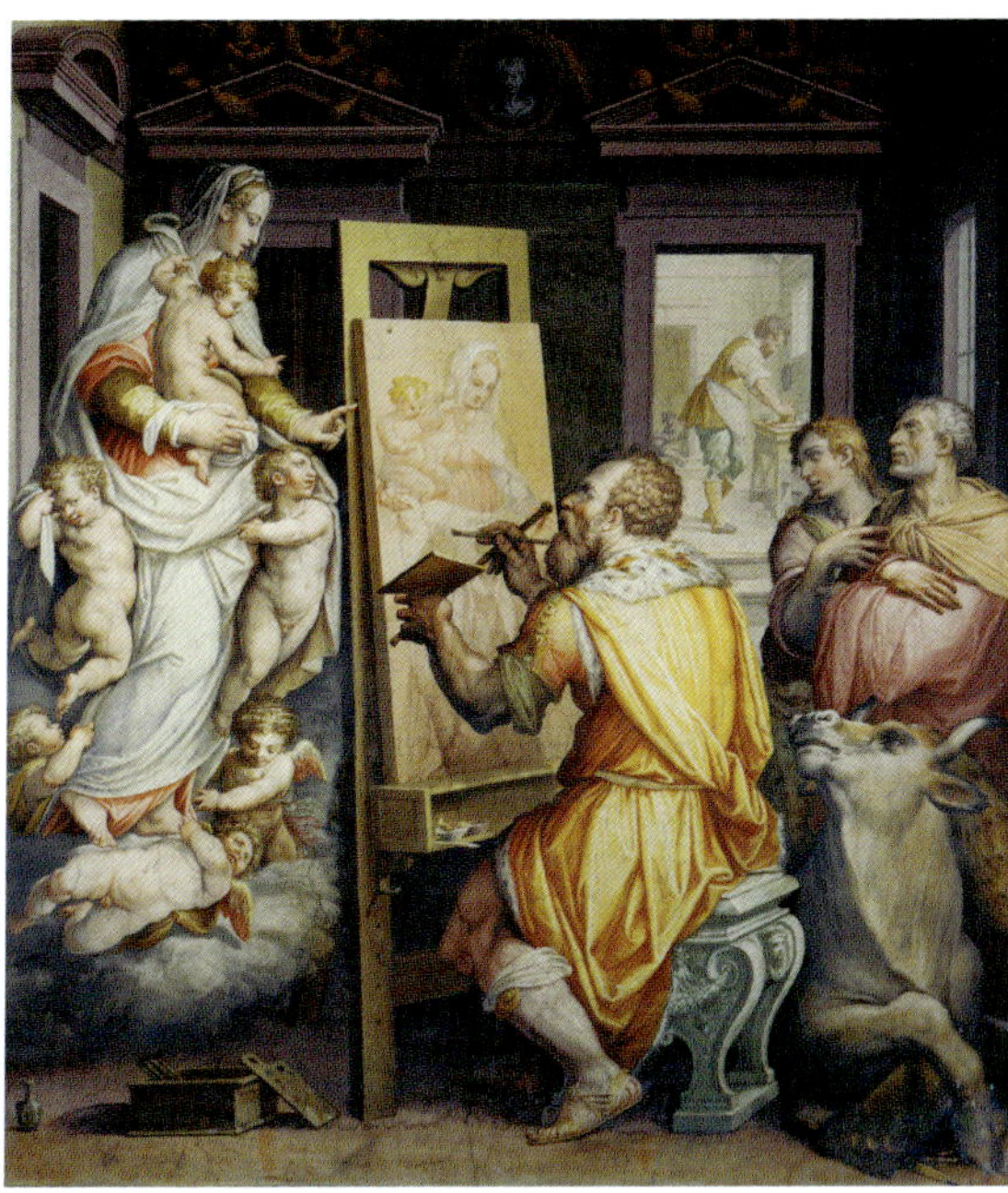

ヴァザーリは美術史の学術的研究を確立させた著書で有名だが、トップレベルの画家であり建築家だった。この絵は彼の筆による画家の守護聖人ルカ。ルカは最初のイコン、聖母マリアの肖像画を作ったとされる。

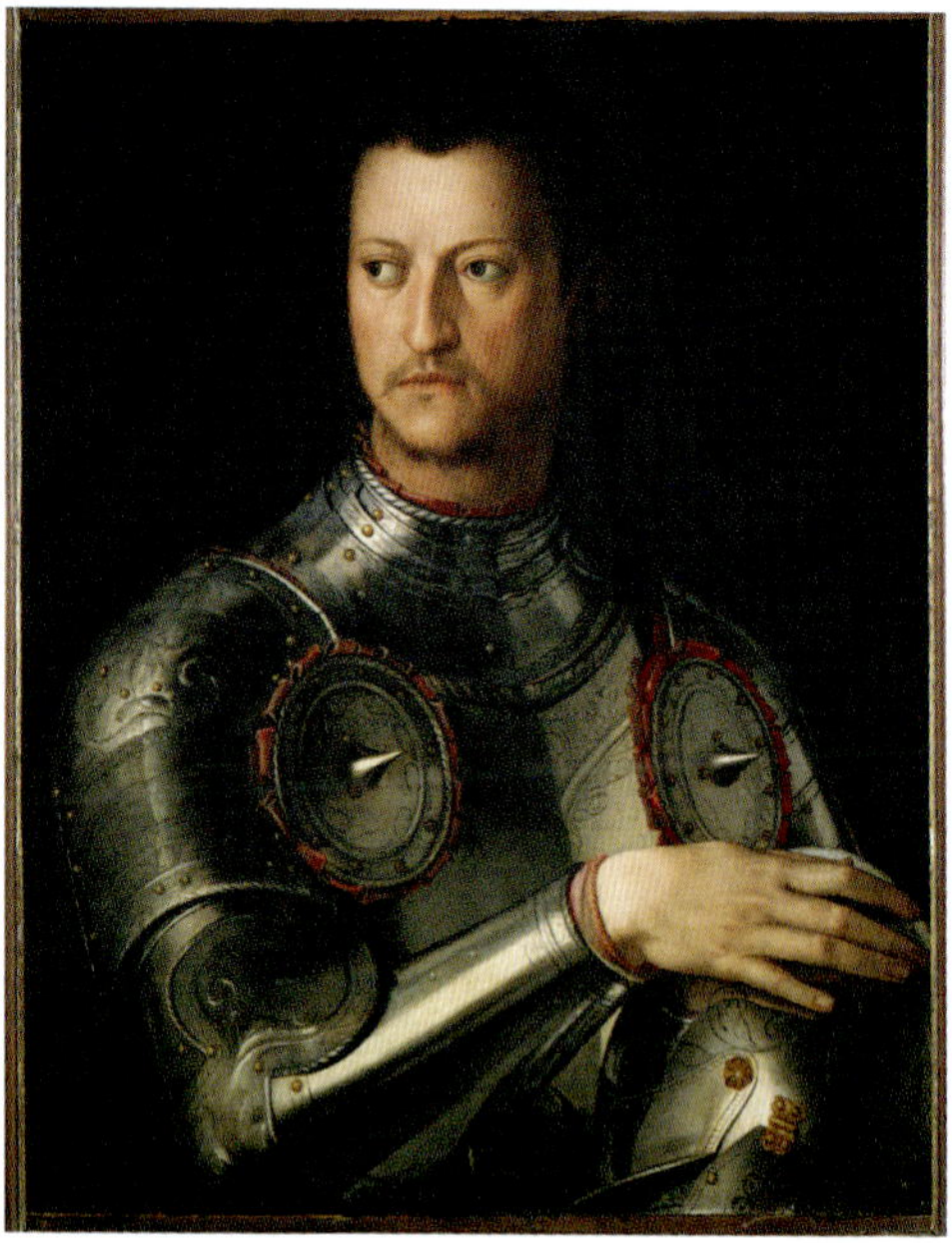

ブロンズィーノによる、ヴァザーリの友人でパトロンのコジモ１世の肖像画。

盛期ルネサンス絵画の頂点、ラファエロの最も有名なフレスコ画『アテネの学堂』。

ブロンズィーノによるコジモの愛妻、エレオノーラ・ディ・トレドの肖像画。一緒にいるのは息子の一人のジョヴァンニ。

ヴァザーリによるロレンツォの死後肖像画は、実物よりよく描かれ、理想化されていて、生前以上に高貴に見せている。

ヴァザーリの人生と作品に関わる都市

ヴァザーリ時代のフィレンツェ中心部

1 ピッティ宮殿
2 ヴェッキオ橋
（上部にヴァザーリの回廊がある）
3 ウフィツィ（政庁舎）
4 ヴェッキオ宮殿
5 シニョリーア広場
6 サンタ・マリア・デル・フィオーレ
大聖堂（ドゥオーモ）
7 サン・ジョヴァンニ洗礼堂
8 サンタ・マリア・ノヴェッラ教会
9 サン・ロレンツォ教会
10 メディチ家礼拝堂
11 アカデミア・ディ・ベッレ・アルティ
12 カーザ・ヴァザーリ
13 サンタ・クローチェ聖堂

メディチ家 家系図

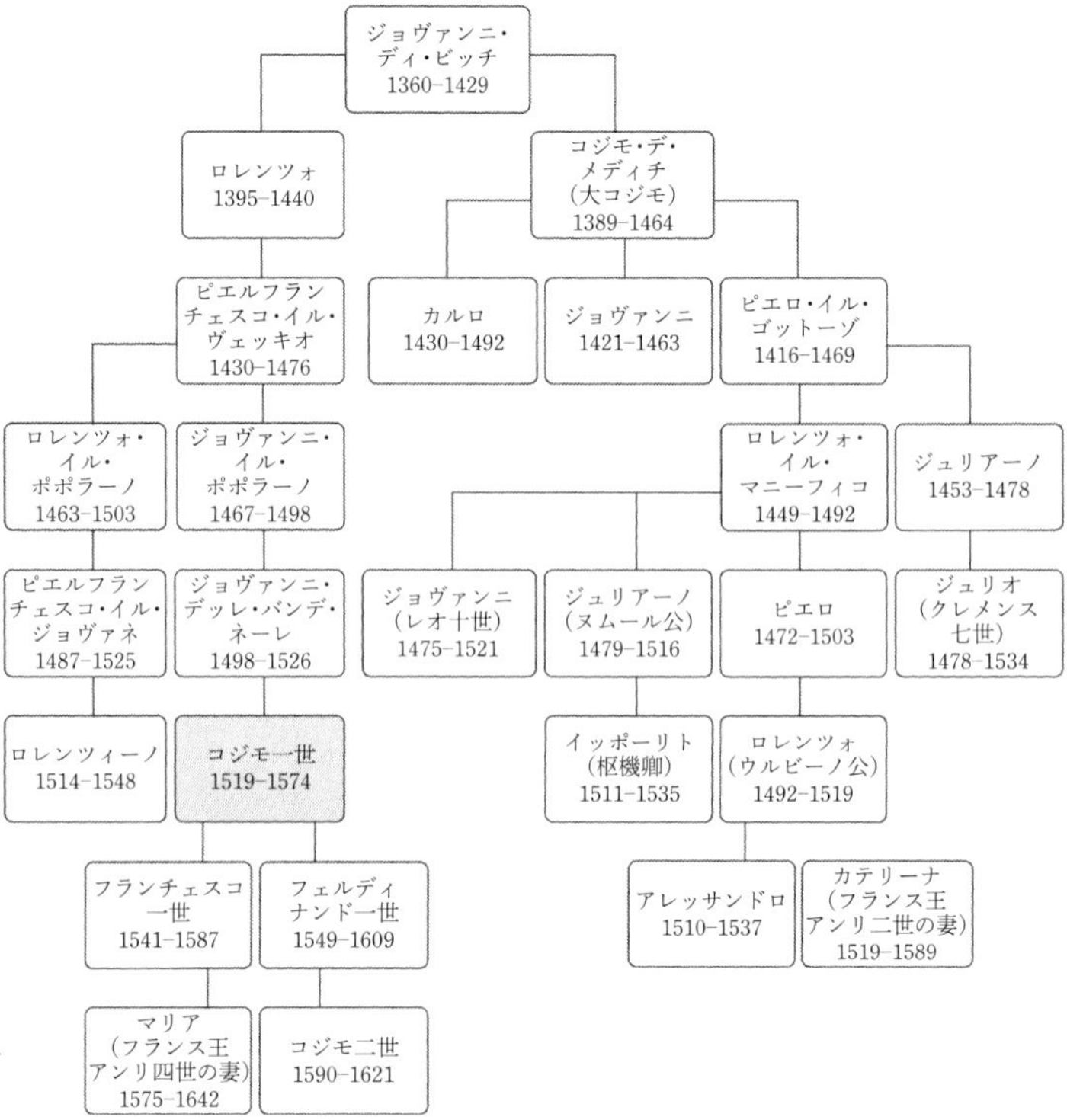
ジョヴァンニ・ディ・ビッチ 1360–1429
ロレンツォ 1395–1440
コジモ・デ・メディチ（大コジモ） 1389–1464
ピエルフランチェスコ・イル・ヴェッキオ 1430–1476
カルロ 1430–1492
ジョヴァンニ 1421–1463
ピエロ・イル・ゴットーゾ 1416–1469
ロレンツォ・イル・ポポラーノ 1463–1503
ジョヴァンニ・イル・ポポラーノ 1467–1498
ロレンツォ・イル・マニーフィコ 1449–1492
ジュリアーノ 1453–1478
ピエルフランチェスコ・イル・ジョヴァネ 1487–1525
ジョヴァンニ・デッレ・バンデ・ネーレ 1498–1526
ジョヴァンニ（レオ十世） 1475–1521
ジュリアーノ（ヌムール公） 1479–1516
ピエロ 1472–1503
ジュリオ（クレメンス七世） 1478–1534
ロレンツィーノ 1514–1548
コジモ一世 1519–1574
イッポーリト（枢機卿） 1511–1535
ロレンツォ（ウルビーノ公） 1492–1519
フランチェスコ一世 1541–1587
フェルディナンド一世 1549–1609
アレッサンドロ 1510–1537
カテリーナ（フランス王アンリ二世の妻） 1519–1589
マリア（フランス王アンリ四世の妻） 1575–1642
コジモ二世 1590–1621

「芸術」をつくった男

LE VITE
DE PIV ECCEL-
LENTI ARCHITET-
TI, PITTORI, ET SCVL-
TORI ITALIANI, DA CIMABVE
INSINO A' TEMPI NOSTRI: DESCRIT-
te in lingua Toscana, da GIORGIO VASARI
Pittore Aretino. Con vna sua vtile
& necessaria introduzzione
a le arti loro.
questo libro è di Gasparre
Celio dell'abito di Christo
Romano
pittore 1598
IN FIRENZE
M D L.

序

1 失われたダ・ヴィンチ

フィレンツェの眩《まばゆ》い陽光から、テラコッタの匂いがするヴェッキオ宮殿へと入ると、目が慣れるのに少し時間がかかるはずだ。でも、目が慣れて、五百人広間が鮮明になると、巨人たちに囲まれていることがわかって、驚くかもしれない。この大広間（約一万六千平方メートル、バスケットボールコート三面分の広さ）の聳《そび》えるばかりの壁に、馬上で大声をあげる戦士たちが人間離れした大きさで描かれているのだ。六つの巨大な戦闘シーンはメディチ家の軍事的勝利を表していて、一五六三年にジョルジョ・ヴァザーリによって描かれた。灯火のもと武装都市を襲撃する兵士たちはぴったりした甲冑からはみ出さんばかりだ。

派手な鎧を着けた筋骨隆々の戦士といったマニエリスム画法（十六世紀後期に見られる誇張された人体や、派手な色彩）は、必ずしも万人の好みではない。マニエリストの仲間内でさえ、馬鹿にし合っていた。偉大な彫刻家ベンヴェヌート・チェッリーニが、バッチョ・バンディネッリのヘラクレス像は〝メロンの詰まった麻袋〟のように見えると評した時、そのことをうまく言い表していた。十六世紀フィレンツェのミケランジェロ信奉者により開発された意図的な歪曲や、物理学や解剖学の法則を忠実に守ることを拒否するといった技法に基づくマニエリスム絵画は、多くの人にとって、ツイスターゲーム（マットの上の印に手足を置いてバランスをとるゲーム）に熱中している蛍光色のスパンデックスを着た大勢のボディビルダーに見えるのだ。

それでも五百人広間の壁を覆う巨大なフレスコ画は、間違いなく荘厳で、十六世紀絵画の傑作とみなされる。

それらはまた、別の理由からも興味をそそるものだ。六枚のフレスコ画の一つに隠れて、至宝が眠っているかもしれないのだ。大衆の頭の中では、はるかに重要な――まだ存在するとすれば、五世紀の間、人の目に触れなかった――宝。ヴァザーリのフレスコ画の背後に、レオナルド・ダ・ヴィンチの失われた絵画が隠れている可能性があるのだ。イタリア・ルネサンス最大の画家二人の闘いについて語ってくれる作品であり、ジョルジョ・ヴァザーリのもう一つの代表作、『最も素晴らしき画家・彫刻家・建築家の列伝』と題された本が引き金となった謎の要となる作品だ。

ダ・ヴィンチの失われた作品について、周知の事実はこうだ。十六世紀、五百人広間は芝居がかった高い天井を持ち、メディチ家は、彼らが恐れさせたいと願っている要人が訪れた際、その接待のためにこの広間を使用した。一五〇五年、メディチ家がフィレンツェから追放された短い期間に、ダ・ヴィンチは広間の巨大壁画（約十六×六メートル）に取りかかった。『アンギアーリの戦い』は、馬上で剣をふるう怒り狂った兵士の乱闘だ。フィレンツェ共和国はまた、広間の向かいの壁に第二の戦闘シーン、『カーシナの戦い』を描くようミケランジェロに依頼した。ミケランジェロは準備のためのデッサンは描いたが、フレスコ画は制作しなかった。ダ・ヴィンチの側の方が光の状態がよく、この当代きっての画家二人の計画的決闘では自分が不利になると感じたからだ。ダ・ヴィンチは自分の側で描き始めたが、完成させることはなかった。『アンギアーリの戦い』の一部は多くの模写と彫刻一つが知られているだけだ。最も有名な模写は一六〇四年頃にルーベンスによって描かれたものだ。しかし、フランドルの画家はモデルに彫刻を使わなくてはならなかった。オリジナルは四十年以上も前に、他ならぬヴァザーリによって既に覆われていたからだ。『列伝』のダ・ヴィンチの章には、彼が『アンギアーリの戦い』の完全な下絵を描いたことを示す記述はまったくなく、『軍旗争奪』の部分の下絵があるだけだ。これは同時代の画家に何度か模写されている。彼らの模写は明らかに下絵から作られたものでフレスコ画からではない。ダ・ヴィンチは一つの壁のごく一部を描いただけなのに、敵に包囲された戦士の美しさと力強さのせいで、この未完の作品はフィレンツェに旅した画家の巡礼の目的となるようだ。

ダ・ヴィンチが将来有望と思われるプロジェクトを断念したことは、彼の特殊な才能を示している。このせっかちで悪名高い美術家は、何であれ滅多に完成させることがなかった――彼自身、後悔の一つは一枚の絵画すら完成させなかったことだと書いている。彼は誇張した言い方をしているが、それほどオーバーなわけではない。ダ・ヴィンチ自身のメモによれば、フィレンツェ軍の戦闘シーンを始めたばかりの時に、前触れとなる災難に見舞われたのだ。一五〇五年六月六日付けの日記にはこう書かれている。「私が絵筆をおろしたその時、天候が悪化して、鐘が鳴り出した……下絵は破れ、水が吹き出して……日暮れまで雨が激しく降って、昼間も夜のように暗かった」その芝居がかった天候と、作品を滅多に完成させないというダ・ヴィンチの癖が、依頼の放棄につながったというのが、私たちの最も有力な説である。

ダ・ヴィンチの現存する絵画はわずか二十二枚だ。他に八枚が記録文書や一次資料で言及されているが、見つかっていない。この未完の戦闘シーンが再び姿を現せば、二十三枚目になるはずだ。

私たちが持っているダ・ヴィンチの人生や伝説についての知識の大部分は、ヴァザーリから学んだものだ。ダ・ヴィンチが『アンギアーリの戦い』の制作を中止して五十年が過ぎた一五五〇年、ジョルジョ・ヴァザーリは『最も素晴らしき画家・彫刻家・建築家の列伝』（しばしば『芸術家列伝』と呼ばれるか、単に『列伝』と略記される）の初版を刊行した。ルネサンスの優れた美術家の伝記集で、その多くを彼は個人的に知っていた。

美術史を勉強した読者もしていない読者も、ヴァザーリの物語のいくつかは聞いたことがあるかもしれない――歴史的都市伝説でもあり、寓話でもある、彼の素晴らしい伝記集は、今日にも通用する目に見える金言を語っている。ブルネレスキは、大理石の板の上に卵をバランスよく立たせるという――競合する他の建築家の誰も想像すらしなかった――行為によりサンタ・マリア・デル・フィオーレ大聖堂のドーム建設の依頼を勝ち取った。アンドレア・デル・ヴェロッキオは十代の弟子、レオナルド・ダ・ヴィンチという名前の子供に、『キリストの洗礼』の中の人物を一人描かせた。ところがこの一人が師匠の描いた他の者たちより断然優れていたので、ヴェロッキオは絵筆を折り、彫刻家に戻った。謎に満ちた画家のジョルジョーネは、恋人のいない人生を生きるより愛のために死ぬと心に決め、自分も感染して間もなく死ぬと知りながら、ペストに倒れた恋人のベッドに寄り添って横たわった。また、ヴァザーリが自分の妹をダシにして下品な冗談を言い、ティツィアーノの親友のピエトロ・アレティーノは大笑いしたために卒中を起こして死んだ、などなど……。

三世紀にわたり、ヨーロッパ各地への立ち寄りを含め、イタリア全土を網羅するヴァザーリの伝記はその長さと深さにおいて多種多様である。しかしその連なり、ルネサンス美術と建築が十四世紀初期の荒削りな表現力から十六世紀後半の洗練された専門的技術へと続く軌跡のあらましを語っている。それぞれの美術家の人生は、全体的な美術の進化という、より大きな図式の中で、小規模な個人的進化の歴史を提示する。そしてヴァザーリはできるだけ、彼の物語を裏付ける証拠として、美術家それぞれの作品の例を年代順に並べて示している。

　こうした構成要素はどれ一つ軽く見るべきではない。〝美術〟と呼ばれる新しい存在の概念は、この伝記の中で偉業を称えられた労働者たちの偉大な共同発明の一つなのだ。彼ら自身が美の創造者として、職人を超えた者になったという考えにしても同様である。彼らは制作するだけでなく、考える人になったのだ。揺るぎない明確な進歩という考えは同時に、ヴァザーリをはっきりと時代を代表する男だと認定する。古来の作家は、世界は失われた黄金期から衰退したと不満を漏らす。しかし『列伝』は、ミケランジェロに導かれ、ヴァザーリ自身により設立されたフィレンツェのアカデミア・デッレ・アルティ・デル・ディゼーニョ（美術アカデミー）の研修プログラムにより将来を保証された美術の黄金期で終わる。ヴァザーリの自信には十分な根拠があった。第二版の最後の仕上げをした時、イタリアの美術家は、大陸全体にその影響が広がっていた職業を支配していたのだ。ヴァザーリは対象者の作品を年代順に並べることにより、彼らが新しい技法と新しい表現法の実験を通して、自分自身と専門的能力を開発する力を強調した。

　それぞれの伝記は、生まれ故郷と家族を明らかにすることから始まる。才能はどこからでも、どんな社会水準からでも現れるものだ。ジョットのようなトスカーナのつましい羊飼いの少年から、甘美な名前を持つ貴族女性のソフォニスバ・アングイッソラに至るまで。しかし、才能は厳しい訓練とたゆみない努力なくしては花開かない――これは肉体労働者たるジョルジョ・ヴァザーリの言葉だが、トスカーナ人たるジョルジョ・ヴァザーリは同時に、生まれ故郷の伝統的労働倫理やどんな状況にも通じる格言の宝庫に触発されていた。こうした伝記の最も注目すべき側面は、それが伝記を一見ひどくとっつきにくいものにしているということだ。各美術家の作品の年代順リストは、ヴァザーリの編成力や真新しい分野における先駆的な学識の証明ではあっても、興味を引きつけて離さない著述ではない。そこで著者は、リストの中に『列伝』に不朽の趣を与える意見を書き足している。優れた美術的実践と賢い暮らし方についての持論と――古来の伝記作家にならって――好奇心をそそるゴシップの数々だ。

特に重要な伝記の中には特別な目的を果たしたり、特別な主張を明示したりするものもある。ジョットは美術再生の偉大な先駆者である。レオナルド・ダ・ヴィンチは始めたものを終わらせるのに苦労した。これは美術家（及び全ての人）に共通の課題だが。彼の例は、才能だけではキャリアを築けないことを示している。粘り強さも重要なのだ。ピエロ・ディ・コジモは奇矯な画家の役を演じている。固茹で卵を食べて生き延びて、奇抜な幻想を描いた。ラファエロの章は、ヴァザーリが古来の文学形式、エクフラシスの見事な腕前があることを示している。言葉で絵画を描写する力だ。ミケランジェロは完璧な美術家と完璧な人間の両方を体現している（実生活では、かんしゃく持ちでけちだったかもしれないのはともかく）。もっとも、ヴァザーリはこのアイドルの奇癖をいくつか記録している。例えば、彼は犬の革のブーツを昼夜履き続け、ついには自分の皮膚にはり付いてしまったのだそうだ。

これらは、ジョルジョ・ヴァザーリの『列伝』で語られた、面白くて辛辣で忘れられない逸話である。五世紀の間、世界美術史のほとんど全ての授業――入門から研究生レベルに至るまで――にとって、それが権威ある主たる種本だったのも当然だ。ヴァザーリは〝美術史の父〟と呼ばれているのだ。彼は美術的活動、師匠から弟子への影響力の連鎖、美術家の経歴と信念の因果関係、それに美術創作を考察した初めての作家だと高い評価を得ている。彼の方法論は、今日私たちが美術史を研究する方法を事実上確立し、一般的イメージにおけるフィレンツェ・ルネサンス美術の卓越性を強固にした。ヴァザーリの話や考えの多くを知るために、『列伝』を読む必要はない——自分で気づいていなくても、彼の本を実際に読んでいてもいなくても、あなたの美術についての考え方はヴァザーリによるところが大きいのだから。あの本は私たちのもっと広範な歴史観にも影響を与えている。美術館の管理監督方法や作品の展示方法にも、伝記の書き方（と読み方）にも。著名な歴史的人物の行動の理由や、なぜこの世界を変えるような決断をしたのかを理解するためにその経歴をどのように見るかについても、影響を受けている。

出版されてからというもの、ヴァザーリの『列伝』は私たちのものの見方や美術研究の基礎になってきた。今でもヨーロッパ美術史を学ぶ世界中の全ての学生に読まれ、ルネサンスの美術と思想の研究者の一次資料であって、『列伝』には私たちが美術を分析し、定義する上で絶大な影響力がある。それはおよそ五世紀の間一貫していた。美術の本を書く他の全ての作家にとって出発点であるばかりではない。この本は種々の美術家への大衆のアプローチのあり方にも影響を与えている——ダ・ヴィンチ、ラファエロ、そしてミケランジェロに私たちが心酔するのは、彼らに対するヴァザーリのあふれんばかりの賞賛によるところが大きい。ヴァザーリとは何者だったのか、彼はあの本をどのように書いたのか、そして、本は私たちの美術の見方にどのような影響を与えたのかを探求することにより、美術とは何か、美術がなぜ人類にこれほど重要なのか、私たちはどのように美術と触れ合ってきたのかという重大な疑問をも探求することができるのだ。

ヴァザーリは、十六世紀中期から後期にかけて、イタリアで最も著名で成功した美術家だったが、熱烈な愛好家という一面もあった。自分の同僚、とりわけミケランジェロに心酔していた。『列伝』

に載せる逸話を集めながらも、ヴァザーリは現役画家、建築家として並外れた成功を収めた。彼は夢中で素描を収集し、素描を重要な美術形式として確立させることに尽力した。それまでは、画家は下絵を準備の素材とみなし、展示には向かないとして、通常は捨てていた。老いたミケランジェロは、死期が近づいたと察すると、必死で自身の下絵をありったけ燃やした。どんなに懸命に絵画や彫刻の準備に取り組んでいたか、その証拠を消そうとした——後世が、完成した作品は、入念な準備ではなく天賦《てんぷ》の才能の所産として、内発的に現れたものだと信じてくれることを望んだのだ。ある程度の数の素描が生き残ったのはヴァザーリの荒っぽい介入のおかげにすぎない。火の前に立つミケランジェロの手から、大量の素描をもぎ取ったのだ。数年前、ミケランジェロの素描は千三百万ポンドで売られた——その価格、私たちの素描査定法、それにミケランジェロ、そしてミケランジェロの素描、それらは全て、ヴァザーリの介入と影響力の直接の遺産なのだ。ヴァザーリは大型の本を数冊、常に手近に置いていた。私の『リーブリ・デイ・ディゼーニ（素描集）』と呼び、収集家のアルバムとして機能して、彼が高く評価している美術家の素描が詰め込まれていた。この本は残念ながら全て失われてしまったが、それこそが、とりわけトスカーナの美術家への彼の愛情あふれる称賛を証明している。特にミケランジェロとダ・ヴィンチへの称賛だ。

　それゆえ、メディチ家が五百人広間の改装のためにジョルジョ・ヴァザーリを雇った時、彼に大きなディレンマをもたらすことになった。この二人への称賛が、二人のどちらかの作品を損なうことについて、深刻な遠慮を呼び起こしたはずだからだ。たとえまだ完成していない絵画だとしても。あれほど真面目な画家かつ収集家が、ダ・ヴィンチの『アンギアーリの戦い』を積極的に破壊できるものだろうか？　むしろ、一五六三年、広間を改装し、自分のフレスコ画を描くことを任された時、ヴァザーリはダ・ヴィンチのフレスコ画を保存するためにできることがあるなら、何でもしたのではないだろうか。

ダ・ヴィンチがこの『戦い』を描いた時、メディチ家は亡命中だった。メディチ家は一五二〇年にフィレンツェへ、そしてヴェッキオ宮殿へと戻り、壁の未完成の絵を発見した。それは一時的亡命を痛ましくも思い出させるものだった。ダ・ヴィンチが完成させていたなら、話は別だったかもしれない――メディチ家は彼の作品に敬服して、実際に残すことを認めたかもしれなかった。しかし、ダ・ヴィンチはフレスコ画に実験的な下塗りを試していた。下塗りにワックスを混ぜたために、色が乾くのを待たずに流れてしまったのだ。見る影もない彼らの亡命の記念物は、メディチ家が五百人広間で海外の要人に会う際に見せびらかしたいものではなかった。そこで、一族が権力に返り咲いて五十年ほどしたところで、コジモ一世はジョルジョ・ヴァザーリに、広間を偉大なフィレンツェ（つまりメディチ家）の勝利の戦闘シーンに描き替えるよう依頼したのだった。

ヴァザーリは任務を全うした。そして広間は、今も戦闘を描いた彼のフレスコ画で輝いている。でも、疑問は残る。ダ・ヴィンチの『アンギアーリの戦い』はどうなったのか？　手がかりは、ヴァザーリの自伝、逸話、それに『列伝』の中身、そしてヴァザーリ自身が壁に描いた美術史の宝探しを解くヒントにある。無秩序に広がったフレスコ画の中にわずか二語が見えてくるのだ。

チェルカ・トローヴァ。

探せよ、さらば見つからん。

マウリツィオ・セラチーニは、フィレンツェのヴェッキオ宮殿の巨大な五百人広間を覆うフレスコ画の詳細を調べるために前かがみになっている。六十七歳の博士はしみ一つない実験用白衣に身を包み、一時間近く同じ場所を見つめていた。

チェルカ・トローヴァ。セラチーニはこれが手がかりだと信じている。ヴァザーリのフレスコ画は失われたダ・ヴィンチの作品を覆っている、と言うのだ。

この仮説が、美術史家の間でセラチーニの評判をあげたわけではなかった。美術史家の多くが、彼はダ・ヴィンチの作品に近づくためにヴァザーリの作品を損傷するか、破壊してしまう気だと主張している——もし、本当に、ダ・ヴィンチの作品がまさしくそこにあるとしたらだが。「そんな敵意は理解できないし、憤りを覚えるばかりか」と彼は言う。「そこにはないと記した書類を作成した歴史家もいないと申し上げたい」

隠されたメッセージ、失われた宝物、ダ・ヴィンチにまつわる手がかり、それに古の宮殿で繰り広げられる現代の芝居がかった言動、これらは全て『ダ・ヴィンチ・コード』からの抜粋に見えるかもしれない。ことによるとそうなのだ——あの小説のいかがわしい学識や空想の中の少なくとも一人の登場人物は、実在するのだから。セラチーニは物語の中に本当に登場し、ダ・ヴィンチの『東方三博士の礼拝』の背景にある荒廃した聖堂についての発見を公表する決心をした〝美術解析学者〟として描かれる。画家たちが後に細部を塗りつぶしていたのだが、「それはダ・ヴィンチの真意を覆すためだ……下絵の本来の姿がどのようなものであれ、公表されなくてはならない」と。

しかし、セラチーニはあくまでも科学者で、確かなデータ（彼は『ダ・ヴィンチ・コード』は読んでいない）以外に満足することはない。自分の発見と科学的データ、それらを裏付ける映像を公表し、分析と解釈は美術史家に任せている。

ダ・ヴィンチの他の作品についての成功や、イタリア全土にある多数の遺跡や絵画についての成功があるにもかかわらず、セラチーニは目下解明しようとしている、まさにこの謎による画期的な分野に引かれた。一九七五年、セラチーニと同僚は五百人広間のヴァザーリのフレスコ画に隠されていたほんのわずかな文言に気がついた。部屋の端から端まで、幅約五メートルのフレスコ画になっているが、ヴァザーリはそこにわずか二語を描き込んだのだ。

チェルカ・トローヴァ。

探せよ、さらば見つからん。

数年後に、ダ・ヴィンチの失われた『アンギアーリの戦い』の捜索を指揮するよう、イタリア文化省に呼ばれたのが、マウリツィオ・セラチーニだった。白髪のエレガントな紳士ながら、情熱とやる気は年齢が半分も下の者にも負けないセラチーニは、失われたダ・ヴィンチ作品の捜索に関わる科学者と美術史家のチームを率いる美術探偵なのだ。これは二十一世紀美術界の唯一最大の発見になるはずだ。セラチーニは〝本物のインディ・ジョーンズ〟、そして〝本物のダ・ヴィンチ・コードの追跡者〟と呼ばれてきた。彼は美術史家に称賛され、世界科学フェスティバルからは〝文化遺産の技師〟と称えられてきた。この称号は彼の前には存在しなかったものだ。彼は新しい分野を確立したのだ。そこでは高度な科学捜査を通して、美術史の謎が解明される。彼は新技術を用いて二千五百以上の美術作品と遺跡を研究した。新技術の多くは彼自身が改良して強化したものだ。

新技術の活用により、セラチーニは新世代の美術史家を代表している。ジョルジョ・ヴァザーリの衣鉢を継ぎながらも、まったく異なる武器を頼りにして。ヴァザーリが、美術家や作品を、口伝、秘話、それに発見された手紙や書類により研究したのに対して、セラチーニはハイテクの小道具を使用する。そして、この小道具に古風な探偵仕事を併せて、何世紀も前にヴァザーリに仕掛けられた謎を解明する準備を整えたようだ。

チェルカ・トローヴァ。

セラチーニと多くの優れたダ・ヴィンチ研究者は、これこそがヴァザーリからの確かな手がかりだと信じている。任務を全うしながらも、何らかの形でダ・ヴィンチの絵画を守ったことを示唆していると――ダ・ヴィンチの乾式画法《フレスコ・セッコ》が、ヴァザーリが自分のフレスコ画を描いた偽の壁の奥に隠されていると。

二〇〇六年、セラチーニはヴァザーリのフレスコ画の裏と広間の壁の間に約四センチの隙間が見つかったと発表した。この二重壁は、ヴァザーリが自分のフレスコ画を描く時に作ったに違いないのだが、前代未聞だったし、建築上も構造上も論拠はない。その上、隙間はヴァザーリによる六枚のフレスコ画がある中でもその一枚の後ろにしかない――「チェルカ・トローヴァ」の文字が書かれているフレスコ画で、ダ・ヴィンチが描いたとされるものの上にあたる。

セラチーニはお役所仕事のごたごたで動きが取れなくなっていた。高速で動いているアイデアを急停止させる悪名高いイタリアの官僚主義だ。しかし、二〇一一年、ナショナルジオグラフィック協会が失われたフレスコ画の捜索に共同出資することが発表され、二〇一二年から開始する許可が下りたのだった。

その後の数ヵ月でセラチーニが発見したことがものすごい熱狂を引き起こしたが、同時に美術史界に凄まじい怒りを引き起こした。二〇一二年三月十二日、セラチーニとそのチームは、ヴァザーリのフレスコ画に穴を開けて、隠された壁に残る絵具のサンプルを見つけたと発表した。黒の絵具のサンプルは、『モナリザ』を含むダ・ヴィンチ作として知られる他の絵画に使用された絵具の化学成分と一致した。今では、何かがヴァザーリの作品の奥に埋められているのは明らかだ。捜索は埋蔵された本物の財宝につながったのだ。しかしながら問題は、見つかるものはヴァザーリのフレスコ画という別の傑作の一部を破壊するだけの価値があるものかどうかということだ。

少なくとも、当時世界中のメディアはそう発表した。しかし真実はもっと複雑で、もっと興味をかき立てられるものだ。そして、ダ・ヴィンチの絵画を見つけ、パズルを解き、宝を発掘するためには、ジョルジョ・ヴァザーリを理解する必要があるのだ。

2 ヴァザーリ作『列伝』の読み方

ヴァザーリの人生と彼の『列伝』は、人の美術観の変遷――ショーヴェ洞窟の絵画やプラトンの洞窟の比喩から二十世紀、二十一世紀に至るまで――を考察するための理想的なレンズだ。現代では、アート＝美術は横倒しになった便器やホルムアルデヒド漬けのサメの剝製になってしまったのだから。ここでは、十六世紀の美術界の中心に生きたヴァザーリの生活と時代及び、最も永続的で最も大きな影響力を及ぼしているその創作の内容とその遺産を検証する。ひょっとしたら、皮肉な話だが、その創作とは伝統的な意味での美術品ではなく、本になるかもしれない。

『最も素晴らしき画家・彫刻家・建築家の列伝』は、ルネサンスの美術家――ほとんどイタリア人のみ――の伝記集で、一五五〇年に刊行された。ヴァザーリが学者の友人のヴィンチェンツォ・ボルギーニや大勢の地元の情報提供者と連携して、調査して書いたものだ。本は、ヴァザーリが美術の再生《リナシタ》と名付けるもの、古代ローマの滅亡とともにすっかり荒廃してから、継続的発展の注目すべき三時期を通り、ミケランジェロの美術で頂点に達するまでをたどっている。膨大な作業は三部に分けられ、それぞれがおおよそ一世紀に対応している。それぞれの部に、多才な美術家がおり、重要なことだが、トスカーナ人であるヒーローがいる。ジョット・ディ・ボンドーネ（一二六六／七～一三三七）、フィリッポ・ブルネレスキ（一三七七～一四四六）、そしてミケランジェロ・ブオナローティ（一四七五～一五六四）だ。最近の研究者の一人は、ヴァザーリの伝記集を「事実と鋭い分析と意図的な作り話の混合物……入念に練られた構成と、ジョットとイ・プリミ・ルーミ〔ヴァザーリの表現で「夜明け」〕の時代の謙虚な始まりから、神々しいミケランジェロとヴァザーリ本人の時代という輝かしい成熟への美術の漸進的向上についての、著者のより大きな概念の一端だ」と評している。[1]その他の美術家の伝記は、美術はジョットから進化して磨きがかかったという概念を中心に構築されている。ジョットは「美術に再び命を吹き込み、好ましいと呼ばれるところまでもってきた」[2]、その〝完成形〟まで。ミケランジェロの作品における〝この世のものというより神々しい〟ところまで。[3]この意図に当てはまらない美術家は脇に追いやられ、無視され、密かに傷つけられた。

ヴァザーリが「全てへの序文」で語っているように、美術の絶え間ない発展についての彼の考えは人間の経験に酷似している。「この美術なども、人間の体のように、生まれ、成長し、老い、そして死ぬ」彼は〝再生して私たちの時代に完成した美術の推移〟の話を、十三世紀のフィレンツェの画家、チェンニ・ディ・ペーポ（一二五一以前～一三〇二以後）から始める。その高慢な気性からチマブーエ――雄牛の頭――という愛称で呼ばれた男だ。[4]チマブーエの最も有名な弟子がドゥッチョ・ディ・ブオニンセーニャ（フィレンツェの宿敵、シエナの画家）とフィレンツェのジョットで、このジョットはすぐに『列伝』第一部の主役として浮上する。それは、美術家として革新性があり、ヴァザーリが焦点を合わせている美術の三分野――絵画、彫刻、建築――全てにおいて多才だからだ。ジョットからは、ほぼ十五世紀を取り上げている『列伝』第二部に移る。その主役は、彫刻家のドナテッロ、画家のマザッチョ、それに建築家のブルネレスキだ。ブルネレスキは彫刻家でもあり、主要な役割を担っている。ペルジーノは『列伝』第二部の最後に登場する画家で、ヴァザーリは彼について自己の資質を十分に発揮していないという見方を示している——資質はほどなくペルジーノの最も有名な弟子のラファエロによって発揮されることになるのだ。ラファエロは『列伝』第三部における三人の指導的人物の一人でもある。この最終節は、ヴァザーリ自身の時代に焦点が当てられている。十六世紀前半で、そのヒーローはラファエロ、ダ・ヴィンチ、そして何にもましてミケランジェロだ。本の主眼は終始、〝全ての美術と全ての職業において、完璧とは何かを単独であまねく表明できる魂〟のミケランジェロに体現される、フィレンツェ美術の至上性だ。(5)

ヴァザーリは、読者を〝楽しませると同時に指導する〟という公式の狙いよりもっと具体的な意図をもって書いている。(6)一五五〇年に『列伝』の初版を出版した時、彼はフィレンツェに美術のための学校を設立したいと考えていた。第二版が出た一五六八年には、国が後援するアカデミア・デル・ディゼーニョが実現して五年が経っていた。これは『列伝』に章を割いているテーマでもあり、大部の著作を改訂する主な推進力だった。ヴァザーリは、優れた美術は生得の非凡な才能だけでなく優れた授業によっても決まると信じていた。それゆえ、ローマの衰退後のように、「もし美術が、(とんでもないことだが)、同じ混乱と荒廃に陥るようなことがあったら」彼の本はいっそう役立つかもしれない。「ひいては」と彼は続ける。「私のこのような取り組みは美術を生き続けさせることができるかもしれない。あるいは、少なくとも優れた才能が美術によりよい力添えを提供するよう働きかけることができるかもしれない」

今日でも、美術についてのヴァザーリの見解に賛同する人は多いだろう。しかし、自分の街フィレンツェ、自分の学校で教えた美術様式、それに友人のミケランジェロを宣伝する彼の熱意は、多くの素晴らしい美術家を『列伝』で脇に追いやるか(デューラー、ヤン・ファン・エイク)、低く扱うか（ペルジーノ、ドゥッチョ）、完全に無視するか（フーケ、スリューテル）、さもなければ中傷する（バンディネッリ、アンドレア・デル・カスターニョ）ことを意味している。彼らが単にヴァザーリの流儀や地理的条件に合わなかったからだ。さらには彼の創作欲は美術を超えて文学に拡大した――ヴァザーリの本から私たちが読み取る多くが、慎重に改竄された事実か純粋な創作なのだ。

『列伝』は、美術史やルネサンス研究の学生の誰にとっても権威ある読物だ（米国だけでも、一般教養課程を取る五十万人ほどの大学生がヴァザーリの絵画には出会わないとしても、その著作には出会う）。しかし、それは多くが拾い読みするが、全編通して読む者はほとんどいない本の一つでもある。構成――数ページから三十ページほどの長さに及ぶ短い伝記と、様々な美術の技法についての一連のエッセイ――は流し読みのために考案されている。ヴァザーリの理想的読者は忙しい人々だ。版と言語（『列伝』は現在では世界中の主言語で入手できる）によるが、一五五〇年版は四百ページを少し下回るくらいだ。しかし、一五六八年の増補版は、収録人数も増え、さらに精密に考え抜かれたメッセージを伝えていて、ほぼ二倍の長さがある。この本は人が美術をどのように考えてきたかという歴史においてとても重要な道しるべとなっているので、よく注意する必要がある――確かに慎重な精査が必要だ――生き生きとしていて、印象的で、重要で、永続的であっても、ヴァザーリには企みがあったし、彼の情報の多くが間違っているからだ。それも時には彼自身の意図的な選択によって。

ヴァザーリの『列伝』は、〝イタリア・ルネサンスの――全てではないが――美術史のバイブル〟と呼ばれてきた[7]。しかし偉大なイタリア美術史家のロベルト・ロンギは私たちに忠告する。人はヴアザーリの読み方を知らなくてはならないと。それに届くための方法を私たちが知ってさえいれば、記された文字の間の余白に莫大な情報が含まれている。とりわけ、ヴァザーリを読むことは、様々な伝記の対象者の肖像や本が書かれた時代の描写を提供するだけでなく、作者本人の隠された肖像をも提示するのだ。

　十五世紀の当主、コジモ・デ・メディチが言ったことがある。「画家は誰でも自分自身を描く[8]」突き詰めれば、このフレーズは、絵画とは具象ではなく、作品に投影される前に、画家に吸収され、検討され、熟考されたアイデア、場面、瞬間、光景、人物の主観的解釈であることを示唆している。画家の考えは、本人が自覚していなくても、必ずその作品に現れる。従って、例えば宮廷肖像画家のジョルジョ・ヴァザーリに描かれたもう一人のコジモ・デ・メディチ、十六世紀のトスカーナ大公の肖像画を見る時、一つの板絵に二人の人間と三つの解釈を見ることになる。コジモ自身に解釈されたコジモ（後世に残したい姿）、ヴァザーリが見た姿、どう描くか熟考した上での彼の姿（任務を全うし、パトロンを満足させながらも、やはり自分のやり方で描いている）。しかしながら私たちは同時に、画家本人――ジョルジョ・ヴァザーリ――の目に見えない自画像も見ることになるのだ。ヘミングウェイの小説の舞台がキリマンジャロでもソーチャ戦線でもパリやスペインの歓楽街でも、文芸評論家には著者の人生が読み取れるのと同じだ。「画家は誰でも自分自身を描く」と同じように、「作家は誰でも自伝を書く」とも言えるのだ。これは、画家が画家について書く時にはとりわけ当てはまる――『列伝』のそれぞれの伝記には、描かれた美術家の歴史的事実と同じくらいヴァザーリ自身が描かれているのだ。

　ヴァザーリとは何者かという認識は、長年の間に、勤勉な伝記作家から陰険な嘘つき、そして構想力のある歴史家へと移ってきた。[9] 美術史家のポール・バロルスキーとアンドリュー・ラディスは現代の学者の中で初めて、『列伝』をゆるくつながった短い伝記の集積ではなく、長いまとまりのある著作物として見た。バロルスキーの機知あふれるヴァザーリ研究は、この美術家、伝記作家がただの編集者ではなく、厳密な意味での才気ある作家だと立証している。歴史的背景、文学構造、主題の目的、人柄を伝えるための逸話（事実に基づくものであれ、基づかないものであれ、それらが事実に基づくか否かをヴァザーリが知っていたにせよ、いなかったにせよ）の巧みな利用法を知っていたのだと。それでも私たちは、ヴァザーリの話は全て、ヴァザーリによるフィルターにかけられていることを、肝に銘じておかなくてはならない。彼は調査員の役を務めているが、同時に事実、作り話、さらには仮説、噂、言いがかり、それに（ごくまれに）文書証拠の解釈をする者でもあるのだ。彼は滅多に自分の語る事実の情報源に言及しないので、私たちとしては推測するか、彼の言葉を受け入れるしかない。彼はしばしば「一部を書けば」とか「と、書く人もいる」といったフレーズを使う。情報源を隠すわけだが、それは信憑性《しんぴょうせい》を高めるように意図されている。

　彼は書き、考え、自分自身の計画と共にあった。アンドリュー・ラディスが注目するように、ヴァザーリはミケランジェロを「美術の輝かしい救世主、巨匠とみなしているが、才能に乏しい者たち、上品でない者たち、優秀でない者たちを彼なりに我慢している。こうした影と闇の者たちが結局ミケランジェロの業績をますます偉大なものにするからだ」。[10]

　『列伝』の一五五〇年版は無秩序に広がった一五六八年版よりずっと短く、あまり加工されていない。そうなると、一五五〇年版の方が歴史的に信頼できると結論を出したくなるが、状況はもっと複雑だ。一五六八年版にはいくらか新しい素材（ティツィアーノやフランドルの画家たちを含む）がある。同時に、慎重に精錬した本文の見直しは、さらに明確にフィレンツェ、その美術的伝統、それにフィレンツェ美術の卓越性を不朽のものにするアカデミア・デル・ディゼーニョの可能性に、焦点を合わせている。しかし両者の本当の相違点は、一五六八年版『列伝』をもっとずっと完成度の高い文芸作品にしている、広がりのある充実したその語り口にあるのだ。

　優れた語り口をさらに進めるために、ヴァザーリは時として事実を変更する。しかし、彼の話がいつも完全に真実ではないとしても、まだ私たちの注目に値する。それらはヴァザーリが事実だと信じた情報の核心に由来しているからで、その後、調べられ、調整され、磨かれて、著者の個人的見解、文才、愛国心、美術アカデミーのための理論上のカリキュラム、それに入念に形作った本に必要な美学的要求によって濾過されたと理解すべきなのだ。

　例えば、素晴らしい画家のペルジーノの名声と作品をけなすというヴァザーリの決断には、相対的に変化の乏しいペルジーノの表現法への美術的根拠と文学的根拠の両方がある。なぜならそれが、ペルジーノに始まり、ラファエロで最高潮に達し、彼のヒーローのミケランジェロで終わる美術の発展の物語を著者に創り出させてくれるからだ。

　同様に、美術はチマブーエからミケランジェロへと着実に進歩したという考え方はあまりに単純だ。十六世紀に発展した抽象絵画の構想はもはや現代の美術史家や評論家の意見とは合わない。累積的進歩は優美で滑らかな語り口を生み出すが、私たちはもはやラファエロがペルジーノより優れているとは言わない。あるいはチェッリーニはドナテッロより優れているとも。彼らは異なる様式で、異なる時代に仕事をしたのだ。しかしながら、ヴァザーリは、美術が自分の時代より優れていたことはないと信じていて、そうした言葉を書くのが大好きだった。彼は、ジョットは師匠のチマブーエ（彼の師匠ですらなかったかもしれないのだが）の輝きを失わせたと断言した。「実際、ジョットは彼の名声に影を投げかけた。強い光がずっと小さな光の輝きを曇らせるのと同じだ」確かに説得力のある意見だが、それは一人の男の考えにすぎない。

見る者の中には（とりわけシエナでは）、ジョットよりドゥッチョの方を好む者がいる。ラファエロよりドゥッチョだという者までいる。彫刻家としてのチェッリーニをドナテッロより優れているとみなす者もいる（素手の殴り合いとなれば、ほとんど誰もがチェッリーニを味方につけたいだろうが）。異なる時代は異なる期待、好み、そして様式を持っていたのだ。イタリアの近世前期について同意できる唯一の累積経験は、自然主義への一般的傾向だ。短縮法と一点消失遠近法の出現のおかげだが、これは十五世紀に革新的なイタリア人美術家たちを導いた技法だ。一人の美術家を別の美術家より絶対的に優れているとして並べ、優れた美術家（その言葉のあらゆる意味において）を劣った美術家と対比させるヴァザーリの文学プロットの趣向は――歴史をよりよい物語に仕立てるための仕掛けというだけのことだ。

ヴァザーリは自分が書いた美術家の多くを実際に知っていたが、その大多数は一世代くらい彼より前に生きた人たちだった。彼はその調査を思いつくかぎりのあらゆる手段を使って実施した。口伝の話を集め、インタビューを行い、散在する記録資料を使い、時には書籍（ボッカッチョやペトラルカのような人たちのもの）を参考にした。しかし、何よりも制作者の遺産の役を果たす、残存する美術品を詳細に調べることによって、その調査を実施したのだ。ヴァザーリがこうした作品をどのように読み取ったかが、美術家のことをどのように書くかということに影響を与えた。

しかしながらヴァザーリははっきり述べている。単に対象を分類する以上のことを目指したと。

人としての、美術家としての、彼らの重要性を説明しようとしたのだと。このことから、ヴァザーリは肖像画に取り組んできたように、伝記執筆に取り組んだと考えてもよいだろう。十六世紀の肖像画法は対象の正確なレプリカを目的とはしていなかった。画家は大いに手管とお世辞に訴えた。ラファエロの『一角獣を抱く貴婦人』のような、適齢期の若い女性の肖像画は、婚約者に送るために制作を依頼された。それがなければ、婚約者は未来の妻を結婚式前に見られないかもしれない。肖像画をできるだけ実際よりよく見せるためのぼかし処理をする動機は十分にあった。これは、それ自体が問題を引き起こすこともあった——ヘンリー八世は、花嫁より早く届いた実際以上によく見える肖像画に惑わされて、アン・オブ・クレーヴズを見た時にはすっかり失望したのだ。同様に、象徴の品がしばしば肖像画に描き加えられて、事実に基づく現実を表現するというよりはむしろ印象を伝える。肖像画に描き入れられた犬は、忠実の象徴だ。対象者の象徴の品は、必ずしも対象者が現にペットを飼っていることを示すわけではない。ヤン・ファン・エイクの『アルノルフィーニ夫妻像』で窓台に散らばるオレンジは、彼らの富の象徴で（オレンジはスペインから高い費用をかけてブリュージュに輸入される）、アルノルフィーニ家の人々はフルーツを窓辺に保存する習慣があるとか、家族が柑橘類を好むことを証明しているわけではない。

　社会通念では、卓越した肖像画とは、対象者がむしろそのままにしておきたい自分にまつわる隠された秘密を漏らすものだとされる。すなわち、肖像画家は真実を見ることができるが、対象者の実際以上によい姿を後世に残すために、職務により戦略的に選ばれたその真実の見解を描くことを余儀なくされるのだ。肖像画家は、時にはこっそり対象者が記録に残されたくないかもしれない実態を伝える秘密のメッセージを描き入れることもできる——たとえば、トレド美術館所蔵の素晴らしい胸像にあるように、ローマ皇帝ドミティアヌスの羊皮のかつらから地毛をひと房、わざと覗かせるとか、ルーカス・クラナハが肖像画にやったように、十六世紀の著述家、ピエトロ・ベンボの露骨な野心を瘦せた貪欲な顔にあらわにするとか――しかし、最後には対象が肖像画を気に入って代金を払ってくれるように、画家はこうした仄《ほの》めかしをごくごく微妙に差し入れなければならない。

そういうわけで『列伝』に対処するに際して、私たちはヴァザーリの文字による〝肖像画〟には、彼の描いた肖像画に対するのと同じように取り組まなくてはならない。それらはヴァザーリが理解したとおりの真実に基づいているが、飾られて、対象を直ちに伝える美術品に仕上げられているだけでなく、対象についての彼の巧妙な解釈を示しているのだ。私たちはヴァザーリの文章を文学作品として読まなくてはならない。口伝と文書の伝統に基づいた、真の美術家の冒険についての文学作品だ。

しかし、自分が詳細に記録した人生を教訓に仕上げたいという彼の熱望が、そうした名声に値しない美術家から悪役を作ってしまうことがあった。ヴァザーリの伝記作家として、アンドリュー・ラディスは書き留めている。「ヴァザーリにとって、どんな作家でもそうだが、影の側面は不変の自然の力で、彼の計画には不可欠だ。間違いのない歴史はまず関心を引き続けないし、ましてや真実ではない。あるいは、メイ・ウェストを引用すれば、『徳はそれ自体が報いで、チケット売り場では売っていない』(11)」

優れた美術家対欠点のある美術家というヴァザーリの並置は、ことによると才能があっても罪深いフラ・フィリッポ・リッピと理想的で気高いフラ・アンジェリコ(一九八二年にローマ教皇ヨハネ・パウロ二世により正式に列福された。列聖への第一歩だ)との間で彼が構築した決闘に最も顕著に見られる。[12] リッピの罪は聖なる人物のモデルに、愛人で元修道女のルクレツィア・ブーティのような性的な人物を使っていたことだ。ブーティはしばしば彼のために聖母マリアのモデルになり、二人の息子のフィリッポ・リッピが幼子キリストの代役を務めた。

ヴァザーリの逸話は、学識がそれらを覆す時でさえも、結果的には持ちこたえるのだ。

第一部

3 陶工から絵描きへ　ヴァザーリの祖先と最初の教師たち

ジョルジョ・ヴァザーリは、同業者の中では珍しく、苦労して洗練された謙虚さを身につけた男だった。他の者たちの人生に何百ページも充ててから、『列伝』の第二版（一五六八年）の最後、結びの「著者から素描の制作者へ」のすぐ前に、自分自身についての短文を加えている。事実上、この簡潔な自伝は〝素描の制作者〟としての彼自身の役割を明らかにしてから、それぞれの専門職の年代記作者として大規模な取り組みをした自分に対して、あらゆる支援と励ましをくれた同業の現場の者たちに正式に感謝を述べている。ミケランジェロを頂点とするこうした同業の〝制作者〟の才能を考慮して、ヴァザーリは自分自身の業績についてはごく短い主張しかしていない。

これまで他の人々の作品について、私の才覚が奮い起こせる配慮と誠意を動員して検討してきたので、その作業の終わりにあたって、天の神が仕上げさせてくださったこうした研究を一つにまとめて世界に紹介したいと思う。たとえ私が願うほど完璧ではないとしても、それらを偏見のない目で考察したいと考える者は誰でも、私が検討と配慮と愛情深い努力で取り組んだことがわかるだろう。ゆえに、研究が例え称賛に値しないとしても、少なくとも大目には見てもらえるはずだ。それに、作品たちは一般に公開されていて一目瞭然で、まず隠されることはない。(1)

一五六八年には、こうした作品が一般に公開されている場所は、誰の目から見ても印象的で卓越していた。五百人広間と呼ばれるフィレンツェの巨大な集会ホール。ロイヤルホール、あるいはサラ・レジアとして知られるヴァティカン宮殿の謁見ホール。ローマの中心にあるカンチェッレリア宮の壁、フィレンツェそのものの景観。そこには彼が設計したウフィツィ宮殿や、ヴェッキオ宮殿とアルノ川の対岸にある大公の住居をつなぐ曲がりくねった秘密の回廊があった。ジョルジョ・ヴァザーリはきわめて有力な人間だったが、自分のことを人に話す際にはその重みを最小化するだけの分別と感性があった。

その控えめな態度は彼自身の特殊な社会的地位から来ていた。多くの点でまだ封建的な社会において、ジョルジョ・ヴァザーリはイタリアの地方、トスカーナの中産階級の出身だった。トスカーナは高度に都市化され、商業に取り組んでいた。都市化はそもそも中産階級の発展に好都合だった。同時に、都市への個人の移動にも好都合だった。才能、幸運、それに大変な努力が合わさって、ヴァザーリは当時の社会の最上流階級に出会った。彼はそこでも余裕を持って動き回り、さまざまな資質を披露した。才気縦横で、教養があり、勤勉で、有能だったし、黙るべき時を心得ていた。彼はよそ者でありながら関係者だった。貴族の中にいる中産階級の職人、フィレンツェ人の中にいるアレッツォ人。著述家の中にいる美術家、美術家の中にいる著述家、廷臣の中にいるギルド組合員。彼はユニークな範囲の技能を持つ複雑な人間で、その業績に相応しいレベルで認められ始めたばかりだった。

しかしながら一つの伝統の中では、ジョルジョ・ヴァザーリは徹底的に当事者だった。彼が美術と言えば――私たちにもわかるように、基本的に絵画を指していた。児童労働法が発効したつい最近まで、イタリア人の美術家や職人は子供の頃にその技能の訓練を始めた。それが大人になって並外れた熟練を見せる主な理由の一つだ。職業は家系なのだ。従って、少年たちは父親から学ぶか、徒弟として別の工房に加わった。多くの場合、早ければ七歳か八歳で。女の子は家から出られなかったので、ルネサンスに活動した女性美術家はほとんどいないか、ごく稀だと知っても意外ではないし、そのごく稀な女性はほとんど美術家一族の生まれだった。ジョルジョ・ヴァザーリはその経歴において典型的だ。トスカーナの職人の家に生まれ、一族は十五世紀の間に地域の美術家に与えられる、よりよい社会的地位を巧みに利用して、教育を手段にその境遇を向上させた。

　ヴァザーリは重要な美術作品をたくさん制作したのに、知人のミケランジェロの作品やブロンズィーノの作品についての説得力のある判断が、こうした美術家の作品が自分の作品より優れていることを証明したのは皮肉だ。ブロンズィーノは彼の前任のメディチ家宮廷画家だった。実のところ、美術界、実際にはルネサンスの歴史、さらに広く見れば視覚文化へのヴァザーリの最大の遺産は、絵の手腕（素晴らしい建築家でもあったが）ではなく、彼の著作に由来している。資料を集め、重要だとみなす美術家の伝記を書きながら、同時に美術の新しい研究法――と、ことによるとその創作法――を創案したのだ。この取り組みでは、ライバルもなく、彼の功績を凌駕《りょうが》する者はいない。ヴァザーリはまた、絵画、彫刻、建築、あるいは金属細工の下書きを、用がすんだら捨てるものというより、それ自体が重要な美術領域だとして、素描を収集した最初の一人だった。彼が素描を収集したのは、直接体験で知っていたように、それが仲間の美術家の創作過程を実証し、その表現法を互いに直接比べさせてくれるからだ――美術史家、キュレーター、美術商の仕事の中心にある作業だ。ヴァザーリの伝記は、作品を制作した人の人生を理解すれば、美術をもっとよく理解できるという考え方に由来している。歴史研究のたいていの分野に有効に適用できるし、業績を生い立ちに関連づけて、人生の物語を通して考察する現代の伝記の書き方を方向付けるのに一役買う考え方だ。

しかしながら、この完璧な伝記作家は、伝記作家からは相対的にほとんど注目されていない。しかも乏しい注目の多くは驚くほど否定的だ。イギリスの建築家のロバート・カーデンは一九一一年に書いた『ジョルジョ・ヴァザーリの生涯』を、そんな題材に取り組むことを読者に謝ることから始めた。「建築であれ絵画であれ、ジョルジョ・ヴァザーリが制作した作品に詳しい者は、それらが広範な伝記に必要とされる真剣な作業に値するほどのものではないと力説するかもしれない……(2)」

しばしば不機嫌になるカーデンは、そこで読者にヴァザーリは画家で、建築家であるばかりか伝記作家でもあることを思い出させる。初版が一五五〇年に刊行され、一五六八年に改訂された『最も素晴らしき画家・彫刻家・建築家の列伝』は確かに廃れることはなかった。さらに最近では、研究者はヴァザーリの視覚芸術への貢献を高く評価するようになった。しかし、卓越したヴァザーリも、無双の偉大さにはいくらか届かないというカーデンの見解にまったく同意できないという者はまずいない。ヴァザーリの絵画を同時代人（ミケランジェロ、ブロンズィーノ、ポントルモ、パルミジャニーノ、ティントレット、アンドレア・デル・サルト）の作品と並べてみれば、彼は時代の先端を行く者というより信奉者、一流でも、たぶん無比とはいえない職人に見える。しかし彼は信奉者ではなくむしろ統合する者なのだ。彼は慎重に、他の画家の画風を生き生きと再現して、第二の故郷のフィレンツェに見せたのだ。それに、彼の時代、十六世紀半ばには、美術は頂点に達していたが、まだ個性の入る余地はあった。仲間の美術家からの彼の引用は、古代ギリシア詩人のピンダロスの自己描写にならっている。ピンダロスは言ったのだ。自分は蜂のように多くの花から蜜を集めていると。(3) ことによると、才気あふれた頑固な歴史学者のエリック・コクランほどヴァザーリを理解した者はいない。彼の『忘れられた世紀のフィレンツェ』は、今もこの街についての最良の(最もよく書けた)本の一冊だ。コクランにとって、ヴァザーリの猛烈な熱望は〝世界を美しいもので覆うこと〟だった。(4)

ヴァザーリの美の概念が当時の嗜好と完全に一致していないとしたら、いくぶんかは彼自身のせいだ。彼の列伝は美術家の中にエリート集団を創り出し、皮相的な観察や、何千という二流の地元職人(女性のこともある)を単に無視した。彼らは地元の慎ましい教区教会に祭壇画を提供し、田舎の中産階級の居間を飾り、下級貴族の城の壁をフレスコ画や板絵で装飾しながら、自分の庭に彫刻作品を置いていたのだ。彼はあえてヒーローのミケランジェロと自分を比較しようとはせずに、そうしない理由を説得力のある議論で示す。実際とても説得力があるので、私たちは彼を信じ続けてしまう。一方作家としては、ヴァザーリは紛れもなく天才だった。刊行時もベストセラーだった彼の本は、これまでずっと評判を失うことも影響力が弱まることもなかった。なぜだろう? ジョルジョ・ヴァザーリは機知に富んだ思慮深くて楽しい美術家の年代記作者(であり、しばしば忠実な友人)だった。彼はイタリアをあらゆる種類の視覚媒体が繁栄する中心地に変えたのだ。同時に、彼は洞察力のある有力な批評家だった。さまざまな点でその見解が、彼の後に来た私たちのルネサンス美術、歴史、そして文化の見方を方向付け続けているのだ。

私たちはヴァザーリをフィレンツェと結びつけて考える。フィレンツェは彼がほとんどのキャリアを費やした首都だが、実際には約七十キロほど南のアレッツォで生まれた。アレッツォは古代エトルリア人の街で、独自の傑出した歴史的遺産がある。ここに曾祖父のラザロは――ヴァザーリは『列伝』で彼に一章を充てている――一四二七年に家族とともに移り住んだ。ラザロ・ヴァザーリは陶工《ヴァザロ》であり、馬鎧《うまよろい》と呼ばれる装飾的な彩色をした鞍とハーネスの制作者だった。初めはコルトーナ、それからアレッツォで。

どちらの工芸品も、装飾的な彩色の技術が必要で、ラザロは、曾孫によれば、この細密な仕掛けの作業に特別な才能を見せた。「しかも彼の時代には、馬主に相応しい様々な種類の図案や戦闘場面を馬鎧に描く風習があったので、ラザロはこの技術の第一人者になった。彼が特に得意なのが、こうした設定にとりわけうまく適合する小さい優雅な模様だったからだ[5]」

アレッツォでは、と彼の曾孫は語る。ラザロは画家としてさらに意欲的な仕事を引き受け始めた。友だちでよき師のピエロ・デラ・フランチェスカに励まされたのだ。ヴァザーリが曾祖父の作品だとしている一つが、アレッツォのサン・ドメニコ教会にある聖ビセンテ・フェレールのフレスコ画だ。くっきりしたラインと風格のある姿勢にまだピエロの影響が見られる。ヴァザーリは書いている。「二人の間にはほんのかすかな違いしか認められない[6]」これはすごい褒め言葉だ。なぜならピエロはアレッツォあたりでは人気者で、画家であるだけでなく頭のよい数学者で、数学的に正確な遠近法を完全に会得した最初の画家だとしばしば評価されていたからだ。今日に至るまで、美術史の旅行者は達人の作品を元の場所に訪ねて、〝ピエロの足跡〟をたどることができる。サンセポルクロ（ピエロの生誕地）からモンテルキを通ってアレッツォへ、全てが数キロ以内にある。アレッツォにあるサン・フランチェスコ聖堂の祭壇奥に描かれたフレスコ画の一群、『聖十字架伝説』（一四六六年頃に完成）は、街の有り余るほどある絵画の中でも至宝だ。ヴァザーリが生きていた頃のものだからだ。[7] そして、ヴァザーリは曾祖父のラザロが感情に訴える絵画の中にピエロの提案をどのように適応させたのかを、きちんと書き留めている。「なぜなら、彼はある種の自然な状態、感情にあふれた状態を大いに喜んだからだ。そこに彼は、泣くこと、笑うこと、叫ぶこと、恐怖、震えなどを表現し、彼の絵画はほとんどの部分がそうした創作に満ちているのだ[8]」

　ジョルジョ・ヴァザーリにとって、ラザロが何をどこで描いたかを正確に発見するのは、いつも簡単というわけにはいかなかった。現代の美術史家は契約書の原本を探しに古い官僚的な文書館へ行く（イタリアでは驚くほど多くが残存している）。ヴァザーリもそうした。一方で彼には生きている人たちから情報を集めるという大きな利点もあった。彼は自分が調査した美術家の多くを個人的に知っていた。さもなければ、その友だちや同僚や親族を捜し出し、その多くに手紙で丁寧に略歴を頼んだ。結局、さまざまな精度で、美術家本人との関係もさまざまな人からの多数の逸話が手に入った。彼の曾祖父のように、亡くなって久しい美術家のためには、血縁者のばらばらな記憶に基づいて情報を集めた。例えば、ここにラザロと聖ビセンテ・フェレールのフレスコ画をどうやって結びつけたのかの一例がある。

　この作品に署名はないが、我が一族の年長者数人の回想、それにヴァザーリ家の紋章が、私たちが〔出所を〕堅く信じるように導く。疑いなく、あの修道院には〔彼の存在を示す〕何らかの記録があったはずだ。しかし何度もやって来た兵士のせいで、銘も他の全ても駄目になってしまった(9)。

ヴァザーリは自分の調査を口述歴史に大きく依存していた。つまり、『列伝』は印象的な逸話で飾られているということだ。当然のこととして——彼がインタビューした者たちが一番はっきり覚えている話だ。彼の調査は結局ラザロ・ヴァザーリについてほとんど何も教えてくれなかったので、ジョルジョ・ヴァザーリはそもそもなぜこの画家の名前を挙げるのかを説明するのに特に心を砕いた。

先祖と自分の家族の中に何らかの職業で名を挙げた者がいたことを発見した者に、その喜びは本当に大きい。それが軍事であっても、文学や絵画、あるいは他の立派な職業であっても……。私はこの喜びがどれほど大きなものかを知っている。私自身の先祖のラザロ・ヴァザーリが有名な画家だったことを発見したからだ(10)。

こうして、このちょっとした話は、ヴァザーリが他のもっと豊富に記録した『列伝』にどのように取り組み、調査し、述べているのかを知る有益な手がかりになる。まず第一に、彼は絵を描くことを立派な職業だと述べる。同時代人がとりわけ威信のある職業だとみなすもの——軍事や文学——と完全に同等だと。第二に、現代に劣らず彼の時代も、事実情報について頼りにしていた文献を補うために、作品そのものの口述歴史と視覚的手がかりを利用している。最後に、有り余るほどたっぷりの人間らしい共感と、こうした話が読者に高潔な（それほど高潔でないこともあるが）態度を奮い立たせる手本を提供するという強い信念で、自分の記述を構成するのだ。

ヴァザーリの歴史に対する興味もまた、美術的傾向とともに、血筋だった。ラザロ・ヴァザーリの息子のジョルジョ、我らがヴァザーリの祖父は、家業の陶工に戻ったが、それはいかにもルネサンスらしいやり方だった。ルネサンス美術を支える原動力は、伝統的古代の意識的復興だったのだ。アレッツォは古代世界における窯業《ようぎょう》の主要中心地の一つだった。特にローマ時代は、アレッツォ焼きあるいはテラ・シジラータと呼ばれる型浮き彫り装飾の独特の赤い陶器を大量に生産していた。こうした大衆的な器は、英国からインドに至るローマ帝国全体の遺跡発掘現場で見つかるし、アレッツォそのものの地中からもまだ大量に出土している。[11] ルネサンスの約二千年前、エトルリアの時代、古代ローマ支配の数世紀前に、地元の陶工がブッケロと呼ばれる光沢のある黒い陶器を創り出し、ギリシア商人のもたらした光沢のある黒くきらびやかできめの細かい成分のアテネの陶器と交換した。[12] 先人ジョルジョ・ヴァザーリは、これから見ていくように、明らかに両方の陶器――赤と黒――を熟知していた。

先人ジョルジョ・ヴァザーリはこうした古代の見本を模倣して作品を作り、自分は無学の職人ではなく、むしろ教養のある歴史に通じた専門家であることを、同時代人に証明した。彼は古代の見本を研究することにより、陶工の技術を高め、古代の手法を（たぶんそれらと最新の技法とを組み合わせて）再現した。そして、郷土史におけるその重要な役割を鋭敏に自覚して、選んだ職業を遂行したのだ。孫はその彼のことをこう述べている。

彼はアレッツォの古くからの陶器に細心の注意を払った。そして……陶器の赤と黒の色を創り出す方法を再発見した。古代のアレッツォ市民がはるか〔エトルリアの〕ポルセンナ王の時代まで遡って取り組んできたものだ。しかも彼は勤勉な人間だったので、ろくろで大きな壺を作った。高さが一・五ブラッチョあるもので、今でも地元で見ることができる。(13)

ブラッチョ（複数形はブラッチャ）、あるいは〝アーム〟は、イタリア・ルネサンスに好まれた長さの測定単位（〇・六メートル）で、一・五ブラッチョの高さの壺は熟練工の注目に値する妙技だ。けれども、陶工ジョルジョ・ヴァザーリは自分の作品に文化的な野心も持っていた。古代エトルリア人に始まる陶磁器を作りながら、古代美術と文学の気品にキリスト教の啓示と最新の科学技術を組み合わせるルネサンスの考え方に敬意を表した。

ルネサンスの巨匠、ドナテッロとブルネレスキについてのヴァザーリの『列伝』は、二人がローマに一時逗留していたことについて述べている。そこで二人は、（特に建築家のブルネレスキが）荒廃した古代の建物を（特に彫刻家のドナテッロが）壊れた像を、こうした作品がどのように創られたのかを知るために研究し、スケッチした。二人の友人はインスピレーションでいっぱいになってフィレンツェに戻った。が、もっと重要なことは、古代から新しい技法を取り入れたことだ。ドナテッロはブロンズの鋳造に関して〝ロストワックス製法〟を独学した。テラコッタの二層によるサンドイッチに、その中身として溶解したブロンズを流し込み、中空のブロンズ彫刻作品を作る方法だ。そして、大きな規模で作業ができることを再発見したことで、ルネサンスに実物より大きいブロンズ像の伝統を確立した。ブルネレスキは、古代ローマの建物の剝がれた漆喰、剝ぎ取られた大理石のファサード、それに損傷を受けた外壁を巧みに利用した。建物は、何世紀にもわたる老朽化や地元住民による建材再利用のための略奪は言うまでもなく、火事、地震、それに侵略者から生き延びたのだ。彼はそこからローマ人があのように壮大な規模で建てることができた工学技術の秘訣を学んだ。そしてその知識を活用して、サンタ・マリア・デル・フィオーレ大聖堂のドームを作り（その内装にはヴァザーリが絵を描くことになる。彼の最後の大プロジェクトだ）、ローマ帝国時代以来見たことのなかった規模のドームを十五世紀にもたらした。

このように、美術家は最古の考古学者の中にいる。もっとも、彼ら自身がそのように名乗ることはなかっただろう。その代わりに、昔の名匠がどのように創作し、建築し、そして生きたかを学ぶために古代の廃墟を探検して、そうした方法を現代の仕事に取り入れ、自身の創造性を誘発するために深い知識と伝統を利用したのだ。イタリア人は常に自分たちの遺産に感激してきたし、自分たちの起源を（ナポリと同じように）古代ギリシアとローマ帝国だと突き止めて、我が街の優れた美点を堂々と公言してきた。しかし、アレッツォは、エトルリア最大の都市の一つとして、ローマ帝国がイタリア半島を支配するより前の時代まで遡る古代の遺産を誇りにしてきた。

従って、先人ジョルジョがどのように古代エトルリアの窯業を追求し、研究して、自分でその収集を展開し、それらを自身の窯業への着想を得るために利用したかを説明するために、ヴァザーリが時間を割く時、彼は祖父を単なる愛国者としてではなく、知識人であり美術家であって——もはや熟練工ではないと称賛している。

中世の間ずっと、特定の美術家の名前は大部分が重要でないと判断され、後世に残すために書き留められることはほとんどなかった。画家、あるいは彫刻家、熟練石工ですら、ことによると靴直し職人や大工より実入りはよかったが、もっと高い社会階層に属するとはみなされなかった。十五世紀の北ヨーロッパ（ブルゴーニュ公の宮廷で、ヤン・ファン・エイクは持ち前の気品、教養、それに魅力と美術的才能を両立させて、友だちになり、大切なその一員になって、公爵の秘密任務までも請け負った）や、ダ・ヴィンチやラファエロのいた十六世紀のイタリアで初めて、画家や彫刻家や建築家は自分たちを他の職人と区別して、より高い社会的地位を手に入れようとした。ラファエロはヴァザーリよりわずか三十歳年上にすぎない。フィレンツェ宮廷と教皇制度の中心でのヴァザーリ自身のキャリアは、美術家の地位の向上に大いに貢献するはずだが、『列伝』以上にその目的に貢献したものはなかった。そこでは三つの主要な芸術形式――絵画、彫刻、建築――が、社会的かつ文化的意義が最も高い仕事として選ばれている。もし彼が靴直し職人を含めていたら、現代の国立美術館でも、靴が油絵や大理石の彫像と並んで展示されていたかもしれない。

有史前から現在に至る一般に知られているあらゆる人類文明は、像を創り出してきた。二次元の絵画と三次元の彫刻だ。[14] 機能的物品――花瓶、陶磁器、織物、甲冑、兵器類、宗教的彫像――は苦心して形成され、しばしば装飾を施されていた。それでも、こうした物の大部分は職人の製品で、私たちの現代的意味での（ギリシア語の〝テクネ《techne》〟と、そのラテン語の同意語〝アルス《ars》〟は、〝特定の何かをする能力〟を意味するが、一種の熟練で、創造的な天才ではない）美術家のそれとはみなされなかった。[15] 例え、見つめてしまうほど美しくても、実用的というよりむしろ美的でも。サルヴァトーレ・セッティスが注目するように、「古代ギリシア・ローマ文明は、もとより質や価値を判断するのは避けられないけれども、美術と呼べるものと呼べないものの間に、私たちに馴染みの境界を絶対に作らなかった[16]」

　ヴァザーリの時代に至るまで、美術家の大部分がまだ熟練肉体労働者とみなされていた。通常は彼らが創り出した物の方が、制作者の評判や身元や才能よりはるかに重要だ。ヴァザーリが生きた時代は、彼自身の努力により、この価値体系が独創的美術家のいっそう力強い礼賛を生み出す方向へと転じ、『列伝』の美的感覚の鋭い伝記が、その変化を記録し、強固にするのに一役買った。『列伝』そのものが示しているように、技術から芸術への移行はヴァザーリが生まれる何世紀も前から始まっていた。しかし、フランス王のフランソワ一世が自ら高く評価するダ・ヴィンチ、ラファエロ、ミケランジェロ等のイタリア人美術家に手紙を書き、身を低くして彼らの作品を何か、何でもよいからと懇請しなければならなくなった時、それは古い考え方からの劇的な変化を示した。なぜならフランソワはこうした美術家を独創的な才能のある人々として高く評価していて、作品そのものよりその作者に関心があったからだ。彼はお気に入りの美術家がパリに移住して、彼の宮廷で仕事をするよう説得を試みた。事実上、作品だけでなく作者も集めたのだ（そして、数ある中でもダ・ヴィンチ、ベンヴェヌート・チェッリーニ、ロッソ・フィオレンティーノを雇うのに成功した。もっともラファエロとミケランジェロはにべもなく断った[17]）。

　美術的な個性の礼賛は、コンセプチュアル・アートのような展開とともに、この現代に新たな極地に達した。普通の人が花瓶を割っても、まだ事故とみなされるが、中国人アーティストの艾未未《アイ・ウェイウェイ》が花瓶を割れば、その行為はアート＝美術と呼ばれ、破片が粉々になった状態には大変な値打ちがある。ヴァザーリによって、私たちにはこの転換がどのように起き始めたのかがわかる。〝美術の創造〟とはまさしく美術家を創り出すことだった。

だからこそヴァザーリは先祖の博識を実証することが重要だと考えるのだ。

彼が古代文明人が作業をしたと思われる場所に花瓶を探しに行くと……三ブラッチョ地中の古代の窯から三つのアーチを見つけたそうだ。あたりには同一種類の多くの割れた花瓶が散らばっていたばかりか、無傷の花瓶も四つあった。彼はその花瓶を司教の紹介でロレンツォ・デ・メディチへの贈り物にした。これが、その後ずっとあの最も幸運な一家に雇われることになった最初の理由だ。ジョルジョは浅浮き彫りの卓越した技術を発揮して働いた。これは彼の家に残る自ら制作したいくつかの頭像からもわかる。(18)

ロレンツォ・デ・メディチにアレッツォ焼きの四つの花瓶を贈ったことは、先人ジョルジョの人生で決定的に重要な出来事だった。この博識だとしてもつつましい陶工と当主の接触はアレッツォの司教が仲介したはずだ。愛国的な理由で、ロレンツォは世界初のエトルリア美術の遺物コレクションを作った。それによって、出生地のトスカーナと、その最も有力な隣人で、六世紀にイタリアを荒し回った侵略者のランゴバルド王国とつながりのあるミラノ、それにローマ教皇がその権威を古代帝国まで遡って明らかにしているローマの間に、歴史的、人種的、そして文化的な説得力のある卓越性を打ち立てたのだ。(19) エトルリアは、ローマが丸太小屋の村で、ミラノがまだ存在しなかった時に、高い文化のある有力な文明国だった。それゆえ、ロレンツォは、今日に至る全てのトスカーナ人と同様に、この事実を世界に気づかせるのが、この上なくうれしかった。このように正しい知識のある統治者に対応するという外交上及び職業上の成功で有終の美を飾り、先人ジョルジョ・

ヴァザーリは一四八四年に、六十八歳で亡くなった。[20]

その孫の我らがジョルジョ・ヴァザーリは、それから二十年以上経った一五一一年七月三十日、アントニオ・ヴァザーリと妻のマッダレーナ・タッチの間に生まれた。一家には子供がたくさんいて、ヴァザーリは後にトスカーナ独特のとぼけたユーモアで手紙の中でこう断言する。「父親は私の母親から九ヵ月ごとに子供を授かるだろう」と。[21]

当時、家族は正当な理由で人数が多かった。多くの子供が成人になるまで生きられなかったのだ。トスカーナ人幼児の推計一七・八パーセントが一歳になる前に死んだ。一つには、裕福な家庭は幼児を家に置くよりむしろ、母親自身がまた妊娠できるように貧しい乳母に任せたからだ。[22]小児期の病気が幼年期を生き延びた多くの子供の命を奪った。今の私たちには治療できる健康問題が、ルネサンスの男、女、そして子供たちに生涯にわたる苦痛を負わせた——蓄膿症、頭痛、肺炎、骨折、皮膚病、創傷、糖尿病、癌《キャンサー》（甲殻類のハサミのように肉を引きちぎることができる能力から〝カニ《キャンサー》〟と名付けられた）。例えば我らがヴァザーリは、ひどい鼻血に苦しんで、ずっと虚弱で、生きられるのかと両親を心配させた。同時代のベンヴェヌート・チェッリーニ（素晴らしい美術家で作家、正真正銘のライバル）によれば、「アレッツォのかわいい陶工、画家のジョルジーには……乾燥性の湿疹があって、いつも両手で掻いている」（チェッリーニが使った正確な言葉は〝乾性の軽いハンセン病〟[23]）かつて、チェッリーニは主張した。「彼が私の有能な徒弟のマンノと同じベッドに寝ていた時、自分を掻いているつもりで、実際には不潔な両手でマンノの脚の皮をむいてしまった。手入れをしたこともないあの爪で。マンノは彼を殺したくなった」[24]チェッリーニがかわいそうな痒《かゆ》がりのライバル、チビの壺職人ジョルジョに明らかに敵意を抱いていることを考えれば、

〝かわいい陶工ジョルジー〟がマンノを襲った話は、たぶん話半分に聞くべきだろう。[25]
ヴァザーリ自身は大叔父の一人、著名な画家のルカ・シニョレッリがどうやって彼の幼少期の鼻血を民間療法で治そうとしたかを述べている。「それは彼が聞いたことがあったからだし、これは本当の話だ。あの年の私は鼻血がひどく出て、時々倒れたのだが、彼は碧玉を私の首にこの上なく優しくあてがってくれた[26]」
シニョレッリはラザロ・ヴァザーリの甥で、ラザロ本人同様コルトーナの出身、地元の伝説的人物ピエロ・デラ・フランチェスカの弟子だった。『列伝』の彼の章で、ヴァザーリは、「[シニョレッリは] 若い頃、懸命に師匠を真似て、本気で師匠を超えようとした」と語っている。[27]
ピエロから、ルカ・シニョレッリは凛《りん》とした明晰な画風を学び、視覚的効果への強い興味を持った。彼は十五世紀後半の前衛芸術の中心で、遠近法と短縮法という技術革新を取り入れた。透視画法は、作品の前景にあるものより遠くにある人物と形をより小さく描くことで、本質的に二次元の絵画に奥行きの錯覚を与える作用をする。果樹園に立っているところを想像してほしい。林檎の木が、ほんの数メートル先に一本、もう一本は約四十メートルほど遠くにある。頭は、どちらの木もほとんど同じ大きさだと教えるが、約四十メートル離れた木は、すぐ前にある木より小さく見える。これまでの美術家が、二次元の書割のように人物と形が平面的な背景に浮かんでいるのに満足していたのに対して、十五世紀のイタリアの画家と彫刻家はこの錯視を再現しようとし始めた。
美術家の中には学問を大いに楽しんだ者もいる。ピエロ・デラ・フランチェスカは一四八〇年頃に数学と幾何学の高度な論文を三本書いた。アルブレヒト・デューラーは一五二〇年代に幾何学と透視図法の二冊の本を出版した。ルネサンスの建築家レオン・バッティスタ・アルベルティは『絵画論』（一四三五年）を書いた。これはルネサンスの重要な出版の最初のもので、画家に精密な遠近法による錯視の奥義を教えている。[28] カメラ・オブスクーラのような製品は、対象の三次元の画像を投影できるので、画家が効果的に輪郭をなぞれるようにしてくれるのだが、それは早くも十一世紀にイスラム社会でイブン・アル＝ハイサムの『光学の書』に書かれていて、それがアルベルティに主たる影響を与えた。一〇〇〇年から一四二五年の間に書かれた少なくとも六十一の原稿が発見されていて、光学と光学機器を詳細に論じている。しかし、数学と光学が主にイタリアの画家によって絵画に適用されるのは、十五世紀半ばになってからである。[29]

一四一三年頃ローマに戻って、ブルネレスキはサン・ジョヴァンニ洗礼堂を描いて、遠近法の公開実演を行った。彼はその絵を洗礼堂の真向かいにあたる大聖堂の戸口に展示した。それから、その絵にピンホールを開け、その前に見物人と絵に向くように鏡を据え付けた。これで、見物人はピンホールを覗いて、ブルネレスキの知覚的に正確な洗礼堂の絵（鏡に映った）を真向こうの本物の洗礼堂と比べられるようになるのだ。我らのヴァザーリは、その話を『列伝』のブルネレスキの章で語っている。これはしばしばドナテッロ、マザッチョ、ウッチェッロ、それにピエロといったフィレンツェの主要画家の間での遠近法への興味の原点として引用された。[30]

遠近法は、自然主義（目が見るものよりむしろ自然に近い絵画）への願望と、美術に隠れた数学への興味に触発された同種の新機軸だ。見る者に近づけば大きくなり、後ろに下がれば縮小する、単一の対象における奥行きの錯覚を再現することは、視覚に訴える遠近法の一番の要素だ。

こうした手法はアレッツォのシニョレッリの初期作品（一四七四年）や、サン・フランチェスコ聖堂のアコルティ礼拝堂、同様にピエロによる不朽のフレスコ画連作の好見本、『聖十字架伝説』

で披露されている。ジョルジョ・ヴァザーリは大叔父の画風を詳細に知っていた。

このフレスコ画では、人の品定めをする聖ミカエルが素晴らしい。そしてこの人物の中に、ルカの専門技術を見ることができる。甲冑の輝きや反射光、要するに、絵全体だ。彼は〔天使の〕手に秤を置く。そこには裸の人物が、一人は立ち上がり、一人は腰を下ろして、遠近法で美しく描かれている。(31)

不幸にも、このフレスコ画は劣化してしまい、ヴァザーリが描写した聖ミカエルはもはや見られない。

ヴァザーリはジョヴァンニ・ラッポリの指導のもと、アレッツォの地元教区立学校で読み書きを学んだ。ラッポリは名高い地元教師で作家でもあり、ポッラストラ、〝若い雌鳥〟という奇妙なニックネームを持っていた。ポッラストラはまた、大叔父のルカ・シニョレッリに少年の美術的素質を後押しするよう頼むという素晴らしい恩恵をほどこしてくれ、終生の友になる。

〔ルカは〕ヴァザーリ家に身を寄せていて、私は当時八歳の少年だったが、彼はどこから見ても非の打ち所のない上品で気さくな男だった。その彼が小学校の教師から私が何もせずにいたずら書きばかりしていると聞いて――私の記憶では、確か父のアントニオに向き直って言ったのだ。「アントニオ、もしジョルジョを行儀よくさせるつもりなら、必ず彼が絵画を学ぶようにに手を打つことだ。たとえ彼が文学に注目しても、絵を描くことは、全ての紳士にとってと同様、彼にとってもためになり、助けになり、尊敬すべきことなのだから」それから、彼は私に向き直って——私はちょうど真向かいに立っていた——言った。「学ぶのだ、我が一族の若者よ」彼は他にも私について多くのことを口にしたが、ここで繰り返すつもりはない。この素晴らしい老人の評価に、私はとうてい及ばないことを知っているからだ[32]。

〝ジョルジーノ〟は大叔父の助言を聞くだけの思慮分別があった。そして、自由時間にアレッツォの教会の中をスケッチするようになった。そこでは幸運にも、中世ロマネスク様式の建築の傑出した実例だけでなく、十五世紀の最も重要な絵画も何枚か見ることができた。絵画の中でも、サン・フランチェスコ聖堂のピエロ・デラ・フランチェスカのフレスコ画、『聖十字架伝説』をしのぐほど壮麗なものはなかった。彼が大叔父の大天使ミカエルの肖像を称賛した聖堂だ。

しかし、創作力と技術力については、〔ピエロによる〕短縮法で描かれた天使のいる夜の場面をしのぐものはない……コンスタンティヌス帝の天幕、兵士、それに周囲全体を彼自身の光で照らして、極めて慎重に〔仕上げている〕。この暗さの中で、ピエロは本物を模倣し、それらを自分の直接経験から引き出すことの重要性を教えているからだ。これだけ見事にやってのけることで、当世の画家に彼を手本として、今日私たちが見ているような最高の完成度に到達するよう努める十分な理由を与えたのだ[33]。

サン・フランチェスコ聖堂で、若いヴァザーリはもう一人の恩師、ギョーム・ド・マルシラという名前の親切なフランス人が据え付けた新しいステンドグラスのバラ窓も見ることができた。アレッツォでは、この有能な職人をグリエルモ・ダ・マルチラと呼んだ。ヴァザーリも『列伝』ではその名前で言及している。(34)アレッツォの人々は〝グリエルモ〟をとてもよく知るようになった。一五一八年から亡くなる一五二九年までの十年以上、マルチラがアレッツォに工房を開いていたからだ。彼は少なからぬ力量の画家であるばかりか、イタリア・ルネサンスで最も重要なステンドグラス作家として、すでに定評があった。板絵の一つがベルリンに残っている。(35)彼と街の関係は極めて友好的だった。

長く居住し、アレッツォの街に愛情を抱いていたことから、彼自身が母国と決めたと言ってもよいだろう。誰もがそうみなして、彼をアレッツォ人と呼んだのだ。そして実際、優れた力量から得られる恩恵の一つがこれだ。人は遠い外国地域や未開の珍しい国から来るかもしれない。しかし、長所が彼の魂を飾り、その手が鮮やかな手際の仕事をすれば、どの街にやって来ても、足を踏み入れて、技能を示すや否や、その素晴らしい作品は口伝てに広まり、間もなくその名は有名になり、彼の資質は高く評価され称えられるだろう。(36)

ヴァザーリは『列伝』をギョーム・ド・マルシラに捧げたばかりか、詩で称賛した。同胞になったこのフランス人への高遠な敬意のしるしだ。六行六連体は、どの行も〝ベッロ〟で終わる言葉を中心に展開する。〝美〟とも〝美しい〟ともどちらにも取れる言葉で、従って、翻訳はいくらか不格好な反復なしには、事実上不可能だ。

この身廊の中で最も優れた美の
麗しい目、あらゆる美を超越する美
確かにアレッツォの教会の最も崇高な美は
その窓にある。他の全ての美は
それに劣る。時間そのものがこのような美を獲得する
その美はそれより崇高な美を実現できない。(37)

ヴァザーリの『列伝』の至る所で、多くが語られている。これは確かに美術史であり、実力者の年代記だ。若い美術家が誰に師事したか、あるいは誰と一緒に働いたか、雇主は誰か、を年代順に記録しているのだ。これは美術家にも美術史にも、いくつかの理由で重要だ。従来たいていの美術家についてはほとんど何も知られていない。宮廷とつながりのあった美術家は、より多くの記録を残す傾向がある。法律上の問題に巻き込まれた不運な人たちも然りだ。法廷《コート》の文書と宮廷《コート》の記録は詳細を提供してくれるし、慎重に文書館に保存されて何世紀も生き残っている可能性が高い。ヒエロニムス・ボスやロヒール・ファン・デル・ウェイデン、それにジョルジョーネのように影響力を持つ画家には伝記があるがかなり不完全だ。存命中にどのような文書が書かれて、彼らの活動（たいていは、誕生、死、結婚、あるいは名誉ある依頼といった最も重要な人生の出来事）を説明していたとしても、それが残っていないという単純な事実のせいだ。にもかかわらず、画風の観点から影響を分析すること、例えばルカ・シニョレッリの絵画の中にピエロの影響力を見れば、ルカの人

生を再現するのに役立つ。ピエロに似た絵を描いたということは、私たちに彼がピエロに師事したと結論づけさせてくれるからだ。若い画家は、その作品が親方のものと見分けがつかなくなるくらいまで、親方の画風で作業をするよう仕込まれて、生き残った文書によらなくても、画風でたどれる影響力の鎖を作った。

アレッツォへの美術の贈り物と併せて、ギョーム・ド・マルシラは若いジョルジョ・ヴァザーリにとても個人的な素晴らしい贈り物をした。師匠から弟子への贈り物だ。『列伝』におけるフランチェスコ・サルヴィアーティの章の余談として、ヴァザーリは最初に絵を描くことを教えてくれたのはマルシラだと明らかにしている。(38) ディゼーニョやディゼニャーレという表現で、ヴァザーリは素描を、ただのスケッチや見たものを記録するだけでなく、評価し、構成する手段として語っている。ディゼーニョはイタリア語ではまだ〝デッサン〟と〝デザイン〟の両方の意味を持つが、彼の世界では、画家の教育の基本段階なのだ。マルシラが覇気満々の若い友人に譲ることのできた遺産で、これほど素晴らしいものはなかった。

4 アレッツォからフィレンツェへ

素描はトスカーナの美術的伝統の中心に位置していたかもしれないが、デッサンへのこれほど厳格な強調は、ヨーロッパで、あるいはイタリアでさえ、広く行われている慣行ではなかった。これは明確に狭い地域に限られ、トスカーナとローマには絶対に必要でも、ヴェネツィアではそうでもなかった。ギョーム・ド・マルシラのような外国人で、イタリアで仕事をしている者にとっては、それは美術の技法の基礎そのものを考えるための、まったく新しい方法を身につけることだった。彼がローマに来たのは、ちょうどジョルジョ・ヴァザーリが生まれた頃（一五一一年）だったが、ラファエロやミケランジェロといった同僚は素描に集中的な時間を費やしてからでなければ、絵具で絵は描かないことを知った。素早い大ざっぱな人物の習作に始まり、途中でもう少し洗練され中規模な素描に進み、ついにフレスコ画用の実物大の型紙になるのだ。こうした巨大な下描きで人物の輪郭を描き、一連の針の孔を空けた〝下絵〟に、今度は針で作った孔から灰を吹き込めば、フレスコ画の画家は描かれた下絵を直接壁に移せるようになる。素描に集中したこの注意力の成果が――ヴァティカンのラファエロの部屋やシスティーナ礼拝堂の天井を含めて――マルシラに自分自身の仕事のやり方を調整する着想を与え、またしても目覚ましい成果を挙げた。何年も後に、ヴァザーリがそう書くことになる。

グリエルモが最初にローマに来た時、他のことには熟達していても、素描の経験はあまりなかった。しかし、ひとたびその必要性を理解すると、長年仕事は順調だったにもかかわらず、素描と研究に没頭した。そしてその結果、少しずつ上達した……彼の［その後の］作品は初期のものとはずいぶん変わり、よくなっている(1)。

ミケランジェロは素描の重要性に夢中だった。自分の素描の余白に弟子の一人に向けてこうした指示を書いている。「描け、アントニオ、描け、アントニオ、描け、時間を無駄にするな(2)」ヴァザーリは『列伝』を始める概論の中で、素描は実践的技術以上のものだと強調している。それは哲学だと。

この素描、これが私たちの不安定な能力から独創的なアイデアを生み出す時には、まめで有能な手を必要とする。長年の研究と訓練の結果、ペンや、鉄筆、木炭や、鉛筆を使って、自然が創造したいかなるものをもうまく描いて表現するために……(3)。

幼い頃からの十分な訓練が、巧みな素描を無意識的なものにする。何十年もバイパス手術をしてきた心臓病の専門家が自然のままの巧まぬ容易さで複雑な動きをすることができるようなものだ。素描に十分習熟していれば、イメージやアイデアを思いつけば、握ったペンからあふれてくるはずだ。ヴァザーリは続ける。

知性がその考えをはっきりと分別を持って声にする時には、そうした考えは長年素描を練習してきた手に、美術の極致と卓越性、それに美術家の専門技術の両方を理解させるだろう(4)。

ヴァザーリ自身が伝えているように、マルシラは美術家としての正式な教育を始めた。「アレッツォの教会にある優れた絵画の全てを模写し終えると、フランス人のグリエルモ・マルチラからある規則とともに、最も重要な原則を教えられた(5)」

〝最も重要な原則〟と〝規則〟は、十六世紀初期には明確な意味を持つ言葉だった。〝最も重要な原則〟とは、基本用語であり、熟練した職人技や、〝線〟、〝形〟、〝影〟、それに〝遠近法〟といった構成のことだ。〝規則〟とは、こうした最も重要な原則をある種の意味のある順序に並べて、一連の指図か、見解を作り出すことを意味していた。今回の場合、〝ある規則〟はおそらく、マルシラが美術をどう見て、どう考えるかについての指針、十歳の少年にも十分理解できるほど重要で明快な指針を提供したことを意味している。ギョーム・ド・マルシラは彼に最も正確な意味での素描を教えた。高価だった紙も、自分の時間も無駄にしないように注意しながら、ペンか木炭で紙に描く。絵具を使っての作業を許されるのは、もっと上級の徒弟だけだったのだ。ジョルジョ・ヴァザーリは理想的な素描教育をこう思い描いている。

さて、心に浮かんだアイデアや、何であれ他のことを素描で表現する方法を学びたい者は誰でも、ひとたび自分の手をいくらかでも慣らしたなら、形を立体的に描く訓練をすることが必要になるだろう。大理石や、石や、人物像か古代彫刻、さもなければテラコッタのモデルを。

裸体でも、生地と服の代わりになる粘土の固まったぼろをまとっていてもかまわない。こうしたものは全て、静止していて、感情がないので、極めて扱いやすい。動かないというのは、それを描く者にとって、生きて動いているものには起こり得ないことだ。そうしたものを描く訓練が十分にできて、もっと確かな技術が得られたら、今度は自然のものを描き始めなさい。その際には適切で確かな技法が身につくように、可能なかぎりの注意を払うことだ。自然に由来するものは、偽りなくそうした努力をした者に名誉をもたらすからだ……美術作品からでは決して十分には学べないのに対して、自然の創造物からは完璧に学べる。そして、これを堅固な原則として受け止めるように。長年の熱心なデッサンで得た手腕は……素描の真の光明であり、人をその専門分野で傑出した存在にしてくれるのだ(6)。

一五二四年、マルシラの早熟な弟子、ジョルジョ・ディ・アントニオ・ヴァザーリは徒弟としてアレッツォからフィレンツェへ移った。並外れた美術の才能を見せた少年には当然の歩みだったが、誰にとっても当たり前の歩みではなかった。それは、ラザロ・ヴァザーリがロレンツォ・イル・マニーフィコに四つのアレッツォ焼きを贈った一四七四年のあの決定的瞬間以来、ヴァザーリ一族がメディチ家と築き上げたあらゆる関係を引っ張り出すことを意味していた。あらゆる関係が役立った。コルトーナ在住のヴァザーリ家の親戚網からメディチ家の長年の支持者でジョルジョの教師のポッラストラまで。それに、訪問中の枢機卿を楽しませてほしいと頼まれた時に若きジョルジョが見せた落ち着きも。

一五二三年に、コルトーナの枢機卿シルヴィオ・パッセリーニがクレメンス七世の教皇特使としてアレッツォを通った時、彼と親戚だったアントニオ・ヴァザーリは、枢機卿に敬意を表するために長男のジョルジョを送った。枢機卿は、九歳にもならないこの少年が文学の教育をしっかり受けていて（アントニオ・サッコーネ殿とアレッツォの優れた詩人、ジョヴァンニ・ポッラストラ殿の骨折りのおかげ）、ウェルギリウスの『アエネーイス』の多くを暗記しているのを知り、吟唱を聞きたがった。それから、枢機卿は〔ジョルジョが〕グリエルモ・マルシラ殿から絵を習ったと知ると、アントニオ自身が少年をフィレンツェに連れてくるよう命じた。(7)

枢機卿パッセリーニの命令は軽視するわけにいかない。フィレンツェの教皇特使としての地位は、イタリアでも最も実力があった。メディチ家の二人の推定法定相続人、イッポーリトとアレッサンドロ・デ・メディチの後見人も務めていたからだ。二人はジョルジョ・ヴァザーリとまさに同年代（アレッサンドロは一五一〇年生まれ、イッポーリトは一五一一年生まれ）だった。二人の少年はどちらもロレンツォ・イル・マニーフィコの直系だったが、庶子だった。従って、社会的地位は若干不安定だった。ロレンツォの子孫として、二人にはラルガ通りにある豪華なメディチ邸に、三人目の若い正統のメディチ家子孫、一五一九年生まれのカテリーナと一緒に住む権利があった。不滅の王朝を維持すべく作られた壮麗な宮殿で、その王朝の未来を託された三人の子供はメディチ家の側近の被護のもと暮らしていた。輝かしい血統ながら、権利は制限され、極めて不安定な未来を持つ、事実上の孤児だった。

三人それぞれがどういう血縁関係にあるかもはっきりしない。カテリーナはよく知られた家系の本物の孤児だった。彼女の祖父のピエロはイル・マニーフィコの長男で、彼女の父親、ウルビーノ公〝ロレンツィーノ〟の父だった。ロレンツィーノとフランス人の妻、マドレーヌ・ド・ラ・トゥール・ドーヴェルニュの間には一五一九年にカテリーナが生まれたが、その同じ年にロレンツィーノは梅毒でぼろぼろになって死んだ(8)。最終的には、彼女はフランス女王となり、イタリア・ルネサンスをフランスに輸入する。当時フランスはまだ、芸術の分野では偉大なゴシックの伝統の影響を受けていたのだ。

少なくとも理論上は、アレッサンドロ・デ・メディチはカテリーナの異母兄だ。彼は彼女の父親、ロレンツィーノの庶子なのだ(9)。アレッサンドロの浅黒い肌は、母親はアフリカ系だったかもしれないことを示唆している。彼は〝イル・モーロ〟と呼ばれた。イタリア語では、黒い髪の者か、もっとはっきり言えばムーア人を意味する(10)。が、彼の黒い髪は父方からも来ていたのかもしれない。しつこい噂が、アレッサンドロは、本当は浅黒いハンサムな枢機卿、ジュリオ・デ・メディチ、未来のローマ教皇クレメンス七世の息子だと主張しているからだ。だからこそ遺伝的意味合いで〝モーロ〟と呼ばれたのだと。

イッポーリト・デ・メディチはアレッサンドロの一歳年下で、ロレンツォ・イル・マニーフィコの末息子、ヌムール公ジュリアーノの子供だ。ジュリアーノは結婚しないまま、一五一六年に死んだ(11)。貴族の恋人はイッポーリトが生まれた時には別の人と結婚していたので、子供は直ちにメディチ家に引き取られた。ジュリオ・デ・メディチ（アレッサンドロの本当の父親の可能性がある）は教皇に選出される直前、一五二一年から一五二四年の間に、先頃亡くなったロレンツォ・イル・マニーフィコの孫と子に不朽の名声を与えるようミケランジェロに依頼した。ロレンツィーノとジュリアーノを大理石でと。フィレンツェのサン・ロレンツォ教会に付属する新聖具室の中で、彼らの像は軍服に身を固め、夜明け、夕暮れ、昼、それに夜の化身に伴われていて、生前よりずっと強い印象を与える。アレッサンドロとイッポーリトはこれを讃美するためにしばしば連れてこられたに違いない。

ロレンツォ・イル・マニーフィコの真ん中の息子、ジョヴァンニ・デ・メディチは聖職についていた。ルネサンスのイタリアでは慣習となっている次男の職業選択だ。もっとも、たいていの次男は十四歳という年齢で枢機卿にはならなかった！　一五一三年、早熟なジョヴァンニ枢機卿は、やはり早熟な三十七歳という年齢で教皇に選ばれ、レオ十世を名乗った。その同じ年、この新しい教皇の後援で、イッポーリトの父親のジュリアーノは短命の共和政治からフィレンツェをメディチ家に取り戻し、それによってトスカーナとローマの間に強い絆を築いた。これはローマ教皇庁とメディチ銀行の多くの金銭的関係によって強固になり、一族の並外れた富と権力の源になった。一五一七年、レオは新しい枢機卿を大量に生み出した。その中には、コルトーナのシルヴィオ・パッセリーニや従兄弟のジュリオ・デ・メディチ（ロレンツォ・イル・マニーフィコの兄弟、ジュリアーノ・デ・メディチの息子。ジュリアーノは一四七八年に暗殺者の犠牲になったハンサムな若者で、生きていれば教皇レオの叔父になっていたはずだ）がいた。[12] ジュリオ枢機卿は父親の浅黒いハンサムな顔をいくらか受け継いでいた（ジュリアーノのがっしりした体格は受け継がなかったようだ――彼はどう見ても洋梨型だった）。他にも、文学と美術の好み全てを。一五二三年、教皇レオの死から二年、陰気なオランダ人のハドリアヌス六世の短い統治の後、ジュリオ枢機卿は生得の権利でローマ教皇の座を継承し、クレメンス七世になった。メディチ家からの矢継ぎ早な二人目の教皇だ（最終的には四人誕生することになる）。従って、ヴァザーリがメディチの宮廷に現れた時には、フィレンツェとローマの関係はかつてないほど密接で、メディチ家の地位はどちらの市でも確固たるものだった。トスカーナにある他のほとんどの市でも言うまでもない。こうした入り組んだ抜け目のない策謀は、ヴァザーリの物語に背景を提供する。彼が自分の人生と仕事を展開するチェスボードだ。自分で権力を行使することはなくても、権力を持つ者と親しくて影響を与えられるのだ。

ジュリオ枢機卿は教皇に選出されるまで、フィレンツェ政府の事実上の長だった。しかし、新しい責務（マルティン・ルターに率いられた、ドイツ・カトリックの教皇権に対する反乱もあった）が始まった今、彼は教皇クレメンスとして、自分の権限を委任することを余儀なくされた。今後もメディチ家が確実にフィレンツェの支配を続けるために、クレメンスは市に関する最高の権限を――後見人シルヴィオ・パッセリーニ枢機卿ともう一人、もっと遠縁だが中年で有能なオッタヴィアーノ・デ・メディチの慈父のような指導のもとで――十二歳の（おそらくは）息子のアレッサンドロと十一歳の甥、イッポーリトに与えた。オッタヴィアーノは荘厳なメディチ宮殿から通りを少し向こうへ行ったサン・マルコ広場にある宮殿に住んでいた。こうして、パッセリーニ枢機卿のアレッツォを通ってフィレンツェへ向かう旅は、若いジョルジョ・ヴァザーリだけでなく、枢機卿本人にとっても極めて重要な機会になる。パッセリーニ自身がトスカーナの大半に及ぶ本物の政治力を取得することを示していたからだ。しかも、彼が後見する二人の子供の年齢、十一歳と十二歳を考えれば、アントニオ・ヴァザーリにジョルジョをフィレンツェに連れてくるよう命じて、アレッツォ生まれのこの才能ある少年――どのみち自分の親戚――をメディチ家の二人の少年と付き合わせ、二人にできるだけ勤勉な行動習慣と公職の精神を守らせるつもりだったのは明らかだ。あいにく、とりわけアレッサンドロは、有望な資質を見せなかったが。

もし十六世紀初期にフィレンツェが最上位のメディチ家に拠点を提供すれば、ヴァザーリが生きている間に、彼らの支配はトスカーナ全土を包含することになるだろう。メディチ家の誰かがローマで教皇の座に就くたびに、一族の残りの者たちは追加の富と恩恵を当てにできた。それでも、彼らは幸運を軽はずみにあっさり信じることはなかった。十五世紀と十六世紀のイタリアは、実のところ、喧嘩を売り買いする都市国家の群れで、国民国家イタリアとして一体化するのは、何と一八六一年だ。封建制の諸国は、軍閥に率いられ、市と領地を統治して、多くの場合十七世紀まで続いたのだ。マントヴァを占領したゴンザーガ家、フェラーラのエステ家、ミラノのヴィスコンティ家とスフォルツァ家、リミニのマラテスタ家、ウルビーノのモンテフェルトロ家、ジェノヴァのドーリア家、フィレンツェのメディチ家、シエナのペトルッチ家、チッタ・ディ・カステッロのヴィテッリ家、オルヴィエートのモナルデスキ家、そしてファルネーゼ家。こうした君主一族は互いに戦争をしかけ、姻戚関係になり、内輪で同盟し、フランスやスペインといった大君主国とも、神聖ローマ帝国皇帝とも同盟した。軍務――軍人稼業――は貴族階級の最も高潔な使命になっていたからだ。ルネサンスのイタリアは過剰な軍閥に悩まされていた。彼らはしばしば素晴らしい美術品を発注したが、社会への実際の影響はほぼ完全に有害だった。

メディチ家は十五世紀に銀行家から軍閥へと移行した。そしてその傲慢さのせいで、ついに一五〇四年から一五一三年の間、フィレンツェから追放された。しかしながら、レオ十世とクレメンス七世のおかげで、一五二三年にはフィレンツェとメディチ家は再び切っても切れない仲になった。ローマでも今回は、君主として、その富が教会とローマにどれほど密接に結びついているかを悟った。ローマは、レオとクレメンスがおおやけの説教の中で狙いを定めて、美術、音楽、そして文学をキリスト教世界の万人の資本と呼ぶことに取り組んできた街だった。

そして十六世紀初頭の今、メディチ家支配下のフィレンツェはすでに一世紀以上も有力で強力な文化の中心地だった。しかし、あり得ないほど多くの才能ある制作者——美術家、作家、思想家——がいても、市はまだ大きな村とさほど変わらず、人々は城郭の中に寄り集まっていた。一五〇〇年の人口はほんの六万人ほどで、その影響力を思えばちっぽけだ。現在の市は百平方キロを占めるが、当時はもっとずっとこぢんまりしていた。メディチ家という後援者の富と趣味のよさのおかげで、フィレンツェはイタリアばかりか実際にはヨーロッパの最も才能ある美術家を引き寄せる磁石になった。でも、人口が常住者で三十万人ほどにまで増えた（それに、毎年何百万もの観光客が来る）今日でさえ、通りを歩けば、街が実際にはどれほど狭いかが感じられる。このこぢんまりした規模が、フィレンツェが大好きな聖書の英雄、ダヴィデに象徴される祖国愛に重要な要素だった。その多くの像（ドナテッロ、ヴェロッキオ、それに、もちろんミケランジェロの像のような）が訪ねてくる外国の高官に警告していた。この小さな都市は、ダヴィデのように、大きな思想のもと近隣のいかなるゴリアテ（旧約聖書に登場する巨人兵）たちとも戦う覚悟ができていると。しかもメディチ家は、ダヴィデと同じように、抜け目のない政治的策士だった。権力を取り戻し、続けて二人の教皇を出して一族の財源を満たし、聖職者任命権を後押しできるようになって、一族は自らをトスカーナの支配者であるばかりか、ヨーロッパ全域に影響を及ぼす大物だと、本気で考えることになった。

こうしてメディチ家とその顧問たちは、彼らの統治について、十五世紀とは違う考えを持ち始めた。国民国家に近い規模で、人類の歴史を広く見渡す観点から。政治について同様の考えが、ジュリアーノ・デ・メディチが一五一三年にフィレンツェから追放した男の心にやはり浮かんでいた。ニッコロ・マキァヴェッリは市政府の一員だったが、今はフィレンツェ近郊のサン・カッシアーノにある山荘で亡命生活を送り、読書と執筆に明け暮れていた。これが一五二四年にジョルジョ・ヴァザーリが足を踏み入れた世界だった。並外れて幸運な若者は、立身出世に力を尽くす覚悟のある若者でもあった。

彼は小姓でもなければ貴族階級でもないので、ラルガ通りにあるメディチ邸に住むわけにはいかない人間だった。そこで若いヴァザーリはメディチ家と親しい関係にあるフィレンツェの裕福な一族、ヴェスプッチ家（アメリゴ・ヴェスプッチと同じ一族で、アメリカはこの名をとって命名された）に身を寄せた。

そこで彼はロードス騎士団のニッコロ・ヴェスプッチ氏の家に寄宿した。家はヴェッキオ橋の川辺、墳墓教会の北にあった。彼はそこでミケランジェロ・ブオナローティに引き合わされた……。〔一〕方、ヴァザーリは文学の勉強をやめていなかったので、枢機卿の命令で一日二時間、イッポーリトとアレッサンドロ・デ・メディチと一緒に、彼らの教師であり、優れた人物のピエリオ・ヴァレリアーノの教えを受けた[13]。

若きヴァザーリが住んだ、聖墳墓病院は、アルノ川南岸のヴェッキオ橋の入口にある十四世紀の堂々とした建物で[14]、聖ヨハネ騎士団によって建てられた。間もなくマルタ騎士団として知られることになる独身の戦士かつ医者たちの十字軍だ[15]。ニッコロ・ヴェスプッチと仲間は禁欲の誓いを立て、独身を守っていた。その結果、若きジョルジョはとても高級な寄宿舎に住んで、その一日をミケランジェロの工房と、イッポーリトとアレッサンドロ・デ・メディチと一緒の教室とに分けていた。ミケランジェロはサンタ・クローチェ地区にある現在のブオナローティの家近く、モッツァ通りに家を所有していたが、フィレンツェの反対側、メディチ邸やメディチ家のサン・ロレンツォ教会で多くの時間を過ごしていた。イッポーリトとアレッサンドロ・デ・メディチと一緒の授業は、ラルガ通りのメディチ邸で行われた。従って、ジョルジョ・ヴァザーリの生活の平均的な一日は、ちょうどフィレンツェの中心を抜けてアルノ川南岸からラルガ通りへと、景色を楽しみながらきびきび歩く散歩になった。彼がそれに飽きたとはまず考えられない。

ジョルジョ・ヴァザーリに美術と文学を教えた二人ほど、心を奪う者たちを想像するのは難しい。ピエリオ・ヴァレリアーノは今日ではミケランジェロほど知られていないが、全盛期には、その機知と博識で有名な、非常に人気のある作家だった(16)。彼はアレッツォ出身の若者が気に入ったに違いない。ヴァレリアーノ自身も貧しい生い立ちだったからだ——ジャンピエトロ・ヴァレリアーノ・ボルツァーニ、イタリア・アルプスの町ベッルーノの生まれで、十五歳で初めて字が読めるようになったのだが、すぐにその失った時間を埋め合わせた。パドヴァ大学で学位を取ってから、一五〇九年に南に向かってローマに入った。ローマでは、ジョヴァンニ・デ・メディチ枢機卿、未来のレオ十世の家族と親しくなった。ピエリオ・ヴァレリアーノはローマでつけたペンネームで、名前のピエトロはピエリア(ミューズの故国、アテネの北の地域で、ヘリコーン山や伝説に名高いテンペ谷が含まれる)を連想させるように変えられている。

ヴァレリアーノの最も野心的な仕事は、千ページに及ぶエジプトの象形文字の研究論文だ。『ヒエログリフィカ』、あるいは、『エジプト語の神聖文字についての注釈書』は、この類では最初の本で、当時のルネサンスの象徴や後期のヒエログリフの辞典を備えていた。[17] 形、象徴、それに言葉がヴァレリアーノを魅了した。人生のあれほど遅くにアルファベットの形を解読することを学んだ者には、驚くことではなかったのかもしれない。彼はまた、コンクリートポエトリー（文字や単語や記号の絵画的配列によって作者の意図を表そうとする詩）あるいはパターンポエトリーを作る難解な中世以前の美術にも取り組んだ。これは、ページ上の詩の言葉がその内容を想起させる形を作るものだ。例えば一五四九年の彼の詩、『ピエルス』は、洋梨の形に書かれている。これは本名のピエトロ、ペンネームのピエリオ、それにラテン語の洋梨、ピルスを思い起こさせる言葉選びで、中世以前の詩人オプタトゥスに敬意を表している。この詩人はこうした詩句と幾何学の茶目っ気のある組み合わせを得意としていたのだ。[18]

ヴァレリアーノはまた『学者たちの不幸』(De Literatorum Infelicitate) という伝記シリーズを書いた。[19] しかしながら、こうした作品は全て、一五二三年にフィレンツェに落ち着いて、メディチ家の少年とアレッツォから来たその仲間にラテン語とトスカーナ語における弁舌の優れた点を教えるようになってからのこと、まだ先の話だ。その同時代人と同様に、ヴァレリアーノも〝言語の問題〟と呼ばれるものに深く関わっていたのだ。土地言葉は、厳粛さ、気品、そして表現力において伝統的ラテン語と同じレベルを達成できるのか？ フィレンツェでは、答えは常にイエスになることがわかっていた。ルネサンスのフィレンツェ人（と、最も純粋で最も気品あるイタリア語を話せると思っている今日に至るまでのその子孫）は、彼らの土地言葉と、その独特の発音は、ラテン語よりむしろエトルリア語に直接由来していると（またしても最古の起源神話を自慢しようと張り合って）信じているからだ。それに、偉大なフィレンツェの詩人、ダンテが『神曲』をトスカーナ語

で書いたから。(20)

ヴァザーリがすぐにミケランジェロと引き合わされたという事実が、彼の技量を立証している。フィレンツェには彼以上に厳しい親方も、彼以上に有名な親方もいなかった。どんな推薦状も能力の代わりにはならなかったはずだ。若きヴァザーリがもし割当仕事に耐えられないようなら、溺愛する父親も親戚の枢機卿も彼をミケランジェロの工房に推薦しようとはしなかっただろう。五十一歳になっても、ミケランジェロはまだ彫刻家の誰よりも速く大理石を切ることができたが、フィレンツェの正統な伝統を受け継いで、全てのプロジェクトを素描で始めていた(「描け、アントニオ、描け、アントニオ、描け」)。

ミケランジェロの時代には、絵画や彫刻の手順は二段階に分けられていた。「インヴェンツィオーネ」と「ディゼーニョ」、ヴァザーリがたびたび使用した二つの用語だ。インヴェンツィオーネは、対象物の制作に取りかかる前に美術家の頭にある作品の構想を指す。それにはどのように新奇で、興味をそそる、刺激的で、魅力的なものを作るかという理論的知識も含まれる。ディゼーニョは文字どおり〝デッサン〟か〝デザイン〟を意味し、構想、インヴェンツィオーネを仕上げる美術家の身体能力によって決まる。例えば、パオロ・ウッチェッロは構想と遠近法に秀でていたが、素描や仕上げの不具合がことによると彼の作品を美しいというより面白いものにしている。ヴァザーリは例によって、パオロは鳥を愛し、チーズが嫌いだったと私たちに語る。もっとも、〝ウッチェッロ〟はイタリア語で〝鳥〟の意味だ。

ミケランジェロとの師弟関係についてのヴァザーリの記述は、師弟関係そのものと同じくらい短い。師弟関係はほんの数ヵ月だった。その後、教皇クレメンスがミケランジェロをローマに呼び寄せたのだ。それでも、ヴァザーリにとってその時期は、親方に気に入られるには十分な長さだった。ミケランジェロは一五二五年に若い徒弟がアンドレア・デル・サルトの工房に移れるよう自ら手配した。(21)

一五二〇年にフランスから帰国して以来、アンドレア・デル・サルトは今のジーノ・カッポーニ通りとジュゼッペ・ジュスティ通りの角にある大邸宅（現存している）から、フィレンツェでも大規模な絵画工房の一つを運営していた。多くの美術家がサンティッシマ・アンヌンツィアータ教会の周辺に住んでいた。この教会にはその祭壇がある正式なフィレンツェ画家ギルド（顔料を扱うため当時はまだ薬剤師と医師のギルドの一部）が入っていて、親方同士と徒弟同士の情報交換（生きしたゴシップはもちろん）に役立っていた。ミケランジェロの工房からデル・サルトの工房へ移って、ヴァザーリは第一の専門になるはずのもの——絵画——の徹底的な基礎訓練を受けた。

アンドレア・デル・サルトの工房のようなフィレンツェの絵画工房では、亜麻仁油、汗、それにおが屑の匂いが来訪者をドアの外で出迎えるのだった。理想を言えば、南向きの大きな窓が望み得る最高の光を捉えている。それに工房の天井は十分に高くなくてはならないし、あらゆるサイズの祭壇画を収容できる十分な広さがなくてはならない。床に散らばるおが屑は絵具の撥ねを吸収し、掃除を容易にする。八歳から十八歳までのヴァザーリのような徒弟は、年上の有給の助手に混じって、あかじみた革の上っ張りを着てものすごい汗をかき、笑い、悪態をつき、掃除をし、顔料をすりつぶし、驚くほど陽気で打ち解けた雰囲気を作っていた。屋根裏部屋で孤独な画家が絵を描いているというロマン主義のイメージは、十六世紀のイタリアには当てはまらなかった。あるいはヨーロッパのどこにも——ヴィッテンベルクでは、アンドレア・デル・サルトやラファエロの同時代人、ルーカス・クラナハが紛れもない工場を運営していた。

隅には、木製パネルが積み重ねられていただろう。虫もつかず、反ることもない、均質な洋梨の古木や同様の木から専門の大工が費用をかけて注意深く作ったものだ。入念にかんなをかけたパネルは、本当にとても高価だったはずだ。とりわけ、一枚の大きな表面を作るために何枚かを組み合わせる場合には。パネルは、下地にジェッソ（石膏に摂氏六十度くらいで煮溶かされた動物の結合組織〔ウサギの皮が好まれた〕のネバネバした厄介な調合物を加えたもの）を塗っておく。カンバスに描くためには、木製パネルよりむしろ、ジェッソは絶対必要だ。油絵具のための展色剤の亜麻仁油は弱い酸性で、時間とともにカンバスを浸食しかねないからだ。

備蓄されたパネルに加えて、工房の別の隅には麻のカンバスのロールが林立していただろう。それを徒弟がストレッチャーと呼ばれる木枠に釘で留め、絵を描くためにピンと張った画布にするのだ。ジェッソが終わると、パネルやカンバスは支持体と総称されるが、さらに別の徒弟から下地塗りを受けることになる。風景画には、望ましい基層は茶色だ。海景画には青、肖像画には、少なくともイタリアではオリーブグリーン、地中海の肌のオリーブがかった色調を微妙に引き出すのだ。しかしながら、ティツィアーノは赤の下塗りを好んだ。彼が描く顔や丸々太ったケルビムに、生き生きした明るい色調を与えてくれるのだ。こうした底層が乾いて初めて、支持体は実際に精密な絵を描く準備が整う。

別の隅には、宝石のような色の貴重な顔料の壺が整列している。徒弟の中でも若い者が、親方の好きなレシピに従って、手で絵具の調合をしたはずだ——前もって混合された絵具のチューブが考案されたのは、十九世紀になってからだ。もっと前には、画家がそれぞれ顔料を（しばしば多額の金を払って）購入し、工房で混ぜてすりつぶして、まったく独自の品揃えの色彩パレットを作り出していた。木炭から黒を作るのはまあまあ簡単でも、他の色を手に入れるのはもっと難しかった。えび茶色は鉱物の顔料から手に入れた。私たちが黄褐色《ローシエナ》または黄褐色《ローアンバー》、暗褐色《バーントシエナ》あるいは暗褐色《バーントアンバー》として知っている色の顔料は、シエナとウンブリアの地域から来た。トスカーナの画家たちがよく知っている顔料だ。中でも最も高価な顔料はコバルトブルーで、半貴石、ラピス・ラズリから作られた。現在はアフガニスタンになっている地域で採掘され、長く危険の多いシルクロードを経由してヨーロッパに運ばれた。中世には、ラピス・ラズリは目方でサフランや金より高くつき、そのために、たいていは聖母マリアの衣服のために取っておかれた。安い硫酸銅の青が明るい緑に変わる傾向があったのと違って、ラピス・ラズリのウルトラマリンは絶対に変色しなかった——色あせない藍色顔料は、高い値段に見合っていた。

　アンドレア・デル・サルトは衣服の彩色に派手な赤を使うことがあった。朱と呼ばれる顔料から生まれる色だ。これはすりつぶさなくてはならない徒弟には悪い知らせだった——実は有毒の水銀の化合物で、粉末状の辰砂から作られるからだ。赤の顔料の別の選択肢はカルミン・レッド・レーキで、これはカイガラムシの一種、コチニールカイガラムシの虫体を粉にして抽出したカルミン酸から作られる。粉にした昆虫から絵具や食品の着色料を作るこの方法は、古代エジプトの時代から用いられていて、今日でもまだ見られる。

　十六世紀の工房の多くは、乾くのを待っている絵画で場所をふさがれていたはずだ。画家が卵テンペラ（まさしく文字どおりに、卵を割って、顔料を支持体に固着させる展色剤として黄身を使う）に取り組んでいれば、乾燥は比較的早かった。展色剤は基本的に不透明だ。絵具の層はその下にどんな層があろうとそれを完全に覆い隠した。油絵具はテンペラと同じ顔料を使ったが、卵の黄身より亜麻仁油かくるみ油で固めた。これが、ゆっくり乾いてほとんど透明なつやになるまで薄くできる明るい色を作り出したので、画家はもっと正確な細部描写を達成し、色彩の層を眩いばかりの印象にまで高めることができた。中世から十六世紀の中央イタリアの画家は、主として卵テンペラ絵具で板絵を描き、壁や天井にはフレスコで描いていた。水で薄めた顔料を湿った漆喰に塗るのだ。一方、ヴェネツィアや北ヨーロッパの画家は、油を使い、十六世紀初頭には、ヨーロッパの画家のほとんどがむしろこちらの展色剤の方を好んでいた。

油とおが屑の匂いのする、アンドレア・デル・サルトの工房のように大きな工房は、常に様々な完成段階の進行中の絵画プロジェクトを多く抱えていただろう。新しい層を塗る前に、それぞれの層の油絵具は完全に乾いていなくてはいけないからだ。このプロセスには何ヵ月もかかりかねなかった。二、三の板絵は所定の日に勢力的に描けるが、二十かそれ以上の作品は乾燥中で、次の層が描き加えられる時を待っているのだ。依頼から完成品の引き渡しまでには何年もかかるかもしれなくても、実際に描いているのは数週間ということだ。

画家ギルド――自分の技術を職業とする者たちの動静をおさえている組合のようなもの（たいてい聖ルカ組合と呼ばれる。ルカが画家の守護聖人で、聖母マリア本人をモデルに聖画像を描いたとされるからだ）――の地元の規則によれば、画家の親方が抱えられる徒弟と助手には上限があった。多すぎれば、生産活動が落ちる。親方にはあまりに費用のかかる工房はとても管理できないという前提だ。が、このような規則はしばしば巧みに回避された――アントワープのギルドの上限が十四人だった時に、ルーベンスのもとではひところ、三十人以上が働いていた。それでも、ヴァザーリは、その傑作を共同制作したチームのことは見て見ぬふりをして、親方の紹介しか書かなかった。ロマン主義時代の作家や美術家は、ヴァザーリによるルネサンスの孤独で侘しく陰気な天才の逸話を、ラファエロの『アテネの学堂』の前景にいる陰気なヘラクレイトス（ミケランジェロの似顔）のような人物についての空想に基づいて潤色した。[22]

　さらに、助手は制作における未来の親方だ。若きヴァザーリは、イタリア有数の画家になる前に、アンドレア・デル・サルトをはじめとする何人もの画家を手伝っていた。ルーベンスの最も有名な弟子はアンソニー・ヴァン・ダイクで、彼はルーベンスの作品を作ることから独自の作品へと移っていった。場合によっては、弟子が親方より輝くこともある。ジュゼッペ・チェーザリ、通称カヴァリエーレ・ダルピーノの名前を、その最も有名な助手のカラヴァッジョよりよく聞いたという人は少ない。カラヴァッジョは、要求にはかなっていても月並みなカヴァリエーレの絵画の静物画や建築物を思わせる背景幕を描く担当だった。そして、ヴェロッキオの『キリストの洗礼』の有名な逸話を正式に記したのがヴァザーリだ。若い弟子のレオナルド・ダ・ヴィンチが、その絵の中の一人を描いた。彼の描いた天使は絵の他の部分より格段に素晴らしかったので、ヴェロッキオは絵画から引退して、本職――彫刻――に専念する潮時だと判断したのだ。

　徒弟は、早ければ八歳から、その世界で年季奉公をした。たいていは親方と契約を結ぶ。明記された年齢――通常は十六歳か十八歳――まで働く代わりに、親方は食事と住まい、それに彼らを仕込むことに同意するのだ。年季が明けた時点で、訓練された徒弟は給料をもらえるようになって、同じ工房に留まっても、別の親方の工房へ移ってもよくなる。あるいは、〝卒業制作〟を作ることもできる。若い画家の能力を例証するたった一つの作品で、地元の画家ギルドに提出されるのだ。

その作品に基づいて、ギルドは訓練された徒弟が一本立ちの親方になれるほど十分に熟練しているかどうか、結果として工房を立ち上げて、自ら依頼を受けられるかどうかを判断する。

ヴァザーリは画家としてのアンドレアの業績を尊敬していたが、すでにミケランジェロの厳格な仕事のやり方が身についていたので、デル・サルトの工房は明らかに刺激に乏しいことに気がついた。アンドレアは尻に敷かれた夫で、美しい妻のルクレツィアは何度も彼のマドンナのモデルを務めていた。しかし、彼女は画家と工房を厳しく管理した。ヴァザーリは後に記すようになる。「もしアンドレアがこの美術における彼の深い知性と判断力に匹敵するような、もう少し勇敢で積極的な気性だったなら、彼は疑う余地もなく無類の存在になっただろう」[23]

徒弟の生活は、他の多くの弟子でぎゅう詰めの工房の狭い空間で長い時間を過ごすということだった。アンドレア・デル・サルトに作品を依頼することは、親方が自分で全てを描くことを意味してはいなかった。より多く支払えば（あるいはパトロンにもっと威信があれば）、親方の積極参加は多くなる。が、たいていの場合、彼は作品の図案を描き、制作を監督し、最も難しい二つの仕事とみなされていた手と顔を自分で担当した。しかし、背景、静物、建物、衣服、家具などは、ほぼ確実に有給の助手か、仕事を学んでいる年季奉公中の徒弟によって描かれた。（ラファエロは例外だ。彼の後期の絵画には、明らかに自分が背景を描き、主要人物をジュリオ・ロマーノのような信頼できる共同制作者に任せたものがある）

画家の作品の質、あるいはその忍耐力や指示能力にかかわらず、そこには楽しめるにせよ、じっと我慢させられるにせよ、状況への社会的力学があった。

アンドレアにはたくさんの弟子がいたが、誰もが彼の監督のもとで同じ指導を受けられるわけではなかった。彼と長い時間を過ごす者もいれば、ほとんど過ごせない者もいた。でもそれはアンドレアの落ち度ではなく、妻のせいだった。彼女は絶えず弟子を苛立たせ、誰を尊重することもなく横柄に命令を出したのだ。[24]

ヴァザーリはほんの短期間ながらルクレツィアに我慢できた画家の一人だった。程なく、彼のパトロンであり学友のイッポーリト・デ・メディチが、彼をデル・サルトの工房から彫刻家のバッチョ・バンディネッリの工房へ移す手配をしたのだ。バンディネッリはメディチ家のお気に入りだった。アンドレアの弟子の中でもヴァザーリの一番の友だち、未来の偉大なフランチェスコ・サルヴィアーティもやはり移った。

彼の彫刻を見るだけで、当時のバンディネッリの成功を理解するのは不可能だ。彼に依頼をもたらしたのは、その素描の力だった。彼のデッサンは絶妙で、いくつかはこの世界でも最高のものだ。しかしながら、ヴァザーリはすぐに彼を軽蔑するようになった。『列伝』のバンディネッリの章はひどく悪意に満ちていて、本人がまだ生きていた一五五〇年には発表しようとしなかった。彫刻家が名誉毀損で訴えたかもしれなかったからだ――さもなければ、剣を手に彼を捜し出すかもしれない。一五六八年にバンディネッリが死去し、埋葬されて、ヴァザーリは数十年も心に抱いていた悪意を解き放った。

何にも増してヴァザーリの激しい怒りを買ったのは、バンディネッリの不正行為だとみなされたものだったようだ。数ある悪行の中でも、バンディネッリが一五一二年に合鍵を使ってヴェッキオ宮殿に入り、ミケランジェロの『カーシナの戦い』の下絵を取って、びりびりに破いたことを非難したのだ。

同時代人の中で、バンディネッリのずるいやり方を非難したのは彼一人ではなかった。バルダッサーレ・トゥリーニ（トスカーナの司教で、ローマにあるメディチ家の財産を管理していた）はチーボ枢機卿に宛てた手紙で警告している。バンディネッリ殿は——

> こうした墓〔ローマのサンタ・マリア・ソプラ・ミネルヴァ教会にあるメディチ家の教皇の墓〕に使える金の全てを食いつぶすといったやり方で、あなた方全員への対応を心得ています。三百スクードでもっと美しいものが作れるレリーフ一枚を、六百スクードで彼と契約したのは品位に欠けます。同様に、百五十スクードでもっとよいものが作れたはずの小さなレリーフを三百スクードで契約したことも……。尊師は、こうした金をことごとく食いつぶす強欲と熱望や、出来がどうであれ肖像やレリーフを提供するに際しての大騒ぎをご覧になられたとしても、きっと信じられないでしょう。また、尊師閣下がこのようなやり方で彼に遇されている事実を認められるとなれば、これまでもこれからも不名誉となるでしょう……。〔彼は〕とても押しが強く、ひどい嘘つきなので、彼の思いどおりにあなたが考えるように仕向けるでしょう。全てについて嘘を、白々しい嘘をつくはずです。[25]

これは強い言葉だ。白々しい嘘をつくと人を非難するのは、決闘の申し込みを示唆する決まり文句なのだ。二通目の手紙、こちらは他でもないコジモ一世、バンディネッリのパトロンへ宛てたものだが、トゥリーニは書いている。あの彫刻家は「ひどくたちが悪く、とても貪欲なので、百人の公爵から稼ぐことより作品一つで四百稼げる可能性のことを考えています[26]」

ヴァザーリをはじめフィレンツェ宮廷のほとんどの美術家はバンディネッリを破廉恥なおべっか使いだと考え、その儲かる依頼と名誉も、美術の才能よりむしろ卑屈なへつらいの報酬だとみなした（不公平な非難だ。バンディネッリは上述のとおり、最高の素描家だ――ヴァザーリでさえ、彼が〝素晴らしい素描家《グラン・ディゼニャトーレ》〟だと認めなくてはならない[27]。レオナルド・バーカンが注目したように、彼の素描の美しさは同様に美しい彫像ができる希望を抱かせた。その素描の優雅さと上品さには絶対にかなわなかったのだから[28]）。

バンディネッリはまた、真に忠誠心があった。少なからぬ個人的危険を冒して、メディチ家がフィレンツェから追放されていた間も、支援を続けたのだ。従って、メディチ家が権力に返り咲いた時、彼の忠誠に報いたのは意外なことではない。メディチ家の宮廷に巣くう美術家の毒蛇の群れ――ミケランジェロからチェッリーニ、ヴァザーリまで――がライバルを激しい攻撃にさらすのも驚くことではなかった。ヴェッキオ宮殿前でミケランジェロの『ダヴィデ』（一八七三年に移動し、今はレプリカに置き換えられている）と向かい合っている『ヘラクレスとカークス』像について、チェッリーニが言ったのは有名な話だ。「ヘラクレスの髪を剃ったら、脳みそが入るほどの頭は残らないだろう[29]」ヘラクレスの顔については、「人の顔か、ライオンと牛の交雑種の顔かわからない」。胸の波打つ筋肉は、「人をもとに描かれたものではない。あれは壁に立てかけられたメロンの麻袋を描いたのだ」高慢なチェッリーニはさらに、次に彫像の二人目のカークスをからかおうとしたのに、せっかちにさえぎられたとバンディネッリを責めた。

ヴァザーリの卑劣な記述が、気の毒な男の名声を台無しにした。元助手で後のライバルの亡き親方に対する作戦はとても辛辣で、何世紀も後の美術史の専門家でさえ、彼を素通りすることになった。こうして、フレデリック・ハートの影響力の大きい一九七六年の教科書、『絵画、彫刻、建築の歴史』(ヴァザーリの血統をこのタイトルで明らかにしている)はイタリア・ルネサンスの美術史からバンディネッリを完全に削除している。それでも、この彫刻家はメディチ家のフィレンツェでは存在感が大きい。フィレンツェ市庁舎の『ヘラクレスとカークス』からメディチ家コレクションの『アダムとイヴ』(現在はバルジェロ美術館所蔵)、サンティッシマ・アンヌンツィアータ教会の彼自身の墓に至るまで。

アンドリュー・ラディスは、ヴァザーリが否定的な雰囲気を作り出して、どのようにバンディネッリに不利な言い分を主張しているかを示している。

ヴァザーリの『列伝』には著者がよく知っている人についての検証できる事実があふれているにもかかわらず、バンディネッリの章は歴史的人物を毒舌の語り口の中にとても効果的に覆い隠しているので、彼への同情を拒み、それによって彼を永遠に人質にして、途方もない文学的構造物にしてしまう。ミケランジェロに相応しい敵役、その中で美術と伝記が収斂《しゅうれん》した人物だと。(30)

ヴァザーリは明らかに、少なくともメディチ家の中での『ヘラクレスとカークス』に対する人気に落胆していた。それがコジモに、バンディネッリを正式な宮廷彫刻家に指名させたのだ。ヴァザーリの考えでは、一五三四年に『ヘラクレスとカークス』をミケランジェロの『ダヴィデ』のそばに置いたのは、美術的に傲慢な行為であり、その石が本来二十年ほど前からミケランジェロのために確保されていたものだったので事態はさらに悪くなった。それでもヴァザーリは批評には慎重に足を踏み入れ、共通のパトロンであるコジモの感情を害することなく、バンディネッリを非難した。ところが、暴れん坊のチェッリーニは極端に自信過剰で、このがっしりした胸の自信たっぷりなルネサンスのアーネスト・ヘミングウェイは、なんの屈託もなく本音を語った（その率直さの損害をこうむることもあった）。

ヴァザーリはもっと慎重な人間なので、代わりに『ヘラクレスとカークス』に気のない褒め方をすることにした。アンドリュー・ラディスはそれを〝真綿で首を絞めている〟と評している[31]。

作品がついに姿を現してからは、鑑定能力のある者たちは必ず、難解だというのと、とてもよく練られているという二つの主張をした。各部分は入念に仕上げられているし、カークスは極めてうまく配置されていると。実際には、もちろん、ミケランジェロの『ダヴィデ』がバンディネッリのヘラクレスから称賛を奪っている。あらゆる美質と美徳を体現する、これまでに作られた最も美しい巨人が並んで立っているのだから。ところが、バンディネッリの表現はまったく違う。しかし、本気でバンディネッリの『ヘラクレス』を自分の思いどおりに見るとすれば、激賞するしかない。どれだけ多くのその後の彫刻家が大きな像を作ろうとしても、バンディネッリのレベルには誰も達しなかったことを知ればなおさらだ。彼が注ぎ込んだ労力と集中力と同じくらいの美質と技能に恵まれていたとしたら、彫刻の技においてどこから見ても完壁だったはずだ。[32]

ヴァザーリは別の逸話を提示している。根拠のない、ほとんどありそうもない話なのだが、ヴェッキオ宮殿の五百人広間を飾るはずだったミケランジェロの『カーシナの戦い』の下絵を破壊したと、バンディネッリを非難しているのだ。正式にはバンディネッリの主君の所有物だったものを盗んで破壊したのはひどい犯罪で、もっともなことだとはとても受け入れられないと。ヴァザーリはただ、バンディネッリが下絵を破壊したことはフィレンツェでは周知の事実だと、私たちに信じさせたいのだろう。

バンディネッリは、〔彼の行動の〕理由も知らずに、紙切れを自分の目的に利用するために破いたのだと言った者がいた。若者がそれで利益を得て、美術家として名を挙げるといけないので、彼らにそんな機会を与えたくなかったのだと推測した者も。レオナルド・ダ・ヴィンチへの親愛の情がそうさせたのだと言う者も。ミケランジェロの下絵がダ・ヴィンチの評判を甚だしく落としたからだ。たぶんもっと理解のある者は、理由をミケランジェロに抱いていた憎しみのせいにした。その後の彼の人生が示すように。この下絵の損失はこの国にとって小さなものではなかった。そして、バンディネッリはものすごい非難を浴びた。誰もが彼を嫉妬深くて意地が悪いと考えた。[33]

ずる賢い弁護士、あるいはローマの伝記作家スエトニウスのように、ヴァザーリはバンディネッリが破壊行為を働いたかもしれないと言う者がいる理由をことごとくリストアップすることで、自分の逸話の信じ難さから注意を逸らす。

　ヴァザーリは嫉妬を最も不道徳だ（〝犯罪的羨望《scelleratissima invidia》〟）と公然と非難したかもしれないが、この感情には馴染みがあった。バンディネッリは、ヴァザーリがほしがって当然の二つの勲章を授与されていたのだ。教皇から聖ピエトロ勲爵士、神聖ローマ帝国皇帝から聖ヤコブ勲爵士、この称号には首にかけるどっしりした金の鎖がついてくる――バンディネッリはいつもそれをかけていた。その上、バンディネッリは絶えずメディチ家の援助と後援を受けていた。ロレンツォから教皇レオ十世、公爵コジモまで。『列伝』のバンディネッリの章にある確証のない別の秘話によれば、メディチ家の教皇クレメンス七世は、サンタンジェロ城の頂上の像を彼に依頼していた。が、現在の私たちがそこに見るのは、コルネリウス・ヴェルシャーフェルト作の十八世紀の巨大な大天使ミカエルだ。罪と悪の征服者ミカエルの巨大な彫像の下には、七つの罪の寓意を含む化身が並んでいるはずだったのだろう。今日ではヴェルシャーフェルトの翼のあるミカエルが立っているだけなのは、バンディネッリが創ることになっていたはずのもの、自らの罪の化身に、天使ミカエル《ミケランジェロ》が勝利をおさめたということだろう。

　ヴァザーリにとって幸いなことに、バンディネッリの工房での奉公はほんの数ヵ月後、一五二七年の春に終わった。ひょろ長い顎の神聖ローマ帝国のカール五世に率いられた侵略軍が、イタリアに襲いかかってきたのだ。

5 略奪と疫病

ルネサンス期のイタリアにおける戦争は、民兵よりむしろ主として傭兵によって行われた。こうした傭兵隊の隊長はコンドッティエリ（コンドッタ《condotta》、契約から）と呼ばれ、多くは小さな都市国家の領主だった。彼らは重い甲冑姿で馬に乗り、戦争にでも訴えないと稼げない額の金のために戦った。そうした金はパトロンから支払われた。それに略奪が給料を補い、パトロンが支払いに手間取った時にはその代わりになった。こうした男たちは美術品を破壊するだけでなく、しばしば気前のよいそのパトロンになった。ウルビーノ公国のフェデリーコ・ダ・モンテフェルトロは、ロレンツォ・デ・メディチに代わって一四七二年にヴォルテッラを攻囲した。その残忍な勝利で、フェデリーコは公爵の称号を受け、その宮殿に惜しみなく金を使えるようになった。美術品のコレクションやその蔵書に。フェデリーコの大敵、リミニのシジスモンド・パンドルフォ・マラテスタは軍人になって稼いだ富を、美術、建築、それに驚くほど独創的な写本に使った。彼はまた自分の要塞を設計した。四角や円形ではなく鋭角の壁を持つ星の形を使った、大砲による戦争を有利にする十五世紀中期における最高水準のものだ。

戦争を請け負う者が美術のパトロンでもあるのは自明には見えないかもしれない。しかし、国家元首として、彼らは賢明にも権威を強固にするには称賛の方が恐怖より効果的だと知っていた。詩、論文、絵画、それに歌曲で彼らを褒め称える、面白くて独創的な個々人があふれた宮廷が、戦いよりも長い威信をもたらしてくれるのだ。マキァヴェッリはロレンツォ・イル・マニーフィコを〝これまでの君侯の中でも最も偉大な文学と美術のパトロン〟だと称賛し、他の者たちも彼にならった。そこには宗教的な誘因もあった――高価な祭壇画や彫刻、あるいは華やかな教会にお金を払うのは、死後天国へ行く道中を早めてもらう手段だった。教会やその訪問者もその恩恵を受けた。

軍歴は貴族には最大の使命だったが、軍隊を率いることは芸術の域に達するものであり、誰にでも向いているというわけではなかった。フランスとイングランドの王は伝統的に自らの軍隊を率いたが、そこには常に王が殺されるか、捕虜になる危険が十分にあった。イタリアの都市国家はそのために一様にコンドッティエリを当てにした。君主や当主を危険にさらさないためだが、兵站《へいたん》の事情もあった。フランスやイングランドには国民全体がついていて、そこから兵士を集められたのに対し、フィレンツェのような都市国家の人口は限られていた。一五〇〇年頃、フィレンツェの人口は約六万人（半数以上が女性、子供、高齢者あるいは虚弱者）で、メディチ家は兵士を実用的な人数だけ採用するのに四苦八苦しただろう。カール五世に雇われた三万四千人の軍隊に対抗できる兵士となったらもっとずっと少ない。メディチ家の富が、必然的に自前の兵を採用するより、外国人の兵士を雇うことになった。

メディチ家は、実際には傑出した司令官を一人生み出している。ジョヴァンニ・デッレ・バンデ・ネーレはメディチ家の教皇二人、レオ十世とクレメンス七世の代理として戦い、ヴァザーリのパトロン、コジモ一世の父親になった。でも、大部分は外国人の傭兵に頼っていた。他の有名なコンドッティエロとしては、イングランド傭兵のジョン・ホークウッドがいる。彼は百年戦争の休戦に便乗して、イタリアで一三六〇年代に大金を稼いだ（パオロ・ウッチェッロに描かれた彼の記念像がフィレンツェの大聖堂の霊廟に残っている)。それにフランチェスコ・スフォルツァ。彼は軍事的な成功をミラノの統治権を奪うことに結び付けて、スフォルツァ家の支配を確立した。

傭兵は高くつくし、危険だ。もし彼らに誰も支払いをしなければ、彼らは支給品――食料、馬、武器、それに宿泊施設――を力ずくで奪った。彼らは雇われて仕事をしていたので、平気で寝返った。マキァヴェッリは彼らを激しく嫌った。彼らが貪欲で、凶暴だからであり、忠誠心のかけらもないからだ。ましてや市民意識など皆無だった[1]。ローマ劫掠《ごうりゃく》ほどこうした欠点全てを如実に示すものはないだろう。この出来事が、ジョルジョ・ヴァザーリとバッチョ・バンディネッリとの徒弟契約をも終了させたのだ。

西暦四一〇年のローマ帝国陥落以来、イタリア半島とその小さな喧嘩好き都市国家は、傭兵たちには実り豊かな温床となり、もっと大きなヨーロッパの大国には心をそそる標的になった。フランスとスペインは十字軍以来イタリアの地方を支配しようと戦いながら、神聖ローマ帝国として知られるゆるやかに推移する国家連合(誰もが知っているようにヴォルテールは、神聖でも、ローマでも、帝国でもないと軽蔑した)とも戦っていた[2]。こうした襲撃のペースは、フランスとスペインの国民国家の強大化する兵力に駆り立てられて十五世紀に加速した。一四四二年、アラゴンのアルフォンソ王がナポリを征服し、それに伴って、イタリアの南部地域をフランス支配からもぎ取った。一四九四年には、フランスのシャルル八世が軍を引き連れてイタリアに南下し、北からナポリに到達するのに成功した(ボルジア家出身の教皇、アレクサンデル六世がローマには手を出さないよう買収した)が、フランス軍は侵入も早かったが、撤退も早かった。一四九九年には、ルイ十二世のもと、フランスはイタリアに戻り、今回はミラノとジェノヴァを占領した。一五〇九年から一五一二年、ルイと神聖ローマ皇帝マクシミリアン一世――ハプスブルク家の生まれ――はヴェネツィアに合同で多面的な攻撃を展開し、さらに加えて、その途中に遭遇した全てのイタリア人集落を包囲し、教皇領に宣戦布告した。この戦争、カンブレー同盟戦争は一五一二年の和議により解決したが、マクシミリアンの息子のカール五世が一五一九年にスペイン、ブルゴーニュ、オーストリアの支配権を継承すると、フランスとの一連の対立がイタリアの地で始まった。

フィレンツェとメディチ家は従来からフランスに味方していたので、一五二一年に交戦状態になった時にもそうした。しかし、カール五世は前任者たちよりはるかに手強い戦略家で政治家だということが判明した。彼は都市国家を一つずつ征服し始め、イタリアをスペインと神聖ローマ帝国のものにしていった。そして、一五二五年、二十五歳の誕生日、パヴィアでのフランスに対する決定的勝利では、フランス国王フランソワ一世を捕虜にした。

一五二六年、フランス、ローマ教皇庁、ミラノ、それにヴェネツィアは新たな同盟の協定を締結し、カール五世をイタリアから追い払おうとした。ところが、カールはミラノを破り、ジェノヴァは寝返って神聖ローマ帝国に加わった。それに、同盟の最も頼もしいコンドッティエロ、メディチ家直属のジョヴァンニ・デッレ・バンデ・ネーレは、ミラノの南で起きた軽い小競り合いで犬死にした。

それでも、成功の代償は法外に高くついた。一五二六年の秋には、カールは三万四千の帝国軍をもはやまかなえなくなり、軍を解散した。兵士はアルプスを超えて帰郷するだろうと確信していた。しかし帝国軍には別の考えがあった。雇われ部隊として、金以外の何に対しても忠誠心を持っていなかったので、兵士は野戦指揮官のブルボン公シャルル三世に、付近で最も裕福な都市を無理やり標的にさせたのだ。そこなら、報酬の不足分を略奪という形で搾り取れるからだ。教皇のクレメンス七世はメディチ家の伝統に従ってフランスに味方していた。そこで、帝国軍は彼にぜひとも身の程を思い知らせてやりたかった。さらには、軍の一万四千人ほどはスイスのルター派で、永遠の都ローマが保守的なカトリックを頑強に厳守しているのをしきりに懲らしめたがっていた。太った貪欲な教皇や司祭を描いた当時の風刺画を見て育ったので、ローマは黄金郷《エルドラド》と同じように豊かに違いないと想像していた。故郷は、誰もが知るようにそうではなかった——貧困こそ、そもそも彼らのほとんどを兵士に駆り立てた理由だったのだから。

　四月には、反乱の軍隊はアレッツォで野営していた。ミラノから南へ移動する際にフィレンツェを迂回したのだ——目的地に到着する前に、あんな強力な敵にエネルギーを無駄遣いしても意味はない。ヴァザーリは比較的安心感を得ていたに違いない。イッポーリト・デ・メディチとパッセリーニ枢機卿、都市で最も影響力のある二人の保護者がいたのだから。

　現代では、ローマ劫掠を奇襲だと記述するが、驚きはその冒瀆にあって、その迅速さにあるのではない。公爵とその三万四千の兵士が、アレッツォの野営地から二百キロのローマ《エターナル・シティ》に到着するのに二週間かかった。四月二十日に出発して、途中小さな都市——アックアペンデンテ、ヴィテルボ、ロンチリオーネ——を剣と火で残酷に服従させながら、ローマの城壁に着いたのは五月五日だった。五月六日、彼らはローマそのものに入る準備を整えた。

　傭兵のいやいやながらの指揮官、ブルボン公シャルルは最初の攻撃で殺された——ヴァザーリのライバルのベンヴェヌート・チェッリーニは、サンタンジェロ城にあるヴァティカンの堡塁《ほうるい》からその致命的砲弾を撃ったと主張した。それからは指揮官を失った軍の兵士が、都市の中を阻止されることもなく自由に暴れ回ればいいだけだった。そうした彼らの残虐な行為は宗教上の憎悪にかき立てられていた。被害の描写は身の毛もよだつほどだ。人々は通りで虐殺され、宮殿や教会は略奪され、蔵書はずたずたに破かれ、身代金目当ての人質がとられた。四十二人を除くスイス人衛兵全員がサン・ピエトロ大聖堂の階段で殺された。入口をふさいで、教皇のクレメンス七世を逃がそうとしたのだ――スイス衛兵誕生から五百年間で、ローマ教皇の伝説的なボディガードの男たちが任務を全うするために命を捨てることを求められたのは、この一度きりだ。クレメンスはヴァティカン宮殿から防壁のあるサンタンジェロ城へ続く秘密の通路を小走りで急いだ。サンタンジェロ城は古代ローマン・コンクリートの素晴らしい円形の連なりで、当初はハドリアヌス皇帝が自分の墓を収めるために建てたが、その後ほとんど難攻不落の要塞へと変化した。カオスが渦巻き、眼下でローマが燃える中、クレメンスは中に閉じ込められたままだった。傭兵が彼を引き出せないとしても、動くに動けなかった。一度は炭焼き人に変装して逃げようとしたが、きちんと手入れされた手は炭でうまく汚れず、独特の洋梨体型も彼の正体を暴露してしまったのだ。

フィレンツェでは、情報屋のネットワークが帝国軍のあらゆる動きを報告した。結局、軍隊は再び北に向かうだろうが、ローマがその進行を妨害していることになって、もはやフィレンツェの防御を心配する必要はなくなった。恐れおののいているイッポーリト・デ・メディチはいつものようにパッセリーニ枢機卿に脇を固めてもらって、逆襲について話し合うために同盟の中で最も有能なコンドッティエロのウルビーノ公、フランチェスコ・マリーア・デッラ・ローヴェレを呼び出した。名目上はヴェネツィアに雇われているデッラ・ローヴェレは、帝国軍の南への長い進軍をどの時点でも止めるのを手伝えたはずだった。でも、そうする個人的な理由もなく、正式なコンドッタ（当

時仕えていた都市国家からの進軍命令）もないので、時節の到来を待っていた――結局のところ、

ヴェネツィアは危険ではない。彼はメディチ家を嫌っていた。教皇のレオ十世が一五一六年に彼からウルビーノ公位を奪い、その称号をロレンツィーノ・デ・メディチに与えたのだ。アレッサンドロ・デ・メディチ、ヴァザーリの学友の父親だ。デッラ・ローヴェレは一五二一年に教皇レオが死んでようやく、ウルビーノに戻ったのだ。しかし、ヴェネツィアがフィレンツェと連合して、カール五世の軍隊と戦っている今、彼も行動を起こすべく駆り立てられた。

ウルビーノ公の傭兵軍をフィレンツェに駐留させるくらいならと（五月半ばのことで、ローマはもう一週間以上も包囲されていた）、パッセリーニ枢機卿とイッポーリトがデッラ・ローヴェレに会うために城壁を出て中立領域まで馬を走らせた。メディチ家にとってよい時ではなかった。ローマでは、教皇クレメンスが臆病な姿をさらしている。十七歳のイッポーリトは後見人によって都市国家を支配している。十代の君主がイタリア近代史で珍しいわけではない。例えばフェデリーコ・ダ・モンテフェルトロとシジスモンド・パンドルフォ・マラテスタは、どちらも十五歳で都市国家の主導権を掌握した。デッラ・ローヴェレ自身も十八歳でウルビーノを引き継いだ。しかし、こうした男たちはハンサムで弱々しいイッポーリトより心も体も強靭だった。イッポーリトの最も注目に値する活動は、アレッサンドロ・デ・メディチの妹のカテリーナとの困った恋愛だったようだ。彼の姪であり、後のフランス王妃だ。

イッポーリト・デ・メディチとパッセリーニ枢機卿が城壁を出ると、フィレンツェ市民のグループがヴェッキオ宮殿にある官庁を襲って、共和政治の復活を宣言し、メディチ家に追放を宣告した。しかし、名高い傭兵指揮官とその軍を自由に使えるとなって、イッポーリトとパッセリーニには引

き下がる気はまったくなかった。フランチェスコ・マリーア・デッラ・ローヴェレに鼓舞され、二人は標的を変えて、自らの市に矛先を向け、ついにはフィレンツェの中心へとまっすぐに進んだ。ヴァザーリは街にいて、その後の大混乱を目撃したが、傭兵軍が市民革命家を鎮圧するのに大して時間はかからなかっただろう。デッラ・ローヴェレの軍隊、イッポーリト、それにパッセリーニ枢機卿は、一日小競り合いをしただけで、市庁舎を取り戻すことができた。しかし、この歴史的瞬間についてヴァザーリが『列伝』のフランチェスコ・サルヴィアーティの章で語る逸話は、フィレンツェそのものの軍事的謀略への関心より、フィレンツェの聖像を救う話がより多く語られている。

メディチ家が一五二七年にフィレンツェを追放された時、ヴェッキオ宮殿をかけた戦いにおいて、入口の前で戦っている人々に上からベンチが投げられた。そして、運悪く〔ベンチは〕ドア近くのポーチに立つミケランジェロの大理石像『ダヴィデ』の腕に当たって、三つに割ってしまった(3)。

これはまさしくあの『ダヴィデ』、元来フィレンツェのマスコットであるミケランジェロによる聖書の英雄の巨大な彫像だ。これは、一五〇四年の六月から、ヴェッキオ宮殿にずらりと並んだ素晴らしい他の彫像と一緒に展示されていたのだ。本来は、一流の彫刻家による旧約聖書の預言者シリーズの一つとして、サンタ・マリア・デル・フィオーレ大聖堂のファサード高く展示されることになっていた。地上に置かれていると、バランスがいくらかおかしく見える。私たちがアカデミア美術館で低い台座に置かれた彫像を眺めても、頭と右手が大き過ぎるように見える。でも、もし高所に展示され、下から斜めに眺めたら、全ては間違いなく釣り合って見えただろう。彫刻シリーズの企画は完成を見なかった。そして、この彫像も代わりにヴェッキオ宮殿の前の台座で展示されたのだ。

ミケランジェロは、ヴァザーリにとって完璧な美術家の英雄的モデルというだけではない。大切な友人でもあった。従って、『列伝』の中でもミケランジェロの章はひときわ長い伝記になっていて、本当の姿を読者に甦らせる詳細を披露している。正統派の修辞的なエクフラシス、描写の技法が、たまらなく魅力的な組み合わせを作り出すようにゴシップと溶け合っている。他にも明らかになるのが、トラウマに満ちた人生、フィレンツェ社会の容赦のない一面、それに工房システムの競争の激しい男だけの世界だ。

ミケランジェロの一族は下級貴族だったので、少年の時に美術家の工房の見習いになるのではなく、初等学校に入れられた。美術家というのは、十五世紀末でもまだ、身分のある者の仕事とは言えなかったのだ。

彼は自分の時間を全て内緒でデッサンに費やした。そのために叱られ、時には父親や他の親類に叩かれた。たぶん彼らにはわからない技能に心を傾けることは、古風な家の沽券《こけん》に関わるかもしれないと考えたからだろう。(4)

一四八八年にようやく、父親は折れて、長男をドメニコ・ギルランダイオの徒弟に出した。ヴァザーリはリサーチの間に、フィレンツェの文書館の保管文書から本物の契約書を探し出した。工房の中での若い弟子の成長は予想どおり早くて、ある日、同輩の徒弟が師匠の人物像をいくつか模写していると、ミケランジェロはもう自分を抑えられなかった。

ミケランジェロはその紙を取り上げると、もっと太いペンで女性の一人を描き直した。女性が完璧になるように新たな輪郭の美しさを与えたのだ。二つの表現法の違いと、とても気概のある若者の卓越性と批判力を見るのは奇跡のようだった。果敢にも師匠の作品を修正したのだ。今日、私はその紙を持っている。あたかも聖遺物であるかのように、ずっと保管していたのだ……そして、一五五〇年、ミケランジェロがローマにいた時に見せた。ミケランジェロはそれを見分けて、再び見られたことに心打たれ、老人になった今より、少年だった頃の方が絵画というものがよくわかっていたと控えめに語った(5)。

才能があり、貴族階級で、行儀のよいミケランジェロは、市ですぐに評判を得た。そして、その名声が高まるにつれ、同時代人たちの嫉妬も強まったと、ヴァザーリは報告する。ロレンツォ・デ・メディチは彼を招いて、メディチ家所蔵の古代の彫像を描かせ、一族の大勢の側近たちと一緒に食事でもてなした。これはこの上ない栄誉で、ミケランジェロも決して忘れなかった――後にローマで、一四八〇年代後半から一四九〇年代前半にかけてのそうした栄光の日々のことを、みんなに思い出させた。ある日（嫉妬からだと、ヴァザーリは主張する）、友だちで徒弟仲間のピエトロ・トッリジャーノが彼の鼻を殴った。あまりに強かったので、ミケランジェロには一生跡が残り、トッリジャーノはフィレンツェから追放された。ジョットやブルネレスキと同じように、ミケランジェロも美しい心を持つ醜い男として人生を送ることになる。

嫉妬はミケランジェロの生涯に多くの跡を残すだろう。そしてヴァザーリは、彼自身も嫉妬の犠牲者なので、全面的に共感した。美術の様々な分野の中でも、彫刻は最も評価が低い。彫刻家が悪戦苦闘して、汗水垂らし、埃まみれになるからだ。彼らの手は肉体労働者の手で、ミケランジェロの手も、キャリアの終わりには関節炎で痛ましくも曲がっていた。

しかし、ミケランジェロが石を使ってできたことは、物理的領域を超越し、美術を純粋な精神の領域へと誘ったのだ。哲学者のマルシリオ・フィチーノがロレンツォ・デ・メディチの集まりでよく断言したとおりだ。ローマの『ピエタ』（一四九九年）とフィレンツェの『ダヴィデ』（一五〇四年）で、彼は今日まで続く、究極の卓越した技能と知識の持ち主という名声を確立したのだ。

成功が批評家を思い止まらせることはまずない。中には、ミケランジェロの一四九九年の『ピエタ』の処女マリアは若過ぎると文句を言う者もいた。そうした向こう見ずな言葉に、ヴァザーリはぴしゃりと言った。「彼の創った聖母マリアはあまりに若いと言う馬鹿がいるが、汚れを知らない純潔の者は自らを失わず、若々しい顔をニキビ一つなく長く保つことがわからないのか？　そしてキリストのように悩んだ者はその反対になるのを？」[6]ミケランジェロの芸術の真髄は、苦悩と努力を悲壮美の作品に変換することだった。最後の彫刻、ミラノの『ロンダニーニのピエタ』は、小柄でも不屈の聖母マリアの悲しみをそっくり筋骨たくましい腕に凝縮させている。死んだ息子の巨体を支えるその腕の力強さに妥協はない。

ミケランジェロの『ダヴィデ』は、もっとずっと奇跡的だ。像が彫られた巨大な大理石は、初めは別の彫刻家がめった打ちにしてしまったものだった。大理石には外からは見えないひび割れができた可能性があり、打てば割れて、もはや使い物にならなくなるおそれがある。ミケランジェロは、彼より劣る彫刻家がもう手の打ちようがないとしてはねつけた、ひびの入った大理石をうまく扱ってあの驚くべき像を創った。ヴァザーリはまた、シニョリーア広場にあるアンマナーティの『ネプチューン』像の巨大な大理石が、ミケランジェロのようなもっと立派な彫刻家に与えられなかった事実を嘆いている。地元民は冗談を言った。「ああ、アンマナーティ、あんたは何て素晴らしい大理石を台無しにしたんだ！」

　ヴァザーリは『ダヴィデ』に長々と時間をかけているが、それには正当な理由がある。彼の考えでは、多くのフィレンツェ市民も同じだったが、これはこれまでに創られた最高の彫像だった（今日に至るまで、フィレンツェを訪れる多くの人々の意見も同じだろう）。彼はまた、一五〇四年にこの像を依頼した男による、役にも立たない（余計な）批判にまつわるおかしな話を伝えている。フィレンツェ共和国元首のピエロ・ソデリーニが、メディチ家が短期間ながら追放されていた間にミケランジェロに示唆したのだ。像の鼻が少し大き過ぎると。ミケランジェロは従順に像の頭まで梯子を上り、鑿《のみ》で鼻に触れた。大理石を叩くふりをして、石を削り取ったとソデリーニが納得するくらい自分の手から大理石の粉をこぼした。満足したソデリーニは鼻が素晴らしく改善されたと、即座に彫刻家を褒めた。実際には何も変わっていなかったのだが。

　ミケランジェロの策略は、マキァヴェッリの『君主論』やバルダッサーレ・カスティリオーネの『宮廷人』で薦めているものだ。パトロンにあなたの考えを彼の考えだと思わせることができれば、パトロンは熱心にあなたを擁護するだろう。ヴァザーリの逸話はそれにだじゃれを付け足している。

イタリア語で「鼻を引っ張る《プリング・マイ・ノーズ》」の意味は、英語の「足を引っ張る《プリング・マイ・レッグ》（人をかつぐ）」と同じ意味なのだ。この出来事が実際にあったことなのかどうかは誰にもわからない。要は、ミケランジェロが完璧な駆け引きと美術に対する完璧な献身をこのように結合できたことを見せることなのだ。

フィレンツェのきらめくシンボル、『ダヴィデ』は、ヴァザーリの美術的ヒーローの人生における重要なエピソードの一つで、それゆえに、『列伝』の総合的な進行においてもやはり重要だ。従って我らが著者は、『ダヴィデ』の話の中に自分自身を織り込んでいる。一五二七年の暴動の間、彼がどのように個人的に像を救ったかを記しているのだ。

あの三つのかけらが三日間、誰に拾われることもなく地面に転がっていた時、フランチェスコ（サルヴィアーティ、ヴァザーリの親しい友人）がヴェッキオ橋に行くと、ヴァザーリがいて、自分の計画を話した。二人は若かったが、一緒に広場に入り、警備の兵士の中を抜け、危険も顧みずにあの腕のかけらを拾うと、フランチェスコの父親の家に持っていった……。[7]

これは少年らしい勇気の話には留まらない——これには間違いなく聖書の含みがある。もしダヴィデの腕が本当にヴァザーリの主張する高さから落ちたのなら、三つどころか多くのかけらに砕けたはずだ。三日間そのままにされたことについては、十六世紀の読者はすぐに、キリストの話とのある類似を思い出しただろう。聖金曜日に墓に納められ、復活の主日に死から甦ったのだ。実際には、ヴァザーリとサルヴィアーティは、フィレンツェ魂そのものを象徴する像を甦らせて完全なものにするために機械仕掛けの神《デウス・エクス・マキナ》のように登場したのだ。友人のベネデット・ヴァルキは自分の『フィレンツェ史』の中で、ヴェッキオ宮殿のための奮闘をヴァザーリの説明が示唆するほど強烈にはしていないが、この話にはもっと重要な眼目がある。芸術作品を守ることは、英雄的で神聖な活動なのだ。

『ダヴィデ』とその腕を救った若い美術家に、一五二七年の暴動の間に生死に関わる危険がおそらくまったくなかったとしても、イッポーリト・デ・メディチとパッセリーニ枢機卿の状況は本当に危険性が高かった。フィレンツェにおける彼らの立場は、今やウルビーノ公フランチェスコ・マリーア・デッラ・ローヴェレにかかっていた。領主はもちろん恐るべき傭兵隊長である。しかし、デッラ・ローヴェレはフィレンツェでなく、ローマを守るために雇われていたのだ。五月十七日に軍隊とともに出発した時、フィレンツェの反逆者は自分たちの市を取り戻し、メディチ家を再び追放した。今回は、イッポーリト、アレッサンドロ、それにパッセリーニとその近親者はあえて戻らなかった。

六月一日、ウルビーノ公と彼の軍隊はローマの北はずれに到着した。しかし、帝国軍を引き出すためにほとんど何もできないのは明らかだった。三週間にわたり市で暴れ回った兵士たちは分散して制御が利かなくなっていた。彼らを戦場に集める手だてはなかったし、ローマの廃墟での建物ごとの市街戦など論外だった。デッラ・ローヴェレが到着した五日後の六月六日、クレメンス七世は降伏し、自分の命と帝国軍の撤退の見返りに四十万ドゥカートの代価を支払い、さらには教皇の一連の保有地をカール五世とヴェネツィアに譲ること（デッラ・ローヴェレを借りる対価として）を余儀なくされた。この協定を結び、クレメンスが復帰したにもかかわらず、帝国軍はそれから七ヵ月もローマに残り、北へ撤退する前に、あるまじき行為に及んだり、それまでよりは小規模な略奪をしたり、さもなければ制止できない暴れ者の役を楽しんだ。クレメンスは恐れをなして見守るばかりで何もできなかった。

ジョルジョ・ヴァザーリの父親は、よき父親の例に漏れず、こうした出来事に反応を示した。息子を故郷に連れ戻したのだ。ヴァザーリにとってフィレンツェを離れることは、かつての学友のイッポーリトとアレッサンドロ・デ・メディチと同じように辛い追放（あるいはそう感じること）に耐えることだった。とりわけ、フィレンツェの友だち、フランチェスコ・サルヴィアーティに会えないのを寂しがった――ヴァザーリは「二人は兄弟のように愛し合っている」と記した。(8)

6 美術家VS美術家　悪魔の大槌と道義の物語

追放により引き離された友情は、それが法律上のものであれ、親の命令であれ、耐え難いものだ。とは言ってもヴァザーリがフィレンツェや親友のサルヴィアーティと離れる期間は短い。ここではもう一つの追放された友情が、ヴァザーリのジョットの章で重要な役割を演じる。詩人のダンテが大切な友だちと無理やり引き離されて、深く傷ついた時のことだ。その友だちがヴァザーリの『列伝』第一部の主役だ。ジョットはフィレンツェのバルジェロ美術館に今も残るダンテの肖像画を描いた。ヴァザーリはダンテを〝同時代の素晴らしい友人で、画家のジョットに劣らず有名だ〟(もっとも、ダンテが『神曲』を書くのはフィレンツェを去ってからになる)と述べている。[1] ジョットはヴァザーリの作品における三人の主役の一人で、トスカーナにおける初期ルネサンスの最高例だ。彼は賢く、才能があり、うぬぼれが強く——この有名な逸話、〝ジョットの円〟にあるように、いたずらっぽいユーモア感覚があると描写されている。

トレヴィーゾの教皇ベネディクト十一世は、ジョットとはどのような男で、どのような仕事をするかを調べるためにトスカーナに廷臣を送った。サン・ピエトロ大聖堂に絵を描いてもらおうかという考えがあった。この廷臣は……ある朝ジョットの工房に行って、仕事中の彼に教皇が雇うことを考えていると明かした。そして最後に、聖下のために持ち帰る、ちょっとしたデッサンを頼んだ。ジョットは、極めて礼儀正しい男なので、紙を一枚取って、筆を赤の絵具に浸し、腕を脇に固定してコンパスにすると、手を回転させて円を描いた。曲線と輪郭が見事に一様な驚くべき円だった。描き終えると、彼は得意げな笑みを浮かべて、廷臣に言った。「ではこれを」廷臣は騙された気がして尋ねた。「他にも何かいただけますか？」ジョットは答えた。「これで十分です。他のデッサンと一緒に届ければ、そのままの姿で評価されるかどうかわかります（2）」

ヴァザーリが『列伝』の中で紡いだ一〇〇一の逸話の中でも、このジョットの円は最もよく知られているものの一つだ。見たところシンプルだが、この記述は驚くほど複雑な方法で分解される。赤い〇は、虚ろに見えるかもしれなくても、ジョットが十秒ほどで描いたという絶対的な事実を超えた意味が詰まっていることがわかる。彼が予見したように、ローマで依頼を勝ち取るのだ。

ヴァザーリはジョットを冷静で丁寧だが、自らの非凡な才能を十分に認識している、いくらか尊大な人物に描いている。フィレンツェ人で、従って自由な共和国の市民として、特権階級の宮廷の誰に対しても自分の立場を堅持する気構えがあった。その自由こそが、非の打ち所のない一筆だけで、彼の時代ばかりか私たちの時代にとっても現代美術の到来を告げさせることができたのだ。

ヴァザーリによれば、ジョットはフィレンツェ近くの村の農家に生まれた。十歳の時には羊の世話をしながら、岩にチョークで、あるいは地面に棒切れで絵を描いて暇をつぶした。ジョットの章が教えてくれるのだが、ある日、少年が平らな石に尖った石で羊を描いているところを、偉大な画家のチマブーエがたまたま散歩で通りかかった。チマブーエはその生き生きした表現に途方もない才能を見いだし、自分の徒弟としてフィレンツェに来るようにジョットを誘った。ヴァザーリが生んだ多くの逸話同様、これもたぶん実際にはなかったことだろう。が、覚えやすい詳細はそれでもやはり文学的な目的を果たし、ジョットの伝記をその非凡な才能の物語として作り上げている。

ジョットの円は、もっと重要な文学的目的にも役立っている。手先の器用さに対する知性、機転の勝利を意味しているからだ。完璧な円を描くことを選ぶというアイデア自体が、デッサン自体を描くことより、画家の技術のより確かな証明を提供しているのだ。デッサンもまた傑作なのだが。円は同時に、そのままの姿で評価されるかどうか、教皇の知性《インジェーニョ》のテストになる。廷臣は懐疑的でも、ジョットは上品でも頑固なので、動揺することはないのだろう。

教皇特使は、別のデッサンを手に入れることができないとわかると、ひどく不満なままジョットに別れを告げて立ち去った。騙されたのではないかと心配だった。それでも、教皇に「彼が集めた」他のデッサンを渡して、それぞれの作者の名前を告げてから、ジョットの作品を手渡して、画家が手を動かさず、コンパスも使わずに、どのように円を描いたかを詳しく話した。こうして、教皇と廷臣の中の目利きは、ジョットが同時代の他の画家全てよりはるかに優れていることを悟った。この話が広まり出すと、私たちが今でも頭の鈍い者を描写するのに使う諺が生まれた。「君はジョットの円より丸い」この諺はそれにまつわる逸話があるばかりか、とりわけその両義性につけ込んだ意味が素晴らしい。トスカーナでは、〝丸い《トンド》〟は完璧な円だけでなく、頭が鈍く機転《インジェーニョ》がきかないことを意味するからだ。(3)

美術史家のアンドリュー・ラディスはジョットの円を〝とても上品でうるさくないし、とても巧みで被害者に気づかせないし、十分得心がいって、読む者には知的だという褒め言葉で報いる、語呂合わせ〟だと評している。[4] ヴァザーリはジョットの巧みな円がありきたりの馬鹿を指すようになるのを楽しんでいる。彼は、英語では愚かさを表すのに〝dense（ぎっしりつまった）〟と〝empty-headed（頭の空っぽな）〟の両方を使うという事実をたぶん評価するだろう。

賢くて世間を知っている者だけがジョットの美術を理解するという考えは、ヴァザーリに始まったわけではない。ペトラルカはジョットの聖母は、無学の者の頭は素通りするが、知性のある観察者の中には畏怖の念を呼び起こすと断言した。[5] ジョットの絵画、実際には美術全般、に対するこの姿勢は、エリート意識と知識ある者への褒美の結合として近代性に行き着いた——今日の一般庶民は、芸術を理解できないと心配して、先制防御機能として関わりを避けるかもしれない。時間をかけて関わって、研究する者の中には、少なくともある程度、理解する者もいるという事実は、芸術は〝エリートだけのもの〟という一般概念を誇張する。もっともこれは、美術界は啓発を楽しんでいるように見えるという概念でもあるのだ。ジョットの逸話が示すように、排他性はすでに一三〇〇年頃から美術を鑑賞する者の関心事だったし、それがそのまま今日に至っている。

ダンテの『神曲』についての十四世紀の解説者、ベンヴェヌート・ダ・イモラは伝えている。ダンテはジョットに、どうしてあれほど美しい人物を描けたのに、あんなに醜い子供たちの親になったのかと尋ねたことがあった。画家はラテン語で答えた。「quia pingo de die, sed fingo de nocte」（「昼間に描き、夜に彫るからだ」[6]）これはうまいジョークだ。ヴァザーリもまた、言葉遊びが大好きだ。丸い《トンド》の多彩な意味が、ジョットの円の逸話にぴったり合うので、話全体が胡散臭くなる——

事実にしてはでき過ぎなのだ。研究者は、この逸話、それにヴァザーリの多くの秘話は、物語作家が語るほら話を思い出させると注目していた。粋で、快活で、ユーモアのある、抜け目のない教訓的な話を語る近世の作家たちで、例えばボッカッチョ（ヴァザーリは明らかによく知っているし、彼はジョットを称賛して、「我らがジョット、彼の時代ならアペレスが優れているとは言えない」と書いている）[7]、そして、チョーサーは、イタリアを訪ねて、イタリア人作家に刺激を受けた。プリニウスのような古代ローマの作家は、アレクサンドロス大王の宮廷画家だったアペレスを、古代ギリシア最大の画家と考えた。確かに、プリニウスのアペレスの描き方は、同時代の偉人について書くヴァザーリに手本を与えた。彼はプリニウスの最もよく知られた秘話、他の二人のギリシア画家、パラシオスとゼウクシスについての秘話をジョットの章に翻案している。

ジョットがまだ少年で、チマブーエのもとで働いていた時、チマブーエが描いている肖像画の鼻にハエを描いたことがあった。もう生き写しなので、師匠が仕事を再開しようと戻った時には、本物だと思って一度ならず手でぴしゃりと払おうとした。やがて間違いに気づいたのだ[8]。

これは、私たちにはとても事実とは思えない『列伝』の逸話の一つだ。これはむしろ比喩で、古代から現在に至るまで、偉大な画家の騙し絵の才能を証明するために多くの作家に使われるありふれた逸話だ。この逸話は一五六八年版の『列伝』だけで語られていると言われる。それに、これは年代順ではなく、画家の偉大さを強調するかのように（師匠のチマブーエをダシにして）、ジョットの章の最後に出てくる（ヴァザーリはチマブーエをむしろ古臭いビザンティン風で時代遅れだとみなしていた）。

プリニウスの『博物誌』の元々の秘話は、古代ギリシアの二人の有名な画家の競演を記述している。

パラシオスはゼウクシスとの競技に参加したと伝えられる。そして、〔ゼウクシスが〕ブドウを見事に描いたので、鳥がパネルに降りてくると、〔パラシオスは〕亜麻布の掛け布を描いた。実物そのままに描いたので、鳥の判断にのぼせ上がったゼウクシスは、〔パラシオスに〕掛け布を上げて、絵を見せるよう横柄に迫った。しかし、〔ゼウクシスは〕間違いに気がつくと、誠実な敬意をこめてパラシオスの勝利を認めた。彼は鳥を騙したかもしれないが、パラシオスは同僚画家を騙したのだから。後にゼウクシスはブドウを運ぶ少年を描いたと言われる。それにも鳥が飛んでくると、同じ誠実さで自分の作品に怒ったように注意を向けて言った。「私は少年よりもブドウをうまく描いた。少年をきっちり描いていたら、鳥は怖がったはずだ[9]」

ヴァザーリの同時代人はこうした言及を聞いたことがあったはずだ。彼の『列伝』の教養ある読者は自分でプリニウスを読んでいただろうし、ろくな教育も受けていない美術家も、少なくともゼウクシスとブドウの話を聞いたことはあっただろう。

それでは、私たちはジョットの円の逸話は本物だと信じなければならないのだろうか？　何かがジョットに教皇の、後にはナポリ王の、威信ある依頼を勝ち取らせたにもかかわらず、歴史家は確認することも否定することもできなかった。パドヴァのスクロヴェーニ礼拝堂にある有名な作品もしかりだ。この最後の作品は、ルネサンスにおける最も重要なフレスコ画全体の中でも評価され、自然主義における技術的長所と感性だけでなく、聖書の場面における神学上の複雑さをこれまでにない水準で示している。ヴァザーリ自身はたぶん秘話を信じていた。ペトラルカの話だし、ペトラルカは崇拝されている権威者だったからだ。しかし、本当かどうかに関係なく、ヴァザーリの逸話はジョットへの崇拝を不朽なものにするのに紛れもなく大きな影響を及ぼした。ヴァザーリは彼の立場を芸術の復活に着手した人物として正当化している。『列伝』第一部の最強の部分にふさわしいと。

プリニウスが二人のライバル美術家を並べて、一人がもう一人より優れていることを明らかにしたように、ヴァザーリもまた同様のことをした。もっとも彼の場合は、しばしば競技をゾロアスター教の善と罪、時には紛れもない悪、との闘いに引き上げてしまった。『列伝』に見られる非常に多くの並置（ドメニコ・ヴェネツィアーノ対殺人者のアンドレア・デル・カスターニョ、ミケランジェロ対二枚舌のバッチョ・バンディネッリ）の中でも、その鮮やかなイメージとユーモアで、たぶん最も忘れられないのが、才気縦横のジョットと才能はあるが怠惰で心得違いのブオナミーコ・ブファルマッコの対比だろう。

まだ少年だった頃のいたずらを手始めとして、ブファルマッコがアンドレア〔タフィ〕の徒弟だった時、親方は早寝をして、仕事のために夜明け前に起きる習慣だった。そして、彼は徒弟も起こすのだった。これがブファルマッコを悩ませた。無理やり熟睡から起こされるのだから。そこで彼はアンドレアが仕事のために夜明け前に起きるのを阻止する方法を考え始めた。

そして、滅多に掃除をしない地下室でゴキブリが三十四匹まとまっているのを見つけると、それぞれの背中にろうそくを載せて、アンドレアがいつも起きる時間に、その寝室のドアにある割れ目から一匹ずつ入れていった。アンドレアが目を覚ました時、ちょうどいつもブファルマッコを大声で呼ぶ時間だったが、その小さな光を見ることになった。彼は恐怖に震え始め、すっかりパニックを起こして、いかにも老人らしく、自分を神に委ね、祈って、賛美歌を歌った。そしてついには上がけを頭からかぶって、その夜はもうブファルマッコを呼ぶこともなく、体を丸めたまま朝まで恐怖に震えていた。翌朝、ようやく起きた時には、ブファルマッコに同じたくさんの悪魔を見たかと尋ねた。ブファルマッコはいいえと答えた。目を閉じたまま、どうして目覚ましの声がないのだろうと思っていたと。(10)

ヴァザーリの『列伝』の第一部で、ブオナミーコ・ブファルマッコの章は二番目の長さがある。それより長いのはジョットだけだ。ブファルマッコがよく知られた人物だったからだ。他の二人の美術家、狡猾なブルーノと騙されやすいカランドリーノとともに、ボッカッチョ作『デカメロン』(Ⅷ、三と六、Ⅸ、三と五)の四つの突飛な話に登場しているのだ。ブルーノとブファルマッコが、カランドリーノを彼の姿は人に見えないとうまく説得すると、中世の自白薬を飲ませて彼の豚を盗み、彼は妊娠していると信じ込ませ、最後に媚薬を調合させる。が、ついには彼の妻に見つけられて、即座に殴られるのだ。おかしな三人は後期ルネサンス文学の定番になった。ヴァザーリもおそらく彼らの冒険を全てよく知っていただろう。

従って、ブファルマッコの章では、ヴァザーリはよく知られた人物を通して、教訓的で倫理的な意見を述べることができた。ブファルマッコの無数のいたずらの話に添えてだが、これはトスカーナ人の気質には格別人気のある話題だった[11]。画家としてのブファルマッコは素晴らしく有能だったが、ヴァザーリの時代で最もよく知られた作品とみなされているのは、フィレンツェ大修道院にあるユダの自殺のフレスコ画だ。が、これは今では別の画家、ナルド・ディ・チオーネの作品とされている[12]。今日の研究者は、彼はピサのカンポサントのフレスコ画連作に大きく貢献したと信じている。でも、これは第二次大戦中の誤爆でほとんど破壊されてしまった。

それでも文学的な面では、ブファルマッコはもっと真剣な性格の美術家の完璧な引き立て役として役立っている――ヴァザーリにとっては、彼はどうすれば自分の人生を歩めなくなるか、どうすれば本物の美術家に成り損なうかの実例になっている[13]。努力を伴わない才能は果たされない将来を招くばかりでなく、地獄に落ちるようなものだ。勤勉なヴァザーリにとっては、天与の可能性を無駄にするのは罪だからだ。ジョットの才能をいくらか持って生まれたのに、ブファルマッコはそれを浪費した(もっとも彼は確かにそのふざけた行為で読者を笑わせる。二十世紀後期に生きていたら、コンセプチュアル・アーティストとして身を立てられただろう)。

ヴァザーリのブファルマッコは頭の回転は速いのだが、その強みを賢く使っていない。数学的能力があまりない男がブファルマッコに教会に聖クリストフォロスを描いてほしいと依頼し、聖人は十二ブラッチョ(約七メートル)の身長にするように指示した。ブファルマッコが教会に入るとすぐに、教会全体の高さは九ブラッチョもなく、九ブラッチョの奥行きもないことに気がついた。彼は依頼を全うするために、唯一できることをした。聖クリストフォロスを横たわらせて、教会の内部を包み込むように描いたのだ。依頼人がフレスコ画を見た時には、自分の思い描いていたものではなかったので、支払いを拒んだ。しかし、ブファルマッコは彼を裁判にかけて、自分は厳密に（あるいはたぶん寸法通りに）依頼を全うしたと主張した。

ブファルマッコの意地悪な機知の最後の逸話は、騙し絵の行為だ。

私はこれだけ言う〔と、ヴァザーリは書いている〕。彼がカルチナーイア〔ピサ近くの村〕に聖母マリアが幼子を抱いているフレスコ画を描いた時、絵を依頼した男は空約束をして支払いをしなかった。そこで、騙されるのに慣れていなかったブファルマッコは、復讐することにした。そして、ある朝、カルチナーイアへ行った時に、自分の描いた聖母マリアに抱かれた幼子を小熊に描き替えた。膠もテンペラ絵具も使わず水彩絵具だけを使った。それからほどなくして、依頼した農夫は何が起きたかを見て、必死になってブファルマッコに会いに来た。小熊を消して、別の幼子を前と同じように描いてほしいと頼んだ——今度は、農夫も支払うつもりだった。そして、ブファルマッコが丁寧に頼みに応じると、農夫は最初の仕事と二度目の両方の料金を即刻支払った。濡らしたスポンジですべては片付いたのだが。

ブファルマッコ（Buffalmacco）という名前が彼の人柄を示している。Buffoneというのは愚かな者を表す言葉、道化師だ。Maccoはmacchiaという言葉と関連があり、シミという意味だ。（maccoには豆スープという意味もある）ヴァザーリは私たちがディケンズのようだと呼ぶような形で名前ゲームを楽しんでいる。ただし、本人はボッカッチョを思い浮かべていただろう。名前は性格の最初の鑑定人だ。ラファエロ・サンティ（ラファエロ）には、〝聖人〟を意味する名字があって、実際聖人らしく描かれている。ラファエロの同時代人、ジョヴァンニ・アントニオ・バッツィは〝ソドマ〟という愛称で呼ばれたが、これは罪人を意味している。人が名前に応えて生活するにしても、名前が示唆するものが現実になるよう導かれるにしても、ブオナミーコ・ブファルマッコでは、私たちはその氏名をよき友《グッドフレンド》・愚かなシミ《シリースティン》（あるいは愚かな《シリー》スープ）と訳すかもしれないにせよ、結局本人の行状になる以外になかったのだ。一方、ジョット（Giotto）には、すぐにあの円の話を思い出させる名前がある。一対のあの素敵な円が名前の中心にあるからだ。名前はアンジェロットの省略形――〝小さなアンジェロ〟――かもしれない。ヴァザーリは二つを対比させる。しかし二人の対戦は、これまでの何世紀にもわたって、すでに陳腐なテーマだった。ジョットの円について、十五世紀の詩人ブルキエッロの詩がある。そこに彼はこう書いている。「Al tuo goffo buffon daro del macco（空豆《マッコ》のスープをやろう、君の不器用な道化《ゴッフォ・ブッフォン》に）。buffon と macco――ブファルマッコへの言及は明白だ。しかも、ジョットの勝利についての詩に、彼とは正反対の名前が入っているのは偶然ではない。

そして今度は、やんちゃな猿にまつわる話がある。

この生き物はヴァザーリの『列伝』に、私たちが考える以上にずっと頻繁に登場する。猿は、高い費用をかけて輸入され、飼い主を楽しませることを保証するエキゾチックなペットだ。ヴァザーリの『列伝』のブファルマッコの章は、アレッツォでの事件について語っている。そこで、歴史的人物の司教グイードが司教公邸にフレスコ画を描くようブファルマッコに依頼したのだ。司教のペットの猿には、絵の制作作業全体が魅惑的で、仕事をするブファルマッコを見守っていた。「この動物は、時々足場にちょこんと座って、ブファルマッコが仕事をするのを見守っていたが、全てを観察していて、画家が絵具を混ぜ、瓶を扱い、テンペラを作るために卵をかき混ぜる間も、片時も目を離さなかった——要するに、猿はあらゆる動きを見守った[14]」猿は見て、猿は行動する。夜になってブファルマッコが帰ると、猿は引き継いで、教会堂を塗り直した。ブファルマッコにとっては、翌朝戻って、フレスコ画が完成しているのを見るのは、それも自分よりうまく描けているというのであれば、一つのジョークになっただろうが、それがヴァザーリの落ちではない。それよりも、猿が荒々しく塗りたくった絵が破壊行為に見られたのだ。司教は報告を受けると、武装した衛兵に教会堂の中に見張りに立ち、破壊者だと判明した者は誰であれ、情け容赦なくズタズタに切り刻めと命じた。

どちらかと言えば無知な信徒が、中世やルネサンス・ヨーロッパの〝悪党〟が描かれたフレスコ画の一部を破損するのは珍しいことではなかった。悪魔、独裁者、裏切り者、それにユダヤ人[15]。シエナのプッブリコ館にある平和の部屋に描かれたアンブロージョ・ロレンツェッティのフレスコ画連作。その中の『悪政』の呪わしい具象化は、何世紀にもわたって訪問者に引っかかれた傷が残っている。サンタ・クローチェ聖堂の回廊にあるアンドレア・デル・カスターニョの『鞭打ち』のフレスコ画にあるキリストを虐待する者たちの顔はこすり取られている。パドヴァにあるジョットのスクロヴェーニ礼拝堂の一風変わった怪物、嫉妬の寓話的な化身でその髪からはヘビが滑り出て、顔に嚙みついているが、落書きの傷がその首にも、ヘビの体にもその頰と目にも残っている。

しかし、猿が絵画を破損するというのは、それが裏切り者を描いているとしても、極めて異例だ。ブファルマッコの話の猿は、今や絵が趣味になっていて、走り回らないようにするために木製の重りをつけられていたにもかかわらず教会堂に引き返し、仕事に戻るのだ。衛兵とブファルマッコは現場に駆けつけて、犯人がせっせと絵具を塗っているのを見ると、声をあげて笑い出す。

逸話の最高の台詞はブファルマッコに与えられている。彼は司教のもとへ行って、言うのだ。

「閣下、あなたには描かせたい絵画がおありですが、あなたの猿は別の絵画がお望みです」

バディア・フィオレンティーナ教会にあるブファルマッコのフレスコ画連作が、ヴァザーリに画家のキャリアに厳しい評価を突きつける機会を提供している。


彼は創意に富む美しい仕草の『キリストの受難』を作り、弟子の足を洗うキリストの中に最も偉大な人間性と優しさを描き、キリストをヘロデに引き渡す時のユダヤ人の中に傲慢さと残酷さを描く。しかし、獄中を描いたピラトと木に首を吊ったユダの二人に、とりわけ独創力と専門技術を発揮している。このことからも、この愉快な画家について言われていることは簡単に信じられる。すなわち、滅多にないことだが、精を出して本気で仕事をした時には、彼は同時代の誰にも引けを取らない画家だということだ。


ピラトとユダという人物についてのこの評価の並置は、ヴァザーリがブファルマッコの努力しないことを真の意味での罪とみなしていることを示唆しているのかもしれない。『列伝』はまた、彼を一三〇五年の五月祭にフィレンツェで起きた不運な大惨事と結びつける。

ブファルマッコは……数ある中でも五月祭の祝祭を監督した罪で、自分が告発されているのを知った。サン・フレディアーノ教区の住民が船を連ねてお祝いをするのだが、当時は木造だったカッライア橋がお祭り好きを載せ過ぎたせいで崩壊した。彼は、他の多くの人たちのように、そこでは死ななかった。船の上に掛かっていた地獄絵図の真上に橋が落ちた、まさにその時には、食料を取りに出ていたからだ。

ブファルマッコは当時せいぜい十五歳で、まず大惨事の責任はないのだが、ヴァザーリはそれでもやはりいくらかの責任を何とかほのめかしている。この楽しいこと好きで、いくらか怠惰な画家の章は、何をおいても効果的な文学的アンチテーゼの役割を果たし、英雄的なジョットにさらにいっそう気高い光を当てているのだ。

7 戦争によるチャンス

戦争は、何人かの美術家や建築家に新しいチャンスをもたらした。今では工学技術者がその役割を担うようになっているが、要塞、大砲、角で作った火薬入れ、銃、包囲攻撃兵器の設計や、要塞の補強をするのだ。ミケランジェロとベンヴェヌート・チェッリーニの二人はローマのサンタンジェロ城の要塞化に取り組んでいた。レオン・バッティスタ・アルベルティが一世紀前にやったことだ。ダ・ヴィンチは、軍事工学に手を出した最も有名な美術家かもしれない。でも、必ずしも最も成功したわけではない。十六世紀前半、そうした栄誉はフィレンツェのサンガッロ一家やシエナのバルダッサーレ・ペルッツィに与えられた。彼の城壁や要塞の設計は、同じ数十年の間に火薬大砲の急速な発達がもたらした課題に、正々堂々と対応した。

ジョルジョ・ヴァザーリの建築家としての時代は、一五二七年にはまだずっと先だった。あの職業は、概して、大人の男のものだった。十六歳で、戦争の直接体験は皆無で、パトロンはフィレンツェから再び追放されてしまい、ヴァザーリには将来性のある軍事工学技師として提示できるものはほとんどなかった。でも、同時代のシエナ人、ヴァンノッチョ・ビリングッチョの場合は違う。シエナ大聖堂の元請け業者の息子だったヴァンノッチョは、父親と一緒に花火を作り、甲冑を鍛造しながら育った。ヴァザーリはビリングッチョの冶金と花火に関する先駆的な本を称賛している。一五四〇年作の『火工術』だ。しかし、ビリングッチョは『列伝』の美術家名簿には登場しない。

ヴァザーリの基準では、たぶん私たちの基準でもそうだろうが、ビリングッチョは昔も今も美術家というより職人なのだ(1)。

ヴァザーリは一五二七年秋にアレッツォに帰り、父がペストで死んだことを知る。ペストは一五二二年に再びイタリアに現れたのだが、ローマ劫掠《ごうりゃく》のせいで蔓延する問題になってしまった。帝国軍に殺害された犠牲者は非常に多く(総計一万四千人)、つまりは埋葬されていない死骸が所かまわず横たわっていて、伝染の原因になったのだ。ハエや、ネズミについたノミが腺ペストを運び、あとは逃げる難民によって運ばれた。ヴァザーリは叔父に言われて、アレッツォから田舎にある一族の土地へ移った。そこの生活環境はそれほど窮屈でなく、接触感染を引き起こす危険も少なかった。フィレンツェという複雑で、じっくりと組織された芸術的世界からはるか離れ、ヴァザーリは自立した美術家として仕事を探し、実践しながら学び、フィレンツェの若い徒弟にはとうてい無理だったはずのプロジェクトを引き受けた。

戦争が美術家に新しいチャンスをもたらすこともあるとすれば、ペストはその反対だった。慣れ親しんだ生活のリズムをことごとく停止したのだ。小さな細菌、ペスト菌は高性能顕微鏡が発明される前には、目に見えなかった。伝染そのものも、病気を伝染させるネズミの役割もまだわかっていなかった。それでも、ルネサンス時代のイタリアの住人は、この災厄に際して、病人が他の人を病気にする傾向があることに気づいていた。フィレンツェは、まだ並外れてきちんと組織化された市だったので、政変があったにもかかわらず、八分の七の店が用心のために店を閉めた。わずかに営業を続ける店も、客には鉄格子越しに品を渡して、店内に入るのを許さなかった。客は硬貨を店主の手には渡さずに、ボウルに入れた。それから、ボウルの中身は水の入った壺にあけられ、汚染物質の可能性のあるものを洗い流した。[2] 街路に出かけることを余儀なくされた不運なフィレンツェ人は、出かけるのは夜間にして、香りのよいハーブの玉か束を鼻にあてがって、〝汚い大気〟のフィルターにした（代表的なものは、パセリ、セージ、ローズマリー、タイム、それに芳香性の花だった）。家では、魔除けになると考えて、イラクサの煮汁を飲んだり、それで沐浴したりした。同様の予防措置のいくつかは、田舎でも見られた。死者の多さ、移動制限、それに市民の隔離が、ペストそのものが治まってもさらなる問題を引き起こした。一五二八年は、ほぼイタリア全土に飢饉をもたらしたのだ。[3]

一方ジョルジョ・ヴァザーリには、一五二八年は仕事上の成功のかすかな兆しをもたらした。有名なフィレンツェ人画家、ロッソ・フィオレンティーノが彼のイーゼル画の一つを見て、知り合いになろうと決心したのだ。ロッソはかなり不自然なポーズを取る奇妙な痩せこけた人物を描いて評判を得たが、彼が若いヴァザーリの作品に見たのは（あくまでヴァザーリによればだが）、〝天性に由来するよい資質〟だった。

自分の画風は突飛なのにもかかわらず、ロッソは美術家教育のフィレンツェ方式を固く信じていた。十六世紀の美術家は、芸術の目的は自然の模倣だと理解していた。アリストテレスは自らそう語った。そしてとりわけ、古典を復興させたことを誇っている時代だとなれば、アリストテレスは軽視すべきではない。美術家が自然の働きを理解するための最善の方法は、もちろん、描くことだ。自然は、神の至高のデザインに従って、世界を設計したのだから。（アリストテレスの学説を信じる古代の作家の一人で、ローマの建築家、ウィトルウィウスは実際に、読者に断言している。造物主は星座の配置を自然から引き出したのだ！）ロッソは痩せこけた人物を不自然な長さにまで引き延ばしたかもしれないが、それは自然の釣合いがどう作用するかについてのしっかりした知識を得てからのことだった。彼が若いジョルジョ・ヴァザーリの作品に見たのは、デザインのしっかりした理解、釣合いの感覚、それに色が人物や空間に、あるいは人物同士に、どのように作用するかについての考え方だったに違いない。

ロッソはまた、ヴァザーリがアレッツォで出会ってすぐに気づいたように、寛大な気性だった。

彼の推薦で、ロレンツォ・ガムッリーニ殿が板絵を描く依頼をくれたのはほどなくしてのことだった。ロッソが素描を提供し、私がありったけの集中、苦心、努力を尽くして仕上げた。知識を身につけ、評判を得られるようになるためだ。私の能力が私の願望に匹敵するのなら、私はまあまあな画家になれるはずだった。が、奮闘して、美術に関係のあることを学んだのに、それは当初思ったよりはるかに難しいことを知った。それでも、私は希望を捨てずにフィレンツェに戻った。そこで、父に託された三人の妹と二人の弟を扶養できるほど世間に認められるには、まだ長くかかることがわかったので、金細工師の弟子になった。(4)

友だちのフランチェスコ・サルヴィアーティの章で、ヴァザーリはこのハッとするような限界の認識が、画家のラファエロ・ダ・ブレシャの工房で生まれたと語っている。そこで、ヴァザーリ、サルヴィアーティ、それに三人目の友だちのナノッチョ・ダ・サン・ジョルジョは徒弟として一緒に働こうと決めたのだった。「ジョルジョはフランチェスコからの手紙にとても励まされて、フィレンツェに戻ったのだった。フランチェスコ自身は腺ペストで死にかけたのだが、三人は二年間、必要性と知識を身につけたいという切望に駆られて、途方もない努力をして、奇跡的な進歩を遂げた[5]」

　手紙は、当時の主たるコミュニケーション手段で、その配達は驚くほど信頼できた。早馬と配達人のネットワークは半島全体を固く結びつけ、イタリア人商人と北ヨーロッパを結んだ。少なくとも一二五一年以来、この分野の専門家は、ロンバルディアのベルガモ出身のタッソ一家だった。創設者のオモデーオはヴェネツィア共和国のために宅配便を始め、ヴェネツィアとミラノ、ヴェネツィアとローマの間の郵便チェーンを運営した。一四六〇年、タッソ家は教皇領の郵便独占業務を引き受けた。この独占は一五三九年まで続き、その頃には、スペイン、神聖ローマ帝国の低地国（現在のベルギー、オランダ、ルクセンブルクが占める地域）、ドイツ、それにオーストリアまで手を広げていた。ミラノ公国はもちろんだ。一族のドイツ支店はタクシスという名で通っていて（これが現代の〝タクシー〟の由来になった）、早馬はもちろん馬車も集めていた[6]。効率のよい郵便業務は、十六世紀の間に近代化したトスカーナ地方ではますます関心が高まることになる[7]。人はまた、旅をする友だちや商人に手紙を託した。これは郵便より安いが、信頼性は落ちる。それに至急便になると、大金を払えば、特別配達人、スタフェッタが雇えた（シエナ／ローマ間、四ドゥカート）。スタフェッタはニュースをローマからヴェネツィアへ一日半以内に届けた。それがコンクラーベ（教皇選挙）の結果のような出来事を知らせるとなれば、金を出すだけの価値はあった。

　ラファエロ・ダ・ブレシャについては、ほとんど何も知られていない。彼よりも成功した兄弟のアンドレアのことは多少知られている[8]。もっとも、二人とも絵に転じる前には、そもそもダンスの教師になる訓練を受けていたのだった[9]。ヴァザーリは兄弟のどちらも『列伝』の献辞に記していない。実際にはアンドレアへの言及もまったくない。ただ、ラファエロ・ダ・ブレシャの工房にいた期間は限られたものだった。一五二九年にはフィレンツェでの生活は、再び危険で込み入ったものになったからだ。

一五二八年に腺ペストがローマを襲うとすぐに、一五二七年に市を略奪した背教の帝国軍は、ぶらぶらと北へ戻り始めた。うろたえて謙虚になったクレメンス七世は一五二七年に休戦（と自分の命）の保証に支払いをしたが、それから六ヵ月間も逃げ込んだサンタンジェロ城内に囚われの身だった。最後には行商人の姿に変装して（たぶん手入れされた手は人目に触れないようにした）逃げ出して、オルヴィエートとヴィテルボに避難した。一五二八年十月、彼はようやくローマに戻って、かつての敵の皇帝カール五世と交渉を開始した。熱烈なカトリック教徒のカールは略奪にショックを受け、しきりに償いをしたがっていた。そこで、クレメンスはカールにもう一つ頼み事をした。メディチ家のフィレンツェへの帰還だ。教皇はそれと引き換えに、進んで途方もない提案をした。七世紀以上前の八〇〇年のクリスマスイブ、教皇のレオ三世が神聖ローマ帝国の王冠をシャルルマーニュ、カール大帝に戴冠して、フランク国王となった彼とその軍隊を、教皇の支配権を聖俗両方で強化するための道具に変えたのだ。そして、一五二九年夏の今、クレメンスはカール五世に同じ儀式を行うことを持ちかけた。しかも皇帝がローマまで南下する長い旅をしないですむように、ボローニャで。

カールは頑ななカトリックだったので、クレメンスもそれに合わせるために自分も信心を堅くせざるを得ないと考えた。よりによってこの難しい時に、ヘンリー八世がアラゴンのキャサリンとの二十年間の結婚の無効宣告を要請する手紙を送ってきた。クレメンスは要望に応じたいと思っていたのだが、今ではそうすれば、神聖ローマ皇帝を怒らせてしまうと感じた。ヘンリーは、もちろん、それから間もなく教会と絶縁した。

けれども、教皇クレメンスとカール五世はまずフィレンツェの問題を解決するための措置を講じた。一五二九年十月二十四日、教皇と帝国の連合軍は市を取り囲み、攻撃を始めた。これは翌年の八月まで続くことになる。ヴァザーリは何とか無事に逃れた。

一五二九年にフィレンツェが戦場になると、友だちで金細工職人のマンノと一緒に市を出て、ピサに向かった。ピサでは、金細工職人の仕事をやめて、絵を描いた……。が、戦争が日ごとに激しくなり、私はアレッツォに戻る決心をした。でも、通常の直行ルートは使えない。そこで山越えをしてボローニャに行った。ボローニャでは、カール五世のために色鮮やかな凱旋門を作っているのに気がついた。おかげで私は若い身の上で、利益と名誉をもたらす仕事を見つけたのだ。(10)

サルヴィアーティの章には、もう少し詳細が付け足されている。「一五二九年が巡り来ると、フランチェスコはヴァザーリと一緒に行かなかったことを悔やんだ。ヴァザーリはその年に金細工師のマンノと一緒にピサへ行って、そこで四ヵ月を過ごした。それから、クレメンス七世がカール五世に戴冠するボローニャへ行った(11)」

ピサからアレッツォへは通常、アルノ川に沿って行くのだが、一五二九年にはアルノ川流域は軍勢にあふれていた。そこで、ヴァザーリはおそらくピストイアまで内陸に入ってから北に向かってアペニン山脈を超え、ポー川流域の平地地方に出たのだろう。そこまで来れば、ずっと早く移動でき、まずモデナ公国の地域を越えてから、さらに東の教皇領のボローニャに入る。ボローニャからは、一五二七年に帝国軍がたどったのと同じ方向に進もうと計画していたのかもしれない。アペニン山脈を越えて、アレッツォからイタリアの東海岸に直結する古代エトルリアの道をたどるのだ。十六世紀イタリアのたいていの人の移動は、ロバに乗るか、徒歩だった。ヴァザーリもおそらくそうだっただろう。馬は早くても金がかかるし、山道ではロバの方がずっと足元は確かだ。必要とあれば、早馬が電光石火のスピードで伝言を伝えてくれる。しかし、通常の旅と情報伝達のペースは、もっとずっとゆっくりしていた（もっとも、ルネサンスのイタリアでは、手紙はしばしば宛先に今日より早く届いた）。ヴァザーリはボローニャまで一週間か二週間かかったかもしれない。

ヴァザーリが自分をボローニャに留まらせたものを説明するのに使っている言葉を、ここでは〝利益と名誉〟と訳すが、〝ウーティレ・エ・オノーレ〟は古典的なトスカーナ語の組み合わせで、まともな考えを持った堅実な市民が人生で成し遂げたいと願っている二つの目標を述べている。ウーティレは〝有用〟及び〝得〟や〝利点〟を意味する――社会的および道徳的に有用な利益であり、単にためになるという意味だ。オノーレは、厳格な内面的行動規範に従った誠実な仕事ぶりという対外的評判を獲得することを意味する。ルネサンスのイタリアでは、この規範は古代ローマの美徳と聖書の道徳的な教えが結合していて、ヘブライ語の知恵文学と福音書から引き出している。従って、ユダヤ商人は同じ基本的信条をキリスト教徒の同輩と同じように守っていた。どちらのコミュニティもローマの支配下にあり、世間のよい評価を維持することについての古代ローマの考えに理解を示していたからだ。それに加えて、彼らは、神は彼らの経済的な幸福に熱烈な興味を持っていると確信していた。トスカーナ人銀行家のフランチェスコ・ディ・マルコ・ダティーニは帳簿の見出しを〝神と利益の名において〟としていた。[12] 別のトスカーナ商人のアゴスティーノ・キージはレターヘッドを十字架にして、〝ウーティレ・エ・オノーレ〟を繰り返し引き合いに出して、十六世紀初期最大の富の蓄積に取り組んだのだった。[13]

善行を積むことと成功することは、ヴァザーリが家族から受け継ぎ、環境から身につけた倫理規定では完全に両立した。何しろ彼は自分の周りの出来事を見てきたのだから。キャリアを積ませてくれた偶然の出会いから、最も有力な人や最も要塞化された市にすら降りかかる突然の災厄まで。彼はまた、鋭い生存本能を身につけたのだった。

彼自身の〝ウーティレ・エ・オノーレ〟を高めるために、ジョルジョ・ヴァザーリはボローニャに留まり、凱旋門を描いた。凱旋門が作られた目的の大イベント、一五三〇年二月二十四日のクレメンス七世によるカール五世の戴冠式まで。彼は大洞窟のような中世の大教会堂、サン・ペトローニオ聖堂に間違いなく参列していたか、少なくともその外の巨大な広場にいたはずだ。きらびやかな司教、装飾的な甲冑とビロードのダブレットに身を包んだ騎士、それにヨーロッパの支配層が大教会堂の中にも周りにも押し寄せる波の真ん中に教皇と皇帝という二つの独特な顔が並ぶ光景は、その後の彼のキャリアに大いに役立ったことだろう。その画家としての目は、サテン、宝石、それに甲冑が光を受けた時には側近たちの華やかさを高く評価して、カール支配下のヨーロッパに着目したただろう。

戴冠式は祈りに始まり、次に剣がカールに贈呈された。「神聖な教会の防衛に務めるように」[14]――ローマがまだ彼の軍隊の略奪にくすぶっているというのに、皮肉な任務だった。しかし、取決めは表面上でも、教皇と皇帝の亀裂を修復し、カールは意気揚々としてヨーロッパの最高君主とする称号を受けた。教会に正式に認可されたのだ。そして今、彼はマントを身に着けた。王冠の宝石のいくつかは本当に、彼と同名のシャルルマーニュによって運ばれたものだった。

戴冠式の後は、王冠を頂いた皇帝は飾りたてた凱旋門を通って帰ることになる。凱旋門は象徴的に神聖ローマ帝国皇帝を古代ローマの皇帝たちと結び付けていた。古代ローマでは、凱旋式は国の軍務の中で傑出した戦勝を収めた将軍に元老院が与えた正式なパレードだった（資格を得るためには、勝利は対外戦争に完全な終止符を打つものでなくてはならなかった）[15]。征服した将軍は二輪戦車でローマの通りを抜け、カンピドリオを上ってユーピテルの神殿へと赴く。その道筋は仮設の木製アーチで示されていた（そのいくつかは後に恒久的な大理石の構造物になった）。こうした儀式用の〝門〟――太い支柱の上に横桁のある丸いローマ式アーチで、銘と浮き彫り細工に覆われ、戦闘シーンや征服者と非征服者を図解している――は市の出入り口を思い出させるが、出入りを遮る扉や開閉柵はない。それらは包囲攻撃に破れた市の門を通る軍隊の人為的なシンボルなのだ。古代ローマのパレードは、勝利を収めた軍隊はもちろん、高名な捕虜や輝かしい戦利品も見せびらかして、何時間にも及ぶことがあった。

ルネサンスの戦勝パレードは、古代の歴史家の記述や古代ローマの遺跡、フォロ・ロマーノにある残存する三つの大理石のアーチ（コンスタンティヌス、ティトゥス、セプティミウス・セウェルスの凱旋門）を含む古代ローマ美術の遺物からインスピレーションを受けていた。カール五世のためにボローニャに建てられたアーチのデザインは見事に好古趣味だった。悩める教会の長と悩める元首の間の和解を誇示するために仮設の舞台が設けられた。どちらもそれぞれの領地におけるカトリックとプロテスタントの間に広がる確執を痛切に意識していた。

ヤン・ファン・エイクからヴァザーリに至るルネサンスの美術家は、気が滅入るほど膨大な時間とエネルギーを、結婚式や、戴冠式や、このカール五世のための戦勝パレードといった一回限りのイベントのための精緻な飾り付けを作る準備に捧げた。印刷が十六世紀の間にますます大衆的になったので、一日限りの式典も大判の新聞や祝祭の本と呼ばれる挿絵入りのパンフレットにより、ある種の不朽の名声を獲得することができた。カールの父親、マクシミリアン一世のためのアルブレヒト・デューラーによる凱旋門は制作に六年（一五一六〜二二年）かかり、壁と門に貼るようにデザインされた三十六枚の版画で構成されていた——あいにくマクシミリアンはデューラーが巨大プロジェクトを完成させた時には、もう亡くなっていた。

しかしながら、中でも最も好奇心をそそる見ものは、カール皇帝だった。クレメンス七世は堂々とした鼻のハンサムな男で、くぼんだ目に浅黒い肌をしていた（イッポーリト・デ・メディチはこの魅力的な容貌を共有していた）。教皇はローマ劫掠を悼むために顎ひげをはやし、絶対に剃らなかった。流行も、顎ひげと短く刈り込んだ髪を好むように変化していった。一方、カールは、ハプスブルグ家の典型的な突き出た顎にひどく悩まされていた。彼も、顎ひげをはやしたことがあったが、それはこの顎を隠すためだった。画家のセバスティアーノ・デル・ピオンボが談話中の二人の最高支配者をスケッチした時、エレガントな教皇と奇妙な外見の外国人を対比させた。何度か肖像画を描いたことのある教皇と、流行遅れの内巻きの髪型に大きな口の皇帝だ。

しかしながら、カール本人は、いつもはそのおかしな外見ではなく、並外れたカリスマ性で人々によい印象を与えていた。彼は四ヵ国語を操り、馬を乗りこなし、戦い、ダンスに華麗な技量を発揮して、知性にきらめく目で世界を理解した。顎は彼の個性を強調しただけだ。ティツィアーノからヴァザーリ自身に至るまで、画家が記録しているのは、その目だ——目と、王者にふさわしい身のこなし。三十年後、ヴァザーリはフィレンツェのヴェッキオ宮殿の天井に、あの戴冠式の描写で装飾を施すことになる（広々とした部屋は現在、市長執務室になっている）。華やかな観客がごった返す真ん中で、カールは神聖ローマ帝国の王冠を受けるためにクレメンスの前にひざまずいている。この絵画を見た者は誰でも、謙虚に恭しく腰をかがめている男性がヨーロッパ世界最強の最高支配者として立ち上がることを知っていた。クレメンス教皇の前で頭を垂れているかもしれないが、彼は、ヨーロッパの他の多くの国の運命と併せて、このメディチ家の教皇の運命も握っていたのだ。

8 メディチ家の中に戻る

カール五世は、戴冠式の直後にボローニャを離れた。彼に戴冠したメディチ家の教皇、クレメンス七世も同様だ。それほど意気揚々とはしていなかったが、ヴァザーリもまた出発して、アレッツォの家族のもとへ戻った。ボローニャではまだ仕事はあったが、両親のいない弟や妹の暮らしが心配だった。それに、ボローニャでの仕事のチャンスはどんなに魅力的でも、最終的には美術家としての彼の成長を限定すると気づいていたのかもしれない。肥沃《ひよく》なポー平原にある教皇領として、ボローニャは誰もが知ってのとおり裕福だった――そのニックネームは、〝太ったボローニャ《ボローニャ・ラ・グラッサ》〟で、その最も代表的な生産品は今でも、脂肪の角切りを詰めたソーセージ（ボローニャソーセージ、アメリカの安いソーセージの上品な祖先）だ。しかし、太ったボローニャもまた、イタリア都市国家のほぼ普遍的な災いのもとであるお家騒動と派閥争いに悩まされていた。ヴェローナでは、モンタギュー家とキャプレット家（イタリア語ではモンテッキとカプレーティ）の不和。オルヴィエートでは、モナルデスキ家がフィリペスキ家と戦い、シエナでは、ペトルッチ家対ベランティ家、フィレンツェでは、パッツィ家とストロッツィ家がメディチ家に張り合っていた。ボローニャでは、地元軍閥のバリオーニ家と、彼らを市から追い払おうとした一連の教皇たちとの対立が激化していた。一五三〇年には、何十年にもわたる市民同士の争いと外部との戦争が、市の豊富な資源を徐々に奪い、ある種の文化的停滞を起こしてしまった。それから五十年後、もう少し平和な状況で、ボローニャは独自に重要な美術の中心になるのだが、その変革はまだ始まっていない。ヴァザーリは鋭敏だったので、ポー平原で簡単に仕事が見つかりそうなのはわかっていた。それでも、美術の本当の発展はフィレンツェとローマで起きていて、アレッツォは偶然にもその中間に位置していた。

一五一〇年、盛期ルネサンスの中心に、イタリア人画家の中で四つの目立つ大きな対立があった。この分野の先導者は――ラファエロ、ミケランジェロ、それにダ・ヴィンチ――イタリアの中央を横切る地帯の出身だ（ダ・ヴィンチとミケランジェロはトスカーナ地方、ラファエロはイタリア東海岸のマルケ地方）。しかし、驚くべきことがヴェネツィアでも起きていた。最も注目に値するのが、トスカーナから移住した建築家ヤーコポ・サンソヴィーノによる建築物と、ティツィアーノ・ヴェチェッリオだ。ヴァザーリは、なぜ彼が十歳の時に叔父と暮らすためにヴェネツィアに送られたかを説明している。叔父は彼を、当時のヴェネツィアの主要画家、ジョヴァンニ・ベッリーニの徒弟として身を立てさせた。しかし、ヴァザーリが高く評価したとしても、ティツィアーノはいずれにしてもヴェネツィア様式で、絶望的に素描力が足りないとみなされることになるのだ。

それに、当時ジャンベッリーノ（ジョヴァンニ・ベッリーニ）やあの国の他の画家は、古代の研究をせず、実際何もせずに、何であれ写生したものを堅い線の荒削りで不自然な手法で描くことに慣れてしまっていた。従ってティツィアーノもまた、少なくとも差し当たってはその様式を学んだ。(1)

ヴァザーリは偉大なティツィアーノに、けなしているようにも取れる賛辞を差し挟んでいる（二人は友好的だったのだが）。素描に重点を置くトスカーナ様式を採用してさえいたら、彼はもっとずっと偉大になれたはずだと。

しかしその一方では、一五〇七年頃には、ジョルジョーネ・ダ・カステルフランコはそうした仕事の仕組みに必ずしも満足していなかったので、自分の絵をもっと柔らかくもっとくっきりした美しい表現で描き始めた。もっとも、彼はまだ生き物や自然のままのものを前に置き、顔料を使って、できるだけうまく描こうとしていた。生体の外見に照らして、そのままの色か優しい色合いに軽く塗った。デッサンを一切せずに、紙の上で事前の検討をすることなく、顔料を使ってあっさり描くことが、真に最良の描き方であり、本当の意味での素描だと、固く信じていた。しかし彼は、構図をうまくまとめて、自分の趣向を調整したい時に〔素描は〕必須だということに気づかなかった。全てがどううまくまとまるかを見るためには、まずいろいろな向きに紙に載せてみる必要があるからだ(2)。

ティツィアーノは、アルプスの麓のカドーレで生まれ、ヴェネツィアの画家の流儀に貢献していた。ヴァザーリは彼らを高く評価していたが、素描への興味のなさが欠点だと見ていた。それに彼らがローマを軽視していると考え、それは彼らが古代の中心地の研究をせず、完全無欠な作品を絶対に見ないからだと主張した。

しかし、ティツィアーノは無視できない。彼がヨーロッパ中で成功していることは疑う余地がないのだ（彼はハプスブルグ家のお気に入りで、彼の絵はヴェネツィアよりハプスブルグ家の中心地のマドリッドに多い)。ヴェネツィア様式へのヴァザーリの反対が心からのものか、トスカーナへの愛国心の問題か、明言するのは難しい。彼はティツィアーノを列伝の中で〝全ての中で最高だ〟と書いた。しかし、彼の言う全てとは、全てのヴェネツィア人という意味であり、その仕事は、何度も書いているように、彼ら全てがローマを研究し、素描を実習していたら、測り知れないほどに上達したはずなのだ。

それでも、ジョルジョ・ヴァザーリとティツィアーノ・ヴェチェッリオは、いくつか明らかな不一致――年齢(ティツィアーノは二十歳年上)、絵画の訓練、郷土愛、話し方(ティツィアーノは軽快なヴェネツィア風抑揚、ヴァザーリは明瞭で複雑なトスカーナ語)――があるにもかかわらず、多くの点で理解し合っていた。作家のピエトロ・アレティーノはどちらにとっても親友だった。二人はたまに仕事で同じ時期に同じ市にいる時には友だち付き合いをした。肖像画家としてだけでなく、会話でも達人だったので、二人ともヨーロッパにおける最も有名なパトロンに仕えるようになった。その上、二人とも地元市場にも応じた(ティツィアーノはスペイン王や神聖ローマ帝国皇帝に絵画を提供したかもしれないが、最も要求の厳しい批評家は仲間のヴェネツィア人だったし、その傑作のいくつかはヴェネツィアで見られる)。二人は、何をおいても、やり手のビジネスマンであり、しかも二人とも全ての依頼の納期に遅れないために並外れてよく働いた。訓練には深刻な違いがあるにもかかわらず、ヴァザーリはティツィアーノの技術と、年を重ねるにつれてこのヴェネツィア様式に起きた極端な変化に敬服せずにいられなかった。さらに、ティツィアーノの章は、二人の会話の中心だったかもしれない話題に重点を置いている。金と仕事の依頼、まさしく彼らの本業だ。

『列伝』の章は、アルプスの村カドーレで貴族のヴェチェッリオ家に生まれたティツィアーノの出生から始まる。「愛すべき性格で利発だった」ので、若きティツィアーノは十一歳で、叔父と住むためにヴェネツィアに送られた。叔父は彼をジョヴァンニ・ベッリーニの徒弟にした。ベッリーニは当時最も成功していた画家だった（ヴァザーリの『列伝』に単独の章を得られるほど成功していた）。ティツィアーノはそこで、もう一人の有能な徒弟、ジョルジョーネに出会った。

ジョルジョーネは飛び切りの画家だったが、彼もまた（少なくともヴァザーリの見解では）好ましくない訓練に阻害されていた。一方、十代のティツィアーノは、ジョルジョーネの画風に魅了されて、真似を始めた。彼もまたフレスコ画を描いた。「多くの専門家が、言われるまでもないが、彼は一流の画家になるだろうと断言するほど素晴らしいものだった(3)」

ティツィアーノの傑作についてのヴァザーリのリストは、私たちのものとはいくらか違っている。それでも現代の批評家のように、彼は魅惑的な初期作品として一五〇六年作の『エジプトへの逃避』を、だいたいにおいて同じ理由で選び出している。

聖母マリアがエジプトへと旅して、素晴らしい景色のある深遠な森の中にいる。ティツィアーノはこうしたものを描けるようになるために何ヵ月も費やし、この目的のために自宅に数人のドイツ人を留め置いていた。景観と緑樹の一流の画家たちだ。彼はまた、その板絵の森に多くの動物を配している。実物をモデルにしていて、動物たちはまさしく自然で、ほとんど生きているようだ(4)。

しかし彼は、荘厳な『聖母の被昇天』はほとんど理解できないと主張する。ティツィアーノが一五一八年にヴェネツィアのサンタ・マリア・グロリオーザ・デイ・フラーリ聖堂に描いたもので、今では画家のキャリアにおける決定的な転機だとみなされる歴史的価値のある絵画だ。章の残りは、ほとんどが依頼と報酬の長いリストで、ヴェネツィアとローマで会った時の短い描写、それにティツィアーノのキャリアについてのセバスティアーノ・デル・ピオンボによる雑談風の評価だ。ピオンボはヴェネツィアの画家だったが、一五一一年にローマに移り、ミケランジェロの影響を受けたのだった。

セバスティアーノ・デル・ピオンボが私に言ったことを覚えている。もしティツィアーノが当時ローマに来て、ミケランジェロやラファエロや、古代の彫像を見ていたら、そして素描を学んでいたら、真に驚くべき作品を作っただろうし、素描の厳粛な伝統が彼の素晴らしい色の扱いを補強していたら、絵画における最も偉大で、最も美しい自然の模倣者になっていただろうと。(5)

しかし、このかなり年配の画家(彼は自分の伝記作家より四年長生きするのだが)について、ヴァザーリの心を真に捉えたのは、晩年のその画風の変化だ。

彼の初期絵画は、明白で精妙な表現力と驚くべき努力で創作されていて、近くからも少し離れても見ることができる。しかし、こうした最近の作品は、太く粗い線と大きな斑点によって

組み立てられているので、間近では何かわからないが、離れれば完璧に見えるのだ。(6)

こうした新しい絵画の明らかな単純さは、ヴァザーリがよく知るように、奥が深い。むしろ、と彼は断言する。「この画風は、思慮深くて美しくて素晴らしい。卓越した芸術的才能によって仕上げられ、投入した努力を隠して、絵画を生き生きしたものにしているからだ」彼が気づき出したように、ティツィアーノはまったく新しい絵画の構想を示したのであり、ヴァザーリはその意図に興奮しているのだ。章の最後の段落は、心からの謝意の表現になっている。

要するに、ティツィアーノは、ヴェネツィアを、イタリア中を、世界の他の地域を、第一級の絵画で飾ってきたのだから、美術家に愛され、観察されるべきであり、計り知れない賞賛に値する作品を創り出した——そして今も創り続けている——者として、多くのことで賞賛され、真似されるべきなのだ。作品は高名な者たちの記憶が残るのと同じくらい長く残るのだから。(7)

美術家がどのように自らの技術に取り組んだか、あるいは取り組むべきかという問いは、ヴァザーリが著作の中の多くの伝記で取り上げてきたことだ。技法については、理論と実践の両方で、十五世紀と十六世紀を通して、論争は盛んだったのだ。ティツィアーノの章のこの含みのある導入部はヴェネツィア絵画をどうにかして賞賛すると同時に間接的に攻撃している。ヴェネツィアとローマとの距離がヴェネツィアの画家は古代の作品を研究できなかったことを意味すると、間違って考察したからだ（古代の作品は、かつてはローマ帝国に属していたこの地域の至る所にもちろん散らばっている)。しかもヴェネツィア様式の絵画との間に線引きをした。ヴァザーリは、まず素描、次に絵具を足すという中央イタリアのまっとうな習慣とは対照的に、絵具をカンバスに直接塗ること(colore《コロレ》)もヴェネツィア様式に含むとしている(8)。ヴェネツィアの画家も素描するのはもちろんだが、ジョルジョーネは前記の引用にある、ヴァザーリが彼によるものとみなしている方法は創案しなかった。しかし、ヴァザーリの目論見にはとても説得力があるので、トスカーナ対ヴェネツィアという二分法による絵画様式の記述は信じられ、内面化されて、何世紀にもわたって教えられてきた。

アレッツォへの帰郷はほろ苦いものだった。ヴァザーリの弟の一人はまだ十三歳だったのに腺ペストで亡くなっていた。その一方で、若い画家は叔父のアントニオがトスカーナ人らしいきちんとした用心深さで家計を管理してくれていたことを知って、胸を撫で下ろした。自分の画家としてのキャリアについては、ヴァザーリは十九歳で、絵を描く能力には自信があったのだが、絵具の扱いにはあまり自信がなかった。彼は小さな油絵を数枚制作した後、アレッツォにあるサン・ベルナルド教会のオリヴェート会の修道士からの依頼をいくつかこなした。修道士たちは広々とした十四世紀の教会を占有していた。

オリヴェート会は私に数枚のフレスコ画を描かせた。すなわち、ヴォールト(アーチ状をなす天井や屋根)には父なる神と四人の福音書記者を、他にも等身大の人物を数人描いた。若い未熟な初心者の私は、もっと熟練した画家のようにはうまく描けなくても、最善を尽くした。その結果が神父たちを怒らせることはなかった。私の若さと経験不足を大目にみてくれたのだ。そして、仕事を仕上げるや否や、イッポーリト・デ・メディチ枢機卿が町を通りかかった[9]。

サン・ベルナルドの教会と修道院は、アレッツォの西の端にあって、城壁に接する市の古代ローマ円形闘技場の土台に組み込まれていた。従ってオリヴェート会特有の修道院は古代の円形闘技場の湾曲に沿っている。一九三七年以降は、アレッツオの考古学博物館になっていて、地元産陶器の比類ない所蔵品がある。まさしくヴァザーリの祖父が収集して、見事な技で模倣したような陶器だ。一九四四年一月十七日、連合国側の爆弾が、狙った長く伸びた線路ではなくサン・ベルナルドに落ちて、教会を事実上破壊し、修道院はひどく損傷した。板絵、考古学的人工遺物、それにフレスコ画の数枚は、保護のためにすでに移転されていた。しかし、ヴァザーリのフレスコ画は、他の多くの宝とともに消えた。教会も修道院も戦後再建されたが、教会の美しい白漆喰のがらんとした内部は、十四、十五世紀に遡る多種多彩なフレスコ画の真ん中に、若いヴァザーリが最善を尽くして色鮮やかに絵を描いた空間とは似ても似つかない。ごちゃまぜの装飾に自分の絵を加えながら、若い画家は表現法がこの二世紀の間にどう展開したかに分析的な目を向けて、素描、バランス、色、そして構図を評価したのだった。

イッポーリト・デ・メディチとの遭遇は幸運な偶然だった。一五二九年、若者がまだ十八歳の時に、クレメンス七世は彼を枢機卿に任命して、直ちに教会内の責任ある地位のいくつかを手渡したのだ。こうした責任のために、イッポーリトはよくわかっていたが、フィレンツェから移動させられ、クレメンスはカール五世を慎重に誘導して、一五三〇年にはアレッサンドロ・デ・メディチを市の新しい統治者に就任させた。イッポーリトは、メディチ家――つまり、一五二七年にアレッサンドロ、彼自身、それにパッセリーニ枢機卿――を追放した共和主義の反逆者たちとの接触を維持し続けていた。時期さえ来れば、彼らはいつでも再び反逆することができたのだ。かつての学友で従兄弟の二人は今や激しく競い合うライバルになったのだ。

イッポリート枢機卿は、ジョルジョ・ヴァザーリが画家として成熟してきたことに気づいたのに違いない。それに、父親の保護なしに暮らしを立てようとする苦労は知り尽くしていた。ヴァザーリがフランチェスコ・サルヴィアーティの章に書いているように、「〔イッポーリト枢機卿が〕アレッツォを通りかかった時、彼はヴァザーリが父を亡くし、精いっぱいやりくりをして暮らしているのを知った。それで、〔ヴァザーリが〕画家としていくらか前進することを期待し、自分と付き合ってくれるのを願って……〔枢機卿は〕ローマに行くよう命じた(10)」

ローマでメディチ家の側近に加わることは、単なる旧友への思いやりという問題ではなかった。イッポーリトは、ヴァザーリには野心、才能、それに活力があり、画家としての成功が二人にとっての誉れになると見抜いたのに違いない。メディチ家がまだ教皇に就いているローマで、枢機卿と若い画家はどちらも、この永遠の都《エターナル・シティ》で特権的な生活が期待できた。もっとも、この二人の早熟な孤児にとっては、それは弱体化した教皇のむら気と権限に完全に左右される生活だった。

9 劫掠《ごうりゃく》後のローマ

ローマにおける、クレメンスの弱さの代償は荒廃だった。一五三一年にヴァザーリが到着した時には、略奪による損傷は至る所でまだ明白だった。西暦四一〇年、街はアラリックとその西ゴート人の一団が八世紀の間で初めてローマに侵入した時に荒廃した。しかし、アラリックの暴挙はわずか三日間だった。軍事技術が投石機と火の矢に限定されていたし、これはその後に続いたローマへの攻撃も同じだった。四五五年にはヴァンダル人、五四六年には東ゴート人、一〇八四年にはノルマン人に。それに対し、アラリックの襲撃から十一世紀後、カール五世の傭兵は火薬や大砲を自由に入手できた。彼らはまる六ヵ月も居座ってから、戦利品の山を運んで北へ帰ったのだった。

帝国軍による破壊の前も後も、ルネサンス期のローマは、今日私たちが経験する首都とはかなり異なる場所だった。コンスタンティヌスの時代（西暦四世紀）の人口は、最大で百万人だったが、一三四八年のペストの結果、二、三万まで減少してしまった。フランシス・ヘンリー・テイラーが書いたように、「西暦三三〇年のビザンティウム遷都に伴い、ローマは千年にわたる中世の沈滞に入った」(1)。十五世紀半ばにフランスからローマへ教皇権が戻ってからは、中世後期の荒廃した小さな都市も住人の数と家々の高さが二倍になり、経済は好転し、繁栄する建築業は発展していた。しかも、紛れもない国際的な場所に変貌していた。かなりの数のフランス人とスペイン人の聖職者、商人、職人、それに官僚が定住していたのだ。

ローマの住人の非常に多くが教会に仕えていて、しかも教会は聖職者の結婚を禁じていたので、市民の男女比率は不自然に偏っていた。売春がはびこり、実際売春婦は、仕事を持つ女性の最大グループを形成していた。さらに、司祭は独身を守るという前提条件はずっと寛大に規定されていた。ルネサンスの司祭は結婚できなかったが、クレメンス七世の後任となったパウルス三世のように、その多くに愛人と家族がいた。パウルス三世は嫡出と非嫡出両方の息子がいることを公然と認めていた（嫡出子のピエルルイージは教皇令により嫡出とされたにすぎない。同じ条項が未来のクレメンス七世にまで、教皇選出の資格ができるように、彼の従兄弟のレオ十世によって延長されていた）。

あらゆる収入レベルのローマ人が古代都市の壮大な廃墟の中で暮らしていた。大理石というよりもむしろ煉瓦と、トラヴァーチン（温泉、鉱泉、あるいは地下水中より生じた石灰質沈殿岩）の残骸は、略奪者には戦利品として、地元民には再利用のために、剝ぎ取られてしまった。パンテオンや、サン・ピエトロやサン・ジョヴァンニ・イン・ラテラノの古代後期の教会堂は数少ない例外だが、古代の色鮮やかな石の壁板や模様の入った床は、本来の場所からとっくに切り刻まれて、街の中世教会の豪華な象眼細工の敷石に姿を変えていた。不滅のローマン・コンクリートでできた巨大な建造物に囲まれた、そのような独特の背景で、中世ローマの建築家の気質は依然として徹底的に古典主義のままだった。ラファエロのような用心深い美術家は、細心の注意を払って過去の遺物をことごとく研究した。二人の親友同士ほどではなかったが。十五世紀イタリアの主要建築家と彫刻家、フィリッポ・ブルネレスキとドナテッロだ。

⚜

ジョットは、形式張ったビザンティン芸術の伝統との決別を示唆することで、ヴァザーリの列伝の第一部を支えている。代わりに「自然を頼りにして」、生物から自分の形を作り出すことにしたのだ。我らが伝記作家の大掛かりな美術史の次の段階は、十五世紀フィレンツェの友人二人組、ドナート・ディ・ニッコロ・ディ・ベット・バルディとフィリッポ・ブルネレスキだ。二人は自然を凝視することに、古代ローマ様式の遺跡というインスピレーションの新しい源を加えることで、イタリア美術の発展を進めた。実際の話は、言うまでもなく、この大まかな概略よりずっと複雑だ。ジョットもまたインスピレーションのために古代文明に目を向けた。中世の先輩たちにも。それでも、ヴァザーリの歴史構想は読者のために膨大な量の情報を使いやすくまとめている。アカデミア・デル・ディゼーニョの生徒たちのためにもそうしたに違いない。

彼らの前のジョットと同じように、ドナテッロとブルネレスキもフィレンツェの何不自由ない環境に生まれた。父親は、市の最も重要なギルド、アルテと呼ばれる組合の二つに属していた。ブルネレスキの父、ブルネレスコ・ディ・リッポ（フィリッポの略）はラテン語で教育を受けた熟練の公証人。ドナテッロの父、ニッコロ・ディ・ベット・バルディは、布の染色や仕立て、それを扱う商人のギルドに属し、ウールの仕上げ工だった。しかし、ジョルジョ・ヴァザーリ、小さな体の野心の塊が、フィリッポ・ブルネレスキに見るのは、ジョットの中に見たもの、同志だ。

多くは生まれながらに小柄でも、意気軒昂で、度量が大きいので、不可能と言わないまでも難しいことを引き受けて、彼らを注視する者全てが驚嘆するように仕上げなければ、［彼らは］一生安んずることはないだろう。チャンスがその手に何を預けてきても、どんなに身長が低くて魅力的でないとしても、それらは堂々とした名声に変わるのだ(2)。

現在でもフィレンツェ最大の記念物、大聖堂のドームを創ったのは、この小さな男と、金細工の繊細な技術の訓練を受けたその小さな手だ。ヴァザーリはこの業績に得々としている。

彼はジョットのように小柄で痩せていたが、とても高邁《こうまい》な想像力があったので、建築の新しい形態を私たちに教えるために神より賜ったとも言える。建築はもう何世紀もその方向性を見失っていたのだ。当時の人々は建築様式もない建物に大金を投じた。趣味が悪く、ひどいデザイン、突飛な考案で、その魅力は失われ、装飾はさらにひどい。そこで神は命じられた。大地は霊感を受けた傑出した人物のいない状態に長く耐えてきたのだから、ブルネレスキは彼の遺産として、最も大きく、最も高く聳《そび》える建造物を世界に残さなくてはならないと。しかも現代ばかりか古代に建てられたあらゆる建造物の中で最も美しくなくてはならないと。トスカーナ人の職人の技術は失われたかもしれないが、決して死んではいないことを示すのだ。(3)

ヴァザーリはブルネレスキの他の資質については明確に言及しなかった。敗北を勝利に変える手腕だ。一四〇二年、彼は金細工師として、十一世紀に建てられたサン・ジョヴァンニ洗礼堂の新しい扉を設計する競技設計に参加を申し込んだ。しかし、ロレンツォ・ギベルティに次ぐ二位だった。彼は周知の落胆から目を逸らすために、野心的な二十歳の若い彫刻家、ドナテッロ・バルディと一緒にローマへ旅することにした。それから二年間、二人はローマの遺跡を大小にかかわらず研究してスケッチした。ヴァザーリの目には、このローマへの教育的な旅が、トスカーナ人美術家全ての教育の仕上げに必須な段階になる。彼らの野心を古代人と比較することでしか、この二人の実験的な巨匠が自分の能力を最大限に発揮できなかった――彼らの同時代人には、彼らの興味や燃えるような才能を共有する者は皆無だったからだ。ヴァザーリはブルネレスキを建築への意気込みのせいで我を忘れていると評しているが、一四〇四年にフィレンツェに戻った時には、彼は友人のドナテッロのように彫刻家として仕事をしていた。一四一六年には、線遠近法の表現法を生み出していた。これによって画家は自分の絵画に神秘的な深さの錯覚を作り出せるのだ。その後、一四一八年には、すっかり中年になっていたが、巨大な未完のサンタ・マリア・デル・フィオーレ大聖堂に屋根を作る競技設計に参加を申し込んだ。

ジョットと同じように、少なくともヴァザーリの話では、だが、ブルネレスキは型破りな知恵を見せて、依頼を獲得した。

〔他の建築家は〕ブルネレスキに意図するものを詳細に説明して、自分たちのように彼にも模型を見せほしいと言った。しかし、彼にはそんな気はまったくなかった。その代わり、フィレンツェ人とよそ者両方の名匠たちにこんな挑戦をした。大理石の石板の上に卵をまっすぐに立てられた者がクーポラ（教会建築などに見られる半球形に作られた天井）を作ることにしようと。それによって、それぞれの創造力が誰の目にも明らかになるからと。卵が配られ、名匠たちは誰もがまっすぐに立てようとしたが、誰もその方法を見つけられなかった。彼らはとうとうブルネレスキにまっすぐ立てるように言うと、彼は快く卵を取り、大理石の表面でその底を割って――立たせた。自分たちにも同じことができたと、彼らが口々に抗議すると、彼は笑いながら答えた。それなら、前に模型と設計図があるのだから、クーポラの作り方も知っていてよかったのにと。こうして、彼がこのプロジェクトを担当することが決定された(4)。

ブルネレスキは、このテストは彼が言う建築家の「インジェーニョ」を明らかにすると断言している。機転、知性、工夫力、創造力、それに非凡な才能の全てを含む意味の言葉だ。そしてこの逸話で、ブルネレスキはその全ての資質を証明している。彼のインジェーニョがそもそも彼に依頼を勝ち取らせたのだが、彼に仕事を仕上げさせたのもそれだった。ローマへ旅して、パンテオンのドームを研究したからだ。パンテオンは単一殻構造のコンクリート建造物で、それが彼に未完の建物の大きく口を開けた中央部に屋根をかける手本を提供しているのだ。ただ、ブルネレスキのもっと急勾配のドームは、パンテオンにはない印象的な効果もあげている。その空に聳える輪郭線はフィレンツェの都市景観における最も人目を引く要素になった。そして今日ではその優越性は法律で保護されている。

ブルネレスキはどのように金細工から威厳のある建築学へと移行したのだろうか？　素描によってだ。少なくともトスカーナの伝統では、芸術作品は規模がどうであろうと、構図のよさと調和したバランスを見せる必要があった。そして、こうした特質を確保する最善の方法としては、一連の選択肢をスケッチして、本当に優雅になるまでデザインを磨く。これは、ぎりぎりまで制限された成形からプロジェクト全体までの包括的な調和の仕組みで、それがフィレンツェの捨子養育院（一四一九年）を、一般的な中世の施療院《オスペダーレ》の建物から通例イタリア・ルネサンス最初の建物とみなされるものに変えた。ブルネレスキその人と同じで、一歩は小さくても、その影響力は強大なのだ。

彼はフィレンツェのために新しい建築様式の創出に取りかかろうとしていた。地元トスカーナの伝統とローマの遺産の結合だ。彼は一四四六年に死去し、最愛の大聖堂に埋葬された。大きな勇気と技術とエネルギーを持った小柄な男にはこの上ない名誉だった。

素描は、ヴァザーリから見れば、ドナテッロの成功でも中心となるものだった。ブルネレスキと同じように、彼も金細工師として訓練を受けたが、金属、木、テラコッタ、それに石の大型彫刻へと移行したのだ。

素描術への留意により、彼は並外れた彫刻家として驚くべき像の制作者になったばかりか、漆喰を扱う専門家、遠近法の達人、そして高く評価される建築家になった。その作品には、途方もない優雅さ、輪郭、卓越性があるので、彼の時代までのいかなる美術家の作品より古代ギリシアやローマの素晴らしい作品に近いと考えられた。従って、もっともなのだが、彼は彫刻されたレリーフに物語をうまく使った最初の美術家だという評判を得ている。この最後のものについては、彼はとても巧みに作ったので、その気負いのなさと専門技術から言っても、この芸術領域で得ている評判から言っても、彼がこれを真に理解しているのは明らかで、類まれな美しいレリーフを作った。その結果、この専門分野で彼をしのぐ美術家がいなかったばかりか、今日に至るまで彼に匹敵する者はいないのだ(5)。

ドナテッロのキャリアは、事実上ブルネレスキと同じ一四一七年に、サン・ミケーレ聖堂(オルサンミケーレ)の精妙な小礼拝堂にある『聖ジョルジョ』に始まった。オルサンミケーレは一部教会、一部市の穀物市場というフィレンツェの特異な建造物だ。彼はしばしばブルネレスキと一緒に仕事をして、フィレンツェ全域に及ぶ友だちの建築家のプロジェクトに彫刻の装飾品を提供した。メディチ家の拠点のサン・ロレンツォ聖堂からフランチェスコ会のサンタ・クローチェ聖堂、市の反対側にあるライバルのパッツィ一族の本拠まで。二人にとっては、創造力に富むデザインと技法の鍵は、古代人の作品の中に見つけられるべきで、古代人こそ、いろいろな意味で美術界における彼らの親友だった。それに、彼らにはお互いという仲間がいた。ジョルジョ・ヴァザーリに、独自の野望と前例のない計画を分かち合う、学者の友人のヴィンチェンツォ・ボルギーニがいたのと同じだ。

そこで、ヴァザーリはいみじくもドナテッロの章をボルギーニからのギリシア語とラテン語の賛辞で締めくくっている。ドナテッロをミケランジェロと比べ、ドナテッロの精神がミケランジェロに閃《ひらめ》きを与えたか、ドナテッロがミケランジェロの非凡な創造的才能の原型をなしていたかのどちらかだと述べているのだ。それでも、ボルギーニとヴァザーリが、イタリア美術の発展を導く神の手を見たのは疑う余地がない。

ヴァザーリは、北部から来た者誰もがそうしたように、今はポポロ広場になっている門を通って、ローマに入ったはずだ。門を入るとすぐ、サンタ・マリア・デル・ポポロ教会で、これは皇帝ネロの幽霊が出没すると噂される敷地の上に、邪悪な幽霊を追い払おうとして建てられた。ヴァザーリはきっとテヴェレ川を渡って、未完でも荘厳なサン・ピエトロ大聖堂の敷地へ向かおうとしただろう。テヴェレ川の西河岸に位置するヴァティカンの丘と呼ばれる低い丘に建つ大聖堂だ。教会と連携する銀行家や官僚が、住居やオフィスをすぐ川向こうのカンプス・マルティウス、すなわちマールスの戦場として知られる平地に密集させていた。こここそ古代ローマ人が戦いの神に敬意を表して軍隊を集めた場所だからだ。カンプス・マルティウスには大きな強みが一つあった。河港のリペッタとリーパ・グランデの両方に近接しているのだ。大きな不都合も一つあった。気まぐれな川の氾濫源に当たっていたのだ。小さな洪水は冬の度にあった。大洪水はほぼ十年に一度あった。最高水位の時には、普段は泥だらけの通りは運河に変わった。汚いトル・ディ・ノーナ監獄の囚人は、ヘドロや瓦礫で一杯になった川沿いの監房や、地下階と一階で溺れ死んだ。ローマの一階は、紀元前一世紀のユリウス・カエサルの時代から十六世紀初頭の教皇ユリウス二世の時代までに、丸々二階分上昇した。今日市内を歩いて、フォロ・ロマーノ、古代ローマのかつての通りを二から三メートル見下ろせば明らかだ。瓦礫や廃物の上に建てる方が、建物を取り壊して、廃棄物の厚い層の下にある氾濫源の土に新しい土台を沈めるより簡単だったのだ。街の大半は一五二七年の劫掠で損傷を受け、その再建は大変な規模になり、今日見られる街の大半は、この再建期、一五三〇年代から一六〇〇年代初期の時代のものと認められる――だから、当時のローマで優勢な建築様式はバロック(おおそ一六〇〇年から始まる)なのだ。残存している中世の建物はとても稀だ。ひどく損傷して、破壊されるか、下敷きにされたからだ。

それにもかかわらず、悪臭を放つ低地にある一五三〇年代のローマは目がくらむほどの興奮を感じさせる場所でもあった。相次ぐ教皇とその信奉者は古い通りを拡張し、遠い昔の地震でコロッセオから落ちた石を使って巨大な新しい宮殿を建てた。彼らは荒れ果てた教会を改築した。特にサン・ピエトロ大聖堂を。そして、ラファエロやミケランジェロの影響を受けた絵画や彫刻の新しい様式を形作った。一五〇〇年頃のローマにおける最も華やかなスターだ。二人は名誉ある依頼を争うライバル同士でもあった。ラファエロは洗練された廷臣で、イタリア人美術家の中でも初めて宮廷の積極的な構成員になった一人、何人かの教皇に仕えた有力者だった。彼は若く、ハンサムで、エレガント、しかも才能があり、立場に合う社会的に優位な性格だった。ミケランジェロは見込みのあるパトロンの機嫌を伺うゲームにはもっと不承不承参加していた。彼はむしろ閉鎖的で内向的、必要以上に宮廷に煩わされるのをいやがった。それに、絵画にはあまり興味を持っていなかった。その熱烈な関心は彫刻にあり、次に詩であり建築だった。彼はわずかな絵画しか制作していない。

二人は仕事のスタイルも違う。ラファエロは、美の極致と考えるもの（高い頬骨、広い額、バラ色の頬、小さく尖った鼻、いくらか突き出た顎、大きな目）を創り出して、描く絵の人物の大半に繰り返し用いた。彼の宗教画は、天国に存在するに違いない理想の、地上での下見になるはずだった。例えば、ラファエロの『礫』の構図は、安定と平和の感覚のある徹底的な幾何学（たいていは三角形）に基づいている。

それに反してミケランジェロは、人体に夢中になった（フィレンツェにあるサント・スピリト施療院の地下で死体を違法解剖して、生体構造を詳細に調べた）。彼のその答えは、システィーナ礼拝堂の天井や、『最後の審判』のようなその後の作品の人物像に見られる。これはシスティーナ礼拝堂の壁に追加の依頼で描かれたものだ。彼は人体の正しい解剖学的構造を完璧に知っていて、ローマ教皇所蔵の古代の彫像に体現されているような裸の強壮な男が美の極致だと考えた。しかし、彼はこの完成形を過度に伸ばし、劇的効果を狙って、体を意図的に歪めて遊んだ（自身が収集した古代エトルリアの銅像に大いに影響を受けたのかもしれない）。本来ないところに筋肉組織を付け足し（『最後の審判』のキリストは筋骨隆々で、六つに分かれた腹筋どころか八つに分かれた腹筋をしている）、描いた体には不自然なポーズを取らせて、この世ならぬ優雅さを見せている。彼は最も美しい形はフィグラ・セルペンティナータ、ヘビのような形、Ｓの形だと考え、優しいそよ風に揺らめくろうそくの炎になぞらえた。従って、彼の絵画にはＳ字に身をよじった不気味なほど筋肉のある人物があふれている。それでもなぜか功を奏しているのだ。

神の摂理はラファエロを是認するだろうが、とりわけトスカーナとローマでは、ミケランジェロに、より直接的で持続的な影響力を与えている。ラファエロは一五二〇年に三十七歳の若さで死去したのに対して、ミケランジェロは八十九歳まで生きて、一五六四年に没した。ラファエロの死から、一五九九年のカラヴァッジョの出現まで、中央イタリアでは二人の画風の組み合わせが優位を占めていた。とりわけフィレンツェでは、二人の両方を称賛する美術家の世代がそれに適応した。美術史家は十六世紀半ばの美術家をマニエリストと呼ぶことがある。マニエラという言葉から来ているが、これは彼らが〝様式・手法〟という意味で使った言葉だ――ラファエロとミケランジェロはともにこれを詳細に考察した。ヴァザーリ自身は、一五六八年版の『列伝』で、この言葉を世に広めた。フィレンツェ公国とローマ教皇の後援に奨励されて、この入念に育てられたマニエラはイタリア美術の特徴的な様式になった。

一五三〇年代のローマは活気のある美術環境を提供していた。それも絵画と彫刻の分野ばかりではない。作家と音楽家は、高尚で審美眼のある人々や面白いこと好きの民衆を楽しませることを熱心に行った。それに、特別に設計された建造物の中に、娯楽の独特の形態として世俗的な劇場が現れ出した。ローマはまだ劫掠にひどく苦しんでいたが、この勢いは抑えるくらいはできても、止められなかった。ジョルジョ・ヴァザーリにとっては、地上で最も刺激的な都市だったはずだ。その上、この刺激は彼が共有できるものだった。親友のフランチェスコ・サルヴィアーティが、イッポーリト枢機卿の随行団の一人としてすでにローマにいたのだ。サルヴィアーティの章は、この状況を魅力的に説明している。「さて、フランチェスコはローマにいる今、何より友だちのジョルジョ・ヴァザーリにこの街で会いたかった。彼は運命の女神が彼の願望に好意を示したと思った——が、女神はヴァザーリ本人にもっと好意を示した(6)」実際、ヴァザーリはすぐに自分と旧友が気まずい立場にあることを悟った。

ヴァザーリはローマに到着するとすぐに、サルヴィアーティを訪ねた。サルヴィアーティはどれほど枢機卿閣下の恩義を受けているか、しきりに話した。勉強したいという希望も思いどおりにできる立場にあると。そして付け足した。「今うまくいっているだけではない。すぐにさらにうまくいくようになると期待している。君がここローマにいるから、私は美術について考えることも、友だちで同僚の君と討論することもできるのだから。でも、イッポーリト・デ・メディチ枢機卿に仕えたいとも思っている。彼の寛大さと教皇の寵愛のおかげで、今以上のことが期待できる。二人がローマの外からやって来るのを待っている若者が現れなければ、そうなるはずだ」ヴァザーリは二人が待っている若者は自分で、枢機卿の側近の中に用意されている場所は自分のものだと知っていたが、「その情報は」胸にしまっておくことにした。枢機卿は別の候補者を予備にしているかもしれず、何か言えば、それが間違っていたということにもなりかねないからだ(7)。

ローマの彫像と建物の中で時間を過ごすことは、すでに若い美術家の教育の欠かせない一部だとみなされていた。そして、何世紀もその状態が続くことになる。美術界の最も刺激的な場所が十九世紀にローマからパリに移った時でさえ、美術を専攻する学生に最も人気の高い賞はローマ賞だった。学生が荘重な文化遺産を吸収するためにローマに滞在する費用が支給されたのだ。

ヴァザーリとサルヴィアーティが対等の関係でローマをぶらつく姿は、ドナテッロとブルネレスキが一緒に荒廃した建物や古代の彫像をスケッチしていた頃を思い出させる。二十歳のヴァザーリがカラカラ浴場の外枠のそばか、パンテオンの剝がれたハンチ（アーチの迫元《せりもと》に近い急曲部）に座って、台板の上に紙を広げている姿を想像できそうだ。右手は親指と人差し指で鉛筆を握っている。ローマでスケッチをすることに対するヴァザーリの愛は、生涯を通して彼に着想を与えることになるのだろう。数年後、フィレンツェに帰らずにローマに残っていた時、彼は当時のパトロンのオッタヴィアーノ・デ・メディチに手紙を出した。

> 私は常にあの才能ある者たちの熟練の手によって形を変えたこうした石の中に引きこもると決心しています。自然が石を動かすべく奮闘し続けている時に、彼らはそれを自然そのものよりもっと真に迫った姿にしているのです……私は他のいかなる土地で贅沢に暮らすよりも、ローマで死んで埋葬されたいのです。他の土地では、安逸、怠惰、それに無気力が、才能ある者の美を錆びさせています。清らかで美しかったはずなのに、暗く陰鬱になってしまったのです[8]。

しかしながらヴァザーリが到着して五日後、事は露見した。二人は一緒にイッポーリトの公邸を訪れた。堂々とした屋敷だ。ヴァザーリはアレッツォからの推薦状を取り出した。

ちょうどその時、枢機卿その人が入ってきた。ヴァザーリは進み出て手紙を渡し、枢機卿の手にキスした。彼は喜んで迎えられ、その後執事長に引き渡された。執事長は彼に滞在場所と小姓のテーブルに席を与えた。ヴァザーリがこれについて何も言っていなかったのが、サルヴィアーティには奇妙に感じられたが、ともかく誠意を持って行動したに違いないと考えた。今やヴァザーリはサント・スピリト教会の裏に住まいを持ったので、サルヴィアーティからも近くてとても都合よく、二人はその冬ずっと一緒に過ごして、美術の勉強をした(9)。

今日では、サント・スピリト・イン・サッシア教会はテヴェレ川のヴァティカン側に位置し、ほとんどサン・ピエトロ大聖堂の陰になっている。しかしながら十六世紀初頭には、サン・ピエトロはただだっ広い建設現場にすぎなかった。教皇ユリウス二世が一五〇六年に新しいバシリカのために礎石を置いたが、一五三一年になっても、古い教会の多くがまだ残っていた。ぶかっこうなかさばる残骸、千年以上前の煉瓦やトラヴァーチン、それに古代のローマン・コンクリートだ。進行中のこの巨大プロジェクトのせいで、これは完成に百二十年を要したのだが、ヴァザーリやサルヴィアーティの住む界隈は、すでに美術家のコロニーになり出していて、その後何世紀もそれが続くことになる。

ヴァザーリは人生のこの時期を黄金期として記憶に留めるのだろう。一番好きなことだけをしていた。野心的な若い美術家たちと一緒に絵を描き、勉強していたのだ。

〔イッポーリト枢機卿の〕厚意のおかげで、私は素描の勉強に何ヵ月も費やす機会を得た。この機会とこの勉強期間が、この絵画における私の本当の主たる教師だったと本気で言うことができる……それに、学びたいという激しい欲求と昼も夜も描きたいという疲れを知らない意欲が、私の心から消えることはなかった。当時は、若い仲間や同僚の競争もとても役に立った。彼らのほとんどが結局この世界で際立って抜きん出ていることが判明したのだ。(10)

ヴァザーリとサルヴィアーティは遺跡、建物、それに彫像をスケッチした。教皇が乗馬で出かけている時には、ヴァティカンの教皇の部屋に忍び込むことすらした。中にあるラファエロとミケランジェロのフレスコ画をスケッチするためだ。(11) 意欲的な画家は昼間にスケッチして、ろうそくの明かりに照らされた夕べには夕食後、代わる代わる互いの作品を批評した。それから、互いのスケッチを模写した。ヴァザーリはこの時期に解剖を学んだことも書き留めている。教室ではなく、かなり気味の悪い書き方をしているが、墓地で。墓を掘って、死体を解剖するのはキリスト教に容認された行為ではないので、これはランプの明かりのもと、シャベルで行われたのだろう。胃の弱い者にはできない作業だ。

アレッツォには父親のいない家族がいる。ヴァザーリは親族を養う必要を感じて、稼ぎの大半を彼らに送った。彼はまた年金――恒久的な給料――を得たいと願って、有力者に手紙を書いた。ルネサンスの最も成功した美術家ですら、偉大な人物、君侯、あるいは枢機卿の側近の中に定職を探そうとしたのだ。年金生活者になれば、美術家は定額の金を受け取り、しばしば部屋代と食事代を補ってもらえるし（パトロンの大邸宅ということもある）、指定の召使いがつくことすらあった。引き換えに、彼――こうした年金生活者は常に男性だった――はパトロンのために定期的に作品を創り、君主あるいは枢機卿に献呈することが期待された（ペトラルカが『孤独な生活』をカヴァイヨンの司教に、アルブレヒト・デューラーが『聖母伝』の版画シリーズを皇帝マクシミリアン一世に献呈したように）。パトロンは、雇った美術家が創った絵画や彫刻に優先権があった。もっと厳密な関係、たとえばヤン・ファン・エイクとブルゴーニュのフィリップ善良公の間では、美術家は明確な許可証なしにパトロン以外の誰のためにも絵を描くことはできなかった(12)。

特権階級に特権的に近づけるせいで、美術家はしばしば代理人として宮廷生活に加わった。雇主の代理として、秘密の代理人になることもあった。ヴァザーリの一世代前、イタリアのラファエロや、フランドルのヤン・ファン・エイクは、それぞれの宮廷の政治的駆け引きに決定的な役割を果たした。ヤン・ファン・エイクはフィリップの代理として、内密の外交活動を請け負って秘密の代理人の役まで務めた。十七世紀にはピーテル・パウル・ルーベンスがアントウェルペンのために同じことをするのだが。従って、ヴァザーリがこの時期にかつてのパトロンのニッコロ・ヴェスプッチのような人々に手紙を書いた時には、他の創作の仕事から副収入を得られる可能性だけでなく、安らぎと宮廷に相応しい重要なポストをもたらしてくれる長期の年金を受け取れたらと願っていた。

年金がないとしても、富裕なパトロンに気に入られた美術家は、それで十分事足りた。ヴェスプッチへの手紙で、ヴァザーリはローマでイッポーリト・デ・メディチの庇護《ひご》のもと（今までのところ相応の年金はないが）、住居と男性の召使い、それに上等な新しい服一式まで供給されたと語っている。[13]

ローマで安定した収入を得る他の方法は、教皇の管理組織における仕事の口を買うことだった。教皇庁財務室への納付金は、官僚的なポストを確保してくれる可能性があった。文書を作成する書記官とか、あるいは記録係、代書人とか、公証人、あるいは収税官とか。官吏は書いた手紙や認証した契約の全てに対して、少額の支払いを受け、これらが結局、公職そのものの買値と相殺されるのだ。収税官は財務室が取り決めた租税収入を超えて彼らが引き上げた分は全て着服できた。こうした仕事の口は同様に、地元の市場で取引された。ローマの最も裕福な住人、商人、学者、それに聖職者は等しく、こうした公職に必然的に伴う仕事をする部下を別に雇い、公職そのものを株式や債券だとでもいうように売買していた。[14]

教皇庁で欠員の出た一つの仕事が、とりわけヴァザーリや他の美術家の注意を引いた。フラーテ・デル・ピオンボと呼ばれた、〝鉛担当の修道士〟だ。仕事は、教皇の書類に封印を施すための特別な鉛封印を押すことだった。そして、その信頼性を保証するために教皇の紋章とともにそれを押すことは――必ずしも骨の折れる仕事ではないが、教皇の行く先々への随行が必要な仕事だった。この役目を果たすことで、フラーテ・デル・ピオンボはかなりの金額、年に八百スクードの稼ぎが期待できた。大学教授の二倍以上の年俸だ。

このような教皇庁の勤め口はまさに見た目どおりのものだった。友だちに贈り物として託す閑職だ。メディチ家の側近の中でも四人もの美術家がこの職に応募した。弱冠二十歳の若いヴァザーリに加えて、十一歳年上の彫刻家のベンヴェヌート・チェッリーニも応募した――しかし、クレメンスはチェッリーニを知り過ぎていたので、彼には与えず、手紙を出している。「お前の求めている職は、年収八百スクードだ。もしお前をこの職に就けたら、何もせずに無為に日を過ごして、体を甘やかしてしまうだろう」これに対して、大言壮語で機知に富んだチェッリーニは答えた。「本当によい猫は満腹の時こそネズミをよく獲るのです」[15]

三人目の応募者はラファエロの有能な元助手、四十三歳のジョヴァンニ・ダ・ウーディネだった。しかし結局、フラーテ・デル・ピオンボはヴェネツィア生まれの画家で四十歳を優に超えたセバスティアーノ・ルチアーニに決まった。彼は既婚で、二人の子供がいた。称号の〝修道士〟は、この仕事は聖職に就くことを含んでいると暗に伝えている。セバスティアーノは慢性的に金に困っていたので、直ちに従った。教皇クレメンスはまた彼に、仕事に就けなかったジョヴァンニ・ダ・ウーディネに慰謝料として稼ぎの中から毎年三百スクードを支払うように命じた。

聖職に就いても、ルネサンスのイタリアでは必ずしも生活様式の変更が必要なわけではなかった。かなりの数の新しい聖職者が派手な遊び人のままだった。セバスティアーノはとても信仰の厚い画家だったのだが、〝王侯の懲らしめの鞭〟と呼ばれた根っからの才人の友人、ピエトロ・アレティーノに宛てた一五三一年十二月四日付けの手紙の浮わついた語調を見ると、仕事の責任を軽く考えていたようだ。彼はまたクレメンス七世の素晴らしい肖像画を何枚か描いている。

親愛なる兄弟、君は私の怠慢に驚嘆していると思う。長いこと手紙を書かなかったのだから。それは、今まで手紙を書くに値するほどの面白いことがなかったからだ。閣下に修道士にしていただいた今、君にはその修道士の立場が私を堕落させて、もはや同じセバスティアーノではないと考えてもらいたくない。ずっと画家でパーティ好きだった私だ。だから、神とパトロンのクレメンスからいただいたものを大事な友人や仲間と一緒に楽しめないのが残念だ。その経緯と理由を説明する必要はないと思う……私は鉛の封印の修道士だと言うだけで十分だろう……。サンソヴィーノに話してくれ。ローマでは、君も知ってのとおり、公職、紋章、枢機卿の資格等々を探すのだ。ヴェネツィアでは、ウナギ、カワカマス、それに脱皮直後の殻の柔らかいカニを探すのに……。どうか親友のティツィアーノと私たちの友人全てに私の修道士の挨拶を伝えてくれたまえ。(16)

セバスティアーノはこれからずっと、セバスティアーノ・デル・ピオンボ、鉛封印のセバスティアーノとして知られることになるのだろう。

ヴァザーリは、このローマの一時滞在の間にはどうしても年金を獲得することができなかった——彼の若さと質素な資金源を思えば驚くことではない——でも、彼には二番目によいものがあった。よく気がつくパトロン、イッポーリト・デ・メディチの庇護だ。かつての学友はいろいろな意味で真の友だちでいてくれたのだ。しかしながら、聖職者や政治家の側近の一員としての生活は不安定だった——自分が寵愛を失うことがあるばかりか、パトロンがそうなる可能性もあったからだ。仕事でどこかへ派遣されてしまうかもしれない。袂を分かつか、一緒に住み慣れた土地を離れるかを余儀なくされるのだ。

ヴァザーリにもそれが起きた。一五三二年、教皇クレメンスがイッポーリトをブダ城(まだブダペストではなかった)に派遣したのだ。教皇特使としてハンガリーへ。トルコのスルタン、スレイマン大帝との戦いの最前線だ。(17)

ヴァザーリはイッポーリト枢機卿から教皇クレメンスの執事長のもとへと移り、執事長は若い画家を公爵アレッサンドロに推薦した。枢機卿の痛烈なライバルだ。公爵アレッサンドロは一五三二年六月にヴァザーリを呼び出した。しかし、このタイミングは若い美術家には理想的ではなかった。ローマで個人的に依頼を受け始めていたのだ。名声を確立するための第一歩だ。彼は手紙にこう記している。「悲しむべきは、私が真の前進を始めたという時に、彼がハンガリーでトルコと戦うために、廷臣もろとも軍を率いて突然行ってしまったことだ」ヴァザーリは長年イッポーリトと親しくしていた。イッポーリトはいつもヴァザーリの工房をひょっこり訪ねて、最新のデッサンを確認しては雑談をしていた。数ヵ月が過ぎ、イッポーリトがまだ戦場にいる時、ヴァザーリはパオロ・ジョヴィオに手紙を書いた。「私は以前のように熱心でも活動的でもなくなってしまった。以前のように、毎日作品の見本を作る理由がなくなってしまったからだ。枢機卿殿がしてくれたように、私を励まして、士気を高め、意欲をかき立ててくれる人がいないのだ」[18]医者で、ローマ、フィレンツェ、それにミラノにおける重要な知識人のジョヴィオは、クレメンス七世の主治医だった。一五三六年に、ジョヴィオはコモ湖にある別荘に、彼がムゼオと呼ぶ博物館を創り、骨董品や興味深い物だけでなく、自分が敬服している有名人の肖像画を呼び物にした。新世界――アメリカ――からの標本もあった。その後私たちも知るように、彼は美術館の近代的な概念とヴァザーリの『列伝』の両方を形作ったのだ。

ローマを離れる前、特定の二枚の絵を描き上げるための長期的な努力の中で、ヴァザーリは極端な方法に転じた。彼は昼も夜も働いていると説明している。試験勉強をする現代の大学生（同年齢）のようにいわば徹夜したと。眠い目を開けているために灯油を塗り付けたと[19]。たぶん驚くことではないのだろうが、彼はある種の熱病にかかった。とても重くて、自分でも死ぬかもしれないと思った。彼はローマからアレッツォへ輿《こし》で運ばれた。彼は〝かご〟だと述べている。友だちのサルヴィアーティはもっとひどかった。その春、ひどく具合が悪くなって、危うく死ぬところだった。

　ヴァザーリはローマの空気が危害を加えたのだと確信していた。そう考えるのももっともだった。サルヴィアーティも病気になったのだから。十六世紀のイタリア人が呼んだ汚染された空気、マル・アリアは、しばしば私たちが今もマラリアと呼ぶ蚊の媒介する病気、とりわけ、夏の低い沼地のような地域の毒気を意味している。当時のサント・スピリト教会裏手の彼らが住む界隈がまさにそうだった。[20] 教皇にはヴァティカン宮殿に近い丘の上に専用の夏の別荘、ヴィラ・ベルヴェデーレがあったし、余裕のある者は夏には田舎へ逃げ出すか、さもなければ少なくとも爽やかな風が吹く、かの有名なローマの七丘へ逃げ出した。ジョルジョ・ヴァザーリにとっては、アレッツォ――トスカーナの丘陵――がフィレンツェより回復に適した場所だった。フィレンツェも低い河港で、蚊の源、ヴァザーリの見方によれば、汚染された空気の源だったからだ。新しいパトロンで昔の学友は、少なくとも当分の間待たなくてはならないということだ。

10 フィレンツェの画家

一五三二年の十月には、ジョルジョ・ヴァザーリもフィレンツェへ戻れるまでに回復して、もう一度メディチ家の後援ですぐにでも仕事ができるようになった。一五三〇年のクレメンス七世とカール五世の明確な合意により、都市政府はメディチ家の支配と古いフィレンツェ共和国を両立させるように調整されていた。契約には、十九歳のアレッサンドロ・デ・メディチがフィレンツェを支配することも、皇帝の実の娘マルゲリータとの婚約も含まれていた。しかしながら同時に、古い共和国の遺産も維持された。ゴンファロニエーレ（旗手）と呼ばれ、くじ引きで選ばれる二ヵ月任期の長官と、選挙で決まる三ヵ月任期の三人の評議員だ。この小さな民主制への譲歩によって、カールとクレメンスはどちらも新たな反メディチ家革命の脅威を封じ込めたいと願ったのだ。アレッサンドロは一五三一年七月五日、亡命から戻って、再びメディチ宮殿に居を定めた。一五三二年四月、新しい憲法がアレッサンドロを恒久的ゴンファロニエーレとフィレンツェ公にして、フィレンツェを君主国に変えた。封建領主の世襲の地位がカール五世より与えられたのだ（実際には買い取ったのだが）。若い公爵は一五三六年についにマルゲリータと結婚することになる。そうでなければ人好きのしない若者へのこうした並外れたえこひいきの兆候は、客観的判断というより教皇クレメンスの父親らしい心遣いがより重視されたことを示唆していた。

フィレンツェについての契約のもう一つの重大な要素には、権力における公爵アレッサンドロの最大のライバル、イッポーリト枢機卿の無力化が含まれていた。彼をハンガリーの戦場に派遣したことは、二つの目的に役立った。彼をアレッサンドロとカテリーナ・デ・メディチから引き離すこと。彼女とは、少なくともお馴染みのフィレンツェ人のゴシップによれば、情熱的に抱き合っているところを目撃されていた。ハンガリーでの戦争は、時代の偉大な二人の支配者、二つの重要な宗教、そして二つの強大な権力の巨大な衝突になりそうなのだ。皇帝カール五世が軍勢を率いてスレイマン大帝に対抗している前線に、思いきってイッポーリトを送ることで、クレメンスは障壁になる枢機卿が戦死することに賭けていた。しかし、カールとスレイマン双方の偉大なところは、節度と慈悲を示す意志があり、いつ戦を仕掛け、いつ退くかを心得ていたことだ。破壊的な変化に至らせるよりも、小ハンガリー戦争として知られることになるように、戦いを尻すぼみに終わらせることを決めた。なおイッポーリトは重圧を感じて、ある種の外交手段、とりわけ軍事技術をもって行動した。一五三三年、カールは西方へ撤退し、枢機卿も後に続いて、ティツィアーノが肖像画を描く間ヴェネツィアに留まった。一枚は軍服姿、一枚はハンガリーの服装だ。ベルベットのジャケットと羽毛のある帽子は深紅に染められていた。ティツィアーノはトスカーナの画家のように熱狂的なまでには描かないかもしれないが、油絵具を熟練の腕前で扱って、観る者を驚嘆させた。間近で観ると、イッポーリトの肖像画（現在はフィレンツェのパラティーナ美術館所蔵）のかすかに光るベルベットと小さな束の羽毛は絵具を軽く塗っただけだということがわかる。次に、正しい距離から観ると、それらは突然三次元になると同時に、枢機卿の油断のない覇気満々の目が私たちの目をしっかり捉えるのだ。そして私たちは不意に、描かれたカンバスではなく、その人本人の前に立っているような気がする。しかもその人はもはや少年ではない。弱冠二十一歳かもしれないが、彼は成熟した大人なのだ。

用心深さはイッポーリトの気質の中でも重要な要素だったはずだ。庶子に生まれ、乳母に任され、長年パスカリーノと名付けられた地味な少年として育てられ、五歳で孤児になると、いきなりフィレンツェに呼ばれて、身内のアレッサンドロと一緒に暮らして、勉強した。アレッサンドロのことはすぐに嫌悪することを覚え、周囲に注意を払い、素早く順応して生き抜いた。一五三三年には、彼はフィレンツェ、ローマ、そしてその間の全ての場所に関わる物騒な仕組みの中へ戻っていることに気づいていた。しかも、家族の絆があるにもかかわらず、教皇が彼の敵と緊密に結びついているのだ。

しかし、公爵アレッサンドロにも気をもむ理由があった。彼は、颯爽とした枢機卿で戦士のイッポーリトのようなカリスマ的で精力的な人間ではなかった。アレッサンドロは、弱い教皇と強い皇帝によって地位に据えられた、自分では何もできない公爵だった。任に就いても評判を高めるようなことはほとんど何もできなかった。フィレンツェ人は彼を猛烈に嫌った。彼が世襲の君主になってからはなおさらだった。彼の性格の弱点を母親が奴隷だったせいにして、中傷する者もいた。人種差別の含みがあるかもしれない非難だ。しかし、アレッサンドロの根本的な過ちは、（他にもっと適当な言葉がないので、いまだにそう呼ばれる君主国の）フィレンツェ共和国を支配したことだ。[1]

イッポーリトにはずっと大きな人気があった。一五二〇年代でも、メディチ家の二人の若者でより優勢だとみなされるのは彼だった。その頃から、ジョルジョ・ヴァザーリもよく知る彼自身の逆境のせいで、他者に気を配るようになっていた。気遣いは必死に頑張っている若い美術家にも及んだ。

イッポーリトはハンガリーの前線に赴く前に、公爵アレッサンドロに直接ヴァザーリを推薦したが、実はヴァザーリは一五三三年に五十二歳のオッタヴィアーノ・デ・メディチに雇われていた。縁続きとはいえロレンツォの血統からは離れ過ぎているので、彼自身が政治的脅威になることはなかった。一五二〇年代以来、オッタヴィアーノはメディチ家の多くの美術関係の依頼を管理する責任を負っていた。彼は一五二七年より前にフィレンツェで彼らと一緒だった頃の若いヴァザーリを知っていたのだろう。しかも新体制のもとでは、彼はメディチ家の中で仕えるには望みうる最高のパトロンだった。成熟していて、見識があって、しかも都合のよいことに矢面に立たされる位置からは離れていた。

この頃には、ヴァザーリは二十一歳の法定年齢に達していて、ようやくフィレンツェの画家ギルドの会員になることができた。フィレンツェ画家組合だ。この立派な組織は、一四九四年以来途切れることなく都市を苦しめてきた戦争や政変のせいでいくらか荒廃していたが、共同体の中での画家の権利を保証する労働組合と、監督機関の両方として機能していた。登録した画家だけが合法的にフィレンツェで工房を構えて、徒弟を仕込むことができた。登録さえできれば、マエストロ、〝親方〟の肩書を名乗る権利ができた。組合費は年に五フィオレンティーノで、滅多に高い報酬の見込めない専門職業に見合った、ほどほどの金額だった。

ヴァザーリは例によって、ギルドに加入することだけに興味があったわけではない。同時にその歴史に魅せられて、結局それを中世の遺物から威信のある近代的組織へと変えるのに積極的な役割を果たした。彼はヤコポ・デル・カゼンティーノの章でその起源について語っている。カゼンティーノはギルドの設立者の一人だった。

ヤコポに戻ると……彼の時代、一三五〇年に画家の友愛組合は始まった。当時の親方は古いビザンティン様式と新しいチマブーエの様式の両方を実践していて、気がついてみると大勢がそうだった。そのことをトスカーナ、実際にはフィレンツェ全体で考えてみると、素描の技術は生まれ変わっていて、上述の組合も、彼らの神への賛美と感謝を示すために、伝道者、聖ルカの名の下、保護されて設立された。同時に、時々集まったり、心や体に苦しみを抱えている者たちを助けたりするために。これはフィレンツェの多くのギルドで今も実践されているが、当時は今よりさらに盛んだった。彼らの最初の礼拝堂は、サンタ・マリア・ヌオーヴァ施療院の主礼拝堂で、ポルティナーリ家から彼らに与えられたのだった。そして、組合長の肩書を持つギルドを管理する人々が六人、二人の顧問と二人の会計係がいた……組合が設立された時、組合長と他の者たちの同意を得て、ヤコポ・デル・カゼンティーノは礼拝堂の祭壇画を作り、板絵に聖母マリアの肖像画を描く聖ルカを描いた。祭壇の飾台の片側にはギルド組合員を、反対側にはその妻を描いた。全員がひざまずいている。この始まりから、彼らが集まったかどうかはともかく、このギルドは今日私たちが見る状態に縮小されるまで続いた。(2)

現代の研究者は、ヴァザーリの情報をいくつか訂正している。一三一四年以降、画家は医師・薬種商組合への入会が許されていた。大組合の六番目として一一九七年に設立された医師と薬剤師のギルドで、フィレンツェの主要ギルドだ。卓越した論理がこの組合を導いていた。医者、薬剤師、それに画家、その全員が奇妙な物質を扱っている。薬剤か顔料、あるいは両方を使用しているのだ。

一三七八年、画家は分裂して独立した組織を作った。（一方、ブロンズを扱う彫刻家は絹織物業に従事するギルドに属し、他の彫刻家は石工と木彫師に合流し、建築家はあまりに人数が少なくて、自前の組織化されたギルドから恩恵を受ける必要はなかった）

ジョルジョ・ヴァザーリがフィレンツェ画家組合に正式に登録した時には、腕のいい職人とギルド組合員という遺産を鋭敏に意識していた。〝Giorgio d'antonio di maestro Lazzaro Vasari〟（ラザロ・ヴァザーリ親方の息子のアントニオの息子のジョルジョ）と書いて、父親と曾祖父の二人を引き合いに出しているのだ。これは、彼が他の何より親密に馴染んでいた共同体だった。

ヴァザーリの最初の最も重要なメディチ家からの依頼もまた、相互信頼の行使だった。ロレンツォ・イル・マニーフィコの死後の肖像画だ。アレッサンドロの（噂の）曾祖父で、それこそが彼のフィレンツェの指導者とメディチ宮殿の主人としての正当性の最も重要な主張になっていた。肖像画はラルガ通りにあるメディチ宮殿に展示するのが目的だった。もっとも今では、ヴァザーリの建築の傑作、ウフィツィ美術館に適切に展示されている。

ヴァザーリの描いたロレンツォの肖像画は、印象的なイメージだ。肖像画でありながら、とりわけモデルの顔に必然的に仮想的な要素があるのだ。ロレンツォは、ヴァザーリが生まれる二十年近く前の一四九二年に死去しているからだ。フィレンツェ人はイル・マニーフィコの顔を石膏のデスマスクで知っていて、ヴァザーリはその特有の横顔を慎重に再現した。つぶれた鼻も突き出た顎も修正しようとはしなかった。添え名の〝偉大な《マニーフィコ》〟は、ロレンツォの人格と功績を褒め称えているのであって、その容姿ではない。実際、ロレンツォは非常に不器量だった。髪はぐんにゃりしているし、声は甲高く耳障りだった。しかし、彼の前ではたいていの人がすぐに、彼の魅力と知性以外はすっかり忘れた。ヴァザーリはそれらもロレンツォの黒い瞳と集中した表情に捉えていた。彼は虚ろな劇の仮面に耳を澄ませているように見える。青いベルベットの長衣姿で奇怪な彫刻と古風な水差しに囲まれて座っている。どうやら別の世界、遠く離れた想像の世界に住んでいるように見える。

自画像と肖像画には、画家が鏡を使ったかどうかを知る秘訣がある。近代以前は、ほとんど全ての人が右利きだった。古代世界まで遡ると、左利きは不吉だとする伝統があった（不吉《sinister》はラテン語の左の意）。左手は、身を清めるために使われ、絶対に食べるためや挨拶には使われなかった。左利きに生まれた者は、右手を使うように訓練された。従って、肖像画の人物が左手を利き手にしていれば（左手に絵筆を持っていたり、右の腰に剣を、つまり左手で引き抜くために、固定していたりすれば）、その人は凸面鏡（当時、平面鏡は極めて高価だった）を活用して描かれたことになる。描直接対象を見るより鏡の映像を見ることで、画家は対象を鏡の枠の中にはめ込むことができる。描かれた肖像の枠組みを再現するのだ。つまり、画家が対象の隣に座っていても奇妙ではない。描く相手を直接見ながらではなく、二人の前に置かれた凸面鏡の像を見ながらスケッチするのだ。この方法は、もちろん、死後の肖像画には使えないが、生きている人の肖像画ですら、多くが対象の出席なしに描かれたのかもしれないのだ。

画家が肖像画の準備のために対象を訪ねる時には、描くための紙を持っていくが絵具はなかった——大き過ぎて扱いにくく、工房の設備が必要だったからだ（携帯用の絵具箱は十九世紀の発明）。画家は対象を銀筆、チョーク、あるいは木炭（グラファイト鉛筆の原型）でスケッチし、色と周囲の状況をメモする。周囲の状況は、実際の場所を具体的に描くことは滅多になく、むしろ対象の人生や仕事に象徴的に関連するものを含む理想化された場所になる。実際に描くのは工房に戻ってからで、スケッチとメモをもとに制作される。対象は絵具を塗る間、何日とは言わないまでも、何時間も座っている必要はないのだ。代役のモデルが使われることもある――体の部分に絵具を塗る時には、たいていは工房にいる誰かが選ばれた。

想像上の場面、たとえば聖書や神話の絵（あるいは、公爵の死後の肖像画）で、生きている対象が描かれることのない場合は、実際のモデルが雇われた。こうしたモデルは同じ画家の複数の作品に現れがちだ。あるいは同じ時期の作品に。ブロンズィーノは全ての絵のキリストに赤い顎ひげの印象的なモデルを使うのが好きだった。実際この人物はブロンズィーノとその同僚の多くの絵画に見られる。同じモデルが他の画家とも仕事をしたからだ。カラヴァッジョは若い友人を使った。おそらく助手のチェッコ・ボネリを、多くの絵画と多くの表現、侍者から天使からキューピッド、洗礼者ヨハネまで（奇妙に聞こえるかもしれないが、裸で羊を抱いている）。

ロレンツォの肖像画で、ヴァザーリはイル・マニーフィコの他のイメージも描き出した。おそらく人物の位置取りをきちんとするためにモデルに代役を務めさせた。また、解読するのが難しい神秘的に見える品々でロレンツォを囲むことにした。幸い、ヴァザーリ本人がその意味をアレッサンドロ・デ・メディチに宛てた手紙で説明している（もっとも、詳細の全てが完成した絵と同じではない）。

> それに、もし閣下が私に普段の寛いだ服装のロレンツォ・イル・マニーフィコの肖像画を描かせることでご満足されるのであれば、一番彼に似ている肖像画を手に入れましょう。そこか

ら彼の顔のイメージを取り込み、もし閣下がそれでよろしければ、その他の点に関しましては、この配置を使おうと考えました。

閣下が私よりこの稀有で非凡な市民の行動をよくご存知だとしても、私はこの肖像画では彼をあらゆる飾りで囲みたいと思います。傑出した人柄が彼の人生を作り上げている飾り。たとえ彼だけを孤立させて描くとしても、彼は生まれながら美しく飾られているはずです。ですから私は、白いオオカミの毛皮に縁取られた長い深紅の式服を着て座っている姿を描くつもりです。右手はウェストに巻いた昔ながらの幅広の革のベルトからぶら下がるハンカチを摑んでいます。ベルトには、赤いベルベットの財布が留められているでしょう。そして、彼は右腕を古代の斑岩に立つ付け柱にもたせかけています。付け柱の上には大理石でできた「虚偽」の頭があって、偉大なロレンツォの手の下から舌を噛んでいるのが見えます。羽目板にはこうした文字が刻まれているでしょう。Sicut Maiores mihi ita et ego posteris mea virtute preluxi（〝我が先祖がその美徳の中で光を放つように、私も子孫の中で光を放とう〟）これの上に、私は悪を象徴する忌まわしい仮面を作りました。上向きに置かれた仮面は、こうした文字が書かれた薔薇とスミレがたっぷり入ったきれいな花瓶に踏みつけられています。Virtutum omnium vas（〝全ての美徳の器〟）。この花瓶には別々に水が流れ出る注ぎ口があり、この〔注ぎ口の〕上には、月桂樹を冠された清潔で美しい仮面が据え付けられ、その額、あるいは注ぎ口にはこの文字があります。Premium virtutis（〝徳の応報〟）。その反対側には、同じ斑岩でできた古風なランプ。風変わりな台に載り、上には一風変わった仮面。その額にある角の間から油が注せるようになっています。そして、口から突き出した舌が灯芯の役を果たし、これが光を発して、イル・マニーフィコが自らの優れた政府のそばで、彼の弁舌ばかりか全てに、とりわけ子孫とこの壮大な都市に対する彼の識見を明らかにするのです。
そして、閣下にご納得いただくために、私のこの手紙をポッジョ・ア・カイアーノに送ります。私の非力さゆえに自分の能力をうまくお示しできない場合は必ず、閣下の素晴らしいご判断が不足を補って下さることでしょう。この手紙を渡したオッタヴィアーノ・デ・メディチ殿に、少なからずものを知らないことを閣下に弁明してほしいと伝えました。そして私は、誰より高名な閣下にあらんかぎりの思いを尽くして我が身をお委ね申し上げます。

一五三三年一月、フィレンツェにて。(3)

弱冠二十一歳の画伯にとっては、これは感動的な偉業なのだ。イメージ同様アイデアが詰まっていて、しかも細部まで目を凝らさないかぎり理解するのは不可能だ。これはまさにメディチ家が評価する学習によって得られた画法だった。彼らの秘蔵っ子のパオロ・ジョヴィオが、若い画家が込み入った計画を立てるのを手伝ったのかもしれない。
ヴァザーリは公爵アレッサンドロその人の肖像画も描いている。休息する正義の味方がフィレンツェを見ている。塔と、尖塔と、彼方にはブルネレスキのドームがぼんやり見える。明瞭に近代的な趣向は、アレッサンドロが膝に載せている、いくらか男根風の銃だ。使うのが極めて危険なピストル。らせん溝(銃身の内側に掘られた渦巻き線で、弾丸がよりまっすぐ発射されるように、回転を促進する)が広く使われる前、初期の小火器はしばしば不正確だった。滑らかな口径は装塡(銃身から行われた。弾丸、火薬、それに込め棒という厄介な作業だ)を容易にしたが、いったん火薬に火がつくと、弾丸は銃身の側面に跳ね返ってから、空中に飛び出していく。意図的に射手のすぐそばにセットされた火薬の爆発と、弾丸の跳ね回る傾向の間で、武器は標的に当たるのと同じくらい射手を傷つける危険があった。ヴァザーリの絵に描かれた銃は、間違いなく美しい物で、アレッサンドロの富と、戦士の気迫、それに最新式の兵器であることを証明している。しかし、小火器ができて間もない頃は、十分離れていれば、射手より標的の方が安全なこともあった。

写真の時代に入って数世代になる、いつでもどこでも自撮りのできる現代、絵画あるいは彫刻の肖像がどんなに重要で潜在的に説得力あるものになり得るかを忘れがちだ。古代世界の王たちは、彼らの実物を決して見ることがなくても、顔を支配者の名前と結びつける市民を持つ重要性を理解していた。ローマの皇帝は国中に姿を見せることはできなくても、彼らの権威を思い起こさせるものとして、おおやけに展示された彫像という形の代役を自分の姿として掲げることができた。たとえば皇帝アウグストゥスは自分に似た彫像の創作に資金を供給した――あるいは、少なくともその理想化された像に。顔がどれほど本人と似ていたかは判然としないが、独特の大きくて立った耳がある。それに、その上に彫刻の頭が据え付けられる完璧に釣合いの取れた筋肉質の体は必ず、男性の理想化された胴体の工場のような生産ラインから生まれた。どんな好みの肖像の頭も据え付けられるわけだ。ローマ人は、個人的に死去した家族を忘れずに崇めるために、彼らの胸像を自宅に保管していた。

従って、アレッサンドロが最重要だと考えている人格と権力の側面を投影するように、自分の肖像画への要望に具体的なアイデアを持っていたに違いないのは当然だ――これは、彼の顔や体や服装ばかりか、背景や周りの備品からも伝わるだろう。観る者が読んで、理解する象徴的価値を託されているのだ。

三番目のプロジェクト、アンドレア・デル・サルトの『アブラハムの生け贄（イサクの犠牲）』の複製は、ヴァザーリが自ら高く評価する画家の作品の宣伝にどれほど熱心だったかを示している。アンドレアの描いた絵がフィレンツェにもうないことを知ると、記憶をもとに絵を再生して、残りを自分の創作で埋めた。これが依頼された絵画かどうか（当時はほとんどの絵画がそうだった）、あるいはヴァザーリが単に自分の企画を手がけただけなのかどうかは、判然としない。思惑あるいは楽しみのために絵を描くことは、主として原材料の費用のせいで、当時は極めて稀だった。きちんとかんな仕上げされたパネルや高価な顔料——シルクロード経由で輸入されるものもある——の購入は料金に含まれるもので、多額の投資になりかねないのだ。

何がヴァザーリをアンドレア・デル・サルトの複製に駆り立てたにせよ、彼はその出来映えにとても満足して、一五三三年二月付けのアントニオ・デ・メディチに宛てた手紙に記している。アントニオもまた、その広い富裕な翼でヴァザーリを保護してくれた高名な一族の活動的なメンバーで、彼がこの複製を依頼したのかもしれない。


もし閣下が、私の描いたアブラハム、神に従ってこの犠牲を払わなくてはならないアブラハムに気魄《きはく》と愛情、熱情と覚悟を見ることができないというのであれば、閣下とオッタヴィアーノ殿にはお許しいただきたく存じます。作品のあるべき姿を知りながら、表現しきれなかったことは、全て私の若さと学びの途中の未熟さによるものだからです。従って、私の手は私の知力のままに動いていません。私はまだ経験と判断が完成の域に達していないということです。

しかし、出来映えはとてもよく、多くの友人の考えではこれがこれまで私が描いた中でも最高の作品だという事実に、閣下もご満足いただきたく存じます。そして私は、全てにおいて少しずつ顕著な進歩を遂げたいと願っております。いつの日か、自分の作品の言い訳をしないですむように。願わくは神が私にそんな恩寵を賜り、閣下も神への聖なるご奉仕に、お送りする絵が説明している物語のように、従順であられますように(4)。

若者だからこそ、いつか完成の域に達すると、これほど確信を持って願うことができるのだ！

この同じ年、十四歳のカテリーナ・デ・メディチがアンリと婚約した。侮り難いフランス国王、フランソワ一世の次男だ。家柄のよいイタリア人少女は、もっと貧しいその結婚相手とは違って、しばしば思春期が始まったばかりで結婚した。貴族階級や有力な縁故のある一族の中では、結婚は慎重にお膳立てされるのだろう。イタリアの花婿は、通常花嫁より七歳から十歳年上だった。もっとも、ルネサンスのフィレンツェにおける配偶者間の平均的年齢差は十二歳と、ひどく大きかった(5)。トスカーナの田舎や、都市部の貧困層は、男性は通常二十代半ばに結婚し、女性の方は十八歳くらいで、花婿の家族と一緒に所帯を構えたのだが(6)。なぜなら、上流及び中流階級の結婚はたいていビジネス協定だったからだ。夫が浮気をするのはありふれたことで、しかも必ずしも秘密ではなかった。女性は、もちろん、道を誤らないことになっていたが、実際は違った。娘たちは年齢順に嫁がされるはずで、少なくとも婚約までは処女であることが期待されていた。思春期直前のカテリーナと異母兄イッポーリトの関係の深さはわかっていない（全てが噂話から聞こえてくるだけなのだ）が、彼女がアンリ二世になる男と婚約しても、驚く者は誰もいなかった。

ヴァザーリは彼女の肖像画を何枚か頼まれた。それには結婚記念の肖像画も含まれているが、一枚も残っていない。何度かポーズをとってもらううちに、彼女に恋をしてしまったらしい――あるいは、少なくとも巧みなお世辞の手腕が出た。ローマにいるメディチ家の仕事仲間に、こう書き送っている。

この淑女が我々皆に見せてくれる優しさを思えば、彼女の肖像画は私たちの中に留め置くのが相応しい。私たちを置き去りにしても、彼女は私たちの心に刻み込まれて残るのと同じだ。私は彼女をとても好きになった。独特の長所と、私ばかりか私の祖国全体に対して抱いている優しい気持ちのせいだ。もしこう言うことが許されるなら、私は天国の聖人に憧れているように、彼女に憧れている。彼女の楽しさを描いてはいけない。さもないと私は喜んで自らの絵筆でそれを称えてしまうからだ(7)。

ルネサンスの歴史におけるカテリーナの影響力はイタリアでは限られているが、帰化した国では非常に大きい。彼女はルネサンスをフランスへもたらした功績があると考えられている。偉大な随筆家のモンテーニュは、母国は騎士で構成された封土の文明化されていないキルトだと述べている。そこでは人は手づかみで粗食を食べ、絵筆より剣に興味を持っている。もし舌平目のムニエルが皿からドサリと落ちて、彼らに噛みついてもわからないだろうと(もっとも、彼の表現はもう少し気品があったが)。カテリーナの義父であり、カール五世のライバルであるフランソワ一世は、美術への自分の興味を真似るようにさせて、フランス貴族階級の先導的役割を果たした。熱烈なイタリア贔屓《びいき》としては（彼がイタリア美術ばかりか、レオナルド・ダ・ヴィンチのようなイタリア人美術家を集めたことを思い出してほしい）、自分の息子にこれほど洗練された花嫁を得たことを疑いなく喜んだ。ものすごい数の側近とともに、彼女はフランスにイタリア人シェフのチームを連れてきた（メイド、庭師、付き添い、随行員、司祭他に加えて）。世界初の調理専門学校、ラ・コンパニア・デル・パイオロ（大釜組合）が、一五三三年のカテリーナの結婚直前にフィレンツェで開校した。〝料理〟を美術のリストに加えるというのは全く新しい発想だった。コンパニアは食物の実験を奨励した。例えば、アメリカから輸入された品、トウモロコシやトマトのような珍しい食物（初めは有毒だと思われた）を地元の料理に紹介した。このメンバーの中にはカテリーナの側近としてフランスへ行ったシェフもいたのかもしれない。フランスにおけるカテリーナの時代の最も具体的で肯定的な遺産（負の遺産は、サン・バルテルミの虐殺という些細なことだ。一五七二年に彼女は何千というユグノー〔フランスにおけるカルヴァン派の新教徒〕の殺害を命じた）は、食に関連していた。彼女はフランスにフォークを輸入した貢献者なのだ。先が二本に分かれた初期の型は、ひと口分に突き刺して、口に運ぶのに使われ、ヨーロッパで革命をもたらした。ヨーロッパでは、ほとんどの料理が、食べられる皿の役を果たすひと切れのパン、スープのためのスプーンと丈夫なナイフを採用していたのだ。王子や枢機卿であっても、手で食べていた。カテリーナがフォークを流行させて、フランスの食事を変えるまでは、ということだ。

　ヴァザーリがアレッサンドロ・デ・メディチのためにせっせと働いているので、イッポーリトはフィレンツェを我がものにしようと、アレッサンドロの敵と陰謀を企んだ。それに応じて、アレッサンドロは躍起になって都市とその周囲を要塞化した。フィレンツェの建築家、アントニオ・ダ・サンガッロ・イル・ジョヴァネは大砲に備えた近代的稜堡の専門の設計者で、十三世紀の城壁に組み込まれた新しい頑丈な城塞の建設を指揮して、洗礼者ヨハネに捧げた。街の守護聖人だ。建造物は現在、〝下の城塞〟、バッソ要塞と呼ばれ、その十万平方メートルがコンベンションセンターとして役立っている。一五三四年に建設が始まった時、それは最も可能性の高い方角からの攻撃を防ぐことを意図していた。フィレンツェの西にあたるアルノ渓谷に聳える荒涼とした山々には、反逆者がピストイアのような場所に集まって、ピサの沿岸と接触したのだ。アレッサンドロはこれほど大規模なプロジェクトの代金を支払えるだけの現金の用意がなかったので、友人からの融資に頼った。その中には銀行家のフィリッポ・ストロッツィがいた。

ヴァザーリは市を要塞化するてんてこ舞いの試みを見ていたに違いないが、自分では加わらなかった。今回は、リーダーが若い未経験な美術家を軍事施設の厳格な仕様に試しに使うという場合ではなかった。アントニオ・ダ・サンガッロは五十歳になろうとしていたが、要塞の設計と建設における当代随一の専門家で、しばしば弟のジョヴァンニ・バッティスタと組んだ。子供の頃から自分の仕事の訓練を受けた（建築家としては珍しい）彼は、並外れた技術を持つ者の大規模な建設チームを集めた。そうした理由から、一五二〇年以来、ローマのサン・ピエトロ大聖堂の建築で責任者を務め、その地位を一五四六年に亡くなるまで守った。彼は他にもローマの宮殿、教会、要塞、それに教皇の造幣局の入る建物を設計して建設した。学者より腕のいい職人として訓練を受け、彼とジョヴァンニ・バッティスタは古代ローマの作家ウィトルウィウスへの彼らの理解を完全なものにするために懸命に働き、都市の古代遺跡の体系的な研究を促進するためにローマの学者と共同研究した。(8) ヴァザーリはすでに技術訓練を文学的研究と結びつけるというサンガッロの大望を共有していた。彼もすぐに作業員の大チームを管理する同じ腕前を披露することになるのだ。フィレンツェ史におけるこの緊迫した時期に、二人の男が出会ったかどうかわかれば面白いだろう。

友人で元学友、アレッサンドロとイッポーリトの間の今にも起こりそうな決闘についてジョルジョ・ヴァザーリが個人的にどのような思いを抱いていたか、彼は賢明にも口外しなかった。しかし、ヴェネツィアにいる友人のピエトロ・アレティーノ宛に、フィレンツェを仲間のフィレンツェ人から守るための稜堡、聖ヨハネ要塞の定礎式について書いている。

十二月五日の朝、閣下の城の聖別式を見に行った……着いた時にちょうど夜が明け、私が城門の前に着いたところで、どこから見ても素晴らしい山車が現れた。門は西側に祭壇があり、見事な金襴と教会の他の装飾に覆われていて、その隣は司教座……〔そしてミサだ〕。父なる神を呼び出すべき時だ。すでに神聖な武器に身を固めた軍師たちが現れ出して、第二次ポエニ戦争におけるスキピオの勝利のように見えた。彼らは四人ずつ並んで行進し、左に広がって背を東に向けた。最後尾は四十基の大砲。全て新しいもので一基ごとに四頭の雄牛が引いていた。どれにも公爵の紋章と見事な付属品がついていて、オリーブの枝で飾られていた。後ろには砲弾を積んだ荷馬車が続き、間に挟まれて、ラバが火薬の樽とその他の兵器を運んでいた。その姿は軍神マールス自身をも恐れさせたことだろう。そしてそこには、これまでに多くの者たちを束縛してきた者たちを束縛する、その覚悟をした者たちの青ざめた顔もあった。ミサは、天そのものからとも思われる祝福で終わった。(9)

当時、ヴァザーリは知る由もなかったが、人々を束縛するというのは正しかった。人々は自分を束縛するのに慣れていたのだ。フィリッポ・ストロッツィは聖ヨハネの要塞の代金を支払ったが、結局その地下牢の囚人となり、難攻不落の壁の中で絶望して自殺することになる。

戦争や政変の新しい波の度に、ヴァザーリのような職人は、その影響で彼らの運命は間違いなく変わることを知りながら傍観しているしかなかった。よい方向へ、いいや、たいていは悪い方向へ変わるのだが。アレッサンドロはかつての学友を大事にして、六スクードの月給（熟練した職人には寛大な常勤の給与）、部屋代と食事代、それに専属の使用人を与えた。加えて、ヴァザーリは自分で受けた絵画のプロジェクトの利益は自分のものにすることが許された。公爵はまた、十代の婚期に入ったヴァザーリの妹の結婚持参金を手配してくれた。

ルネサンス・イタリアの上流および中流階級においては、恋愛結婚は稀で、結婚というのはたいてい同族企業間の商取引だった。父親と母親は、政治的にせよ、財政的にせよ、家族の縁組みの相互利益について検討し、将来の花嫁も花婿もこうした議論に事実上発言権はなかった（もっとも、十五世紀の説教者、シエナのサン・ベルナルディーノは説教で、背が低く醜い男との結婚を拒否した、長身の美しい少女を褒めた）。ヴァザーリは叔父に連絡して、三人の妹の持参金用の資金を用意する役目を自ら引き受けた。現金に乏しいので、彼はメディチ家に最初の妹の持参金を負担してもらう手配をした。二番目の妹は、イタリアの家族の多くの次男や次女と同じように、女子修道院に入ったが、これにも持参金が必要だった（修道女は公式にキリストの花嫁だ）。でもこの場合は、金銭の支払いはヴァザーリの手になる絵と交換で棚上げにされた。

ピエトロ・アレティーノ宛の手紙で触れている虫の知らせは、確かな根拠があった。ヴァザーリは君主の宮廷で生活に有益な第六感を発達させていた。長いキャリアを通して役に立つはずの政治的判断力が生まれてきていたのだ。一五三四年九月二十五日、メディチ家の教皇、クレメンス七世が死去した。後任はパウルス三世、元枢機卿のアレッサンドロ・ファルネーゼは、ローマの権勢ある家柄の子弟で、メディチ家の根深いライバルだった。イッポーリトはローマ時代からファルネーゼを知っていたので、新しい教皇がフィレンツェの支配をもぎ取るのに手を貸してくれることを期待した。この目標を達成するために、彼はカール五世にもメッセージを送って、カールの大義のための寄付とともに、公爵の圧政的な振る舞いと政治的手腕の欠如を訴え、フィレンツェは自分が引き受けると申し出た。計画そのものは信じ難いものではなかった。教皇クレメンスがイッポーリトの政治的進出の大きな障害になっていたが、そのクレメンスが亡くなったのだ。イッポーリトはカール五世がチュニスでの軍事作戦から帰ってくると、ナポリで会う手配をした。しかし、八月二日、アッピア街道を進んでいる時に枢機卿は病気になって、途中の小さな町、フォンディで止まらざるを得なくなった。その三日後、チキンスープを口にした直後に症状が激変、五日も経たないうちに死んだ。彼の死は明らかな毒殺と考えられ、その責任はジョヴァンナンドレア・ダル・ボルゴに降りかかった。イッポーリトの所帯の日常業務を任されていた執事長あるいは家令だ。ジョヴァンナンドレアは拷問されて、主人に毒を盛ったことを白状した。しかし、拷問というのは、真実を明らかにする方法としては当てにならないことで有名だ。八月の最も暑い時に、ポンティーネ湿地として知られるマラリアの沼地を抜けるアッピア街道の沿道でなら、イッポーリト・デ・メディチは故意に投与された毒より簡単にマラリアと細菌感染の組み合わせで亡くなっていたかもしれない。

一方、イッポーリトの家令がもし本当に罪を犯したのなら、彼は公爵アレッサンドロの秘密任務を帯びていたに違いない。カール五世は、枢機卿は間違いなく暗殺されたのだと思い、その嫌疑でアレッサンドロをナポリに召喚した。皇帝の疑いにもかかわらず、アレッサンドロは二人の会合を何とかうまく利用した。カール五世や大臣たちとアレッサンドロの間で何があったかの、逐語的な記録はないが、十八世紀の歴史家、ルドヴィコ・アントニオ・ムラトーリは事態の推移について意地の悪い皮肉な説明をしている。

フィレンツェ公アレッサンドロ・デ・メディチは三百人の騎兵と一緒に整然とナポリに着くや、皇帝に正式な深いお辞儀をした。フィレンツェ追放の告発について知らされていたのだ。それに対して、彼は最も正しいと思われる返答をした。こうしたよい結果を生み出したのは、通常どこでもそうなるものだが、皇帝の大臣に申し出た金なのか。それとも、皇帝がまた新たなイタリア戦争の危機が迫っていると気がついて、フィレンツェには一人の統治者の方が自らの利益になると認めたのか、いずれにせよ〔カールが〕公爵に有利になる判決を下したのは確かだ。その上、彼はある種の約束を取り付けて、ついに幾度となく約束していた実の娘のマルゲリータを〔アレッサンドロの〕嫁にやった。それで彼は差し迫った戦争に使うための相当な額の金を手に入れた。彼はまた法令を定め、国外追放者が帰還して、その所有物や仕事場に対する権利を享受することを許した。しかし、そのほとんどが、恐怖か怒りのために、故国に帰る気はまったくなかった。二月の最後の日、結婚式が素晴らしく壮麗に執り行われた。数日間のハネムーンの後、公爵は勝ち誇ってフィレンツェに帰った。(10)

こうして、イッポーリト・デ・メディチの統治の可能性は終わり、アレッサンドロ・デ・メディチの世襲のフィレンツェ公としての地位が固まった。

カール五世はアレッサンドロ・デ・メディチをイッポーリト枢機卿殺害の罪から解放し、娘のマルゲリータとの婚約を守った。二つの大王朝の戦略提携だ。アレッサンドロは異母妹のカテリーナの方をむしろ好んでいたのかもしれないが、マルゲリータの手を取ったことは賢明で巧妙な戦略だった。婚礼自体はナポリで、王家の結婚式がしばしばそうであるように、代理人によって行われた。花嫁がフィレンツェに来るのは五月末になる。彼女とアレッサンドロは、彼女が一五三三年に都市を訪れた時に、すでに会っていた。通常は取決めの一環として花嫁の家族が花婿に持参金を払うはずだが、この例外的な場合では、花婿が義父に金貨で十二万スクードを支払った。ハプスブルク家、それも血のつながりがあるというだけのハプスブルグ家との婚姻にもかかわらず、その名誉のためだった。[11] この金額はヴェネツィアやフィレンツェといった都市の年間予算に等しかったが、神聖ローマ帝国の皇帝はほどなくこの山のような金塊を新たな一連の戦争で浪費することになる。

カール五世は平和を愛していたが、在位の間にほとんど見ることはなかった。てんかん持ちの上に、痛風のせいでますます手足が不自由になっても（主として赤身肉だった日常の食事のせいで悪化した）、彼は馬に乗って移動して、人生の最後にスペインの修道院に引退するまで、本当の意味での家は持たなかった。ヨーロッパの四方八方に広がり、新世界に深く拡張している広大な領土となれば、絶えずあちこちに移動することでしか掌握できなかったのだ。フランス語が母語だが、彼は日常的に四ヵ国語を話した。「私は神とはスペイン語で、女性とはイタリア語で、男性とはフランス語で、そして馬とはドイツ語で話す」彼はしばしばこの主張で（完全に正確というわけではないが）評価を得ていた。[12]

カールがナポリでことを処理している間に、フランスのフランソワ一世はミラノを占領しようとイタリア北部への移動を開始した。大軍となれば必然的に動きは遅くなる。カールは長年のライバルを迎撃すべく北へ向かい、四月五日にローマに立ち寄って、忠実な盟友の教皇パウルス三世を訪ねた。月末までに、神聖ローマ帝国皇帝はフィレンツェに到着するつもりだった。従順な娘婿がしきりに自分の政治的救済者によい印象を与えたがっていた。カールが近づくと、公爵アレッサンドロは精緻な飾り付けで市を一時的に変えた。六年前にボローニャでしたように、ジョルジョ・ヴァザーリは木と漆喰と彩色した布でつかの間の驚異をつくり出す準備をした。しかしながら今回は、大勢の中で働くただの職人ではなかった。それどころか、弱冠二十五歳で、フィレンツェ画家組合に登録したばかりでも、事業全体の首席美術顧問だ。この任命は異例の名誉で、同僚の中に強烈な嫉妬を引き起こした。フィレンツェ美術界はいかなる政治形態のもとでも情け容赦なく競合していた。しかし、イタリアにおける公爵の宮廷は、全て君主の気まぐれにかかっていて、たいてい君主本人も含め誰にとっても最悪の部分を引き出した。

ヴァザーリにとっては、一五三六年の四月というこの時期は、キャリアの重要な転換点になった。『列伝』の中にも二度取り上げている。一度は、彫刻家のニッコロ・トリボロに関連して。トリボロはこのイベントのために四つの彫像を作ったのだ。そしてもっと大々的には自伝の中で。その考察の過程で、絵画だけでなく、持ち前の勤勉さで建築も学び始めたことを明らかにしている。この記述には好奇心、猛勉強、それにパトロンの興味に対する配慮という彼の独特の組み合わせがはっきり現れていて、キャリアを通して大いに役立つことになる。ヴァザーリは雇うことのできる最高の画家ではなかったかもしれないが、間違いなく最も信頼できる一人だったし、任命された多くの仕事、とりわけ締め切りのきつい仕事には、確実性は天才と同じくらい、もしかするとそれ以上に重要だった。

公爵が防御設備と建設にすっかり夢中になっているのを見た時、私は建築の勉強を始めて、かなり多くの時間を割いた。一方、一五三六年に皇帝カール五世のための臨時の装飾物を建てる必要が出てくると、プロジェクトを整然とまとめていくために、公爵は責任者の三人に私をそばに置いて、全てのアーチとその他の装飾を設計するように命じた。装飾物の入口のために作らなくてはならなくなるはずだから……。

こうした引き立ては多くの嫉妬を招いた。旗作りや他の仕事を手伝ってくれていた二十人ほどが、この人やあの人に引き抜かれて、私を見殺しにした。もはやこの重要なプロジェクトの全てを完成できないと思ったほどだ。しかし、私は自分が常に助けになろうとしてきた人たちの悪意を理解し始めていた。そこで、いくぶんかは私自身が夜昼なしに働くことで、いくぶんかはこっそり私を手伝ってくれる（フィレンツェ以外の）画家に助けてもらって、全てを腹に納めて、こうした困難や嫉妬を芸術活動そのもので克服しようとした。(13)

ヴァザーリが気づいたように、彼が招いた反感のいくらかは、郷土愛の問題だった。アレッツォとフィレンツェは八十キロも離れていないが、二つの異なる社会だった（今もそうだ）。中世後半以来、フィレンツェはトスカーナ地方の中心都市になり、アレッツォは従属都市体制の狭い地域に限られた中心地で、フィレンツェ人は自分たちの領地《ドミニオ》と呼んだ。従って、フィレンツェ人の中には、例え同じトスカーナ人であっても、ヴァザーリはよそ者で、ちょっとした田舎者だと思う者がいたのだ。

フィレンツェという都市には、誇りを持ち、隣人と自分たちを区別するだけの根拠があった。十三世紀以来、主に繊維工業（特に羊毛取引）からもたらされるその富が、ヨーロッパ中から職人や商人を呼び込んできた。フランスからは彫刻家、フランドルからは織物商人、スイスの兵士、スペインの政治家、バルカン半島の娼婦、それに、少なくとも一人のイギリス人傭兵隊長、サー・ジョン・ホークウッド（フィレンツェ人の同僚には〝ジョヴァンニ・アクート〟と呼ばれていた）。一四九二年から四十年間、スペインやポルトガルからのユダヤ人難民は、大聖堂とヴェッキオ宮殿の間の地域に住み着いていた。フォルム（古代ローマの公共広場）の敷地だ。北アフリカや東部地中海およびその沿岸諸国からのイスラム教徒の商人は、ヨーロッパのキリスト教徒とユダヤ人の両方と取引し、ポルトガル人の同僚と一緒にアフリカ人奴隷やオリファントと呼ばれる彫刻された象牙製角笛を商った。アフリカ人、ベルベル人、それにスラブ系の顔はエキゾチックな眺めだが、フィレンツェの通りやフィレンツェの市場ではありふれていた。

しかしながら、同時にフィレンツェは、他のどのトスカーナの都市とも同じで、純粋にその地域への忠誠心を持ち続けていた。都市は地域《クアルティエーレ》ごとに分かれていて、それぞれに独自の旗、教会、そして守護聖人がいた。クアルティエーレはクリスマスと四旬節の間にはサッカーの試合で明確に衝突した。カルチョ・フィオレンティーノ、あるいはフィレンツェ・キックボールは、近代サッカー（フットボール）の先祖で、十五世紀には定期的な呼び物になった。ゴールのある砂上（あるいは砂に覆われた氷上）で競技が行われ、一チームに二十七人の選手が認められ、手と足を使うことができた。暴力を制止することはまったくなかった（審判とラインズマンはいたが）――現在のサッカーよりラグビーに近かった。試合は、ストロンツォ（クソ野郎）あるいはコリオーネ（馬鹿たれ、直訳では〝タマ野郎〟のようなもの）に喧嘩をふっかけるよいきっかけを与えた。都市の相応しくない地域で相応しくない色を着ているとか、別のクアルティエーレからの女の子を批評したとか。

対立状態は、結婚相手候補やよその市民の間にあるだけではなかった。家族は侮辱や不和の記憶を何世代にもわたって伝えていたし、家同士の街中での喧嘩も珍しくなかった。ルネサンス・フィレンツェの街の景観は、今日私たちが見るものとは著しく違っていた。屋根の輪郭線は四角い塔が突き出ていて、それぞれが別の裕福な一族のもので、田舎の大きな屋敷にいない時のために要塞化した都市住宅だった。高度な安全対策が施された住宅の必要性は、ゲルフ党員（教皇支持派）とギベリン党員（神聖ローマ帝国支持派）の内戦まで遡る。内戦は一一二〇年代から一三二〇年代まで断続的に続いたのだ。実際に、家族は塔を市街戦から身を潜める安全な避難所として使った（あるいは、そこから古くなった野菜や果物を敵に投げ落とすために）。トスカーナの山上の街、中世の塔がそっくりそのまま美しく残っているサン・ジミニャーノを訪ねると、小規模でも、フィレンツェがどのように見えていたか、感じがわかる。十四世紀には、ラポ・ダ・カスティリオンキオが書いている。フィレンツェには民間人所有の百五十くらいの塔があり、それぞれの高さはおおよそ百二十ブラッチョ（約七十メートル）だった。塔は暴力や隣人らしくない行動をけしかけるので、早くも十三世紀にはその建造が禁止された。しかし、都市の景観の定着物として十九世紀まで残り、やがて多くが新しい建築物のために取り壊された。

『列伝』は、ヴァザーリ自身がフィレンツェで経験した美術家同士のある種の対立状態を重視している。ウルビーノ出身の同時代の画家で、建築家で、作家のフェデリーコ・ツッカロは、ヴァザーリの終生のライバルだった。二人は何度も衝突するが、最後には二人の遺産が一つの偉大な作品に結合する。ヴァザーリの遺作となったサンタ・マリア・デル・フィオーレ大聖堂のクーポラに描かれた絵だ。ヴァザーリはしばしばこうした争いを、善対悪の争いだと評している。戦争相手だと。二人の美術家が文字どおりのライバルでないなら、その時には両者の作品が比較検討されることになる。すでに、素描を復活させた高潔なフィレンツェ人、ジョットが、アレッツォ出身の悪戯者、ブオナミーコ・ブファルマッコとどのように対比されるかを見てきた。ブファルマッコはピサのカンポサントのフレスコ画連作にも劣らず悪ふざけで有名だ。ドメニコ・ヴェネツイアーノに対するアンドレア・デル・カスターニョの怒りのせいで、ヴァザーリは二人の美術家の合同の章を称賛と非難の古典的対照から始めることになる。

競争的対抗において、高潔な実践を通して、名誉と栄光のために勝とうとすることは称賛に値する。世界に必要で有益だとして評価されるのだ。それと同じように、それ以上ではないとしてもだが、憎しみに満ちた嫉妬は非難に値する。なぜなら名誉と他者への尊敬に対する不寛容により、名誉を奪えない者たちを殺そうとするからだ。気の毒なアンドレア・デル・カスターニョのように。彼の絵画と素描は、実のところ、素晴らしく卓越しているが、彼が他の画家

に対して感じた憎しみと嫉妬はもっと大きく、彼の人徳の輝きを罪の暗闇の下に埋めて隠してしまったのだ。(14)

〝ソドマ〟と呼ばれたジョヴァンニ・アントニオ・バッツィがシエナの不良画家だとすれば、ドメニコ・ベッカフーミは清廉な正反対の人物で、道徳的にも芸術的にも立派だ。バッチョ・バンディネッリはどうかと言うと、彼はあらゆる美術家の中でも最高のあのミケランジェロに大胆にも挑戦したので、悪役以外の役回りは望めない。

紳士が常に剣を携行し、当惑するほど規則的にそれを使用した時代には、こうした美術家の決闘は必然的に軍事的な様相を呈する。ヴァザーリの物語にとっては、『列伝』のアンチヒーローは、ミケランジェロ（天の軍の先導者、大天使ミカエルにちなんで名付けられた）の登場を正当化し、宇宙の法則に従って正しく必要なものにしている。彼はヴァザーリの物語に登場した前のヒーローたち（ジョット、ドナテッロ、マザッチョ、それにブルネレスキ）を併せた約束を果たしている。十六世紀の読者は古典的な聖書から出た伏線に慣れ親しんでいた。イエスはモーゼやダヴィデのような旧約聖書の預言者の約束を果たした。皇帝アウグストゥスは伝説的英雄アイネイアースの約束を果たした。同じような調子で、一五三八年からは、コジモ一世が、実生活では彼が想像したようには決して偉大でなかったコジモ・デ・メディチとその孫のロレンツォ・イル・マニーフィコの約束を果たすことになるのだろう。

フィレンツェで恵まれた地位にあるアレッツォ人としてのヴァザーリは、このイタリア独特の敵対意識のあり方に賢い反応を示した。ライバルがどんな邪魔をしようと、仕事を完成させることに疑問の余地はなかった。一人で成功させるにはやることが多過ぎたが、苦闘していることを人に漏らすほど馬鹿ではなかった。彼はまた地元のフィレンツェ人に助けを求めるほど馬鹿でもなかった――そんなことをすれば、陰口をあおるだけだろう。それよりむしろ、彼は密かにフィレンツェ人ではない仲間のラファエロ・ダル・ボルゴに手紙を書いた。「城の回廊にあるサン・フェリーチェのアーチの上にある」ボルゴ・サンセポルクロのウンブリア人街――アレッツォからも遠くない――に住んでいる画家だ。それからヴァザーリは賢明にも、フィレンツェの陰謀を阻止するために自分の地元の盟友を使った。ラファエロ宛の手紙では、皇帝が計画を公表する前に従事していた仕事のことにも言及している。メディチ宮殿のアレッサンドロの寝室をユリウス・カエサルの人生から取ったシーンで飾ることだ。皇帝はフィレンツェ滞在中、公爵の続き部屋に滞在するはずで、その間公爵アレッサンドロはトルナブオーニ邸の来客用居所に姿をくらますのだ。その称号にカエサルが含まれているカール五世のような男性には、そのテーマは完璧だった。そして、ヴァザーリはこちらのプロジェクトも後回しにできなかった。結局、壁二面の未完成のフレスコ画には、紙の下絵、最終的な装飾の実物大の施行図を掛けた。この仕事自体が、公爵アレッサンドロがすでに彼を高く評価していたことを示している。

公爵アレッサンドロから宮廷に描くよう言われていた、三枚目のカエサルの歴史画を描き終えようとしていた時に、ナポリにおられる閣下「アレッサンドロ」から命令が来た。皇帝がフィレンツェを通られるので、ルイジ・グイチャルディーニ、ジョヴァンニ・コルシ、パッラ・ルチェライ、それにアレッサンドロ・コルシーニに、装飾、装置、凱旋行進を監督するよう命じたとのことだ。陛下を礼遇し、この素晴らしい都市を美しくするためだ。閣下は、紳士方が私と私の知識を活用するようにとも書かれていた。私はさっそく彼らに絵画とアイデアを提供した……。

ヴァザーリはラファエロへの懇請を続ける。

そこで、君のチャンスと私の窮状を説明するために、これを公爵の早馬で送るが、受け取り次第来てくれたらありがたい。長靴や剣や拍車、あるいは帽子を探したりせずに――それなら後で何とでもなる。

この話はヴェッキオ宮殿で忙しくしていた時に持ち上がった。閣下のあらゆる紋章や印章のついた旗を新しい城塞の天守閣にはためかせようとしていたのだ。縦十五ブラッチョ、横三十ブラッチョの旗で、私の周りではフィレンツェ最高の六十人の画家が働いていた。ほとんどでき上がったところへ、祝祭の監督から命令が来た。サン・フェリーチェ広場に本格的規模のファサードを作るようにと。たくさんの柱、アーチ、ペディメント（切妻屋根の妻壁にできる三角形の部分）、突き出し、それに装飾品、壮麗なものだ……。私がプロジェクトを割り振った親方たちは、仕事の量と納期の厳しさに怖じ気づいて断ってきた。でも、私が設計したので、ルイジ・グイチャルディーニや他の人たちは私に従った。だから、すぐに手が必要なのだ。もしあの親方たちが自分の仕事が私の功績になってしまうと憤慨して、おそらくアレッツォからの馬がライオンの威を借りてフィレンツェを威張って歩くと考えて、私に陰謀を企てなかったら、君にこんな面倒なことを押しつけなかったと思う。さて、困窮している隣人として、私は世話焼きの友人に助けを求めている。すぐに必要になるのはわかっているのだ。私は、青二才で、名声もなく、若すぎるかもしれないが、彼らがいなくても主君のお役に立てることを証明したいのだ。そうすれば、将来彼らが仕事を探しに来た時には、「ああ！　あなたの手がなくてもできますから」と言える。親愛なる優しく素晴らしいラファエロ、君のジョルジョを見捨てないでくれ。君は私たちの友情を邪険にするだろうが、それでは、ボルジア家の殺し屋が私の名声の首を絞めるようなものではないか(15)。

ウンブリア人の助手とともにヴァザーリは、一五三六年四月二十九日の皇帝の入場に遅れることなく、フィレンツェの装飾と、とりあえず下絵で、公爵の寝室の装飾を終えた。最後のひと頑張りでへとへとになり、ヴァザーリはぶらりと地元の教会へ行くと、残った緑色の布の上に手足を伸ばして、すぐさま眠り込んだ。おそらくいびきをかいたのだが、とにかく軽率なうたた寝の知らせは、アレッサンドロ・デ・メディチに届いた。彼はどうやらひどく滑稽だと考えたらしい。公爵はさっそく召使いを起こしにやって、だらしない姿でぼんやりした目のヴァザーリを連れてこさせた。「我がジョルジョよ」公爵はおそらく断言した。「お前は仕事を、誰より素晴らしく、美しく、よりよく施行し、いかなる親方より早く完成させた……それがどうして、目覚めているべき時に眠っているのだ？(16)」

ヴァザーリは時々誇張的表現やうぬぼれに傾くことがあるかもしれないが、この場合は事実だ。アレッサンドロは誠実な僕《しもべ》に、仕事そのものに四百ドゥカートを払ったばかりか、依頼を実行できなかった美術家に狙いを定めた罰金からの収入を彼に割り当てた。年に三百ドゥカートの追加だ。ジョルジョ・ヴァザーリは二十五歳で、かなりの収入を得ていたのだ[17]。

イタリアのたいていの都市国家は自前の通貨を発行していた。ヴェネツィア・ドゥカート、フィレンツェ・フィオレンティーノ、ローマ・スクード（それにスペイン・エスクード）は全てほぼ同価値の金貨で、商人はしばしば対応する仮想の単位、リラに基づいて計算した。これはポンドの意味のラテン語に由来している（ユーロが導入されるまで、現代イタリアで使われていた通貨単位の名称だ）。ソルド（ラテン語のソリドゥスに由来）は現在のイタリア語で〝金銭〟の意味もあるが、十六世紀には、銀貨のソルドはイタリア語でイギリスのシリングとほぼ同義語だった。デナリは今もイタリア語で〝金銭〟を意味し、ラテン語の十に由来している。デナリは要するに十セント硬貨だ。他にもバイオッコと呼ばれる小さな銅貨があった。ダ・ヴィンチのノートにある通貨の大ざっぱな内訳は、一ヴェネツィア・ドゥカート＝六リラ＝百二十ソルド＝千四百四十デナリだ。彼の所有物の中にその定価を見ることができる。ベッドは百四十ソルド、埋葬と葬式の費用は百二十、錠を買うには二十ソルド、紙は十八（量は記されていないが、紙はこの時代、ぼろを煮詰めて作られていて、安価ではなかった）、眼鏡は二十、散髪は十一、運勢を見てもらうと六、一夜の宿が三（新鮮なメロン一個と同じ値段）、剣とナイフが二十一、衣類が作れる布一メートルが二十三、リネンのダブレットは百、一方、ストッキング（もちろん男性用）となると四十から百二十ソルドの間だった。

徒弟の日給は十一ソルドだが、十六世紀イタリアの美術家の工房における熟練の助手は十日ごとに一ドゥカートで、年間三百五十ドゥカートくらいの堅実な給料になった。これで、ヴァザーリの豊かさが把握できる。彼が一枚の絵で年収を得ていた時――男性用の最高級のストッキング四百足か、メロン一万六千個分に相当していたのだ[18]。

この経済的に不自由のない状況は、フィレンツェの政治状況に依存していたが、一年も続かなかった。九ヵ月を待たずに、今度はアレッサンドロが、フィレンツェを自分が支配するという野心を持ったメディチ家の別の人間に殺されることになったのだ。殺人はとても陰惨なもので、シェイクスピアやジョンソンの裏切りシーンのいくつかに着想を与えたかもしれない。これはもちろん、ベネデット・ヴァルキの『フィレンツェの歴史』に、とても真に迫ったページを提供している。犯罪実話だからこそ人を動かさずにおかない。ヴァルキは情報を暗殺者たち本人から聞いたと主張していたからだ。

11 殺人と贖罪

アレッサンドロ・デ・メディチの殺害は、ルネサンスにおける最も重要で最も残忍な犯罪実話の一つだ。ジャコビアン時代（イングランド王ジェームズ一世時代、一六〇三〜二五）の復讐悲劇の場面を思わせても、偶然ではないだろう。十七世紀イギリスの劇作家は、しばしばイタリアの事件からヒントを得ていたのだ。そして、この血塗られた一族の裏切りの話をもう少し真に迫った執念深いものにでっち上げることができた。

主犯のロレンツォ・デ・メディチは、同じ名前のメディチ家の男たちと区別するために、〝ロレンツィーノ〟（小さなロレンツォ）あるいは〝ロレンザッチオ〟（卑劣なロレンツォ）とあだ名で呼ばれた。公爵アレッサンドロの推定の父親もウルビーノ公の〝小さなロレンツォ〟（ロレンツィーノ）だし、ロレンツォ・デ・メディチの又従兄弟も人民のロレンツォ（イル・ポポラーノ）、それに、もちろん、イル・マニーフィコ本人もいる。ロレンザッチオはロレンツォ・イル・ポポラーノの孫で、公爵アレッサンドロと六親等の祖父が同じ（もし公爵の父親が、ウルビーノ公ロレンツィーノなら）か、もっとありそうなのが、五従弟（父親がクレメンス七世なら）。ロレンザッチオは一五一四年に生まれ、親族で、ライバルで、最終的に犠牲者になったアレッサンドロより四歳年下だ。彼はフィレンツェの北東の山間にあるメディチ家の田舎の所有地で育った。又従兄弟のコジモと一緒で、未来の公爵アレッサンドロも短期間一緒だった。一五三〇年、ロレンザッチオはローマに行った。そこでは、気晴らしにコンスタンティヌスの凱旋門にある古代の彫像の頭をたたき落とした。が、イッポーリト枢機卿のとりなしで、何とかクレメンス七世に殺されずにすんだ。クレメンスは、破壊者は裁判なしに縛り首にすると定めていたのだ。当初、教皇は、ロレンザッチオの知的興味のせいで、気まぐれな身内を寛大に見ていた。しかし、破壊行為の後は、若者を〝メディチ家の不名誉と恥辱〟と呼んだ。(1) ヴァルキは、「彼には奇妙な名誉欲があり、セックスも年齢も社会状況もおかまいなしに、とりわけ愛に喜びを覚え、心の奥底では、誰も尊敬していなかった」と報告している。肉体的には、「小柄で、どちらかと言えば痩せていて、そのためにロレンツィーノと呼ばれたのだ。彼は決して声をあげて笑わないが、にやにや笑った。彼はブラウンの物悲しい顔で、ハンサムというより魅力的だった」(2)。ローマで嫌われて、ロレンザッチオはフィレンツェに戻って、公爵アレッサンドロの側近の取り巻きになった。貧しく、経済的に従属し、怒りっぽかった。卑屈な態度の下にねたみが煮えたぎっているのがわからなかった唯一の人間は、アレッサンドロその人だ。ベンヴェヌート・チェッリーニは二人を一緒に見て、公爵が明らかに自分をひどく侮蔑している人間にとても懐いているのに驚嘆した。(3) しかし、ロレンザッチオは、公爵家の他のメンバーを監視して、公爵がフィレンツェのいかがわしい地域に頻繁に出かけやすくするという役割を荷なっていたのだ。そして、この最後の絆が、ロレンザッチオ・デ・メディチに致命的な罠を仕掛けることをついに可能にしたのだった。

アレッサンドロはロレンザッチオの叔母のカテリーナ・リカゾーリを見初めた。一五三七年一月五日の寒い夜、ロレンザッチオはリッカルディ宮殿の隣にある自分の部屋を女性との最初の出会いのために提供した。暖炉では火が燃え盛り、ベッドの準備もできていた。アレッサンドロは鎖帷子の防護衣を脱ぎ、剣帯をはずすと、椅子に腰を下ろして、うとうと眠り込んだ。ロレンザッチオは静かに公爵の剣を鞘にしっかり縛りつけて使えないようにすると、そっと抜け出した。表向きはカテリーナを迎えに行ったのだが、実際には雇った殺し屋を連れて戻ったのだ。スコロンコンコロという面白いあだ名のある地元の傭兵隊長だ。[4]

ベネデット・ヴァルキのおかげで、私たちはロレンザッチオが犠牲者の名前を告げずにスコロンコンコロと仕事の契約をしたが、スコロンコンコロは「たとえ〔犠牲者が〕キリストその人だとしても」、役目は果たすと誓ったことを知っている。ロレンザッチオは続けた。

「兄弟、今こそチャンスだ。敵を私の部屋に閉じ込めたし、彼は眠っている……彼が公爵の友だちかどうかなんてことも考えるな。自分の仕事だけを考えろ」

「公爵その人だろうとやるさ」スコロンコンコロは答えた。

そこでロレンザッチオは、一瞬躊躇《ちゅうちょ》したものの錠前を上げた。(ヴァルキはサスペンスを引き出す達人だ)「旦那様、お休みですか?」彼は尋ねると同時に、従兄弟の脇腹にラピアー(細身で先の尖った諸刃の長剣)を突き刺した。深く刺したので、切っ先は体を貫通した。「この一撃だけでも致命的だ」とヴァルキは書くが、アレッサンドロはフィレンツェのライオンさながらに反撃した。足載せ台を振り回し、素早くベッドの後ろに入ろうとした。が、スコロンコンコロが短剣を彼の顔に振りおろし、ロレンザッチオは彼をベッドに押し倒して、口を抑えて叫び声を消した。アレッサンドロはロレンザッチオの親指を噛み切らんばかりに深く噛みついた。二人は格闘した。激しく組み合っていたので、スコロンコンコロは間違った方を傷つけてしまうのを恐れて傍観しているしかなかった。ついに公爵が弱り出し、スコロンコンコロは頸部へのひと突きで組み打ちを終わらせた。

二人の暗殺者は遺体を覆い隠し、ロレンザッチオは傷ついた手を手袋に突っ込むと、ドアに錠を下ろし、鍵をポケットに入れた。それから、二人は馬にまたがり、ヴェネツィアに向かった。二日後には到着し、ヴァルキが最終的に二人にインタビューしたのもそこだった。(5)

ロレンザッチオの計画には一つだけ不備があった。アレッサンドロ殺害の真意はフィレンツェの権力を自分のものにすることだった。しかし、支援してくれる軍隊もなく、暗殺者一人を仲間に、恐ろしく汚い殺人をした後は、夜の逃亡者になってしまったのだ。

フィレンツェには自前の市民軍があった。傭兵隊長のアントニオ・ヴィテッリが率いていたが、ロレンザッチオが襲撃を決めた時にはたまたま故郷のチッタ・ディ・カステッロに帰っていた。一月六日の朝、公爵アレッサンドロが現れないとなって、メディチ家の別の末裔は何かが起きている可能性に感づき、軍隊を召集した。これが四十六歳のインノチェンツォ・チーボ枢機卿で、ロレンツォ・イル・マニーフィコは母方の祖父だ。母親はコンテッシーナ・デ・メディチで、公爵がフィレンツェにいない時にはすでにいつも摂政として代理を務めていた。チーボ枢機卿はまた直ちに、状況が明らかになるまで市を統治するために、昔の共和政体の四十八人評議会を復活させた。一方、噂が飛び交い始めた。ロレンザッチオが片手に血まみれの手袋をはめて猛然と馬を走らせ、外科医の家に素早く入って、その後間もなく夜の闇の中へ消えていくのを見られていたのだ。枢機卿は夕方近くにロレンザッチオの鍵のかかった部屋を開けて、血まみれのシーツにくるまれた亡き公爵の遺体を見つけても、必ずしも驚かなかった。

メディチ家の統治の明白な世継ぎはいなかった。インノチェンツォ・チーボは自分が代理人にすぎないことを知っていた。ロレンツォ・イル・マニーフィコの直系の子孫でも、その血統は女系だったのだ。アレッサンドロの未亡人、マルゲリータ（カール五世の娘）は十五歳で、イタリア語は上手でも外国人で、国家を引き継ぐ立場にはなかった。彼女は聖ヨハネ要塞の安全な場所に連れ去られた（しかしながら、この恐るべき女性は後年、独自にいくつかの国家を治めることになる）。公爵アレッサンドロの二人の子供はまだよちよち歩きの幼児で非嫡出だった。三人目はまだお腹にいた。ロレンザッチオは犠牲者の地位に入り込むためのしっかりした計画もなく凶行に及んだことで、自ら継承者になるチャンスをつぶしてしまったのだ。逃走したことも助けにならなかった。一番身近で望ましい身内は、子供の頃の仲間のコジモ一世だと思われた。コジモは公爵アレッサンドロと同じ〝ポポラーノ〟の分家の出身で、とりわけ輝かしい血筋だった。父親のジョヴァンニ・デ・メディチは立派な傭兵隊長で、彼が生きていたら一五二七年の神聖ローマ帝国の侵略を食い止めることができたかもしれないと、人々が信じている唯一の人間だ。コジモはまだ十八歳だったが、フィレンツェ市民軍と一緒に訓練を受け、兵士たちに好かれていた。

一五三八年一月九日にチーボ枢機卿と四十八人評議会をシニョリーア広場に封じ込めて、四十九人全員を一人ずつ胸壁越しに投げ捨てると脅し、コジモ一世を市の責任者に据えたのが、この兵士たちだった。(6) この反政府運動に関わる巧妙な戦略がうまくいき、コジモは即座に国家の長に選ばれた。

ヴァザーリにとっては、多くのフィレンツェ人にとってと同じように、政府のこの突然の交替は、混乱と明るい見通しの両方を提供した。メディチ家の中での味方は、オッタヴィアーノだけになった。アレッサンドロはフィレンツェ人には決して人気がなかったが、前途有望な若い美術家には気前のよいパトロンだった。コジモは無名だった。この事件はヴァザーリを深刻な精神的危機に陥らせた。

親愛なる叔父さん、見てください、物質社会の希望、運命の女神の好意、そして、信頼を寄せる君主の後援と私の苦労の全てに対する褒美が、一瞬のうちに消えました！　公爵アレッサンドロを見てください、我が地上の主は、ロレンツォ・ディ・ピエルフランチェスコの残酷さと嫉妬のために、獣さながら腸《はらわた》を抜かれて死にました、彼は従兄弟ですよ！　私は多くの人と同じように、彼らの不幸を悲しみます。宮廷は追従者、誘惑者、物々交換の商人、それにぽん引きを飼っています。従って、彼らのせいで、我らはこの一人の公爵の死ばかりか、世俗的な目標を崇めて、神を笑い者にする全ての者たち、閣下が今夜自ら身を置いた悲惨の原因にふける者たち全ての死に見舞われるのです。今では閣下の全ての僕《しもべ》がやはり気づいています。私はもちろん、私自身の傲慢さが大きくふくれ上がったことを認めます。初めはメディチ家の枢機卿イッポーリト、次にその叔父のクレメンス七世に引き立てられて……。

今、あの死が、この最も高名な一族への私の従属の鎖を断ち切りました。当面は離れる決心をしました、いかなる宮廷からも、教会の枢機卿からも、世俗的な君主からも等しく。こうした例から、街から街へ飢えに苦しみながらさまよって、私の能力が許すかぎりこの世のための飾りを作り、陛下への忠誠を告白し、陛下への務めに備えれば、神は私にもっと情けをかけてくださるとわかったからです……。

ところで、神が私を「アレッツォまで」無事お導きくださるよう祈ってください。ここフィレンツェでは、私たち他の使用人は本当にとんでもない危険を冒しているのです。私は自分の部屋に帰って、多方面の友人に城門の外へ送ってもらうために身の回りの品全てを送り出しました。『最後の晩餐』の絵を描き終えたら、イル・マニーフィコ・オッタヴィアーノに餞別として残すつもりです。キリストが別れに際して、使徒たちにこの〔正餐の〕思い出を残したように、私もよりよい生活に戻るために宮廷を離れるに際し、この善意のしるしを遺産として彼に残します。(7)

それからの数ヵ月、ヴァザーリは本人が言う憂鬱、私たちが言うなら鬱病に苦しんだ。二月にアレッツォに戻ったが、家族の愛情が、フィレンツェでのトラウマの後では耐え難かった。彼は隠遁者になった。しかしながら、たいていの鬱状態の人とは違って、抑え難い欲望のままに仕事は続けた。宮廷生活から自由になって、もはやその策謀に縛られていなかった。政治、陰謀、しきたり、陰口。しかし、その一方で彼は孤独で混乱していた。自分の精神状態について、後に書いている。

私を見てくれ、アレッツォに打ち捨てられ、公爵アレッサンドロの断末魔の苦しみの後には絶望して、人との接触、家族の親密さ、それに家庭のぬくもりを避け、ふさぎのせいで、自分を部屋に閉じ込め、仕事以外何もせず、エネルギーと頭と私自身を一度に使い切っている。恐ろしい光景のせいで心が憂鬱になっているのは言うまでもない。(8)

彼は自分の気質の精神面を発現させて、書いている。

従って、仕事をしている間、この天与の謎を理解しようと真剣に考えている。罪のない神の子が私たちのためにひどく不名誉に死なれたことを。私はそれを念頭に置いて、私自身の苦痛に耐え、安らかに貧しく暮らすことに満足している。心に無上の充足を感じられるように。(9)

友人たちは彼に定期的に手紙を書いて、都市と宮廷生活に戻るように説得したが無駄だった。アントニオ・セルグイディ宛に、彼は書いた。

母の愛、叔父のドン・アントニオの優しさ、妹たちの愛らしさ、それにこの街全体への愛が、宮廷にあった苛酷な従属の鎖を日ごとにますます自覚させるのだ。その残酷さ、忘恩、そして虚しい希望、甘言の弊害と不健康さ、要するに、それに関わる全ての不幸を。

その上、彼はフィレンツェでのパトロンの選択に運がなかった。「私は、最も必要としている時に毒やナイフによって奪われてしまう人々に仕えたいと願う唯一の人間に違いない」(10)

その代わりに、彼は仕事に没頭した。フィレンツェの友人、バッチョ・ロンティーニにこう書いた。「来る時に、去年君にあげた骨格と人体についてのあの本を持ってきてくれるとありがたい。ぜひとも必要なのだ。こちらではフィレンツェでのように死体を利用できないのだ」(11)

ヴァザーリの憂鬱と精神修業の両方の治療法を見抜いたのは、元家庭教師のジョヴァンニ・ポッラストラだった。カマルドリにある山の聖地、トスカーナのアペニン山脈にある修道院は、独自の修道会に運営されていた。ベネデット・ヴァルキのような俗物が、アレッツォの北東約六十キロほどにあるこの山の修道院を褒めたたえてソネットを書いている。

これほど弱く不安定なのはいかなる心か
高山のこの避難所の静けさにあって
何千という松に囲まれて
浮き世の気苦労から永遠に解放されて
心は神への揺るぎない信仰を誓わないだろうか？[12]

山の大気と、考えて、呼吸するための空間が、ヴァザーリに慰藉《いしゃ》をもたらした。ほんの数日で具合がよくなった。陽気になって、ありがたく思い、アレッツォのポッラストラに返事を書いた。

あなたに千回もの神の祝福がありますように、親愛なるジョヴァンニ殿、あなたのおかげで、カマルドリの修道院に導かれました。自分を知るためにこれほどよい場所を、私には見つけられなかったでしょう。こうした信心深い修道士と一緒に暮らせるのに加えて、彼らはたった二日で私の健康と幸福を向上させてくれたのですが、私はすでに自分の異常な心神喪失も認めることができ始めています。それがやみくもに私をどこに導いていたかも。この高山の峠で、まっすぐに伸びた松に囲まれて、私には静けさから得られるであろう理想がはっきり見えていま す。[13]

こうした修道院での隠遁は、体に重い負担をかけることにより、心に元気を回復させる。この修道院は、多くの修道院と同じように、三つの小部屋に分けられる独り部屋から成っていた。ベッドは藁ぶとんで、毛布のようなものはまったくない。従って、客は服を着たまま寝るしかない。部屋の中央には、書斎とでも呼べる区画があり、机と本（通常一度に一冊）があった。部屋の残りの部分が居間の役目を果たし、この建物で唯一本当の慰めを提供した。カマルドリでは、薪ストーブが常に燃えていて、寒気をかろうじて食い止めていた。これと、部屋の内壁を覆う木板が保温のための唯一の装備だ。壁龕《へきがん》が間に合わせの祭壇になった。光を入れる小さな窓が一つ、木板の小さなテーブルが窓台の下まで延びていた。食事はそれぞれの部屋の扉の外にある棚に黙って置かれる──礼拝堂での祈りは別として、話すことは許されない。耳は、松林を吹く風の歌に、噴水の水の滴りに、敷石を歩くサンダルを履いたすり足の音に慣れていく。一日に何度かある、礼拝での、兄弟たちの心からだとしても、おそらく調子はずれの詠唱にも。共有スペースである修道士の部屋に囲まれた回廊は、そぞろ歩きと瞑想のために常に解放されていたが、交流と呼べるようなものはいっさい認められていなかった。

カマルドリの礼拝堂は一二〇三年に建てられ、一五二三年に改修されたが、一五二七年にはカール五世の兵士がローマへ行く途中で略奪した。ヴァザーリが訪れている間にはまだほとんど修復されていなかった。しかも、ルター派の軍隊が大喜びで芸術作品を剝奪してしまった。ヴァザーリは元気を回復させてくれた厚遇のお礼として、新しい祭壇画を描きましょうかと申し出た。彼自身の話では、修道士はこんな若者を雇うことをためらった。そこで、試験的に描くことを提案した。『聖母子と洗礼者聖ヨハネと聖ヒエロニムス』だ。二ヵ月かけて、この板絵を描き、ヴァザーリは依頼を勝ち取った。修道士は今や彼の腕に得心して、厳寒の冬を越したら戻って教会に絵を描かせることにした。

こうした信心深い隠修士は、主祭壇の背後の飾りとともに、礼拝堂のファサードと内陣仕切りを作ってほしいと言っている。内陣には彫刻やフレスコ画の多くの装飾と、二つの祭壇画があり、真ん中には聖歌隊席に続く扉がある。(14)

美術家が現場で仕事をしてほしいと要請されるのは、フレスコ画を描く場合には通常の条件で、住む場所と食事が提供されるものだが、必ずしも気に入るものではない可能性がある。ヴァザーリはこの点がよくわかるパオロ・ウッチェッロの話を伝えている。

パオロが〔サン・ミニアートで〕仕事をしていた時、当時その職にいた修道院長は彼にほとんどチーズしか食べさせなかった。パオロはそれにうんざりしてくると、内気だったので、もう仕事に行かなくなった。修道院長が彼を捜し始めると、修道士が自分の安否を尋ねていると聞く度に、家には絶対に近づかず、フィレンツェの通りでその命令を受けた二人連れを見たら、必ず全速力で逃げた。そこで、二人は好奇心をそそられ、彼より若い方がある日追いついて尋ねた。始めた仕事を終わらせるためにどうして戻ってこないのか、それに修道士を見るとどうしていつも逃げるのかと。パオロは答えた。「あなた方は私をメチャメチャにしたのです。私はあなた方から逃げているだけでなく、大工のいる所にはどこであれ行けないのです。全ては修道院長のせいです。彼は決まって私にチーズオムレツやチーズパスタを食べさせました。私は体にチーズを入れ過ぎたので、今では私自身がチーズになってしまい、膠として使われそうなのです。これ以上続いたら、私はきっとパオロでなくなり、ただのチーズになってしまいます」修道士は笑いながら彼から離れ、全てを修道院長に話した。修道院長は彼を呼び戻して仕事をさせ、彼のためにチーズ以外の食べ物を命じた(15)。

パオロは優秀な画家でもあったが、ヴァザーリの生き生きとした逸話のおかげで、仕事の業績より鳥への熱い思い（彼の名字は〝鳥〟という意味）とチーズ嫌いで思い出されがちだ。

ヴァザーリはもっとよい食事をしたと推測できる。あるいは少なくともこの山間の避難所ではパオロよりもう少し変化に富んだ食事ができたと。カマルドリからの手紙はまた、彼がますます表現力豊かな作家になっていることを明かしている。隠遁所の美しさと静けさの描写は、彼がこれまで書いたものの中でも最も心を打つ一節になっている。しかし、自分は関係を終わらせたと、ヴァザーリ自身がどんなに確信していたとしても、世界は、それに宮廷は、ジョルジョ・ヴァザーリとまだ関係を終わらせてはいなかった。

第二部

12 さすらいの美術家

十八歳の公爵コジモ一世は、熟練した助言者の助けを借りて、驚くべき手並みで疲れ果てたフィレンツェを掌握し始めた。助言者の中には五十三歳のオッタヴィアーノ・デ・メディチもいた。彼はまた、今もジョルジョ・ヴァザーリの推薦人を続けていた。もっとも、若い美術家の宮廷生活に対する関心は、フィレンツェとカマルドリの避難所での最近の経験で失われていた。「二ヵ月の間で、私は優しい静けさと偽りのない孤独が、人の勉学にどれほどのことができるか経験しました。広場や宮廷の喧噪の中で、人々やこの世界のつまらないものやくだらないものに望みをかけてきたなんて、何という間違いだったのだろうと断言できるのですから[1]」

十六世紀イタリアの宮廷生活では、生き残るためにはある種の欺瞞《ぎまん》が必須だった。美術史家のモーリス・ブロックが注目するように、理想的な廷臣の特性としてバルダッサーレ・カスティリオーネの『宮廷人』(一五二八年)で見事に定義されているのは、グラツィア(慇懃《いんぎん》さ)とスプレッツァトゥーラ(無関心)。これは単に人の目を気にするということだ。「宮廷生活はうわべの文化に基づいている。どんなに元気のよい姿を見せても、その顔は仮面のままでなくてはならない……廷臣と宮廷女性どちらの快活さも、間違いなく社交上のうわべの問題だ」生き残りの戦術として、個人的な生活は秘密にしておかなくてはならなかった。ルネサンスのイタリア人にとってセグレート(秘密)という言葉は〝私的な〟という意味だった。ブロックは続ける。「カスティリオーネが宮廷女性に薦めたように、社会生活では時々自分の人格を変えるようにするのが賢明だが、どんな姿が選ばれたにせよ、本性は絶対に漏らしてはならない(2)」ミケランジェロの詩の一行が宮廷生活に必要不可欠なものを上品に要約している。「そして私は、シリア人の会釈のように腰をかがめる、人の目を欺いて、よそよそしく(3)」人は状況の必要に迫られて、別の人間の仮面と態度をまとい、自分を変える。

宮廷で生き残って成功するための基本的な教訓は、同じくマキァヴェッリの『君主論』の二十三章にも書かれていた。「要するに、よい助言は、拠り所はともかく、君主の思慮から生まれる方がよい。よい助言に君主の思慮を生み出させるよりも」

宮廷生活における欺瞞の文化は、一五四五年に描かれたブロンズィーノの有名な『愛の勝利の寓意』のテーマだろう。当時、ブロンズィーノはコジモ一世公認の宮廷肖像画家で、ヴァザーリにとっては『列伝』を完成させる前の漂泊の時代だった。この絵は、宮廷での生活がどれほど極度に消耗させる(そして、多くの場合悲しい)ものかの暗号メッセージを提示している。そこでは、誰が友だちで、誰はそのふりをしているだけなのか、絶対にわからないのだ。ヴァザーリのような働き者でお人好しの美術家にとっては、宮廷の仮面のゲームは興味のないものだった。彼が宮廷生活のペテンから離れて、仕事からの中休みを手に入れるのも理解できる。

さて、ヴァザーリは穏やかな気持ちで、「オッタヴィアーノ殿に会うためにフィレンツェに行った。彼が計画どおり私を宮廷での仕事に戻そうとするのをやめさせるのはなかなか難しかった。でも説得力ある議論で闘いに勝った。それに、何はともあれローマに戻るという私の意志もあった(4)」ローマへの旅を援助する前に、オッタヴィアーノは秘蔵っ子にフィレンツェでの仕事を言いつけた。

ラファエロが描いた教皇レオ十世と枢機卿二人の肖像画の模写だ。短命だったルイジ・デ・ロッシとジュリオ・デ・メディチ、未来のクレメンス七世だ。実物はオッタヴィアーノが所有していたが、今やコジモが公爵のコレクションにほしがっていたのだ。個人所有としてではなく、発展途上のトスカーナ国の宝として。

有名な絵画の模写は、十六世紀と十七世紀の美術家には、自分の技能を磨く方法というだけでなく、よくある仕事だった。写真で複製ができる前の時代は、模写は人気のある絵画を別々のパトロンが入手できるようにしたり、売ったり寄付したりしなくてはならない絵画と取り替えたり、キャリアが終わって久しい巨匠の古い作品を再現したりできた。ラファエロの死後約三十年、アンドレア・デル・サルトは彼の作品の模写を作っていた。一世紀後、模写をするのはピーテル・パウル・ルーベンスになる。ルーベンスはまたダ・ヴィンチの失われた『アンギアーリの戦い』の唯一現存する模写を作って、歴史的記録物に模写の価値を証明している。アンドレアやルーベンスのような才能ある画家が模写を作った時、そうした作品はその人自身の能力によって傑作になるのだ。要するに、それは顔料による対話――オマージュ、教材、それに競争手段、後の画家の技能が原画を描いた巨匠のそれと比較できることを証明している。模写と贋作には大きな違いがあり（次の章で見ることになるが）、模写は常に画家の技能の身につけ方に重要な影響を及ぼした。

ティツィアーノは悔悛《かいしゅん》したマグダラのマリアの肖像を少なくとも四枚、裸体と服を着た姿の両方で提供している。彼は『ヴィーナスとオルガン奏者』に繰り返し変更を試みた。カラヴァッジョは少なくとも二枚の『リュートを弾く若者』を描いた。ひょっとしたら三枚かもしれない。それにローマの同じ礼拝堂のために二枚の『聖パウロの回心』を描いた。何であれ完成させることの滅多になかったダ・ヴィンチは、それでも二種類の『岩窟の聖母』を完成させている。こうした事例のいくつかでは、ティツィアーノの『悔悛するマグダラのマリア』のように、画家は客が模写に求めるうまい定型表現に気がつく――綿密に、でも必ずしも厳密でなくてもよいと。一方、カラヴァッジョの『聖パウロの回心』の場合、ローマの狭い礼拝堂の中という所定の場所に置かれると、原画は複雑過ぎることがわかり、カラヴァッジョは自主的に簡略化して、もっと印象的な構成の作品と取り替えたのだ。彼の二枚の『エマオの晩餐』（イエスが死から甦って、二人の弟子に姿を現した時）は、一つの主題の明確な探求で、数年の間をあけて制作され、雰囲気、様式、それに細部もまったく違っている。そして、ヴァザーリと同時代のブロンズィーノは、板絵の自分のエレオノーラ・ディ・トレドの礼拝堂の祭壇画を寸分違わず模写した。訪ねてきた高位の人が、ヴェッキオ宮殿にあるエレオノーラの私的礼拝堂の原画にとても感嘆したからだ。

　画家はまた、互いの作品を模写した。ミケランジェロの『カーシナの戦い』の下絵のように、あれはバッチョ・バンディネッリが素描家として成長する触媒として機能した。ティツィアーノはラファエロを模写した。ドラクロワはルーベンスを模写した。ヴォルテッラのインギラーミ家では、十七世紀にトンマーゾ・インギラーミがギャンブルの借金の穴埋めにラファエロが描いた先祖の肖像画を売らざるを得なくなった時、メディチ家の宮廷画家ジョヴァンニ・ダ・サン・ジョヴァンニに模写を依頼して――それを今度は、十九世紀後半にボストンの収集家イザベラ・スチュアート・ガードナーに、ラファエロの工房の作品として売った。[3] カラヴァッジョの『キリストの捕縛』がダブリンのイエズス会神学校の暗い片隅で発見され、何世紀もの埃をきれいにされる前には、十九世紀に描かれたカラヴァッジョの模写だと考えられていた。さもなければ、よくても十七世紀に描かれた模写で、二級品だと。今では、きれいになって、カラヴァッジョの最高傑作の一つだと考えられ、輝かしい脚光を浴びて、アイルランド国立美術館の目玉になっている。美術品の価値は、微妙な主観的認識に大きく左右される。認識は、カラヴァッジョの『キリストの捕縛』の価値を限定してきたが、一方で認識がそれを急騰させたのだ。ガードナー美術館に売ったトンマーゾ・インギラーミの肖像画については、人里離れた文書館に残る十七世紀の売渡証が、十七世紀にローマではなくトスカーナで描かれた作品だと認めている。一五一〇年頃ラファエロの工房で描かれたと。それに、もちろん、ダ・ヴィンチの失われた『アンギーリの戦い』がどのようなものだったのかはルーベンスの模写から知るしかないが、それ自体が失われた原画をもとにした複製なのだ。

ヴァザーリによるレオ十世と二人の枢機卿の肖像画は、オッタヴィアーノの展示室の空きスペース――オリジナルが掛かっていた場所――を埋めるためのものだった。一五三八年二月には肖像画は仕上がり、ヴァザーリはようやくローマへ出かけることができた。ただ、一人ではなかった。彼は名声を確立した親方で、助手を従えていたのだ。それからの五ヵ月間、「以前ローマにいた時にはスケッチできなかったものを全てスケッチした。とりわけ地下洞窟にあるものを。私が描かなかったり、測らなかったりした建築物や彫刻は一つもなくなった。あの時期に三百以上のスケッチをしたと、偽りなく言える[6]」ピエトロ・アレティーノに宛てて、ヴァザーリは書いた。「私自身については、今年は……［ローマに］いた間はずっと、スケッチばかりしていた。私は美術からその最も深遠な驚異の全てを絞り尽くした[7]」トスカーナの美術家にとって、ローマの美術家も同じだが、スケッチが全てだ――それが古代人の秘密を明らかにし、技能を完成させ、偉大な成果への鍵になる。旅、とりわけローマへの旅は、あらゆる真剣な美術家にとって必須の巡礼で、ヨーロッパの美術の中心地がパリに移った十九世紀まで、それは変わらなかった。

オッタヴィアーノ・デ・メディチは、この美術家にスケッチをやめて、フィレンツェに戻るようにしきりに促した。公爵コジモが美術に有利な機能的政府を始動させたのだ。それでもヴァザーリは、少なくともしばらくは、ローマに留まることにしていた。オッタヴィアーノ宛にこう記している。

私はこうした石の中に留まると決心しています。天才の鍛えられた手によりますます真に迫ったものに姿を変えた石たち。……それに、多くのことをしながら目標に達しないより、多くをせずに、私自身の平安と静けさを実現するだけの方がもっと満足できそうだからです……私は今申し上げたような決心をしました。どこか他の土地で楽しく贅沢に暮らすより、ローマで死んで埋葬されたいと思っています。他の土地では、安逸、怠惰、それに無気力が、感覚本来の美しさを錆びさせていて、快活で美しいはずなのに、暗く陰鬱になってしまっているのです。(8)

ローマ、カマルドリ、そしてその間に位置する地域での定期的な依頼が、フィレンツェでの宮廷生活を回避するヴァザーリを支えてくれた。彼は常勤の廷臣にならずに、コジモ一世の仕事まで取った。一五三九年、公爵は弱冠二十歳で、スペイン人のナポリ副王の美しい娘、エレオノーラ・ディ・トレドと結婚した。結婚式はボローニャで行われ、例によって大勢の美術家が市を当座の展示品で飾り付けるために呼び入れられた。ヴァザーリは親しい友人のサルヴィアーティに会うのを楽しみにして、その時のために一ヵ月かけて、巨大な下絵、下準備のデッサンを描き、それには三枚の大きな板絵と黙示録の二十のシーン（結婚式には妙なテーマかもしれないが、トレド家は極めて信心深かった）が含まれていた。ヴァザーリは三人の助手を連れてきていた。ジョヴァンニ・バッティスタ・クンギ、クリストーファノ・ゲラルディ、それにステファノ・ヴェルトローニだ。

キャリアが向上するにつれ、ヴァザーリは再三にわたり助手への過度の依存を馬鹿にされてきた。でも、実際には他の親方が使う以上に助手がいたわけではない。ライバルの不平は実際、プロジェクトを予定どおりに終了させる彼の容赦のない（彼らにとっては腹立たしい）能力を映し出した。ギルドの規則は親方に、絵画を売り、工房に助手と徒弟の両方を雇うことを認めている。大勢の助手は成功の証だ。

三人の助手というのは、ヴァザーリにとって特別なことではなかったが、彼を中傷する者たちは想定される辞退、あるいは一人で取り組む能力のなさをアピールしたのだ。ボローニャにあるサン・ミケーレ・イン・ボスコ修道院の大規模なプロジェクトで助手をせき立てるために、ヴァザーリは最も勤勉だった者に深紅のシルクのレギンス一足（これは当時最高級の男性ファッション）を約束した。結局、彼は十分に感銘を受けて（あるいは、創世記でヨセフが妬まれたような展開を避けたくて）、三人全員にレギンスを与えた。彼の大規模な連作絵画は完成までに八ヵ月を要し、ヴァザーリには二百スクードが支払われた――かかった時間を思えば、相対的に少額だ。次にフィレンツェに戻った時には、サンティッシミ・アポストリ教会に一連の『キリスト降架』を描き、今回はわずかな時間で描き上げた一枚の板絵で、三百スクードを受け取った。この連作は、ヴァザーリの多くの作品同様、不幸にも失われた。修道院は一七九七年に閉鎖され、秘蔵の品は散り散りになった。今は数枚の絵画が残っているだけだ。

ボローニャでは、地元の画家が〝アレッツォから来た小男〟（ヴァザーリはよくそう呼ばれた）に憤慨して、歓迎されていないと感じた。彼はそれを受け流したようだ。侮辱を、悪意のあるものというより嫉妬と縄張り意識のしるしだと判断したのだ。しかし、一旦地元の絵画様式を徹底的に検討すると、トスカーナに向かった。「私はすぐにフィレンツェに戻った。ボローニャの画家が、私がボローニャに居着いて、彼らの依頼や仕事を奪い取りたがっていると考えて、嫌がらせを絶対にやめないからだ。でも、彼らは私より彼ら自身を困らせている。私は彼らのある種の騒動やそのやり方を腹の中で笑うだけだ[9]」

一五四〇年秋のことで、ヴァザーリは自分の意志でもう四年もさすらっていた。カマルドリでは、感じのよい新しいパトロンに出会った。四十九歳のビンド・アルトヴィティはローマ生まれ、メディチ家に断固反対しているフィレンツェの銀行家一族の子弟で、ローマを本拠としていた。アルトヴィティは仕事でカマルドリに来た。彼の銀行が、サン・ピエトロ大聖堂建設に材木を供給する契約を結んでいて、修道士の山の隠遁所周辺に繁る大量の松が理想的だったのだ。松は伐採して、製材したら、ロバか雄牛にテヴェレ川まで引かせていって、艀《はしけ》に積み、ローマの中心まで運んだ。ヴァザーリはもちろん直接会う前からビンド・アルトヴィティが誰か知っていた。一五二〇年代後半には、彼はローマにおける最も傑出したトスカーナ人銀行家になっていたのだ。彼は手際がよくて、教養があり、まれに見るハンサムだった。ラファエロは二十歳の誕生日を迎えたばかりのアルトヴィティを描いている。彼の瞳と流れる金髪を引き立たせる青い服装だった（禿げかけてきたかすかな徴候を粋な帽子で隠している）。

ヴァザーリがカマルドリで会う頃には、ビンド・アルトヴィティは豊かな顎ひげを蓄え、金髪は白くなっていた。銀行家はフィレンツェとローマを行き来して、共和主義を求めて闘っていた。表面上は、彼とコジモ一世は誠心誠意の関係を続けていたが、実際は互いにせっせと陰謀を企てていた。アルトヴィティは旧友の教皇パウルス三世の支持を当てにできた。教皇は数ある中でも彼にサン・ピエトロ大聖堂の材木の契約を与えていた。

しかもヴァザーリから見れば、ビンド・アルトヴィティは美術の目利きとしてすでに定評があった。その評判は銀行家がプロジェクトを提案した時に確認された。覇気満々の画家に本物の挑戦を突きつけたのだ。無原罪の御宿りを示す祭壇画だ。聖母マリアは原罪を免れて生まれたという考えは十六世紀の激しい論争だった（一八五四年まで、それがカトリック教会の教義、あるいは基本的信条だと示されることはない）。フランチェスコ会や、イエズス会と呼ばれる生まれたばかりの修道会は信じていた。ドミニコ修道会は断固として反対していた。ビンド・アルトヴィティのカマルドリ訪問は、事業だけでなく、彼自身のキリスト教信仰に影響を及ぼしたに違いない。

そして、〔ビンド殿が〕あの場所での私の作品を全て見て、幸いなことに気に入ると、フィレンツェにある彼のサンティッシミ・アポストリ教会の祭壇画を、私に描かせると決めた。そこで、私は礼拝堂のファサードをフレスコ画法で仕上げて――フレスコ画法と油絵具を併用することを試して、とてもうまくいった――カマルドリでの仕事を終えると、フィレンツェへ行って、絵を描いた。しかも、これまでそのような絵を描いたことはないし、多くのライバルやら、名声を得たいという自分の希望やらで、私はフィレンツェで自分の実力を示さなくてはならなかったので、その仕事に精一杯の努力をして、全力で専念する態勢を整えた。

そして、一五四〇年十月、私はビンド殿の絵に取りかかった。聖母マリアの無原罪を示す歴史《ストーリア》を描く、礼拝堂の献納にかなう絵画だ。しかし、私が対処するにはとても難しいテーマなので、ビンド殿と私は、多くの共通の友人たち、作家に意見を聞くことにした。そして、私は最終的にこうした。(10)

ヴァザーリは次に説明する。中軸はヘビがからみついた木の幹、アダムとイヴは先を切られた枝につながれ、聖母は勝利を得てその上にいる。この逸話と、絵画そのもの(現在も最初に据え付けられた場所にある)から、私たちにも画家とパトロンがどれほど博識な会話を楽しんだかがわかる。三十歳で、このアルトヴィティのための『無原罪の御宿りの寓意』で、ジョルジョ・ヴァザーリは真価を認められた。上出来の仕事、定期的な依頼、献身的な友人たちの中心もヴェネツィアからローマに広がり、メディチ家の要職の中にも、その最も猛烈な敵対者の中にもコネがある。カマルドリの精神的避難所である程度の平穏を得てもいた。カマルドリへは夏ごとに何年か続けて戻ることになる。『列伝』に着手するまでにはまだ数年あったが、そのための情報は集めていた。とりわけ高く評価していた美術家の素描という形で。彼はそれらを紙挟みのセットに保存し始めていて、私のリーブリ・デイ・ディゼーニ(文字どおり『素描集』)と呼んだ――彼の情報の供給源で、ある部分は携帯の保存記録、ある部分は挿絵入り美術史でもある。彼はほぼ定期的に一枚の絵につき三百スクード受け取った――数年前にあれほど熱心に得ようと努力した給料を思い起こせば、結構な金額だ。鉛の修道士の職は年収八百スクードだったのだ。

ヴァザーリはそろそろ腰を落ち着けることも考え始めていた。たいていの成人は五十五歳を超えることができないと思われていて、三十歳は一つの節目とみなされていたのだ。ダンテ自身は三十歳を〝人生行路の中間点〟と呼んだ。ヴァザーリにとっては、同時代の多くの男性同様、結婚は目下の関心事ではなかった――後で来るもの、枢機卿からの積極的な圧力があってからのものだ。しかし、最後の妹の夫を見つけて、妹たちの父親代理としての務めからついに解放され、三十歳に達した分別あるトスカーナ人なら誰でもそうするように、彼は不動産に投資した。アレッツォの周辺で環境もよい家だ。修復して自分自身のフレスコ画で飾るための広い魅力的な屋敷は、今ではカーザ・ヴァザーリとして知られている。彼は書いている。「あらゆる心配の重荷を降ろすために、まず三人目の妹を嫁がせて、アレッツォに家を買った。街でも空気が一番新鮮な地域、サン・ヴィートの近所で、美しい庭のための十分なスペースがある(11)」今日でもまだ、カーザ・ヴァザーリは誇らしげな持ち主の説明に応えている。アレッツォの勾配のある山腹に建ち、広い庭を石造りの塀が囲んでいる。イタリア式の装飾用生け垣があり、大理石の噴水がある。その人生で何度もそうしてきたように、選択する時が来た時には、ジョルジョ・ヴァザーリは上手に選択していた。

13 フィレンツェ、ヴェネツィア、ローマ

ルネサンスの君主には、新しい世継ぎの洗礼は極めて重要な行事だった。家系の存続への希望（もっとも、ペニシリンが発見されるまでは、健康は幼児や小さい子供には最も大切なものだった）を与えるからこそ、祝う理由があった。コジモ一世とエレオノーラ・ディ・トレドの長男、フランチェスコは、一五四一年三月二十三日に生まれた（長女のマリアは一五四〇年四月生まれ）。カール五世が代父の役を務めるよう頼まれた。洗礼は八月一日に予定された。公爵の経歴にとっても特別な日であり、フィレンツェにとっては祝日だった。一五三七年のその日に、コジモは共和制支持勢力の軍隊（その中には、ビンド・アルトヴィティの息子、ジョヴァンニ・バッティスタもいた）をモンテムルロで破ったのだ。フィレンツェから北へ約二十五キロの要塞だ[1]。

フィレンツェにおける全ての洗礼と同じで、この洗礼も市の荘厳なサン・ジョヴァンニ洗礼堂で執り行われる。きらびやかな金のモザイクの天井に、ロレンツォ・ギベルティの金箔を被せた青銅の『天国への門』のある洗礼堂だ。コジモはヴァザーリの友人のニッコロ・トリボロに、伝統的に素晴らしい精緻な飾りで、建物の内も外も飾るように命じた。ヴァザーリは誇らしげに断言した。「彼はあの美しく古い寺院を新しい当世風の寺院に見えるようにした。寺院は優れた技量で立案され、〔洗礼盤を〕取り囲む座席も含めて、金と彩色した装飾物で豪華に飾りたてられた[2]」（ヴァザーリの時代には、もっと当世風の〝教会〟より、古語の〝寺院〟という言葉を使うことは、さらに高

雅に聞こえると考えられていた）

ただ一つ見当たらないものがあった。誇らしい父親が、式典の執り行われるわずか六日前に気がついたのだ。ヴァザーリは『列伝』のトリボロの章で語っている。

> ある日、公爵がこの装飾を見に行った。そして鑑識家として、全てを称賛し、トリボロが敷地や場所やその他全てにとてもよく適応していることを認めた。ただ、罵り言葉とともに彼が一つだけ酷評したのが、後陣に何の配慮もされていないことだった。彼は短気を起こしたが、意志堅固なので、その部分全体を『キリストの洗礼』を明暗法で描いた巨大カンバスで覆うように命じた。(3)

トスカーナ人は、今もそうだが、誓う能力で有名だった。たいていは聖母マリアに誓う。ヴァザーリが、公爵が乱暴なやり方で異議を唱えたことを語る時（彼の威勢のよい罵り言葉を下品《スコンチアメンテ》と述べている）、その意味することは明らかだ。

コジモはすでにトリボロの飾り付けを手伝うための美術家のチームを召集していた。ピエルフランチェスコ・リッチが監督していた。チャンスは思いがけなく訪れた。

当時の公爵の執事長ピエルフランチェスコ・リッチ殿とトリボロが、ヤコポ・ダ・ポントルモに頼んだ時、彼は頼みを断った。使える時間がわずか六日間では足りないと考えたからだ。同様のことが、リドルフォ・ギルランダイオや、ブロンズィーノや他の多くの画家にも起こった。

この時、ジョルジョ・ヴァザーリはボローニャから戻って、ビンド・アルトヴィティ殿の仕事をしていた……トリボロや〔ジョヴァンニ・バッティスタ・デル〕タッソとの友情にもかかわらず、彼はあまり尊敬されていなかった。ピエルフランチェスコ・リッチ殿の周りで派閥が形成されていて、属さない者は、才能や評判と関係なく、宮廷から引き立てられることはなかったのだ。一流の親方になれたはずの多くの美術家に仕事がなかったのは、そのせいだった……。

そこで、こうした人々は彼らの馬鹿げた虚栄心を笑うヴァザーリのことをいくらか怪しんでいた。ヴァザーリがへつらいやお世辞で恩恵を求めるより、美術を勉強して自分を高めようとすればするほど、彼らはヴァザーリに注意を向けなくなった。公爵が〔『キリストの洗礼』の〕絵を描くよう命じた時には、彼は六日間のうちに明暗法で仕上げて、装飾装置全体に彼がどんな恩恵と飾りをもたらしたか、最も必要としている寺院のその部分と、実際にあの祝祭全体の荘厳な美しさにどれほど相応しい雰囲気をもたらしたかが、見た者全ての記憶に残るように、完成品を引き渡した[4]。

他の一時的な装飾と同じように、ヴァザーリの大きな絵も洗礼式後すぐになくなったが、祝祭に関わった多くの美術家が後のプロジェクトでその意匠を素早く再利用した。これはフィレンツェ人にはとりわけ容易な作業だった。精巧な下描きは創造性に富んだ選りすぐりの作品を全て記録しているからだ。ヴァザーリも同様のことをした。別の『キリストの洗礼』を一五四九年にアレッツォ大聖堂に描くことになるのだ。

ピエルフランチェスコ・リッチの周りに集まった美術家のグループは派閥を形成したかもしれないが、それは申し分のない人材の派閥だった。リドルフォ・ギルランダイオはラファエロ同様一四八三年生まれ、十五世紀の人気画家ドメニコ・ギルランダイオの息子で、ドメニコはずっとメディチ家の勢力範囲の中で仕事をし、ミケランジェロを自分の元教え子だと自慢することができた。ヤコポ・ダ・ポントルモは、リドルフォより十歳若いが、人生の大部分をメディチ家に近い一族たちのために絵を描いて過ごした。アーニョロ・ブロンズィーノは一五〇三年生まれで、ポントルモの工房で修業を積んだ。リドルフォの画風は、ラファエロの画風同様、十六世紀初頭には模倣されたが、一五二〇年のラファエロの死後も、彼は同時代のアンドレア・デル・サルトやフラ・バルトロメオのように温かなアーストーン（いくぶん褐色を含んだ豊かな黒っぽい色）で柔らかな油絵を描き続けた。一方、ポントルモは、新しい境地を開いた。手本はミケランジェロで、その冷たく柔らかな色調と誇張した人物の好みに敬服して、自分の作品に調和させた。ミケランジェロの筋骨たくましい男や女とは違い、ポントルモの体つきは手足が長く、優美だ。彼は極端な感情を描くことを恐れなかった。フィレンツェのサンタ・フェリチタ教会にある感動的な『十字架降下』にあるように。死んだ息子の姿に聖母マリアは失神し、天使すら泣いているのだ。ブロンズィーノはポントルモの工房でとても緊密に働くことから始めたので、二人の作品はほとんど見分けがつかないほどだ。二人とも、真珠のような肌色と冷たいパステル調の色合いを好んだ。若い方の画家は、特に肖像画に腕をふるった。その中には、古代ギリシアの吟遊詩人オルフェウスのポーズを取る全裸の公爵コジモの肖像もある。公爵がエレオノーラ・ディ・トレドと結婚する少し前に描かれたものだ。

このフィレンツェの交遊でも、ジョルジョ・ヴァザーリはまだアレッツォ出身の田舎者とみなされた。ポントルモはフィレンツェの城塞の外で生まれたが、その出生地のエンポリは少し川下なだけだし、子供の頃に市内に引っ越していた。(彼はまた、一種独特な一匹狼で――ヴァザーリは彼が家の最上階へ上るために取り外しのできる梯子を持っていたと語っている。最上階は寝室とアトリエになっていて、邪魔されないために、彼は梯子を引き上げ、はね上げ戸を閉めることができたと)。ヴァザーリはよそ者だったかもしれないが、ライバルと彼を分ける二つの特別な才能があった。仕事が非常に早かったことと、絵を描くだけでなく、文章が書けたことだ。その上、フィレンツェ人社会との二十年にわたる軋轢《あつれき》が、自給自足の全てを教えてくれていた。彼は赤ん坊フランチェスコ・デ・メディチの洗礼式の飾り付けを一週間もかけずに完成させて、コジモ公爵のために大いに役立った。しかし、彼はまだ公爵の宮廷の常任メンバーになる気はなかった。もう一度ローマに行って、ビンド・アルトヴィティの仕事がしたかったのだ。

だがその代わりに、彼はこう書いた。「私はヴェネツィアに行かざるを得なくなった。親しい友人のピエトロ・アレティーノが、ひどく私に会いたがったからだ(5)」その年の前半にアレティーノを訪問するのを延期していたし、別の旧友のフランチェスコ・サルヴィアーティに会うのも楽しみだった。彼は長くローマで過ごしてから、ヴェネツィアに移っていたのだ。もっともヴァザーリには職業上の目的もあって、「すっかり乗り気で行くつもりだった。その旅行で、ティツィアーノや他の画家の作品が見られるからだ(6)」ティツィアーノその人と会える可能性もあった。ピエトロ・アレティーノがこの画家と親しかったからだ――サンソヴィーノともども騒々しいパーティに頻繁に参加していたのだ(アレティーノはそうしたパーティの一つで、妹についての下品な冗談にひどく馬鹿笑いしたせいで、卒中を起こして死んだと言われている)。

しばらくの間、ヴァザーリはジュリオ・ロマーノとも文通していた。ラファエロの最も才能ある(精力的な)秘蔵っ子だ。二人が会ったことはなかった。ジュリオは一五二四年からずっとイタリア北部の都市国家マントヴァに腰を落ち着けていたからだ。若い公爵フェデリーコ・ゴンザーガに、画家、建築家、それに侍従として仕えていた。二人の美術家の友情は、文通により、あるいはヴァザーリが言うように、〝評判と手紙により《ペル・ファマ・エ・レッテレ》〟つくり出された。文通による長距離交遊は十五世紀以来、学者の間ではよく行われていた。初めはヨーロッパで、やがて世界中で。彼らは絶え間なく続く文通によって固く結びついた〝手紙共和国〟を作り上げたと自慢した。しかしながら、美術家の中でも熟練した雄弁な者だけがこの国際社会に参加できる立場にあった。ジュリオは幸運だった。彼はラファエロの洗練されたローマの工房で育った。そこでは学者、詩人、それに高官が入り交じっていたのだ。とりわけピエトロ・アレティーノと仲よくなった。ラファエロの死後、二人は版画制作者、マルカントニオ・ライモンディと不名誉なプロジェクトを合作した。これには世界初の印刷されたポルノ本という怪しげな名声がある。ジュリオはセクシーな版画シリーズ『イ・モーディ』を創作し、それにアレティーノが叙述的なソネットを提供した。このスキャンダルが起こるとすぐに、ジュリオとアレティーノは北へ向かった。検閲がそれほど厳重ではなかったからだ。ライモンディはローマに残り、猥褻物を広めたことではなく、著作権侵害で有罪と宣告された——彼に影響力があり、とりわけラファエロの絵画の公式彫版印刷制作者という役割によって尊敬されていたせいで、結末は穏やかなものになったのだ。この普及がラファエロの名前をヨーロッパ中に轟かせたのだから。(7)

それから二十年近く経ち、ジュリオ・ロマーノはマントヴァで大長老になっていた。そして、公爵フェデリーコ・ゴンザーガのために自分がつくり出した驚異を見せるために、若いトスカーナ人の文通相手を招いた。この頃には、ゴンザーガ家は一三二八年から二世紀以上マントヴァを治めていた。職業軍人は騎士道の伝統に専念していて、メディチ家より貴族的だと考えられていた。メディチ家はほんの一世紀ほど統治してきた銀行家一族なのだ。しかし、ゴンザーガ家はフィレンツェの名門ほど裕福でもないし、有力でもなかった。そして領地はミラノ、ヴェネツィア、ジェノヴァ、教皇領、それにもっと小さな多くの都市国家に囲まれていた。とはいえ、フェデリーコとジュリオ・ロマーノにとっては、その限られた国土が極めて贅沢に暮らせる十二分の財源を供給してくれていた。三つの人造湖（十二世紀に造られた）に囲まれて、肥沃な農地の真ん中で彼らの美しい街はその島の上に浮かんでいるように見えた（今日でもそう見える）。ジョルジョ・ヴァザーリは、コレッジョの作品を見るためにモデナとパルマを訪ねてから、四日間滞在した。それからヴェローナで古代、中世、近世の遺跡を見て、ヴェネツィアに向かう予定だった。

ヴァザーリがその街に着いて、会ったことのない友人〔ジュリオ〕に会いに行った時、二人は直接何度も会ったことがあるかのように互いを見分けた。ジュリオはそれにすっかり満足して楽しくなり、四日間離れることなく、〔ヴァザーリに〕自分の作品を全て見せた。とりわけ、ローマ、ナポリ、ポッツォーリ、カンパニアの古代の建物、それにあったとされる全ての古代遺跡の図面を……。(8)

ジュリオのコレクションの中でも最高の宝物は、一五一七年ラファエロ作の二人の枢機卿に守られたレオ十世の肖像画だった。しかし、極めて重要なこの所有物について、ヴァザーリには友人に知らせることがあった。絵は、ラファエロの原画ではなく、ヴァザーリ自身の親方、アンドレア・デル・サルトによる模写だったのだ。

ジュリオが多くの遺物や絵画の後で、世界一素晴らしい作品だとラファエロの絵を見せた時、ヴァザーリは言った。「作品は美しいですが、ラファエロの手になる絵ではありません」「どうしてそんなことが？」ジュリオは言った。「自分の筆遣いを見分けられる私が、わからないとでも？」「あなたは忘れたのです」ヴァザーリは答えた。「これはアンドレア・デル・サルトの作品だからです。証明しましょう。このしるしを見てください（と、ジュリオに見えるようにした）。これはフィレンツェで描かれたものです。二つの絵画が一緒にあった時に、入れ替わったということです」ジュリオはそれを聞いて、絵を裏返し、しるしを見ると、肩をすくめて、こう言った。「ラファエロの作品でないからといって、私の評価は下がらない。実際、よく考えると、一流の男が別の一流の男の画風を見事に模倣して、同様の絵が描けるというのは類いまれなことだから[9]」

交換が起きたのは、とヴァザーリは説明した。アレッサンドロ・デ・メディチがオッタヴィアーノ・デ・メディチにその絵画がほしいと頼んだ時だった。ところがオッタヴィアーノはそうしないで、アンドレア・デル・サルトに複製を描くよう頼んで、親戚にはその複製を原画として渡したのだ。結局、オッタヴィアーノはその原画をコジモに渡すことになる。まったく異なる器量のメディチ家の公爵に。

ジュリオ・ロマーノは若い友人に多くの面で影響を与えた。第一に、彼は偉大なラファエロとの直接のつながりを象徴していた。ラファエロはジョルジョ・ヴァザーリが九歳の時に亡くなっている。ラファエロの最も才能ある助手として、ジュリオは親方の多くの素描を受け継いで、未完成の依頼を仕上げたのだ。ヴァザーリは、とりわけ彼が集めた古代の建物と新しい設計両方の建築図面に魅せられた。

ジュリオはまた、ラファエロの上品な物腰を身につけていた。一五五〇年、二人が会った時の記憶がまだ鮮明だった時、ヴァザーリはジュリオ・ロマーノの章をあふれんばかりの称賛で書き始めた。

会話全体に感じのよい生真面目さが感じられ、人好きがして陽気で、機知に富んだ性分の人や、知性に由来する美術の世界でずば抜けて優れた人を見た時には、それは神がほんの一握りの人だけに与えられる才能だと、心から言えるのだ。その人たちは、私が言及した資質がもたらす幸福ゆえに他の人たちの上を誇らしげに歩くかもしれない。芸術の分野におけるその見識が作品を完成させるのと同じくらい、他者を助ける彼らの親切によって、人々の中で多くのことが成し遂げられるからだ。こうした資質をジュリオ・ロマーノは生まれながらに豊かに持っているので、まさしくあの最も上品なラファエロの後継者と呼ばれるのだ。彼の作品に描かれた人物の美しさと同じくらいその物腰でも。さらに、彼がローマとマントヴァで建てた素晴らしい建物でも。それらは人の住まいというよりはむしろ神々の家に見えるのだ[10]。

マントヴァから、ジュリオ・ロマーノとのこの出会いと彼の膨大な意匠図面の所蔵品に駆り立てられて、ヴァザーリは美しく保存されたローマの野外劇場とアレーナのあるヴェローナに向けて出発した。そして、一五四一年も終わりに近づく頃、ようやくヴェネツィアに着いた。

ヴァザーリは手ぶらで来たわけではなかった。到着するとほぼすぐに、ミケランジェロの下絵から描いた二枚の素描をスペインのヴェネツィア駐在大使、ディエゴ・ウルタード・デ・メンドーサ・イ・パチェコに売った。当時素描を売るのは珍しかった。彫像か絵画のための準備手段だとみなされ、収集したり、展示したりするものではなかったからだ。ウルタードの素描への興味は、その趣味と興味の正しさを証明している。ヴァザーリと美意識を共有しているのだ。ベテラン外交官のウルタードは本の収集家でもあり、とりわけギリシア語の原本に関心があった。彼はまたイタリア語と上品ではないカスティリャ語の詩人で、小説家でもあった。彼は『ラサリーリョ・デ・トルメスの生涯』の著者だとされたこともあった。最初の悪漢小説だ[11]。ウルタードはまさしくピエトロ・アレティーノとの付き合いを楽しむタイプの人間だった。アレティーノは、下品な冗談、大掛かりなパーティ、それにセクシーなソネットが好きな男なのだ。

アレティーノはと言えば、若い友人の申し分のない主人役だった。食事と滞在場所ばかりか、新しい依頼まで提供したのだ。ヴェネツィアの貴族の集まり、イ・センピテルニ（不死の人々）がアレティーノの一五三四年作の戯曲『タランタ』をカーニバルで上演することを決めていた。そして、ヴァザーリは劇場のために舞台美術を提供するのにちょうどよい時に訪れたのだ[12]。センピテルニはコンパニア・デッラ・カルツァ、〝タイツの男の一座〟として知られ、色鮮やかでぴったりしたストッキングで有名な男のクラブの一つだった[13]。こうした富裕なクラブは、冬と夏のカーニバルでの演劇イベントをつくり、ヴェネツィアの生活にスパイス（とサテン）を添えていた。この時、ヴェネツィアは正式に海と結婚するのだ。夏のカーニバルでは、彼らはしばしば浮き桟橋で上演していた。一五四二年のカーニバルでは、すでにその目的のためだけにカンナレージョの町はずれに未完成の家を購入していた。

これほど大きなプロジェクトを一人で請け負うのは無理だ。舞台美術を仕上げるために、ヴァザーリは三人の助手を召集した。そのうちの二人はジョヴァンニ・バッティスタ・クンギとクリストーファノ・ゲラルディだ。ヴァザーリの共同作業方式が再び批判された。フィレンツェの古美術研究家のルイジ・ランツィは一七九二年の『Storia Pittorica della Italia dal Risorgimento』（『イタリア・ルネサンスの絵画史』、ヴァザーリの『列伝』の意図的最新版）で冗談を言っている。ヴァザーリには、建物を建てるために雇う労働者と同じくらい多くの絵の助手がいると[14]。

ヴァザーリは助手なしで仕事を始めたくなかったが、彼らはイタリア中央部からヴェネツィアまで大変な旅をしなくてはならない。これは至難の業だった。パドヴァまでは馬が使える。もっとも道路は定期的に山賊が歩き回っていて、旅は剣を携行し、命を危険にさらすことを意味していた。ところが、パドヴァまで来ると、ことはもっと油断ならなくなる。筏がブレンタ川を送り届けてくれるのだが、やがて広大なぬかるみの土手がヴェネツィアへさらに近づくことを妨げるのだ。筏は車輪のついた乗り物に滑車で引き上げられてから、ヴェネツィアの潟の入口までウインチで大勢の男たちに引っ張られて運ばれる。そこまで来れば、筏は再び目的地に向かって進めるようになるのだ。誰の旅行記を読むかによるが、パドヴァからヴェネツィアまでの全行程は、十二時間から三十六時間かかった――この距離を列車か車で一時間ほどという今日とは大きく違う。ヴァザーリの伝記作家、ロバート・カーデンは、十九世紀末には、この旅は絶対にこれ以上短くなかったと断言する。彼と同時代の者は約三十五キロを踏破するのにほぼ三日かかったと語っているのだ！(15) 気の毒な助手たちがヴェネツィアの潟近くまで来た時、嵐によって彼らの進路が大きくはずれた。ようやく陸地にたどり着くと、そこはイストリア、アドリア海の反対側だった。一方、ヴァザーリは日ごとにますます気難しくなり、助手の手を借りずにプロジェクトを始めるのを拒んだ。

とは言え、助手はヴェネツィアにようやく到着した、おそらくはへとへとになって。エリザベス朝の紀行作家、トマス・コリアットは、ヴァザーリよりちょうど十歳年上だが、彼らの疲れた目に映った光景を描写した。「人の目が見た最も荘厳で神々しい水上ショーだったので、私ですら大きな喜びと感嘆で夢中になった」(16) ヴェネツィアは今日でも壮観だが、十六世紀にはそれをはるかにしのぐものだったに違いない。当時は地中海における支配的勢力の一つで、ヨーロッパで最も裕福な都市だったからだ。ヴェネツィアの邸宅の多くが当初はフレスコ画と金箔で覆われていたことは忘れられがちだ。街の湿気のせいで、そうした外側のフレスコ画のほとんどが今日まで残らなかったのだ。多くが、描かれてから一世代の間にボロボロに崩れた。それでも、旅に疲れたヴァザーリの助手がようやく上陸した時には、まばゆいばかりの外装が、あるべき場所にずらりと並んでいたことだろう。

クリストーファノ・ゲラルディを含む助手のキャリアは、このヴェネツィア・プロジェクトによって変わることになる。ヴァザーリの『列伝』の中でもそれだけで評価に値するほど十分に成功したキャリアへと。ヴァザーリは劇場の建築と装飾の全ての図面を提供し、クリストーファノがそのほとんどを実際に描いたのだ。

しかもそれが素晴らしかったので、誰もが驚いた……。要するに、彼はこのプロジェクトで、有能かつ非常に経験豊かな画家として新しい境地に達したのだ。とりわけグロテスクなものと葉飾りに。祭典の装置を仕上げてからも、ヴァザーリとクリストーファノはさらに数ヵ月間ヴェネツィアに残り、偉大なジョヴァンニ・コルナーロ殿の応接室の天井に九枚の油彩の板絵を描いた(17)。

ヴァザーリと貴族コルナーロを引き合わせたのは、他ならぬ精力的なティツィアーノだった(18)。ヴァザーリとティツィアーノはアレティーノを通じて知り合い、たちまち友人になった。ヴァザーリはまた、ヴェローナにいる優れた才能ある建築家、ミケーレ・サンミケーリとも、ヴェネツィアにいるヤコポ・サンソヴィーノ（やはりアレティーノとティツィアーノの友人）とも交際を始めた。サンソヴィーノはちょうどヴァザーリを、サント・スピリト教会の天井に三枚の油彩のカンバス画を描く仕事に引き込んだのだ。ヴェネツィアでの迎えられ方――友人が増え、間断なく依頼がある――は楽観的な材料になって、ヴァザーリは数ヵ月どころか何年か留まることを考えたほどだ。彼にトスカーナ人の正気を取り戻させたのは、クリストーファノ・ゲラルディだった。ヴェネツィア人は彩色を得意とする優れた画家かもしれないが、と忠実な助手は気がついた。その絵画は致命的な欠陥があると。素描の概念が欠けているのだ。「けれども、〔素描〕がなくては、画家は自分の技能に専心することはできません。ローマに戻った方がいいです。ローマはあらゆる高潔な芸術のまさしく養成学校で、ヴェネツィアよりずっと真の優良性が認められるのですから[19]」

そこで、ヴァザーリは自伝に書いている。「手に入る依頼に圧倒されていたが、一五四二年八月十六日、トスカーナに戻った」サント・スピリトのヴォールトに三枚の絵を描く仕事は、代わりにティツィアーノのものになった。ティツィアーノは「それらをあっぱれな形式で遂行した。卓越した技能で人物をまるで下から見たかのように、うまく描いたのだ[20]」。

ヴァザーリはまずアレッツォに立ち寄って、新しい自宅の天井にフレスコ画を描いた。テーマは？　素描だ。

全ての美術は素描に帰属するか、それに依拠している。中心は名声の女神で、地球の上に座って、金のトランペットを鳴らしながら、火でできているものを投げ捨てる。これは中傷を表象している。そして、彼女を取り囲むように、全ての美術がそれぞれの道具を手に、きちんと並んでいる。私には完成させる時間がなかったので、我らが美術に従事する傑出した人物の肖像画のために八つの楕円を残した[21]。

カーザ・ヴァザーリにあるその部屋は、今ではカメラ・デッラ・ファーマ、名声の部屋と呼ばれている。

しかしながら、ビンド・アルトヴィティが彼のローマへの帰還を待っていることを知って、アレッツォに長居するのは気が進まなかった。二人の再会は愛情のこもったもので、実りも多かった。

私は「ビンド殿のために」、十字架から聖母の足元の地面に下ろされた等身大のキリストの油絵を描いた。中空では、アポロンがその太陽神の顔を、月の女神ディアナもその顔を暗くしている。こうした影に暗くされた風景の中で、救世主が絶命した時に起きた地震の揺れで、石でできた山々が崩壊し、眠れる聖人たちが生き返って墓から立ち上がるのが見えるのだ。[22]

近年この絵が再発見され、二〇〇〇年、ニューヨークでオークションにかけられて、五十四万七千ドルで落札された。そして、二〇〇三〜四年、ボストンのイザベラ・スチュアート・ガードナー美術館における、ビンド・アルトヴィティと彼の支援に捧げる展覧会で公開された。[23] 表面はすり切れ、傷んでいた。聖母マリアの長くゆったりした外衣や神々の紅潮した肌は眩いばかりに美しいパステルカラーだったに違いないが、色あせて、彩色された表面の下から準備されたカンバスの暗褐色が透けて見えて薄暗くなっていた。それでも、これはジョルジョ・ヴァザーリが一五四二年の秋にビンド・アルトヴィティに贈った作品だとわかる。

しかも、完成したばかりのこの作品は、数人の重要な鑑賞者を感動させた。ビンド本人やヴァザーリの旧友、作家で画家（コモ湖にある、最初の美術館があった別荘の持ち主）のパオロ・ジョヴィオの他にも。「この絵が完成した時、その魅力は、我らの時代の、そしておそらくは史上最高の、画家で、彫刻家で、建築家を不快にはしなかった。そしてこの絵によって……私はとても高名なファルネーゼ枢機卿にも紹介された」[24]〝史上最高の画家で、彫刻家で、建築家〟は、もちろんミケランジェロ・ブオナローティだ。しかし、それはその称号を争う者がいないということではなかった。

14

ルネサンス人　ダ・ヴィンチ、ラファエロ、ミケランジェロ

ミケランジェロはヴァザーリの至高の主役だったが、この〝ヒーロー〟の究極の姿を、〝史上最高の偉大な美術家〟の称号を争う好敵手の偉業と比較することが重要だ。ヴァザーリはジョット、ブルネレスキ、ラファエロ、それにダ・ヴィンチに称賛を浴びせる。ミケランジェロの完成度に最も近づいた男たちだ（少なくともヴァザーリの個人的見解では）。ヴァザーリ自身多才だが、こうした美術家がミケランジェロと同様さまざまな芸術領域に優れているという事実をとりわけ称賛している。ブルネレスキは別として（彼には画家としての業績の記録はない）、全員が『列伝』のタイトルに選ばれている三つの美術の素晴らしい実践者だった。絵画、彫刻、そして建築だ。

物語の構造を形成するに際し、ヴァザーリはそれぞれの世紀を支配した三人のヒーローの中に暗示的な平行線を描く。ジョットは十四世紀、ブルネレスキは十五世紀、そしてミケランジェロは十六世紀だ。三人とも、ヴァザーリ自身が説明しているが、短軀で、醜男とは言わないまでも不細工な顔をしていた。この不都合な事実（ルネサンスの美意識では、外見の美しさは善良さにつながっていた）に反撃するために、ヴァザーリはその外見にもかかわらず、彼ら全員が美しい心と精神を持っていたと苦労して力説する。彼自身、小柄で、特にハンサムでもなく――彼の肖像画から判断すると――湿疹あるいは乾癬に苦しんだので、内面の美しさを強調する根拠があった。ちょうど高齢のウィトルウィウスがかつて皇帝アウグストゥスに、ひ弱な体格を大目に見て、代わりに建築に

関する論文の高い質を評価してほしいと懇願したのと同じだ。

ミケランジェロの伝記は、ヴァザーリの『列伝』の中でも最も長い章になっている。それはまた、明らかに他の全てに優先するその眼目を証明すべく、文学作品として構想された章でもある[1]。ヴァザーリはこの重要な章を古典修辞学の手段を総動員して、知るかぎり能弁に始める。難解で複雑な単文の中に、ミケランジェロを称賛する類似と対比の両方を使い、同時に、至高の大家の前に現れた彼より劣る全ての美術家を辛辣に批判するのだ。これは古代作家から借りた手法だ。古代のウィトルウィウスはその『建築十書』を同様に堂々とした（そしていつ終わるとも知れない）書き出しで始めている。正統派の能弁家もルネサンスのその崇拝者も、とりわけイタリアでは、コピア、多量と呼ぶ特質を尊んだ。同じことをいくつか違う言い方で表現する能力、飾りたてられていればいるほどよいことになる。古典修辞学は本来、法廷で弁護士が申し立ての主張に役立てるために発達した。そして、コピアは貴重だった。それによって、話し手は冗長に聞こえずにしっかりと問題を提起することができるからだ。この栄誉ある伝統の継承者たる現代イタリア人は、祖先と同じくらいコピアの誇示を楽しみ続けている。従って、ミケランジェロは華麗な誇張的文体の美辞麗句の中に登場することになる。

最も高名なるジョットとその追随者の光に照らされて、誰の目にも明らかかほど勤勉な人々が星々の恵みと気性の安定した融合が彼らの才能にどのような能力をもたらしたかを、必死で世界に示そうとして、多くの人々が叡智と呼ぶあの至高の知に美術の卓越性を通してどうにか到達できることを願い、自然の崇高さを模倣しようと望んで、誰もが苦労し、どれも成功しなかったのだが、一方では、たいそう情け深い天の支配者たる神は、ありがたくもその目を地上に向けられ、そうした際限のない無益な努力、激しくも虚しい熱意、それに闇が光から離れるよりはるかに真実から離れている人間の厚かましい判断をご覧になり、我らをそうした過ちから救うために、あらゆる美術と職業に独力であまねく極致を見せることのできる有能な魂、素描の技術では、線を引き、輪郭を描き、陰影をつけ、光を当てて絵画に立体的な感覚を与え、彫刻家としては正しい判断力で作品を手がけ、建築においては、我らの住まいを快適で安全、堅固で楽しく、均斉がとれ、様々な装飾に富んだものにする人間を、地上に送ることを決意された。(2)

このとてつもない文をひと息で朗読できる弁舌家はほとんどいないが、これは並外れた広報担当者としてのヴァザーリの特別な能力を示している。ミケランジェロが〃あらゆる美術と職業に独力であまねく極致を見せることのできる有能な魂〃を独自に持っているばかりか、ある種の美術の救済者、ジョット、ドナテッロ、マザッチョ、それにブルネレスキは一つに融合されるという預言の成就として神に創られたというのだ。美術史家のアンドリュー・ラディスは「システィーナ礼拝堂の天井にミケランジェロが描いた場面の大規模な壮麗さ」に匹敵すると鋭敏に注目する。「ヴァザーリの解釈は、ミケランジェロ自身の作品の叙事詩的精神から想像されたものだからだ(3)」

ヴァザーリの判断は正しかったのだろうか？　ミケランジェロ同様あまねく秀でた美術家はいなかったのだろうか？　この偉人のライバルと同時代の何人かを見れば、ヴァザーリに一理あることがわかる。

ルネサンス期、美術家が非常に多くの役をこなし、多くの芸術領域で作品を制作するのは珍しいことではなかった。今日では〝ルネサンス人〟という言葉は、幅広い活動に秀でている者を、そうした幅広さは普通ではないという含みを持たせて言い表す——現代ではまさにそのとおりだが。高度な教育と訓練は、広く試みることよりむしろ、専門化すること、狭く深い専門技術を展開することを促す。私たちは、あまりに多くのことを高レベルで行おうとする者たちをいくらか疑わしそうに見て、一つの分野でも目覚ましい成果を挙げられない好事家だとどうしても言いたくなるのだ。

しかしヴァザーリの時代には、美術家もたいていの人と同じで、多様な役割を果たすことがしばしば求められた。『列伝』の美術家の大半は、ことのほか高い確率で一つではない芸術領域で制作している。ヴァザーリ自身は画家で建築家、それに、もちろん伝記作家だ。ジョットは絵を描き、建築業を営んだ（サンタ・マリア・デル・フィオーレ大聖堂の鐘楼は彼の作とされる）。アンドレア・デル・ヴェロッキオは絵を描き、彫刻をした——少なくとも若い徒弟のダ・ヴィンチが彼を凌駕するまで。ベンヴェヌート・チェッリーニは金細工師としての訓練を受け、彫刻家として働き、賑やかで愉快な自伝を書いた。そして、多くの美術家同様、戦争が勃発すれば、無理やり軍事工学者として働かされた。一五二七年には、大暴れするドイツ軍の襲撃に備えてローマの要塞を整えた（そして、個人的に教皇クレメンス七世を大群から守った。もし本人の記述が信じられるとしてだが——それはないだろう）。

美術家の中では、多様な作品は珍しいことではなく、しばしば起こり得ることだった。ラファエロは画家として最も有名だが、建築業も営み、教皇の遺物コレクションの管理者を務め、教皇の宮廷の活発なメンバーだった（父親と同じだ。ジョヴァンニ・サンティはウルビーノ宮廷の画家で詩人だった）。画家の中でさえも、壁画（フレスコ画）とテンペラあるいは油絵具による板絵は、独特の技術を用いる大きく異なる仕事だ——それでも多くの画家が仕方なく両方に従事した。木彫りか石彫りかの違いは、ブロンズの鋳造ほどには違わない。鋳造は、塊を鑿《のみ》や紙やすりで削るのではなく、まず柔らかい材料で模型を作り上げ、それから鐘や大砲の製作者のように鋳造にかかるのだ。

ヴァザーリはまた、ダ・ヴィンチの同様の多才さを、今日では多動とでも呼ぶべきものに幾分駆り立てられて称賛している。

> そして毎日、彼は模型や図面を作り、山を簡単に水準測量する方法や、その山にトンネルを掘ってこちらから向こう側へ抜ける方法、梃子《てこ》やクランクやねじを使って重い物を持ち上げて引く方法、港を浚渫《しゅんせつ》して、低地から排水した水を集める方法を示した。彼の頭脳が空想を紡ぐのをやめなかったからだ。そして、我々は職業仲間の中に散り散りになった彼の考えや仕事の多くの図面を見ることができる——私自身もたくさん見ている。その上、彼は紐の集まりを描いて暇をつぶした。紐の端から次の紐へたどれる模様で配列され、一巡するようになっていた——その一枚がある。極めて複雑で、とても美しく、その中央にこの言葉がある。レオナルドゥス・ヴィンチ・アカデミア[4]。

美術への理解のおかげで、ダ・ヴィンチは明らかに多くのプロジェクトを始めた。でも、そのどれも仕上げることはなかった。手では、想像したものを完璧に作ることが絶対にできないと思われたのだ。想像の中で、どれほど一流の手でも絶対に表現できない、とても難しく繊細で、素晴らしいものを考案していたからだ。彼はとても風変わりだったので、自然現象を詳細に観察した時には、天空の動き、月の軌道や太陽の通り道を観測することで植物の特性を理解しようとした。

レオナルド・ダ・ヴィンチは、一四五二年四月十五日にフィレンツェから五十キロほどのアンキアノの村で生まれた。父親のセル・ピエロ・ダ・ヴィンチはフィレンツェの裕福な公証人で、レオナルドの母親のカテリーナを妊娠させた。カテリーナは若い百姓女で、レオナルドは非嫡出だった。それでもセル・ピエロは生まれて間もないレオナルドを引き取って、嫡子として育てた（セル・ピエロとカテリーナそれぞれの結婚によって、レオナルドは片方の親が違う十七人の兄弟姉妹を持つことになる）。ピエロも息子も本物の姓を持つほど貴族的ではなかった。〝ピエロ・ダ・ヴィンチ〟は単に〝ヴィンチ出身のピエロ〟という意味だ。ヴィンチは彼の生まれた町で、同じことがレオナルドにも当てはまる。

十歳か十二歳の頃には、ダ・ヴィンチはいくつかの美術に才能を見せていた。最も見込みがあるのは音楽のように思われた。彼はリラ・ダ・ブラッチョの天才だった。弓で奏でる七本弦のバイオリンの原型だ。でも、青春時代の大半をフィレンツェで過ごし、十四歳の時に親方のアンドレア・デル・ヴェロッキオの徒弟になった。セル・ピエロの友人で、当時は絵画と彫刻の両方で活動していた。若いダ・ヴィンチはよい友と交わり、ヴェロッキオは歴史に名を残す教師であることを証明した——彼の工房からは、盛期フィレンツェ・ルネサンスのスターが出現した。ギルランダイオ（今度は彼がミケランジェロを教えることになる）、ペルジーノ（彼はラファエロを教えることになる）、それにボッティチェッリ。彼はヴェロッキオの友人で、工房の常連だった。ヴェロッキオは有能な教師であるばかりか、誰に聞いても親切な男で、特にダ・ヴィンチを気に入った。彼はまた、一四六〇年代のフィレンツェ有数の美術家で、絵画よりも彫刻の方をずっと好んだ。彫刻家としては、北イタリアのこの分野でドナテッロ（一世代年上）とミケランジェロ（一世代年下）の間で権勢を振るった。それでも、時には絵画の依頼も受け、ダ・ヴィンチに〝大きなチャンス〟をもたらしたのもそんな絵画の一つだった。

当時、ダ・ヴィンチはアンドレア・デル・ヴェロッキオの徒弟で、ヴェロッキオは『キリストの洗礼』の板絵を描いていた。ダ・ヴィンチはキリストの衣類を持つ天使を割り振られ、まだ若いのに見事に仕上げたので、金色の巻き毛と光輪のある優しく形作られた天使は、アンドレアの描いたもっと粗くて堅苦しい人物たちから関心の目を逸らした。アンドレアが二度と絵具に触れたくなかったのも無理はない(5)。

でもここで、ヴァザーリは馴染みのテーマを広めている——親方をしのぐ徒弟だ。彼の列伝のもう一つの馴染みのテーマ、優れた素描力で年長者を驚かす若者というのにも、ダ・ヴィンチは当てはまる。ヴァザーリは彼が盾に絵を描いたと述べる。ヘビがのたくるメドゥーサの頭のついた小さな丸い盾で、彼はそれをよく見える明るい場所に置いてから、父親を部屋に呼び入れた。

セル・ピエロは初め考えもなく見て、それがあの盾のはずはないと思った。あるいはヘビが絵に描かれた姿にすぎないことが信じられなかった。父親が後ずさりすると、ダ・ヴィンチはしっかり押さえて言った。「これでこの作品を制作した甲斐があります。どうぞお持ちくださ い。これはそのために制作したのですから(6)」

若いダ・ヴィンチはうまいいたずらのやり方を心得ていて、この逸話は超早熟な若者がもっと経験のある者を自分の美術の驚くべき自然主義で騙すというヴァザーリの比喩にふさわしい。
ダ・ヴィンチは一四七七年から独立して仕事を始め、多くの作品を創作したが、ほとんど完成させなかった。彼は『聖ヒエロニムス』と『東方三博士の礼拝』、それにヴェッキオ宮殿の礼拝堂のための祭壇画を未完のまま残した（そのスペースは後にブロンズィーノが装飾を施した）。ダ・ヴィンチの個性は、完璧主義と実験への愛、それにたぶんあまりに多くの物に対する熱烈な興味が混ざり合っていた。彼の絵画作品は、完成、未完成を問わず、とても少ない。彼はキャリアを通じて軍工技術者や演奏家としての方が、美術家としてより金を稼いでいたのだ。それに、美術の仕事より、解剖学、生物学、発明、工学、科学研究に興味があったようだ。一四八二年、ミラノ公に宛てた手紙では、どのような貢献ができるかを説明している。速射砲、戦車、装甲艦、そして移動式の橋の設計だ。彫刻は二番目。できると主張する十の仕事のカテゴリーで、絵画はリストの一番下だったらしい。一四九四年、彼はミラノの軍閥、ルドヴィーコ・スフォルツァの宮廷に招かれたが、美術とは何の関係もなかった。

ダ・ヴィンチは鳴り物入りで、リラの音が大好きな公爵の前に連れていかれた。彼は手製の楽器を持参していた。大部分が銀製で、馬の頭骨の形をしている奇怪な新式のもので、楽器本体を大きくして、音の共鳴を強めていた。その結果として、彼は演奏のために招かれた他の全ての演奏家を凌駕した。[7]

同時代で最も偉大な美術家が演奏家として雇われた（しかも、自ら発明した新しいデザインの楽器を持参した）という話が残っているのは、皮肉に見えるかもしれない。が、ヴァザーリは続ける。「その上、彼は即興の詩歌の吟唱者としても当代随一だった」十五世紀末のポピュラー音楽はストランボッティ（六行ないし八行の十一綴句よりなる民衆起源の恋愛詩）と呼ばれる即興の詩でリズミカルな伴奏がつくのが特色だった。そういうわけで、ダ・ヴィンチはポップシンガーとラッパーの中間のような存在だった。[8] 彼はまた軍工技術者としても雇われ、さらに付け足しのように、ミラノ滞在中に絵を描くよう依頼された。

その一つが『最後の晩餐』で、以来称賛を浴びてきたにもかかわらず、同じく未完だ。ああ、悲しいかな、ダ・ヴィンチの実験への興味が自身の美術に持ち込まれ、彼は非伝統的な表現手段で取り組んだのだ。この、おそらく世界で最も有名な〝フレスコ画〟は本物のフレスコ画ではない。乾く前の漆喰ではなくフレスコ・セッコに描かれていて、絵具は乾いた漆喰の壁に直接塗られている。それに、テンペラよりむしろ油絵具で描かれていて――油絵具は半透明なので、フレスコ画には向かない――その結果、完成（未完成）後数年で、剝がれて劣化し始めた。『最後の晩餐』が描かれた修道院の副長はたぶんダ・ヴィンチの評判を知っていたのだが、制作に時間がかかりすぎていることを心配して、自分に代わって介入してくれるよう公爵に頼んだ、とヴァザーリは説明する。公爵はダ・ヴィンチにそのことを穏やかに丁寧に話した。

ダ・ヴィンチは、君主が鋭い鑑識眼のある才人だと知っていたので……美術について縦横に話をして、高遠な才能のある者は、手作業が少ないほど、本当はよく働いているのだと理解させた。頭の中で新しい創案を追求して、後で表出することになるそうした完璧な像を作り上げ、その上で思考力がすでに想像していたものを手が生き生きと描写するのだと。[9]

彼は多くのことの達人で、その中には独創的な正当化や言い訳もあった。公爵はとても面白いと考えて、滞在客になっている天才をせき立てなかった。

フランス軍がミラノを占領して、スフォルツァ一族を追い払った時には、ダ・ヴィンチ最大の未完のプロジェクトの一つが失われた。一四八二年にルドヴィーコが馬の像を作るよう依頼していたのだ。亡きフランチェスコ・スフォルツァに敬意を表して、世界一大きな騎馬像になるはずだった。ダ・ヴィンチは彫刻より計画とその実行に興味があり——馬そのものをブロンズの一体成型で作りたかった。それほどの規模でロストワックス法を使うには工学技術が必要で、前例のないことだった——大きなブロンズ像は通常分解して鋳造してから溶接されるのだ。ダ・ヴィンチは、約七メートルの高さのある実物大のテラコッタの模型まで作った。これは実物大模型として使われるだけでなく、ブロンズ鋳造の実際の粘土ベースとしても使われるはずだった。〝ロストワックス法〟には実物大の粘土像が必要で、それを焼いて硬くしてから、ワックスで覆い、別の粘土の層で像全体を包むと、内側と外側が焼いた硬い粘土で、中間はワックスという〝サンドイッチ〟になる。これを地中に埋め、外側の粘土層を通す管から溶解したブロンズを流し込んでワックスと置き換え、その結果発生する水蒸気を逃がす。ブロンズが固まったら、像を掘り出して、外側の粘土を取り除けば、ワックスのあった場所に薄いブロンズの層が残るというわけだ。しかし、一四九九年九月十日、フランス軍がミラノを占領した時、ブルゴーニュの弓の射手が大きな粘土の模型を射撃訓練に使うことにして破壊してしまった。もしダ・ヴィンチが巨大な記念碑を鋳造しようとしたら地中で爆発していただろうと、現代の専門家が確信していると知れば、多少の慰めになるかもしれない(10)。

皮肉なことに、十六年後、フランス国王フランソワ一世がミラノに到着した時には、ダ・ヴィンチの『最後の晩餐』を絶賛して、描かれている修道院の大食堂の壁から剝がして、フランスへ運ぶ方法を考案するよう技師に頼んだ。しかし技師も、修道院とすでに傷んでいる絵画を台無しにすることなく、運べる方法を思いつくことができなかった。

ダ・ヴィンチはその経歴を通して、メモやスケッチを残し、美術や数学について記し、人間や動物の体を詳細に調べて理論化した（馬の解剖について書いた原稿は失われた。フィレンツェではミケランジェロと一緒に、サント・スピリト施療院の地下で人間の死体を違法解剖している）。

ダ・ヴィンチは、チャンスが生まれれば王侯の宮廷をあちらからこちらへと移動する、ペンを持った傭兵だった。一五〇二年には、ロマーニャ公、チェーザレ・ボルジアの宮廷に加わった。主として、建築家と軍事技術者としてで、任務には教皇領の防御工事も含まれていた（ボルジアは教皇アレクサンデル六世の息子だ）。その後フィレンツェに戻り、フィレンツェ人がピサに出征した時には、現場技術者として働いた。それでも、誰に仕えるかについては柔軟な姿勢を取った――トルコのスルタン、バヤジット二世にまで手紙を出して奉公を申し出た。とりわけ、ボスフォラス海峡の入り江、金角湾《ゴールデン・ホーン》に史上初めて橋をかけることに熱心だった。一五〇六年にはミラノに戻った。この時にはフランス人の総督、シャルル・ダンボワーズに仕えていて、フランス王ルイ十二世の公式の宮廷画家になった。ルイ十二世は当時ミラノに住んでいたのだ。一五一三年から一五一六年にはローマのレオ十世のもとで働き、そこではたいてい放っておかれて、科学的実験に取り組んでいた。その頃には関節炎を煩っていて、それが絵筆や鑿《のみ》を取るのを思い止まらせたのかもしれない。

フランソワ一世は一五一五年に王位を継承し、その翌年、ダ・ヴィンチはフランスへの転居の招待に応じた。フランソワはイタリアのもの全てを愛していた。美術、女性、文化。そこでそれらを全て収集した——美術家を含めて。彼は、ダ・ヴィンチだけでなく、例を挙げればラファエロ、ロッソ・フィオレンティーノ、チェッリーニ、ミケランジェロにも手紙を書いて、フランスに転居するほど進取の気性に富んだ者には十分な報奨金を約束した。その中でダ・ヴィンチ、ロッソ、それにチェッリーニが申し出に応じた。ダ・ヴィンチはアンボワーズの町のクロ・リュセ城に居を定め、ヴァザーリが述べるように、君主の大切な友人になった。君主は、高齢のダ・ヴィンチの死期が近いと聞くと、彼の枕元にやって来た。

王は、しばしば彼を訪ねていたが、親愛の情を持って彼を見舞った。〔ダ・ヴィンチは〕崇敬の念から体を起こしてベッドに座り、自分の病気とその詳細な話を聞かせて、美術に専念すべきだったのにそうしなかったことで、神と世界中の人々をひどく傷つけてしまったと告白した。と、突然発作が起きた。死の先触れだ。王が立ち上がって、苦痛が和らぐまで彼を助けて慰めるために頭を支えると、神から授かったダ・ヴィンチの魂は、これ以上の名誉はないと知って、王の腕の中で最後の息を引き取った。七十五歳だった。(11)

ダ・ヴィンチの死の芝居がかった説明は、圧縮された文章で、不正確な記述も多いが、象徴的な意味もまた多い。一五一九年に亡くなった時、ダ・ヴィンチは六十七歳だった。フランソワが彼の死に立ち会ったというのもまずあり得ない。その年の五月、フランソワは資金集めと神聖ローマ皇帝になるための運動に忙しかった（ぎりぎりのところでカール五世に負けた）。フランソワはもちろんダ・ヴィンチを高く評価し、よく思っていたとはいえ、〝しばしば愛情を込めて訪ねた〟というのはありそうもない話だ。また二人は、ヴァザーリと公爵コジモの間で花開いたような美術家とパトロンの関係を楽しんではいなかった。それに、ダ・ヴィンチが最後の言葉で、美術にもっと時間を割かなかったことを詫びたというのも信じ難い。これは、ヴァザーリが読者に道徳的メッセージを提供しているというだけだ。ダ・ヴィンチは、もう少し生産的なブファルマッコと言えるのかもしれない。二人とも重要性の低いものに時間を使い過ぎた。ブファルマッコの場合は、仕事をしないための独創的な方法を探し、ダ・ヴィンチは工学や音楽や科学に手を出した。ダ・ヴィンチが死んだ時には、未完の絵画『モナリザ』を含む所有品は助手のジャン・ジャコモ・カプロッティに遺贈された。フランソワはその彼からコレクションを四千エキュという高額でそっくり買い取った[12]。

　美術におけるダ・ヴィンチの遺産は、ささやかな作品数が示唆するよりはるかに重要だ。スフマート（煙のような雰囲気を作り出すために意図的に色をぼかす）、キアロスクーロ（暗闇から浮かび上がるところに劇的に焦点を当てる）、それに可能なかぎりの正確さで自然を模写する（例えば大気の層を通して見ると、遠くにある対象はかすんで見えるという〝空気遠近法〟を採用し、解剖で学んだとおりに精密な生体構造を際立たせる）といった技法の発展は全て、心に残る感銘を与え、後世の美術家に影響を与えた。（美術と数学に関する）彼の著作は彼の考えを広めるのに役立った。彼の発明、実際に作り上げられたものよりその設計が、とてつもない先見性を示している。彼は、自転車、ヘリコプター、マシンガン、戦車、パラシュート、折りたたみ式の橋等々を思いついた最初の人間なのだ。

ラファエロ・サンティ、ラファエロは、彼を知る誰の目にもたまらなく魅力的に見えるようだ。ミケランジェロと口の悪い助手のセバスティアーノ・デル・ピオンボだけは別だが。三十七歳の誕生日に急死したことも、彼の神秘的雰囲気を増大させただけだった。それでも、ジョルジョ・ヴァザーリが珍しく共感を寄せているように、ラファエロの名声は何をおいてもその超人的な技巧に基づいている。画家としても、建築家や設計者としても。二人が会ったことはない――ラファエロはヴァザーリが九歳の時に亡くなっている――従って、ラファエロの章は、ミケランジェロやティツィアーノの章とは違って、個人的な交流の親密さはない。その代わりに、伝記は完璧な美術家に対し古代文芸の技術であるエクフラシスを意識的に甦らせて敬意を表している。

エクフラシスは文字どおり、ギリシア語で〝正々堂々と意見を述べる〟という意味だが、古典的修辞法では、この言葉は明確な意味を帯びている。生き生きとした描写、あるいは古典学者のルース・ウェブが述べるように、「言葉だけで、聞き手あるいは読み手の頭の中に見せる技術」だ[13]。古代雄弁家は政治集会や法廷で、人、事件、あるいは芸術作品を聴衆に想像させるために弁舌を動員し、ルネサンスの作家は、先例に鼓舞されて、同じ魔法をかけようとした。従ってラファエロの章では、ヴァザーリは、彼自身知ることのなかった美術家を、生きた人間として、そして彼の作品そのものを、私たちが思い描くのを助けてくれる。例えば、ラファエロの父親、画家のジョヴァンニ・サンティは彼を乳母に預けるのではなく母親が母乳で育てるのを主張したことを、私たちは知ることになる。「幼年期に、あまり品のよくない、あるいは農民や平民の中で紛れもない無作法な品行より、父親の洗練された物腰を身につけられるように」ラファエロは聖母子の絵で有名だが、その全てが母親と息子の間の強い絆を示していて、ヴァザーリは美術家の幼年期をきちんと遡っている。

ジョヴァンニ・サンティはウルビーノ公のもとで働いていた。トスカーナの東にある小さな洗練された都市国家で、マルケと呼ばれる山の多い地域にある。少年がひときわ優れた才能を示し出した時、ジョヴァンニは彼をピエトロ・ペルジーノに預けた。中央イタリアで最も成功している画家だ。「少年を連れていかれるとなって、彼を優しく愛していた母親は多くの涙を流した。ジョヴァンニは彼をペルジーノに送り届け、ペルジーノはラファエロの素描の美しい描き方や見事な物腰から彼を評価した。それは時が証明することになる」

ヴァザーリはペルジーノからの話を報告する。ラファエロはフィレンツェに赴き、その後一五〇八年にはローマへ。そこで、教皇ユリウス二世の部屋の装飾をしていた画家のチームに加わった。ラファエロの遠い親戚のドナト・ブラマンテが教皇の親友になっていて、彼はラファエロの紹介役を務めたばかりか、彼に建築を教え始めた。若い画家のキャリアはローマの空を横切る流れ星さながらに輝いた。彼のような人間は誰も見たことがなかった。ヴァザーリは彼の芸術の力を、読者が見たことがあろうがなかろうが、説明しようとする。「自然は彼に世界への贈り物を授けた。ミケランジェロ・ブオナローティの手によって芸術はすでに征服されているのに、芸術と礼節の両方で彼に負けてみせた(14)」「真実は、他の絵画は絵画と呼ばれるが、ラファエロの絵画は生き物なのだ。なぜなら、皮膚は震え、霊魂は見えるようになり、五感は彼の描く人物に出会って、命の生き生きした鼓動を感じるからだ。それがすでに得ていた称賛をしのぐ名声をもたらした[15]」

ヴァザーリの説明は美辞麗句のなせる技かもしれない。しかし、それはラファエロの技法の独自性も捉えている。絵具と筆遣いを明らかに大いに楽しんだティツィアーノと違って、ラファエロはほとんど絵具を消そうとするかのように、グラッシ（薄い絵具の膜）を何層にも重ねて、皮膚の下にある血管の鼓動を暗示したり、粗い質感を出した表面に小さな絵筆を使って光と影のあらゆる微妙な陰翳を示したりした。彼ほどフレスコ画の技術を極めた画家はいない。ラファエロは、教皇の部屋の壁に描いた『ボルセーナのミサ』でスイス人衛兵が着ている上着の裾にしたように、漆喰壁の白亜質の表面をきらめくベルベットのように見せることができた。そしてヴァザーリは、ラファエロの作品を画家同士の共感をこめてつぶさに調べるのを楽しんだ。

彼はラファエロの『エゼキエルの幻視』の下の小さな景色に注意を向けた。深い奥行きの完璧な渓谷だが、四センチの高さもないものだ。

　彼は天空のユーピテル（ローマ神話に登場する神々の主神で天の支配者、光・気象現象の神）のように見えるキリストと幼い子供たちを描いた小品を作った。キリストを囲んで、エゼキエル（旧約聖書に登場するユダヤ人の預言者）が描写したとおりの四人の福音書記者。一人は人間、一人はライオン、一人は鷲、一人は雄牛の姿で、下には小さな地上の景色が描かれ、縮図であってもサイズそのままに描かれている人物たちに劣らず稀有で美しい[16]。

ヴァザーリはまた、純粋な仲間意識からラファエロがどのように芸術的才能を多角的な大工房に変えたかを明らかにする。海外の顧客を持ち、美術家本人の飽くなき知的好奇心に突き動かされた工房だ。『列伝』の最後のセクションに載るに値する美術家の中に、ラファエロの弟子は最も大きな集団を形作っている。ラファエロが一五二〇年より長く生きていたら、ジョルジョ・ヴァザーリはその一人になっていたかもしれない。いずれにしても、ラファエロの工房には絵画、彫刻、建築、版画、装飾美術、それに学術研究が含まれ、ヴァザーリ自身がアカデミア・デル・ディゼーニョで成し遂げたいと願ったものの最も優れた先例となっていた。

『列伝』の終わり近くの長い一節は、ラファエロが芸術的成熟と国際的名声に達した時でも、同時代人の仕事ばかりか過去の大家の仕事まで吸収して、どのように持続的に画風を変えていたかを記述する。(17)偉大な教師は、他者から学ぶ偉大な生徒でもあった。同業の美術家ばかりか学者や政治家からも。ミケランジェロはラファエロが自分のアイデアを盗んだと不平を言った。しかし、ヴァザーリは、師匠への忠誠があるにもかかわらず、全ての借り物はラファエロ自身の厳格な創造的プロセスによって濾過《ろか》されることを知っていた。

それでも、完璧な物腰と完璧な技法の鑑《かがみ》も人の子だった。「ラファエロは好色な人間で、女性をこよなく好み、いつでも求めに応じた。官能的な快楽を絶え間なく楽しんでも、友人にはこれまで以上に尊敬され、好かれた。おそらくきちんと礼儀はわきまえていたのだろう」その友人の一人が、銀行家のアゴスティーノ・キージで、この時代で最も裕福な男だった。彼はついに――少なくともヴァザーリによれば――玄関前のポーチの絵を仕上げさせるために、ラファエロと愛人を自分の別荘に閉じ込めた。(18)地元ローマの伝承では、愛人はトラステヴェレ生まれの銀行家の娘だと身元を特定しているが、この話は十九世紀にでっち上げられたロマンスだ。しかしながら、ラファエロが女性を魅力的だと思ったのは間違いない――『ヴェールを被る婦人の肖像』として知られる肖像画は、絵具がヴァザーリの説明どおりの効果を上げている。視覚、聴覚、嗅覚、触覚、味覚を含む感覚が生き生きした命の鼓動に出会っているのだ。

ラファエロの死は、彼の報告によれば、まさに美術家の行き過ぎたセックスに起因していた。

それは、いつも以上に好色の悦びにふけった時に起きた。熱を出して帰宅した時、医者たちは彼が過度に興奮していると考えた。ラファエロは自分の放縦について口をつぐんでいたからだ。彼には強壮剤が必要だったのに、医者たちは愚かにも瀉血《しゃけつ》してしまった。おかげで彼は衰弱して意識を失っていった。(19)

彼は華々しく退場する術を心得ていて、一五二〇年四月十日の聖金曜日に他界した。それは彼の誕生日でもあった。それから四日後、復活祭の翌日には、友人のアゴスティーノ・キージが亡くなった。ヴェネツィア人のある訪問者によれば、ローマは二つの葬儀のために平常活動が中断されたという。ヴァザーリの最後の賛辞も、適切に古典修辞学の美辞麗句になっている。今回は噸呼《とんこ》法として知られる技法で、感情をほとばしらせて直接特定の人物に語りかける。まず最初にラファエロに。

ああ、幸せな祝福された魂よ。誰もが喜んで君のことを語り、君の偉業を称賛し、君が残したすべての絵画を高く評価するのだ！

次に、自分自身の職業に向けて。

要するに、彼は画家としてより君主として生きたのだ。だから、ああ、絵画という芸術よ、お前はこの上なく幸運だ。一人の絵描きがお前を美徳と血統の高みへと引き上げてくれたのだから。まことにお前は幸せ者だ。その男の足跡をたどって、弟子たちはその生き方と、美術と美徳の両方を持つことの重要性を知ったのだ。その二つはラファエロの中で融合されていたのだから。[20]

しかし美術は、ヴァザーリの構想の中では、一五二〇年のラファエロの死とともに死ぬことはなかった。若い美術家の追悼詩文中にはそう示唆するものもあった。自然もともに死んだのだと。十六世紀に入ってから生まれた世代にとっては、美術はきっぱりと正しい方向へ向かい始めていたのだ。もしラファエロが、ヴァザーリが持つことのかなわなかった教師なら、ミケランジェロはまさに生きているよき師、十分過ぎる師だった。

この多芸多才の一団の中で、ミケランジェロは本当に前例のないほど多くの分野で空前の成功を収めたのだろうか？　答えはイエスのようだ。

ミケランジェロの作品を考えてみてほしい。絵画にはあまり興味を持っていなかったのに、フレスコ画（システィーナ礼拝堂の天井）でも板絵（一例を挙げれば、ウフィツィ美術館の『聖家族』）

でも、素晴らしい作品を描いた。彼は並外れて描くのがうまかったので、素描を純然たる実用技術からそれ自体を貴重な表現形式にすることに貢献した。彼の彫刻（『ピエタ』や『ダヴィデ』）には何の前置きもいらない。彼は先駆的な建築家だった（サン・ロレンツォ修道院のメディチ図書館、サン・ピエトロ大聖堂）。彼は詩集を出版した。彼は最初の考古学者で、一五〇六年にはローマのネロの宮殿の廃墟から古代彫刻の『ラオコーン像』を発掘する指揮を執った。またラファエロと同じように、教皇の古代遺物コレクションの管理者を務めた。彼はある種の科学実験に従事し、レオナルド・ダ・ヴィンチとともにサント・スピリト施療院の地下で死体を違法解剖した。人間の筋肉の構造を知るためだった。他の美術家で才能がこれほどの幅に達した者はいただろうか？

おそらくダ・ヴィンチが最も近い。ヴァザーリはダ・ヴィンチが建築家として働いたと主張しているが、建築物は何一つ残っておらず、図面があるだけだ。彼の最も印象的な彫刻プロジェクトは『スフォルツァ騎馬像』だが、テラコッタの模型までしかいかなかった。いずれにしろ、ダ・ヴィンチは依頼を科学的挑戦とみなした。世界一大きなブロンズ像が作れるかどうかだったのだ。

画家としてのダ・ヴィンチは、新しい技法を取り入れて、キアロスクーロとスフマートを発展させたが、ヴァザーリがアカデミア・デル・ディゼーニョで提起しようと試みた類の特徴ある活動を確立することはなかった。これはヨーロッパで最初の美術学校で、彼は公爵コジモの後援のもとでフィレンツェに設立することになる。

今日私たちがルネサンス人と呼ぶ、この多面的能力への称賛には、ヴァザーリも含まれる。彼のように多くの肩書を持った美術家はほとんどいないのだ。画家、製図工、舞台装置家、廷臣、建築家、歴史家、そして、もちろん、『列伝』の著者だ。

今になって改めて考えても、ミケランジェロやダ・ヴィンチより多くの分野で抜きん出ている芸術家を思いつくのは難しい。十五世紀ではレオン・バッティスタ・アルベルティだったように、ひょっとしたら一世紀後にはジャン・ロレンツォ・ベルニーニが候補者になるかもしれない。しかし、その後の時代は多くの才能を称賛することは減少し、集中的な専門化がますます標準的になり、多くのことに優れていると公言する者は懐疑的に見られるか、好事家だと思われることになった。今日でも、ミュージシャンが映画出演したり、アスリートが別のプロスポーツに挑戦したりすれば、物好きや異例だと見られるか、あるいは誰かがその人の無謀さを失敗させようと仕組んだのだと思われる。今日の空気が、男であれ女であれ、ルネサンス人の新たな復活を奨励するとは思えない。元祖たちが王座を維持しているのだ。

15 象徴と変化する審美眼

ヴァザーリのヒーロー、ミケランジェロ・ブオナローティは、かつてはフィレンツェの下級貴族の家柄だったが、もはやそうではなくなった家に生まれた。父親は様々な政府の仕事をしていた。当初はカプレーゼという小さな町で、その後フィレンツェに引っ越した。一方、たいていの徒弟は八歳くらいで働き始めるのだが、若いミケランジェロは十三歳になるまで始めなかった。職人芸は、元は貴族だったブオナローティ家にもちろん好ましい領域ではなかったのだ。でも、若者は結局、当時トップだった画家、ドメニコ・ギルランダイオの工房に受け入れられた。ただ、三年間の契約を、ミケランジェロは一年で卒業した。彼の初期の公認伝記作家、アスカニオ・コンディヴィは、ミケランジェロはそれ以上学ぶものがなかったので一年で卒業したと主張している。ヴァザーリも、ミケランジェロはギルランダイオが礼拝堂に彩色するために使っていた足場をスケッチしたと述べて同意している。親方が若者のデッサンを見て認めたのだ。「彼は私以上にわかっている」ミケランジェロはまたフィレンツェとローマを美術界の対の中心地とみなす一般的トスカーナ気質にもかかわらず、海外の巨匠からも学んだ。ヴァザーリは十代のミケランジェロがドイツの版画家、マルティン・ショーンガウアーによる有名な版画の『聖アントニウスの誘惑』に敬服して、入念にまずペンで、それから絵具で模写したことを記している。

当時、ロレンツォ・イル・マニーフィコは高齢の彫刻家（で、かつてはドナテッロの弟子だった）ベルトルド・ディ・ジョヴァンニを雇って、メディチ家が所蔵する古代の遺物のコレクションを監督させ、彫刻芸術を活性化させようとしていた。ドナテッロ以来一世代以上フィレンツェには指導者がいなかったのだ（ヴェロッキオがちょうど本領を発揮してきたところだった）。そこでベルトルドはギルランダイオに弟子の中で彫刻に傾倒しそうな者はいないかと尋ねた。ギルランダイオはミケランジェロを推薦し、ミケランジェロはこうしてロレンツォ・イル・マニーフィコの輪の中へ招き入れられた。メディチ家の古代彫刻コレクションを見る権利もできたのだから、これは格別の喜びだった。若い芸術家はこうしてメディチ家の古代彫刻コレクションに近づけることになった。彼に、すぐに自分の大好きな表現形式になったものの基本を教えたのが、ベルトルドだった。ミケランジェロはまたデッサンを愛したが、長い人生の間、絵を描かなくてはならないことには不平を言っていた。そして彫刻、とりわけ大理石彫刻への執着は、フィレンツェの北の石だらけの岩山で幼少期を過ごしたからだと解き明かした。彼はメディチ家の遺物のコレクションや年上の同時代人の作品をスケッチして技術を磨いた。ミケランジェロは十代ですでにうぬぼれが強かった。ブランカッチ礼拝堂でマザッチョのフレスコ画を一緒にスケッチしながら、兄弟弟子のピエトロ・トッリジャーノを馬鹿にした時、トッリジャーノは木炭を置くと、ミケランジェロの顔を殴って、鼻の骨を折った――それによる変形は、偉大な男の現存する肖像画（フレスコ画の『最後の審判』に描かれている聖バルトロメオが持つ剥がれた皮にある自画像を含む）の全てに見られる。

この事件についてのヴァザーリの記述はトッリジャーノに罪を着せて、それを引き起こしたミケランジェロの行為は省いている。

トッリジャーノは友人になったのだが、ミケランジェロが自分より尊ばれ、美術にも長けているのを見て、嫉妬に駆り立てられ、一緒にばか騒ぎをしている時に彼の鼻を殴って骨を折り、ひどく潰して、彼に永遠にしるしをつけたのだ[1]！

トッリジャーノも負けていなかった。自分の言い分を同じように信用できないベンヴェヌート・チェッリーニに話した。

このミケランジェロと私は、子供の頃よく……デッサンを学ぶためにマザッチョの礼拝堂に行ったものだ。あそこでデッサンしている者を誰でもからかうのがミケランジェロの癖だった。そして数ある中でもあの日、彼が私をうるさがらせたので、私はいつになく怒って、拳骨を固め、鼻に一撃を食らわせた。私の関節の下で骨と軟骨がビスケットのように砕けるのが感じられた。私のこのしるしを、彼は墓まで持っていくだろう[2]。

トッリジャーノは、骨折りがいもなく、フィレンツェには未来がない気がして急いで町を出た——彼は結局イギリスに向かい、ウェストミンスター寺院にある最も素晴らしい彫刻のいくつかに貢献している。

ミケランジェロはヴァザーリのおよそ一世代年上だが、二人のキャリアはメディチ家の運命と密接に関わっている。一四九四年に一族がフィレンツェから追放されると、ミケランジェロはボローニャに向かった。フィレンツェはドミニコ会修道士サヴォナローラの民衆を煽動する説教や「虚栄の焼却」で引っかき回されていた。教皇が一四九七年に強引な修道士を破門にすると、フィレンツェ人は彼をますます疑うようになった。とりわけ一四九八年四月の公開の火の試練が大失敗に終わってからは。五月には、サヴォナローラは逮捕され、拷問された。そして、有罪判決を受け、首をくくられ、シニョリーア広場で火あぶりの刑に処せられた。フィレンツェは共和政治に戻った。ミケランジェロは思い切って帰郷して、『眠れるキューピッド』を彫刻した。これは有力なラファエロ・リアリオ枢機卿に骨董品として贈呈された。リアリオはいたずらを見破ったが、興味をそそられてミケランジェロをローマへ招いた。若い美術家はそこで、初めて大型の彫刻を創った。現在はフィレンツェのバルジェッロ美術館にある一風変わった『バッカス』だが、彼はその後何年もリアリオの盟友でローマの銀行家、ヤコポ・ガリのローマ式庭園に住んだ。

ローマにおけるミケランジェロの評判は、『ピエタ』の依頼を受けた時に固まった。パトロンであるロアン元帥の墓廟の中心となる部分だ。ミケランジェロは弱冠二十四歳で、『ピエタ』が展示された時には、センセーションを巻き起こした。私たちもたぶんヴァザーリの熱のこもった称賛を信じられるだろう。彼はまた、愉快な逸話を語っている。

ある朝、〔ミケランジェロは〕〔『ピエタ』の〕ある場所へ行って、金持ちだが頭の悪い多くのロンバルディア人が声高に褒めているのを観察した。その一人が彫刻家の名前を訊くと、別の一人が答えた。「我らがミラノのゴッボだ」ミケランジェロは何も言わなかったが、自分の作品が別の彫刻家のものとみなされた不公平に憤慨して、その夜、明かりと鑿を持って礼拝堂に閉じこもり、自分の名前を刻みつけた。(3)

彼の評判がローマで高まると、ミケランジェロの心をそそる見込みがフィレンツェに浮上した。一部彫刻されかけたカララ産の大理石の巨大な塊が、割れ目が現れたので使用できない状態で、一四六四年以来大聖堂に置かれているというのだ。約五十年後の一五〇一年、ピエロ・ソデリーニ（皮肉なことに、ロレンツォ・イル・マニーフィコの従兄弟）が元首を務めるフィレンツェの共和政府が、若く才能ある彫刻家の新しい世代に、扱いにくい塊から彫像を作ることを依頼すると決めた。考えられる候補者のほとんどが、ヴァザーリが報告しているように、立派な塊を使える部分に分割したはずだ。ミケランジェロは塊をそのまま保つというこの挑戦がうれしくて、大理石を確保するためにフィレンツェに飛んで帰った。能力が試される素材を完全な彫像に変えるまでに二年かかったが、ヴァザーリの言葉によれば、「ミケランジェロがしたことは、疑問の余地のない奇跡だ。死者を生き返らせたのだから」。フィレンツェ人はその作品を〝巨人〟と呼んで、この『ダヴィデ』を市庁舎、ヴェッキオ宮殿の入り口近くに置くことを決めた。リンギエラと呼ばれる一段高い台に。当時は大理石の欄干に囲まれて、野外集会や政府の正式な発表に使用されていたのだ。建築家のアントニオ・ダ・サンガッロが、巨像が立つための美しい台座を用意し、大聖堂の庭からリンギエラまで身の毛もよだつような道のりを運ばれて、『ダヴィデ』は共和国の市民の誇りと大胆な精神の普遍的な表現として所定の位置についた。

ミケランジェロは外から着想の源を得ることはないと言うのが好きだった。彼の才能は唯一無二で、着想は苦もなく自然に訪れるのだと。しかし、美術史家は彼の作風が一五〇〇年にレオナルド・ダ・ヴィンチがミラノからフィレンツェへ戻った時から変わったことに注目してきた。ダ・ヴィンチは二十年近く様々な王侯の宮廷に仕えていたのだ。彼の帰還は、若い美術家たちにとって、地元の生きた伝説から学ぶチャンスになった。唯一残るミケランジェロの板絵、『聖家族』(一五〇七年頃)は、聖家族のらせんを描くようにからみ合う姿勢がダ・ヴィンチの影響への敬意を表している。ダ・ヴィンチの『聖アンナと聖母子と幼児聖ヨハネ』を偲ばせ、マニエリスムを感じさせる最も早い段階の兆候だ。

私たちはまたヴァザーリの話から、ミケランジェロがどれほど熱心に数えきれない下描きに取り組んでいたかを知っている。それらが努力の跡を見せてしまうのが恥ずかしくて、彼は後日たくさんの素描を燃やした。自分の努力がわかってしまう手がかりをことごとく隠そうとしたのだ。その多くが後世に伝えるために救われたのは、ヴァザーリ自身がタイミングよく熱心に嘆願したおかげだ。

ローマでの『ピエタ』とフィレンツェでの『ダヴィデ』によって、ミケランジェロはその後のプロジェクトを選び抜く余裕ができた。一五〇四年、『ダヴィデ』完成から間もなく、共和政府は五百人広間に戦闘シーンを描く〝画家の決闘〟に参加するよう彼を誘った。本書の序で取り上げた話だ。ミケランジェロはこの依頼を単なる切磋琢磨としてではなく、世代交替と捉えたことだろう。翌年、彼はサンタ・マリア・デル・フィオーレ大聖堂のための十二使徒像という巨額の依頼を引き受けたが、完成したのは一体、聖ペテロだけだった。

教皇から声がかかれば、フィレンツェは待たなくてはならない。一五〇六年、ユリウス二世がミケランジェロをローマへ招致した。教皇はちょうどサン・ピエトロ大聖堂の改築のための基礎石を置いたところだった。四世紀に建てられて荒廃した元の聖堂と取り替えるためにドナト・ブラマンテが設計したが、教皇は、本堂と袖廊が交差するアーチの下に自分の大規模な墓廟がほしかった。パンテオンと同じくらい印象的なドームを下から支えることになるはずなのだ。ユリウスはまた、聖ペテロの椅子に座る教皇を現すブロンズ像を依頼した。これはボローニャに行くことになっていた。都市が正式に教皇領の封臣だと永遠に思い出させる役割を果たすためだった（が、一五〇九年に市民が教皇軍を市から追い出す時には、溶かされて、〝ラ・ジュリア〟いう名前の大砲になった）。一五〇八年、大掛かりな墓廟の作業が手間取って休止すると、ユリウスはミケランジェロにシスティーナ礼拝堂の天井に絵を描くよう依頼した。

礼拝堂の壁の上部は一四八一〜八三年に、十五世紀後半のボッティチェッリやペルジーノといったとりわけ著名な画家のチームによって絵が描かれていた[4]。しかしながら、ヴォールトは青地に金箔を被せた星々という簡素な模様に覆われていた。教皇ユリウスは当初十二使徒の姿を構想していたが、計画はすぐにもっとずっと複雑なものに発展した。天地創造からノアの時代までのキリスト教の歴史だ。ミケランジェロは礼拝堂の緩やかに湾曲したヴォールトの小さな一区画に渡した足場にまっすぐに立って、ノアの方舟の話から始めた。その光景を大まかに最後まで描いたところで、はるか下の床から気楽に眺めるには人物が小さ過ぎると判断した。しかし、場面を描き直すのではなく、そのままどんどん進めた。今日の見物人には、画家が二十メートル近く離れていても見やすいように残りの場面を拡大して描いたことがはっきりわかる。意図的に歪められた体、彩色した彫刻のように見える絵、それに海緑色、オレンジ色、ピンクの新奇な色調の、明るく強烈な色は、ミケランジェロ独特の画風を強く印象づけ、信奉者がマニエラと呼ぶもの、今日ではマニエリスムとも呼ばれる様式を活気づかせるのだ。

一五一二年に天井を仕上げた直後に、ミケランジェロは教皇の墓廟に戻った。そして、記念碑的な『モーセ』を彫った。システィーナ礼拝堂の天井にある旧約聖書の預言者の三次元の大理石拡大版とも言えそうな彫像だ。過度に強調された筋肉組織と緊張をはらんだ姿勢は『ラオコーン像』を思い出させる。皇帝ネロの黄金宮殿の廃墟から一五〇六年に発掘され、直ちにヴァティカンのコレクションに収容された古代彫刻群像だ。そこには、ミケランジェロにとって大切な別の古代彫刻、不完全でも格調の高い『ベルヴェデーレのトルソ』も一緒にあった。

ユリウスは一五一三年に死去したが、その墓廟はまだ完成していなかった。しかし、後任のレオ十世（ロレンツォ・デ・メディチの息子）にはそのプロジェクトに資金を出す気はまったくなかった。代わりに、ミケランジェロをヴァティカンからフィレンツェ礼賛のための仕事へ、また彼自身の家族のもとへ帰らせた。一族は一五一二年に故郷を取り戻していたのだ。ミケランジェロはフィレンツェのサン・ロレンツォ聖堂にあるメディチ家の墓廟での仕事に取りかかり、システィーナ礼拝堂で開発したやり方で仕事を続けた。それはとりわけ、絵具や石の扱いと、女性の姿に顕著だった。ミケランジェロは、伝統的彫像の中心的存在、筋骨たくましい男性の裸体が、自然の中で最も美しい姿で、そうした人物が彼の呼ぶフィグラ・セルペンティナータ（ヘビのような形）であるS字形にポーズを取れば、ろうそくの炎の揺らめきを想起させて、彼らを最高に引き立てると考えていた。彼の描く女性の姿はほっそりしていても筋肉ががっしりしていて、同じ美的好みを追求している。

サン・ロレンツォ聖堂にあるメディチ家の墓廟で仕事をしながら、彼は付属の修道院のために図書館スペースを設計した。そもそも大コジモが始めた驚異的な本のコレクションを収蔵するためだった。

彼はユリウス二世の墓廟の仕事も続け、『奴隷』あるいは『囚人』のシリーズを制作した。ユリウスが征服した管区を象徴するはずだった。その未完成の四像は現在フィレンツェにあるアカデミア美術館に保存されている（ミケランジェロはどこにいても墓廟の仕事ができるように、石をトスカーナにもローマにも運ばせていた）。奴隷や囚人は、ヴァザーリが述べるように、彼らを包む大理石から浮かび上がっている。水たまりからゆっくり引き上げられているかのように[5]。どのように大理石の塊の中に完成形を思い描いて、余分な石を全て切り取り、その塊の中に内在している姿を示すかを、ミケランジェロ自身が説明している。かくして、こうした未完成の彫像は、ヴァザーリにとっては、大理石をどのように彫刻するか、素晴らしい実例を提供した[6]。今日、『囚人』は著しくモダンに見える。私たちが五百年前のこうした未完成の彫像に似ている抽象的な要素を持つ完成作品を見慣れてきたからだ。しかし、あの彫像たちはある種の誇りの実例を提供する。『ダヴィデ』を造った経験が、ミケランジェロに石を刻む自分の能力に究極の自信を与えた。彼は同時代の誰よりもずっと早く石が刻めたのだ。彼は常に下描きに頼ることなく感触で彫り始めた。『囚人』一人ひとりをつぶさに見ると、その誰もが完成させられないことが明らかになる。ミケランジェロは急いでいたために、頭にあった他の人物のためのスペースを残さなかったのだ。彼は驚異的な美術家だが、やはり人の子だった。

ローマ劫掠とメディチ家の教皇クレメンス七世の脱出は、ミケランジェロが軍事工学と築城学へ配属されることを意味していた。一五四三年、彼はこれを最後に、フィレンツェを後にした。それからはずっとローマに住むことになる。パウルス三世の後援のもとで、彼の最も重要なプロジェクトはサン・ピエトロ大聖堂のドームと、システィーナ礼拝堂のもう一つのフレスコ画、祭壇壁の『最後の審判』だった。これは絵画や彫刻の最後の重要な作品になる。彼はまもなくほとんど建築に特化していくからだ——製図と監督ができるプロジェクトで、肉体的な負担はそれほど重くないものだ[7]。彼はローマの第一丘にカンピドリオ広場を設計した。古代の乗馬姿のマルクス・アウレリウス像を、中世の間ずっと置かれていたサン・ジョヴァンニ・イン・ラテラノ大聖堂外の広場から運んで、カンピドリオの中心に据えた。古代ローマ、皇帝たちの領土を、当時のローマ、教皇たちの王国と象徴的に結んで——彼や同時代人はそのイメージがコンスタンティヌス帝を示していると考えた。彼はまた個人宅をいくつか手がけた。パラッツォ・ファルネーゼの最上階もその一つで、パウルス三世の本宅だ。

　彼はサン・ピエトロ大聖堂のドームにも取り組み、サンタ・マリア・デル・フィオーレ大聖堂におけるブルネレスキのドームの工法と形を手本にし、さらに概念的にそっくり真似た——これらは、単に内部から称賛されるよりはむしろ、遠くから眺めた時に人目を引くことを意図した最初のドームだ。長年の間に、多くの建築家が、サン・ピエトロ大聖堂の計画にそれぞれの設計を付け足したので、構想は混乱に陥っていた。ミケランジェロはそれらを剝ぎ取って、主としてブラマンテのものより簡素な設計に焦点を合わせた。彼の元ライバルだ（この時にはすでに他界して久しかった）。彼は聖堂の全体設計をギリシア十字形からラテン十字形へと（袖廊の〝腕〟は短めで、身廊は長めにして）変えた。また、聖堂内部を、ミニマリストとは言わないまでも、簡素にした——少しずつ追加されて、あまりに多くの精彩な装飾、飾りたてられた小さな礼拝堂、それに奉納画へと展開してしまい、広大なスペースが狭苦しく、小さく、あまり堂々とは見えなくなっていたのだ。内部の最も明らかな変更は、長い湾曲部のある主祭壇の後ろの壁、後陣を閉ざしたことだ。

ミケランジェロがドームの完成を見ることはなかった。ドームは彼の死後もさらなる変更を経験することになる。建築、彫刻、イーゼル画、フレスコ画、素描、都市計画、それに軍事工学だけでは、彼の能力に相応しい場所を提供できないとでもいうように、ミケランジェロは少なくとも三百の詩を作っている。中には多くの素晴らしい作品がある（彼はヴァザーリを含むたいていの美術家よりずっと優れた詩人だった）。現在ヴァザーリに対しては文句も多いが、彼は自分にとっての史上最高の美術家候補について説得力のある論争をしている。今日に至るまで、ミケランジェロ・ブオナローティがそのタイトルを保持するのは正当な選択に思われる。

美術家としてどれほど優れた能力があっても、ミケランジェロは金と称賛のどちらにも寛容ではなかった。それどころか紛れもないしみったれだった。それとは対照的に、ビンド・アルトヴィティはハンサムで度量があり、十六世紀における最も目の肥えたパトロンの一人だった。不遜な言行にもかかわらず、ジュリオ・ロマーノはラファエロの工房における最有力人物で、ラファエロが単にずば抜けた才能のある助手というより、まるで息子のように遇した男だった。オッタヴィアーノ・デ・メディチは、フィレンツェで密かに目立たぬように動いていたが、一族全体の審美眼の裁定人だった。これらの男たちに共通点はほとんどないにもかかわらず、全員がジョルジョ・ヴァザーリのことを優れた美術家で卓越した友だと認めている。明らかに彼らはヴァザーリの中に、その仕事の中に、何かを見たのだ。私たちの時代が同じ程度まで認識できない何かを。現代の評論家とは違って、ヴァザーリの同時代人は彼を二流の専門家とはみなさない。それよりも、一人の美術家が引き受けられる最大の責任を彼に委ねている。壮大な公共事業と極度に私的で敬虔な仕事を。

好みは、個人も社会一般も変わるものだ。二十世紀初頭、そうしたことに関心を持つたいていの人はブロンズィーノ、ポントルモ、ロッソ・フィオレンティーノ、ヴァザーリ、それにカラヴァッジョといった画家の作品を救い難いほど醜いと考えた。一世紀後の今日では、ヴァティカン宮殿を訪れる者たちはパオリーナ礼拝堂のミケランジェロの作品に声をあげるが、隣のサラ・レジアにあるヴァザーリのフレスコ画はさっさと通り過ぎる。もはや醜いとは評さないまでも、見る者にかつては不快感を起こさせた革命的な美意識の（にもかかわらずというよりはむしろその）おかげで、カラヴァッジョはここ数十年間スターダムにのし上がったものの、ヴァザーリは社会の主流から取り残されたままで、多くの人には重要な歴史家でも、明白に派生的な画家だとみなされていた。典型的な例では、ロバート・カーデンの伝記は今日まで唯一の広範なヴァザーリ伝だが、不承不承に作家としての彼を称賛する以外には、自分のテーマを山ほどある否定的な判断の下に隠している。フィレンツェを訪れる者は、ヴェッキオ宮殿の彼の戦闘シーンを引き下ろして、その下にダ・ヴィンチの『アンギアーリの戦い』か、ミケランジェロの『カーシナの戦い』の何かが残っているかどうか調べることを夢見る。イタリアでは二つの場所だけが、残存するジョルジョ・ヴァザーリの作品に本物の率直な誇りを持っている。彼の出生地アレッツォとナポリだ。ナポリではモンテ・オリヴェート・マッジョーレ修道院のための装飾物が定期的に関わる人々に大切にされている。美術作品についてあれほど鋭い評価を書いた者には皮肉なことだが、ヴァザーリはよい、悪い、あるいは美しいといった定義変更の犠牲になってしまったようだ。

見解のこうした変化で不可欠なのが、美術はわざとらしく人為的なよりはむしろ明快で、単純で、公正でなくてはならないというモダニストの信念だろう――そして、マニエリスムほどわざとらしく人為的な美術はないのだ。この単純な率直さの基準は、ヴァザーリの生涯の終わりにはすでに作用し始めていた。一五六三年、カトリック教会が改革のためのトリエント公会議（一五四五～六三年にイタリアのトリエントで開かれたローマカトリック教会の公会議）の終了時に、宗教的な美術、建築、それに音楽の創作に関する一般的指針を示したのだ。宗教音楽に添えられた言葉や宗教美術で表現される人物は、直ちに理解できるもの、練られたものよりむしろ単純なものであるべきだ。(8) 教会の建物は、聖職者と信徒が一堂に会する場で、誰にもミサが聞こえ、見え、経験できる場でなくてはならない。今日でも研究者に議論されている、ボッティチェッリの『春』やティツィアーノの『聖愛と俗愛』のような絵画の謎は、突然時間の無駄だとみなされた。

こうした感情重視、認識の明確さ、挑発的な共感、それに宗教的テーマについてもっと鮮明な瞑想を促すことは、どれもプロテスタント主義に対抗する教会の反動行為で、その中で美術は信徒の心を守るための暗黙の対抗手段であり、異端の脅威に対するプロパガンダだった。

マルティン・ルターが（一五一七年にヴィッテンベルク城の教会の扉に『九十五箇条の論題』を貼り出して）宗教改革を起こした時、カトリック教会の中に重大局面を誘発したのだ。ルターの多くの異議申し立ての中には、カトリックの免罪符販売の慣例（金持ちは現金で天国へ行けるようになる）や聖人崇拝（カトリック教徒が何百という聖人に祈りを捧げるとなると多神教信者めいてしまう――航海の安全を聖ニコラウスに祈るのは、どうも航海の安全をポセイドンに祈るように聞こえる）があった。教会は実際に非常に堕落した組織で、「金持ちが神の国に入るよりも、らくだが針の穴を通る方がまだ易しい」というキリストの主張を、とっくの昔に見逃すことを選んでいた。

改革主義者はまた、カトリックが人生のあらゆる局面（誕生から結婚から死まで）に絶対統制をふるっているのと、制限された聖書の解釈を嫌った。とりわけミサが常にラテン語で行われていたからだ。教会に行く者の圧倒的多数がラテン語を理解できず、教会で祈る時には音だけを機械的に繰り返し、司祭の説教（これは通常その土地の言葉）が何を信じて、何を考えるべきかを説明してくれると信頼していた。改革主義者は聖書がその土地の言語に訳されることを、礼拝が万人に理解できることを望んだ。ルターはまた、仲介者としての教会を必要とせずに、神との個人的な関係を進展させることを奨励した。

芸術においては、これは一部プロテスタント、とりわけカルヴァン主義者が象徴的宗教芸術をことごとく禁止するきっかけになった（カルヴァン主義の教会は、アムステルダムにある教会のように、真っ白に塗られ、建築的あるいは植物の化粧漆喰の装飾はあるものの、象徴的美術はない）。彼らはその信念を、偶像を禁止する十戒から引き出した（ユダヤ教もイスラム教も、神の描写が受け入れ難いものなので、象徴的宗教美術を認めていない）。しかし、カトリックは象徴的絵画をずっと特色にしてきた。最初のキリスト教徒が密かに集まっていた最古の場所まで遡ってもそうだ。おそらくヨーロッパの人口の九十八パーセントくらいにのぼる読み書きのできない者にとっては、象徴的美術は宗教を理解するのを助けてくれていた。しかし、芸術に関するトリエント公会議の審議は、アプローチの変化につながった。これからも象徴的宗教美術を認めながらも、公会議の布告は、見る者に同情や共感を引き起こす個人的な瞑想を補助するものとしての美術に、より大きな重点を置いた（従って、悲しみや苦しみに涙ぐんだり、傷ついたりしている聖人は、美術で伝えやすい容易な感情で、観る者も理解しやすい）。トリエント公会議が結論を出し、教皇が次々と美術についてのこの規定を適用し始めて、ヴァザーリの時代直後の傾向は、聡明な見物人なら楽しく解くことのできる目で見える難問、複雑な寓意から離れていった。ヴァザーリは、象徴主義が感情をしのぐ、ルネサンスの謎めいた表現方法を操る美術家の最後の世代に属していた。

キリスト教は、最初の信者たちによって確立された象徴主義の長い伝統を発展させてきた。ろうそくで照らした地下墓地の壁にキリストを描くために太陽神アポロンのイメージを借り、キリストの犠牲の代役には子羊を使った。こうした起源が、寓意、聖人伝の画像、偽装した表象へと発展した。しかし、その体系は成文化もされず、辞書や寓意画集で説明されることもなかった。が、十六世紀末に、チェーザレ・リーパが『イコノロジーア』(図像学、あるいは、古代文物と他の情報源に由来する普遍的象徴の解説)を出版した。刊行は一五九三年で、リーパは枢機卿の執事兼料理人として働いていた(美術家ではなく、美術における象徴に熱中している素人だった)。これは本という形である種の画像データベースをつくり出した最初のもので、その時点までに美術(主としてイタリア美術)に現れた最も一般的な寓意と象徴の具体例が詰め込まれていた。美術家は、過去の美術家、とりわけ師事した師匠の作品を参照して、そうした対象を描くための伝統的な方法を利用するのだ。しかし、彼らの選択は体系化されなかった。これは、最初の辞書が出版される以前の英語の綴りに少し似ている。人々は自分なりに一番よいと思うように、過去に見たことのある文字のように綴ったが(十七世紀の英国人海軍将校、サー・クロズリー・ショヴェルは自分の名前を二十四通りに綴った)、辞書はそれぞれの単語の好ましい綴り方を一つだけ提示し、それが一般的な評価基準になった。リーパの『イコノロジーア』第二版(一六〇三年)には六百八十四の寓意が取り上げられていて、そのうちの百五十一は木版画で図解されている。

『イコノロジーア』は寓意と象徴の辞書だ。美術家とパトロンのための基本的参考文献で、彼らは自分の蔵書にしたかもしれない。裁判所にフレスコ画を描く依頼となれば、リーパの尊厳と正義のページを参照して、それに基づいて自分の絵を描くかもしれない。尊厳は華美な収納箱を肩に乗せた女性の姿で、正義は片手に秤、もう片方には剣を持った目隠しの女性だと、重宝にも教えてくれるのだ。リーパは何世紀にもわたって使われてきたが、これまで系統立てられていなかった画像を集めた。図像の計画を展開することは、新しい作品のための美術家の構想《インヴェンツィオーネ》の一環だ。もっと複雑な依頼のためには、専門の神学者が助言を求められた。しかし、ヴァザーリのように自分の象徴的組み合わせを書面で詳説する美術家は稀だ。[9]

ヴァザーリの図像の奇妙な選択は、豊かな伝統を踏まえている。聖人伝の画像に加えて、美術には洞察力のある美術史家のエルヴィン・パノフスキーが呼ぶ、〝偽装象徴主義〟がある。芸術作品の中に盛り込まれた無生物は、それらに語りや説明の役割があるのではなく、描かれた情景や人についての考えを伝えているのだ。[10]

無生物が考えを伝えることができる一方で、人も同様の役目を果たす。古代ギリシア・ローマ時代からすでに、寓意的擬人化は抽象観念を視覚的に表現するために使われていた。愛、富、幸運、ローマ、エジプト、繁栄。こうした抽象概念のほとんどが、ギリシア語でもラテン語でも女性名詞で、従って威厳のある女性として表される。愛は陽気な少年だ。先に挙げた目隠しをして、片手に剣、もう片方には秤を持った女性は、正義を表す。勝利の女神は、包囲された軍隊を救出するために、現在はルーヴルに所蔵されている翼を持った勝利の女神の『サモトラケのニケ』のように、シンボルのシュロの枝を振りかざして飛ぶ。キリスト教殉教者はその死の瞬間に、天使から同じ勝者のシュロを捧げられる。

それに加えて、誰にも解明できそうもない不可解な絵柄もある。ボッティチェッリの『プリマヴェーラ』のような謎めいた絵は、ロレンツォ・ディ・ピエルフランチェスコ・デ・メディチ――もっと有名なロレンツォ・イル・マニーフィコの従兄弟――の取り巻きグループと政敵にしかわからない暗号だ。私たちもその意味を推測することはできるが、本当のところは絶対にわからない。それに、描かれた謎を解明するのに通常より労力を要することもある。ユリウス二世のためのラファエロの部屋は、ミケランジェロのシスティーナ礼拝堂の天井画同様、その概要を見つけ出すことはできる。しかし、こうした作品の構想に投入される豊富な趣向はとても深遠で、研究者たちは何世紀にもわたって考察してきたし、今後も続くだろう。図像学がジョヴァンニ・ベッリーニの『聖なる寓意』を解き明かす手がかりをいくつか提供するのはわかるが、そのほとんどは今も隠されている。意図的に不可解にしたこうした作品が何を意味するのかについての論争は、世界で最もずば抜けた芸術作品のいくつかをもっと近くで見るためのうれしい言い訳を提供してくれる。『聖なる寓意』は、その同時代人にとってさえ、学術的な論争のテーマになりそうな作品だ。思慮に富んだ瞑想を誘発し、謎を解くことを求められる芸術作品は、見る者に楽しい知的訓練を持ちかけ、神聖なテーマへの取り組みを促し、装飾品というだけでなく啓蒙的な楽しみを提供する。フィレンツェのサン・マルコ修道院では、修道士の房それぞれに一つずつ異なる絵（そのうちのいくつかは、そこで暮らした偉大なフラ・アンジェリコの作品）があり、絵は本人の考えの複雑さにより変化する。若い修道士は、より単純な主題（例えばキリストの磔像）のある房に住むことから始めて、三位一体のようなもっと複雑な場面が描かれた房に移る。神、イエス、それに聖霊が一体化した姿と、三つの別々の存在である姿の両方を示すもので、サンタ・マリア・ノヴェッラ教会にマザッチョが描いた『聖三位一体』のようにしばしば描かれている。この『聖三位一体』を、(ヴァザーリは礼拝堂の改装を課せられた時には周りに偽の壁を築き)その上に三人の人物を描いて救うことになる。

こうして、私たち二十一世紀の観察者が謎として見る作品には二つのレベルがある。一つには、過去の時代の標準的な視覚表現形式を学び直さなくてはならないということだ。謎を素早く剝ぎ取って、聖人と寓意的化身をやすやすと特定できるようにする行為だ。しかし、〝謎の絵画〟と呼びかねない作品もある。見る者に、同時代人にさえも、常に謎を提供しようとする作品だ。

ブロンズィーノの『愛の勝利の寓意』(『ヴィーナスとキューピッドの寓意』と呼ばれることもある)は、その代表例だ。ロンドンのナショナル・ギャラリー所蔵の最も印象的でよく知られた作品の一つで、大理石を思わせる白い肌の裸体のヴィーナスが若いエロス(息子と言うべきだろう)に舌で触れるショッキングなほどエロティックな抱擁を見せている。おまけにきらびやかでも神秘的に描かれた寓意的化身に囲まれていて、その中には美しい宮廷の淑女の顔に、ヘビの尻尾、獅子の足、そして左右が入れ替わって腕についている手を持つ異形の少女がいて、甘い蜜蜂の巣を差し出しながらサソリを隠し持っている。

ヴァザーリの『列伝』は、この絵の印象的でエロティックな謎の意味を解明しようとする美術史家に何世紀にもわたって利用されてきた。この場合は、ヴァザーリの側の誤りが美術史家を誤解させたのだった。一九八六年になってようやく、美術史家のロバート・ガストンが、研究者が皆その主要な情報源としてヴァザーリを使うと決めたために、四世紀にわたって混乱してきた有名な謎の絵画に、妥当と思われる解釈を提示した。[11]

ヴァザーリの翻訳は、彼の本文を修正したり解明したりする注釈や脚注だらけで、当座は際立って正確でも、やはりぽつぽつと誤りの穴がある。これは理解できる。ヴァザーリは伝聞、逸話、見つかった手紙、それに彼自身の記憶に基づいて美術家の人生を綴り合わせて、これまでになかったタイプの本を創案していたのだ。そして、それこそがヴァザーリの永続する力で、美術史家は一九八〇年代の後半になってようやく、誤りのある情報が織り交ぜられているので、彼の言葉を当然だと思ってはいけないと悟ったのだった。ヴァザーリへの信頼は、無数の他の作品を解釈する手がかりを提供してくれたのと同じように、いくつかの作品の解釈を妨げてもいたのだ。

ブロンズィーノは、自身の『愛の勝利の寓意』を読み解くのを難しくしたいと願って、何層もの解釈を差し入れて、見る者を弄《もてあそ》ぶことまでする。ものすごくエロティックな絵画に、彼なり彼女なりを物理的に無理やりできるだけ近づけさせるのだ。すぐ前まで近づかなければ、情事の感情が高ぶる最初の悦びを体現する子供が、実は刺を踏んでいて、刺が足を指し貫いて血が表面に泡になって吹き出ているといった、詳細は見えない。子供は気にしない。愛に気もそぞろで、その痛みにようやく気づくのは後になってからだろう。

ヴァザーリは、『列伝』の中で、アーニョロ・ブロンズィーノにあまり時間を注ぎ込んでいない。これはおそらく職業上のライバル意識の問題だ（ブロンズィーノの生前には、ヴァザーリは彼について多くを語らなかったが、その死後は彼のことがとても好きで密かに高く評価していたと認めた(12)）。ブロンズィーノはヴァザーリがその役を引き継ぐ直前まで、メディチ家の正式な宮廷肖像画家を務めていたのだ。彼は極めて才能のある画家で、ほぼ間違いなくヴァザーリの時代で最高の画家なのだ。彼の描く肖像画は無表情だが、素晴らしい光沢と仕上げのせいで筆遣いが目に見えないほどだ。一方、ヴァザーリの描く肖像画は、機能的だがぎこちない。となれば、ブロンズィーノが彼自身の章、彼自身の伝記の形をとって、ヴァザーリから更なる称賛を与えられていないのも、たぶん驚くにはあたらないだろう。それどころか『美術アカデミーの会員たち』と題されたグループの章の中で、ついでに一括して扱われているのだ。この章の中でも、遠回しに称賛してはいても、ブロンズィーノ個人の作品についての言及はさらに少ない。しかし、『愛の勝利の寓意』についての短い一節が、何世紀もの間、世界で最も有名な作品の意味を解き明かそうとする美術史探偵に利用できる唯一の手がかりだった。

ブロンズィーノの『愛の勝利の寓意』の物理的な歴史は、今なおその解釈とほとんど同じくらい謎めいている。一五四五年頃に描かれ、フランス王フランソワ一世へ贈り物として送られた。王はイタリア美術と裸の女性が大好きだったので、この作品は申し分のないプレゼントになった。この作品についてヴァザーリが述べているのはそれだけだ。

［ブロンズィーノは］まれに見る美しい絵を描き、それはフランスのフランソワ王に送られた。絵には裸身のヴィーナスと彼女にキスするキューピッドがいて、片側には〝戯れ〟や他のキューピッドたちと一緒に〝快楽〟がいて、反対側には、〝欺瞞〟、〝嫉妬〟、それに愛にまつわる他の熱情がいる。(13)

描かれた時代から今日まで研究者が持っていたのは、件の絵画に言及しているように思われるこの短い論評だけだった。ヴァザーリは、（一）絵画はフランス王フランソワ一世に送られたと教えている（しかし王のために描かれたものだとは明記していない）。（一一）彼は絵画に描かれている人物と寓意的化身を名指している。ヴィーナスとキューピッドも、〝戯れ〟（あるいは〝戯れの愛〟や〝愚行〟とも訳される）、〝欺瞞〟、そして〝嫉妬〟の概念の化身も、他の〝キューピッドたち〟あるいは赤ん坊の天使、そしてかなり不可解な〝愛にまつわる他の熱情〟も。

何世紀にもわたり、学者たちはこの短い一節から出発して、ヴァザーリが記述した化身とロンドンのナショナル・ギャラリーにかかる絵画の人物を一致させようとした。ブロンズィーノの絵は一瞥で、ヴィーナスとキューピッドを簡単に見分けられる。もっともキューピッドは、通常エロスの思春期の姿だ。しかし、〝戯れ〟、〝欺瞞〟、〝嫉妬〟、〝他のキューピッドたち〟、それに〝愛にまつわる他の熱情〟はどうなのか？　これは、さまざまな組み合わせゲームで、ブロンズィーノが描いた人物にヴァザーリが自分のつけた名称を添えているのだ。〝嫉妬〟は左奥の黄色い肌の人物で、髪をかきむしり、ぼろぼろの歯の並んだ口で泣き叫んでいる。〝戯れ〟は裸の子供の可能性が高い。抱擁するヴィーナスとキューピッド（足に刺が刺さっているのに気づいていない方）に手にいっぱいのバラの花びらを投げかけようとしている。〝欺瞞〟は左右の手が入れ替わっている異形の少女だろう。ここまではいい。他のキューピッドたちと愛にまつわる他の熱情となると？　こちらはわかりづらい。実のところ、他の〝キューピッドたち〟（ヴァザーリはアモリニ、〝小さなキューピッドたち〟と呼んでいる）は見当たらない。〝愛にまつわる他の熱情〟は同じように探しても、満足はできない。絵には、伝統的な翼と砂時計を持つ明白な〝時間〟の寓意的化身がいるが、ヴァザーリは触れていない。おかしい。左上の端には気味の悪い人物がいて、〝時間〟と競争しているように見え、頭の後ろの部分がない。下には仮面があって、サテュロス（ギリシア神話の酒神に従う半人半獣）とマイナス

（ギリシア神話で酒神の供の女）の顔をしている。どうしてこれらへの言及がないのか？　彼らは〝キューピッドたち〟や〝愛にまつわる他の熱情〟とはとても呼べない。

ヴァザーリの説明とロンドンの『愛の勝利の寓意』をきちんと一致させるのが難しくても、絵を考察した研究者は皆、その考察をヴァザーリの文言のレンズを通して行っていた。件の作品には他に文書になった参考資料がなかったからだ。多くの仮説があったにもかかわらず、誰も説得力を持って進展させられなかった。ブロンズィーノの『愛の勝利の寓意』は、美術史最大の謎の一つとして残っていた。そこへ、ロバート・ガストンが現れた。彼は目の前にあるのに誰も気づかなかったことを明確に理解した。

ヴァザーリは、とガストンは示唆する。違う絵の説明をしているのだと。彼の説明はロンドンの『愛の勝利の寓意』とまったく合致しないのだ。ヴァザーリはことによると絵の内容を誤って記憶したのだろうか？　あれを書いた時には、絵を見てから数十年が経っていた（関連性のある一節は、『列伝』の一五六八年版にしかない）。彼が自分の目で見たのだとしたら（確かなところはわからないが）、フランスに引き渡された一五四五年より前のはずだ。ヴァザーリが絵を誤って記憶したか、あるいは（説明に最も明白な寓意化身、『時』がないので）こちらの可能性が高いように思われるが、この一節で彼はまったく別の絵の説明をしている。同じテーマの別バージョンを。

ヴァザーリの説明は、美術史家の松葉杖だった。作品そのもの以外には手がかりがなかったからだ。しかし、何世代もの研究者がその松葉杖にあまりに頼ったために、彼らは自分の足で歩けることを忘れてしまっていた。ガストンがヴァザーリを退けて初めて、美術家だけでなく詩人でもあるブロンズィーノが、愛の悦びと苦悶を詳述できるのは自分たちだけだという友人の詩人の主張に挑戦するために『愛の勝利の寓意』を描いたと推断することができたのだ。

この絵の恋人を見る者は、ヴィーナスとキューピッドのこの上なくエロティックな近親相姦的な愛と、〔快楽の〕陽気な参加を提示される。彼も引き込まれて、その〔愛人の〕抱擁を楽しむというような。彼女は、言葉と体の蜜の毒、それに何よりそのヘビの舌で、恋人に悦びと痛みの両方が同時に訪れる状態を作り出すので、彼は髪をかきむしって、〝時間〟と〝忘却〟に救いを求める。彼らはその叫びを心に留める。その苦しみは身を切られるほど緩慢なので果てしなく思われる。しかし、こんなに美しい生き物の凝視に、例え彼女が怪物だとしても、誰が抵抗できるだろうか(14)?

16
ナポリへ

ヴァザーリの入り組んだ修辞的表現は、現代の観察者にはもはや効果のない警句を披露するのだが、彼の同時代人には楽しい秘密のパズルを提供した。ビンド・アルトヴィティ、パオロ・ジョヴィオ、ミケランジェロ、それにアレッサンドロ・ファルネーゼのような見識のある絵画の目利きにとっては、『ピエタ』の上の天空に、太陽神アポロンと月の女神ディアナの姿を組み入れることは――異教徒の神々をキリスト教の主題と一緒にしている――巧妙なばかりか深遠だった。キリストの死の悲劇が、新たに形成されたキリスト教徒の自覚ばかりか異教徒の世界全体にも影響を及ぼしたことを示しているからだ。アポロンとディアナが、聖母マリアや弟子たちに劣らずイエスを哀悼しているのを示すことで、ヴァザーリはこの出来事の悲しみを深めている。これはまた、カトリック教徒の信心深さとルネサンスを特徴づける懐古的な興奮を融合させた。着想に形式的表現を与える新しい方法をつくり出すこの能力、「インヴェンツィオーネ」は、ヴァザーリとその同僚たちが美術家の必須技術の一つとして重んじたものだった(1)。

ヴァザーリの『ピエタ』の優雅な聖母マリアは、イエスの母親はどう見えるべきかという当時の考え方からかけ離れている。特にこの恐ろしい時を迎えた時には、すでに年配の女性になっている晩年なのだ。それでも、聖母マリアにサテンのようにきらめく華麗な長くゆったりした外衣を着せて、永遠に若く、永遠にモダンに見せることで、ヴァザーリは自分や同時代人が何を彼女の最も重要な資質として見ているかを伝えている。その心の至上の静穏。息子を公開の磔で失うという深く傷ついた経験にもかかわらずだ。視覚表現において、この勝ち誇らんばかりの内的な美しさをはっきりと表現する最も効果的な方法は、嘆き悲しむ聖母マリアを類いまれな肉体的魅力のある女性として示し、彼女の若さを強調することでその不滅性をほのめかすことなのだ。彼女の容貌は二十一世紀の好みにぴったり適合することはないかもしれないが、彼女はビンド・アルトヴィティを喜ばせ、彼女を生み出したヴァザーリにとって本当に大切なのはそれだけだった。

しかしながらビンドの完全無欠な審美眼もまったく誤りがないわけではない。少なくとも私たちの基準で見るとそうなる。若いビンド・アルトヴィティを描いたラファエロの肖像画は今日の私たちを困惑させる。その明快さがハンサムなモデルとその脈動する若さに注目を集中させるそのあり方のせいだ。ベンヴェヌート・チェッリーニの成人したビンドのブロンズ胸像は三十年以上経って制作されたものだが、同じ容姿を印象の複雑な相互作用として示している。豊かな巻き毛の顎ひげや毛深く突き出た眉から、滑らかに流れるサテンの上着から、禿げ出した頭を隠す手の込んだヘアネットまで。男性のヘアネットは十六世紀半ばにヨーロッパのおしゃれな男性の中にお目見えしていて、ビンドは自分のかぶり物を自慢に思っていたに違いない（二十世紀における給食係の女性たちの身支度はこれが原型だ）。チェッリーニにこれをブロンズ像で不滅にさせると決めたのだから。数年後、男性用ヘアネットは流行遅れになり、彼は自分の決断を後悔したかもしれない。

ヴァザーリがビンド・アルトヴィティの『ピエタ』に提供した、同じものうい姿、凝り過ぎた構図、それに不可解なイメージは、どちらかと言えば、アレッサンドロ・ファルネーゼ枢機卿[2]のための最初の作品にもっと顕著だ。一五四三年に依頼を受け、仕上げた『正義の寓意』だ。画家はこの込み入った構想について堂々と書いている。

〔枢機卿が〕望まれたとおり、高さ八ブラッチョ、横四ブラッチョのパネルに、〝正義の女神〟を描いた。〝正義〟は十二表法〔ローマ最古の法律〕を持ったダチョウを抱き、笏《しゃく》を手にしている。笏の先端には白鳥。そして三色の異なる羽が三本ついた鉄と金の兜をかぶっている。正しい裁き人の象徴だ。彼女はウェストから上が裸で、そのウェストには、彼女とは相容れない七つの〝悪徳〟が金の鎖の囚人として縛られている。〝堕落〟、〝無知〟、〝残酷〟、〝恐怖〟、〝不実〟、〝嘘〟、それに〝悪口〟、そしてそれらの上には〝真実〟がこちらに裸の背中を向けていて、〝時〟から〝正義〟への〝無垢〟を象徴するための二羽のハトの贈り物を差し出し、この〝正義〟はこの〝真実〟の頭に〝勇気〟を表象するオークの葉の冠をいただかせる。私は細心の注意を払い、最善を尽くしてこの作品を仕上げた(3)。

美術史家のステファノ・ピエルグイディが注目するように、この絵姿は多くの点でヴァザーリが三年前にビンド・アルトヴィティのために描いた『無原罪の御宿りの寓意』に等しい異教的な作品として存在する。そしてこれは、紛れもなく十六世紀における最も重要な寓意絵画の一つだ(4)。これはまた、奇抜なほど独創的だ――絵にダチョウをはめ込むことは、まるで一般的ではない。とりわけ十二表法を持ったダチョウというのは。しかも〝正義〟に抱かれているのだ。ここでヴァザーリは既成概念の枠を超える意欲をはっきり表明している。新しい構想を提供するために、少し奇妙になってもよいと。枢機卿は、ダチョウを好きかどうかに関わりなく、その絵をローマのカンチェッレリア館にかけるために依頼した。パウルス三世の精神的イメージをただの支配者（彼は、実際にはよい教皇の一人だった）として規定するためだ。絵は、ファルネーゼのコレクションの多くと一緒に一七三四年にナポリのカポディモンテ美術館に移されて以来、そこに展示されている。

ファルネーゼを取り巻くグループに参加したことで、ヴァザーリはミケランジェロにより近づくことになった。ミケランジェロはパウルス三世からの一連の依頼に没頭していたのだ。それにはファルネーゼ一族のローマの邸館、教皇の新しい礼拝堂、それにサン・ピエトロ大聖堂が含まれていた。コジモ一世に群がっていたフィレンツェ人美術家の派閥は、アレッツォ出身の同僚を鼻であしらうのが好きだったかもしれないが、ローマでは、市内で排他的な芸術家集団を作っていたトスカーナ人の移住者たちはずっと好意をもって受け入れてくれた。ミケランジェロもその一人だ（彼はヴァザーリと同じようにフィレンツェの外の生まれだ）。ミケランジェロはここでヴァザーリに独自の仕事の道を歩むよう励ますことになる。

私は注意深くミケランジェロ・ブオナローティに仕え、私の活動の全てについて彼の意見を求めた。彼は……何枚か私のデッサンを見た後に、もう一度もっと注意を払いながら建築の勉強に専心するように［勧めた］。あの最高に素晴らしい男性があんなことを言ってくれなかったら――謙遜から、あえて繰り返さないが――絶対に建築の道へは進まなかっただろう(5)。

成功している同時代人（例えばチェッリーニ）のほとんどと同じように、ヴァザーリは虚栄心に影響されなかった。しかし、一方では非常に成功していて、自らを宮廷に閉じ込めることなく、たいていは自分の思いどおりにして、当時最も報酬の高い画家の一人になっていた。それでも、全てのパトロンと連絡を保つことは、絶えず都市から都市へ移動することを意味する。一五四三年六月末、ローマの暑さが彼をフィレンツェに戻らせることになった。温度計がまだ発明されていなかったので、川沿いの低地であるフィレンツェが夏にはローマより暑いことを教えられなかったのだ。ローマなら少なくともポネンティーノと呼ばれる海風が、夕方の大気を吹き払ってくれるのが期待できた。しかし今では、オッタヴィアーノ・デ・メディチ邸が第二の我が家（ヴァザーリはカーザ・ミーア《私の家》と呼んでいた）になっていて、このもてなしのよい環境でオッタヴィアーノその人のために寓画を描き、地元のパトロンのためにも板絵を何枚か描いた。

一五四四年には、ヴァザーリはもう一つの第二の我が家、ローマのアルトヴィティ邸に戻り、主のビンドのために『ヴィーナス』を描いた。これはミケランジェロの素描に基づいたものだ。依頼は続いた。それにはティベリオ・クリスピ枢機卿のための一連の作品も含まれていた。枢機卿は教皇パウルスの非嫡出子だ（ピエルルイージ・ファルネーゼはアレッサンドロ・ファルネーゼ枢機卿の父親だが、婚外子でも教皇の命令で嫡出と認められた）。こうしたプロジェクトのために、ヴァザーリはヴァティカン近くの美術家地区にある自分の工房に移った。若い頃に住んでいた場所だ。「でも、こうした仕事の全てに気が乗らず、疲れを感じた」と、彼は書いている。「それで、フィレンツェへ戻らざるを得なくなった」彼の休息と回復の期間は長く続かなかった。それどころか、彼はナポリへ向かった。イタリアで最も人口が多く混沌とした街だ。

ローマからナポリへの道は、危険なことで有名だった。ポンティノ湿地のマラリアが多発する沼地に沿って走り、やがて山賊がうようよしている険しい山地の国境地帯にぶつかる。しかし、メディチ家に何年も仕え、ローマでは見込みのある依頼をいくつか受けていても、アレッツォ出身のジョルジョ・ヴァザーリはまだ旅回りの画家だった。そしてナポリは、ヨーロッパにおける大寄航港の一つだった。スペインの総督に統治され、都市はイタリアにおけるスペインへの主要な門戸の機能を果たしていた。スペイン帝国の富への門戸でもあった。

ナポリでの彼の仕事は、オリヴェート修道会のための大食堂に絵を描くことだった。オリヴェート修道会はベネディクト会の分派で、隠遁と祈りに人生を捧げる。彼らは修道士で、理論的に言えば世俗から離れている。十五世紀初頭の発足当時、モンテ・オリヴェート修道院がナポリの城郭のすぐ外に建てられたのはそのためだ。これは最高のルネサンス建築で、ピペルノと呼ばれる地元産の灰色の火山石と白漆喰のコントラストを最大限に生かしている。モンテ・オリヴェートは、通常の閉鎖型修道院よりむしろ、街と港を見晴らす素晴らしく開放的な二階建てのアーチ構造を誇っていた。国王アルフォンソは自ら修道院に寄付をしていて、訪れるのが大好きだった。素晴らしい修道院は彼のために作られたものでもあった。

現代の訪問者には、モンテ・オリヴェートの複合施設はその息を呑む眺めで有名な、街でも最も美しい場所の一つだ。しかしながらジョルジョ・ヴァザーリにとっては、初めて目にした優美なルネサンスの修道院は衝撃となった。

到着した時には、思わず依頼を断りそうになった。その大食堂、その修道院が尖った交差ヴォールトのある古風な建築で、天井は低く窓もないので、ここではほとんど名声を得られないのではないかと憂慮したのだ。それでも、その時ちょうどこの修道会の客だったドン・ミニアート・ピッティとミラノのドン・イッポーリトの勧めで、私はとうとうプロジェクトを引き受けた。観る者の目を奪う大量の装飾品を創る以外価値のあることができないのはわかっていた。(6)

この二人の北イタリアの友人——一人はフィレンツェから、もう一人はミラノから——の激励が挑戦はチャンスでもあるとヴァザーリを説得したのだ。しかし、一旦納得すると、画家は状況に適応した。

私はその大食堂のヴォールトを全て漆喰で覆うことにした。最新の格間を存分に使って不格好な古い尖頭アーチを全て取り去るのだ。ヴォールトも壁も、この街にある全てのもの同様、火山石でできているのがとても役立った。木のように切ることができるし、あるいはもっとよいことに生焼けの煉瓦のようなので、私は切ることで、正方形、楕円形、それに八角形の間の部分を深くすることも、釘で補強することも、時には同じ石を元に戻すこともできたのだ。漆喰がヴォールトを均斉の取れたものにすると——ナポリで初めて近代的な方法で成し遂げた——私は片面に三枚、計六枚の油絵を追加した。(7)

ナポリは何世紀にもわたって、独自の芸術と建築の様式を探してきた。まずフランス、そしてスペインの属国として、常々地元の好みを大君主の好みに屈服させてきたのだ。

ヴァザーリの後援者、ラヌッチョ・ファルネーゼはナポリの大司教で、ヴァザーリは彼のために大聖堂のパイプオルガンの装飾用扉に絵を描いた——が、ローマでは現教皇の近親の保護を受けて板絵を描き、作家の友人のパオロ・ジョヴィオとの交際を復活させていた。ローマやフィレンツェやヴェネツィアと違って、十六世紀半ばのナポリには安定したイタリア文芸の団体がなかった。都市と王国の統治者はスペイン人で、年がら年中地元の封建貴族と対立していた。学者と作家のグループがジョヴァンニ・ジョヴィアーノ・ポンターノやヤコポ・サンナッザーロといった人物を中心に何十年も前に創られていたが、十六世紀半ばには、スペイン政府がますます抑圧的になって、ルイジ・タンシッロのような詩人は傭兵としてスペイン王に仕えて身を立てるしかなくなった。この時期の最も意義深い文学作品は、スペイン支配に逆らう匿名の下品な風刺文学と、スペインから輸入された新しい種類の物語だった。貴族社会へ大胆に飛び込む下層階級出身のずる賢い者の話——『ラサリーリョ・デ・トルメスの生涯』のような冒険物だ。これは初めての悪漢小説で、ヴァザーリの新しいパトロンのウルタードの作品とされたが、ジョルジョ・ヴァザーリの上昇志向は、まったく異なる、もっと本格的で成果の上がるものだった。

ヴァザーリとしては、この都市の画家を彼が考える当代の主流に引き入れたいと願った。

ジョット以後、これほど素晴らしく有名な都市で、たとえペルジーノやラファエロの手に成る作品が多少外から持ち込まれたことはあったとしても、今日まで大家が誰も絵画において重要な仕事をしていないのは驚くべきことだ。そこで私は、称賛に値する素晴らしい作品を創るよう、あの国の才能ある者の目を開くような活動をしようと、最大限の努力をした。そして、私の努力のせいか、あるいは他の何らかの理由で、あの時から漆喰と絵具の極めて美しい作品が数多く生まれた。(8)

この批判は完全に正当なわけではない。例えば、偉大なローマ人画家のピエトロ・カヴァリーニはナポリの教会、サン・ドメニコ・マッジョーレ教会で仕事をした――しかし、ヴァザーリのトスカーナ人に忠実な目には、カヴァリーニがジョットの様式から離脱したことは相違ではなく欠陥と映ったのだ。

それにもかかわらず、ヴァザーリのナポリでの仕事には二つの効果があった。ナポリ市民が彼の努力を喜び、モンテ・オリヴェートの大食堂を誇らしい気持ちで好意的に評価し続けているのだ。それはそのとおりで、この明らかに過酷な設定の挑戦が、画家に最高の仕事をするよう鼓舞したからだ。ミケランジェロが自分の『カーシナの戦い』をダ・ヴィンチの『アンギアーリの戦い』と向かい合って描くことを拒否したことを思い出してほしい。採光のよくない壁を与えられ、その画家対決は自分が負けるように仕組まれていると、彼が感じたからだ。不便な場所で成功を収めることは、立派な業績になる。さらに、ヴァザーリ自身が言及しているように、オリヴェート修道院における彼の仕事がナポリの絵画に確固たる新しい方向付けをしたのだ。

ナポリは六十年後の一六〇七年にもう一度、優れた技量の画家に影響を与え、その能力を試すことになる。ミラノ生まれでローマから亡命してきたミケランジェロ・メリージ・ダ・カラヴァッジョがこの都市で一年を過ごし、ヴァザーリのマニエリスム古典主義よりナポリ芸術にはいっそう意義深い芸術革命を引き起こしたのだ。カラヴァッジョ自身の考えでは、自分の最高の絵画はサンタンナ・デイ・ロンバルディ教会に描いた『キリストの復活』だが、一七九九年の地震で破壊された。その後、その破壊された教会の信徒は、隣人のモンテ・オリヴェートと統合された。ジョルジョ・

ヴァザーリが昔も今も貴重な存在である場所だ。

　ヴァザーリの仕事がスペイン総督のドン・ペドロ・デ・トレドの目に留まった。彼が街を新しく西へ拡張したことで、郊外の修道院は都会の修道院に変容したのだ（ドン・ペドロはまたエレオノーラ・デ・トレド、公爵コジモが一五三九年に結婚した美しい最愛の妻の父親だ）。依頼は、宗教的なものも非宗教的なものも、次々と続いた。しかしながら、ヴァザーリの助手がホームシックになって、街を去った。その後まもなく、ヴァザーリ自身ももっと慣れ親しんだ場所に戻ることにした。「こうした君主たちに極めて好意的に見られ、大金を稼げるし、仕事は日ごとに増えるという事実があっても、助手が帰ってしまったので、私は一年間この街であれだけの仕事も仕上げたのだから、ローマに戻るのはよい考えだと結論を出した(9)」

　この新たなローマ滞在は、美術家の最もよく知られた二つの仕事のきっかけになる。一つは、アレッサンドロ・ファルネーゼ枢機卿からの絵の依頼で、パオロ・ジョヴィオの奮闘により前進した。ヴァザーリの時代の聖職者は、『黄金伝説』――汚れのない生と窮境での死を描いた聖人たちの群像伝記――の禁欲的で貧乏で熱意あふれる殉教者とは似ても似つかなかった。アレッサンドロ・ファルネーゼは教皇の近親としての無上の特権的地位にあった。彼を表すラテン語はnepos、イタリア語ではnipoteで、〝甥〟か〝孫〟の意味に取れる（〝縁故主義《nepotism》〟という語のルーツ）。そしてアレッサンドロは枢機卿の甥を装っていたが、本当は孫、パウルスの息子ピエルルイージの息子だった。彼は六十四の異なる聖職禄（収入のある聖務）に加えて、財務担当主任や使徒座の副書記として教皇領に仕え、十五世紀後期の威厳あるカンチェッレリア館を拠点としていた。この壁にはヴァザーリの『正義の寓意』が堂々と掛かっていた(10)。

その頃には、この有名な建造物は、もっとずっと古いごく一部を別にすれば、築五十年だった。新しい建物が全体を包み込んだ初期キリスト教様式の教会だ。そこで、アレッサンドロ枢機卿は礼拝堂の右側廊上の空間を占める広々としたホールを飾る計画を立てた。彼は最新の作業を求め、しかも早い仕上がりを望んだ。ヴァザーリにはぴったりの仕事だ。取り憑かれたような作業手順と予定どおりに終えるための献身はよく知られていた。枢機卿はフレスコ画を望んだ。ローマの壁画としては通常の表現手段だが、時間がかかり、作業する側の能力が試される技法だ。画家は毎日一回分の新しい漆喰を作り、乾かないうちに塗ってから、別のセクションに移り、前の作業が乾くのを待つ。絵具の色は漆喰が乾くと変わる。フレスコ画は素人や初心者がこなせる技法ではない。

結果は、サラ・デイ・チェント・ジョルニ、百日の間と呼ばれ――速さの手本として、姿を現した瞬間からよくあるコメントは、「まさしくこれだ!」仕事を速く仕上げるために、ヴァザーリは実際の作画の多くを助手に委ねなくてはならなかったが、助手の能力にはばらつきがあり、ヴァザーリは自伝で明かしているように、自分のその決断に必ずしも満足していなかった。

このプロジェクト全体は、ジョヴィオが創った素晴らしい銘文と金言にあふれている。とりわけその一つは、こうした絵画は全て百日間で描かれたと告げている……。自分で下絵を描き、この仕事の趣向を検討して、私は極めてよく働いたとはいえ、もっと早く仕上げるためにその後は助手の手に委ねるという間違いを犯したことを認める……全てを自分の手で描いて百ヵ月間苦しんだ方がよかっただろう。それで枢機卿への務めと私自身の名誉のために最善だと思う形で仕上げられなかったとしても、まだ自分で仕上げたという満足は得られたはずだ。そしてこの間違いが、助手の準備作業の後に自分自身の手で仕上げていない作品は二度と創らないと決めた理由になった(11)。

その一方では、部屋そのものは官僚の事務所で、装飾は風習をテーマにまとめられた飽きのこない壁紙を提供した。それにファルネーゼ家は、美術や建築の好みの多くにおける質と同じくらいに広さと速さを重んじていた。その目的のためなら、百日の間のヴァザーリのフレスコ画は十分によい。少なくともパトロンの希望に対応する、仕事の速い人というヴァザーリの評判を確認したのだから。

17 『列伝』の誕生

ヴァザーリにこれまでとはまったく異なる力量についての名声をもたらすことになるプロジェクトは、ある夜のファルネーゼ邸における夕食中のおしゃべりとして始まった。ただの夕食ではない。枢機卿の夕食で、取り巻きが音楽や会話で楽しませる間、彼は皆の見ている前で台座に座って食事をするのだ。いずれは皆も食事にありつくのだが、それは偉大な男が食事を終えてからになる（少なくとも、彼らは美味しい残り物にありつけると期待できた）。

当時私は、その日の仕事を終えるとよく、最も輝かしきファルネーゼ枢機卿の晩餐を見に行った。彼の周りにはいつも人がいて、洗練された素晴らしい会話で彼を楽しませていた。……ある晩、会話はジョヴィオの美術コレクションの話になった。彼がそこに銘文をつけて素晴らしい順番で並べている有名人の肖像画について。話は通常の会話のように一つの話題から次へと過ぎて、ジョヴィオ殿は言った。自分は以前からずっと、あの美術コレクションと自分の賛辞集の魅力を増したいという切なる願いを大事に育ててきて、その思いは今も変わらないと。賛辞集には、チマブーエの時代から今に至る素描術における有名な男たちについて考察した論文もあると。彼はその話題を詳しく述べて、我々の絵画に関する専門的意見と批判を大いに吐露した。しかし、全体像を見渡そうとして、詳細についてはあまりよく観察していないのも事実だった。画家について語りながら、しばしば名前や出身地や作品を一緒くたにするか、さもなければ一般論にしてしまって、物事を正確には説明しなかった。ジョヴィオがこの談話を終えると、枢機卿が私に向き直って言った。「どうだ、ジョルジョ？　これは素晴らしいプロジェクトなのではないか？」「素晴らしいです」私は答えた。「最も輝かしき旦那様、もしジョヴィオがこの分野の誰かからの支援を受ければですが。物事を整理して、彼らの実像を表することのできる人間からです。私がこんなふうに申すのは、たとえ彼の談話が素晴らしくても、細目を混同して、あれとこれを取り違えたりしていますから」「それなら」枢機卿が続けられた……。「お前が　概要を教えられるだろう。そうした美術家全員の整然とした説明と作品を制作順に。そうすれば、美術家たちもお前の専門知識の恩恵を受けられる」私は非常に難しいことはわかっていたのだが、喜んでこの計画に最大限の努力をすると約束した。そして、美術と美術家についての自分の記憶と書き付け（これは青年時代から私の趣味になっていて、同時代の美術家の思い出に愛着を抱いているので、どんなちっぽけな情報も私には貴重だった）をくまなく探し始めた。そして、この計画に関連すると思われるものを全てまとめて、ジョヴィオに持っていった。彼は私の努力を褒めちぎってから言った。「ジョルジョよ、全ての情報を記録する仕事は、これまでやって来たこの見事なやり方で君が引き継いでほしい。私には興味がないのだよ。私は美術の表現法を知らないし、君が知っているような一部始終もわからない。これを私が書くとなったら、プリニウスのような長ったらしい退屈な説明みたいなものになってしまうだろう。私の言うとおりにしろよ、ヴァザーリ、きっと立派なものになるから[1]」

こうして、洞察力のある枢機卿のわずかな言葉から、『列伝』は生まれた。

ヴァザーリの自伝はファルネーゼ邸におけるこの極めて重要な会話にしばし留まる。彼が示唆するように、彼の人生を変えた会話で、一五四五年のある夕べになされたものだ。記述自体は一五六八年の日付になっていて、説明している出来事から二十年以上も経っている。従ってその詳細は慎重に選ばれていて、ヴァザーリの記憶の抜粋というだけでなく、要点をわかってもらおう、実際にはいくつかの要点をわかってもらおうとしている。

実際の会話の正確な記録を提供するよりむしろ、『列伝』誕生にまつわるこうした二つの秘話が、この本の大望をはっきり説明しているはずだ。そこには、ヴァザーリが自分の着想をジョヴィオのそれと比べる時に自分の記憶を述べるのと同じプロの的確さがある。ヴァザーリは枢機卿と友人たちに、十六世紀を生きる内部の事情に通じた者が見た十三世紀から十六世紀に至る現代美術を、学識のある素人というより経験を積んだ現場の人間の言葉で綴って提供すると約束した。プロジェクトとしては、これはまさに革命的だった。

ジョヴィオが枢機卿との会話の中で最初に明らかにしたように、古代遺跡においても現代のイタリア社会においても視覚芸術には注目すべき重要性があるにもかかわらず、古代にも現代にも美術家の伝記集を書いた者はいなかった。伝記自体はとても人気があった。有名な男や女の伝記、哲学者の伝記、聖人の伝記——これらはどれもラテン語か土地言葉で書かれていて、拡大する社会階層の読者を引きつけた。しかしながら、現代に至るまで、有名な人々はほとんど必ず（シエナのカタリナのような数人の聖人は別として）読み書きのできる最上位の階層に属している。一方、美術家は、ほとんどが集中的な技術訓練を受けても教育は不十分な肉体労働者だ。型どおりの基準から見て、貧しい働き詰めの生活のつまらなさは、上流階級の作家や読者の興味を引かない。美術家自身はと言えば、少なくとも十五世紀までは、あまりに貧しくて、ろくな教育も受けていなかったので、一般読者の一人にはなれなかった。

18 ルネサンスの読物

ルネサンスの思想家は、新しく発見されたり、新しく翻訳されたりした（従って、初めて読める）古代の文献一つ一つに感動した。既に過去の文明、とりわけアテネとローマの文明の偉大さを理解していたのだ（トスカーナ人はエトルリア人の先祖に心酔していたが、エトルリア人は目に見える実質的な伝統をそれほど残さず、書かれた物は十六世紀の段階では何も知られていなかった）。彼らには、放浪の聖職者がコンスタンティノープルから西へもたらしたり、十字軍が略奪したり、辺鄙《へんぴ》な修道院の図書室から学者が苦心して集めたりした、文献の一つ一つ、あるいはその断片が、古代世界への新たな窓になった。

古代の文献が生き残っただけでも奇跡だ。ローマの衰退とともに、文字どおりでも比喩的な意味でも、思想家、図書館、宝物庫、美術品展示室、それに知的文明に深く根ざした他の装飾品は、外国からの、強大だとしてもしばしば無学な戦士の波のせいで、殺され、散り散りになって、古代ギリシアとローマの文化的果実は失われた。あるいはキリスト教の出現や時の経過、それに好みの変化により、決定的に変わってしまった。本当に永遠に失われたものもある。思いついた者の頭と一緒に地中に埋まってしまった考えがあるし、他のものは焼き尽くされた。何万ではないとしても恐らく何千ものパピルスの巻物や羊皮紙の書物が、放浪の征服者には理解されずに焼かれ、狂信的キリスト教徒に故意に破壊され、あるいは劫掠《ごうりゃく》された都市の火災によって不注意に損傷した。もっとも、ずっと多くの知ることとすらできないほどの量が失われても、驚くべき数は生き残った。それと一緒に、知識のかけらも。

生き残った稿本は、主として修道院という安息所で見つかった。そこでは筆写人がキリスト教作家の作品と一緒に古代多神教徒の文献を写し続けていたのだ。こうした修道院と忘れられた図書室から、ルネサンスの稿本ハンター、言語学者、それに思想家は、プラトン、ホラティウス、アリストテレス、ルクレティウスたちの文献を選び出して、十五世紀の学者が〝文芸の復活〟と呼び始めたものを引き起こした。私たちは古代世界の知的財産の再生、灰からの復活を説明するために、その用語のフランス語、〝ルネサンス〟を使用する。ローマ帝国の崩壊から千年、失われたギリシア語とラテン語の文献の再発見は、フランチェスコ・ペトラルカの言葉を借りれば、〝灰の山の下から真っ赤な火花を見つける〟というこの新しい運動の実質的な先駆の一つだと思われた[1]。

十五世紀、小アジアや増大するオスマン帝国の勢力から逃れたギリシア人避難民により、プラトンがイタリアにもたらされて、復活した。フィレンツェ、フェラーラ、それにヴェローナのような都市国家に定住したこうした避難民は、稿本を携えていて、イタリア人学者に古代言語を教えた[2]。古代ギリシアの文献への新たな興味の導き手、十五世紀、フィレンツェのメディチ家宮廷における最も有力な人物は、マルシリオ・フィチーノだった。カトリック司祭でもあるフィレンツェ人医師だ。

フィチーノはとりわけ大御所の家長コジモと親しかった。コジモは都市への気前のよい寄付によって〝祖国の父〟(Pater Patriae)という称号を得た。コジモは学者の友人の力添えを受けて、プラトンとプラトン哲学に熱烈な関心を抱き、啓蒙されて、それらがキリスト教の教義や当時のイタリアの市民生活と完璧に両立できることを知った。一四六二年には、自分ではギリシア語を読むことができず、学ぶ時間もないことから、コジモはフィチーノにプラトンの作品をギリシア語からラテン語へ翻訳するよう依頼して、広く利用できるようにした。古代末期以来、行なわれていなかったのだ。フィチーノは翻訳に自分の注釈をつけて、古代の文献に関する自分の洞察を明示した。

フィチーノとその信奉者は、敬虔なキリスト教徒の立場でプラトンを読んだ。彼らにとっては、『国家』(プラトンの中期対話篇で、主著の一つ)における洞窟の比喩は、信仰を持たない人生の闇の世界と、神の恩寵の陽光に暖められた本当の世界との対照を明示していた。プラトンの考え方は、ヨハネによる福音書から聖パウロや聖アウグスティヌスに至るキリスト教の著者の中に顕著なので、ルネサンスにおけるプラトンの読者は慣れ親しんだ場所に立っている気がした。しかし、その親近感は当てにならないところがあった。プラトンのギリシア語の美しさと発見の興奮に目がくらんで、フィチーノは対話を、洞察力の程度が大きく異なる人々の中での会話というよりむしろプラトンの考え方の率直な表現として読みがちだった。古代の読者もそうだったのだろうが。

それでもやはり、私たちはフィチーノに感謝しなければならない。プラトンの伝統に対する彼の洞察力は、それ自体美しく、他者の美しい考え方や美しい芸術作品に影響を与えたからだ。ラファエロが教皇ユリウス二世のために、一五一一年に(ヴァザーリの生まれた年)ヴァティカン宮殿の壁にフレスコ画で描いた古代哲学者への敬意の場合が特にそうだ。絵は、十七世紀以降『アテナイの学堂』として知られ、中心をプラトンとその最も秀抜な弟子のアリストテレスが占めて、古代の神々の像が並ぶ格調高いヴォールトのホールの中で〝哲学の二人の王〟として示される。プラトンは天を指差し、『ティマイオス』(プラトンの後期対話篇の一つ)を抱えて、見る者に彼の思考が天球に向いていることを知らせている（そしてラファエロは、古典学者だけでなく見る者全てに呼びかけた――本にはイタリア語で『Timeo』と題名がつけられているのだ）。アリストテレスはすぐそばに立って、前方を身振りで示し、自分の『倫理学』を抱えている。『国家』の中でソクラテスが言うように、他者を助けるために地上に戻さないかぎり、この世界におけるあらゆる啓蒙にはなんの価値もない。人間を洞窟から連れ出し、真の現実の陽光で暖めるのが哲学者の務めである。アリストテレスの『ニコマコス倫理学』は、それを最も有効に行う方法を指し示しているのだ。

フィチーノの多くの翻訳と注釈は、この古代の哲学を十五世紀の関心事との調和に至らせた。宗教からビジネス、健康維持へ、これについては、医者として、このフィレンツェ人には言いたいことが山ほどあった。彼は十五世紀と十六世紀に、古代の文献が思想の中核をなすとみなす運動と論争の陣頭指揮を執った。これはまた、最も大きな影響を及ぼす著作物が貴重で希少な手書きの稿本よりむしろ印刷された書籍になった第一世代と一致していた。一四五〇年、ドイツ、マインツ市の銀行家、ヨハン・フストはヨハネス・グーテンベルクに、活版を開発し、それを使って最も権威ある書物、聖書を印刷するために金を貸し付けた。一四五五年、フストはグーテンベルクを訴えて勝訴し、聖書が世に出る一四五六年直前に彼から本も設備も取り上げた。翌年、フストは「詩篇」を、一四六五年には最初の古典の文献、キケロの『義務について』を出版。一五〇〇年までに、およそ十万部のキケロの著作が出版され、聖書と並んで近代で初めてのベストセラーになった。キケロに先立って印刷されたラテン語の作品は、四世紀の文法学者アエリウス・ドナトゥスによるものとされる中世の文法書だけだ(3)。十年後の一四七五年には、ラテン語の古典作品はほとんど出版されていた。ギリシア語の作品はもう少しゆっくり続いた。ギリシア語がわかる者はラテン語ほど多くなかったからだ(アリストテレスは一四九五年に、プラトンはやっと一四九四〜九六年に印刷され、ヴァザーリの時代にはまさしく新鮮で刺激的だった)[4]。その上、ギリシア語は精妙でひどく入り組んだカーシブ(欧州の古書体の一種で、続け書きの筆記体に相当する)の筆記法で書かれていて、分音符号と合字(連字)が連続し、読み取れる活字書体を彫るのが技術の挑戦になったのだ。古代ギリシア語の現代教育における重要作品――ホメロスの『イーリアス』と『オデュッセイア』、ヘシオドスの作品、アイスキュロス、ソフォクレス、それにエウリピデスの悲劇、ヘロドトスやトゥキュディデスの歴史書――はほんの少数の読者にしか知られていなかった。四世紀の喜劇作家メナンドロスは古代に輝かしい名声があったにもかかわらず、その本文の断片が含まれたエジプトのパピルスが二十世紀になって発見されるまで読まれることはなかった。

レオナルド・ダ・ヴィンチは百十六冊の本を所有していた。十六世紀にしてはとても多い(例えばルクレツィア・ボルジアはほんの十五冊だった)。こうした本は、ヴァザーリを含む同時代の読者の知識体系を形成する文献の種類を垣間見させてくれる。

ダ・ヴィンチの読書リストは興味をそそるが独特で――彼本人と同じだ[5]。何しろヴァザーリのような十分に教育を受けた者が一生かけてかろうじて読める本の総数よりずっと多いのだ。しかも数学の文献とかなり難解な選択に重きを置いていて、代表的なリストとして決して理想的ではない。しかし、多くの世に知られる個人蔵書を利用したり、十五世紀と十六世紀のイタリアの芸術作品に最も頻繁に解説される本から遡ったりして、ヴァザーリや、最も初期の近代イタリアの美術家が芸術的着想を得るために頼りにした本の一部のリストにたどり着くことができる。

ダ・ヴィンチは自分を〝読み書きのできない男〟と評した。それによって、彼は自分がラテン語の正式な訓練を受けていないことを告げている。〝読み書きはできない〟と公言している仲のよい友人の建築家ドナト・ブラマンテと同じように、ダ・ヴィンチはそれでもおそらく十分通用するだけのラテン語が読めただろう（別の〝読み書きのできない〟美術家のラファエロのように）。こうした男たちは誰も、十五世紀の指導的理論家で文学者、建築家のレオン・バッティスタ・アルベルティのようには、ラテン語を書いたりしゃべったりすることができなかっただけだ。ヴァザーリはアルベルティに依存するところが大きかったが、彼の多芸をダ・ヴィンチ、ブルネレスキ、あるいはミケランジェロの多芸とは根本的に違うものとみなしていた。ラテン語の高い運用能力を持つ学者として、アルベルティは社会の出世階段でこうした美術家とはまったく異なる地位を占めていたのだ。それは美術家がどんなに聡明で、パトロンとの友情がどんなに密接だろうと関係なかった。彼はローマで教皇ニコラウス五世のための建築プロジェクトを請け負う一方で、教皇の官僚として働き、建築論を書いた。ラテン語の『建築論』だ。彼は間違いなく最高の建築家だったが、彼の社会的地位は視覚芸術の業績というよりむしろ、その文学的業績によって決定された。

ヴァザーリは、ラテン語の教育を受けた美術家として、アルベルティと『列伝』にひしめくほとんどの美術家との間のどこかに立っている。そして、彼の本の主な目的の一つが、ダ・ヴィンチやブラマンテのような読み書きのできない人物とアルベルティのような読み書きのできる人物の間の距離を埋めることだった。

例えばヴァザーリと親友のヴィンチェンツォ・ボルギーニは、ウェルギリウスやアリオストの詩を暗記していたかもしれないが、彼らが理解できる最も難しい数学演算は長除法（割り算の筆算）だった。

現代の小学生でもできる最も単純な四つの演算の一つだ。ヴァザーリの時代の者は皆、私たちと同じくらい強く引力を感じていて、たいていの者は地球が丸いことを知っていたが（コロンブスが平らな地球の観念を拭い去ったというのは現代の神話だ）、地球よりは太陽がこの惑星系の中心にあるのかもしれないと思い切って推測するのは、一握りの自然哲学者にすぎなかった。

その一方で、ヴァザーリのラテン語はある程度学者並みに仕上がっていたのだろう。ヴィンチェンツォ・ボルギーニほど完璧には洗練されていなかったが。ヴァザーリはアレッツォで家庭教師についてラテン語の名著を読んでいたし、自分の絵画の創作に着手する（つまり、インヴェンツィオーネを発揮する）時には、おそらくそれらを調べた。しかしながら『列伝』に関して言えば、美術家に向けた美術家についての美術家による本は、土地言葉で書く方が適切だった。この選択には愛国的な側面もあった。公爵コジモは公式書類を土地言葉で書くという方針を奨励していて、トスカーナ語には貴重なエトルリア語の言葉が残っていると確信していた（確かに貴重だったが、それはコジモやその宮廷がエトルリア語だと確認した言葉ではなかった）。トスカーナの学者はちょうどその歳月、トスカーナ語の表現域がラテン語より豊かかどうかはわからなくても、同じくらいに豊かだと証明しようと苦労していた。ダンテは、天国そのものと同等に高遠な事柄について、土地言葉を叙事詩の抑揚で用いることができるよい見本を提供した。

ヴァザーリの読書には、ラテン語と土地言葉の作家、文学的なものと技術的なものの両方が含まれていただろう。しかしながらギリシア語の知識はまだエリートに限られていた。従って、ギリシアの作家は主としてまだ翻訳で読まれていた。プリニウスからの話の盗用を思い出してほしい。今やジョットが主役だ。ジョットが描いた人物の鼻に描いたハエがあまりに実物そっくりなので、チマブーエは叩いて追い払おうとした。プリニウスは、その物語がヴァザーリの同時代人に知られていたはずの作家の一人だ――実際に読んだかどうかはともかく、生き生きとした逸話は文化の酸素の中を漂って、その結果そうした言及が容認されたのだろう。

ヴァザーリの時代の美術家に吸収され、説明された話の主要な情報源は、聖書と聖書外典、聖アウグスティヌスのような初期教父やトマス・アクィナスのようなもっと後の権威者による聖書についての著作、ギリシアとローマの神話、オウィディウス（ラテン語の詩人で、その『変身物語』は、人間との情事を追い求めるために様々な姿に変身する神の物語で、しばしば単に女性の裸体を描く口実として例証される、文芸からの人気のある情報源だ）、ダンテ、ペトラルカ、アリオスト、それに『黄金伝説』だ。こうした文献は一般的な読物で、そこにある話はヴァザーリの時代の教養ある者や熱心に教会に行く者（本を読まず、文字が読めないとしても）の中では一般常識だっただろう。しかし、知的文化的エリートに最高の興奮を引き起こしたのは、長らく行方不明だったギリシア語で書かれた古代の文献の再発見だった。

ヴァザーリが『列伝』のための調査を行った時に頼むことのできた情報源を考えてみると、その出典は限られている。ボッカッチョ、サッケッティ、それにダンテは、フィクション作家だが、実際の美術家についても書いていた。ギベルティ、ダ・ヴィンチ、それにアルベルティは、美術や仲間の美術家について書いた美術家だ。ヴァザーリはナポリからヴェネツィアで本物の芸術作品を参照することができた。直接のインスピレーションはプルタルコスの『英雄伝』。これは有名なギリシア人を有名なローマ人と組み合わせて比較している伝記集で、西暦一〇〇年頃に書かれ、一四七〇年にラテン語の全訳が初めて出版された。もう一つ、ヴァザーリの書物のための理論的枠組みを提供したポピュラーな古代の伝記集は、スエトニウスの『ローマ皇帝伝』だ——好色なゴシップにあふれたローマの皇帝伝は、一五〇〇年までに十八版を完売した。(6) スエトニウスはまた、『文法家・修辞学者・詩人の列伝』を著した。図々しい皇帝の伝記ほどにはあまり評判にならなかったものの、同様にヴァザーリに閃《ひらめ》きを与えた。口語で書かれた〝美術家〟の本物の伝記集だからだ。ヴァザーリの教育の一環として読まれたはずのこうした古典の文献が、中世とルネサンスの間、作家たちに影響を与えたことは明らかだ。西暦三世紀のディオゲネス・ラエルティオスの『ギリシア哲学者列伝』は人気があり、アンブロージョ・トラヴァーサリによる一四三三年の翻訳版や——もっとずっと頻繁には——土地言葉の短い縮訳版で読まれた。ヴァザーリの手に入ったのもたぶんこれだろう。こうした古代の〝伝記〟は、ヴァザーリ自身の伝記集に、内容はともかくその構成を提示した。

スエトニウスが西暦二世紀に伝記集のために採ったリサーチ方法は、ヴァザーリのそれと似ている。二人とも、入手できる時には、記録資料を参考にした。手紙、契約書、それにそれほど正式ではなくても文書の形をとったものだ。ヴァザーリの依頼で、家族や彼がその美術家の友人とみなした人たちが保有していた手紙が書き写されて送られた。手紙や思い出を提供してくれた人たちは、美術家との関係の遺産を守る手伝いをしていることは理解していたが、ヴァザーリという著者の手の中で、その遺産がどのように形を保つかまでは、とても想像できなかった。しかし、彼の物語の大半は、インタビューや思い出話から入ってくることになった。口頭伝承だ。よい思い出を大切にする時代には、こうした記憶は非常に信頼度が高いかもしれない。とりわけ『列伝』第三部の人物たちについては。その多くを彼が個人的に知っていたからだ（ミケランジェロ、チェッリーニ、ブロンズィーノ、ポントルモ）――ただ、私たちは常に肝に銘じておかなくてはならない。ヴァザーリは個人的見解とその記述を潤色する底意を後世に残したのだ。

作品を創った美術家に焦点を当てる最初の伝記作家として、ヴァザーリはいくつか異例の情報源を利用した。キリスト教の聖人たちは、十三世紀の大司教、ヤコブス・デ・ウォラギネの『黄金伝説』への焦点を提供したが、ヤコブスの構成はとりわけ、ヴァザーリのそれと似ている。短いそれぞれの章が、異なる敬虔な人生を受け持ち、口頭伝承を重視し、しばしば怪しげな真実があり、忘れられない奇跡の話にあふれ、機知や芸よりむしろ信仰によって作られている。私たちは『列伝』をまさに造形美術の『黄金伝説』として読もうと勧められてきたほどだ。〝信条のための芸術家伝説の手引書で、その究極の救い主は戦士の天使ミカエル〟ミケランジェロの名前の言葉遊びだ。ミケランジェロはミカエルとエンジェルに分解されるから。(7)

ヴァザーリの『列伝』にはイソップの『寓話』の要素もある。動物の代わりに、美術家を使い、彼らの冒険についての逸話を通して教訓を教える。イソップは亀を使って高慢とうぬぼれに強く釘を刺すが、彼はペルジーノが貪欲を禁ずる教訓を教える逸話を使うのだ。

以前に聞いた話では、〔フィレンツェのサン・ジュスト・アレ・ムラの〕修道院長は、ウルトラマリンの青を作るのがとてもうまかった。従って多量に持っていたので、ペルジーノにはたっぷり使ってほしかった……。ところが、その一方でとてもけちで、疑い深かったので、ペルジーノを信用せず、〔画家が〕作品に青を使う時には常に居合わせたがった。一方ペルジーノは、生来誠実で上品で、自分の努力で稼いだもの以上は一切求めていなかったので、修道院長の不信をひどく不快に思って、恥をかかせようと決めた。そこで、青と白の着衣や同様のものを塗る時に少しずつそれを進めた。その度に修道院長がけちけちと小さな袋に向き直って、ウルトラマリンを顔料の入った小さな壺へ足すようにしたのだ。ペルジーノは仕事を始め、一筆か二筆描くと、水盤で絵筆をゆすいだ。最後には絵そのものよりゆすぎ水の中の方が青が多くなった。修道院長は、空の袋と形になっていない絵を見て、文句を言い出した。「ああ、この漆喰は何と多くのウルトラマリンを吸収するのだろう!」やがて、修道院長が帰ると、ペルジーノは水盤の底からウルトラマリンを取り出して、もういいだろうと思った時に修道院長に返して、こう言った。「神父さま、これはあなたのものです。誠実な人間を信用することを学んでください。彼らは自分を信用する者を決して騙しません。もっとも、その気になればいつでも、あなたのような嫌な人を騙すことはできますが(8)」

公然、非公然のどちらにしても、古典の情報源への言及は完全に意図的で、ルネサンスの作家がよく使う方策だ。過去の情報源、できれば古代ギリシアかローマのものを利用することは、当時の解説や見解の権威を高めたのだ。これは今日の書物に学術的な情報源や科学的研究を引用するのに相当する。古代の作家は信頼できる——彼らには先人の知恵があり、現代の読者より物知りだ——という言外の前提があるのだ。読者はまた、最新の文献からの言及に覚えがあれば、特別に博識だという気になってうれしがる(今日の作家も引き続き、読者に自分は頭がよいと感じさせることが卓越した方策だと理解している)。

ペルジーノのウルトラマリンの話で、この美術家は画家であるばかりか手品の名手で、顔料を消したり、出したりできるのがわかる。これでブファルマッコの話を思い出すとしても、それは偶然ではない——ヴァザーリは類似の教訓話を自分の本文の至る所に添えて、持論を明らかにしているのだ。『列伝』の主要テーマは、美術家を奇術師、手品師だとする考え方だ。ヴァザーリの企みは魅惑的な自然主義の魔法をかけて、魔法に近い美術家の力を明らかにする。ダ・ヴィンチの〝メドゥーサ〟の盾は、本物だと思った父親を怖がらせるし、類似するブルネレスキの章では、ドナテッロがたまたまブルネレスキの彫刻の十字架像を見て、エプロンに入れていた卵を落としてしまうのだ。

複雑な昔話を完全に理解するためには、ギリシア語でないとしても、ラテン語の知識が通常は必須だが、このような話は何度も語られて、少なくともそれらの解釈が美術家の中では、例え字がまったく読めない者にさえも、常識になっていたのだろう。

しかし、正にこの書くという行為が、ヴァザーリの地位を引き上げたのだ。一世代前にアルベルティの世代がそうだったように。こうした古典の情報源を励みに、内容は十分に高められるという自信を持って（評価の高い古典に精通した作家が優れた男たちの伝記集を書くとなれば、それは確かに称賛に値する企てだからだ）、ヴァザーリは準備万端だった。主人公を選べばよいだけだったが、別に難しい探索はいらなかった。

19 新しいウィトルウィウス

ラテン語は書けなくても、美しいトスカーナ語を書いたミケランジェロこそ、ヴァザーリの世界では最適の男だった。ラテン語で楽しんできた文芸の気品を目指す土地言葉で書かれる歴史の主役、その宿命と偉大さはすでに星回りの中に記されているヒーローだ。彼なら、人間としても制作者としても、ヴァザーリの文芸プロジェクトの中心の役を務める理想的なモデルだろう。

ヴァザーリには古典の世界に匹敵する者がいた。専門家の視点で自分の職業について書いて、不朽の名声を獲得した美術労働者階級出身の古代の作家、建築家のウィトルウィウスだ。『建築十書』は皇帝アウグストゥスに捧げられ、ヴァザーリの時代にもまだ際立った権威を保っていた。ウィトルウィウスは教養があり、旅行経験が豊富で、非常に聡明だったが、肉体労働者でもあり、ガリア（イタリア北部・フランス・ベルギー・オランダ・スイス・ドイツにまたがる古代ローマの属領）をくまなく旅して、ユリウス・カエサルのために投石機を装備した。彼の論文は、建築を哲学に根ざす自由科だと紹介していた。建築家の教育は、彼の見解では、宇宙論や都市計画といった高遠な領域から漆喰の混ぜ方や配水工事といった細かいことまで多岐にわたる。これは、素晴らしい理論的厳密さと豊富な実戦的助言が結合した本で、独特の、時にはぞんざいな文体で書かれている。このような本は古代世界にもなく、中世とルネサンスに途方もない影響を与えた。

ヴァザーリ自身のサークルにおけるウィトルウィウスの重要性は、あのきわめて重大な夕べ、フアルネーゼ枢機卿、ヴァザーリ、それにジョヴィオと一緒に、クラウディオ・トロメイが居合わせたことによって判断できる。トロメイはシエナ人の学者で、ローマにウィトルウィウス・アカデミアを設立した。アカデミアには立派な文献を学ぶことに専念する美術家、建築家、それに学者を一つにする、気が遠くなるような活動計画があった。ウィトルウィウスのイタリア語翻訳書第一版は一五二一年に、第二版は一五三五年に世に出た。この本は博識な建築家全ての忠実な友だった。従って、ジョヴィオがジョルジョ・ヴァザーリに自分の言葉で書くよう提案した時には、間違いなくこの高名な古代作家のことが頭にあった。とりわけ、自分の作品などプリニウスの作品同様軽薄なものになるはずだと続けた時には――プリニウスは石と冶金についての論文の真っ只中で美術品を考察しているからだ。真の審美眼を持つジョヴィオにとっては、プリニウスの明らかな芸術的感性の欠如ほど退屈極まるものはなかった。

ヴァザーリに執筆を勧めることで、ジョヴィオはそれとなく本はラテン語よりむしろ土地言葉で世に出すことも提案していた。読み書きのできるより幅広い大衆に届けるためだ。ウィトルウィウスは『建築十書』の序文で、アウグストゥスにさらに博識で印象的なパトロンになるために、建築作品の質の評価方法を教えると約束した。本の後半では自分の意見を、忙しくて自由な時間があまりない男たちと特徴付けた他の読者に向けた。何度かは女性がどのように建物を使い、どのように感じているかについての興味をうっかり漏らしている。古代ローマ世界には、確かに読み書きができて、何をどのように建てるかを決断する女性たちがいたからだ。ジョヴィオも同じように、より広範な大衆に自分自身の考えを向けていた。

土地言葉の本のプロジェクトにはまた、明確な政治目標が付随していた。ヴァザーリの時代、

〝イタリア〟は理念としては存在していたが、政治的単位ではなかった。半島は一連の独立した都市国家と一つの大きな王国、ナポリ王国に分かれていて、それぞれが文法も違えば、発音も違う独自の土地言葉を持っていた。中にはまったく別の言葉を喋る地域もあった。ギリシア語、アルバニア語、ドイツ語、プロヴァンス語を。ヴァザーリ自身はトスカーナ語で育ち、これがダンテやペトラルカに使われた方言だと誇りを持って認識していた。

ローマは特例を示している。地域方言は南イタリアからの分岐で、教皇領からもたらされるトスカーナ語が混じっていた。しかし、十五世紀から十六世紀の間に、教会は少しずつ、その交流のためのさらに普遍的な土地言葉の特別版を開発した。リングァ・アウリカ、言い換えれば宮廷言語は、他のイタリア都市でも伝達に使われていた方言を混合したものだ。そこでヴァザーリには、アウリカで書くか、トスカーナ語で書くかの選択肢があった。

『列伝』についての最初の会話が、フィレンツェの邸宅ではなくファルネーゼ枢機卿の食堂だったので、彼は特定の土地ではなく普遍的に響くアウリカを選ぶことを明らかにした。ジョヴィオのプロジェクトの暗黙の観点は普遍的だということで、それを後押しする二千年の文化史もある。最初の議論は一五四二年か一五四三年だったかもしれない（と、多くのヴァザーリ研究者は信じている）、さもなければ遅くとも一五四六年だが、ヴァザーリは一五四五年で、ナポリへの旅行の後だったと主張することで、イタリアを余すところなく旅して（仕事をした）ことに端を発すると自信を持って話している[1]。

この慎重に仕組まれた一連の会話は、『列伝』のもう一つの不可欠な真実を明らかにする。本は一人の人間、ジョルジョ・ヴァザーリの名前で出版されることになるが、これは構想の瞬間から印刷所での最後の仕上げまで協同事業だった。美術家の一大伝記集を作るというアイデアは、多くの点で——野心、協力、異なる種類の専門知識を受け入れる姿勢——クラウディオ・トロメイのウィトルウィウス・アカデミアの全体構想に近い。だが、一つだけ極めて重要な違いがある。これはヴァザーリ本人とその効率のよさに大いに関係がある。一五五〇年には、『列伝』の初版が印刷に回される準備ができていた。その一方で、ウィトルウィウス・アカデミアはその大部分がまだクラウディオ・トロメイの頭の中に存在しているだけだった。

『列伝』におけるヴァザーリの最も親密な協力者は、フィレンツェの文学者でベネディクト会修道士のヴィンチェンツォ・ボルギーニ（一五一〇〜八〇）だ。二人は、一五四一年からボルギーニが修道院長を勤めていたアレッツォで出会ったのかもしれない。あるいはフィレンツェか。ボルギーニの故郷で、一五四五年からは永住したのだ。一世代年上で、優しい話し好き（ヴァザーリは〝お喋り〟と呼んだこともあった）のジョヴィオとは違って、ボルギーニはヴァザーリより四歳年下で、公爵コジモの宮廷をヨーロッパの文学と美術の最先端に押し上げるつもりでいた熱心な若者グループに属していた。(2) 約五年をかけて調査し、書き上げた『列伝』初版におけるボルギーニの役割は、八年後にずっと違う状況で刊行されることになる第二版に比べれば、それほど目立たない。しかし、二人が築いた友情は持続的なものだった。

ヴァザーリの手紙によれば、ヴィンチェンツォ・ボルギーニはかけがえのない友人で、最も誠実な文通相手として浮上する。「どこへ行っても、多くの友人、多くの偉大な人に出会うが、君のような人は探しても見つからない——君は、地上で最高のもので、そんな君を私はとても愛している」ジョヴィオはヴァザーリへの手紙を「美しい巻き毛の下の額にそっとキスして」という言葉で結んでいた。教養のある男同士の間でそのような強い愛情を示す言葉は、十六世紀には珍しいことではなく、あながち同性愛の感情を示しているとは言えない（可能性はあるのだが）[3]。今日でも南イタリアにしばらく滞在すれば、同じように男たちが互いをカーロ（愛する人）と呼び合い、抱き合って、親愛の情を込めて頬にキスするのを見るだろう。シェイクスピアのイギリスでは、ほんの数十年後だが、エチケットはまったく同じだった。紳士は互いの唇にキスしていた。今日の私たちからすると、伴侶に対してだけのものなのだが、十六世紀の男性が同性の親友への感情的親密さを表現するのはよくあることだった。当時、恋愛結婚は滅多になかったのだ。それどころか、便宜上の姻戚関係、両親の間の商取引、あるいは家庭内の無難な均衡だった。愛はもちろん思いがけない贈り物だが、当然だと期待したり、そうみなしたりするものではなかった。人は伴侶を選ぶより、ずっと信頼と主体性を持って友人を選んでいた。

ヴァザーリは自伝で、『列伝』の趣向を慎重にパウルス三世を囲む人々、並びに一五四五～四六年のカンチェッレリア館での自分自身の作品と関連づけている。それにもかかわらず、『列伝』の本文は一五四七年にはほぼ執筆が完了していたと主張する。とりわけ一五四六年にまたローマからフィレンツェに引っ越したことを考えると、これほど大掛かりな本にしては、非常に短い期間だ。本の完成にはさらにもう一回引っ越すことになった。今度は、イタリアの東海岸（アドリア海）にある、古代ローマの植民市のリミニへ。

さて、こうしたプロジェクトを遂行しながら、素描の制作者についての『列伝』の本を成功裏に完了させたので、精密に書き写してもらうこと以外、私にはすることがなくなった。ジャン・マッテオ・ファタニ神父、リミニのオリヴェート会修道士で美術と機知の人が、私のところへ来て、リミニのサンタ・マリア・イン・スコルカ教会と修道院で仕事をしてほしいと頼まれたのだ。彼はそこの修道院長で、修道士の一人、優秀な筆写者に写本をさせ、自分が校正をすると約束してくれて、その教会の祭壇画と主祭壇を作らせるべく、私をリミニへ引っ張っていった。教会は市外三マイルほどのところにある。(4)

滞在中に彼がオリヴェート会のために描いた祭壇画、『東方三博士の礼拝』は、今も教会の後陣に堂々と掛かっている。現在は、サン・フォルトゥナートあるいはサンタ・マリア・アンヌンツィアータ・ヌオーヴァ・デッラ・スコルカ大修道院と呼ばれている。ヴァザーリは特に三博士それぞれに独特の外観を与えたことを誇りとしていた。一人は白い肌、一人は褐色、一人は黒い肌だ。

写本が始まるのを待つ間、ヴァザーリはもう一枚、リミニのサン・フランチェスコ教会の祭壇画を描いた。『聖痕を受ける聖フランチェスコ』で、幸いにも一九四三～四四年の連合軍による市への空爆を生き延びた。サン・フランチェスコは意欲的な作家に強い印象を与えた。十四世紀のゴシック教会は十五世紀半ばに地元軍閥リーダーのシジスモンド・パンドルフォ・マラテスタの霊安室とすべく改築されていたのだ。ハンサムで、冷酷で、教養があり、生まれながらの傑出した軍事施設建築家だが、シジスモンド・マラテスタはピウス二世の布告により、生きているうちから地獄を運命付けられるという独特の栄誉に預かっていた。シジスモンドの好みは、その性格が凶暴なのと同じくらい申し分なく前衛的だった。自分の〝マラテスタ聖堂〟の建築監督として、彼はレオン・バッティスタ・アルベルティを選んだ。作家で、学者で、設計者だ。ヴァザーリは『列伝』のアルベルティの章で満足の意を表している。「〔バッティスタは〕サン・フランチェスコ教会の模型を、具体的にはファサードの模型を作って、大理石で創り上げた……要するに、あの建造物を間違いなくイタリアで最も有名な聖堂の一つになるように転換したのだ[5]」

『列伝』を書き写すことは、出版に向けての本の第一歩だった。本文が清書されると、ヴァザーリは点検のために学者友だちに送った。まず、ベネデット・ヴァルキに。原稿は一五四七年十二月に、パオロ・ジョヴィオ宛でローマに届いた。作家なら誰でも、話し好きの旧友からヴァザーリが受け取ったような返事をもらうのはうれしいだろう。「届くとほぼ同時に私は君の本を貪り読んだ。君がペンでこれほど自分を高めているとなって、絵筆にあれほど長けているのがあり得ないと思われるほど感銘を受けた[6]」

ジョヴィオは次に本をアンニーバレ・カロに回した。彼もローマにいたのだ。そして、一五四八年一月には、『列伝』はヴァザーリの手に戻った。本は事実上、現代の同僚評価に相当するものを受けたのだ。そして、同輩たちはこぞって出版を支持した。しかしながら、ヴァザーリは原稿を最初に友人のヴィンチェンツォ・ボルギーニに手渡した。その散文に、十六世紀中期イタリアにおける重要な本を際立たせるある種の文体と学術的な深みを与えるためだ。ヴァザーリの専門的な洞察力とボルギーニの文学的才能の組み合わせは、共通の機知や熱烈な願望は言うに及ばず、『列伝』に疑う余地のない権威を与えた。

教養のある友人たちから入ってくる報告を待ちながら、ジョルジョ・ヴァザーリは忙しくして、絵を描くことで気を紛らわせた。リミニから海岸線を上がり、ラヴェンナで南へと切り返してアペニン山脈を越えてアレッツォへ行ったのだ。

それと同時に、何枚もスケッチや油絵を描き、他にも友だちのために小さな作品を創った。数も多く多様なので、ほんのいくつかを覚えているのがやっとだろう。それにそのようなちっぽけな詳細を、読者もきっと知りたいとは思わないだろう。

その間もアレッツォの自宅は建築中だったので、その夏には帰郷して、ほんの気晴らしにホール、三つの部屋、それにファサードに描く絵の計画を練った。その設計図の中で、私が仕事をした全ての領域と場所を象徴するものを作った。私の稼ぎを使ったこの我が家への賛歌だ。(7)

ファサードの絵画はとっくになくなってしまったが、ヴァザーリ邸の室内装飾は全てが楽しげな姿でふんだんに残っている。ここはおそらくヴァザーリが、腕の落ちる助手に頼らずに自分の手でほとんどの作業を行った唯一の場所だ。従って、フレスコ画の質は格別だ。家は街の中心にある邸宅ではなく、アレッツォの外れにあるカザーレ、地味な田舎の屋敷で、正式な中庭ではなく、離れ家のある壁に囲まれた庭の中に建っている。これは貴族ではなく裕福な労働者の家だが、邸宅では考えられないほどゆったりと寛げる家でもある。

ヴァザーリの新居から通りをほんの一つ隔てた所には、十三世紀のサンテ・フィオーラ・エ・ルチッラ大修道院があり、今はヴァザーリ自身の手で完全に設計し直されているが（一五六五年から取りかかった）、一五四八年にはまだ全面的に中世の施設だった。修道院長のジョヴァンニ・ベネデット・ダ・マントヴァは有能な隣人に修道士の食堂に絵を描いてほしいと頼んだ。多分『最後の晩餐』を。そうした場所にはお決まりのテーマだ。「ひとたび彼の誘いを受けると決める」と、ヴァザーリは書いている。「普通とは異なることをしようと決心した」そして、実行した。修道院長の許可を得て、独自のテーマを選んだのだ。王妃エステルと王アハシュエロスの婚礼だ。彼はまた独自の技法を選択した。壁へのフレスコ画ではなく、木製パネル（約三×七メートル）への巨大油絵で、掛けられるはずの壁で制作することを強く主張した。「この手順は（試したことがあるので肯定できる）、絵画が確実に的確な光を得られるようにしたいなら、ぜひ採用すべきだ。実際一階の工房で作業するか、どこか他の利用できる場所でするかによって、光、影、その他多くの絵画の特性が変わるからだ(8)」

その上、油絵具なら洞窟のような部屋（現在はミケランジェロ・ブオナローティに捧げられた高校の一部）に、まばゆいばかりの効果が際立つ鮮やかで輝く色が使えるのだ。王妃エステルの空色のサテンの胴着と赤のベルベットのスカートは、構図の中で近くにいる者のサフラン色の式服で釣り合いが取られて、否応なく花嫁に目を向けさせる。フレスコ画は色漆喰なので、常につや消し面が残る。それをベルベットのように輝かせる方法を身につけたのはラファエロだけだ。ラファエロとミケランジェロはどちらも、漆喰壁の表面に油絵具を固着させる方法を必死で見つけようとしたが、フレスコ画を輝かせるためには、古代ローマやポンペイの画家がしたように、表面にワックスを溶かし込むしかなかった。ヴァザーリは、木製パネルに油絵具を使って、巨大な絵画をわずか四十二日で完成させることができた。現在この作品は彼の疑問の余地のない傑作に入っている。

洞察に優れた枢機卿のジョヴァンニ・マリア・チョッキ・デル・モンテのおかげで、ヴァザーリは建築設計を試み始めた。初めは近くの丘の町、モンテ・サン・サヴィーノの下にある農場だった。枢機卿がそこに、地元出身のヤコポ・サンソヴィーノが設計した目を見張るばかりの眺望を持つ小さくエレガントな邸宅を所有していたのだ。ヴァザーリはある種の田舎で過ごす休暇、別荘暮らしでそこに滞在してから、フィレンツェへ、多くの新しい小型プロジェクトへと戻った。その一方で、枢機卿はボローニャへ向かった。そこでは教皇の特使を務めていた。彼はその後まもなくそこから、ヴァザーリに合流するようメッセージを送った。今回は、二人の会話は美術とはまったく関係なかった。デル・モンテには自分の被保護者に別の計画があった。

彼と数日間過ごすと、多くの他の話題と併せて、彼は実にうまく話し、説得力のある理由を数多くあげて私を説得した。彼に迫られて、私は今の今までしたくなかったことをする決心をした。それは、妻を娶《めと》ることだ。そこで私は、彼の望みどおりに、立派なアレッツォ市民のフランチェスコ・バッチの娘と結婚した[2]。

ニッコローザ・デ・バッチはもうすぐ十四歳で、将来の夫は三十八歳だったが、この年齢差は何の問題もなかった。ヴァザーリがニッコローザの姉のマッダレーナと情事を楽しんだことがあったのも問題にはされなかった――ヴァザーリに二人の子供（九歳のアントン・フランチェスコと八歳のアレッサンドラ）までもたらした情事だ。結婚はそれぞれの家が相手の家へ何を提供できるかに行き着くのだ。すでに私的な立場でマッダレーナと積極的に関わっていたとなれば、おそらくヴァザーリを正式にバッチ家と結びつけるのが一番だった（マッダレーナはその後ペストで命を落とし、母親のない子供たちを残したのだ）。ニッコローザには結婚を申し込むための素晴らしい持参金があったし、一方のヴァザーリには並外れたキャリア、素晴らしい家、それに二人の子供という財産があった。子供たちはこれで、叔母という形できちんとした母親を持つことになる。結婚の交渉は一五四八年に始まり、一五四九年に結婚式が行われた。

ヴァザーリは妻をコジナ、〝可愛い人〟と呼び、愛情のこもった詩を彼女に捧げた。肖像画はもちろんだ。彼女のことはほとんど知られていない。女王や王女は別として、女性は現代以前の歴史家の注意をほとんど引かない傾向にあり、伝記作家の仕事を難しくしているからだ。ヴァザーリは彼の時代の典型的な男性らしく、仕事でどこかに呼ばれた時はいつでも、彼女を長期間アレッツォの家に残した。彼が彼女のことをあまり書いていないことも、別に珍しくはない――たいていの男と同じで、ヴァザーリも仕事の成功に取りつかれていたし、手紙に書き留めるのも、妻との平凡なやり取りより有力な男たちとの友情関係の方がはるかに重要だとみなされたのだ。ひょっとして亡き義理の姉の方が生きている妻より強く感情を刺激したのだろうか？[10]

自分の将来をデル・モンテ枢機卿と話し合った後、ヴァザーリはフィレンツェに戻り、ビンド・アルトヴィティのために再び絵を描き、自分の原稿の運命を心配した。今や最終的な局面を迎えていた。『列伝』をベネデット・ヴァルキとヴィンチェンツォ・ボルギーニに渡したことは、公爵コジモの興味を引く最も効果的な手段で、ヴァザーリにとっては間違いなく、トスカーナの美術家は世界がこれまでに生み出した中でも最高だと褒め称える本に、これ以上相応しいスポンサーは望むべくもなかった。一五四九年、コジモは『列伝』の出版費用を負担することを決めた。[11]

コジモはもちろん、トスカーナ語とトスカーナ美術の至上性を宣伝することに夢中だったので、『列伝』はそれに応じて作り直さなくてはならなかった。本文はアカデミア・フィオレンティーナのメンバーから成るチームに送られた。アカデミアは、コジモが一五四一年にトスカーナ語を奨励するために作った機関だ。ジョヴァンバティスタ・ジェッリ、ピエルフランチェスコ・ジャンブラーリ、それにカルロ・レンゾーニだ。ヴァルキとボルギーニも更なる改良を加えたに違いない。ヴァザーリのリミニのオリジナル原稿のページが、余白に書かれたジャンブラーリのメモと共に今も残っている。

第一版出版に対する最初の反応は好意的だったが、初めは好意的な態度をとる傾向がある読者——トスカーナとローマの間の知識階級——に配布されたのだ。遠く離れた場所から来る賛否両論のコメントは、主により広い範囲に及ぶ第二版（一五六八年）に向けられている。ウィリアム・アグリオンビーの称賛が、ロンドンで一六八五年に記録されている。彼は、この本がイギリスの画家に歴史画の分野に秀でるための閃きを与えるかもしれないと考えた。歴史画はこれまでずっと彼らの強みではなかったのだ。一方、ボローニャを本拠として、ラファエロ様式と同調している（従って、トスカーナのマニエラには明らかに興味を感じていない）、十七世紀の有力な美術アカデミアのリーダー、アンニーバレ・カラッチは、自分の本の余白をメモで埋めた。その多くで、ヴァザーリがあまねく受け入れられていると紹介している歪曲された見解への失望を示している。十六世紀後期と十七世紀初期の美術家十数人が所有した『列伝』が実りの多い傍注と共に保存されている。エル・グレコは書いた。「これら全ては〔ヴァザーリの〕無知を証言している」エル・グレコの独特な様式がしばしばマニエリスムと類型化されることを思えば、驚きかもしれない。フェデリコ・ツッカリは、ヴァザーリがミケランジェロの方を好んで、ラファエロを軽視しているのに憤慨した。「毒舌の悪い癖だ。鞭打てないからと、他者の名誉と尊厳を貶める方法を見つけている！」しかしこれはおそらく驚くに当たらない。二人はライバルで、ヴァザーリの晩年には不仲だったのだ。それにカラッチ一族（アンニーバレ、ルドヴィーコ、それにアゴスティーノは全員が十七世紀のボローニャでカラッチ・アカデミアを運営していた）の一人は書いた。「ああ、ヴァザーリは何て嫌なやつなのだ。あまりに容赦なく語っているから、私まで礼儀の限界を超えてしまう[12]」しかし、これらは個人的な不平で、きっと賑やかなディナーパーティで友人たちの間で共有したはずだが、文章やその著者を非難する活字になった小論文の一部ではない。それに、失望はむしろ様式や美術家に関するヴァザーリの片寄った好みについてで、文体、構成、あるいは自負心に対する包括的な反発ではない。それに初期の傍注の悪口にもあまり一貫性はない。それらは「十六世紀後期における反ヴァザーリの反応[13]」と簡単に記されているだけで、もっと客観的な立場というよりは、むしろヴァザーリのあからさまな偏見に対する一連のとても個人的な不満なのだ。こうした否定的な見解は、広く大衆的な規模でなされたわけではないので、それらがヴァザーリに届いたとは思えない（例えば、ミケランジェロ本人からのように。彼は第一版を読んで、自分の生活についていくつか訂正を提案した。コンディヴィの一五五三年の伝記のためにするように。それ自体が三年前に出版されたヴァザーリの伝記の自分の章に訂正を提供することを意図していた）。本はよく売れ、メディチ家、フィレンツェ、それにトスカーナを誇らしい気持ちにさせ、さらに名声を馳せることになった。余白に書かれた不平はさておき、反響はよいものばかりだった。

この出版は、トスカーナの天才とトスカーナの美術を代表して、絶対的な権威を持って話すことを意図していた。ドイツの学者、ゲルト・ブルームは、一五五〇年の最終稿が聖書の歴史の中世後期の標準的体系をどれほど綿密に順守しているかを示した。最終稿は、アダムの創造に始まり、システィーナ礼拝堂の祭壇にミケランジェロによって新たに描かれたフレスコ画の『最後の審判』で完結するのだ。本の最初の言葉は〝アダム〟で、最後は〝死〟だ。十三世紀から十六世紀中期までの画家、彫刻家、建築家の伝記によって姿を現わす美術の進歩の物語のあらゆる段階で、トスカーナの美術家が先頭を切っている。ジョット、ドナテッロ、ダ・ヴィンチ、そして中でも最も偉大なミケランジェロだ。

しかしジョルジョ・ヴァザーリには、作家としてのデビューを楽しむ十分な時間はなかった。それどころか、状況は彼を再び旅する美術家の地位に戻したのだ。自伝では、不合理に聞こえる話を語っている。

ところで、公爵コジモが『列伝』の出版を望まれたので（私自身あらん限りの努力を傾け、何人かの友人の助けもあって、今やほとんど完成している）、私は原稿を公爵の印刷業者のロレンツォ・トレンティーノに渡し、こうして印刷が始まった。しかし、序章をまだ書き上げていないうちに、パウルス三世が亡くなり、私は本が完全に印刷される前にフィレンツェを離れなくてはならなくなるかと心配になった。このようなわけで、私はデル・モンテ枢機卿に会うためにフィレンツェへ行った。コンクラーベに向かう途中で通られたのだ。私がお辞儀をして、話をし始めるや否や、彼が言われた。「私はローマへ行くが、間違いなく教皇に選ばれるだろう。何であれ今手がけていることを仕上げて、知らせを聞いたら直ちにローマに来い。それ以外の命令をぐずぐず待つことはないぞ」

予想は間違いではなかった。アレッツォではカーニバルがあり、いくつかの仮面と祝祭の手配をした後、この枢機卿が教皇に選出されたという知らせを聞いた。そこで、私は馬に鞍をつけ、フィレンツェまで行った。そして、公爵に励まされて、教皇の戴冠式に出席し、その祝祭の計画に参加するためにローマへ行った。(14)

この話はフィクションだが、気まずい事実を認めなくてはならないことからヴァザーリを免れさせている。彼はコジモの宮廷での地位を切望していたのだ。本は彼の申込書であり、贈り物だった。しかし待ち望んだ招待は来なかった。ヴァザーリにはまだ取り巻きグループの中に敵がいたのだ。不倶戴天のライバル、辛辣で才気あふれるベンヴェヌート・チェッリーニのような。彼は自分の運をローマで試す以外に道はなかった。

パウルス三世は、一五四九年十一月十日に死去した。ぞんざいなローマ人の立ち居振る舞い、少年への傾倒、それにニンニクくさい息にもかかわらず、六十七歳のジョバンニ・マリア・チョッキ・デル・モンテ枢機卿は有能な外交官として評判を得ていたので、激しい争いが起こった一五五〇年のコンクラーベでも総合的な折衷候補者として自らを位置付けることができた。彼は一五五〇年二月七日にユリウス三世に就任した。教皇としては、ひどく期待外れだった。政治から撤退し、十代の恋人のインノチェンツォを枢機卿にしたのだ。しかしながらパトロンとしては、十六世紀の偉大な人々の中に入る。時間と金のほとんどを美術に注ぎ込み、ジョルジョ・ヴァザーリ、ジョヴァンニ・ピエルルイージ・ダ・パレストリーナ、ヤコポ・バロッツィ・ダ・ヴィニョーラ、バルトロメオ・アンマナーティ、そしてミケランジェロのような人たちに資金援助した。ヴァザーリが若い妻のニッコローザを残し、公爵コジモの曖昧な祝いの言葉にうながされて、ローマに馬を走らせたことには価値があった。

第三部

20 センプレ・イン・モート(絶えず動く)

一五五〇年二月にローマに到着すると、新しい教皇に挨拶しに行く途中、ビンド・アルトヴィティを駆け足で訪問した、とヴァザーリは語る。アルトヴィティの邸宅はサンタンジェロ橋からほんの数メートルのところにあった。ローマの銀行街とヴァティカンをつなぐ橋だ。従って、旅疲れしたヴァザーリがヴァティカン宮殿に正式に顔出しする前に立ち寄るには理想的な場所だった。一五一四年に建てられたビンドの自宅は、川に面していて(そのために、悲しいかな、一八八〇年にテヴェレ川の現代的な土手に場所を空けるために取り壊された)、彼本人と同じようにエレガントだった。廊下には程なくヴァザーリのフレスコ画が飾られることになる。一五五三年十一月に加えられたのだ。

しかしアルトヴィティ邸に立ち寄ったことは、明白な政治的声明にもなった。一五三七年初頭に、公爵コジモはビンド・アルトヴィティの身分をローマ在住の正式なフィレンツェ領事だと認めた。彼は一五四六年にビンドをフィレンツェの議員に任命してもいた。しかしコジモはマキャヴェッリを読んで(実際、この『君主論』はロレンツォ・デ・メディチのための入門書として書かれたのだ)、友人をそばに、敵はもっとそばに置けという教訓を読み取っていた。コジモはアルトヴィティ家がフィレンツェをメディチ家から解放して、共和制の統治を復興する望みを決して諦めていないことを知っていた。生まれながらの賢明な政治家だったパウルス三世の在位中は、ミケランジェロやビンド・アルトヴィティといったフィレンツェの共和制主義者はローマで確実な保護を享受したが、一五四九年のパウルスの死と、コジモのますます堅牢になっていく公領への支配力に伴い、状況は変化し始めた。次の十年間で、公爵と銀行家はますます相手に対して敵意を抱くようになる。

ヤコポ・ダ・カルピがビンド・アルトヴィティを描いた一五四九年の肖像画は、毛皮をあしらった豪華なサテンとベルベットを着た熟年の男性の姿だ。暗い色の式服は商人階級に相応しいとされていて、貴族だけが明るい色を着ていた。

しかしながら、服装からはっきりわかる豊かさを超越して、ビンド・アルトヴィティはしたたかで影響力の強い男のような印象を与える。画家は彼の用心深い目、堂々とした身体的存在感、それに注意深く落ち着き払った手を際立たせている。それに、六十歳になろうとしているのに、ローマのフィレンツェ領事がまだ途方もなくハンサムだという事実は誰の目にも明らかだ。軍隊を召集できる財力のある彼はまた潜在的に危険だった。少なくともメディチ家とその信奉者にとっては。

銀行家の政治的傾向は重要だ。金は当時もそれからも、戦時も平和時も状況を一変させるからだ。しかしながら、ミケランジェロやヴァザーリは忠誠心の別の基準に縛られていた。二人とも今ではその職業のトップにいるかもしれないが、先行きは常に不安定なのだ。美術家が雇ったパトロンのために働くということは完全に理解できる。だからミケランジェロはメディチ家のフィレンツェ退去を祝うために一五〇四年に勝ち誇った『ダヴィデ』を彫刻し、二十年後にはメディチ家の教皇、クレメンス七世のためにサン・ロレンツォ修道院図書館の設計を始めた。ヴァザーリにとっては、ビンド・アルトヴィティは長年大切なパトロンであり、おそらく真の友だった。不確実性の高い時期に、ヴァザーリがサンタンジェロ橋を渡って、ヴァティカンに向かう前に、長年のパトロンに立ち寄って挨拶するのは極めて当然だった。

しかしながら、教皇は速やかに依頼を出した。サン・ピエトロ・イン・モントリオ教会の葬儀用礼拝堂だ。チョッキ・デル・モンテ枢機卿と名付けられた最初の人間、叔父のアントニオと、もう一人の叔父のファビオのためだ。サン・ピエトロはジャニコロの丘の見晴らしのよい坂に陣取っていて、スペインのフランシスコ会に運営され、スペイン君主から資金提供を受けていた。一四八三年に創立されてすぐに、教会は革新的な美術と建築の好見本になった。一五〇二年にドナト・ブラマンテが建てた有名な円形堂、回廊の中にあるテンピエットは、古代以降にドリス式円柱とエンタブラチュア（古典建築において円柱によって支えられる水平な部位。三層で構成される一番上がコーニス）を使った初めての建築物だ（もっとも、ブラマンテ自身はおそらくギリシアではなくエトルリア建築を再現しようとしたのだろう）[1]。教会の中は、フレスコ画の描かれた拱廊とともに、偉大な（そして非常に過小評価されている）アントニアッツォ・ロマーノが、かばおうとする聖アンナの下にいる聖母子を描いた。ピントゥリッキオとバルダッサーレ・ペルッツィが描いた装飾的なフレスコ画があり、ミケランジェロの弟子のセバスティアーノ・デル・ピオンボ（あの鉛の番人だ）は、エントランスのすぐ右の湾曲した壁龕《へきがん》に見応えのある『キリストの鞭打ち』を描いた。同時代の美術の進展に興味のある者にとっては、サン・ピエトロは徹底的に創造意欲をかき立てられる仕事の場所で、ヴァザーリも底力を発揮した。チョッキ・デル・モンテ礼拝堂の依頼には、絵画、彫刻、建築の三つの美術が全て含まれていて、ヴァザーリはまさしくここ、ブラマンテの先駆的なテンピエットのすぐ近くで、独力で傑出した建築家の素質を見せ始めたのだった。

彼の建築は、明確に彫刻的で、突き出た頑丈なコーニス（壁または柱で支えられた水平材を飾る帯）があり、深い窪みがあって、エンタブラチュアの上の丸いクッションモールディングのようなエトルリアの作風を意図的に取り入れている。トスカーナの顧客のためだ。ヴァザーリはまた、祭壇画を描いた。『聖パウロの回心』は、カンバスに描かれた建築とそのフレームとなる本物の建築の間で巧みな反響を生み出している。墓所の像は、ローマに仮住まいしていたフィレンツェの美術家、バルトロメオ・アンマナーティが彫った。

　今日の見物人には、絵画、彫刻、それに建築の組み合わせは見事に機能している。半世紀後の一六二〇年代に、ジャン・ロレンツォ・ベルニーニがこの〝総合芸術《Gesamtkunstwerk》〟を有名にした。そこでは、絵画、建築、そして彫刻は全て、単独の芸術精神によって（時には、詩や演劇といった別の芸術も同様に考慮され）、一体となった多次元的な芸術空間を創り出すように着想される。ベルニーニがしばしばこの総合的な空間芸術経験（コルナーロ礼拝堂に近づいて、彼の『聖テレジアの法悦』を見ると、人は建築空間、絵画、浮き彫り彫刻、劇的な照明効果、大理石がはめ込まれた床、それに礼拝堂の中の香の芳香が相まって、中央の彫刻群の経験を増大させる）を確立したと高い評価を得るとはいえ、フィレンツェのサンタ・クローチェ聖堂にあるブルネレスキのパッツィ礼拝堂は十五世紀半ばに作られていた。そして、ヴァザーリは多様な芸術領域に卓越した素晴らしい実例だ。しかし、サン・ピエトロの自分の絵とヴァティカンのパオリーナ礼拝堂にあるミケランジェロのフレスコ画を比べた時には失望した。

　ミケランジェロのパオリーナ礼拝堂での作品とは変化をつけるために、聖パウロを本人が書いているとおりに若くした。彼はすでに馬から落ちていて、兵士が彼をアナニアの元へ連れていった。盲目の彼にアナニアが手をかざして、洗礼を施すと目は失った光を取り戻す。この作品に、空間の狭さのせいか、他の何らかの理由か、私は自らに必ずしも満足できなかった。もっとも他の人たち、とりわけミケランジェロを不快にしたわけではなかったが(2)。別の絵画はあまりうまくいかなかった。少なくとも教皇の目には。

私は同じように教皇が宮殿の礼拝堂に掛ける別の板絵を制作したが、後にアレッツォに持ち帰り……ピエーヴェ・ディ・サンタ・マリア教会の主祭壇に据え付けた。でも、もしも私自身にしろ他の人たちにしろ、これに、あるいはサン・ピエトロ・イン・モントリオ教会の祭壇画に十分に満足できなかったとしたら、実に厄介なことになっただろう。あの教皇のきまぐれに合わせるために、私は絶えず動いていたのだから(3)。

この控えめな発言、「エラ・センプレ・イン・モート」――「私は絶えず動いていた」――は、ジョルジョ・ヴァザーリの墓碑銘になるかもしれなかった。

ユリウス三世は枢機卿にした若い恋人（彼は教皇のペットの猿の飼育係だった）を楽しませること以外は、在任中ほとんど何もしなかった。彼について最もよく記憶されているのは、ローマの中心から少し北にある川岸に気晴らしのための別荘を建てたことだ。このプロジェクトのために、一五五二年、彼はヴァザーリを建築監督として雇った。二人の著名な共同制作者も一緒だった。フィレンツェの彫刻家で建築家のバルトロメオ・アンマナーティともう一人の建築家、ヤコポ・バロッツィだ。バロッツィはポー平原にある果樹園で有名な豊かな町、ヴィニョーラの出身で、ローマやボローニャやフォンテーヌブロー（フランソワ一世の王宮）で暮らしてから、一五四三年にローマ《エターナル・シティ》に戻ってきた。ヴァザーリの自伝は、ヴィラ・ジュリアとして知られるようになる建物への自分自身の貢献の重要性を強く主張している。ルネサンス・ローマから存続する最も美しい建物の一つなのだ。かつてはローマの不規則な広がりに飲み込まれて、郊外の静養所のようだったものも、今は街の中心から楽しく歩いていける。現在、別荘は国立エトルリア博物館となっている。エトルリアの豊富な情報を持ち、トスカーナ人であることを誇りにしている教皇のために設計された建物に相応しい役割だ。教皇の敵さえも、緑あふれる隠れ家の彼の趣味を申し分ないと認めないわけにはいかなかった。

ヴァザーリは、彼自身の記述によれば、依頼に選任された最初の建築家だ。

施行したのは私が抜けてから後の者たちだが、それでもなお教皇の気まぐれを図面に変えたのは私で、図面はそれから修正と補正のためにミケランジェロに回された。それから、ヴィニョーラのヤコポ・バロッツィが部屋、ホール他の装飾を彼〔ミケランジェロ〕の多くの設計で仕上げた。しかし、下にある噴水は私とアンマナーティの設計だ。アンマナーティは留任して、噴水の上にあるロッジア（建物の正面や側面にあって庭などを見下ろす柱廊）を作った。(4)

ヴァザーリが〝下にある噴水〟と呼んでいるものは、現在はニンファエウムと呼ばれている。水の神殿という意味の古代ローマ語で、ローマ全域でも最も神秘的なスポットの一つになっていて、一九五〇年代以来ヴィラ・ジュリアのニンフェウムは、ストレーガ賞（イタリアで最も権威ある文学賞の一つ）授賞式の会場になっている。別荘そのものと比べれば、一段低い所にある涼しい区画は小さく見えるかもしれないが、かなりの人数を収容できるのだ。一段低い所にある岩屋というのが彼のアイデアだとすれば、自分の功績だと主張したがる理由も容易にわかる。別荘にはこれ以上才気あふれる呼び物はないのだから。

それに、ヴィラ・ジュリアにあるヴァザーリの人工洞窟《グロッタ》、彼の岩屋が地面より一段低く、優雅な大邸宅の広い庭の光の中へ姿を現すスペースになっているというのは、詩的にも納得がいく。プラトンの『国家』における有名な洞窟の比喩とその平明な啓蒙のプロセスが、芸術についてのどんな討論でも前提になっていたはずで、この時の洞窟も、ヴァザーリとその仲間には避けられない言及だった。とりわけ彼ら自身のアカデミアが二千年近く前のプラトンにちなんで名付けられたとなればば。

ヴィラ・ジュリアへのヴァザーリの貢献がどんなものだったにせよ、建築家チームに関わった彼の期間は短く、混乱していた。彼の自伝は、問題とその最終的な解決策の両方を説明しようとしている。

しかし、このプロジェクトでは決められたことを遂行するのが、と言うか、何をするのも不可能だった。教皇には常に実行すべき新しい思い付きがあり、フォルリの司教、ピエルジョヴァンニ・アリオッティ殿がその日の日程だと宣言したいかなる指示にも従わなくてはならなかったからだ。(5)

実際問題として、一年を少し過ぎたところで、ヴァザーリはヴィラ・ジュリアのチームから徐々に追い出されていった。バロッツィとアンマナーティが後を引き継いだ。幸いにも、公爵コジモには彼のための計画があった。

その一方で私は、一五五〇年に二度、フィレンツェに戻らなくてはならなかった。一度は聖ジギスムントの板絵を完成させるためで、それを公爵が見に来られて、大変気に入り、ローマでのプロジェクトが終わり次第フィレンツェに戻って、彼のために働くようにと言われた。すべきこととの命令を出すからと。(6)

ビンド・アルトヴィティもまた一五五三年十一月に新しい依頼を出してきた。サンタンジェロ橋脇の邸宅にあるロッジアを飾るフレスコ画と、ヴァティカンのすぐ東の牧草地にあるアルトヴィティの別荘のための別の連作だ。緑に囲まれたこの地域はプラティと呼ばれていた。アルトヴィティの別荘は今では何も残っていない。二十世紀には、プラティはブルジョアの住む魅力的な地域になり、ヴァティカン市国の要塞化された壁の陰になったその通りは、挑戦的で著名な人物にちなんだ名前がつけられている。アルトヴィティ邸は、前述したように、氾濫をなくすためにテヴェレ川が高い堤防で囲まれた一八八〇年に完全に破壊された。しかしながら、取り壊し作業員が仕事を始める前に、アルトヴィティ家の富と古雅を褒め称えるために神話的な人物を使ったヴァザーリのフレスコ画は、壁から外されて、十五世紀に建てられたヴェネツィア館に据え付けられた。今ではそこで市営美術館の一部になっている。

考古学者としては知られていないが、彼が考える芸術のあり方を形作るのに極めて影響力の大きい古代ローマの芸術作品をもたらした発掘の監督をしたのはミケランジェロだった。その彼の好みから、マニエリスムが十六世紀に発展した。現場は、今は私たちにもわかっているが、ネロの黄金宮殿、つまりドムス・アウレアで、とてつもない広さを持つ快楽の殿堂として西暦六四年から六八年にかけて建設された。だが四十年後には、トラヤヌス（古代ローマ皇帝 五三～一一七）の巨大な浴場の土台のために埋められた。おかげで、ミケランジェロの想像力を何にも増して刺激した像を含めて、多くが守られたのだった(7)。

ローマは何世紀にもわたって、何層にもなったケーキのような都市だった。古かったり壊れていたりする建物を除去するより、その上に建てる方が簡単だったのだ。とりわけ建物が古代ローマの丈夫なコンクリートでできている場合は。テヴェレ川の氾濫とローマ七丘（古代ローマの市の中心）の浸食は次第に地表面を上昇させ、今では市全体が多様な考古学的な遺跡の上に浮かんでいる。

ペトラルカは、この永遠の都でしばしば起きる偶然の発見について記した。

魚の中から宝石を見つける男は、より優れた漁師ではなく、より幸運な漁師だ……。農夫が土を耕していて、偶然ジャニコロの丘［ローマにある丘］の下から七冊のギリシア語と七冊のラテン語の本、それにヌマ・ポンピリウス王の墓所を見つければ、それは実際には他のことをしているのだ。ローマでは、ぶどう園掘りが古代の宝石やラテン語の記された金貨を両手に持って、しばしば私の元を訪れる。鍬の固い刃で傷がついていることもあるが、私に買うか、さもなければそこに彫られた英雄の顔を特定してくれるよう強く求める……。ただただ働いていて、隠された黄金の思いも寄らない輝きに喜んで幻惑される男より、正当な労働をしている時に、洞穴から滑るように出てくるヘビにハッと動きを止める男の方が、ずっと芸術家の名に値するのだが[8]。

しかし、正当な労働を増進して、隠された黄金の思いも寄らない輝きを偶然盲目的に見つけた後に、さらに驚くべき芸術作品を制作する芸術家はどうなのか？　芸術家による素人臭い洞窟探検、新たに発掘された古代ローマの住宅に立ち寄って、チラチラ燃えるろうそくを手に歩き回る。もしかすると優に千年間でそうした部屋を歩く初めての人間だとなれば、インスピレーションの有力な源になる。

古代ローマの壁画技法の再発見は、グロテスクと呼ばれるルネサンスの様式をもたらした。十五世紀後期、黄金宮殿の一階の部屋が発掘されたが、当時は巨大な王宮の複合体というよりティトゥス浴場の一部だと思われた[9]。ネロの大邸宅はパラティーノ、カエリウス、オッピオの丘の一部を抱え込み、人造湖を見渡していた。壮大で豪勢で、その天井の多くは金箔で飾られていた。そして、プリニウスによれば、入り口には、三十・三一メートルの高さで空に聳《そび》える像が歩哨《ほしょう》に立っていたそうだ。ネロの巨像《コロッスス・ネロシス》、皇帝のブロンズ像は、今はもうないが、最終的にはネロの個人的人工池の排水した池底から聳え立つ円形競技場の名前になった。コロッセオだ。地元の人たちはこうした埋れた部屋をグロッタ、洞窟と呼んだ。従ってその壁や天井を飾る絵画は、グロテスクと表現された(〝グロッタのような〟――〝グロテスク〟)。こうした装飾は陽気で多様で、植物、アラベスク、それに奇怪な形が化粧漆喰のモールディングにはめ込まれていた。フレスコ画には多くのさらに小さな模様が散っていて、しばしば彩色した花冠、建築上のモチーフ、さもなければ幾何学的な図案に縁取られている。こうした連系する彩色された枠組みの周りには、キマイラ（ギリシア神話の火を吐く女の怪獣。頭はライオン、体はヤギ、尾はヘビ）、竜、仮面、鳥、ろうそく、ハルピュイア（頭は人間、体は鳥の怪獣）、悪霊、それにアカンサスの葉の文様が組み込まれている。悪魔のような顔は、その口から複雑な渦巻き模様の植物の巻きひげを吐き出しているかもしれない。その両側には左右対称のゴルゴン（ギリシア神話、髪の毛がヘビの女の怪獣）がうずくまっているのだ。その結果は、単独の重要な絵画というより、いくらか壁紙に似ている。そして、少し離れて見ると、フレスコ画は抽象的な図柄に見えるが、近くでじっくり見れば楽しめるように計算されている。ルネサンスの画家は見たものがとても気に入り、一五〇〇年頃にはこうした魅惑的な画像に類似したモダンなフレスコ画を作るのが流行した。ヴァザーリが設計したウフィツィ美術館のロッジアの天井には、新たに彩色されたグロテスクがずらりと並んでいて、一つの例を示している。

一五〇六年二月、ブドウ園を掘り返していた労働者が黄金宮殿の一部を発見し、彫像を見つけた。ミケランジェロは現場に呼ばれた。サンガッロと当時十一歳だった息子のフランチェスコ・ダ・サンガッロも一緒だった。この息子が後にその報告を書いた。

私が最初にローマにいた時、まだほんの子供だったのだが、教皇［ユリウス二世］は、サンタ・マリア・マッジョーレ大聖堂の近くのブドウ園でとても美しい彫刻がいくつか発見されたと報告を受けた。教皇は役人の一人に、走っていってジュリアーノ・ダ・サンガッロに見に行くように言えと命じた。役人は直ちに出かけた。ミケランジェロ・ブオナローティはいつも私たちの家に来ていた。父が彼を呼んで、教皇の墓所の依頼を割り当てていたのだ。父は彼にも一緒に来てほしがった。私は父と合流し、一緒に出かけた。彫像があるところに私が下りると、父が急に言った。「これはプリニウスが言及している『ラオコーン』だ」こうして、彼らは彫像が引き出せるように、穴をさらに大きく掘った。像が見えるようになるとすぐに、誰もが近づき始めた。その間もずっと、古代のものについて話し、フィレンツェにあるものについても喋っていた。(10)

ジュリアーノ・ダ・サンガッロは正しかった。これはプリニウスが『博物誌』(三六・五)の中で芸術的な協調を考察している時に触れているのと同一の像だ。

『ラオコーン』は、皇帝ティトゥスの宮殿にあり、他の絵画や彫刻作品の中でも最も好まれている。ロードス島の熟練した彫刻家、アゲサンドロス、ポリュドロス、アテノドロスが協同して、一つの石の塊から彼と息子たち、それにヘビの驚くべきとぐろを創り出した。

実際には、三人の彫刻家は少なくとも七つの大理石の塊を使い、巧みに繋ぎ合わせているのだが、プリニウスの記述がルネサンスの彫刻家にその手で一つの塊から複数の人物を彫るよう励ました。ラオコーンはトロイアの司祭で、巨大なトロイアの木馬を街に引き入れないよう警告したことで神聖なヘビに絞め殺される。ウェルギリウスは彼に印象的に言わせている。「私はギリシア人を、贈り物を持ってきた時でも恐れる」(『アエネーイス』二・一一九〜二二七)。像は、驚くべき写実主義だ。締め付けてくるヘビのとぐろと苦闘するラオコーンの非常に精密な筋肉組織と息子たちの若い肉体。ヘビの一匹はラオコーンの脇腹に今にも噛みつかんばかりだ。緊張がピークに達した血も凍る一瞬だ。筋肉は張り詰め、ヘビの顎はがっちり食い込みそうになっている。アドレナリンに促された奮闘、苦悩、それに絶望の表情が、ラオコーンの顔に読み取れる。このダイナミックな劇的場面は、十六世紀初期のほとんどの彫刻家が伝えようとした趣と著しい対照をなした。落ち着き、内省、バランス、それに調和だ。『ラオコーン』とミケランジェロの『ダヴィデ』を対照させてみる。ダヴィデに動く恐れはない。体重を片脚にかけ（コントラポストと呼ばれる）、投石器を肩にかけ、運命の石を引く覚悟を決めるずっと前にゴリアテを見ている。

『ラオコーン』は、十五章で見たように、ミケランジェロの芸術へのアプローチ方法を変えた。そして、ミケランジェロが魅了されたおかげで、この等身大の彫刻群像は今もヴァティカンに展示されていて、歴史的に最も影響力のある彫刻作品になっている。

ヴァザーリとビンド・アルトヴィティは揃って、川の向こうを見ていた。フレスコ画の描かれた広間のあるグロテスクで豪華に飾られた別荘があるのだ。ラファエロと他の美術家が銀行家のアゴスティーノ・キージのために創ったものだ。富、政治力、それに芸術家への後援において、キージは産業と国際金融ネットワークに基づく財産で、あらゆる同時代人を凌いだ。キージは一五二〇年、ラファエロの死の四日後に死去した。ヴァザーリは、偉大な資本家と若い画家とのおおらかな関わりについて能弁になった。彼はもちろん、どちらのことも知らなかった。彼らが死んだ時には、まだ九歳のアレッツォの少年だったのだ。一方、ビンド・アルトヴィティは、美術家と銀行家ののどちらも知っていて、その議論の余地のない多様な天才ぶりを称賛せざるを得なかった。

アルトヴィティ同様、アゴスティーノ・キージは自分の富を使って軍隊を動かした。生まれ故郷のシエナでクーデターを企んだし、自分の偉大な擁護者のユリウス二世（教皇の金融業者としてだが、キージこそが教皇の擁護者だと異議を唱える者もいるかもしれない）が仕掛けた征戦全てとは言わないまでも少なくとも一つは陰で糸を引いた。(11) 一五五四年にジョルジョ・ヴァザーリがフィレンツェに来てすぐ、コジモ一世とビンド・アルトヴィティはフィレンツェの名を借りて、敵味方の立場で戦争に突き進むことになる。

しかしながらこの対決が実現する前に、疲れたヴァザーリは故郷のアレッツォに戻った。四十代の分別盛りで、成功した画家であり、『列伝』が刊行されたばかりで新たに有名な作家になっていた。彼は気まぐれな教皇に拒否されてきて、フィレンツェ公のはっきりしない約束以上には実体のあるものは何も持っていなかった。成功と失敗の境界線はルネサンスでは微妙だ。それこそが、ブファルマッコのような、本来なら得てもよいはずの名声や安心を最後まで手にすることのなかった才能ある美術家について、ヴァザーリがあれほど実感を込めて書くことのできた理由の一つかもしれない。

21 フィレンツェにおける大改革

一五五三年、コジモ一世はシエナを攻撃すると決めた。トスカーナで最後の独立都市国家だ。彼はおそらく自分の権力をそれより先には広げられないと知っていた。イタリアにおける彼の影響力は、重要な政治力の存在によって制限されていたのだ。ローマの南からボローニャの北に至る教皇領、スペイン総督に支配されているナポリ王国、それにヴェネツィア共和国、さらにはもっと小さな都市国家の支配力だ。副王の娘、エレオノーラ・ディ・トレドとの結婚は、コジモのナポリとスペインとの関係を確固たるものにしたし、結婚そのものが際立って大成功だったので、その傾向はますます強まっていた。真の愛につながった滅多にない融合で、十人ほどの子供ができた。しかし、ヨーロッパ政治の実際の鍵は、数十年も変わらずに、まだ神聖ローマ皇帝カール五世にあった。そこで、コジモはカールにシエナをフィレンツェの支配下に置く計画を訴えて、支援を取り付けたのだ。

同時に、コジモは国内での地位を現実的な対策と宣伝戦略によって強化した。そのどちらにも永続効果があった。美術、文学、音楽、それに祝祭で、彼は市民にフィレンツェを共和制国家と独裁の完璧な混合として示したのだ。フィレンツェの官僚制度のとまどうほどの多様さを一つの組織に統合することで、国家を驚くほど効率のよいものに変える一方、さらに大きく強力な権力を自分に集中させた。

もしコジモ一世が一五五四年初頭に名誉を追い求めると決断していたとすれば、ヴァザーリはもうほとんど自分の野心を捨てようとしていた。一月四日、彼はフィレンツェの友人のボルギーニに手紙を書いて、自分の置かれた状況についての複雑な心境を吐露した。

君のジョルジョを見てくれ。ユリウス三世の執拗なこだわりから免れて、サン・ピエトロ・イン・モントリオ教会とヴィラを仕上げ、普通の人間らしく生きようと決めて、ローマから戻ってきた。(1) 自分のこの目を閉じる前に、妻と善良な母をそばに置きたい。君や君の友だちがフィレンツェでのプロジェクトを私のために交渉してくれるならそれも可能だ……。私は名声を得たいわけでも、富を築きたいわけでもない……でも、ぜひとも君を楽しませたい、この母国を、多くの友人を、それに家庭を持つこと、こうしたこと全てが私の仕事になるだろう。(2)

ボルギーニは即座に何らかの活動をしたのに違いない。それからすぐに、手紙がアレッツォに飛び、ヴァザーリに給料三百スクードを約束するコジモ宮廷での役職を提示した。この金額は感動的だった。同時期に、宮廷彫刻家のベンヴェヌート・チェッリーニとバッチョ・バンディネッリはそれぞれ二百スクードの給料だったし、才気あふれる画家のアーニョロ・ブロンズィーノは百五十、庭園設計家のトリーボロ（ニッコロ・ディ・ラファエロ・ディ・ニッコロ・デイ・ペリーコリ）は百四十だった。(3) ヴァザーリのより高い給料は、画家はもちろん建築家としての能力も反映されたのだろう。その結果、理論的には、彼は絵画でコジモのイメージを磨くことと、要塞を築くことの両方で公爵の役に立てることになった。(4) これは〝鉛の番人〟という有給職の身分を獲得しようとした初期の試み以来二十年近く、断続的に彼が抱いてきた希望の実現だった。あの仕事は結局、セバスティアーノ・デル・ピオンボのものになった。給料というのは、ルネサンスの美術家には滅多にない贅沢で、現代の大学教授の終身在職権に相当する。同様の熾烈な競争はあるが。これは一定の高い収入ばかりか（依頼をもたらす基礎を提供してくれる）、宮廷生活での尊敬と確かな役割をもたらした。ヴァザーリは自分の時間をうまく放浪に費やして、メディチ家の立場が不確かな時には、その宮廷に本格的に関係する潜在的危険を避けた。権力の形勢がどう変わる可能性があるかは誰にもわからないのだ。しかし、コジモの統治は堅実に見え、来るべきシエナの敗北がそれをさらに確かなものにするし、ヴァザーリは公爵との本物の交友を楽しむことになる。従って、これは彼にとって、最高給の宮廷画家の地位に就く好機だった。

ヴァザーリは家族全員で引っ越すつもりだったので、時間をかけた。アレッツォとコルトーナから地元の依頼をいくつか引き受け、北へ移動する前に仕上げた(5)。できるだけ引越しを遅らせるのには実際上の正当な理由があった。コジモが一五五四年の一月末にシエナへの攻撃を開始したのだ。こうした二つのトスカーナ人権力の間のあらゆる衝突と同じで、この衝突も二つの都市国家の間で最も激戦となる国境地帯の一つへ移動する恐れがあった。キアナ川の氾濫原に当たる低地だ。ヴァザーリの一族の本拠地は、丘の町のアレッツォ、コルトーナ、それにモンテ・サン・サヴィーノの間にあった。シエナは七月十七日にキアナ川流域を襲撃し、続いてアレッツォそのものを攻撃したが失敗に終わった。ヴァザーリはその春と夏に、コジモの軍工兵がコルトーナで働いているのを見たに違いない。市の巨大な古いエトルリア要塞を補強していたのだ。

ローマからは、ビンド・アルトヴィティがシエナを守るために自分の部隊を配置につけていた。

一五四八年、教皇パウルス三世はビンドの息子のアントニオをフィレンツェの大司教に任命したが、コジモは彼を就任させなかった（その状態が一五六三年まで続くことになる）。ビンドはもう一人の息子のジョヴァンニ・バッティスタ（一五三七年のモンテムルロの戦いに子供として立ち会ったのと同じ息子）に受け持たせて、フィレンツェの共和主義者で国外追放された者の八つの集団を招集した。彼らは自分たちの緑の旗を多国籍シエナ軍の多彩な旗に結んだ。多国籍軍は別のフィレンツェ人亡命者のピエロ・ストロッツィに率いられ、フランスやドイツの軍隊も含まれていた。

決戦は八月二日、スカンナガッロと呼ばれる場所で起きた。キアナ川流域のマルチャーノ近くだ。両軍それぞれが約一万一千の歩兵を抱えていた。ヨーロッパ武術専門家のローマン・ヴカインクが書いているように、「白昼、耕土の単調な波が広がり、ブドウ園や短い並木がぽつぽつ散っていて、夏の暑さの靄にかすんでいる。虫のブンブンいう音と近くの教会のアンジェロの鐘（朝昼晩にお告げの祈りの時間を告げる）は別として、静まり返っている」[6]。

何百というフィレンツェの重騎兵が、重い鎧に身を固め、槍を振りかざし、フランス－シエナ軍の騎馬隊を敗走させると、うちのめされた側面の布陣をかき分けて突き進んだ。この時代の軍事戦略は、陣形を堅固に守り、完全武装した鳥の群のように動いて働き、一体となって移動して、原型を保つ軍隊は持ちこたえると考えた。それを知っていたので、フィレンツェ軍は、なだらかな丘に陣取った大砲の一斉射撃でシエナ軍を散り散りにしようとして、八月の暑い大気を悪臭と火薬の煙で満たし、騎兵隊でシエナ軍の側面を狙った。シエナ軍の兵士は主に槍、火縄銃（非常に不正確な初期のライフルで、しばしば標的と同じくらい撃つ者にとって危険）、剣、それに接近戦のためにはロテッラと呼ばれる小さな丸い盾で戦った。フィレンツェ軍も同じように武装していたが、騎馬兵はもっと多かった。大砲と騎兵隊は歩兵に対して有効でも、騎兵の歩兵突撃は、一糸乱れぬ槍の編隊で撃退できる。そこには馬は本能的に突っ込まないのだ（きめ細かに訓練を受けた軍馬は、長年の訓練でこの本能を鈍感にでき、騎手が命じれば断崖から身を投げたことでも知られているが）。もし槍の密集軍が壊れれば、馬はその間を駆け抜け、騎兵は歩兵をなで斬りにできる。槍は近距離では無用な障害になるのだ。

フィレンツェの騎兵隊が敵陣を突破した。しかし、シエナ軍にはドイツ人傭兵がいて、反撃した。ヴカインクはその光景をこう説明する。「彼らはスペイン帝国［フィレンツェ側］を狙って槍を構え、轟音とともに坂を疾走した。シチリアとナポリ作戦の歴戦の兵士たちだ。両側から突き出た長い槍の列が鋼鉄の胸当てと丸い兜に包まれた固い肉体の壁を作った」結果は、超暴力的なラグビー・スクラムのようになった。ヴカインクは続ける。

どちらの側も相手側をかき分けようとした。一方では個々の兵士はギシギシ音を立てる槍の下に潜り込んで、最前線で争う敵のアキレス腱をかき切ろうとした。鋼鉄と木がぶつかり、こすれる音に加えて、起爆する小火器や焦土からの粉塵が、雄叫びをあげている長年の敵の集団に向かって叫ぶ、スペイン人やドイツ人の命令と混じり合った。負傷兵の悲鳴、絶望の泣き声、威嚇の怒号、そして励ます大声が、大気を貫いた。その下では、戦場に持ち込まれたメディチ家の球の紋章、ブルゴーニュの赤い十字架、アイリスの花の紋章が、轟く太鼓と鳴り響くラッパを伴って大挙して激しくはためいていた。[7]

二時間の間に、シエナ兵四千（同盟フランス軍とドイツ人傭兵を含む）が殺され、さらに四千人が負傷するか捕虜になった。破滅的な大敗だった――フィレンツェ軍は（スペイン同盟軍も含めて）ほんの数百を失っただけだった。戦場となった入り江の周りには予言的な名前があった。スカンナガッロはイタリア語から来ている（scannare は虐殺、Galli はガリア人、フランス人だ）。ジャン・ジャコモ・メディチはシエナを攻め立てた。シエナは一月から包囲されていたのだ。ビンド・アルトヴィティのフィレンツェにおける革命の期待は、シエナの独立性を堅持する希望とともに、この戦闘で死んだ。ジョヴァンニ・バッティスタ・アルトヴィティは何とかローマに逃げ戻り、銀行業に復帰した。九月十七日、コジモは彼を国家謀反人と宣言し、フィレンツェから追放した。

　ヴァザーリもまたこの戦闘の犠牲者だった。フィレンツェからミケランジェロに宛てた八月二十日付けの手紙に書いている。「私の家々、物置、それに穀物は焼かれ、動物たちはフランス兵に盗まれました[8]」これはシエナに味方したフランス軍のことで、家々というのは、ヴァザーリがアレッツォの家と併せて所有していた田舎の物件だった。フランス人とイタリア人は長らく緊張関係にあったのだ。ぴったりの事例がある。イタリア人は梅毒を〝フランスの病気〟と呼び、一方フランス人は〝イタリアの病気〟と呼んでいた。誰もその出所は知らなかったが、一四九五年にフランス軍が持ち込んだか、彼らがナポリの売春宿で病気にかかって、イタリア中に広がったらしいのだ――配置についた兵士の中には新世界に行っていた者がいて、従ってアメリカから輸入されたのかもしれない。症状を緩和するための通常の療法（治療法はなかった）は、水銀剤摂取だった。これは、今日の私たちにはわかっているように、致命的な毒薬だ。性感染するこの病気は、発疹、痛み、それに腫れ物を引き起こし、肉にまで侵食してしまう。マキァヴェッリは、暗闇の中に訪ねた売春婦の描写の中でこの病気の劇的な説明を盛り込んだ。彼は、ランプの明かりの中で初めて彼女を見て、彼女に吐物をかけてしまった。歯は抜け落ち、腫れ物だらけの老婆で、皮膚の病変として婉曲に知られているとおり紫色の花に覆われていたのだ。チェーザレ・ボルジアは二十二歳の時にナポリの売春宿で感染し、宮廷医のガスパール・トレッラによって慎重に記録された。善意からであっても結局無益だったのだが。病気はヨーロッパ全土に広がった。どこに配置されたとしても売春宿を訪れる、国際的な兵士によって運ばれたらしい。ナポリからエディンバラにまで広がった。セビリャの医者は一五三九年の論文で、百万人の感染者がいると推定した。一五三〇年には、詩人で医者のジロラモ・フラカストーロの叙事詩、『梅毒、あるいはフランスの病』が、疾病に名前と神話を提供した。アポロン、太陽だけでなく、疫病と癒しの神が横柄な羊飼いのシフィラスを罰するために病気を仕掛けたのだ。アルブレヒト・デューラーは書いた。「神よ、フランスの病から我を救いたまえ。病のことは何も知らないが、とても恐れている……。ほとんどの男がこの病にかかっていて、病はその多くを食い物にして、彼らは死ぬのだ(9)」適切な治療法が進展したのはやっと一九一〇年になってからだ。

ヴァザーリのフランスへの敵対心はフランス軍が個人財産に与えた損害に由来していた。それでも、年収三百スクードがよい埋め合わせになり、彼が熱心にフィレンツェ側に付く理由になった。彼はすぐに新しい一連の美術の依頼を手がけることになる。一五五五年という年は、アレッツォ出身の美術家に安定した生産性をもたらした。シエナとその市民にとっては、一五五五年一月は、包囲された年を示した。双方により行われたひどい残虐行為を目撃したのだ。一五五五年四月、兵糧が尽きて、市はついにフィレンツェに屈した。公爵コジモのトスカーナ征服は完結した。

その達成を祝うために、コジモはヴァザーリにヴェッキオ宮殿の続き部屋の改装を依頼した。フィレンツェ共和国の市庁舎になっていた、いかめしい灰色の十三世紀の宮殿だ。一五四〇年にコジモと妻のエレオノーラが居を構えたのがここで、暗黙のうちに共和国の施設を庇護して、ラルガ通りにある先祖伝来のメディチ宮殿を遠縁の分家に任せたのだ。この建物に引っ越した当初、コジモはできるだけ配置を変えないように気をつけた。物理的にだけでなく、行政上も象徴的な意味でも、市の中心だったからだ。ミケランジェロの『ダヴィデ』はまだ入り口に立っている。メディチ家のフィレンツェ追放を祝うために彫られた一五〇四年以来だ。像は素晴らしすぎてどうしても片付けられなかったのだ。ヴェッキオ宮殿への入り口の右側には、バッチョ・バンディネッリ作の像が立っている。フィレンツェのもう一人の象徴的ヒーロー、ヘラクレスだ。こちらも小柄な男だが、知性のあるダヴィデと同じくらい強い。バンディネッリは彼を、勝ち誇って巨人のカークスの上に立つように作った。今回は、勝ち誇った姿はメディチ家の象徴だ。一方カークスは共和制の理念を象徴している。

この一対の像に、コジモは一五四五年に三番目の像を加えた。ベンヴェヌート・チェッリーニ作のギリシア神話の英雄、ペルセウスのブロンズ像だ。ペルセウスは怪物メドゥーサの死んだ体（チェッリーニはそれが狭い台座の上で英雄の足を何とか包み込むようにした）のそばに立って、その頭を得意げに掲げている。ペルセウスはやはりフィレンツェで、メドゥーサは、コジモが統治の初めから対峙してきて、マルチャーノやシエナで圧倒的に壊滅させた反逆精神を象徴している。

こうした最近の征服の余波で、公爵の続き部屋におけるヴァザーリの仕事は、メディチ家の支配への賛辞を絵で描くことになった。十五世紀の創立者、最初のコジモから、ロレンツォ、教皇レオ十世とクレメンス七世、そして生きているコジモへと。一族の統合された姿を披露することで、公爵はその近年の歴史の荒っぽい部分――あの追放、陰謀、そして殺人――をうやむやにして（あらゆる不利な証拠にもかかわらず）、彼こそが常に神に定められた明白な一族の継承者だと主張することができるのだ。当初は実の母親だけが心に抱いた展望だ。

公爵の宮殿は小さな部屋が入り組んでいて、中二階から上階へと広がっていた。ヴェッキオ宮殿の堂々とした中心的な建物と洞穴のような十五世紀の集会場に押し込まれていたのが、五百人広間――先のダ・ヴィンチとミケランジェロの未完の絵画の決闘場所だ。

ヴァザーリは二階の続き部屋から取りかかった。メディチ家の先祖に関連する主題を持つ一連の神話を描き、広間を四大元素に捧げることから始めた。大気をテーマにした油絵は格間で飾られた凝った天井にはめ込まれ、土、水、火は壁を与えられた。火は、言うまでもないが、広々とした暖炉のある壁だ。暖炉はヴァザーリによる鍛冶の神のフレスコ画とアンマナーティに彫刻された炉棚を誇っていた。昔の文学教育と労働習慣のおかげで、ヴァザーリは神話に精通していたが、コジモの学者グループの意見を聞き入れた。

ヴァザーリがいつものように効率よく仕事を進めると、コジモはさらに大きな挑戦を提起した。市庁舎そのものの内部の改装だ。本来、公爵はこの仕事を建築家のバッティスタ・デル・タッソに割り振っていたが、ヴァザーリが自伝に書き留めているように、一五五五年五月のタッソの死で棚上げになっていた。

タッソが死んだ時には、公爵はあの宮殿を手直ししたいという強い望みを抱いておられた。宮殿は、よい建築様式の判断というよりは役人の利便性のために、何度も場当たり的に改造されていた。そこで、彼は可能な限り正規のものにすべきだと判断した。大広間は絵を描かれるべきだし、バンディネッリはすでに始めていた彫像を続けるべきだと。従って、宮殿全体の釣り合いを取るために、すなわち建てる必要のある部分について、彼は私に多くの計画と図面を作らせ、最終的には彼が一番気に入った設計に基づいた木製模型を作るように命じた。(10)

『列伝』の中でヴァザーリは、建築を芸術の中で最も上位に来ると賛美していた。ヴァザーリ本人のように、彼が意見を交わした多くの建築家が別の分野で訓練を受けてきた。ブルネレスキは金細工師として、アルベルティは学者として、ブラマンテは画家として。建築は後で来た。こうした男たちが円熟期に取りかかった芸術なのだ。絵画や、彫刻や、著作といったどの芸術とも同じように、優れた建築は組織力の問題になる。それどころか建築に組織力は必要不可欠だ。建築は実に手間も費用もかかる活動だからだ。組織力はまた、おそらく公爵コジモとヴァザーリを結びつけた究極の技能だった。公的であれ、私的であれ、人生のあらゆる面に適用した、命令、計画、実行における二人に共通の才能だ。

ヴァザーリがはっきりと二人の共同作品だと説明する宮殿の木製模型は、新しい建設工事の決定的な指針になった。

そこで、物事に対する［公爵の］判断に沿って全ての広間を調整し、彼がうまく設計されていなくて話にならないと考えた急な古い階段は直すか取り替える方が簡単だろう……その指針に基づいて、少しずつ建設し、ここで一つ、あそこで一つと実施して、今日君が見ている結果に達した。そして、そうしている間に、私は贅沢な化粧漆喰で作り上げた最初の八つの新しい部屋を飾った。これらは大広間と同じ階にあり、そこには客間、寝室、それに礼拝堂もあって、様々な絵画と大コジモに始まる歴史における無数の肖像画があり、それぞれの部屋は彼の偉大で有名な末裔にちなんで名付けられている。

特に続き部屋には、メディチ家の三人の家父長を特別に選び出した。大コジモ、ロレンツォ・イル・マニーフィコ、それに教皇レオ十世だ。これが、公爵コジモが自分の権力を固めたこの年、ロレンツォ・デ・メディチとメディチ家のフィレンツェの伝説が生まれた瞬間だった。イル・マニーフィコは、自身の存命中には、一族の伝説に比べ素晴らしい人物《マニーフィコ》ではないと見られていたが、今になって考えれば、そう描写されるのが好きだったのだ。彼は無情な政治家で、印象的な人物だったが、凡庸な銀行家で、統治者としては、芸術作品や建築に出資する金はほとんどなかった——ウフィツィ美術館収蔵のボッティチェッリの巨大絵画はロレンツォではなく、共和主義の従兄弟、ロレンツォ・ディ・ピエルフランチェスコの依頼だった。しかしながら、公爵コジモは、政治家、兵士、文化後援者としての彼自身の能力の観点から（プロパガンダや伝説の創出と一つになって）、自分の才能を寛大に過去に遡って先祖に投影しようと決め、フィレンツェとその権力の座にある王朝の話を、百年にわたる連続的で見事な統率力の物語に変えた。気分屋で短命だったロレンツィーノさえ、建物の壁にフレスコ画の賛辞を受けた。建物は市民の指導者が交代で主人役を務めるように作られたものだが、独裁者の最新式の住居に変わったのだ。フランスやスペインの王、それに少なくとも後一年は、神聖ローマ皇帝カール五世の小型版だ。カールは一五五六年に退位して、人里離れたユステの修道院に隠棲した。エストレマドゥーラとして知られるスペインの地域、辺境で、彼はそこで一五五八年に没した。

一方、公爵コジモには引退する気はまったくなかった。彼は自分に大公の称号を与えるよう教皇に懇願したが、ユリウス三世は、ヴィラ・ジュリアを作った以外ほとんど何もせずに一五五五年に死去した。彼の後任は、評判のよいトスカーナの枢機卿、マルチェッロ・チェルヴィーニで、マルケルス二世を名乗って、大きな期待を抱かせた。しかし不幸にも、優秀なチェルヴィーニは三週間君臨するのがやっとだった（選ばれた時から、か弱く元気がなかったので、医者が瀉血したが、ますます弱っただけで――脳卒中を患って死んだ）。一五五五年の二度目のコンクラーベは枢機卿団の首席が注意深く見つめる中、開催された。ナポリ枢機卿とファルネーゼと近しいジョヴァンニ・ピエトロ・カラファだ。

コンクラーベはシスティーナ礼拝堂の中で開かれた。ミケランジェロの預言者と巫女が天井から見下ろし、枢機卿は中に閉じ込められて、理論上は教皇を選ぶまで退くことは許されない。討議を速めるために、支給される食事はコンクラーベが続くほど分量も質も切り詰められる。ローマの巷では、地元民がどちらの枢機卿が選ばれるかに賭けるのが好きだった。投票についての日報があり、一人分の食事量まで知らされて、賭け率はそれに応じて調整された。

例によって、投票はフランスとスペインの派閥で割れたが、カラファが状況を巧みに利用して、当選を手に入れた。彼はよき師のパウルス三世（彼を枢機卿にして、有利で有力な昇進の道に送り出してくれた）に敬意を表して、パウルス四世を名乗った。しかしながら、ひとたび最高権力を与えられると、パウルス三世の忠実な元同僚は、手に負えない人物に変貌した。ほとんどのナポリの封建領主のように、カラファは占領しているスペイン人とカール五世をひどく嫌った。カール五世は、ナポリとその王国に彼らが嫌う総督を押し付けたのだ。彼はユダヤ人、プロテスタント、それに異端者とも等しく対立した。彼は今もローマにおける異端審問に公的権限を与えたことや、ユダヤ人を強制居住区域に閉じ込めるよう命じたことで有名だ。

スペイン人の妻を持つコジモにとって、ローマにつけ込むよい時期ではなかった。その代わりに、トスカーナに異例の宗教の自由を保障する命令を通した。おかげで公領はすぐに教皇領の抑圧的な支配を逃れたユダヤ人の重要な避難場所として浮上した。[11] こうした難民の多くは高度な教育を受けていた。医者、弁護士、それにラビ。彼らはもっぱらフィレンツェとその領地の文化の隆盛を高めた。

一方、〝五百人広間〟の仕事が始まった――もはや単なるフィレンツェ市議会の会合場所ではなく、野心的な統治者の謁見場だ。ヴァザーリにはなすべきことがわかっていた。ヴェネツィアのドゥカーレ館にある木造の巨大な会議場、ナポリのヌオーヴォ城のゴシック様式のヴォールト、古代ローマの高く聳えるヴォールト、それにシスティーナ礼拝堂を見ていたからだ。彼は古い大広間の天井を驚異的に八メートルかさ上げし（高さを約三分の一上昇させた）、両側に巨大な窓を開けて、今や広大になった部屋を、陰鬱な天気の日でも、光で満たした。彼のフレスコ画は、趣味のよい精巧な漆喰の額縁に収まって、聳えるほどの壁の高さで、コジモのフィレンツェの勝利を宣言することになるのだ。

フレスコ画が観る者の頭よりはるかに高い位置に置かれる計画だということになって、コジモは等身大より少し大きい一連の彫像を壁に並べるために注文した。これらを公爵は、もちろん、宮廷彫刻家のバッチョ・バンディネッリに任せた。中でも最も有名なものは、またしてもヘラクレスの苦心を描いている。巨人のアンタイオスとの格闘だ。アンタイオスは力の元になる大地から完全に持ち上げなければ打ち負かせない。ヘラクレスはアンタイオスを空中に持ち上げてひっくりかえした。が、これで視点が変わって、巨人はヘラクレスの一番の弱点に完璧に近づけることになった。アンタイオスはそれをしっかり握った。かすかな動きでも、ヘラクレスの男性自身が危うくなる。そこで二人は立ちすくみ、おかしなバランスのまま五世紀の間動いていない。

ヴァザーリは言うまでもなく、新しい大広間の建設だけではなく、フレスコ画の装飾（とそれらを囲む額縁のデザイン）も任されていた。ここは、ミケランジェロとダ・ヴィンチが絵画の決闘をした場所なのだ。『カーシナの戦い』（依頼され、図案が作られたが、描かれることはなかった）と『アンギアーリの戦い』（部分的に描かれて、中止された）。新しく拡張された部屋のテーマは引き続き戦いだろうが、今回の勝者はフィレンツェ共和国ではなく、むしろコジモ本人で――彼がフィレンツェ共和国を象徴しているのだ。敵対者はまたしてもピサと、フィレンツェの長年の敵のシエナだ。

コジモは古い美術作品を新しいもので覆い隠すことを何とも思わなかった。一五六八年には、ヴァザーリに由緒あるドミニコ修道会のサンタ・マリア・ノヴェッラ教会（ファサードはレオン・バッティスタ・アルベルティの設計）の内部を改装するよう頼むことになる。それには、マザッチョのフレスコ画『聖三位一体』（一四二七～二八）を犠牲にして、ヴァザーリの新しい『ロザリオの聖母』と取り替えられることも含まれていた。この時には、ヴァザーリが前に新しい壁を造って古いフレスコ画を守ったことが、一八六〇年に教会が再度改築された時に発見された。マザッチョを保存するこの決断が、公爵の了解を得ていたのかどうかは定かではない。絵が特にコジモ自身の心に響くものだったわけではないので、高く評価していた作品を損なうより保存するというヴァザーリの決断は、彼一人のものだったかもしれない。

公爵には、改装した〝五百人広間〟の壁を新しい一連の絵画で飾るべきずっと確かな理由があった。『アンギアーリの戦い』も『カーシナの戦い』も完成していなかったのだ。ダ・ヴィンチの壁絵は、私たちも知るように、破滅的な状態だった。漆喰に油絵具を塗ろうと試みたからだ。下絵はよく知られ、しばしば模写される。おそらく、壁絵そのものより下絵の方が状態がよいということだろう。しかも、コジモから見れば、二つの作品は反メディチ家のフィレンツェ共和国に依頼されたものだった。ヴェッキオ宮殿とその大広間を改築するという、彼自身による費用のかかる決断は、効率のよい単独のメディチ国家の中で共和国の機構を整理統合して支配するための活動を象徴していた。

古代ローマでは、巨匠の絵画やギリシアのモザイク画は、新しい壁や床に据え付けられることがあった。貴重な過去の遺物として、細心の注意を払って保存されたのだ。中世とルネサンス期のローマでは、美術家が尊ぶべき聖母の肖像をもっと大きな彩色した縁取りの中に収めることを始めていた。今日、サンタ・マリア・デル・ポポロのようなローマの教会の多くに足を踏み入れてみれば、そこにある最古の作品は、豪華なバロックの祭壇画にはめ込まれた古代の肖像で、大き過ぎる額縁に囲まれた小型人間の様相を呈している。十七世紀半ば、フランチェスコ・ボッロミーニはラテラノ聖堂の彩色された古い壁の断片を自分が考案した額縁の中に陳列した。しかしながら、これらは特別な場合だ。ボッロミーニは、その場所に別の礼拝堂を建てるために喜んでベルニーニの礼拝堂を取り壊し（二人の建築家は、確かに激しく競い合うライバルだった）、フォロ・ロマーノにある議事堂の扉を剝ぎ取って、ラテラノ聖堂にはめた。この歴史的関心の高い時期に、歴史的遺産の保存は珍しくなかったが、新奇性はまだもっと刺激的だったのだ。

拡張された大広間は、両側それぞれに三つの戦闘場面を収めるだけの広さがあった。ピサへの軍事行動については、コジモとヴァザーリは、『サン・ヴィンチェンツォにおける敗北』、『マクシミリアン一世のリヴォルノ攻撃』、それに『フィレンツェに攻撃されるピサ』を見せることにした。シエナ征服は三つの出来事に分けられた。『シエナ占領』、『ポルト・エルコレ占領』、それに『マルチャーノの戦い』で、この戦いにビンド・アルトヴィティは八師団と息子を送り込んだのだった。ヴァザーリはさりげなく緑の旗のこの軍隊を絵の中央奥に配して、彼の所有地を破壊することになるフランス軍よりもそちらに焦点を当てている。背景の景色はヴァザーリ自身の故郷で、愛情を込めて描かれている。コジモにとっては、この新しい大広間は大成功だった。引見の際にバンディネッリの堂々とした彫像から、天井を見上げさせることができる。そこには彼とその家系が、格天井の枠に収まった一連の油絵の中で称賛されているのだ。そのテーマはヴィンチェンツォ・ボルギーニによって立案されたものだ。ボルギーニの当初の考えは、部屋の中央にフィレンツェの象徴を置くというものだったが、コジモには別の腹案があった。神格化した彼自身の肖像だ。古代ローマ皇帝のように、彼は神になりつつあった。天頂の座についていて、通常の青い空は天球上に広がる金色の光の空間に取って代わり、彼が統治する都市のシンボルを帯びた盾にぐるりと囲まれているのだ。もしボスが自分を神として描くよう求めたら、失礼ながら意見が違うとは言わないものだ。

これだけが神格化されたコジモの肖像画ではなかった。エレオノーラ・ディ・トレドの私的礼拝堂には、公爵はブロンズィーノに描かせた絵にイエス・キリストとして現れる。彼はまだ大公ではなかったかもしれないが、確実に大人物だったのだ。

で、ダ・ヴィンチの失われた『戦い』はどうなのか？　ヴァザーリは覆い隠すのではなく、どうやらマザッチョを保存したのと同じ方法を採ったらしい――その前に壁を作ったのだ。天井を上げて新しく大きな窓を作るという大広間への彼の改装には、四方の基本構造を補強する必要があったのだから。しかし、たとえあったとしても、ダ・ヴィンチの何が残っているのだろう？　漆喰の上に油絵具で描かれ（立証済みの長持ちするテンペラではなく）、ほんの数センチの隙間に五百年も密封されていたのだ。それに、マザッチョとダ・ヴィンチを保存するためにそんな措置をとったという事実は、自分の建築上の改装と絵画の遺産について彼のどのような考えを語るのだろうか？　彼が施工するよう頼まれた新奇性は、取り壊すよう言われた過去の作品ほどよくないと感じたのだろうか？　それらが進歩の道に立ちはだかっていると？　たとえ彼自身の創作をズタズタにするとしても、後世の人々がサンタ・マリア・ノヴェッラ教会やヴェッキオ宮殿の偽の壁を取り壊すことを、彼は願ったのだろうか？

22 アカデミア・デル・ディゼーニョと『列伝』改訂版

ヴェッキオ宮殿は、ヴァザーリには覇気満々の公爵からの依頼の一つにすぎない。コジモはフィレンツェの都市景観を、その組織の構造を変えたのと同じくらい速やかに変えていた。ヴェッキオ宮殿のためには、市庁舎の前にある中世の広場に噴水と彫像を足して、最新の彫像の展示場にした。増えていく家族が住むためには――エレオノーラは十一人の子供を産み、八人が幼児期を生き抜いた――銀行家のルカ・ピッティがアルノ川の対岸に建てた邸宅を引き取って、広大で豪華な住居に変えた。同時に、彼はヴァザーリに、官庁にする建物を設計するよう頼んだ。フィレンツェの官僚と判事全てを一つ屋根の下に置くためだ。この依頼について、ヴァザーリは書いている。

これほど難しくて危険なものは建てたことがない。土台は土手の上に建っていて、ほとんど中空に浮かんでいるのだ。他にも理由があるが、我々がしたように、その場所に川を渡って公爵の宮殿からピッティの邸宅と庭をつなぐ長い廊下を備えることは必要だった。私の設計どおりに廊下を完成させるのに、五ヵ月かかった。この手のプロジェクトには最低でも五年はかかると思われるのだが。(1)

その建物は、今ではウフィツィ、〝オフィス〟として知られ、視覚芸術家としてのジョルジョ・

ヴァザーリの最高傑作となっている。難しい依頼だった。巨大な建物は川砂の中にしっかり固定する必要があったばかりか、敷地をきれいにするためには、教会を含むフィレンツェの地区を完全に破壊しなくてはならなかったからだ。ヴァザーリが生きて自分の設計が完成するのを見ることも、私たちのようにアルノ川を見晴らす堂々としたバルコニーがどんなに自然の景観の一部のように見えるかをその目で見ることもなかった。そっくりの二つのファサードの間に長い通りのような広場を作るというアイデアは、見事に功を奏していて、これもまた自然に見える。アップリケを施したような付柱（壁面から本来の形の約半分だけ突出させて取り付けた装飾的な柱）、持ち送り（壁から突出した部分を支える、装飾を施した小型の三角形の構造物）、それに循環するリズムを刻むような窓枠の並びが、二つの細長い建物に彫刻のような特性を与え、それがシンプルな配色によってさらに魅力を増している。灰色のピエトラ・セレナ（ルネサンス期フィレンツェで使われた灰色の砂岩）に白漆喰だ。

向かい合った二つの構造物が実際にはどんなに違うか、よくよく確認しないとわからない。

コジモはヴェッキオ宮殿の古くいかめしい外郭構造をわざと残すことにした。こうしてその歴史的記憶とウフィツィの斬新な外観を併置することにより、彼とヴァザーリはフィレンツェの簡略な歴史、市の組織とその芸術における統率力を語ったのだ。

こうした記念碑的な作品を、他にもフィレンツェにいくつか、他のトスカーナの市にも作ったので、ジョルジョ・ヴァザーリは一五五五年から一五六〇年代にかけて忙しかった。一五五七年には、家族がボルゴ・サンタ・クローチェ八番地にある家に引っ越してきた。ヴァザーリはわずかでもスペースを見つけると飾り始めた。アレッツォの家を飾ったくらい豪華に。アレッツォの家と同様、こちらも決して広くはないが、気持ちよく整えられ、魅力的に飾られていた。残念なことに、彼とニッコローザ・バッチの間に子供はできなかった。もっとも、当面はラ・コジナの姉との関係でできたヴァザーリの二人の子供が、夫婦と一緒にフィレンツェに住んでいた。

政治的、軍事的成功や、盛んな文化プロジェクトにもかかわらず、公爵コジモは自分の個人的悲劇から逃れることはできなかった。一五六二年十一月、マラリアが二人の息子、ジョヴァンニとガルツィアの命を奪った。一ヵ月後、同じ病が妻のエレオノーラを殺した。すでに結核とひどいカルシウム不足で弱っていたのだ（間違いなく十一回の妊娠のせいで悪化した[2]）。彼女はまだ四十歳だった。コジモは打ちのめされた。

一五六五年一月十三日、フィレンツェの文化生活におけるジョルジョ・ヴァザーリの立場は、また驚くべき展開を見せた。公爵コジモがアカデミア・エ・コンパニア・デッラルテ・ディ・ディゼーニョ、素描術の学校と組合の設立を承認したのだ。組合は非公式に中世の画家ギルド、聖ルカ友愛組合を継承していた。これは実際には薬剤師と医者のギルドで——医師《メディチ》でも、メディチ家とは決して通じなかった偶然の一致だ。アカデミアは、アカデミア・フィオレンティーナの視覚芸術と同等の機能を果たすことを目的としていた。これは、一五四〇年にコジモがトスカーナの土地言葉を奨励するために設立した団体だ。公爵による正式な承認を促すために、ヴァザーリはバッチョ・バンディネッリが指導するもう一つのもっと私的な美術学校を徐々に追い出した。

新しい学校の初めての集会場所は、フィリッポ・ブルネレスキの捨子養育院（一四一九年）と同じ広場に面するサンティッシマ・アンヌンツィアータ教会の回廊だった。捨子養育院はヴァザーリ自身の指導に従って、最初のルネサンス建築としてしばしば定義されてきた建物だ。組織の活動には、教えるという強い使命があった。手工芸の訓練を十分に積んでいるだけでなく、文学と、私たちが呼ぶところの科学（彼らは自然哲学と呼ぶだろう）の教育も行き届いた若い美術家を生み出すことを目指していた。カリキュラムには、解剖学、幾何学、機械工学、数学、建築学、遠近法、音楽、対位法、雄弁術、それに化学があった──顔料は、煎じ詰めれば、化合物なのだ(3)。

学校は、文芸の学校と同じように、助言を与える役割を担い、公爵と共にフィレンツェの芸術様式と堂々たるトスカーナ語の文化意識を鼓舞した。コジモの見方では、こうした公的組織によりトスカーナにおける美術と文学の作品を広範に管理できることになるのだ。

ウィトルウィウスの『建築十書』のように、ヴァザーリの『列伝』はアカデミア・デル・ディゼーニョの教育プログラムに基本的な役割を果たした。当初、ヴァザーリは自分の美術家の列伝を聖人の伝記、スエトニウスの『ローマ皇帝伝』とプルタルコスの『対比列伝』をひな型にして書いた。そして素描と社会的行動両方の観点から、美術家を善行と不品行の実例として紹介している。本は一つの試みだったが、今では確固たる権威となった。著者は、あてにならない美術家の地位を、確立された廷臣の地位と交換した。今こそ『列伝』を改訂して、フィレンツェの知識階級が信じていたのは、総じてトスカーナ及びイタリアの視覚芸術の真の地位だったことを示すべき時だった。それこそコジモが都市国家の物理的限界を超えた威光の達成を望める一つの活動領域だった。

第二版の印刷が一五六四年に始まったとすると、改訂は何年も前から進行していたのに違いない。ヴァザーリの最初の印刷業者、ロレンツォ・トレンティーニは一五六三年に亡くなり、原稿は代わりに由緒あるジュンティ社（今もあるイタリアの出版社）に渡った。三冊組の作品がようやく世に出るのは一五六八年だ。

しかしながら、その一方で、ジョルジョ・ヴァザーリはさらに別の仕事を引き受けなくてはならなかった。コジモの跡継ぎ、フランチェスコ・デ・メディチの結婚の祝祭だ。一五六四年、公爵は家族の多くの死のせいで疲れ切り、意気消沈して、フランチェスコを自分の摂政に任命し、若者をスペインにいる親戚を訪ねに行かせた。一五六五年のインスブルックとヴェネツィアへの旅は、ハプスブルク家の花嫁との婚約につながった。一五六五年十二月、花嫁が到着した。オーストリアのヨハンナは、神聖ローマ皇帝フェルディナント一世の末娘（十五人目の子供）で、カール五世の姪、マクシミリアン二世の妹だ。マクシミリアン二世は一五六四年に父親から皇帝の地位を継承していた。いかにも正当なハプスブルク家らしく、彼女も下顎が突き出ていたし、ひどい脊柱側彎症《せきちゅうそくわんしょう》で変形した腰をしていた。この腰では出産に激しい苦痛を伴うはずだ。結婚はとても輝かしいものだったので――これほど社会的地位の高い相手と結婚したメディチ家の者はいない――結婚の祝祭は何週間も続いた。ヴァザーリはピッティ宮殿の中庭をその間だけ金箔をきせた彫像で飾り、ルネット（円天井が壁に接する部分の半円形の壁間）をオーストリアの街々の絵でいっぱいにした。芝居と間奏曲が上演され、祝宴が催された。その間ずっと、十八歳の花嫁はますますホームシックになっていった。結婚はどんな点でも成功ではなかった。ヨハンナは六人の娘を産んだが、幼少期を生き延びたのは二人だけだったし、そのうちの一人は母親の変形した腰を受け継いでいた。ヨハンナは自分の母親と同じように、出産で命を落とした。おそらくは、変形のせいだが、その頃には夫は久しくヴェネツィア人の愛人、ビアンカ・カッペッロと付き合っていて、彼女がそのまま二人目の妻となった。フランチェスコの兄弟は憤慨した。

　ヴァザーリは婚礼と式典そのものの準備でくたくたになった。作業全体の中心にあって原動力だったし、公爵コジモのための他のプロジェクトも調整していたのだ。ミケランジェロの墓、ピサにある聖ステファノ騎士団の教会と館、ヴェッキオ橋でアルノ川を渡るヴェッキオ宮殿とピッティ宮殿をつなぐ回廊に加えて、ロッジア・デイ・ランツィの建築の仕事があった。ヴェッキオ宮殿と直角を成す中世のポルティコ（屋根付き、吹き放ちの玄関先の柱廊）だ。現在は彫刻（チェッリーニの『ペルセウス』を含む）の陳列場になっているが、かつてはメディチ家のスイス人傭兵の護衛、ランツクネヒト（一四八六年に神聖ローマ帝国マクシミリアン一世によってスイス傭兵を教師にして編成されたヨーロッパの歩兵の傭兵）と、〝サント・スピリト教会の後陣に使われた装置〟、ある種の壮麗で大規模な宗教儀式のための舞台装置に、保管所を提供していた。だからこそヴァザーリの才能の際限のないリストに、〝宗教的特殊効果技師〟を加えることができるのだ。

　ヴァザーリには休養が必要で、アレッツォで健康を取り戻すため、四ヵ月の休暇が与えられた。彼はその自由時間を、アレッツォ市のための自分自身の記念碑の設計と『列伝』第二版の完成のために使いたいと願っていた。しかし、この休暇は一五六六年三月に取り消され、ヴァザーリは仕事に呼び戻された。大広間の壁はまだ何も描かれていなくて、公爵コジモは気をもんでいた。広大な白漆喰の壁は、タペストリーでも隠せないほど大きく、ぞっとするほどむき出しに見えて、外国の首脳を感じ入らせるはずの接見の間には向かなかったのだろう。しかし、ヴァザーリは仕事を再開する前に、何とか短い休暇を見つけて、イタリア半島を旅して、『列伝』がまだアイデアのかすかな光でしかなかった一五四二年の先の大旅行以来見ていなかった重要美術品巡りをした。三月にアレッツォの自宅を訪ねるために出発して、それから三日間かけてペルージャへ行った。

　ヴァザーリの手紙を読む多くの楽しみの一つが、十六世紀半ばの日常生活について学べることだ。私たちはすでに、ヴェネツィアに行こうとしてヴァザーリが耐えた困難を見てきた。筏、湿地、馬、ぬかるみ、それに渡し船といった多くの日常的な事柄だ。アレッツォからペルージャへのもっとずっと容易な旅でも、今日では車でほんの四十五分だが、彼には三日かかった。しかも描きかけの絵画三枚と彼の手荷物を運んでいた荷運び用のラバが病気になって、彼を苛立たせた。雨でぬかるんで滑りやすくなった道をドタドタと歩くのは、どんな場合でも苦しい体験だが、病気のラバがいては、拷問のようだった。

我々はペルージャに届ける板絵、というかカンバス画をクアラータまでは苦労して運んだ。が、それらを運んでいたラバが病気になって、運ぶのは本当に面倒な作業だった。今朝、引き継ぐための他の動物がクアラータに届いた。私は絵を置いていくつもりはない。積まれて届けられることを確認するつもりだ……。神よ、この雨にお慈悲を。[4]

少し年上の同時代人、ローマの学者、ブロージョ・パラディオは舗装道路のない時代の雨の中での旅に直面して、全能の神に呼びかけたい同じ衝動に駆られた。彼の簡単な言明はびっくりするほど現代的に聞こえる。「ああ、神よ。ああ、何てことだ。ああ、困った」[5]

ペルージャからヴィンチェンツォ・ボルギーニに宛てた手紙で、ヴァザーリはこの話のハッピーエンドを報告することができた。

カンバスは無事に到着し、箱から取り出された。カンバスと私の到着には一時間の差があったが、まだ箱から出されていなかった。そうは言っても、修道士と大修道院長はもどかしい気持ちを抑えられなかった。私がブーツを脱ぐ間もなく、彼らは荷物をほどいた。そして、大修道院長と共に修道院の全員で絵を飾った。彼らには喜びに夢中になる理由があった。とりわけ大修道院長が。依頼が思いどおりに実行されたというだけでなく、彼には絵そのものにも価値があるらしかった[6]。

広く認められた時の巨匠の、待ちに待った高価な作品の到着は、確かにお祝い気分を引き起こしたのだろう。修道院の礼拝堂の祭壇画にするつもりのこうした作品が、何世代にもわたって修道士の生活を導くことを思えばなおさらだ。実際には今後何世紀にもわたって。その絵を初めて見るのがどんなにワクワクするものか想像がつく。修道士と大修道院長が前もって見て楽しんだかもしれないのは、下絵かその前のデッサンだけだったのだろう。それが今、ヴァザーリの『聖ヒエロニムス』、『聖ベネディクトゥス』、それに『カナの婚礼』（これにはニッコローザ・バッチ、ヴァザーリ夫人の隠れた肖像画が含まれている）が姿を現したのだ。カンバス画は巻いて運べる。板絵は箱に入れなくてはならない。ペルージャのための作品はカンバス画だったが、それらは同時に小さくて、手紙が述べているように、木枠に釘付けして箱に入れることもできた。

　この旅の間ずっと、ヴァザーリは親しい友人のヴィンチェンツォ・ボルギーニと文通していた。ボルギーニは、美術家の生涯にわたる最も定期的で、詳細で、誠実な文通相手だろう（二人の間の二二四通の手紙が残っている）。美術家は必要とされるエチケットの負担もなく遠慮なく書けた。たとえば、コジモ一世は異なる社会的地位が許す限りで友だちだったが、その地位は常に心遣いと頻繁に称号をさし挟むことが要求された。ボルギーニが相手なら、ヴァザーリは最大限十六世紀の文通に望めるありのままの自分でいられた——つまり、彼は友だちを〝閣下〟と呼び、ボルギーニは彼を〝偉大なるジョルジョ殿〟と呼ぶことになる。こうした着想の自由の感じをつかむために、ここにこの小型大旅行から出されたヴァザーリの手紙の全文がある。今回は一五六六年四月十四日にローマから投函された。復活祭の朝だった。

親愛なるヴィンチェンツォ尊師、

君にはペルージャについて書いた。板絵を引き渡したと。飾るのに時間はかからなかった。ベルナルド親方とヤコピーノが一緒だったからだ。絵はとても具合よいことがわかった。ペルージャの大修道院長が君にもう手紙を出していることだろう。絵は本当に素晴らしい光を得ていて、アレッツォの大修道院の大食堂よりうまくいっているからだ。商人ギルドを代表して、私がペルージャのサン・ロレンツォの主礼拝堂に祭壇画を提供する依頼を受けるように、彼がお膳立てをしたのだ。彼らは十年間、それをティツィアーノ、サルヴィアーティ他の大家に依頼したがっていた。ついに私のこの作品が問題に決着をつけた。祭壇画もこの最後の一枚のようにカンバス画になるだろう。そして、ペルージャに関する限り、仕事はそれでおしまいだ。

私はドン・ヤコポ・デイ大修道院長閣下に感謝しているし、彼のことがとても好きだ。実のところ、彼のことがとても好きなので、今では決心したほどだ。大食堂の戸口の内側には装飾がないのだが、その細長い場所を飾る絵を彼が持つことになると。キリストが使徒の前に現れる絵になるはずだ。聖ペテロがあの焼いた魚とハチの巣を並べる場面だ。食事と、同時に聖ペテロ〔大修道院は彼に捧げられている〕を讃えるというキリストの話のテーマの範囲は超えない。閣下も大修道院長に会うことになるだろう。フィレンツェを通られるからだ。そうすれば、絵は別としても、あの修道院のために石造建築や他の部分で多くのちょっとした修理をして、私がどれほど彼を満足させたか、君にもわかる。それに彼は君の大ファンだ。

　私たちは雨のせいでペルージャに（私は嫌だったのだが）さらに三日滞在してから、ようやく出発して、アッシジ、フォリーニョを通り、スポレートではスポレート大聖堂のフラ・フィリッポの礼拝堂をもう一度見た。素晴らしいものだ。彼は偉大な男だった。そして、聖金曜日にローマに着いた。私はクイリナーレの丘にドン・テオフィロに会いに行った。とても優しく接してくれたので、今まで家を空けていた気がしない。それに、私の生活がとても好転したので、こうしたローマ人や美術家に対しては、この前ここにいた時より年を重ねた気がしない……。彼らの体は確かにたるんできてはいるが。

　ここの空気は大理石を食い物にして、絵が古びる時期を早める。その空気が生きている人間をどうするか考えてくれ。そんな空気の中で四六時中汗水流して働いている。十分な証拠がこれだ。ダニエレ・ダ・ヴォルテッラを見舞い、彼はその四日後に亡くなった。人は激怒して言っている。彼の〔ブロンズの〕馬が初めはうまくいかなかったので、鋳直さなくてはならなかった。馬は今も師匠が残したまま型に入っている。神よ、彼に憐れみを。私は彼の伝記を書いて、本に彼の肖像を加えるために、その作品をいくつか工房の人から手に入れた。[7]

　君の一通目と二通目の手紙は受け取った。モンタグティ家から百スクード金貨の小切手も。彼らが必要とするなら、現金化するが、それはないと思う。

　私は劇場を大いに楽しんできたし、何か上演されている時にはいつもそうだったのを君も知っているな。私はそのことをニコロ・デル・ネロと長々と話した。アンニーバレ・カロ殿については君の言うとおりにするよ。今まで彼には会っていないが、それを言うなら誰にも会っていない。聖週間の間は、自分の心にしっかり耳を傾ける。休暇の間はずっと忙しくしているつもりだ。それから、ロレートに向かう。ところで、閣下が私に手紙を書きたいなら、ボローニャのプロスペロー・フォンターナ殿宛に送ってくれ。ヴィナッチに住む画家だ。で、私がすぐに受け取れるように、郵便にしてほしい。欠けているものがあっても、何が必要か、私が指示できるから。

もしドン・シルヴァーノがそちらに着いているなら、どうか『列伝』は進んでいると伝えてくれ。私も彼宛に原稿に添える手紙を書くつもりだ。作業が遅れなければ、〔弟の〕ピエロ殿が彼に渡してくれる。あるいは閣下に頼んでもいい。彼宛の私の手紙は全て、閣下、どうかピエロに渡してくれ。彼がアレッツォに送るか、相応しい人物に渡してくれるから。

ここでほぼ全てを見た美術家の中にはよさそうに見える者もいれば、そうでない者もいる。現在最も重要な名人に作られたものはサルヴィアーティ以後一つとして、私を喜ばせてくれない――それにもかかわらず、彼らは立派な男たちとみなされているのだ。この話はここまでにする。我々には長い議論をする十分な時間があるだろう。後はお元気でと挨拶する以外何も思いつかない。

ローマにて、一五六六年、復活祭の朝

バッティスタ、コスタンティーノ殿、それに他の友人たちによろしく伝えてくれたまえ。

追伸　アンニーバレ・カロに会って、君の考えを伝えた。彼は君が大好きだから、君が望むことは何でもしてくれるだろう。

閣下の僕
ジョルジョ・ヴァザーリ(8)

ヴァザーリはまた、ルネサンスの小切手に相当する信用状にも触れている。十六世紀の銀行家は、国際的結びつきの緊密なネットワークを維持していた。ある都市の銀行家は信ぴょう性を正当に証明する手紙を書くことができた。銀行のしるしと蠟か鉛の封印があり、その所有者が別の都市の同業者から現金を下ろすことを認めるものだ。当時、イタリアの官僚式の煩雑な手続きは、ヨーロッパで最も合理化され、進んでいたのだ。

ヴァザーリは羽ペンで高価な手すきの紙に手紙を書き、四つ折りにして、封筒に宛名を書き、蠟で封印して、馬に乗る配達人に手渡した。しかし、彼が書いたのは、表題は格式張っていても、親しい友人に日常生活の最新情報を知らせる手紙だった——そして、全体として驚くほど現代的に読み取れる。ヴァザーリが、『列伝』は進んでいるとドン・シルヴァーノという人物を安心させてくれと、ボルギーニに話す時の緊張の震えを、私たちは今でも感じることができるのだ。ドン・シルヴァーノというのは、ドン・シルヴァーノ・ラッツィ、フィレンツェ人の劇作家で、カマルドリの修道士、ヴァザーリの最高傑作である第二版のための美術家の伝記をいくつか下書きするのを手伝った人物だ。イタリア半島全土に及ぶヴァザーリの作家と美術家のネットワークは、新しい版に組み入れてもらえたらと地元美術家の伝記をまとめていた。第一版のためには、情報を探して懇願しなくてはならなかったのに、今では情報はあふれていた。

ヴァザーリがローマにある工房を訪問しても感銘を受けなかったと知っても、驚くことではないかもしれない。自分の特権的な地位に到達するために奮闘してきたので、ライバルを称賛するのは気が進まなかったのだ。実際のライバルにしろ、将来のライバル候補にしろ。ラファエロのような亡き巨匠や、ミケランジェロのような老いた巨匠は脅威にならない。彼らには惜しみない賛辞を送れた。しかし、自分の同年輩には厳しく当たるか、完全に無視するところがあった。美術史家は多分に彼にならってきた。最近になってやっと、彼らはヴァザーリが除外した美術家の調査を始めた（ピントゥリッキオがよい例だ）。彼はそれだけ重要で、影響力があったのだ。

ローマにいた五日間の彼の行動の中で（ボルギーニに語ったとおり十分活動的だった）、ヴァザーリは新しい教皇ピウス五世の足にキスして、大広間のスケッチを作った。彼はまた、古物商や知人のコレクションの間をぶらぶらして、自分の『素描集』を満たすための素描を探した。

四月十七日、彼はボルギーニに手紙を書いた。

このローマは、今の時代のものより古代のものの方が素晴らしい。よいものは一つも見つからない。すでに全て揃っているし、ここにあるのはガラクタばかりだ。ここの建設現場には仕事がない。画家の仕事すらない。若い美術家は皆、出ていったこともわかった。素描は手に入らなかった。巨匠の作品が何もないからだ。それなら皆から手に入れたが、ずっと前のことだ。

それらは私の〔素描〕集に入っている。[9]

つまりヴァザーリは、どうやら『列伝』に入れる新しい美術家だけでなく、新しい素描も探していたらしい。どちらの探索も失望に終わった。ピウス五世のローマには、美術家にとって二つの重大な問題があった。一つは、教皇が呼ぶ〝異教徒美術〟に対する彼の敵意だ――彼は彫像のいくつかをヴァティカンからカピトリウムの丘に移し、残りを手放した。[10] トリエント公会議の指針（信仰を強調し、理解しやすく、キリスト教の教義のより純粋な解釈に有利な言及は差し控える）に従う新しい美術に熱心なので、ピウスは最終的にヴァティカン収蔵の古代の彫像を売り払う計画だったが、彼自身が抱える他の懸念からの圧力のせいでできなかった。その第一のものがカトリック教会の内部改革だ。

教皇ピウス五世になる前の枢機卿として、ミケーレ・ギスリエーリはトリエント公会議に中心的に関わっていた。内部改革をかけた数十年にわたるカトリックの努力は、プロテスタント改革に続いて起こった。公会議が一五六三年に最終教令を公布した時、それには典礼、音楽、それにカトリックの教義だけでなく美術と建築のための多くの指針も含まれていた。勧告は具体的というより包括的だった。「ここに、司教による細心の注意と不断の努力が用いられるように。無秩序だったり、不似合いだったり、乱雑に準備されたりしたものは一切見られないように。神聖を汚すもの、はしたないものは一切なく、聖性が教会に満ちるよう取り計らうこと」[11]

要するに創造的でも宗教的に好ましい作品を提供する責任は、もっぱら美術家や建築家自身とそのパトロンにかかってくる。あれほど多くの若い美術家がローマを去ったのも無理はない。教皇がどんな異端の気配にも飛びかかると脅し、全ての疑わしい活動を彼に知らせるスパイが配置されていたのだから。ヴァザーリはローマにも教皇にも過度に心配はしていなかった。パレオッティ枢機卿、美術と建築の新しい指針の作成者が親しい友人だったからだ。[12]

ローマの建築は、一五六〇年代と一五七〇年代にさらに保守的で、ほとんど新古典主義のものへと向かった。ミケランジェロのフィレンツェ的放縦から、初期のアントニオ・ダ・サンガッロやラファエロの前例に戻ったのだ。以前は彼らも、古典の形式の限界を破ろうとしたのだが。画家は、ミケランジェロがシスティーナ礼拝堂の天井に持ち込んだ柔らかな色調のパレットを手放さず、百年かけて発展させた。しかし、ピウスは、ヴァザーリやその文芸の友人たちが想像力で作るのをあれほど楽しんだ精緻な神話や寓意に用はなかった。新しい支配体制は、殉教のぞっとするような話を伴う聖人の生涯や、最も簡単で最もわかりやすい聖書の話を好んだ。コジモのフィレンツェの顕著な特徴になった極端なマニエラはまだ美的センスを方向づけていたが、ローマでそれは、ブロンズィーノやヴァザーリの引き伸ばされた人体、あり得ないほどまといついた衣服、それに大げさに装飾的な履物の、トーンダウンした姿になった。教皇領では、誰も芸術的な危険を冒す気分ではなかった。そして、まる一世代の後、カラヴァッジョというあだ名の粗野な気質のロンバルディア人が、トリエント公会議における効果的な宗教芸術についての曖昧でも威嚇するような定義に大胆にも挑戦することになる。

23
地方を回って

今日、人がローマを訪れる時には、車（不快な工業地帯を抜ける、車の往来もまばらな活気のない道路を走る）か、浮浪者や変人、それにスリで雑然としたテルミニ駅に入る電車を利用する。堂々とした入場とは言えない。

しかしヴァザーリの時代には、人はローマへ徒歩か、馬かロバに乗ってきた。そして入り口は畏敬の念を起こさせるように慎重に考案されていた。市は、ローマ劫掠後に宗教的旅行者の大群に適応すべく再建された。その門口は今でも、この伝説的な場所に到達するために何週間も、ひょっとしたらもっと長く旅をしてきた旅行者の期待にかなう。

北から入る主要な場所はポポロ門、人々の門だ。聖年《ジュビリー》の一四七五年に教皇シクストゥス四世によって元の古代フラミニア門を中心に構築され、一五二七年に損壊されたが、一五六五年に再建された。今日私たちが見るもの——堂々とした広場、門そのもの、サンタ・マリア・デル・ポポロ教会、それに三本の大通り（上から見ると三つ叉《trident》の熊手を形作っているので、近隣のローマ名は、トリデンテ《Tridente》）——は当時ととてもよく似ている（門の側面を固める煉瓦造りの一対のぱっとしない監視塔は差し引くが。監視塔は都市交通に対応するために二つの門を追加することになって、一八七九年に取り壊された）。当時、ポポロ門は市の外れを示していた。今日では、新しい地域が何キロも先まで広がっている。

ヴァザーリは一五六六年にローマを出発すると、ポポロ門をくぐってまっすぐ北へ進み、古代ローマの小道（紀元前二二〇年建設）のフラミニア街道でアペニン山脈を越え、イタリアの東海岸に出た。街道はファーノの海岸で左に曲がり、北へカーブしてリミニに出る。リミニで、フラミニア街道はアエミリア街道になる。アエミリア街道はポー平原の平地を横切って北イタリアに続く直線を描く。今日ですら、古いローマの道路の多くが存続している。舗装された直線コースから見事な石橋、そしてトンネルも。十六世紀の旅行者にとっては、こうした古代の遺跡はもっとずっと印象的だっただろう。地方にはイタリアで最も壮観なもの、樹木の茂った山々や石灰岩の深い渓谷があるのだ。ヴァザーリはフラミニア・ノヴァ、〝新しいフラミニア〟と呼ばれる道を通った。道自体は古代のものだが。ぶらぶら歩いて小川にかかる古代の橋を渡り、滝や春の花に囲まれて、彼は有頂天だった。四月二十四日、喜びにあふれて、アンコーナからボルギーニに手紙を書いた。ローマを出て、四日が経っていた。

ローマを出て、復活祭から三日目、ナルニ、テルニ、スポレート、ヴァル・ディ・キアーナ渓谷を通る道を選んで、ようやくマチェラータ地方のトレンティーノ、レカナーティ、それにアンコーナ地方のロレート［有名な聖母マリアの聖堂がある］に着いた。そこで、昨日の朝、聖ジョルジョの祝日だったので、聖母マリアの聖堂で聖体を拝領して大いなる霊的満足を得た。そして、昨日の夜にはアンコーナまで来た。今朝早く、ファーノ、ペーザロに向かって出発し、そこからリミニ、ラヴェンナへ。ボローニャへは日曜日までに行けると思う。そうなれば、君もこの旅行からの情報を知ることになるだろう。何がなされるべきか、とか私の帰郷の予定とか。もう十分なのだ。とても多くの友人に出会ったし、多くのことに気を配ってきた。それに昨日は、旧友のガンバラ枢機卿がとても親切に丁重に対応してくれた。多くの要塞壁を見てきたので、今さらそれらを説明したり、それらについて論じたりするつもりはない。

私はこうしたものを見るのが大好きだ。我々の壁にはもっと意匠が、もっと秩序があるし、よりよい構造で、もっと革新的だ。我らの公爵と彼のなされることは広く知られていて、皆に真の姿を認められている……。我々はみんな健康で、楽しく馬を進めている。それに、これだけ多様なものを見たことは、私の人生にも頭にも大いに役立った[1]！

フラミニア街道は起伏の激しい道だったが、アンコーナが教皇領に属していたので、比較的安全で、ローマとナポリや、ローマと南トスカーナをつなぐ危険な道とはまるで違っていた。ヴァザーリが旅して回ってから六年後、ナポリ人修道士のジョルダーノ・ブルーノはその名高い記憶力を証明するためにナポリからローマへ召喚された。教皇ピウス五世によって有名になった記憶力だが、行きは馬、帰りは馬車という異例の特別扱いだった。アッピア街道を行ったり来たりした旅行で彼が一番よく覚えていたのは馬車ではなく、道路脇に放置された多くの死体だった。山賊とマラリアの犠牲者だ。教皇領とトスカーナの間の荒涼とした境界地帯は、同じ大厄災に苦しんだ。海岸沿いはマラリア、内陸は山賊だ。公爵コジモのシエナ征服は、地元民、コルシカ島の海賊、それにトスカーナの亡命者で構成される山賊の数を抑制するのに役立った。しかし、この地域は今日まで野蛮さの評判を維持している。

それほど特権のない旅行者は、その質にかなりばらつきのある宿屋に対応しなくてはならなかった。有名な美術家でフィレンツェ宮廷の一員のヴァザーリは、ガンバラ枢機卿やペルージャのサン・ピエトロ大修道院長といったパトロンの人脈の家に滞在した。
英国人旅行者トマス・コリアットは十七世紀初めにイタリアに来て、イタリア人旅行者が携行している物の一つに驚いた。

またその多くが、他にも少なくとも一ドゥカートはする、ずっと高価な素晴らしいものを携えている。彼らはそれをイタリア語で通常オンブレッロと呼んでいる。すなわち、焼けつく太陽の熱に当たるのを防ぐために日陰を作るものだ。これは小さな天蓋の形に対応した革か何かでできていて、傘をかなり大きな円形に広げる種々の小さな木のタガが、内側で輪のような形を作っている。これはとりわけ乗馬者に使われ、手に持つものを馬上では柄の端を腿に固定する。これはとても大きな陰を与えてくれて、上体から太陽の熱を避けさせてくれるのだ。(2)

傘はエトルリア人の発明だが、同時に古代中国でも発見されている。しかし、どちらの社会でも、この極めて便利な仕掛けを雨から守るというより日除けとして使った。語源はラテン語に由来し、〝小さな陰〟という意味だ。高価なものだったので、傘はまた社会的地位を意味するようになった。教皇は頭の上に何らかの天蓋なしに外でその姿を見られることはなかった。
四月三十日には、ヴァザーリはボルギーニに書いたようにボローニャに到着していた。「実を言うと、目を開ければ開けるほど、ますます持論が強まった。フィレンツェでこそ、我らの美術に最大の注意が払われ、他のどこより最高の美術家とより高い質があると」

ヴァザーリの一団は堂々と旅をしていて、行く先々で注目された（施しを当てにする人々が追いかけてきた。彼の言葉によれば、すごい勢いで）。この時期の自画像では、彼は濃い色の上衣の上からサンゴのメダルのついた精緻な金の鎖をかけ、絵筆ではなく建築家の持つコンパスを手にしている。建築は美術の中でも最も複雑で費用がかかるだけでなく、最も整然としている。絵具は撥ねて、指の爪の間に入ることもある。彫刻家はいつも大理石の粉塵にまみれている。これはまた呼吸障害を引き起こすことがあった。ヴァザーリは完璧に清潔で、完璧な身なりで、完璧に落ち着いている。ベンヴェヌート・チェッリーニの個人的衛生（同じベッドに寝ている友人だけでなく自分の大きな乾癬も引っかくための鉤爪のような汚い爪）についての下品な意見など、全くの別世界で、はるか昔の話になる。

この大旅行でヴァザーリはモデナから、レッジョ、パルマ、ピアチェンツァ、パヴィア、そしてミラノへと移動していった。『列伝』第二版は、北イタリアのこの地域における新しい美術の発展にまるまる一章を充てている。現在のエミリア＝ロマーニャ州とロンバルディア州の地域だ。彼はその特化された章のために序文の下書きをした。

我々が今書いている『列伝』のこの部分は、今日に至るまでのロンバルディアで最高の、最も優れた画家、彫刻家、それに建築家を網羅する短いアンソロジーにするつもりだ……。私には個々人の『伝記』は書けないので、彼らの作品について考察するだけで十分な気がした。でも、まず見なくてはそれもできないし、評価もできない。一五四二年から現在の一五六六年の間、私は以前のようにイタリア中を回らず、過去二十四年間で数も非常に多くなっていたこうした作品も他の作品も見ていなかった。この仕事も終わりに近づいてみると、こうした作品を自分の目で見て、判断したかった。(3)

大部分で、この判断は彼がすでにボルギーニ宛に書いていたことを確認した。フィレンツェとローマが現代美術の真の中心で、例えばロンバルディアの画家、ジローラモ・ダ・カルピは人生の早い時期にローマに来なかったことを悔やんだ。来ていたら、パルマの最高の画家カラヴァッジョではなく、古代の作品、ミケランジェロやラファエロの作品を研究できたからだ。カラヴァッジョは魅力的で柔らかな様式を持っていたが、素描力には欠けていたのだ。

しかしながらロンバルディア人の本当の問題はもっと根深い。彼らは七世紀にイタリアに攻め込んだ北ヨーロッパの侵入者の子孫なのだ。彼らは独特の長い顎ひげを持っていた（ラテン語名のLongobardiはこの特徴的な姿を説明している――ロンバルディア人は女性さえも、男たちと一緒に戦いのために並ぶ時には顎ひげに見えるように髪を顔の前で結んだ）。彼らはエトルリア人でもローマ人でもなく、ましてやギリシア人でもなかった。トスカーナ人は彼らを純然たる野蛮人とみなし、ヴァザーリは彼らの美術にそれが現れていると考えた。五月九日、彼はミラノからボルギーニに手紙を書き、私たちならゴシック建築と呼ぶ建物に対する自分の気持ちを説明した。

私たちはパヴィアに向かった。そこで、ゴート人の仕事の全てを見た。多くのものを観察したが、一枚もスケッチしなかった。それだけの価値のあるものはなかったからだ。この月曜日、私はパヴィア修道院へ行った。堂々とした立派な建物だが、意匠に欠けた者たちが作ったもの

だ。それでも入念に熱心に取り組まれ、信じられないほどの成功を収めていた。(4)

パヴィア修道院は確かに、堂々とした立派な建物だ。凝った装飾の施された巨大なファサードは、ゴシック建築に対する気持ちがどうであれ、簡単に頭から捨てられるものではない。今日、たいていの人がゴシックを考える時、同じ時代にできたノートルダム大聖堂やシャルトル大聖堂のようなフランスの教会を思い浮かべる。しかしイタリアにおけるゴシック建築は、もっとさんさんと日差しの降り注ぐ天候に対応している。日差しを残らず全て取り入れる巨大な窓は必要ないのだ。それに、ローマ時代の遺跡が忘れようのない手本を提供してくれる。パヴィア修道院のような建物、あるいはオルヴィエートの荘厳な大聖堂には飛び梁（ノートルダムのような教会の壁を支える石の腕）はないし、建物は石の単一の色調とは対照的に、白、緑、それにサーモン色の大理石のパネルに覆われている。ステンドグラスや像は確かに重要な役割を演じているが、大理石のはめ込み細工の中の浅い幾何学模様で、古美術の遺産を反映していることもあれば、オルヴィエートのようにほとんど古典主義的にも見える彫像で示していることもある。

ゴシック美術は私たちが定義するように、五、六世紀にイタリアに侵攻し、その後ロンバルディア人になったゴート人に創られたものではない（実際、ゴート人のテオドリック将軍はラヴェンナに伝統的な素晴らしい円形建物を建てた）。この様式は古典的なルーツからフランスで発展し、十二世紀にイタリアに伝わった。これは、遠くはミラノ、ナポリ、シチリア島から、フランス人（あるいはノルマン人）の影響の強いあらゆる場所、ピサ、ルッカ、シエナ、フィレンツェ、それにオルヴィエートといった中央イタリアの商業都市の大聖堂で見られるし、ローマでもいくつかの場所で見られる。

チェーザレ・チェザリアーノのような北イタリア出身のルネサンス建築家にとっては、ミラノにあるゴシックの大聖堂は、彼の編集したウィトルウィウスの説明図として完璧に容認できるものだった。古代ローマの作家が優良な建築の中に評価した全ての特性を見せていたからだ。安定性、有用性、見栄え。ゴシック建築をドイツ式と呼んだラファエロさえ、独自の優れた様式と意匠があると認めた。もっとも、尖ったアーチは古代ローマで好まれた半円アーチより構造的にいくらか劣っていると述べている[5]。

それでは、ヴァザーリと彼のルネサンスの美意識は、『列伝』の序文で、〝野蛮〟で、〝非常に醜く〟、〝様式を欠いている〟と評し、「イタリア中が彼らの悪趣味な建物であふれている」と嘆いた様式の何をそんなに嫌ったのか。通常はヴァザーリと争うのが大好きなベンヴェヌート・チェッリーニも、喜んで同意した。「建築はドイツ人の手で損なわれ、価値を低下させられ［てき］た」と。

彼らの偏見は、美意識とはほとんど関係なかった。ゴシック芸術は別物だったのだ。北の、異国の、古風で（でも、そこまで古くはない——エトルリア芸術、従って地元で有名な過去があるなら、異論はなかっただろう）、その細長い円柱はウィトルウィウスが推奨した比率の範囲を超えていた。しかしながら、皮肉なことに、ゴシック建築の屋内の見事な高さは、こうした建築家に古典復興という心に残る感銘を与えたのだ。例えば、ローマ全体で、彼らは初期キリスト教様式と中世教会の屋根の輪郭線を引き上げた。こうした非実用的なゴシック建築の空間ができてからは、古典的な空間が急にあまりに低く思われたのだ。

無秩序に広がる豊かなサン・ベネデット・ポーの修道院で、ヴァザーリはロンバルディア人の画家についての記述で紹介しているように、ダ・ヴィンチの『最後の晩餐』の複製を見た。

同じ場所に、ジェロニモ修道士という名のドミニコ修道会の平修士（聖職に就かない修道士）が描いた油絵があった。レオナルド・ダ・ヴィンチがミラノのサンタ・マリア・デッレ・グラツィエ教会に描いた美しい『最後の晩餐』が、言わせてもらえば、とてもうまく再現されていて、私は舌を巻いた。そこで、一五六六年にミラノで原画を見たが、見事に大きなシミ以外何も識別できないほどひどい状態だったことを喜んで書き留める。それでもこの善良な修道士の敬虔な行為が、世界のこの場所では永遠にダ・ヴィンチの卓越性を証言してくれるだろう(6)。

この、ややもするとちっぽけに見える挿話は、ヴァザーリの保護主義者的傾向を考える時には重要性を増す。とりわけダ・ヴィンチの話となると。私たちは、有名な『最後の晩餐』が、描かれてほんの数十年ですでにお粗末な状態だったことを知る（主な原因は、ダ・ヴィンチが容赦なく材料を軽々しく扱ったからだ。確実に信頼できるテンペラ絵具で湿った漆喰に描くのではなく——フレスコ・セッコ、乾いた漆喰に描いたのだ。『最後の晩餐』は、もうほとんどすぐに壁から剝がれ出した）。でも、私たちは見事な複製が作られているというヴァザーリの認識を教えられる。それが人に〝世界のこの場所では永遠にダ・ヴィンチの卓越性を証言してくれる〟と。

ヴァザーリがいなければ、私たちもルネサンスの数少ない女性美術家を見逃していたかもしれない。ヴァザーリはクレモナで立ち止まって、ソフォニスバ・アングイッソラと六人姉妹のうちの三人、ルチア、ミネルヴァとエウローパを訪ねた。ヴァザーリには彼女たちを絶賛する言葉があった。

「今年、クレモナのお父上の家で、彼女の手になる絵を見た。細心の注意を払って、三人の姉妹がチェスをしている姿を描いている。彼女たちと一緒なのは老家政婦で、細心の注意と心遣いのせいで、彼女たちは本当に元気いっぱいで、喋ることだけに夢中になっているように見える[7]」

アングイッソラ家はクレモナの貴族社会に属していて、ヴァザーリが説明した絵からもそれはわかる。絵は今もポーランドのポズナン国立美術館に保存されている。姉妹の身分は、豪華なブロケードや襟と袖口のレースで示されている。チェスをしたり、絵の勉強をしたりできる余暇があったという事実は言うまでもない。レースは北海沿岸の低地諸国からちょうどイタリアに持ち込まれ始めていた。そして、アングイッソラ家の娘たちは、きっとその器用な手でレース編みを試みていたのだろう。たいていの男性の同輩と違って、ソフォニスバは知識から生まれた精密さで布地に絵を描く（イタリアの男はおしゃれに見えるのが好きでも、ダブレットのデザインの複雑な細部を研究するとは思えない）。彼女たちの父親、アミルカレ・アングイッソラは、キャリアが結婚に差し障ることを恐れずに、娘たちが必ず飛び切りの教育を受け、美術の技能を向上させるよう計らった。高貴の生まれが彼女たちにある程度の独立性を認めた。ソフォニスバはミケランジェロに会うためにローマまで旅して、最終的にはスペイン国王フェリペ二世の宮廷画家になった。そこで彼女はスペインの大公と結婚して、一五七八年には一緒にパレルモに移った。その二年後、未亡人になったばかりの彼女はジェノヴァへ向かう途上で船長と恋に落ちて結婚した。結婚は一六二〇年の夫の死去まで、四十年間続くことになる。彼女のキャリアは前進し続けた。一六二四年、彼女は九十二歳で、ジェノヴァ滞在中の若いアンソニー・ヴァン・ダイクのために肖像画のポーズを取った。彼女は年齢を偽って九十六歳と主張し、ヴァン・ダイクの肖像画は、彼がそこでまた言ったことを裏付けている。この並外れた女性はまだとても頭がきれると。
ソフォニスバはすでに、ヴァザーリの別の女性美術家、ボローニャのプロペルツィア・デ・ロッシについての論考の中に現れていた。デ・ロッシは一五三〇年に亡くなったが、『列伝』第一版に彼女自身の章を得ている。ヴァザーリの序文の言葉はとても詩的だ。

〔女性が〕その柔らかな白い手を職人仕事に染めることを恥ずかしがらなくなって、自分の欲望に従い、自分に名声をもたらすために、大理石の粒子や鉄の粗さに囲まれた。我らがプロペルツィア・デ・ロッシのように。この若い女性は家事ばかりか、無限の知識にも優れていた。それは男性にも女性にも羨望の的だ。(8)

プロペルツィアは桃の種に豆粒のような人物を彫ることができた（そのいくつかは今もメディチ家の所蔵品の中に残っている）。こうしたかつて高い評価を受けた芸術形式の実例は、〝とてもうまく根気よく仕上げられていて、並外れて奇跡的な見ものだ。作品の精妙さばかりか、彼女がそこに作った小さな人物の優美さ、その割り振りへの心遣いにおいても〟。プロペルツィアの最も複雑な作品の一つには、〝キリストの受難の全体、十二使徒と磔刑遂行者に加えて、おびただしい数の人物までを、それは美しく精巧に彫ったもの〟がある。ヴァザーリはあのそれは柔らかくて白い小さいな手を思い、女性にも大理石を切ることができるのに仰天した。
人物がとても型破りなことには驚かず、ヴァザーリはプロペルツィアには気まぐれな気質と活発な異性関係があると考える。彼は生きてソフォニスバ・アングイッソラの全一生を知ることはなかったし、まして書くことはできなかったが、彼女の進取の気性は彼を大いに楽しませただろう。

ヴァザーリはクレモナから家路に着いた。『列伝』第二版を仕上げる時が来たのだ。

24 第二の『列伝』

ヴァザーリは一五六六年六月にフィレンツェに戻った。さし迫ったプロジェクトが二つあった。一つは、もちろん『列伝』。もう一つは、三年前に受けていた建築の仕事で、ピストイアにある謙遜の聖母教会のドームの設計だ。彼が〝オペラ・インポルタンティッシマ〟——最も重要な仕事——と呼んだ依頼だ。教会は、フレスコ画で描かれた祭壇画の聖母が涙を流し始めたと報告された一四九〇年から、重要な巡礼の聖地になっていた。都市の不道徳な内輪もめに失望のあまりだと言われた。ピストイアは凶暴性で有名だった——短剣はここで発明されたとされる。ロレンツォ・デ・メディチは、十四世紀の小さな教会を印象的な大聖堂に拡張する競技設計を求めた。ジュリアーノ・ダ・サンガッロが競技設計に勝ったのだが、メディチ家がフィレンツェから追放された一四九四年に依頼から降りた（ロレンツォ自身は一四九二年に死去）。責任は地元職人のヴェントゥーラ・ヴィットーニに移った。インタルシアと呼ばれる装飾的な寄せ木細工を得意とするベテランの木工職人だ。

結局のところ、この仕事はヴィットーニの能力をいくらか超えていたのかもしれない。四半世紀近く後になって、彼はクーポラの基部を完成させたが、一五二二年に亡くなった時には、クーポラそのものはまだ大きく口を開けていた。それからの四十年間、何も起こらなかった。

しかしながら、大きな遅れは不幸に見えて実はありがたいものだった。公爵コジモが一五六三年にプロジェクトをヴァザーリに任命した時、若い世代の建築家がローマのサン・ピエトロ大聖堂の建設現場で訓練を受けていたのだ。それは、構造工学的に驚くべきローマ時代の、後期古代様式の古い教会を取り壊すことと、その代わりに格調高いドームを建てるという両方を同時に進めるというものだった。この熟練した建築家の中でも最も経験豊富だったのは、間違いなく若い方のアントニオ・ダ・サンガッロ、ジュリアーノの甥だ。彼は自力で建築主任になる前には、サン・ピエトロ大聖堂でブラマンテ、ラファエロ、それにバルダッサーレ・ペルッツィと仕事をした（アントニオが一五四六年に亡くなると、ミケランジェロがその地位を引き継いだ）。サンガッロが設計したバシリカの巨大な木製模型が素晴らしい状態で今も残っている。肩の高さで蝶番で開いて内部を見せ、最終的にミケランジェロやジャコモ・デッラ・ポルタの設計で建てられたものと比べることができる。ヴァザーリの訓練と彼のローマでの交友関係が、四十年間の総体的な工学と設計の経験に接する機会を与えて、ピストイアのドームはわずか五年で完成した。

ピストイアのドームは、ヴァザーリが自分の理論的な歴史的知識を実用化するやり方の好例だ。それは、とても入念な、将来を見越した研究形態だ。彼の方法論は、図面、本、美術作品を詳しく調べるところからあらゆる社会階層の人々への対面インタビューに至るその範囲がずば抜けている。繰り返すが、彼の歴史研究は同時代の問題への答えを提示した。彼は歴史から学び、そこから教訓を得た——わざわざ一からやり直す必要はなかった。

これもヴァザーリが際立って将来を見越していた一例だ。もちろん、歴史から教訓を引き出した歴史家（プリニウス、タキトゥス、ヘロドトス）の古くからの伝統はある。しかし、ヴァザーリは芸術と工学の技術のような事柄について、実際に役立つ情報を求めて、歴史を詳細に調べたのだ。

過去の巨匠から学ぶというヴァザーリの興味の具体的な実施例の一つが、失われた『素描集』で、これは『列伝』に整然と対応するものとしての役割を果たしていた。初めは十二冊の白紙の大型二つ折り本だった。ヴァザーリはそれに、高く評価する者たちの素描を貼った。彼には集めることができたからだ。ジョットのスケッチをここに、ラファエロの素描をあそこにと。それから、原画の余白に自分のデッサンを足した。そのページに貼られた巨匠の表現方法を手本にして真似ていた。オマージュであり、歴史の授業でもあり、競争でもあって（私はラファエロの様式を彼と同じようにうまく描けるだろうか？）、これは彼が『列伝』で実践していることの実例、携帯美術館だ（十二冊の大判を携帯と呼べるなら）。美術館が対象物を保存する特化したスペースとして展開してきたばかりの頃だった（最初の公立美術館はおそらく、シクストゥス四世が一四七一年に創設したローマのカピトリーノ美術館だ(1)）。

もっとも、ヴァザーリはリサーチを楽しんだけれども、彼にはどうしても桁外れの美術の仕事量を維持する必要があった。七月末、彼はボルギーニに暑さと仕事の量について愚痴を言っている。

君にこの暑さで挨拶する。君がもはや涼しい顔でないのはわかっている。村のセミがそう教えてくれたよ――それでもなお、ポッピアーノ〔キャンティ地方にあるボルギーニの別荘〕でじっとしていろ。フィレンツェには来るな。それで、そこにいる間、私のことを考えてくれ……実を言うと、君が去ってからというもの、私は体調が悪いのだ。雨が降ればいずれすぐに君に会いに行く(2)。

八月半ばには、季節の雷雨が熱気を吹き飛ばしたが、夏の暑さがまだ被害をもたらしていた。義母がアレッツォで死の床にあったのだ。「私は行くつもりでいた」八月十七日に彼はボルギーニに書いた。「でも、ラ・コジナの母は終油の秘跡を受けた。そこで葬儀を避けるために予定を順延した」バッチ家がヴァザーリのことをどう思ったか、私たちにはわからない。彼はマッダレーナとの間に婚外子を二人もうけ、その後、マッダレーナの死後、ラ・コジナと結婚した。それでも、自分の娘たちと複雑にからみ合っていても、必ずしも思いやりがあるわけでない関係を考えると、バッチ夫人はおそらくヴァザーリを快く思っていなかっただろう、と推測できる。

その一方で、メディチ宮廷では、ヴァザーリは摂政フランチェスコの下（父親が統治の主要な仕事を彼に任せるために身を引いた、一五六四年から摂政を始めた）、温かく迎え入れられていた。コジモの頃と同じだ。しかも彼は頻繁に若い摂政を朝食時に訪ねていた。その地位にある者には通常のことで、フランチェスコは人前で食事をしていた。天蓋がかざされた背もたれの高い椅子に座り、部屋への扉は、相応の有力者が請願書を持って入ってこられるように開いている。ヴァザーリの場合は、請願はしばしば金が関わるものだった。フィレンツェでは間違いなく一番の美術家で、宮廷のお気に入りだったかもしれないが、基本給の他にいつ支払われて、どれくらい稼げるのかは知る由もなかったのだ。少なくとも最重要のパトロン、教皇やメディチ家の公爵とは事前に契約で価格を設定することは滅多にしなかったからだ。

巨匠とパトロンの間の契約は極めて特異なものになりかねなかった。素材が規定され、作品の寸法と価格が定められるばかりか、パトロンにとって重要な図像が指定された。例えば、ドミニコ修道会の教会からの依頼は、背景に聖ドミニクスを含めるよう要求するかもしれない。一方、イエズス会は会の標章、ＩＨＳの文字が絵に現れるようにしたいかもしれない。指定にはまた、〝頭〟（顔）の数も含まれた。顔が増えれば、うまく処理するのが難しく時間もかかって、費用がかさむとみなされたからだ。もし作品がその図像において入り組んでいれば、パオロ・ジョヴィオやボルギーニが時々ヴァザーリのためにしたように、学者や神学者が構想の全てかほとんどをデザインするかもしれない。納期も指定されるだろうが、これは融通が利くと考えられていた。あるいは少なくとも非常に多くの美術家にとって融通が利かなくてはならなかった。戦争や伝染病が妨げになったり、もっと有力なパトロンに呼び出されたりしたからだ。

契約は時として奇妙で、多くの場合効き目があった。ルカ・シニョレッリはオルヴィエート大聖堂のサン・ブリーツィオ礼拝堂にフレスコ画を描く契約で、地元産白ワインを飲めるだけ受け取ることを条件として指定した（現在私たちがオルヴィエート・クラシコと呼ぶもので、古代ローマの時代から人気があった）。ルカは目の付け所が違ったのだ。

ヴァザーリは定期的に金を求めたが、具体的な金額を示すことは稀だった。パトロンから受け取る支払いの約束も同じように曖昧になりがちだった。一五六七年一月三十一日、彼はコジモに、目上の人で、君主で、同時に友人の男との改まった対話を行き来しながら、率直な支払い請求の手紙を書いた。

最も高名なる素晴らしき閣下、

閣下の最も卑しき忠実なる僕、ジョルジョ・ヴァザーリは、口頭で閣下に何度も我が身を委ね、その多くの仕事が認められるよう〔求めて〕参りました。閣下はそのようにすると申され、そのお言葉に甘えて、彼は宮殿のファサードの仕事の再開を前にして、いよいよ支払いを要請いたします。金額は閣下のお心次第です。閣下の寛大さのお助けを得て、残りの作業をさらに効率的に仕上げ、大計画を終了させる気概を持ってローマへ戻るためです。閣下の示される何らかの合図が、どんなに小さくても、彼の目には本当に素晴らしく映ると断言いたします。その間も閣下が常に無限の好意を持って彼を助けて、閣下が高く評価されているのは彼の誠実な奉仕と才能だと示してくださったことは承知しております。それを踏まえて、閣下の恩恵を、前にも申したとおり、例え死しても所望させていただきます。

そして閣下は、請願者ジョルジョがすでに老いて、多くの理由で助けを必要としていることをご存知であられます。彼には甥や姪や貧しい身内がいることを。これからも御身に健康と幸せを賜りますよう祈り、主なる神に委ねます。(3)

手紙の下には、コジモ、あるいはおそらくその役人が、指示を書いている。「閣下は見捨てないので、彼をローマへ行かせて、戻らせよ。一方、彼に望みを述べさせよ。彼が戻った時に、解決していることがわかるように。一五六六年二月十八日承認(4)」

同じような一連の定期的請願により、ヴァザーリはまず、一五五七年にフィレンツェのボルゴ・サンタ・クローチェに借家を手に入れた。それから二年後には、何とか家賃を永久に放棄させた。公爵は特にけちなわけではなかった。ただ絶えずせっつく必要があった。予定される金の使い道がいくらもあったからだ。しかも、コジモは金を無分別に使うわけにはいかなかった。スペインのフェリペ二世のように、ずっと規模は小さいものの、トスカーナの海岸を海賊やオスマン帝国艦隊の調査者から守るために、海軍を創設していたのだ。探求者はリヴォルノに目を付けていた。コジモがピサの南に建設していた新しい港だ。

ジョルジョ・ヴァザーリの金銭上の悩みは、大成功を収めた画家にはよくあるものだった。国家元首たちは名誉ある依頼をもたらしたかもしれないが、彼らの支払いは商人ほど信頼できないところがあった。ビンド・アルトヴィティのような商人の評判は、即刻金を動かせることにかかっていたのだ。例えばスペインのフェリペ二世は、ひっきりなしにティツィアーノに絵を依頼したが、実際に画家に支払いをしたのは一度きりだった。ヴェネツィアの巨匠はマドリッドに油絵を送り続けた。評判に千金の値打ちがあったからだが、彼が送った絵の全てが素晴らしかったわけではない。肉筆ではなく、むしろ工房の助手が描いたものもあった。フェリペには違いを判断するすべがほとんどなかったのだ。彼は美術品を見るのが大好きだったが、自分の金は戦争といかめしい灰色の宮殿に使った。一五八八年にアルマダの海戦で無敵艦隊が英国沖で難破したことを考えると、ティツィアーノに能力に見合った支払いをした方が、より有利な取引になったはずだ。

ヴァザーリはとても抜け目なかったので、資金援助をコジモ一人に頼ることはなかった。だからこそ、一五六七年の春にローマへ行ったのだ。引用した手紙からわかるように、公爵の後押しがあった——旅行は、コジモにしてみればヴァザーリへの支払いをしばらく延期できることになる。教皇ピウスのために、ヴァザーリは仮設構造物を作った。彼自身、〝マキナ・グランディッシマ〟、巨大な機械と呼んだものだ。これは、サンタ・クローチェ・デル・ボスコ教会の一時的な凱旋門のようなものだった。素晴らしい構造物には、三十以上の絵画が含まれていたが、実際に使われた直後に取り壊された。ヴァザーリは教皇のために新しい教会を建てる誘いは断った。フィレンツェをあまりに長く離れることになりそうだったからだ。

彼はまたピウスに芸術上の助言をした。ピッロ・リゴーリオは、一五六四年のミケランジェロの死後、サン・ピエトロ大聖堂の建築責任者になったが、ミケランジェロの計画からは外れることになるバシリカのための新しい趣向があった。ヴァザーリはピッロを解雇して、ミケランジェロの建築計画を継続するように、教皇に干渉したのだ。こうして、ヴァザーリは自分のヒーローの遺産の初期守護者の役を務めた。今日の民間の協会（コールダー（一八九八～一九七六、米国の造形作家、金属片、木片などを使うモビールの創始者）協会、ウォーホル（一九二八～八七、米国の画家・映画監督、一九六〇年代ポップアートの代表的存在）協会）が、現代の美術家の遺産を保護するのと同じだ。

教皇ピウスは間違いなく、ヴァザーリをミケランジェロの後継者で、腹心とみなした。これはヴァザーリが錬磨した表現だ。教皇がファブリカ・ディ・サン・ピエトロ（〝サン・ピエトロ工場〟、建物とその周囲のメンテナンスをする作業チーム）に、ミケランジェロの計画を遂行する最善の方法について講義してほしいと頼んだ時には、大喜びしたことだろう。

建築業者がローマで土台の溝を掘り始めた時にはいつも（今でも！）、古代の遺物が見つかる。その多くは通常わずかな金額で売り払われた。ユリウス二世とロレンツォ・デ・メディチはどちらも、熱心な収集家だった。二人とも、特に素晴らしい発見は必ずまっすぐ自分の美術館へ行くようにした。コジモはその伝統を受け継ぎ、息子のフランチェスコもそれにならった。教皇ピウス五世はヴァティカン所蔵の異教の彫像を保有するより、むしろ売り払いたいと思っていた。メディチ家はそのチャンスに乗じた。

ヴァザーリはこのローマ訪問中に、修復作業の間に発掘された二体のファウヌス（人の胴と山羊の下半身をもつ角の生えた林野牧畜の神）を見た。「サンソヴィーノのバッカス像と同じくらいの大きさで、言葉で表せないほど美しい」彼は教皇ピウスが古代の彫像をどう思うか知っていたので、急いで公爵フランチェスコに手紙を書き、若き摂政にメディチ家のコレクションのために購入するよう強く促した。

裸体のファウヌスを丸彫りした二つの彫像を見つけました……それほど多くはありませんが、これまでに見た何よりもこれらの像に満足しています。ここでは、彫像より神への祈りに興味があり、食べたいと思う者は誰でも、大理石よりパンを食べたがるからです。従って、一体百スクード以下で入手できると思います。私に金があれば、すぐに購入します。しかし、彫像は閣下のための素晴らしい部屋の装飾品に見えます。閣下の考えをお聞かせください。私がすでにローマを離れている場合は、この件は大使に任せます。現教皇が存命の間はこの像は入手できると確信しております。他の多くの作品も同様で、ここにそれらを書き留めました[5]。

ヴァザーリはまた、公爵にアッロティーノ、『ナイフ研ぎ』と呼ばれる古代の彫像を買うよう説得した。かつてはアゴスティーノ・キージのコレクションの自慢の一品だったものだ[6]。

今日では、ウフィツィ美術館が古代彫刻の広範なコレクションを保有していて、そのほとんどをU字型の建物の大廊下に陳列している。来訪者のほとんどは古代の遺物を素通りする。彼らの注目は驚くべき絵画に向いているのだ。しかし、古代の作品はルネサンスの感受性全体に決定的な役割を果たした。それゆえに、ウフィツィは最近、古代のコレクションとメディチ家の審美眼の形成との関係にこれまで以上に着目し始めている。

すでに見たように、ヴァザーリはローマでの新しいプロジェクトには気乗り薄だった。ピウスの謹厳な態度が響いたのだ。フィレンツェにおける公爵の秘書、バルトロメオ・コンチーニに断言したように。

私を哀れんでくれたまえ。こうした閣下たち、我らの共通のパトロンたちの輝かしい栄光が、ここでは素晴らしいものを覆い隠して煙に変えてしまうようだ。しみったれた生活、凡庸な装い、それに多くのものが質素になったことにより、素晴らしいものはすっかり貶められた。ローマは赤貧状態になった。キリストが貧困を愛し、それを追いかけたがったのは確かだ。やれやれ、ローマは程なく物乞いになるだろう。(7)

前に言及したように、ローマの美術家は、古代美術に着想を得たルネサンス様式と、一五六三年のトリエント公会議（と著しく厳格な教皇）に強いられた新しい制限を調和させるという難しい問題に直面していた。ヴァザーリは、結局のところ、宗教芸術と建築を公会議の命令と調和させる方法を工夫したのだ。ボローニャのガブリエーレ・パレオッティ枢機卿との友情のおかげだ。彼は芸術に関する命令の主な責任を負っていた。

サンタ・クローチェとサンタ・マリア・ノヴェッラというフィレンツェの大教会にとっては、公会議の奨励に従って、礼拝のために一つにまとめられた場所を作ることは、内陣仕切りを取り壊すことを意味していた。初期キリスト教時代から会衆を聖職者から引き離していた建築的障壁だ（正教会には今も残っている）。公爵コジモは、敬虔な妻の敬虔な寡夫だったので、早くも一五六五年にはドミニコ修道会の本拠地だったサンタ・マリア・ノヴェッラ教会の改装を命じた。ヴァザーリは自伝にこうした変化を記述している。

そして、これは閣下を喜ばせた。公爵は全てにおいて真に傑出している。美しく、格調高く、人民に便利なように、宮殿、都市、要塞、ロッジア、広場、噴水、村、他にもそうしたものを建造するばかりか、カトリックの君主として偉大な王ソロモンを見習って、寺院や、聖なる神の教会を建設したり、改良したり、美化したりしている。最近では、私にサンタ・マリア・ノヴェッラ教会から内陣仕切りを取り外させた。それが全ての美を奪い去っても、礼拝堂の中央にあってかなりの空間を占めていたものを取り去って、主祭壇の後ろに新しい華麗な聖歌隊席を作った。おかげで新しい教会のように見える。実際そうなのだ[8]。

ローマでは、サン・ピエトロ大聖堂についての教皇ピウスへのヴァザーリの助言は、美しくなおかつ敬虔に建てるという同じ努力に対処していた。それは、基本的にはフィレンツェ様式、あるいはマニエラの極端なあり方をローマの熱心な支持者のために抑えることを意味していた。ピッロ・リゴーリオはナポリの建築家で、サン・ピエトロのプロジェクトを引き継いだのだが、自らのヴィッラ・アドリアーナ（ローマ帝国ハドリアヌス帝が一一八年〜一三八年にかけて建てさせた広大な別荘跡）についての研究に基づき、ローマ帝国の建築のことを深く理解していた。しかし彼の仕事は、厳格な老教皇には、あまりに情熱的で、空想的で、古代人に刺激を受け過ぎていた。現在では、イッポーリト・デステ枢機卿のためにティヴォリに設計した素晴らしいレジャー用別荘から、彼のことが一番よくわかる。そこには、フクロウ、竜、それにスフィンクスで飾られた噴水があり、水オルガン（現在でも一日に数回演奏する）、滝、それに豊穣の女神、エフェソスのアルテミスがその二十二の乳房から水を噴出させている。ヴァザーリが、パレオッティの有力な後援のもと、ミケランジェロのより厳格なトスカーナ様式を教皇に強く促した理由も容易くわかるというものだ。

著述業はヴァザーリにもう一つの絶え間ない収入を提供した。しかし、本で金を稼ぐためには、まず出版しなくてはならない。そもそも利益を見る前に、ものすごい現金が支出されるということだ。紙はボロ切れから作られ、とても高価だったが、十六世紀の紙はまた非常に丈夫だった。一九六六年の大洪水で、フィレンツェ国立図書館に水と油分を含んだ泥が押し寄せた時、新しい本は駄目になった。それに対して、十五、十六世紀の本は、今も丹念に水できれいに洗われている。洗浄が終わる時には、こうした〝リーブリ・アッルヴィオナーティ〟（水浸しになった本）は、ほとんど新品同様に見えるはずだ。

一五六六年末には、ヴァザーリは『列伝』第二版の原稿を印刷業者の息子のフィリッポ・ジュンティに引き渡し、長い待ち時間に身を置いていた。近世の本は折丁で印刷され、それぞれ四枚か五枚の二つ折りのページを別々に綴じていた。折丁は活字がきちんと固定されるギリギリまで変えることができるし、印刷中に本のもっと後ろの部分を手直しする時間も残る。最後の何ページかはしばしば、すでに原稿整理編集者か読者に気づかれている訂正のために確保された。ヴァザーリの場合は、後半の章のための追加情報を探し出し、自分自身の伝記を検討するために約二年を費やすことができた。自分の伝記は最後から二番目の章になった（最後の折丁は、〝著者から素描の制作者への公開書簡〟で、〝名誉ある高潔な制作者〟に宛てられている）[9]。

五十五歳で、ヴァザーリは老人とみなされたが、そのものすごいエネルギーが衰える気配はなかった。彼は印刷がすでに始まっていても、画家のタッデオ・ツッカリに弟のフェデリコの情報をもっと与えてくれるよう懇請した。同時代の美術家は本の最後部に来るので自信を持っていた。
一五六七年九月二十日付のボルギーニ宛の手紙は、ライバル印刷会社のチーノとジュンティを含め、ルネサンスの印刷業界との交渉の苦労を言外にほのめかしている。

チーノは、作業場が傷んでしまうからと、こうした仮面や入り口や凱旋式を印刷させられたくないジュンティと争っている〔ヴァザーリは『列伝』の最後部にある公爵フェデリコの結婚式の長い描写を盛り込んでいる〕。そこで、私はとうとう公爵と話した。公爵は仕事を続けるように、それもすぐにと言われた。そこで、私はレ・ローゼ〔南フィレンツェのタヴァルヌッツェにある別荘〕に行っているチーノに手紙を書いた。全てが片付くのに時間はかからないと思う。私も自分自身の伝記と全員の伝記に満足したいと書いたのだが、確かめるのは難しい。(10)

その後、一五六八年にプロジェクトは完成した。新しい版は、二つの権威に称賛された。公爵コジモとアカデミア・デル・ディゼーニョだ。『列伝』の一五六八年版は、コジモへの献辞の手紙の後ろにアカデミアのカリキュラムの長い説明を提供し、それからようやく伝記そのものに進む。本文の多くの部分は、安定した効率のよい君主国における美術家の中心というヴァザーリ自身の地位を反映して、慎重に修正されていた。同時代の美術家の新しい伝記の多くの中でもティツィアーノが注目に値するが、仕事は桁外れの規模に拡大している。最後の仕上げとして、ヴァザーリはまた職人に相応しいとみなされる慎み深さで、自分自身の本格的な伝記を書くのを辞退し、第二版の最後に〝ジョルジョ・ヴァザーリの作品の説明〟を載せる代わりとして自分自身の作品リストを提供した。これは『列伝』に彼自身を含める働きをしているが、ある程度の謙遜は保っている。

ジョルジョ・ヴァザーリは、読者が美術家自身やその奇癖についての話が大好きなのを知っていたので、第二版はその方向へと大きく広げられた。ラファエロが愛人とアゴスティーノ・キージの別荘に閉じ込められた話からピエロ・ディ・コジモが固茹で卵だけ食べて生きていた話、北イタリア出身のモルト・ダ・フェルトレ、〝死人〟が、埋まったまま残っている古代のフレスコ画をスケッチするために地下で生涯を過ごした話まで。『列伝』の新版は、第一版よりさらに成功した。

第一版の控えめな論調は、明らかに第二版からは失われている。その上、修正されたとはいえ、本文にはまだ誤りがあった。生きている美術家についての新しい題材を大量に盛り込んでいたからなおさらだ。例えば、ガブリエーレ・ボンバッソはプロスペロ・クレメンティに代わって、一五七二年十二月にヴァザーリに本に感謝する手紙を書いたが、明確な留保をつけていた。

昨日、プロスペロ・クレメンティ殿を訪ねた。微熱で寝込んでいるのだ……。そこで、私が彼の名前〔あなたが彼だと考える名前〕で感謝する……。これはクレメンティにとって、とても喜ばしい。

だが、私自身が納得するために、これを添えなくてはならない。彼は閣下に深く感謝しているかもしれないが、彼と彼の作品について閣下に情報提供した者に感謝する理由はあまりないと、私には思われるのだ。第一に、彼はレッジョの出身で、モデナではないし、レッジョ人《レッジャーノ》以

外だったことも、そうみなされたこともないのだから。(11)

このレッジョとモデナの混同は、今日でさえ忠誠心あるレッジャーノを激怒させるのに十分なのだが、これはボンバッソがクレメンティの伝記から指摘しただけでもほんの序の口だ。クレメンティは伝記にはとりあえず感謝したかもしれないが、彼の忠実な友人たちは多分に誤りがあることを悔しく思ったのだ。

タッデオとフェデリコのツッカリ兄弟の場合は、反応はさらに強かった。フェデリコ・ツッカリは自分の『列伝』の余白を一連の怒りのメモで埋めた。ヴァザーリを〝理由もなく人を悪く言う不実な友人〟で、〝くだらない定義付け〟と〝実体のない噂話〟で有罪だとしてはねつけた。(12)彼は、ヴァザーリの伝記に対抗して、『タッデオの生活』の絵の連作まで作り出した。(13)ツッカリは批判に敏感だったが、トスカーナ人でない美術家として認めてもいた。ヴァザーリには愛国的偏見がある、あるいはツッカリが言うように、〝見る目がなく、トスカーナ人に対する客観的判断が欠如していた〟。(14)ツッカリの考えでは、ラファエロはヴァザーリの犠牲になった。

毒舌の悪癖は、責任を負わせられないところで、他者の栄光と尊厳を貶める手立てを見つける。しかし、彼がラファエロを批判する謂れはない。それどころか、その偉大さと専門的技能、それにその表現方法の卓越性を絶えず高めていることには、より大きな称賛と名誉が相応しい……いかなるトスカーナ人よりも。(15)

シエナの貴族アントニオ・キージ（生粋のトスカーナ人）への手紙で、ツッカリは気配りより怒りを込めて書いた。

ヴァザーリ殿は……よくも悪くも、トスカーナ人以外を褒めるすべをまるで知らない。神よ、彼に哀れみを。彼はミケランジェロと公爵コジモに引き立てられて、ひどく傲慢になったので、敬意を表さなかった者は誰でも攻撃する。それに、ご存知のとおり、私のかわいそうな弟のあのあしらい方。誰もが言うことだが、弟以上に世のためになるトスカーナ人など一人もいないのに。その最たる者がヴァザーリだ。(16)彼は仕事が早くて、壁を人物で埋める他に能がない。おかげで人物は場違いに見えてしまうのだ。

ドン・アントニオ、ラファエロの高名で寛大なパトロン、アゴスティーノ・キージの甥の息子は、トスカーナ人の優位性についてのヴァザーリの考えは全く正しいと気づいたかもしれない。(17)

25 旅は続く

アカデミア・デル・ディゼーニョがフィレンツェの芸術生活にきっちりはめ込まれ、『列伝』第二版が読者の手に届いて、ジョルジョ・ヴァザーリは最も大切な大志の二つを達成した。しかしながら、芸術家としては、最も能力が試される名誉ある依頼が、五十代後半の今頃になってやって来た。彼は残る人生の六年間を、フィレンツェとローマを絶えず移動することに費し、トスカーナ軍、聖ステファノ騎士団の注文の仕事を調べるために時折ピサに、あるいは家庭内の問題に対処するためにアレッツォに立ち寄って過ごした。メディチ家の公爵、コジモもフランチェスコもヴァザーリの貢献について教皇ピウス五世と張り合っていたが、同時に、彼の膨大な人脈が、彼をフィレンツェとローマの統治者の非常に有益な仲介者にしていた。彼より前の多くの宮廷芸術家と同じように、彼もまた外交官として働いたのだ。彼の仕事の性質から、社会の様々な階層の様々な人に会い、権力の座にある人々に異例なほど近づける自由を楽しんでいた。ヴァザーリはフィレンツェとローマに工房を構えていたが、頻繁に移動するので、徒弟よりむしろ地元で雇った助手と仕事することを選んだ。徒弟を雇っておくには一つの場所に留まる必要があった——親方は、住まい、食事、それに託された者たちを教えることが要求されたが、フィレンツェ、ローマ、それにアレッツォ（ヴェネツィアや、人里離れた修道院、ピサ、それにその間にある場所への頻繁な旅は言うまでもなく）を行き来するヴァザーリには、同時代の多くが維持していたしっかりした大工房を持つのは事実上不可能だった。

色々な意味でアカデミア・デル・ディゼーニョが、一五六三年の創立からはヴァザーリの本当の工房になった。親友のボルギーニが運営し、ベネデット・ヴァルキのような有名な知識人の講義があり、チェッリーニやフランドル人彫刻家のジャンボローニャのような同輩の美術家が責任者を務めるアカデミアは、ヴァザーリの美術の授業が、理論的にも実地にも、実践されたということだ。その卒業生は、意志と目的はともかく、彼の弟子だった（必ずしも直接教えたわけではないだろうが）。アカデミアの最初のプロジェクト、ミケランジェロの葬儀を企画することは（ヴァルキが弔辞を述べた）、ミケランジェロの手法と様式を教えることにより、アカデミアが向かう方向を暗示していた。ボルギーニが指揮を執り、ヴァルキが学問的な話をし、チェッリーニが彫刻を、ヴァザーリが絵画を主導するとなって、これはもうアカデミア・ミケランジェレスカと呼ばれることもできるだろう。

しかし、ミケランジェロの葬儀は万人の承認を得たわけではなかった。ブオナローティ家は控えめで小規模なものを望んだが、ヴァザーリとボルギーニは要請にあっさり目をつぶった。彼らのヒーローの死は、あっさり見過ごすにはあまりに大きなチャンスだったのだ。彼らの動機は利己的なだけではなかった。愛し称賛した人物の人生を、彼らが相応しいと感じる荘厳さでどうしても褒め称えて世に知らせたかった。しかし、チェッリーニは個人的に、ボルギーニとヴァザーリがどのようにプロジェクトを推し進めるつもりかを見るとすぐに参加を拒んだ(1)。

コジモは、葬儀のためにメディチ家の礼拝堂、サン・ロレンツォを提供した。コジモも、ヴァザーリと同じように、チャンスを見ればそれとわかった。葬儀は故人の栄誉となるばかりか、彼自身の美術とミケランジェロやアカデミアへの後援を披露するものになる。長時間の式には、一時的に絵画と彫刻が飾られ、嫌になるほどたくさんのスピーチが続き、見事にこの新しい学校の注目度を高めることに成功した。一年後にはティントレットとティツィアーノを含むヴェネツィアの主要な四人の美術家が、書簡で加盟申請してきた。一五六七年には、名だたる収集家のスペイン国王フェリペ二世が書簡でマドリッドにある自分の宮殿、エル・エスコリアルについての助言を求めてきた。(2)

美術に関する作家としての草分け的な業績に加えて、ヴァザーリは次の世代のために美術と美術史を学問として教える指揮を執るという重要な役割を果たした。(3) その前身のフィレンツェ画家組合と同じように、アカデミア・デル・ディゼーニョは中世の友愛組合をモデルにしていたが、ますます文明化したヨーロッパ国家への美術教育に合わせて調整されていた。美術を教えて、創造するための正しい方法ばかりか、ミケランジェロの作品に触発された正しい（そして適切なトスカーナ）様式であることを暗に伝える、もっと集中型の統合した手本に合わせていたのだ。(4)『列伝』第二版は、事実上、この学校の教科書の役割を果たしていた。

ヴァザーリはいかにも彼らしく、第二版が売り出されるとすぐに、第三版の計画を始めていた。しかし、それをやり遂げるまで長く生きることはなかった。

彼は例によって、絶え間ない手紙のやり取りを続けていた。通常、それらは高度に考案された政治言語と巧みなお世辞で表現されるが、短い実質的な指示の形を取ることもある。パトロンへの対応、とりわけ若いフランチェスコ・デ・メディチへの対応は、驚くほど率直になることもある。例えば、フランチェスコは、まだ未完成のヴェッキオ宮殿の大広間へフレスコ画を描く準備に、石工を一人だけ雇うことで出費を抑えたがった。ヴァザーリは、それは節約にならないと断言した。

　石工を一人にすることは、全ての作業が遅くなるということで、節約に見えながらより多くの金を使うことになります。しかも、私の雇い人も私もなすべきことができなくなります。それでも、それが閣下のお考えだと考慮して、仕事を続けます。閣下にお仕えするだけで十分だからです。実際に大広間の問題を遅らせて、私が時間を無駄にしているのではないことにご留意ください。ジョルジョは年を取りましたから。視力は落ち、気力も減退していて、死が全てを終わらせることになります。[5]

　老いたヴァザーリは、どれほどの美術家が大きなプロジェクトの完成を見ずに死んだか知っていた——彼らの伝記を書いたのだから。彼はミケランジェロの死後、サン・ピエトロ大聖堂のための巨匠の計画を維持しようと骨折ったが、自分の仕事をそのような脆弱《ぜいじゃく》な状態で残すつもりは全くなかった。彼がこの手紙を公爵フランチェスコに書いて、高齢と衰弱を主張した時には、大広間のフレスコ画のための下絵を完成していた。『ピサの戦い』と『シエナ陥落』だが、壁にはまだ描かれていなかった。メディチ家のために進行中の別の重要な仕事がピサの聖ステファノ騎士団本部だったが、こちらもまだ未完成だった。若い公爵フランチェスコには、命のはかなさに対するヴァザーリの意識を十分に理解できなかったかもしれない。しかし、父親の公爵コジモにはできたし、実際に理解した。

　一五六九年、教皇ピウス五世が、コジモをトスカーナの大公に昇進させ、イタリアで最も位の高い君主にした（スペイン総督が統治するナポリと、教皇が統治する教皇領は、この勘定には入っていない）。ギリギリのタイミングだった。重い甲冑をまとい、長く馬上にあった、激しい身体活動の生活を終えて、大公の体は衰え始めていた。コジモの医者たちは、彼の疼《うず》きと痛みは痛風のせいだとしたが、遺体の新しい法医学的検査は、痛みは関節炎が原因だと明らかにしている。[6] 現代の基準からすると、コジモは大男で、身長は百八十センチ近くあり、胸にも肩にも脚にもたくましい筋肉がついていた。人が彼をカリスマ的存在と見たのも無理はない。ミイラにした彼の遺体は、一番の問題が動脈硬化の予断を許さない深刻な症状だったことを示している。動脈硬化が体や脳への血流を遮断して、左腕を麻痺させ、右半身全体を衰弱させた。関節炎の痛みに加えて、動脈硬化が次第に気分変動を起こさせ、ついには失禁するようになって、喋ることも書くこともできなくなった。

幸せな結婚を楽しんだ多くの寡夫と同様に、コジモもエレオノーラの死後は女性との交際を心から望んだ。そして、一五六五年にフィレンツェ貴族の女性との慎重な恋愛でそれを見つけた。二十二歳のレオノーラ・デッリ・アルビジ（ことによると名前が最愛のエレオノーラを思い出させたのか）。一五六六年、恋人は虚弱な娘を出産したが、ほとんど出産直後に死亡した。コジモの長年の男性召使い、スフォルツァ・アルメニは、コジモに仕えて二十四年だったが、公爵フランチェスコにこの密通を知らせると決めた。フランチェスコとその兄弟は怒って反発し、コジモは当惑をぶちまけて、アルメニを自分の手で殺した。程なくレオノーラは息子、ドン・ジョヴァンニ・デ・メディチを出産したが、一五六七年に二人は別れた。コジモはすぐに代わりを見つけた。やはり若いフィレンツェ貴族の女性、カミッラ・マルテッリだ。娘のヴァージニアは一五六八年に生まれた。教皇ピウスは、その名に恥じないように、コジモとカミッラが正式に結婚するまで、大公の称号を授与するのを遅らせた。そして彼女の継子たちは、彼女が大公妃の称号を絶対に持たないよう手段を講じた。一五七〇年三月二十九日、新婚のコジモは正式にトスカーナの大公になった。

称号は、メディチ家にはとりわけ重要だった。貴族ではなかったからだ。彼らは銀行家で、彼らの権力は実社会に根ざしていた。階級称号は公爵を封建貴族の範疇《はんちゅう》に含め、大公は単に軍事指導者というだけでなく、国家元首だということも暗に伝えていた。

格調の高い美術作品の依頼は、長くメディチ家の審美眼、権力、そして気前のよさのしるしだった。教皇がヴァティカンの威信ある依頼でヴァザーリを呼び出した時には、五百人広間の絵具と漆喰をまだ乾かしている最中だったが、コジモはヴェッキオ宮殿の政治拠点よりフィレンツェ人民にはずっと象徴的な新しいプロジェクトを思いついた。サンタ・マリア・デル・フィオーレ大聖堂のクーポラ、フィリッポ・ブルネレスキのドームの内側に絵を描くのだ。当初の計画は広大な空間（およそ三千五百平方メートル）をモザイクで装飾するというもので、ブルネレスキはドームの構造の一部として足場の支えを作り付けていた。しかしながら、最終的にはフィレンツェ人はモザイクの費用と潜在的重量の両方（すでに十二世紀の洗礼堂で、モザイクのドームは経験していた）を心配した。

現代の技術者は　ブルネレスキが構造をとてもうまく設計しているので、重量が問題を引き起こすことはないと推定している。しかし、費用は天文学的な数字になっただろう。それに古代美術の技能を持つ職人ももはや多くはいなかった。フレスコ画というもっと現実的な手段でドームを装飾するという趣向を復活させるにも、コジモの潤沢な資金と強固な意志が必要だった。

ヴァザーリは歳を感じていたかもしれないが、いつもの気力で新しい挑戦に着手した。クーポラに絵を描くのは、単に構想《インヴェンツィオーネ》と意匠《ディゼーニョ》を結びつけるという問題ではない。数学的な難問でもあった。知性《インゼーニョ》が必要とされるはずだ。彼がブルネレスキの章で称賛した類の創意工夫の能力だ。クーポラに絵を描く前に、立つ場所を考案しなくてはならないのだ。

　ミケランジェロはシスティーナ礼拝堂に絵を描いた。広大な楕円の空間の小さな弧をまたぐ可動式の足場に立ち、礼拝堂の突き出たコーニスで体をしっかり支えていた。ドームの曲線状の内側に絵を描くことは、全く別の挑戦を提示した。ヴァザーリは、上から下へと描き始める計画だった。自分の作品に絵具が滴るのを避けるためだ。が、この決断だと固定した足場が最も現実的な解決法になり、桁外れの空間全体を木枠で覆うことになる。大規模な構造物を完成させるのに、一五七一年二月から六月までの四ヵ月かかった。

　九月二十二日、ヴァザーリの旧友のコジモ・バルトリがヴェネツィアからプレゼントを送ってくれた。眼鏡を四つだ。「神の思し召しがあれば、役に立つだろう[7]」ヴァザーリが視力についてこぼしたのに違いない。九月八日の手紙で、バルトリはこう言って、元気付けようとしていた。「視力が落ちて、小さなものが作れないのはわかる。まあ、今は巨大なものを作っているわけだが、気力まで失くすつもりか？[8]」

　クーポラはヴァザーリの最後のプロジェクトになるはずだ。絵を描くために、老体を上空に数十メートル引き上げるための段取りを整えるには知性を総動員しなくてはならない。しかし、取りかかるより早く、教皇ピウスがローマに戻るよう命じた。新しく割り当てられた仕事は、サンタ・マリア・デル・フィオーレ大聖堂と同じくらい輝かしい空間を伴っていた。王宮の間《サラ・レジア》のためのフレスコ画だ[9]。ヴァティカン宮殿にある豪華な外交使節接見の間で、一五四〇年にファルネーゼ家出身のパウルス三世のためにアントニオ・ダ・サンガッロが始めたが、システィーナ礼拝堂と直接繋がっている広間は、ピウスが一五七二年にヴァザーリを呼びつけた時にはまだ建設中だった（完成は一五七三年になってのこと）。これは、色々な意味で、教皇にとってはメディチ家にとっての五百人広間と同じ意味があった。熱心なヴァザーリは四日で到着した——老体にしては速やかな歩みだった。

26
クーポラとサラ・レジアの間で

それからの何ヵ月か、ヴァザーリはフィレンツェとローマ、クーポラとサラ・レジアを往復した。どちらの依頼にも真剣に取り組んで、主要なパトロン三人全てとの親密なつながりを保った。不安定な大公コジモ、公爵フランチェスコ（今では正式な称号がフィレンツェ公）、それに教皇ピウス五世だ。教皇はローマの美術家に新しい依頼を絶え間なく出し続けていた。パレオッティ枢機卿とヴァザーリの密接な関係は、彼の仕事がトリエント公会議から押し付けられた基準を満たしていることを保証し続けていた。従って、彼の仕事が他の美術家に、従うべき手本を提供した。とりわけ古典的遺物の精神的価値をこの時代の信仰が求めるものと調和させるという困難に見舞われた時には。一方、ヴァザーリ自身にとっては、教皇ピウス五世よりずっと厳しい判定者がヴァティカンの広間に隠れていた。ラファエロとミケランジェロの亡霊だ。一五七〇年十二月七日にフランチェスコ・デ・メディチにもこう書いた。

私は最初の礼拝堂に取りかかっています。今は〔教皇が〕寝室にされています。楽しまれたいからです。私は迅速に済ませるつもりです。やることが山ほどありますから。私の計画に従って漆喰作業が終わった別の二つの礼拝堂では、多くの彩色された光景が生まれ、漆喰作業も同様です。しかし、それでもなお私は、彼に必ずきちんと仕えるよう心がけるつもりです。そうしなくてはならないからです。ここにはラファエロとミケランジェロがあります。閣下の名誉のためにも、私は彼らのレベルに達するよう努力します。神のお助けにより、私はすでに順調なスタートを切っています（1）。

教皇は確かに見たものが気に入った。そしてヴァザーリは、彼のヒーローの先輩たちのように、ヴァティカンの公式の部屋の室内装飾を依頼されたことを喜んでいた。ミケランジェロの手本に照らして、枢機卿たちが進行中の仕事を盗み見るのを禁じた。数十年前にシスティーナ礼拝堂をちょっと覗いてみるのを禁じられたのと同じだ。

サラ・レジアの計画を立てるのに加えて、教皇の数ある部屋のために五十六枚の下絵を作った。それに、ラ・コジナを連れてきて教皇に会わせた。一五七一年五月四日には、フランチェスコ・デ・メディチに誇らしげに書いた。「妻のマドンナ・コジナが四旬節のためにこちらに来ていたのですが、帰りました。彼女は教皇様から多くの好意を受けました。教皇様は彼女に「ヴァティカン」宮殿全てを、女性には禁じられている場所まで見せるのを楽しまれました。彼女は寝室にまで入ったのです（2）」

ピウスはヴァザーリに爵位とその象徴の一対の金の拍車を与えた。そもそも現実主義者のヴァザーリは、聖ペテロ騎士団員という新しい称号に伴う思いがけない手当を喜んだ。気前のよい千二百スクードだ。気力も新たに、老美術家はフィレンツェに戻り、五百人広間に『マルチアーノの戦い』のフレスコ画を六週間で一気に仕上げた。一五七二年九月四日のことで、集中力と彼特有のスピードの驚くべき早業だった。これが、ダ・ヴィンチの『アンギアーリの戦い』のあった場所に一番近いフレスコ画だ。チェルカ・トローヴァ（探せよ、さらば見つからん）という言葉の旗を持つフィレンツェ兵が描かれている一枚。そして、ローマに戻る時が来た。

　教皇がようやくサラ・レジアの主要なフレスコ画のテーマをオスマントルコとの戦いに決めると、ヴァザーリは画家の前掛けをする前に、調査員の帽子をかぶった。フレスコ画をできるだけ写実的で正確なものにするために、レパントの海戦の古参兵、マルカントニオ・コロンナや他の戦士たちと一緒に時間を過ごし、戦闘の詳細を聞いた。こんなふうに、ヴァザーリはちょっとした調査ジャーナリストだった。たいていの画家は戦いを想像する（おそらく実際に目撃した他の戦いを利用する）。歴史的正確さとリアリズムを求めて、そこに居合わせた者にインタビューするというのは、これまでになかったことだ。画家で、歴史家で、ジャーナリストでもあるヴァザーリは、作品の一つ一つに年齢に不相応なほど精力的に没頭したのだ。

　サラ・レジアの最も劇的な特大の壁絵は、レパントの海戦の最後の対戦におけるガレー船の衝突を描いている。部屋の別の絵は、キリスト教徒とオスマントルコの艦隊が、海上で慎重に向き合って並んでいる、その直前を見せている。しかし、戦いが始まるや、ヴァザーリは理想化した全景を離れ、観る者を暑く汗まみれの戦いの中心へと連れていく。ローマン・ヴカインクは、この場面が敵と戦うために船が初めに並んだ陣形が破られた後に起こったことに注目する。それから戦術は、一隻、あるいは複数の船の上で兵士同士の手当たり次第の小さな戦闘に変わるのだ。ガレー船は長距離兵器を装備していなかったので、実害を与えるためには敵に接近しなくてはならなかった。ヴカインクは説明する。「敵に突っ込むのはよくある戦術だが、敵艦に横付けするまでは矢や初期の艦砲のような発射物も使う(3)」ガレー船は最初に激突しながら、真っ向から攻撃する。それから舳先の渡り板を用いて敵艦に乗り移る。十八世紀の海戦で見られる舷側砲の砲撃の応酬はまだ始まっていなかった。ガレー船は漕ぎ手により戦闘に誘導される。そのために揺れる舷側がオールの厄介なもつれを引き起こして、船の動きの制御を失うことになる。大砲はまだ開発の初期段階だったので、レパントの兵士が砲撃に直面することはなかった。船は大砲を装備していたが、再装弾に手間取るし、射程距離が短く（最長でも約五百メートル）、精度も低かった。つまりギリギリの土壇場で発射されて、それもたいてい一戦闘につき一度だけだった。再装弾する機会を持つより早く、標的のガレー船が激突してくるか、撃ってくるか、乗り込んでくるからだ。

トルコ軍は合成弓（異なる素材を組み合わせて作った弓）を頼りにしていた。矢の雨はマルカントニオ・コロンナのような古参兵には鮮やかな記憶であり、直接的な危険だっただろう。そしてヴァザーリは、自分の絵をそれで覆った。歴史家は、この戦闘でこれほど多くの射手を失ったことが、オスマントルコの軍事的首尾の急激な悪化を特色づけたと主張する――レパントの後、彼らは後任となる弓兵の新しい世代にこうした海上の決定的対決を教え込んで、訓練しなくてはならなかったのだ。

ヴァザーリはまた、絵に矢のような斜線をたっぷり振りまいた。矢そのものからばかりか、船の大梁からも（帆はいよいよという時に降ろされる。敵からの燃えやすい標的とならないためだ）。勝利の寓意の化身（十字架と聖体の入ったゴブレットを掲げていて、観る者は当然キリスト教徒が勝利することを理解する）の肩には傾いた十字架がもたれている。それに驚くべき追加は、天空で剣を振り回す聖人（キリストも含まれる）で、明らかに敵に殴りかかろうとしている。古典の世界は、お気に入りを支援するために戦いを始める神々の話に満ちている（『イーリアス』が最も明らかで適切な事例だ）。しかし、無抵抗で寛大なキリストは戦士として示されることはあまりない。

ここでヴァザーリは、間違いなくヴァティカン宮殿にあるラファエロの戦士姿の聖人とシスティーナ礼拝堂にあるミケランジェロの『最後の審判』を思い起こしている。八つに割れた腹筋を持ち、右腕を上げて、今にも悪魔を平手打ちして地獄に戻らせようとしているキリストだ。

戦い自体は、この世ならぬ細目に輝いている。兵士はうずくまって、手際よく火縄銃に新しい火薬を足している。大混乱の只中では途方もない沈着さと的確さが要求される行為だ。同輩は手を伸ばして、仲間の兵士を海から引き上げて、船上に戻そうとしている。ガレー船は一ヵ所に密集しているので、その間を歩くこともできそうだ。そして海は、オスマントルコ軍の死者でひどく沸き立っている。その上に今殺された者が落ちて、波間に揺れて浮かんでいる超現実的な死体の山を生み出しているのだ。

27 ロイヤル・ホール

教皇ピウスは一五七二年五月一日に死去した。ジョルジョ・ヴァザーリはクーポラの仕事をするためにちょうどフィレンツェに戻っていた。わずか十三日後、枢機卿団は後任を選んだ。グレゴリウス十三世（グレゴリオ暦を採用した）は、即座にヴァザーリをローマに呼び戻した。大公とフィレンツェ公はまたしても、美術家を行かせることになった。永遠の都《エターナル・シティ》の新しい状況を探るには、老練な廷臣を行かせて、報告させるのが一番だったからだ。

教皇グレゴリウス十三世はピウス五世に劣らず厳格なカトリック教徒だった。教皇選挙直前、サン・バルテルミの日にカトリック教徒により何千ものフランスのプロテスタント教徒が虐殺されたこと（一五七二年八月二十三日、カテリーナ・デ・メディチが統括した事件）を聞くと、賛歌の『テ・デウム』を歌うことを命じた。他の点では、むしろ以前の教皇たちに近かった。非嫡出の息子を要職に就けた。サンタンジェロ城の城主と、教会の旗手だ。

ピウスと同じように、彼はヴァザーリを敬意を持って遇し、ヴァティカン宮殿の中の豪勢な部屋を与えた。有名なポーランド人枢機卿、スタニスワフ・ホジュシュがそれまで使っていた部屋だ（彼には他にもローマ滞在のための場所に様々な選択肢があった）。ヴァザーリは大喜びで、一五七二年十二月五日にヴィンチェンツォ・ボルギーニに手紙を書いた。

もちろんこれまでも教皇からは大変なご配慮をいただいてきたし、彼は厳格で、口数も少ない。それにもかかわらず、私を愛し、高く評価していることを示してくださる……。彼は、私がより快適に滞在できるように、ポーランド人枢機卿〔ホジュシュ〕を宮殿内のベルヴェデーレから立ち退かせた。彼が泊めてくださるので、パトロンと美徳と私への敬意を示す飾りのある部屋で、王のように暮らしている[1]。

そうした飾りには、フェデリコ・ツッカリのフレスコ画の装飾もあったが、そんな贅沢な続き部屋の住人となった彼の新しい見方では、ライバルの作品にも絶賛しかなかった。自分が教皇グレゴリウスから受けたような引き立てを統治者から受けた者は誰もいない、と彼は断言した。偉大なアペレスでさえも。彼がアレクサンドロス大王からもらった贈り物には王自身の愛人と結婚する権利まで含まれていたのだが。

ヴァザーリも老年になって、ようやく自分自身のキャリアに安心して、かつてのライバルをもっと鑑賞力のある目で見ることができるようになった。同世代の仲間として、同じく素描を学び、美術と美術家の社会的地位を高めることへの同じ関心を分かち合ったのだ。彼らは、同僚で競争相手として、フィレンツェとローマをヨーロッパ最大の二つの芸術の中心地にした。フィレンツェの偉大な宮廷画家のアーニョロ・ブロンズィーノが一五七二年十一月二十三日に死去した時には、ヴァザーリはローマに到着したばかりだったが、衝撃を受けた。彼はボルギーニに悲しみを打ち明けた。

私はブロンズィーノにとてもすまなかったと思う……。アレッサンドロ・アッローリ〔ブロンズィーノの弟子〕に自ら手紙を書いた。それに君には正直に言うと、修道院長閣下〔つまり、ボルギーニ〕、私は彼のために泣いた。これは大きな痛手だ。神よ、あの若者たちを助けたまえ！　あの芸術が完全に消えてしまわなければよいが、心配だ。ここには誰もいない。何の題材もない。誰もが仕事から逃げてしまっている。私は、とても楽しくて才能のあった、あの善良な男の名前を引き継ぐべきだと言って、アレッサンドロ殿を慰めた。彼を支援するためにできることをして、なおざりにしてきたことを償うつもりだ。(2)

一五〇三年生まれのブロンズィーノは、ヴァザーリの八歳年上で、若い公爵コジモのために典型的なフィレンツェ様式を構築した美術家世代のほとんど最後の生き残りだった。ミケランジェロ、ロッソ・フィオレンティーノ、それにポントルモは皆とっくに世を去っていて、ヴァザーリは、彼らの誰より若いとしても、もはや若いとは到底言えなかった。年を取り、思うように動けなくなったコジモは彼宛の手紙で〝マニーフィコ・ノストロ・カリッシモ〟（〝我らが最も大切な素晴らしき者よ〟）と呼んだ。ヴァザーリは今も新しい教皇にあらゆる敬意を表された、ヴェネツィア以南のイタリアにおける最高の美術家だった。しかし、いかなる名誉も体力の衰えは止められない。旅はますます困難になっていた。彼はローマに到着してすぐに病気になり、教皇との最初の会合を延期せざるを得なかった。グレゴリウスは病気で苦しむ美術家を介抱するために自分の主治医を遣わした。ヴァザーリは慢性の咳に苦しみ、フレスコ画を描くためには不可避の高い足場への上り下りがますます難しくなった。サンタ・マリア・デル・フィオーレ大聖堂では、ブルネレスキのドームは地上から約百メートルの高さに聳えている。彼は作業台に運んでくれる滑車とかごのエレベーター装置を考案した。彼は依頼を完成する前に死ぬのではないかと不安に思ったが、実際、最上部しか描けなかった。

それでも、ヴァザーリは本人の愚痴にもかかわらず、まだ体調はよかった。一五七三年二月初め、日は短く、ベルヴェデーレ周辺の通りには雪が積もっていたが、聖なる七つの教会を巡る伝統的な約二十キロの巡礼の旅をした――無理をし過ぎると、教皇グレゴリウスには叱責されることになったが。彼はボルギーニにこの快挙について語った。「〔グレゴリウスは〕私が徒歩で七つの教会を巡礼したと知って、少し叱ったが、私は少しも疲れなかったのだ。かくして聖下は私に赦しを与えてくださった[3]」

七つの教会への信仰はローマでは比較的新しい教えで、カリスマ的な宗教指導者（で、後の聖人）が考案した。フィリッポ・ネリはヴァザーリより三歳若いフィレンツェ人で、一五三四年にローマへ移住してきた。伝道者として海外へ行くことを望んでいたが、結局ローマの病人や貧しい者たちの中で仕事を遂行することを決めた。とはいえ彼の快活な性格、幅広い会話、それに教会の歴史や宗教音楽に対する情熱が、社会のあらゆる階層の信徒を引きつけた。人気の理由は明らかだ。彼は歴史的教会への訪問をピクニックに変え、聖書の物語に音楽をつけたのだ。音楽は、特に友人のジョヴァンニ・ピエルルイージ・ダ・パレストリーナが作曲した[4]。

一五五二年、フィリッポ・ネリが七つの教会へ最初の巡礼に連れていったのは六人か七人だった。それが十年のうちに、六千人に達した。一日で全ての教会を訪ねることが、全免罪、累積された罪の完全赦免となったからだ。過酷な行程は、調整により身体的弱者にも身近なものになり、裕福な巡礼者はしばしば馬車で七つの教会を巡った。そのうち、勤行は数日に広げられた。たいていの人は、昼の時間が長く、気候も暖かいことを利用して、春か夏に行くのを好んだ。六十二歳の裕福な男性のヴァザーリが、日も短くて寒い二月に徒歩で勤行を果たしたことが、フィリッポ・ネリがいかに説得力のある主唱者だったかを示している[3]。一日の巡礼は聖歌を歌いながら行われ、典型的なやり方では、しばしばネリ本人の長ったらしい説教と、もちろん、みんな一緒の楽しい食事で終わった。

心を落ち着かせることに加えて、ヴァザーリは自分の死を予期して賢明にも俗事を整理した。彼とニッコローザには子供ができなかったが、一五七三年に遺言を書き換えて、自分の動産と不動産を五人の姪と二人の甥に分割したのだ（ラ・コジナの姉との間の実子についての言及はない。このかなり十分に記録がなされている男性についてすら、私たちは本当はほとんど知らないということだ）。彼はアレッツォの自宅を庭と美しいフレスコ画も含めて、中を一切変えてはならないという但し書き付きで、弟のピエトロの子供たちに残した――維持せよとの指示のおかげで、私たちは今も彼が残したままに近い形で家を見ることができる。ラ・コジナは別の不動産を受け取った。元々一族の礼拝堂は教区教会のサンタ・マリアにあったが、十九世紀にサンテ・フローラ・エ・ルチッラ大修道院に移された。この複合体は、十三世紀に町外れの修道院として始まったが、ヴァザーリの時代に町に飲み込まれ、ヴァザーリが礼拝堂そのものをエレガントな古典的デザインに改築したのだった。ここにラ・コジナと一緒の彼の自画像が安置されている。二人は聖人のマグダラのマリアとニコデモ（ヨハネによる福音書に登場するユダヤ人学者）に扮している。

一五七三年三月には、ヴァザーリはサラ・レジアの絵を聖体の祝日までに完成させられると確信した。祝日はこの年には五月二十一日になっていた。当時のたいていの画家と同じで、彼もしばしば作品の他の部分を熟練者と助手に描かせてから、最後に最も重要な人物の顔と手を描いていた。ボルギーニの助けを借りて、フレスコ画に二人の主人両方を褒め称える題辞を考案した。ローマの教皇とトスカーナ大公だ。[6]

落成式の三週間前、ボルギーニはまだヴァザーリのラテン語に手を入れていたのだが、その一方でヴァザーリにヴァティカンの中に展示される題辞の文言に別の都市国家の長を褒め称えることには慎重を期すよう助言した。

トスカーナ大公云々というこうした言葉は非難のきっかけになるかもしれないと思う。物事が流動的だとなれば、主人の名前を危うくするのがよいことかどうかわからない。もし彼らに言及することが禁じられているのなら、文言はあまりにあからさまな表明になってしまう。それに、取り外さなくてはならないとなったらもっと悪い――従って、このような場合は隠す方がよい。[7]

称賛と非難が、言い換えれば、見た目への配慮、自分の本心を慎重に隠すことが、十六世紀イタリアの公的生活を生き延びる秘訣になることはすでに見てきた。[8] 政治状況は絶えず変化し、常に細心の注意を要するのだ。ある時、腹を立てたグレゴリウスがヴァザーリにフレスコ画の一枚の内容変更を命じようかと検討したこともあったほどだ。絵画に添えられた題辞の一つは、後にグレゴリウスの後継者により直近の政治状況に合わせて修正された。

美術の大パトロンであり収集家のスペイン王、フェリペ二世が心そそる年収千五百スクード（現在の年収の五倍）で公式宮廷画家として誘い出そうとした時には、最後の誘惑が持ち上がった。しかも絵それぞれにも別途に支払うというのだ。二十年前なら、いいや、十年前でも、この一か八かの冒険に応じたかもしれない。しかし、六十代の今、友人たちも死んだり、死にかけていたりしているし、自分も疲れ果てて、肉体的にも不安定で、とても出かけていける状態ではなかった。「もう名声はいらない」一五七三年四月十六日、ボルギーニに宛てて書いた。

> もうこれ以上名誉も、仕事もいらない、苦労も心配も。こうした名誉を与えてくださった神を称え、私は喜んで慎ましく楽しむ生活に戻ろう。それは大いに私のためになるだろう。多くの武力衝突があり、戦いがあり、仕事で多くの競技設計を戦ってきて、墓に入るまでに必要なだけ稼いだのだから。[9]

おそらく、フェリペの仕事をして、ほとんど支払ってもらえなかったティツィアーノから、王は気前のよい約束を滅多に守らないことも聞いていたのだろう。

ボルギーニ宛のこの手紙はまた、ペースが落ちているヴァザーリが新しい仕事を始めるより、仕掛かり中の依頼を仕上げることに集中していることを示している。サラ・レジアは予定どおりに一五七三年五月二十一日に献上された。ヴァザーリも教皇も満足した。ヴァザーリはサラ・レジアが自分の代表作だとすら考えた。これは、ヴァティカンのラファエロの部屋やミケランジェロのパオリーナ礼拝堂と張り合うことを目的としていたが、サラ・レジアは最近の出来事に重点を置いていて、どちらとも根本的に違っていた。ラファエロの神の裁きと勝利の哲学の高遠な喚起や、ミケランジェロの『聖パウロの回心』や『聖ペテロの殉教』の聖書の挿話というより、ヴァザーリは、ボルギーニに書いているように、多くの武力衝突や多くの戦いを描かざるを得なかった。『サン・バルテルミの虐殺』（一五七二年）、『レパントの海戦』（一五七一年）、それに『ピウス五世、スペイン、ヴェネツィアの同盟』（同盟は一五七三年には早くも解散）。サン・バルテルミの残虐行為は、ラファエロの高尚で精神を高揚させる『アテナイの学堂』がすぐ近くにあるところで描くには、苛立たしいほど醜いテーマだった。

ヴァザーリは常にローマに対して複雑な感情を抱いていた。実入りのよい依頼、教皇の恩恵、それに画期的な本の着想をもたらしてくれた。しかし、トスカーナ人には、とりわけ、爽やかな気候のアレッツォ出身のトスカーナ人には、ローマは暑くて、人が多くて、特に住むのに快適な場所とは言えなかった。ヴァザーリが最もよく知るローマは、ひっきりなしの建設現場だった。ローマのことをその軽蔑語のロマッチャ（〝腐ったローマ〟）と呼ぶこともあった。それでも、一五七三年五月に街を去る準備をすると、もう郷愁を感じているのだった。彼はその気持ちを、いつものように、ボルギーニに打ち明けた。

修道院長閣下、今のローマは私にはよいローマだ。これまで私を何度もボロから引き上げてくれたし、今なら目の見えない者でもわかる。これは荘厳な美しい広間で、主なる神がこうした危険な状況の中で、私を酷評した助手たちをことごとく追い出して、私一人で全てを行うことにより、あらゆる勝利を与えてくださり、私は、私を鞭打つ絞首刑執行人に金を払う必要もない。(10)

同じ手紙が、来春ローマへ戻ることにも触れているが、おそらく彼はこの旅行が最後になると感じていた。ファルネーゼ家の面々とカプラローラとオルヴィエートに立ち寄ってから、カステル・デッラ・ピエーヴェ（現在のチッタ・デッラ・ピエーヴェ）で妻に追いつき、一緒にコルトーナ、アレッツォ、ラヴェルナ、カマルドリ、ヴァッレ・オンブローザ（現在のヴァッロンブローザ）と旅して、最後にフィレンツェに着いた。

彼はぎりぎりで間に合ったのだった。一五七三年には、大公は本当に病人で、関節炎で倒れて、ほとんど寝たきりで、声もかすれた囁《ささや》きになってしまい、もう長くないのは明らかだった。パトロンと画家は互いの人生の大半に関わり合ってきた。ヴァザーリはコジモより八歳年上で、アレッサンドロ・デ・メディチの殺人も、コジモの即位も見た。コジモの戦争を除いては、ヴァザーリは大公の三十六年間の統治における重要な出来事のほとんどに居合わせていた。コジモはヴァザーリの作品を、芸術の偉大なパトロンとして、洗練された趣味の男として、当代から永続的に認知されるために利用した。コジモは聖ステファノ騎士団を創設したかもしれないが、その騎士団の教会と館を設計したのはヴァザーリなのだ。共に病んでいる今、ヴァザーリは訪問を説明する。「この休日はずっと大公と一緒に過ごした。大公がそばにいてほしいと望まれたのだ。彼は喋ることができなくても、まだ何かを聞きたいと思われているし、お見せした素晴らしいクーポラのデッサンを大層喜ばれた(11)」二人の間には常に深い社会的格差があっても、コジモのような大公が真の友人とみなせる者はわずかしかいないのだった。

ヴァザーリはパトロンのベッドのそばとサンタ・マリア・デル・フィオーレのドーム内の聳える

ほどに高い席を往復した。依頼の最もきついところが足場に上ることだった。食事を滑車のかごで上に運ばせることができたし、尿瓶は同様にして下ろせたが、それでも仕事をするためにはその垂直約百メートルを上っては下りなくてはならないのだ。

ヴァザーリの最後の二通の手紙は一五七三年七月十八日から始まる。どちらもそれに相応しく教皇グレゴリウスと大公コジモを取り上げている。ヴィンチェンツォ・ボルギーニ宛にピッティ宮殿への長い訪問について書いている。「昨日は、大公は大変満足された。四時間滞在して、あの図面を見せたからだ。彼は驚かれた」ヴァザーリは旧友へのこの最後の手紙に署名している。「トゥット・トゥット・トゥット・ヴォストロ」――「どこからどこまでも君の友、騎士ジョルジョ・ヴァザーリ[12]」

絶望的な病状にもかかわらず、コジモは約一年、一五七四年四月二十四日まで生き延びた。ジョルジョ・ヴァザーリはパトロンの死からほどなく、六月二十七日に死去した。六十三歳だった。フィレンツェの日記作家、アゴスティーノ・ラピニは彼の死を、コジモや、ビンドの息子のアントニオ・アルトヴィティ大司教などの名士と同じように書き留めた。

　一五七四年六月二十七日、アレッツォのジョルジョ・ヴァザーリが死去した。優れた建築家であり画家でもあって、政府の全ての新しい庁舎から、フィレンツェの造幣局の正面と側面まで建設した。彼はまた、公爵の宮殿の美しいバルコニーや大広間の側壁に絵を描いた。サンタ・マリア・デル・フィオーレ大聖堂にも絵を描き始めて、採光部の下の王たちまで描いていた。他にもここフィレンツェにある多くの美しいものを描いた[13]。

驚いたことに、ラピニはヴァザーリの活動から『列伝』を完全に除外している。

ヴァザーリは、アレッツォにあるロマネスク様式のサンタ・マリア教会にある自分が設計した礼拝堂に埋葬されたが、十九世紀に礼拝堂は取り壊され、サンテ・フローラ・エ・ルチッラ大修道院に移された。最終的には、ヴァザーリの男系子孫は完全に途絶え、一族の不動産はサンタ・マリア・デッラ・ミゼリコルディア兄弟会に帰属した。兄弟会は、しばしば男の跡継ぎのいない一族の財産を預かっていたのだ。でも、彼の最大の遺産は、明らかだ。美術、建築、伝記、芸術理論の組み合わせと、全く新しい分野である美術史の創造を通して、後世の人々に伝えたものなのだ。

28

『列伝』の遺産

ヴァザーリの死は、『列伝』にとってはその命の始まりにすぎなかった。彼はしばしば最初の美術史家と呼ばれるが、彼自身は美術の歴史を古代ギリシア、エジプト、それにエトルリアに遡ったのだ。今日では、年代を決定する最新の技術のおかげで、その歴史を何万年も遡って推定することができる。最初の人類がまだ穴居生活をしていた頃まで。

そもそも最初に人間を美術の創作に駆り立てたものは何なのか？　創造への何らかの根源的な衝動だったのか？　原始宗教の儀式における極めて重要な要素だった？　その答えは、ある程度私たちが〝美術〟をどう捉えるかにかかっている。私たちの知る限り、その言葉もその成熟した概念も古代あるいは中世の世界には存在しなかった。実のところ、現代の美術の観念、美術の創造は、私たちが今日考えるように、その起源はともかく、その普及にはジョルジョ・ヴァザーリの恩恵を受けている。

卓越した美術史家のサルヴァトーレ・セッティスは書いている。「美術史は……美術の現代的概念、十八世紀頃に起きた文化の創出を前提としている。それは芸術性を価値として、美術の限界を最高の作品とすることに力を尽くしている[1]」セッティスが、美術の現代的定義が十八世紀にさらに普遍的になり、十九世紀に学術的美術史の創出により、一層固まったと述べるのは正しい。しかし、現代的な意味での美術の概念は、ヴァザーリの著作の中にすでにあった。ヨーロッパの知識階級の一般的思考パターンが啓蒙主義とともに、ヴァザーリの考えに追いつき、彼を美術と文化の新しい見地の起点として利用するまでに、数百年かかったというだけだ。

　欠陥や弱点があるにもかかわらず、ヴァザーリが最初の美術史家であるなら、その跡を継いだ者たちはどうなのだろう？　多過ぎて名前は挙げられないし、そのそれぞれに提示された進歩を無視すれば、ただの名簿になってしまいかねない。美術史は、ヴァザーリの考えをいくつかの方向へ展開したと言えば十分だろう。それぞれの枝が、新しい理論家の研究という新芽と葉を出したのだ。偉大な美術史家のエルンスト・ゴンブリッチは、「美術史の場は、必ずしも敵対的ではないが異なる三つの部族の住む三つの地域に分けられた、カエサルのガリアによく似ていると思う。鑑定家、批評家、それに学術的美術史家だ」との意見を述べることで、自分の職業を総括した。[2] ゴンブリッチの三つに、もう少し種類が足せるかもしれない。美術家自身、しばしば頼みにならないが、美術についていつも饒舌《じょうぜつ》で、自分の作品を美術史との対話として見るか、さもなければ過去に対する直接的反逆（これも、もちろん、ある種の拒絶のための対話だ）として見るのを常としている。宗教指導者や政治家にとっては、美術は宣伝活動や権力の道具だし、神経科学者のようなもっと近代的な分野でも同様だ。彼らは芸術が心にどのような影響を与えるか調べるために、心の仕組みを精査するのだ。

　こうした要素はどれもヴァザーリから伸びている。彼は歴史家で、鑑定家で、批評家だったし、美術家として仕事をしていても、その作品は確かに喜びに満ちた過去との対話だった。彼は当時の聖職者や政治家とも——全ての役割を一つにした——廷臣として関わり合った。従って、『列伝』を通して受け継がれたヴァザーリより長生きした遺産とは、美術作品の図像学的分析に基づき、多分にそれらを創った美術家個人の伝記と結びついた、組織的で理論的で物語の形をとった美術研究の創造なのだ。

急に増加した美術家伝記作家は、ほとんどそのままヴァザーリの例にならった。その一人のカレル・ヴァン・マンデルの一六〇四年の『画家列伝』は、アルプス以北の驚異を美術史の対話に加えるための修正の試みだった。ヴァザーリがほとんど無視した地域全体だ。十七世紀の作家たちは、正統的美術（ボローニャのカラッチ・アカデミーの卒業生が制作したような作品）と流派には収まらない美術家の画期的な作品を区別した。とりわけカラヴァッジョを。

美術はどのように分類され、展示されるべきかについてのヴァザーリの考えの最も具体的な遺風は、ドミニク＝ヴィヴァン・ドゥノン（一七四七～一八二五）という人物を通して伝えられた。フランスの美術家で美術史家は、ナポレオンの美術顧問として最もよく知られている。彼はパリのルーヴル美術館の初代館長として、宮殿を巨大な美術館へ改装するのを監督した。美術館は、フランス王室のコレクションとナポレオン軍が略奪して展示のためにパリに送った何万という美術作品の両方を収蔵した。彼はルネサンス以前の美術家の真価を認めた近世の最初の研究者の一人だ（その後、原始美術と呼んで、脇に追いやった。ヴァザーリの偏見のせいだ）。彼はまた、美術館で今日でも使われている展示の劇的な企画構想に関与している。美術館は芸術様式、時代、あるいは地域によって作品を展示しなければならない、それに絵画や彫刻は、展示室によって「体系づける」ためにその場所を明示しなければならないというのは、ドゥノンの遺産なのだ。(3) それでもパリを中心に展開される美術界では、ヴァザーリ自体は広く読まれていなかった。

ドゥノンが創り出した美術界、それに大英博物館とルーヴル美術館の後を追って増えた美術館という中に生まれた、ヤーコプ・ブルクハルト（一八一八〜九七）は、現代的な意味で最初の美術史教授だと広く認められている。彼はまた学術的美術史と美術論の創始者とみなされるかもしれない。彼はフィレンツェ・ルネサンス美術の主要な支持者でもあった。それゆえに、ヴァザーリ独特のフィレンツェとトスカーナを支持する方針を奨励し続けた。ブルクハルトと英国のフィレンツェ愛好家が、ヴァザーリを再発見したのだ。ヴァザーリの多くの誤りを訂正する注釈と注記を付けた『列伝』の最初の重要な現代版は一八六八年に、ガエターノ・ミラネージによるイタリア語版として刊行された。何十もの言語で多くが続いて刊行されることになる。[4]

美術の解釈についてもう一つの大きな転換は、精神分析学の形をとって現れた。これは、ヴァザーリと同じように、伝記を小型望遠鏡として利用し、それを通して美術家自身を分析する――具体的にはその人格と性的嗜好を。ジークムント・フロイトはダ・ヴィンチの作品を彼の性生活の手がかりとして研究し、ミケランジェロの『モーセ』の研究論文を出版した。ヴァザーリを読んで、書く気になったのだ。フロイトの同僚のカール・ユング（一八七五〜一九六一）は美術それ自体については書かなかったが、彼の著作は美術史家に美術作品の解釈を進めるために利用されてきた。スイスの精神分析医のユングは、アーキタイプ（人間の無意識に存在する個人の経験を超えた先天的な領域）に関する著作で最もよく知られている。私たちの潜在意識に固有の暗号化された意味を持つ心象（馬、断頭、柱）のカテゴリーに、ヴァザーリ独特の十六世紀の象徴言語を当てはめようとしたのだ。

意味を持つ象徴から美術家の肉筆に見られる象徴を探すうちに、鑑識眼はバーナード・ベレンソン（一八六五〜一九五九）の中に表の顔を見た。リトアニア系ユダヤ人として生まれ、ベルンハルド・ヴァルヴロイエンスキと名付けられたが、その後家族はボストンに移住して、ベレンソンはおそらく最もよく知られた美術史家に変身した。そして、一連の学術的な研究や収集家への個人的助言により、イタリア・ルネサンスに対する情熱を裕福なアメリカ人という新しい観客に伝え、二十世紀前半には究極の鑑定家を体現していた。魅力的で、ハンサムなベレンソンは自分の専門知識について、ほとんど神秘的なオーラを醸成した。また、美術家の手跡を見分ける能力は、経験に基づくデータの科学的解析だけでなく、ある種の深い感情移入を拠り所にしていた。もちろん、彼が本物だと認定した作品の売買価格の手数料を得るという事実が汚職につながる可能性もあったが、彼の主たるビジネスパートナー、強欲な美術商のジョセフ・デュヴィーンは試みたものの、道を外させることに失敗した(5)。ベレンソンとデュヴィーンは、ユダヤ人でキリスト教美術を研究して愛した最も早い時期の二人で(ベレンソンは聖公会に改宗し、デュヴィーンは遵守者ではなかった)、カトリック美術について雄弁に書き続けたユダヤ人美術史家の貴重な血脈の先人となった。

ベレンソンの『トスカーナ美術の歴史と評価における、証拠資料として分類され、批評され、研究されたフィレンツェ画家の素描と豊富な解題付き類別目録』(二冊組み、一九〇三年刊行)は、ヴァザーリの『素描集』の表現様式を継承している。ベレンソンは、四世紀後、フィレンツェ・ルネサンスの世界への入り口として、主として素描に焦点を合わせた最初の現代美術史家なのだ。

ベレンソンのキャリアはまた、美術史が特有の学問分野として発展を始めた瞬間を知らせるが、このとても興味深い話は、ファシストのヨーロッパから英国や合衆国へ移住した多数のユダヤ人研究者と密接に結びついていて、とても広範で込み入っているので、それをたどれば、ヴァザーリと彼の遺産から遠く引き離されてしまうだろう。現在、美術史を勉強する学生は合衆国だけでも毎年推定五十万人にのぼるのだ。

今まで私たちが論じてきたのは、伝統的な方法を通しての美術史研究だ。何世紀もの間、研究者はヴァザーリが示したとおりに研究してきた。古文書の調査、細々した話の収集、美術家の伝記と文化的環境を作品の解釈と関連づけての作品の綿密な調査と分析。しかし、美術の研究はそこからどこへ向かったのだろう？　伝統的手法は最近になってようやく、もう少しハイテクのアプローチに補完されるようになった。鑑定家、批評家、文体分析家、それに古文書研究者の目を逃れてきた美術史の謎を解く手段として、科学を引き込んだのだ。

歴史における大きな前進は、これまでなぜか研究者の目をすり抜けていた絵や、原稿、あるいは保存資料が見つかるといった、幸運によることもある。美術史は必然的に異なる学問分野にまたがる研究になるので、別の分野（神学や哲学、化学や数学）の者が新鮮な目でアプローチした時に、しばしば前進する。数学者がピエロ・デラ・フランチェスカの絵の仮想モデルを作ったが、彼の遠近法の使い方が非常に正確で複雑なことがわかったのだった。美術史家に協力してブロンズィーノの『愛の勝利の寓意』を調べた医者は、梅毒の寓意的擬人化だと鑑定した。

同様に、後年になって美術史に転じた二人の科学者、マウリツィオ・セラチーニは本書の序文で出会っているが、ヴァザーリの「チェルカ・トローヴァ」の手がかりを追う中で、ダ・ヴィンチの失われた『アンギアーリの戦い』を見つけた。オックスフォード大学の元美術史家で、世界的なダ・ヴィンチ専門家のマーティン・ケンプは、彼らの化学的アプローチのおかげで、伝統的な歴史的リサーチ方法ではできなかったところまで前進した。壁を透視して、失われた絵画を探すセラチーニの中性子とガンマ線の使用は、伝統的な保管文書と直観的事実による研究者には、見たこともなく、ことによると威圧感もある技術だ。ケンプは芸術における光学の研究で最もよく知られている（『芸術の科学：ブルネレスキからスーラまで、西洋美術における光学の問題』）。これは目が美術をどのように知覚するか、美術を見た時に脳では何が起きるか、そして美術家はそれをどのように生かして、うまく利用するかを、物理的に考察している。ケンプは、鑑識眼のような伝統的方法を、科学技術の十分な理解と結びつけるのだ。

ひょっとしたら、これには詩的感興があるかもしれない。最初の美術史家、ヴァザーリには科学的なところがあった。彼は建築家で、創意に富む方法を発明した――例えば、サンタ・マリア・デル・フィオーレ大聖堂のクーポラを上り下りするための滑車装置を装備する試みなどだ。そうやって六十歳の体を一日に何度も百メートルを自分で上り下りせずに、『最後の審判』を描けるようにしたのだ。それに、ヴァザーリが教えてくれたように、ブルネレスキの偉大さは、彼の発明に端を発していた。因習にとらわれずに考える能力、そしてフィレンツェの大聖堂のドームを建てる新しい方法を思いつく彼の能力だ。それが、ヴァザーリが内側に絵を描くことになるあのドームになったのだ。

29
大きく円を描いて「ジョットの円」に戻る

ジョットの円の話を思い出してほしい。今後の有利な依頼決定の基になるデッサンの見本を教皇に送るよう言われた時、ジョットがどのように赤のインクでただ円を描いて使者に渡したかを。ただ、それは完璧な円であり、自信、飾り気のなさ、機知、それにミニマリズム（芸術において、できる限り少数の単純な要素を用いて最大の効果を達成することを目指す考え方）の行為だった。憤慨した使者には恐らく通じなかったが、教皇はそれを理解して、ジョットは彼の称賛（と依頼）を勝ち取った。加えて、この印象的で極めて初期のミニマリズムの行為（何しろジョットは十四世紀の美術家なのだ）は、そのおよそ七世紀後に美術が向かっている方向を予見していた。そして、それは感嘆を込めてこの話を語るヴァザーリが予見したものでもあった。

今日私たちが美術館に足を踏み入れて、壁に掛かる完璧な円のデッサンを見ても、それを中世の画家のあの円と結びつけて考えることは絶対にないだろう。ましてや、それがパドヴァのアレーナ礼拝堂にある素晴らしく写実的なフレスコ画作品群の作者によるものだとは。ジョットが自分の円を一般に公開できるほど完璧な完成作品だとみなしていたというわけではないが、ヨーロッパの美術家が円と同じくらい単純なものを展示して、それを平気で美術作品と呼ぶには、さらに六世紀がかかる。

ミニマリズムとして知られる活動は一九五〇年代から一九六〇年代にかけてニューヨークで起こ

ったが、美術においてより少ないことはより豊かなことだという発想には、洞窟の壁に残るあの原始の姿に始まるもっとずっと奥の深い起源がある。紀元前三三〇〇年から二〇〇〇年頃に遡るギリシアの島々に残る青銅器文化の小さな像は、堅固な文明により生み出された最も古い美術作品に含まれる。ある意味で、それらは図案化された三角形の頭を持つ立体的な棒状の人物にすぎず、二つの点が目、突起が鼻、横線が組んだ腕、三角形が恥骨を象徴していることもある。ルーヴルにある目の覚めるような一つの標本はスペドス型と呼ばれ、前期キクラデス期（紀元前二七〇〇年頃）のもので、三角形の突起を鼻にした盾形の楕円形に集約された女性の頭だ。

初期の文明の画家と彫刻家は、もっと自然主義的な作品が作れないから形を簡略化したのだと、私たちとしてはつい主張したくなる。確かにルネサンスの錯視の新技術（一点透視図法、短縮法）はまだずっと先のことだが、いつの時代の世界のどこの美術品でも、一連の線や形が、対象（人、雄牛、鳥）を、目が実際に見ているものを丹念に作った複製以上にとは言わないまでも、同じくらい力強く想起させる。青銅文化の小さな像たちは、ブランクーシの彫像やモンドリアンの絵画と並んでも場違いには見えないだろう。それは、古代と現代の美術家のどちらもが、余分なものを剝ぎ取り、生きているもの、場所、あるいは物体を示唆する最も本質的な点に注目することを優先しているからだ。

ピエト・モンドリアンとコンスタンティン・ブランクーシは、二十世紀初期の名高い抽象美術家で、写実的な作品を描いたり、彫刻したりする能力は十分にあった。それをしないという選択は、よく似た信条に由来している。例えばモンドリアンは、木々に魅せられた。絵を描き始めたばかりの頃は、目が見たとおりの木々を描いた。樹皮のついた幹、葉が生い茂る枝。やがて、彼は後ろに下がり、不純物を除き、自然主義のレベルを下げようとする。従って、次の絵は幹と枝だけになるかもしれない。それでも見てそれとわかるが、樹皮や葉や不揃いなものの細目は全くなくなっている。彼はこのプロセスを一連の線になるまで繰り返す。一本は幹、数本が枝で、まだ木だということは示唆している。ある時点で、モンドリアンはもはやそれ以上線を取り除けなくなるが、それでも作品は木を連想させる。そこで彼は絵筆を置くのだ。今日彼の最も有名な作品は『ブロードウェイ・ブギ・ウギ』で、これは色付きの四角形と線を集めた一連の彩色で、何の秩序もない（特定の形態を示唆しているかどうかという意味で）が、それでもブロードウェイの光、興奮、活動、それに生き生きとしたさまを連想させる。ブランクーシは、彫刻において全く同じだ。彼の『空間の鳥』は自然主義的なものを可能なかぎり一切剝ぎ取りながら、それでもブランクーシ（と、願わくば観る者）にブロンズ像が飛んでいる鳥を表現しているという印象を示唆するのだ。

ジョットの円の話を再び語ることで、これは技術と自信の組み合わせを見事なまでに喚起するが、ヴァザーリは抽象芸術を称賛しているのだろうか？　いや、それは彼を当てにし過ぎるというものだろう。彼はジョットの章を、その同じ美術家が少年時代に羊を細部まで極度に写実的に描いたことを称賛することから始めている。偉大なチマブーエが通りかかってそれを見て、この少年は自分に弟子入りすべきだというしるしだと受け取ったと。ヴァザーリはさらに続けて言う。ジョットはやがて親方のチマブーエを超えたと。『神曲　煉獄篇』（第十一篇）に遡れば、ダンテはチマブーエとジョットを同じように利用して、名声のはかなさを論じている。私たちは皆十五分の名声を定められているというアンディ・ウォーホルの予言の中世版だ。

チマブーエは絵画では有利な地歩を占めていると考えた。
が、今やジョットがスターで、
おかげで他の名声は輝きを失った。(1)

この、弟子が親方を超えるというのは、ヴァザーリにはよくあるテーマだ。ヴァザーリはこうも言っている。ジョットは「ギリシア人の無作法な振る舞いからも解放された」と。これはビザンティン様式の祭壇飾りのことで、チマブーエとその競合するスターの徒弟ジョット(フィレンツェ出身)やドゥッチョ(シエナ出身)が、より大きな規模、情動、そして錯視的表現で美術の新しい形の創造に着手した時に流行していたのだった。

ヴァザーリが一貫して称賛したのは、芸術的写実主義によって誘発された錯視的表現であり、抽象主義によるものではなかった。いや、完璧な円の逸話は、その有能な手で、たいていの人が道具を使わなくてはできないことをしてしまう手品師としての美術家の話なのだ。それはまた、近代イタリアにおける美術家の強固になっていく地位の話でもある。教皇に依頼を請い願う代わりに、ジョットは自分の技術と曖昧でも不可欠な純粋芸術の実演を理解するパトロンの能力の組み合わせを頼りにしている。

美術史のほとんどで、創造的な作品は、アリストテレスの三つの質問に対する肯定的な答えによって定義される。(一)優れているか?(二)美しいか?(三)面白いか? そこにマルセル・デュシャンが現れた。急進的な思想家で、卓越したキュビズムの画家で、チェスの名人で、美術の異端児だ。一九一七年頃、デュシャンは便器を買って、インチキな美術家の名前(〝R・マット〟、実際には便器を大量生産している会社名）を署名し、パリの美術館に持ち込んで、史上最高の彫刻を発見したと主張して、美術館は購入すべきだと迫った。初めは一笑に付されたが、数年後、美術館は『泉』と呼ばれることになるものを実際に購入した。

その時から、美術は二つに分かれた。今日でもまだアリストテレスの理想を模範とする美術家はいる。美術はその技能を示すべきで、審美的に魅力的で、面白くなくてはならないと。しかし、一九一七年以後、別の道が開かれた。美術は、面白ければそれでよいという道だ。コンセプチュアル・アート、パフォーマンス・アート、インスタレーション、そして、面白くて、反動的で、革命的で、しばしば単に不快な美術の世界が、因習を打破する巧妙なデュシャンの活動から生まれた。ジョットの完璧な円が、急にそれ自体が完成作品になりうるのだ。明快さを通して古典的依頼を勝ち取るための技能の証明ではない。

問題が本当に起きるのは、伝統的な美術とアイデアに基づく美術を比較しようとした時だ。誰か（必然的に美術にも美術史にもほとんど経験はない）が「現代美術は嫌いだ」と言うのを小耳に挟むことは多い。その人は通常、ミニマリズム美術か、美術家の技能を表立って見せていない美術――本人が自分でもできると感じる美術――のつもりで言っている。もちろん、ジェフ・クーンズはベンヴェヌート・チェッリーニにはかなわない。もちろん、ダミアン・ハーストの絵は、本人も喜んで認めるだろうが、ペルジーノと比べれば馬鹿馬鹿しい。彼らは美術的技能の実演の観点から張り合うことを目的としているわけではない。マリーナ・アブラモヴィッチとミケランジェロとの間に競争はない――ミケランジェロが断然あらゆる点で勝つはずだ。解決のカギは、美術の二つの表現法を直接比較することではなく、それぞれを独自の分野とみなし、それぞれが才気あふれているか、欠点があるかということだ。正統派の美術家は、優れた（美術的技能を見せている）、美しく（道徳的に人々を鼓舞し、見た目に心地よい）、面白い（思考と感情の観点から刺激的で、歴史、神学、哲学、それに他の美術作品への興味をそそる言及がある）作品を必死で作ろうとした。二十世紀のデュシャン派の美術家は、優れた、必ずしも美しい作品を作る努力はしていない。彼らには面白いかどうかだけが問題なのだ。

ヴァザーリは二十世紀のコンセプチュアル・アートをどう判断するだろうか？　彼は何にも増して技能と美しさを、創意よりもさらに称賛した。従って、コンセプチュアル・アートはおそらく認めないだろう。それでも、ラファエロやペルジーノのバランスの取れた美が美術の最高到達点だと思われていた十六世紀初期に、彼の時代の前衛を称賛した。ミケランジェロのマニエラだ。前衛は絶えず変化している。

美術はここからどこへ向かうのだろうか？　そして、ヴァザーリはそれをどう考えただろうか？

30 結び　チェルカ・トローヴァ

研究者たちは何世紀もの間、記録文書の調査、口述歴史、作品を綿密に調べて、美術家の伝記や文化的環境を作品の解釈と結びつけるというヴァザーリの手法を踏襲してきた。しかし、美術研究はそこからどこへ向かったのだろうか？

デジタル画像、とりわけ反射近赤外線画像が、この数十年間の大発見のほとんどに貢献している。マウリツィオ・セラチーニは、多くの作品の多角的なマルチスペクトル画像とその分析を指揮した。その中にはダ・ヴィンチの『東方三博士の礼拝』（一四八〇年）も含まれる。絵全面の二千四百に上る高品質赤外線画像の分析は、ショッキングな発見をもたらした。

ダ・ヴィンチの死後五十年の間に、誰かが彼の作品の一部を覆い隠すために不器用に絵具の上塗りをしているのだ。絵具が塗られたこの個所は、絵の中でも最も理論的に面白い部分を隠している。『東方三博士の礼拝』の背景は、キリストの人生の始まりを示す光景で、従ってキリスト教の起源だが、肉眼でも、廃墟と化した塔か聖堂の写生のようなものが見える。たいていの研究者はこれを異教の廃墟を脱したキリスト教の勃興、勝利だと解釈した。しかし、赤外線画像は、手早く下描きされたと思われていた聖堂が、実は下塗りされていたこと、慎重に検討されて色が塗られていたことを明らかにした。ただ下描きされたのではなく、黒色顔料と鉛白の防水剤の配合で絵筆を使って描かれていたのだ。下塗りは、背景の廃墟と化した礼拝堂にはハスの柱頭、エジプトの神殿に見られる柱があり、礼拝堂再建のためにせっせと働く労働者の一団がいることを示している。これは、異教を根こそぎ消し去るキリスト教の勝利とは関係ない――ダ・ヴィンチの解釈では、キリストの誕生は新しい姿の異教の復興を象徴しているのだ。

この成功は、官僚主義的手続きが片付いて、失われた『アンギアーリの戦い』を探して、五百人広間にあるヴァザーリのフレスコ画の奥の調査をする許可が出た暁には、セラチーニは何を見つけるかという興味をかき立てる憶測をあおった。二〇一二年八月、プロジェクトは美術史家の抗議により中断された。本書執筆中の今も、再開されていない。

メディアは失われたフレスコ画の話が大好きで、単純明快な疑問だと定義したがる。ひょっとしたら見つかるダ・ヴィンチの絵のために、ヴァザーリの絵を損なう価値はあるのか？　しかし、セラチーニは、ヴァザーリの作品を損なう危険は全くないと主張する。その奥にあるものを調査するためにフレスコ画を壁から取り外し、その後で戻すなり、展示のために何処かへ移すなりする技術が色々あるのだ（そうした技術は、一九六六年のアルノ川氾濫以来、水害から絵を救うために頻繁に使われてきた）。五百人広間の壁に内視鏡を挿入するために開けられた六つの穴は、文化省に勤める管理修復士により開けられ、ヴァザーリの絵具を貫通することはなかった。それに、メディアの報道が見逃したことがある。一九八〇年代、イタリア文化省はすでに『アンギアーリの戦い』の残部を探して、部屋の反対側の壁にあるヴァザーリのフレスコ画の一部を取り払った。だが、何も見つからず、フレスコ画は元に戻された。でも誰も気づいていないようなのだ[1]。

セラチーニはダ・ヴィンチとヴァザーリの両方に夢中なので、状況はさらに苛立たしい。「四十年近くも経っているのに、私はまだ返事をもらおうと悪戦苦闘している」彼は言っている。「でも、もしチャンスがあれば、ほんの一部でも見つかれば……」と、彼は頬を膨らませる。「それだけでもすごいはずだ」

もちろん、この事態は皮肉に満ちている。何よりもまず、世界がレオナルド・ダ・ヴィンチに心酔しているというヴァザーリの称賛のせいだ。しかも、ヴァザーリが描いた言葉、チェルカ・トローヴァがセラチーニを『アンギアーリの戦い』という宝探しに乗り出させた。セラチーニは、ヴァザーリが『列伝』に書いた言葉を、ダ・ヴィンチがいつ何を描いたのかへの手引きに利用した。セラチーニが五百人広間での出来事、ミケランジェロとダ・ヴィンチのフレスコ画対決と、ダ・ヴィンチがそこでの絵を一部完成させていたことを知ったのはヴァザーリを通してなのだ。

「ダ・ヴィンチは本当に素晴らしく絶妙だ」ヴァザーリは報告する。私たちが『アンギアーリの戦い』が失われたことを嘆くとすれば、それはヴァザーリのせいだ。彼はその下絵の美しさを称賛しているのだ。

ヴァザーリはまた、フレスコ画の荒廃の話の情報源だ。彼の証言がなければ、ずっと昔に忘れられていただろう。

> 彼は下絵を描くために、圧縮すると上がり、緩めると下がる独創的な足場を作ったと言われる。それに、壁には油絵を描きたいと考え、壁の漆喰のために合成物を作った。だが、手触りがひどく粗くて、まだ広間で絵を描いている間に滴り始めたので、彼は絵が損なわれると知って、断念した。(2)

従って、少なくとも情報源を信じるとすれば、フレスコ画は描かれたほとんど直後に荒廃していた。ダ・ヴィンチがフレスコ画に新しい技法を試して、悲惨な結果を招いたのは、この時だけではない。ミラノの『最後の晩餐』もまた、描かれたほとんど直後に腐食したのだ。『アンギアーリの戦い』は、ジョルジョ・ヴァザーリが長い人生の最後に五百人広間を改装した時どころか、若者としてかつてフィレンツェに来た時より前に、壁から剝がれ落ちていた可能性もある。今は差し当たり、プロジェクトは続行できるかどうかの許可が待ち望まれる。

チェルカ・トローヴァは確かに手がかりになり得る。しかし、失われたダ・ヴィンチを探すためにヴァザーリのフレスコ画に穴を開ける（文化省がすでに行ったことのある行動）前に、私たちが見ているのはダ・ヴィンチが見たのとは同じ部屋ではないことを忘れずに、巨大な広間をしっかり観察しなくてはならない。ダ・ヴィンチの時代の部屋は、約七メートルも天井が低く、窓も小さくて数も少なかった。広間は、ヴァザーリが同じ場所に作り出した天井の高い空間に比べると、洞窟のように見えただろう。マウリツィオ・セラチーニと文化省のチームは、部屋の変更についてメディアに何も話してこなかった。もし天井が約七メートルかさ上げされたのなら、チェルカ・トローヴァはそのかさ上げされた部分の中に位置している。従って、その下にダ・ヴィンチはない——壁のこの拡張部分は、ダ・ヴィンチの時代には存在すらしていなかったからだ。

美術史の宝探しの複雑に絡み合ったきらめく網の中で、チェルカ・トローヴァは失われたダ・ヴィンチ以外の何かに言及しているのかもしれないと考えた者は一人もいなかったようだ。ヴァザーリのフレスコ画は五百人広間の壁高く位置していて、部屋の高く吹き抜けた広さを強調している——もしまだ思い出させる必要があるのなら、ジョルジョ・ヴァザーリは画家であり、伝記作家であるだけでなく、素晴らしい建築家だった。そしてこの広間は、何にも勝るその素晴らしい実例を提供している。ダ・ヴィンチの『アンギアーリの戦い』は、彼の時代の五百人広間の広さに合わせて、もっとずっと低い位置に描かれていなくてはいけないはずだ。従って、チェルカ・トローヴァは、下にあるダ・ヴィンチを見つけるためにヴァザーリのフレスコ画を取り去るようにとの誘いではない――我らが伝記作家は、画家としてばかりでなく自分の作品を十分に評価できる専門家だったのだ。

それどころか、チェルカ・トローヴァは私たちの注意を壁の下の方へ向けさせる。その塗面はモノクロだ。そこに何かあるとすれば、『アンギアーリの戦い』が描かれているかもしれない壁を探すべき場所だ。そして、私たちは考えるかもしれない。この巨大な部屋で他に何を探して見つけることができるだろうと。例えば、そこにはヴァザーリが設計した風格のある広さが、ヴァザーリに導かれた十分な光がある。ヴァザーリの絵画の無数の創意工夫が、個々に自立して辛抱強く注目されるのを待っている（大きな提灯に照らされた、あの素晴らしい夜の光景のように）。そこにはバッチョ・バンディネッリの面白い彫像があり、ここでも、ヴァザーリはライバルへの激しい侮蔑を込めて、遠い昔のこの彫刻家で卓越した素描家を観る者の想像の世界に住まわせる。周囲を囲まれて、私たちは確かなフィレンツェの姿を感じる。芸術の都――ヴァザーリによって明確に形作られた評判だ。隠された宝を探して五百人広間を詳しく調べながら、私たちは思い出すかもしれない。最高の隠された宝とは、ヴァザーリ自身のように、たいていは私たちの目の前に立っているものだと。

謝辞

エリザベス・イスラエルとクリスピン・コッラードに、ある夏の日、ローマでノアを紹介してくれたことを感謝する。リアナ・ディ・ジローラミ・チェーニ、リヴィオ・ペスティリ、マルコ・ラッフィーニ、それにポール・バロルスキーは、惜しげもなく専門知識を教えてくれた。トム・メイヤーとエレノア・ジャクソンは、私のスケジュールにずっと我慢してくれた。ノートルダム大学のローマ・グローバル・ゲイトウェイでは、セオドア・キャッチーとクルーパリ・アプレッカー・クルーシェが忠実な支持者でいてくれた。故ロバート・シルバースには計り知れないほどお世話になった。（イングリッド・ローランド）

トム・メイヤーの才気あふれる綿密な編集と並外れた辛抱強さに感謝する。私の家族、ウルシュカ、エレオノーラ、それにイザベラ（フーベルト・ファン・エイクも）は、本書執筆中に人数が二倍になった。エレノア・ジャクソンの家族も、本書執筆中に二倍になった。彼はずっと友人で、味方で、ボディガードでいてくれただけでなく、素晴らしいエージェントだ。教師たちにも感謝する。早くから私の美術史への愛を鼓舞してくれた。マダム・プーパーは、まだ十六歳で大きな日をした私に、フランス語でパリの美術館の驚異を教えてくれた。コルビー大学の教授たちにも感謝したい。ヴェロニク・プレシュ、マイケル・マーレー、それにデイヴィッド・サイモンは、教師であると同時に、友人でありディナーパーティの仲間だ。両親は幼い頃から私をニューヨークからヨーロッパまで、美術館に連れていってくれた。ある種の彫像にぞっとしてしまうことがあっても、私は美術の空気を吸収して、それを仕事に変えた。ＡＲＣＡは私が設立した美術犯罪の研究グループで、美術品を保護し、取り戻すために戦っている（www.artcrimeresearch.org）。そのメンバーにも感謝する。友人たちにも。私が美術について執筆することを励まし、美術に限らず、著述家として成長するのを助けてくれた。ダニエル・カラビーノ、ネイサン・デューン、ジョン・スタッブス、レナ・ピスラク、ウレイ、ローマン・ヴカインク、マティアジュ・ジェイガー、他にも数えきれない友人がいる。私よりはるかに優れた知性により書かれた本書を、喜んで美術史テキストの目録に加えさせていただきたい。ヴァザーリが認めてくれることを願っている。（ノア・チャーニー）

Gaston du C. de Vereが初の完訳十巻本の英語版『列伝』を「四半世紀版」として出版するまで、すべて要約版だった。

5. あるときデュヴィーンはベレンソンに『羊飼いの礼拝』がジョルジョーネの作品だと認証させようとした。ジョルジョーネは早世の画家で、現存する作品が非常に少なく、そのため極めて高い値がついたのだ。しかしベレンソンは、作品は同時代の画家ティツィアーノによるものだと考えた。80代まで生きて多数の作品を残したため、そこまで値の張らない画家である。ベレンソンは一歩も引かず主張を通し、サイモン・グレイは2004年、彼らの論争をもとにした戯曲 *The Old Masters* を発表している。

29　大きく円を描いて「ジョットの円」に戻る

1. イングリッド・ローランドの訳による。

30　結び　チェルカ・トローヴァ

1. この情報は2015年、セラチーニに数度電話でインタビューした際に得た。彼曰く、マスコミはこれらの点をどれひとつ報道していないが、失われた絵という話だけは主題の面白さゆえに世界中で何度も取り上げられている。
2. Vasari, *Vita di Lionardo da Vinci*, 4:33.

27 ロイヤル・ホール

1. Giorgio Vasari in Rome to Vincenzo Borghini in Florence, 5 Dec. 1572, in *CV*, no. 1044.
2. 同上。
3. Letter from Giorgio Vasari in Rome to Vincenzo Borghini in Florence, 5 Feb. 1573, in *CV*, no. 1064.
4. http://www.vallicella.org/giro-visita-sette-chiese/
5. ヴァザーリの裕福さを示すには、例えばコジモの提案によって作られた1568年7月の請求明細書がある。Letter of Giorgio Vasari to Cosimo de'Medici, 22 July 1568, in *CV*, no. 719.「大画面のフレスコによる歴史画4枚……各300ドゥカート。小さなフレスコ画2枚、各200ドゥカート。石に描かれた絵4枚、各100ドゥカート。以上10枚の歴史画は計2000ドゥカートである。壁の低いところには12枚の油彩による歴史画が描かれる予定で、各100ドゥカート、計1200ドゥカートになる」。3200ドゥカートとは堂々たる金額で、10年分の充分な稼ぎに値した。しかもこれはヴァザーリの請求書の1枚に過ぎず、彼の役職による年収は含まれていない。
6. Borghini supplies the final text in a letter of 2 May 1573: Vincenzo Borghini in Florence to Giorgio Vasari in Rome, in *CV*, no. 1090.
7. 同上。
8. Jan de Jong, *The Power and the Glorification: Papal Pretensions and the Art of Propaganda in the Fifteenth and Sixteenth Centuries* (College Park: Pennsylvania State University Press, 2013).
9. Giorgio Vasari in Rome to Vincenzo Borghini in Florence, 16 April 1573, in *CV*, no. 1085.
10. Giorgio Vasari in Rome to Vincenzo Borghini in Florence, 29 May 1573, in *CV*, no. 1096.
11. Giorgio Vasari in Florence to Vincenzo Borghini in Pian di Mugnone, 26 June 1573, in *CV*, no. 1099.
12. Giorgio Vasari in Florence to Vincenzo Borghini in Pian di Mugnone (?), 18 July 1573, in *CV*, no. 1110.
13. *Diario Fiorentino di Agostino Lapini dal 252 al 1596*, ed. Giuseppe Odoardo Corazzini (Florence: Sansoni, 1900), 186.

28 『列伝』の遺産

1. Anthony Grafton, Glenn Most, and Salvatore Settis, eds., *The Classical Tradition* (Cambridge: Belknap Press of Harvard University Press, 2013), 78.
2. Ernst M. Gombrich, foreword to Richard Woodfield, ed., *The Essential Gombrich: Selected Writings on Art and Culture* (New York: Phaidon Press, 1996), 7.
3. さらなる情報は以下を参照。Andrew McClellan, *Inventing the Louvre: Art, Politics, and the Origins of the Modern Museum in Eighteenth-Century Paris* (Berkeley: University of California Press, 1994). Noah Charney, *Stealing the Mystic Lamb: The True Story of the World's Most Coveted Masterpiece* (New York: PublicAffairs, 2010).
4. イタリア語版は1760年、1811年、1864年に出版されたが、1868年版が多数の注をつけることでテキストを蘇らせた。英語版がようやく出版されるのは1846年で、それもMrs. Jonathan Fosterによる部分訳だった。その他の英語版も後に続くが、1912年から1915年にかけて

13. Brooks, *Taddeo and Federico Zuccaro.*

14. Hochmann, "Les annotations marginales," 64.

15. 同上 , 64-65.

16. Giovanni Gaetano Bottari, *Raccolta di lettere sulla pittura, scultura ed architettura scritte da' più celebri personaggi dei secoli XV, XVI, e XVII*, vol. 5 (Rome: Niccolò e Marco Pagliarini, 1757), 510-11, appendix 35.

17. Letter of Giorgio Vasari to Ottaviano de'Medici, March[1532], in Giovanni Gaetano Bottari, *Raccolta di Lettere*, vol. 3, no. 7, 21-29. Reprinted with the date 15 June 1540 in Stefano Audin (Ètienne Audin de Rians), *Opere di Giorgio Vasari*, vol. 2 (Florence: David Passigli e Soci, 1838), 1422.

25　旅は続く

1. David Cast, ed., *The Ashgate Research Companion to Giorgio Vasari* (Burlington, CT: Ashgate, 2015), 34-35.

2. 同上, 35.

3. Marco Ruffini, *Art without an Author: Vasari's Lives and Michelangelo's Death* (New York: Fordham University Press, 2011), 2. これは皮肉なことだとルフィニは指摘する。ミケランジェロは独力であのユニークな作風を編み出したのであり、誰かに教わったわけではない。つまり学問的で「伝授が可能な」技術は、その類のないスタイルを他人に教わることのなかった人間への敬愛の念から生まれたことになるのだ。

4. 同上。

5. Giorgio Vasari in Florence to Francesco de' Medici at Poggio a Caiano, 27 Sept. 1569, in *CV*, no. 775.

6. "Progetto Medici: Risultati della ricerca," accessed 26 Sept. 2015, http://www.paleopatologia.it/attivita/pagina.php?recordID =6.

7. Cosimo Bartoli in Venice to Giorgio Vasari in Florence, 22 Sept. 1571,in *CV*, no. 913.

8. Cosimo Bartoli in Venice to Giorgio Vasari in Florence, 8 Sept. 1571, in *CV*, no. 907.

9. Alessio Celetti, "Autorappresentazione e la Riforma: gli affreschi della Sala Regia vaticana," *Eurostudium*, Jan.-March 2013, accessed 4 Oct. 2013, http://www.eurostudium.uniroma1.it/rivista/monografie/Celletti%20pronto.pdf.

26　クーポラとサラ・レジアの間で

1. Giorgio Vasari in Rome to Francesco de' Medici in Florence, 7 Dec. 1570, in *CV*, no. 858.

2. Giorgio Vasari in Rome to Francesco de' Medici in Florence, 4 May 1571, in *CV*, no. 884.

3. 2016年、ノア・チャーニーからローマン・ヴカインクへの電子メールによるインタビューに基づく。

4. Giorgio Vasari in Milan to Vincenzo Borghini in Poppiano, 9 May 1566, in *CV*, no. 618.
5. Ingrid Rowland, "Vitruvius in Print and in Vernacular Translation: Fra Giocondo, Bramante, Raphael, and Cesare Cesariano," in *Paper Palaces: The Rise of the Renaissance Architectural Treatise*, ed. Peter Hicks and Vaughan Hart (New Haven: Yale University Press, 1998), 105-21.
6. Vasari, *Vita di Benvenuto Garofalo*, 5:424.
7. 同上, 427.
8. Vasari, *Vita di Madonna Properzia de' Rossi scultrice bolognese*, 4:401.

24　第二の『列伝』

1. Francis Haskell and Nicholas Penny, *Taste and the Antique: The Lure of Classical Sculpture, 1500-1900* (New Haven and London: Yale University Press, 1982).
2. Giorgio Vasari in Florence to Vincenzo Borghini in Poppiano, 31 July 1566, in *CV*, no. 628.
3. Giorgio Vasari in Florence to Cosimo de' Medici in Florence, 31 Jan. 1567, in *CV*, no. 652.
4. 中世以来、フィレンツェ暦では新年は3月25日だったので、我々にすれば1567年ということになる。また1日は日没に合わせて始まった。こういったことは特異ではない。ヨーロッパが単一にして共通の暦を採用するのはもう少し後のことだ。紀元前45年にユリウス・カエサルが導入したユリウス暦は太陽暦をもとにしており（1年は365.25日になる）、ローマ帝国の歴史を通して使われたが、帝国の滅亡により広く普及したその暦の正確な使い方は不明になった。代わって旧ローマ帝国の各地に類似する暦が登場した。1564年に方式を変更するまで、フランスでは1年は復活祭に始まった。1522年までヴェネツィアの新年は3月1日だった。フィレンツェ暦同様、英国の暦は3月25日に始まり、方式が変更されたのは1752年のことだ。1582年10月、グレゴリウス13世がグレゴリオ暦を採用し、多くの国が直ちにそれに倣った。中にはより時間の掛かった国もあったが——ロシアは1918年、ギリシャは1923年まで旧式の暦を使っていた。フィレンツェでは1582年10月4日にユリウス暦から新しいグレゴリオ暦への切り替えが行われた。ただし新旧の暦の齟齬のため、その翌日は公式には1582年10月15日とされた。
5. Giorgio Vasari in Rome to Francesco de' Medici in Florence, 13 March 1567, in *CV*, no. 662.
6. Costanza Barbieri, *Le "magnificenze" di Agostino Chigi: Collezioni e passion antiquarie nella Villa Farnesina* (Rome: Accademia dei Lincei, 2014).
7. Giorgio Vasari in Rome to Bartolomeo Concini in Florence, 15 March 1567, in *CV*, no. 667.
8. Vasari, *Descrizione* dell-opere *di Giorgio Vasari*, 6:406.
9. Vasari, *L'Autore agl'Artefici del Disegno*, 6:409.
10. Giorgio Vasari in Florence to Vincenzo Borghini in Tomerello, 20 Sept. 1567, in *CV*, no. 700.
11. Gabriele Bombaso in Reggio to Giorgio Vasari in Rome, 31 Dec. 1572, in *CV*, no. 1052.
12. Julian Brooks, *Taddeo and Federico Zuccaro: Artist-Brothers in Renaissance Rome* (Los Angeles: Getty Publications, 2007), esp. xii, 69; Maddalena Spagnolo, "Considerazioni in margine: Le postille alle Vite di Vasari," *Arezzo e Vasari, Vite e Postille, Arezzo, 16-17 giugno 2005, atti del convegno*, ed. Antonino Caleca (Foligno: Cartei & Bianchi, 2007) 所収; Michel Hochmann, "Les annotations marginales de Federico Zuccaro à un exemplaire des 'Vies' de Vasari: La réaction anti-vasarienne à la fin du XVIe siècle," *Révue de l'Art*, no. 80 (1988): 64-71.

9. Lois N. Magner, *A History of Infectious Diseases and the Microbial World* (Westport, CT: Praeger, 2009), 19-25; Sarah Dunant, "Syphilis, Sex and Fear: How the French Disease Conquered the World," *Guardian*, 17 May 2013.
10. Vasari, *Descrizione dell'opere di Giorgio Vasari*, 6:399-400.
11. 州境の町ピティリアーノは港町のリヴォルノとともに、こうした難民が集まる有名な地域になった。

22　アカデミア・デル・ディゼーニョと『列伝』改訂版

1. Vasari, *Descrizione dell'opere di Giorgio Vasari*, 6:402, 403.
2. Gino Fornaciari, Angelica Vitiello, Sara Giusiani, Valentina Giuffra, Antonio Fornaciari, and Natale Villari, "The Medici Project: First Anthropological and Paleopathological Results," accessed 17 Aug. 2015, http://www.paleopatologia.it/articoli/aticolo.php?recordID =18.
3. Michael Segre, *Higher Education and the Growth of Knowledge: A Historical Outline of Aims and Tensions* (New York and London: Routledge, 2015).
4. Giorgio Vasari in Arezzo to Vincenzo Borghini in Florence, 1 April 1566, in *CV*, no. 609.
5. Letter of Blosio Palladio (Biagio Pallai), Biblioteca Apostolica Vaticana, MS Vat. Lat. 2847, 175r-v. この部分はイングリッド・ローランドの訳による、*The Roman Garden of Agostino Chigi* (Groningen: The Gerson Lectures Foundation, 2005), 27. より。
6. Giorgio Vasari in Perugia to Vincenzo Borghini in Florence, 4 April 1566, in *CV*, no. 610.
7. ダニエレ・ダ・ヴォルテッラはミケランジェロの一番弟子で、ヴァザーリの手紙にある「馬」は、ヴォルテッラがカトリーヌ・ド・メディシスのために作ったブロンズ像のことである。亡き夫フランスのアンリ2世の騎馬像だ。彼は素描を集めたか、助手にダニエレの計画について尋ねた（あるいは両方）のだろう。
8. Giorgio Vasari in Perugia to Vincenzo Borghini in Florence, 14 April 1566, in *CV*, no. 611.
9. Giorgio Vasari in Rome to Vincenzo Borghini in Florence, 17 April 1566, in *CV*, no. 613.
10. Beatrice Palma Venetucci, "Pirro Ligorio and the Rediscovery of Antiquity," in *The Rediscovery of Antiquity: The Role of the Artist*, ed. Jane Fejfer, Tobias Fischer-Hansen, and Annette Rathje (Copenhagen: Museum Tusculanum Press, University of Copenhagen, 2003), 74.
11. *The Canons and Decrees of the Sacred and Œcumentical Council of Trent*, ed. and trans. J. Waterworth (London: Dolman, 1848), 25th decree, p. 236.
12. Paleotti wrote him, e.g., on 26 April 1567 as "Molto magnifico come fratello," "Most magnificent Sir, as brother to brother," in *CV*, no. 678.

23　地方を回って

1. Giorgio Vasari in Ancona to Vincenzo Borghini in Florence, 24 April 1566, in *CV*, no. 615.
2. Thomas Coryat, *Coryat's Crudities* (London, 1611), accessed via online edition at http://archive.org/stream/cu31924014589828/cu31924014589828_djvu.txt.
3. Vasari, *Vita di Benvenuto Garofalo e Girolamo da Carpi pittori ferraresi e di altri lombardi*, 5:409.

コジモに雇われたのを機にイタリア名 Lorenzo Torrentino を名乗った。
12. Lisa Pon, "Rewriting Vasari," in Cast, ed., *Ashgate Research Companion to Giorgio Vasari*, 263.
13. Michel Hochmann, "Les annotations marginales de Federico Zuccari à un exemplaire des 'Vies' de Vasari: La reaction anti-vasarienne à la fin du XVIe siècle," *Revue de l'Art*, no. 80 (1988): 64-71.
14. Vasari, *Descrizione dell'opere di Giorgio Vasari*, 6:396.

20 センプレ・イン・モート（絶えず動く）

1. Ingrid Rowland, "Bramante's Hetruscan Tempietto," *Memoirs of the American Academy in Rome* 51 (2006): 225-38; eadem, "Palladio e le *Tuscanicae dispositiones*," in *Palladio, 1508-2008: Il simposio del cinquecento*, ed. Franco Barbieri et al. (Milan: Marsilio, 2008), 136-39.
2. Vasari, *Descrizione dell'opere di Giorgio Vasari*, 6:396.
3. 同上, 396-97.
4. 同上, 397.
5. 同上。
6. 同上。
7. Nicole Dacos, *La découverte de la Domus Aura et la formation des grotesques à la Renaissance* (London: Warburg Institute, 1969).
8. Petrarch, letter to Francesco Nelli (Francesco dei Santissimi Apostoli), in *Epistolae Familiares*, 18.8.
9. Dacos, *La découverte de la Domus Aura.*
10. Letter of Francesco da Sangallo, Leonard Barkan, *Unearthing the Past: Archaeology and Aesthetics in the Making of Renaissance Culture* (Princeton: Princeton University Press, 1999), 3.
11. Ingrid D. Rowland, *The Correspondence of Agostino Chigi in Vatican MS Chigi R.V.c: An Annotated Edition* (Vatican City: Vatican Library, 2001).

21 フィレンツェにおける大改革

1. Vasari literally writes "as a Christian".
2. Giorgio Vasari in Arezzo to Vincenzo Borghini in Florence, 4 Jan.1554, in *CV*, no. 210.
3. Gerd Blum, *Giorgio Vasari: Der Erfinder der Renaissance: Eine Biographie* (Munich: C. H. Beck, 2011), 177-78.
4. ヴァザーリは自らの才能を平時必要とされるものに費やした。コジモは既にガブリエーレ・セルベッローニとコルトーナ出身の若い助手ヴィンツェンツォ・ラパレッリを、揃ってコルトーナに駐在させていた。二人はのちにマルタの要塞を設計する。1557年、コジモはウルビーノ出身の Baldassare Lanci を軍事建築家として採用した。
5. Liana De Girolami Cheney, *The Homes of Giorgio Vasari* (New York: Peter Lang, 2006).
6. ローマン・ヴカインクによるこの戦いの描写は、2016年、ノア・チャーニーによる電子メールでのインタビューに基づく。
7. 同上。
8. Giorgio Vasari in Florence to Michelangelo Buonarroti in Rome, 20 Aug. 1554, in *CV*, no. 215.

18 ルネサンスの読物

1. Petrarch, letter to Giovanni Colonna, 21 Dec. 1336, in *Epistolae Familiares*, 2.9.
2. 南イタリアでは現在でもギリシア語が使われている地域がある。
3. Paul Gehl, *A Moral Art: Grammar, Culture, and Society in Trecento Florence* (Ithaca: Cornell University Press, 1993).
4. 初期の印刷物を年代順に並べると以下のようになる。1465年：キケロ；1467年頃：カエサル、リウィウス、大プリニウス、オウィディウス、ルカヌス、アプレイウス、アウルス・ゲッリウス、スエトニウス、シリウス・イタリクス、ユニアヌス・ユスティヌス、ドナトゥス、テレンティウス、ストラボン、ポリュビオス；1488年：ホメロス；1495～98年：アリストテレス；1501年：ウェルギリウス；1502年：ソフォクレス、トゥキディデス、ヘロドトス；1503年：エウリピデス；1509年：プルタルコス；1513年：プラトン。
5. Pietro C. Marani and Marco Versiero, *La biblioteca di Leonardo: Appunti e letture di un artista nella Milano del Rinascimento, Guida alla Mostra* (Milan: Castello Sforzesco and Biblioteca Trivulziana, 2015); F. Frosini, "La biblioteca di Leonardo da Vinci," Scuola Normale di Pisa/Università di Cagliari, *Biblioteche dei filosofi: Biblioteche filosofiche private in età moderna e contemporanea*, s.v. Leonardo da Vinci 所収, accessed 7 Jan. 2016, http://picus.unica.it/documenti/LdV_biblioteche_dei_filosofi.pdf), pp. 1-13; Romain Descendre, "La biblioteca di Leonardo," *Atlante della letteratura italiana*, ed. Sergio Luzzatto, Gabriele Pedullà, and Amedeo De Vincentiis, vol. 1 (Turin: Einaudi, 2010), 592-95 所収.
6. https://www.gutenberg.org/files/6400/6400-h/6400-h.htm
7. Andrew Ladis, *Victims and Villains in Vasari's* Lives (Chapel Hill: University of North Carolina Press, 2015), 31.
8. Vasari, *Vita di Pietro Perugino*, 3:603-4.

19 新しいウィトルウィウス

1. 1542年あるいは1543年ということについては以下を参照。Marco Ruffini, *Art without an Author: Vasari's Lives and Michelangelo's Death* (New York: Fordham University Press, 2011). 1546年ということについては以下を参照。T. C. Price Zimmerman, *Paolo Giovio: The Historian and the Crisis of Sixteenth-Century Italy* (Princeton: Princeton University Press, 1995), 351, n. 90.
2. His letter to Aretino, 6 Oct. 1541 in *CV*, no. 45. Zimmerman, *Paolo Giovio*, 351, n. 95.
3. 同上。
4. Vasari, *Descrizione dell'opera di Giorgio Vasari*, 6:390.
5. Vasari, *Vita di Leon Batista Alberti architetto fiorentino*, 3:286.
6. Paolo Giovio in Rome to Giorgio Vasari in Rimini, 10 Dec. 1547, in *CV*, no. 104.
7. Vasari, *Descrizione dell'opere di Giorgio Vasari*, 6:391.
8. 同上, 392.
9. 同上, 394.
10. Liana di Girolami Cheney, *The Homes of Giorgio Vasari* (New York: Peter Lang, 2006).
11. 公爵お抱えの印刷業者はフランドル地方出身のLaurens Leenaertsz van der Bekeで、1547年、

したところは「図像学」、すなわち象徴の研究で間違いないだろう。リーパの『イコノロジーア』はいくつもの言語に翻訳され、中でも1709年の英語版は18世紀における最もダイナミックかつ印象的な名前を持つ男、Pierce Tempest（嵐）の手で作られた。スコットランド人建築家、ジョージ・リチャードソンは1779年、*Iconology; or, A Collection of Emblematical Figures; containing four hundred and twenty-four remarkable subjects, moral and instructive; in which are displayed the beauty of Virtue and deformity of Vice* を出版した。セミコロン過多という本書の欠点は、後世に与えた影響で補われている。

10. Erwin Panofsky, "Reality and Symbol in Early Netherlandish Painting: 'Spiritualia sub Metaphoris Corporalium,'" in *Early Netherlandish Painting: Its Origins and Character* (Cambridge: Harvard University Press, 1964), 131-48.
11. Robert Gaston, "Love's Sweet Poison: A New Reading of Bronzino's London 'Allegory," *I Tatti Studies in the Italian Renaissance* 4 (1991): 249-88.
12. Vasari, *Degli Accademici del Disegno*, 6:238.
13. 同上 , 234.
14. Gaston, "Love's Sweet Poison," 287-88.

16 ナポリへ

1. ルネサンス期の「インヴェンツィオーネ」は、キケロ初期の『発見・構想論』やアリストテレス『弁論術』、クィンティリアヌス『弁論家の教育』、キケロ後期の修辞学についての著作など古代の弁論に関する思想をもとにしていた。George Kennedy, *A New History of Classical Rhetoric* (Princeton: Princeton University Press, 1994); T. M. Conley, *Rhetoric in the European Tradition* (Chicago: University of Chicago Press, 1990).
2. Stefano Pierguidi, "Sulla fortuna della 'Giustizia' e della 'Pazienza' del Vasari,"*Mitteilungen des Kunsthistorischen Institutes in Florenz* 51, nos. 3-44 (2007): 576-92.
3. Vasari, *Descrizione dell'opera di Giorgio Vasari*, 6:383.
4. Pierguidi, "Sulla fortuna della 'Giustizia,'" 576.
5. Vasari, *Descrizione dell'opere di Giorgio Vasari*, 6:383.
6. 同上 , 384.
7. 同上 , 384-85.
8. 同上 , 385.
9. 同上 , 386.
10. Clare Robertson, *"Il Gran Cardinale": Alessandro Farnese and the Arts* (New Haven: Yale University Press, 1994).
11. Vasari, *Descrizione dell'opere di Giorgio Vasari*, 6:388.

17 『列伝』の誕生

1. Vasari, *Descrizione dell'opere di Giorgio Vasari*, 6:389.

10. この見解は、Andrew Butterfield による。
11. Vasari, *Vita di Lionardo da Vinci*, 4:36.
12. フランス王への「モナ・リザ」の売り渡しについては下記を参照。Bertrand Jestaz, "François Ier, Salaì et les tableaux de Léonard," *Revue de l'art*, 126:4(1999), 68-72.
13. Ruth Webb, *Ekphrasis, Imagination and Persuasion in Ancient Rhetorical Theory and Practice* (Farnham, Surrey: Ashgate, 2009).
14. Vasari, *Vita di Raffaello da Urbino pittore e architetto*, 4:155.
15. 同上, 186.
16. 同上, 187.
17. 同上, 206.
18. 同上, 200.
19. 同上, 209.
20. 同上, 212.

15　象徴と変化する審美眼

1. Vasari, *Vita di Michelagnolo Buonarroti fiorentino, pittore, scultore et architetto*, 6:12.
2. Benvenuto Cellini, *Autobiography*, trans. John Addington Symonds (New York: Appleton, 1904), 18-19.
3. Vasari, *Vita di Michelagnolo*, 6:17.
4. Carol F. Lewine, *The Sistine Chapel Walls and the Roman Liturgy* (College Park: Pennsylvania State University Press, 1993).
5. Vasari, *Vita di Michelagnolo*, 6:110.
6. 同上, 109.
7. それに加えてミケランジェロはヴァティカンのパオリーナ礼拝堂のフレスコ画も描いているが、私的に鑑賞されるためのもので、今日でも一般の観客が目にするのは難しい。いくつか未完成に終わる彫刻も手掛けているのは、自身の墓石にするつもりだったのだろう。その中には「フィレンツェのピエタ」(顔はミケランジェロの自画像とされる)も含まれるが、生前に公開されることはなかった。
8. *The Canons and Decrees of the Sacred and Œcumentical Council of Trent*, ed. and trans. J. Waterworth (London: Dolman, 1848), 25th decree, pp. 235-36.「あらゆる迷信は排除されなければならない……扇情性はすべて避けられるべきだ。同様の理由から、欲望を掻き立てるような美をもって彩色されたり、飾り立てられたりした絵画があってはならない……無秩序な画面が存在してはならず、不適切あるいは混乱をきたす構図、卑俗および不作法も許されない。神聖さとは教会に属するものだからだ。これらの事項がいっそう遵守されるため、どのような許可を得ていたとしても、司教の承認を得た場合を除き何人たりとも逸脱した絵画を教会のほか、あらゆる場所に設置、または設置させてはならないと聖シノドは定める」https://history.hanover.edu/texts/trent/ct25.html.
9.『イコノロジーア』は恐らく図像研究を確立した最初期のテキストだ。図像学はダン・ブラウンの小説『ダ・ヴィンチ・コード』で(ひどく歪曲されてはいたが)有名になり、主人公ロバート・ラングドンは「象徴学者」と呼ばれる。「象徴学」という言葉は存在せず、著者が意図

11. Blanca Berasátegui, "El Lazarillo no es anónimo," *El Cultural*, 5 March 2010, Friday supplement to *El Mundo*, accessed 22 Nov. 2014, http://www.elcultural.es/revista/letras/El-Lazarillo-no-es-anonimo/26742.
12. Antonella Fenech Kroke, "Un théâtre pour *La Talanta*: Giorgio Vasari, Pietro Aretino, et *l'apparato* de 1542," *Revue de l'Art* 168 (2010-12): 53-64.
13. Lionello Venturi, "Le Compagnie della Calza (sec. XV-XVII)," *Nuovo Archivio Veneto*, n.s. 16 (1908), 2:161-221, and n.s. 17 (1909), 1:140-223; Edward Muir, *Civic Ritual in Renaissance Venice* (Princeton: Prince ton University Press, 1986), 167-82.
14. Robert W. Carden, *The Life of Giorgio Vasari: A Study of the Later Renaissance in Italy* (New York: Henry Holt, 1911), 62.
15. 同上。
16. 同上, 63.
17. Vasari, *Descrizione dell'opere di Giorgio Vasari*, 6:382.
18. Rona Goffen, *Renaissance Rivals: Michelangelo, Leonardo, Raphael, Titian* (New Haven: Yale University Press, 2001), 463; Madlyn Kahr, "Titian's Old Testament Cycle," *Journal of the Warburg and Courtauld Institutes* 29 (1966): 193-205.
19. Vasari, *Vita di Cristofano Gherardi detto Doceno da Borgo San Sepolcro pittore*, 5:292-93.
20. Kahr, "Titian's Old Testament Cycle," 193-205.
21. Vasari, *Descrizione dell'opera di Giorgio Vasari*, 6:382.
22. 同上。
23. Christie's, New York, Sale 9318, Important Old Master Paintings, 27 Jan. 2000. フロリアン・ハーブによる有益な小論は以下を参照。http://www.christies.com/lotfinder/lot/giorgio-vasari-the-pieta-1710633-details.aspx?intObjectID=1710633. Donatella Pegazzano, Demetrios Zikos, and Allan Chong, eds., *Raphael, Cellini, and a Renaissance Banker: The Patronage of Bindo Altoviti* (Boston: Isabella Stewart Gardner Museum, 2003).
24. Vasari, *Descrizione dell'opera di Giorgio Vasari*, 6:382.

14　ルネサンス人　ダ・ヴィンチ、ラファエロ、ミケランジェロ

1. William Wallace, "Who Is the Author of Michelangelo's Life?," in David Cast, ed., *The Ashgate Research Companion to Vasari* (Burlington, CT: Ashgate, 2014), 107-20.
2. Vasari, *Vita di Michelangelo*, 6:3-4.
3. Andrew Ladis, *Victims and Villains in Vasari's* Lives (Chapel Hill: University of North Carolina Press, 2015), 93.
4. Vasari, *Vita di Lionardo da Vinci*, 4:18.
5. 同上, 19.
6. 同上, 22.
7. 同上, 24.
8. Ingrid D. Rowland, *The Culture of the High Renaissance: Ancients and Moderns in Sixteenth-Century Rome* (New York: Cambridge University Press, 1998), 257-72.
9. Vasari, *Vita di Lionardo da Vinci*, 4:26.

8. Giorgio Vasari in Arezzo to Bartolommeo Rontini in Arezzo, 31 Jan. 1537, in *CV*, no. 24.
9. Giorgio Vasari in Arezzo to Niccolò Serguidi in Florence, 6 July 1537, in *CV*, no. 28.
10. 同上。
11. Giorgio Vasari in Arezzo to Bartolommeo Rontini in Arezzo, 31 Jan. 1537, in *CV*, no. 24.
12. イタリア語は以下より。Robert W. Carden, *The Life of Giorgio Vasari: A Study of the Later Renaissance in Italy* (New York: Henry Holt, 1911), 48.
13. Giorgio Vasari in Camaldoli to Giovanni Pollastra in Arezzo, 1 Aug. 1537, in *CV*, no. 30.
14. 同上。
15. Vasari, *Vita di Paolo Uccello pittor fiorentino*, 3:64-65.

12　さすらいの美術家

1. Vasari, *Descrizione dell'opera di Giorgio Vasari*, 6:376.
2. Maurice Brock, *Bronzino* (Paris: Taschen, 2002), 66-67, 69.
3. Rona Goffen, *Renaissance Rivals: Michelangelo, Leonardo, Raphael, Titian* (New Haven: Yale University Press, 2001), 316.
4. Vasari, *Descrizione dell'opera di Giorgio Vasari*, 6:376.
5. Ingrid D. Rowland, *The Scarith of Scornello: A Tale of Renaissance Forgery* (Chicago: University of Chicago Press, 2004), 115.
6. Vasari, *Descrizione dell'opera di Giorgio Vasari*, 6:377.
7. Giorgio Vasari in Florence to Pietro Aretino in Venice, 1 Nov. 1538, in *CV*, no. 33.
8. Giorgio Vasari in Rome to Ottaviano de' Medici in Florence, 30 Nov. 1539, in *CV*, no. 35.
9. Vasari, *Descrizione dell'opere di Giorgio Vasari*, 6:379.
10. 同上 , 380-81.
11. 同上 , 380.

13　フィレンツェ、ヴェネツィア、ローマ

1. Janet Cox-Rearick, *Bronizno's Chapel of Eleonora in the Palazzo Vecchio* (Berkeley: University of California Press, 1993), 315.
2. Vasari, *Vita di Niccoló detto il Tribolo scultore e architettore*, 5:220.
3. 同上。
4. 同上, 221.
5. Vasari, *Descrizione dell'opera di Giorgio Vasari*, 6:381-82.
6. 同上, 382.
7. Bette Talvacchia, *Taking Positions: On the Erotic in Renaissance Culture* (Princeton: Princeton University Press, 1999).
8. Vasari, *Vita di Giulio Romano*, 5:78 79.
9. Vasari, *Vita di Andrea del Sarto*, 4:379-80.
10. Vasari, *Vita di Giulio Romano*, 5:55-56.

dell'Elefante, 2003).
9. Giorgio Vasari in Florence to Pietro Aretino in Venice, 11 Dec. 1535, in *CV*, no. 13.
10. Ludovico Antonio Muratori, *Annali dell'Italia dal principio dell'era volgare sino all'anno 1750*, ed. Giuseppe Catalano, vol. 24 (Florence: Leonardo Marchini, 1837), 269-70.
11. Palazzo Medici, http://www.palazzo-medici.it/mediateca/en/Scheda_1536_-_Visita_di_Carlo_V_e_le_nozze_di_Alessandro_I_e_Margherita_dAustria.
12. カール五世が目的に合わせて言語を使い分けていたのは確かだ。ヒエロニムス・ファブリキウスの *De Locutione et eius Instrumentis* (Padua: Ex Typographia Laurentii Pasquati, 1603), 23 には次のような記述がある。「私が耳にしたところでは、カール五世は『ドイツ語は軍隊、スペイン語は色恋、イタリア語は演説、フランス語は高貴の言葉』と語っていたという。だが別のドイツ人によると、神に呼びかける場合はスペイン語を使うこともあったそうだ。最も重厚かつ威厳のある言語だったからだ。友人たちと共にいるときは、方言に馴染みのあるイタリア語を使った。誰かをおだてるときは最も柔らかな響きのフランス語を使い、誰かを脅す必要が生じたときは強圧的で、荒々しく、熱情的なドイツ語を使った」
13. Vasari, *Descrizione dell'opera di Giorgio Vasari*, 6:374.
14. Vasari, *Vita di Andrea dal Castagno di Mugello e di Domenico Viniziano pittori*, 3:351.
15. Giorgio Vasari in Florence to Raffaello dal Borgo in San Sepolcro, 15 March 1536, in *CV*, no. 16. ヴァザーリは「ボルジア家の殺し屋」の名前を「ドン・ミケレット」(ミケーレ・ダ・コロリオ)と言っている。
16. Letter of Giorgio Vasari in Florence to Pietro Aretino in Venice dated May 1535. Giovanni Gaetano Bottari, *Raccolta di Lettere*, vol. 3 (Milan: Giovanni Silvestri, 1822), no. 12, 39-56. Reprinted with some changes in Stefano Audin (Ètienne Audin de Rians), *Opere di Giorgio Vasari*, vol. 6 (Florence: S Audin, 1823), 339-52.
17. Robert W. Carden, *Life of Giorgio Vasari: A Study of the Later Renaissance in Italy* (New York: Henry Holt, 1911), 34.
18. ルネサンス期の貨幣については以下を参照。https://abagond.wordpress.com/2007/05/10/money-in-leonardos-time/

11 殺人と贖罪

1. Benedetto Varchi, *Storia Fiorentina* (Cologne: Pietro Martello, 1721), 588.
2. 同上。
3. *Vita di Benvenuto Cellini orefice e scultore fiorentino scritta da lui medesimo*, ed. Francesco Tassi (Florence: Guglielmo Piatti, 1829), 352 (bk. 1, chap. 16).
4. 「スコロンコンコロ」は意味のないあだ名だったようだ。暗殺者の本名はミケーレ・デル・タヴォラッチーノだった。
5. Varchi, *Storia Fiorentina*, 58891; Eric Cochrane, *Florence in the Forgotten Centuries, 1527-1800: A History of Florence and the Florentines in the Age of the Grand Dukes* (Chicago: University of Chicago Press, 1973), 14-18.
6. Cochrane, *Florence in the Forgotten Centuries*, 18-21.
7. Giorgio Vasari in Florence to Antonio Vasari in Arezzo, 7 Jan. 1537, in *CV*, no. 22.

2. Vasari, *Vita di Filippo Brunelleschi scultore e architetto fiorentino*, 3:137.
3. 同上, 137-38.
4. 同上, 159-60.
5. Vasari, *Vita di Donato scultore fiorentino*, 3:201-2.
6. Vasari, *Vita di Francesco detto de' Salviati*, 5:514.
7. 同上, 515.
8. Letter of Giorgio Vasari to Ottaviano de' Medici, 30 Nov. 1539. Robert W. Carden, *The Life of Giorgio Vasari: A Study of the Later Renaissance in Italy* (New York: Henry Holt, 1911), 52.
9. Vasari, *Vita di Francesco detto de' Salviati*, 5:515.
10. 同上。
11. 同上。
12. Noah Charney, *Stealing the Mystic Lamb: The True Story of the World's Most Coveted Masterpiece* (New York: PublicAffairs, 2010).
13. Giorgio Vasari in Rome to Niccolò Vespucci in Florence, 8 Feb. 1540, in *CV*, no. 36.
14. Ingrid D. Rowland, *The Culture of the High Renaissance: Ancients and Moderns in Sixteenth-Century Rome* (New York: Cambridge University Press, 1998).
15. Carden, *Life of Giorgio Vasari*, 16.
16. Giovanni Gaetano Bottari, *Raccolta di lettere sulla pittura, scultura ed architettura scritte da' più celebri personaggi dei secoli XV, XVI, e XVII*, vol. 5 (Rome: Niccolò e Marco Pagliarini, 1757), no. 65.
17. Letter to Ottaviano de' Medici, [mis]dated 13 June 1540 [really 1532]. Stefano Audin, ed., *Le Opere di Giorgio Vasari Pittore e Architetto*, vol. 2 (Florence: David Passigli e Socj, 1838), 1422.
18. Letter to Bishop Paolo Giovio, [mis]dated 4 Sept. 1540 [really 1532], 同上 , 1423.
19. Carden, *Life of Giorgio Vasari*, 19.
20. Frank Snowden, *The Conquest of Malaria, 1900-1962* (New Haven: Yale University Press, 2006).

10　フィレンツェの画家

1. Catherine Fletcher, *The Black Prince of Florence: The Spectacular Life and Treacherous World of Alessandro de' Medici* (Oxford: Oxford University Press, 2016).
2. Vasari, *Vita di Iacopo di Casentino*, 2:274.
3. Giorgio Vasari in Poggio a Caiano to Alessandro de' Medici in Florence, Jan. 1533. Liana di Girolami Cheney, "Giorgio Vasari's Portrait of Lorenzo the Magnificent: A Ciceronian Symbol of Virtue and a Machiavellian Princely Conceit," *Iconocrazia*, Jan. 2012, accessed 4 Oct. 2014, http://www.iconocrazia.it/archivio/00/02.html.
4. Giorgio Vasari in Florence to Antonio de' Medici in Florence, Feb. 1533 in *CV*, no. 5.
5. Julius Kirshner, "Family and Marriage," in *Italy in the Age of the Renaissance, 1300-1550*, ed. John Najemy (Oxford: Oxford University Press, 2010), 93.
6. Christiane Klapisch-Zuber, *Women, Family, and Ritual in Renaissance Italy* (Chicago: University of Chicago Press, 1985), 44.
7. Giorgio Vasari in Florence to Carlo Guasconi in Rome, 1533 (otherwise undated), in *CV*, no. 177.
8. Ingrid D. Rowland, *Vitruvius, Ten Books on Architecture: The Corsini Incunabulum* (Rome: Edizioni

3. Guido Alfani, *Calamities and the Economy in Renaissance Italy: The Grand Tour of the Horsemen of the Apocalypse* (London: Palgrave Macmillan, 2013).
4. Vasari, *Descrizione dell'opere di Giorgio Vasari*, 6:370.
5. Vasari, *Vita di Francesco detto de' Salviati*, 5:513.
6. ベルガモ県にあるタッソ博物館のウェブサイトと、博物館による出版物の図書目録を参照。http://www.museodeitasso.com/it
7. Sergio Chieppi, *I servizi postali dei Medici dal 1500 al 1737* (Fiesole: Servizio Editoriale Fiesolana, 1997).
8. アンドレアはこの年、画家組合に登録された。恐らくラファエロも登録されていたはずだが、R行の名前を記した巻は失われている。*Gaetano Milanesi, ed., Le opere di Giorgio Vasari, vol. 7, Le vite de' più eccellenti pittori, scultori ed architettori, scritte da Giorgio Vasari con nuove annotazioni e commenti* (Florence: Sansoni, 1881), *Vita di Francesco detto de' Salviati*, 9 n. 1.
9. このラファエロは、木をはめ込む「インタルジア」と呼ばれる技法に秀でていたオリヴェート会の修道士、ラファエロ・ダ・ブレシアとは別人である。
10. Vasari, *Descrizione dell'opere di Giorgio Vasari*, 6:370.
11. Vasari, *Vita di Francesco detto de' Salviati*, 5:513.
12. Iris Origo, *The Merchant of Prato: Francesco di Marco Datini, 1335-1410* (New York: Knopf, 1957).
13. Ingrid D. Rowland, *The Correspondence of Agostino Chigi in Vatican MS Chigi R.V.c: An Annotated Edition* (Vatican City: Vatican Library, 2001).
14. Reginard Maxwell Woolley, *Coronation Rites* (Cambridge: Cambridge University Press, 1915).
15. Mary Beard, *The Roman Triumph* (Cambridge: Belknap Press of Harvard University Press, 2007).

8　メディチ家の中に戻る

1. Vasari, *Descrizione dell'opere di Tiziano da Cador pittore*, 6:155.
2. 同上。
3. 同上, 156.
4. 同上。
5. 同上, 157.
6. 同上, 166.
7. 同上, 170.
8. Patricia Fortini Brown, *Venice and Antiquity: The Venetian Sense of the Past* (New Haven: Yale University Press, 1996).
9. Vasari, *Descrizione dell'opera di Giorgio Vasari*, 6:371.
10. Vasari, *Vita di Francesco detto de' Salviati*, 5:514.

9　劫掠後のローマ

1. F. H. Taylor, *The Taste of Angels: A History of Art Collecting from Rameses to Napoleon* (Boston: Little, Brown, 1948), 31.

3. Vasari, *Vita di Francesco detto de' Salviati*, 5:512-13.
4. Vasari, *Vita di Michelangelo Buonarroti*, 6:5.
5. 同上, 7.
6. 同上, 18.
7. Vasari, *Vita di Francesco detto de' Salviati*, 5:512-13.
8. 同上, 513.

6　美術家VS美術家　悪魔の大槌と道義の物語

1. Vasari, *Vita di Giotto*, 2:97.
2. 同上, 103-4.
3. 同上, 104.
4. Andrew Ladis, *Victims and Villains in Vasari's* Lives (Chapel Hill: University of North Carolina Press, 2015), 2
5. これはペトラルカの『親近書簡集』に登場し、そこで彼はジョットをアペルスになぞらえている (2.5.17)。また、ボッカッチョも『異教の神々の系譜』の中で同様の言い換えをしている (14.6)。詳しくは以下を参照。Norman E. Land, "Giotto as Apelles," *Notes in the History of Art* 24, no. 3 (Spring 2005): 6-9.
6. Franco Quartieri, *Benvenuto da Imola: Un moderno antico commentatore di Dante* (Ravenna: Longo, 2001), 140.
7. Boccaccio, *Genealogia Deorum*, 14.6
8. Vasari, *Vita di Giotto*, 2:121.
9. Pliny the Elder, *Natural History*, 35.29.
10. Vasari, *Vita di Buonamico Buffalmacco*, 2:161-62.
11. Ladis, *Victims and Villains in Vasari's* Lives, 13.
12. Daniela Parenti, "Nardo di Cione," *Dizionario Biografico degli Italiani*, vol. 77 (2012), online at http://www.treccani.it/enciclopedia/nardo-di-cione_(Dizionario-Biografico)/.
13. Norman Land, "Vasari's Buffalmacco and the Transubstantiation of Paint," *Renaissance Quarterly* 58 (2005): 881-95.
14. Vasari, *Vita di Buonamico Buffalmacco*, 2:168.
15. Ladis, *Victims and Villains in Vasari's* Lives, 54.

7　戦争によるチャンス

1. Ugo Tucci, "Biringucci, Vannoccio," *Dizionario Biografico degli Italiani*, vol. 10 (1968), http://www.treccani.it/enciclopedia/vannoccio-biringucci_(Dizionario-Biografico)/; Vannoccio Biringucci, *The Pirotecnia of Vannoccio Biringuccio*, trans. Cyril Stanley-Smith and Martha Teach Gnudi (New York: American Institute of Mining and Metallurgical Engineers, 1942).
2. Robert W. Carden, *The Life of Giorgio Vasari: A Study of the Later Renaissance in Italy* (New York: Henry Holt, 1911), 10.

は 1530 年にマルタを制圧する。

16. Julia Haig Gaisser, *Pierio Valeriano on the Ill Fortune of Learned Men: A Renaissance Humanist and His World* (Ann Arbor: University of Michigan Press, 1999).
17. Brian Curran, *The Egyptian Renaissance: The Afterlife of Egypt in Early Modern Italy* (Chicago: University of Chicago Press, 2007), 227-34; Luc Brisson, *How Philosophers Saved Myths: Allegorical Interpretation and Classical Mythology* (Chicago: University of Chicago Press, 2004), 142, 193.
18. Dick Higgins, *Pattern Poetry: Guide to an Unknown Literature* (Albany: State University of New York Press, 1987), 98. ヴァレリアーノの作品は古代末期詩人、オプタティアヌスの詩作を手本にしていた。
19. ピエリオの著作は理想的な翻訳者、ガイサーにより *Pierio Valeriano* として翻訳出版されている。
20. Giovanni Cipriani, *Il mito etrusco nel rinascimento fiorentino* (Florence: Olschki, 1980).
21. ヴァザーリ自身は、この日付については曖昧だ。1524 年あるいは 1525 年だろう。
22. ミケランジェロは通常のルネサンス方式に逆行する稀な例だが、ジョルジョ・ヴァザーリの紡いだ彼の物語が、芸術家は 1 人で作業するべきだという我々の観念をもっぱら形作っている。最も有名なところではダニエレ・ダ・ヴォルテッラのように、ミケランジェロも弟子は取ったが、可能なかぎり 1 人で作業することを好んだ。彼自身の手紙が語るように、システィーナ礼拝堂のフレスコ画はほとんど彼の単独作業で、立った姿勢で描かれている。それでもミケランジェロは助手たちを脇に従え、絵具を混ぜさせたり、刷毛から昼食にいたるまで取ってこさせたりした。
23. Vasari, *Vita di Andrea del Sarto eccelentissimo pittore fiorentino*, 4:341.
24. 同上 , 395.
25. This letter, cited in Robert W. Carden, *The Life of Giorgio Vasari: A Study of the Later Renaissance in Italy* (New York: Henry Holt, 1911), 7, appears in Johann Wilhelm Gaye, *Carteggio inedito d'artisti dei secoli XIV, XV, XVI*, vol. 2 (Florence: Presso G. Molini, 1840), no. 207, pp. 278-80.
26. Gaye, *Carteggio inedito d'artisti*, no. 208, p. 282.
27. Vasari, *Vita di Baccio Bandinelli scultore fiorentino*, 5:241.
28. Leonard Barkan, *Unearthing the Past: Archaeology and Aesthetics in the Making of Renaissance Culture* (New Haven: Yale University Press, 1999).
29. *Vita di Benvenuto Cellini orefice e scultore fiorentino scritta da lui medesimo*, ed. Francesco Tassi (Florence: Guglielmo Piatti, 1829), vol. 2, chap. 18.
30. Ladis, *Victims and Villains in Vasari's* Lives, 129.
31. 同上, 113.
32. Vasari, *Vita di Baccio Bandinelli*, 5:254.
33. 同上, 241.

5　略奪と疫病

1. マキァヴェッリ『君主論』12 章。
2. Voltaire, "Ce corps qui s'appelait et qui s'appelle encore le saint empire romain n'était en aucune manière ni saint, ni romain, ni empire," in his *Essai sur l'histoire générale et sur les mœurs et l'esprit des nations* (1756), chap. 70.

30. Edgerton, *Mirror.*
31. Vasari, *Vita di Luca Signorelli*, 3:634. John Florio, *A World of Words* (1611), s.v. *Riverberare.*
32. Vasari, *Vita di Luca Signorelli*, 3:639.
33. Vasari, *Vita di Piero della Francesca dal Borgo a San Sepolcro pittore*, 3:262.
34. Vasari, *Vita di Guglielmo da Marcilla pittore franzese e maestro di finestre invetriate*, 4:217-30.
35. Tom Henry, "Centro e Periferia: Guillaume de Marcillat and the Modernisation of Taste in the Cathedral of Arezzo," *Artibus et Historiae* 15, no. 29 (1994): 55-83.
36. Vasari, *Vita di Guglielmo da Marcilla*, 4:217-18.
37. Cited in Italian by Carden, *Life of Giorgio Vasari*, 27, presumably from Ugo Scoti-Bertinelli, *Giorgio Vasari Scrittore* (Nistri, 1905), 283.
38. Vasari, *Vita di Francesco detto de' Salviati pittore fiorentino*, 5:512.

4　アレッツォからフィレンツェへ

1. Vasari, *Vita di Guglielmo da Marcilla*, 4:221.
2. "Disegnia Antonio, disegnia Antonio, disegnia e non perder tempo"（大英博物館絵画・素描部門蔵 1859,0514.818）Johannes Wilde, *Michelangelo and His Studio* (London: Britism Museum Press, 1953), 31; Nicholas Turner, *Florentine Drawings of the Sixteenth Century* (London: British Museum Press, 1986), 75.
3. Vasari, *Che cosa sia disegno*, 1:111.
4. 同上。
5. Vasari, *Descrizione dell'opere di Giorgio Vasari*, 6:369.
6. Vasari, *Che cosa sia disegno*, 1:112.
7. Vasari, *Vita di Francesco detto de' Salviati*, 5:511-12.
8. シエナ人年代史家シギスモンド・ティツィオによると、カテリーナが妊娠したのはほぼ奇跡だった。1517 年、ティツィオはロレンツィーノの局部が梅毒で「ほとんど食い荒らされている」という噂を書き留めている。Biblioteca Apostolica Vaticana, MS Chigi G. II. 38, II2v. を参照。
9. Catherine Fletcher, *The Black Prince of Florence: The Spectacular Life and Treacherous World of Alessandro de' Medici* (Oxford: Oxford University Press, 2016). 母親シモネッタ・ダ・コッレヴェッキオはローマのメディチ家の小間使いだった。アレッサンドロを身ごもったあと、メディチ家の馬丁と結婚させられ、夫との間にもう 2 人子供を産んだ。1529 年、彼女はアレッサンドロに手紙を書き、「ひどくお金に困っている」として金銭的な援助を求めている。親子は出産の後、生き別れていた。
10. Joaneath Spicer, ed., *Revealing the African Presence in Renaissance Europe* (exhibition catalog) (Baltimore: Walters Art Museum, 2012).
11. Guido Rebecchini, *Un' altro Lorenzo: Ippolito de' Medici fra Firenze e Roma (1511-1535)* (Venice: Marsilio, 2010).
12. Lauro Martines, *April Blood: Florence and the Plot against the Medici* (London: Cape, 2003).
13. Vasari, *Vita di Francesco detto de' Salviati*, 5:512.
14. 現在の住所は、Borgo San Iacopo 2r-16r.
15. 騎士団は 1522 年にロードスを追放されたばかりで、ヴィテルボに仮住まいしていた。彼ら

5. Vasari, *Vita di Lazaro Vasari Aretino pittore*, 3:294.
6. 同上。
7.「ピエロの足跡」巡りのきっかけとなったのはジョン・ポープ＝ヘネシーの *The Piero Della Francesca Trail: The Walter Neurath Memorial Lecture* (London: Thames and Hudson, 1991) である。この著作自体、*Along the Road: Notes and Essays of a Tourist* (London: Chatto and Windus, 1925) に収録されたオルダス・ハクスリーの1925年のエッセイ "The Best Picture" に触発されて生まれたものだった。両作品とも現在 *The Piero Della Francesca Trail* (New York: Little Bookroom, 2002) に収録されている。
8. Vasari, *Vita di Lazaro Vasari*, 3:295.
9. 同上, 294.
10. 同上, 293.
11. Paul Roberts, "Mass-production of Roman Finewares," in *Pottery in the Making: World Ceramic Traditions*, ed. Ian Freestone and David Gaimster (London: British Museum Press, 1997), 188-93.
12. Richard DePuma, *Etruscan and Villanovan Pottery* (Iowa City: University of Iowa Museum of Art, 1971).
13. Vasari, *Vita di Lazaro Vasari*, 3:297.
14. Salvatore Settis, "Art History and Criticism," in *The Classical Tradition*, ed. Anthony Grafton, Glenn Most, and Salvatore Settis (Cambridge: Belknap Press of Harvard University Press, 2010), 78.
15. 同上。
16. 同上。
17. Henri Zerner, *Renaissance Art in France: The Invention of Classicism* (Paris: Flammarion, 2003).
18. Vasari, *Vita di Lazaro Vasari*, 3:297.
19. Giovanni Cipriani, *Il mito etrusco nel rinascimento fiorentino* (Florence: Olschki, 1980).
20. Vasari, *Vita di Lazaro Vasari*, 3:298.
21. Letter from Giorgio Vasari in Rome to Niccolò Vespucci in Florence, 8 Feb. 1540, in *Carteggio Vasariano*, no. 36, at http://www.memofonte.it/autori/carteggio-vasariano-1532-1574.html.
22. Christiane Klapisch-Zuber, *Women, Family, and Ritual in Renaissance Italy* (Chicago: University of Chicago Press, 1985), 151.
23. *Vita di Benvenuto Cellini orefice e scultore fiorentino scritta da lui medesimo*, ed. Francesco Tassi (Florence: Guglielmo Piatti, 1829), bk. 1, chap. 87.
24. 同上。
25. Maddalena Spagnolo, "La biografia d'artista: Racconto, storia e leggenda," *Enciclopedia della Cultura Italiana*, vol. 10 (Turin: UTET, 2010), 375-93; Victoria C. Gardner Coates, "Rivals with a Common Cause: Vasari, Cellini, and the Literary Formulation of the Ideal Renaissance Artist," in David Cast, ed., *The Ashgate Research Companion to Giorgio Vasari* (Burlington, CT: Ashgate, 2014), 215-22.
26. Vasari, *Vita di Luca Signorelli da Cortona pittore*, 3:639. ヴァザーリの時代、止血に碧玉を使う方法については以下を参照。Girolamo Cardano, *De Gemmis*.
27. Vasari, *Vita di Luca Signorelli*, 3:633.
28. Samuel Y. Edgerton, *The Mirror, the Window, and the Telescope: How Renaissance Linear Perspective Changed Our Vision of the Universe* (Ithaca: Cornell University Press, 2009).
29. Leon Battista Alberti, *On Painting: A New Translation and Critical Edition*, ed. and trans. Rocco Sinisgalli (Cambridge and New York: Cambridge University Press, 2011).

原註

2　ヴァザーリ作『列伝』の読み方

1. Andrew Ladis, *Victims and Villains in Vasari's* Lives (Chapel Hill: University of North Carolina Press, 2015), 72.
2. "risuscitò et a tale forma ridusse che si potette chiamar buona," in Vasari, *Vita di Giotto*, 2:95. 本書のヴァザーリの引用はすべてイングリッド・ローランドの英訳より翻訳。元のイタリア語のテキストは1550年および1568年版のオンライン版を参照。ロッザーナ・ベッタリーニとパオラ・バロッキが編集し、出版されたのち（Florence: Sansoni [later S.P.E.S.], 1966-87）ピサ高等師範学校により http://vasari.sns.it/consultazione/Vasari/indice.html で公開されたものである。ページ番号は出版後にオンラインで公開された Bettarini-Barocchi 版による。英訳の底本は1568年版。
3. "perché da noi più tosto celeste che terrena cosa si nominasse," in Vasari, *Vita di Michelagnolo Buonarroti fiorentino, pittore, scultore et* architetto, 6:4.
4. John R. Spencer, "Cimabue," in *Encyclopadia Britannica*.
5. Vasari, *Vita di Michelagnolo*, 6:3.
6. "diletteranno e gioveranno," in Vasari, *Prefazione a tutta l'opera*, 1:29.
7. David Ekserdjian, introd. to Giorgio Vasari, *Lives of the Painters, Sculptors and Architects*, trans. Gaston du C. de Vere (New York: Knopf, Everyman Library, 1997), xv.
8. この概念は15世紀にイタリアの人文主義者であり詩人（そして極度の自己中心主義者）アンジェロ・ポリツィアーノが提唱したものである。ポリツィアーノはロレンツォ・デ・メディチの友人で、彼の息子たちに学問を教えた。『イーリアス』をラテン語に翻訳したほか、土地言葉で詩も書き、イタリア語がより高い文学的評価を得る後押しをした。
9. Ladis, *Victims and Villains in Vasari's* Lives, i.
10. 同上, ii.
11. 同上, 4.
12. Antonio Paolucci, "Angelico l'Intellettuale," *L'Osservatore Romano*, 23 April 2009, http://www.vatican.va/news_services/or/or_quo/cultura/093q05a1.html.

3　陶工から絵描きへ　ヴァザーリの祖先と最初の教師たち

1. Vasari, *Descrizione dell'opere di Giorgio Vasari, pittore e architetto aretino*, 6:369.
2. Robert W. Carden, *The Life of Giorgio Vasari: A Study of the Later Renaissance in Italy* (New York: Henry Holt, 1911), vii.
3. Pindar, *Pythian*, 10.54.
4. Eric Cochrane, *Florence in the Forgotten Centuries, 1527-1800: A History of Florence and the Florentines in the Age of the Grand Dukes* (Chicago: University of Chicago Press, 1973), 85.

———. "Vitruvius in Print and in Vernacular Translation: Fra Giocondo, Bramante, Raphael, and Cesare Cesariano." In *Paper Palaces: The Rise of the Renaissance Architectural Treatise*, edited by Peter Hicks and Vaughan Hart, 105-21. New Haven: Yale University Press, 1998.

———. *The Correspondence of Agostino Chigi in Vatican MS Chigi R.V.c: An Annotated Edition.* Vatican City: Vatican Library, 2001.

———. *The Scarith of Scornello: A Tale of Renaissance Forgery*. Chicago: University of Chicago Press, 2004.

———. *The Roman Garden of Agostino Chigi*, Groningen: The Gerson Lectures Foundation, 2005.

———. "Bramante's Hetruscan Tempietto." *Memoirs of the American Academy in Rome* 51 (2006): 225-38.

———. "Palladio e le *Tuscanicae dispositiones*." In *Palladio, 1508-2008: Il simposio del cinquecentenario*, edited by Franco Barbieri et al., 136-39. Milan: Marsilio, 2008.

Rubin, Patricia Lee. *Giorgio Vasari: Art and History*. New Haven: Yale University Press, 1995.

Ruffini, Marco. *Art without an Author: Vasari's Lives and Michelangelo's Death*. New York: Fordham University Press, 2011.

Segre, Michael. *Higher Education and the Growth of Knowledge: A Historical Outline of Aims and Tensions*. New York and London: Routledge, 2015.

Snowden, Frank. *The Conquest of Malaria, 1900-1962*. New Haven: Yale University Press, 2006.

Spagnolo, Maddalena. "La biografia d'artista: Racconto, storia e leggenda." In *Enciclopedia della Cultura Italiana*. Vol. 10. Turin: UTET, 2010. Pp. 375-93.

———. "Considerazioni in margine: Le postille alle Vite di Vasari." In *Arezzo e Vasari: Vite e Postille, Arezzo, 16-17 giugno 2005, atti del convegno*, edited by Antonino Caleca. Foligno: Cartei & Bianchi, 2007.

Spicer, Joaneath, ed. *Revealing the African Presence in Renaissance Europe*. Baltimore: Walters Art Museum, 2012. Exhibition catalog.

Talvacchia, Bette. *Taking Positions: On the Erotic in Renaissance Culture*. Princeton: Princeton University Press, 1999.

Taylor, F. H. *The Taste of Angels: A History of Art Collecting from Rameses to Napoleon*. Boston: Little, Brown, 1948.

Tucci, Ugo. "Biringucci, Vannoccio." In *Dizionario Biografico degli Italiani*, vol. 10 (1968), online at http://www.treccani.it/enciclopedia/vannoccio-biringucci_(Dizionario-Biografico)/.

Turner, Nicholas. *Florentine Drawings of the Sixteenth Century*. London: British Museum Press, 1986.

Venturi, Lionello. "Le Compagnie della Calza (sec. XV-XVII)." *Nuovo Archivio Veneto*, n.s. 16 (1908), 2:161-221; and n.s. 17 (1909), 1:140-223.

Wallace, William. "Who Is the Author of Michelangelo's Life?" In David Cast, ed., *The Ashgate Research Companion to Vasari*, 107-20.

Webb, Ruth. *Ekphrasis, Imagination and Persuasion in Ancient Rhetorical Theory and Practice*. Farnham, Surrey: Ashgate, 2009.

Wilde, Johannes. *Michelangelo and His Studio*. London: Britism Museum Press, 1953.

Woolley, Reginard Maxwell. *Coronation Rites*. Cambridge: Cambridge University Press, 1915.

Zerner, Henri. *Renaissance Art in France: The Invention of Classicism*. Paris: Flammarion, 2003.

Marani, Pietro C., and Marco Versiero. *La biblioteca di Leonardo: Appunti e letture di un artista nella Milano del Rinascimento, Guida alla Mostra*. Milan: Castello Sforzesco and Biblioteca Trivulziana, 2015.

Martines, Lauro. *April Blood: Florence and the Plot against the Medici*. London: Cape, 2003.

McClellan, Andrew. *Inventing the Louvre: Art, Politics, and the Origins of the Modern Museum in Eighteenth-Century Paris*. Berkeley: University of California Press, 1999.

Muir, Edward. *Civic Ritual in Renaissance Venice*. Princeton: Princeton University Press, 1986.

Muratori, Ludovico Antonio. *Annali dell'Italia dal principio dell'era volgare sino all'anno 1750*. Edited by Giuseppe Catalano. Florence: Leonardo Marchini, 1837.

Najemy, John. *A History of Florence, 1200-1575*. Hoboken, NJ: Wiley-Blackwell, 2006.

———, ed. *Italy in the Age of the Renaissance, 1300-1550*. Oxford: Oxford University Press, 2010.

Origo, Iris. *The Merchant of Prato: Francesco di Marco Datini, 1335-1410*. New York: Knopf, 1957.

Panofsky, Erwin. "Reality and Symbol in Early Netherlandish Painting: 'Spiritualia sub Metaphoris Corporalium.'" In *Early Netherlandish Painting: Its Origins and Character*, 131-48. Cambridge: Harvard University Press, 1964.

Paolucci, Antonio. "Angelico l'Intellettuale." *L'Osservatore Romano*, 23 April 2009, http://www.vatican.va/news_services/or/or_quo/cultura/093q05a1.html.

Parenti, Daniela. "Nardo di Cione." In *Dizionario Biografico degli Italiani*, vol. 77 (2012), online at http://www.treccani.it/enciclopedia/nardo-di-cione_(Dizionario-Biografico)/.

Pegazzano, Donatella, Demetrios Zikos, and Allan Chong, eds. *Raphael, Cellini, and a Renaissance Banker: The Patronage of Bindo Altoviti*. Boston: Isabella Stewart Gardner Museum, 2003.

Pierguidi, Stefano. "Sulla fortuna della 'Giustizia' e della 'Pazienza' del Vasari."*Mitteilungen des Kunsthistorischen Institutes in Florenz* 51, nos. 3-4 (2007): 576-92.

Pon, Lisa. "Rewriting Vasari." In David Cast, ed., *The Ashgate Research Companion to Giorgio Vasari*, 261-76.

Pope-Hennessey, John. *The Piero Della Francesca Trail: The Walter Neurath Memorial Lecture*. London: Thames and Hudson, 1991. Reprinted together with Aldous Huxley's "The Best Picture," in *The Piero Della Francesca Trail*. New York: Little Bookroom, 2002.

Price Zimmerman, T. C. *Paolo Giovio: The Historian and the Crisis of Sixteenth-Century Italy*. Princeton: Princeton University Press, 1995.

Quartieri, Franco. *Benvenuto da Imola: Un moderno antico commentatore di Dante*. Ravenna: Longo, 2001.

Rebecchini, Guido. *Un altro Lorenzo: Ippolito de' Medici fra Firenze e Roma (1511-1535)*. Venice: Marsilio, 2010.

Roberts, Paul. "Mass-production of Roman Finewares." In *Pottery in the Making: World Ceramic Traditions*, edited by Ian Freestone and David Gaimster, 188-93. London: British Museum Press, 1997.

Robertson, Clare. *"Il Gran Cardinale": Alessandro Farnese and the Arts*. New Haven: Yale University Press, 1994.

Rowland, Ingrid D. *The Culture of the High Renaissance: Ancients and Moderns in Sixteenth-Century Rome*. New York: Cambridge Unversity Press, 1998.

s.v. Leonardo da Vinci, accessed 7 Jan. 2016, http://picus.unica.it/documenti/LdV_biblioteche_dei_filosofi.pdf, pp. 1-13.

Gaisser, Julia Haig. *Pierio Valeriano on the Ill Fortune of Learned Men: A Renaissance Humanist and His World*. Ann Arbor: University of Michigan Press, 1999.

Gaston, Robert. "Love's Sweet Poison: A New Reading of Bronzino's London 'Allegory.'" *I Tatti Studies in the Italian Renaissance* 4 (1991): 249-88.

Gehl, Paul F. *A Moral Art: Grammar, Society, and Culture in Trecento Florence*. Ithaca: Cornell University Press, 1993.

Goffen, Rona. *Renaissance Rivals: Michelangelo, Leonardo, Raphael, Titian*. New Haven: Yale University Press, 2002.

Grafton, Anthony, Glenn Most, and Salvatore Settis, eds. *The Classical Tradition* Cambridge: Belknap Press of Harvard University Press, 2010.

Haskell, Francis, and Nicholas Penny, *Taste and the Antique: The Lure of Classical Sculpture, 1500-1900*, New Haven: Yale University Press, 1982.

Henry, Tom. "Centro e Periferia: Guillaume de Marcillat and the Modernisation of Taste in the Cathedral of Arezzo." *Artibus et Historiae* 15, no. 29 (1994): 55-83.

Hibbert, Christopher. *The Rise and Fall of the House of Medici*. Harmondsworth: Allen Lane (Penguin), 1974.

Higgins, Dick. *Pattern Poetry: Guide to an Unknown Literature*. Albany: State University of New York Press, 1987.

Hochmann, Michel. "Les annotations marginales de Federico Zuccari à un exemplaire des "Vies" de Vasari: La reaction anti-vasarienne à la fin du XVIe siècle." *Revue de l'Art*, no. 80 (1988): 64-71.

Jones, Jonathan. *The Lost Battles: Leonardo, Michelangelo, and the Artistic Duel That Defined the Renaissance*. New York: Knopf, 2012.

Kahr, Madlyn. "Titian's Old Testament Cycle." *Journal of the Warburg and Courtauld Institutes* 29 (1966): 193-205.

Karmon, David. *The Ruin of the Eternal City: Antiquity and Preservation in Renaissance Rome*. Oxford: Oxford University Press, 2011.

Kennedy, George. *A New History of Classical Rhetoric*. Princeton: Princeton University Press, 1994.

Kirshner, Julius. "Family and Marriage." In *Italy in the Age of the Renaissance, 1300-1550*, edited by John Najemy, 82-102. Oxford: Oxford University Press, 2010.

Klapisch-Zuber, Christiane. *Women, Family, and Ritual in Renaissance Italy*. Chicago: University of Chicago Press, 1985

Kroke, Antonella Fenech. "Un théâtre pour *La Talanta*: Giorgio Vasari, Pietro Aretino, et l' *apparato* de 1542." *Révue de l'Art* 168 (2010-12): 53-64.

Ladis, Andrew. *Victims and Villains in Vasari's* Lives. Chapel Hill: University of North Carolina Press, 2015.

Ladis, Andrew, and Carolyn Wood, eds. *The Craft of Art: Originality and Industry in the Italian Renaissance and Baroque Workshop*. Athens: University of Georgia Press, 1995.

Land, Norman E. "Giotto as Apelles." *Notes in the History of Art* 24, no. 3 (Spring 2005): 6-9.

———. *The Homes of Giorgio Vasari*. London: Peter Lang, 2006.
———. *Giorgio Vasari: Artistic and Emblematic Manifestations*. Washington, DC: New Academia, 2011.
———. "Giorgio Vasari's Portrait of Lorenzo the Magnificent: A Ciceronian Symbol of Virtue and a Machiavellian Princely Conceit." *Iconocrazia*, Jan. 2012, accessed 4 Oct. 2014, http://www.iconocrazia.it/archivio/00/02.html.
———. *Giorgio Vasari's Prefaces: Art and Theory*. London: Peter Lang, 2012.
Chieppi, Sergio. *I servizi postali dei Medici dal 1500 al 1737*. Fiesole: Servizio Editoriale Fiesolana, 1997.
Cipriani, Giovanni. *Il mito etrusco nel rinascimento fiorentino*. Florence: Olschki, 1980.
Coates, Victoria C. Gardner, "Rivals with a Common Cause: Vasari, Cellini, and the Literary Formulation of the Ideal Renaissance Artist." In David Cast, ed., *The Ashgate Research Companion to Giorgio Vasari*, 215-22.
Cochrane, Eric. *Florence in the Forgotten Centuries, 1527-1800: A History of Florence and the Florentines in the Age of the Grand Dukes*. Chicago: University of Chicago Press, 1973.
Conley, T. M. *Rhetoric in the European Tradition*. Chicago: University of Chicago Press, 1990.
Coryat, Thomas. *Coryat's Crudities*. London, 1611. Accessed via online archival edition at http://archive.org/stream/cu31924014589828/cu31924014589828_djvu.txt.
Cox-Rearick, Janet. *Bronzino's Chapel of Eleonora in the Palazzo Vecchio*. Berkeley: University of California Press, 1993.
Curran, Brian. *The Egyptian Renaissance: The Afterlife of Egypt in Early Modern Italy*. Chicago: University of Chicago Press, 2007.
Dacos, Nicole. *La découverte de la Domus Aura et la formation des grotesques à la Renaissance*. London: Warburg Institute, 1969.
De Jong, Jan. *The Power and the Glorification: Papal Pretensions and the Art of Propaganda in the Fifteenth and Sixteenth Centuries*. College Park: Pennsylvania State University Press, 2013.
DePuma, Richard. *Etruscan and Villanovan Pottery: A Catalogue of Italian Ceramics from Midwestern Collections*. Iowa City: University of Iowa Museum of Art, 1971.
Descendre, Romain. "La biblioteca di Leonardo." In *Atlante della letteratura italiana*, edited by Sergio Luzzatto, Gabriele Pedullà, and Amedeo De Vincentiis, vol. 1, 592-95. Turin: Einaudi, 2010.
Edgerton, Samuel Y. *The Mirror, the Window, and the Telescope: How Renaissance Linear Perspective Changed Our Vision of the Universe*. Ithaca: Cornell University Press, 2009.
Ekserdjian, David. Introduction to *Lives of the Painters, Sculptors, and Architects*, by Giorgio Vasari. Translated by Gaston du C. de Vere. New York: Knopf, Everyman Library, 1997.
Fletcher, Catherine. *The Black Prince of Florence: The Spectacular Life and Treacherous World of Alessandro de' Medici*. Oxford: Oxford University Press, 2016.
Fornaciari, Ginoi, Angelica Vitiello, Sara Giusiani, Valentina Giuffra, Antonio Fornaciari, and Natale Villari. "The Medici Project: First Anthropological and Paleopathological Results," accessed 17 Aug. 2015, http://www.paleopatologia.it/articoli/aticolo.php?recordID=18.
Frosini, Fabio. "La biblioteca di Leonardo da Vinci." In Scuola Normale di Pisa/Università di Cagliari, *Biblioteche dei filosofi: Biblioteche filosofiche private in età moderna e contemporanea*,

Barbieri, Costanza. *Le "magnificenze" di Agostino Chigi: Collezioni e passioni antiquarie nella Villa Farnesina*. Rome: Accademia dei Lincei, 2014.

Barkan, Leonard. *Unearthing the Past: Archaeology and Aesthetics in the Making of Renaissance Culture*. New Haven: Yale University Press, 1999.

Barolsky, Paul. *Why Mona Lisa Smiles and Other Tales by Vasari*. University Park: Pennsylvania State University Press, 1991.

———. *Giotto's Father and the Family of Vasari's Lives*. University Park: Pennsylvania State University Press, 1992.

———. "The Artist's Hand." In *The Craft of Art: Originality and Industry in the Italian Renaissance and Baroque Workshop*. Edited by Andrew Ladis and Carolyn Wood, 5-24. Athens: University of Georgia Press, 1995.

———. "Vasari and the Historical Imagination." *Word and Image* 15 (1999): 286-91.

———. "What Are We Reading When We Read Vasari?," *Source: Notes in the History of Art* 22, no. 1 (2002): 33-35.

———. *Michelangelo's Nose: A Myth and Its Maker*. University Park: Pennsylvania State University Press, 2007.

———. *A Brief History of the Artist from God to Picasso*. University Park: Pennsylvania State University Press, 2010.

Barzman, Karen-Edis. *The Florentine Academy and the Early Modern State: The Discipline of* Disegno. Cambridge and New York: Cambridge University Press, 2000.

Biringucci, Vannoccio. *The Pirotechnia of Vannoccio Biringuccio*. Translated by Cyril Stanley-Smith and Martha Teach Gnudi. New York: American Institute of Mining and Metallurgical Engineers, 1942.

Blum, Gerd. *Giorgio Vasari: Der Erfinder der Renaissance: Eine Biographie*, Munich: C. H. Beck, 2011.

Brisson, Luc. *How Philosophers Saved Myths: Allegorical Interpretation and Classical Mythology*. Translated by Catherine Tihanyi. Chicago: University of Chicago Press, 2004.

Brock, Maurice. *Bronzino*. Paris: Taschen, 2002.

Brooks, Julian. *Taddeo and Federico Zuccaro:* Artist-Brothers *in Renaissance Rome*. Los Angeles: Getty Publications, 2007.

Carden, Robert W. *The Life of Giorgio Vasari: A Study of the Later Renaissance in Italy*. New York: Henry Holt, 1911.

Cast, David. *The Delight of Art: Giorgio Vasari and the Traditions of Humanist Discourse*. University Park: Pennsylvania State University Press, 2009.

———, ed. *The Ashgate Research Companion to Giorgio Vasari*. Burlington, CT: Ashgate, 2014.

Celetti, Alessio, "Autorappresentazione e la Riforma: Gli affreschi della Sala Regia vaticana," *Eurostudium*, Jan.-March 2013, accessed 4 Oct. 2015, http://www.eurostudium.uniroma1.it/rivista/monografie/Celletti%20pronto.pdf.

Charney, Noah. *Stealing the Mystic Lamb: The True Story of the World's Most Coveted Masterpiece*. New York: PublicAffairs, 2010.

Cheney, Liana de Girolami. *Vasari's Teachers: Sacred and Profane Art*. London: Peter Lang, 2006.

参考文献

一次資料

Boccaccio, Giovanni. *Decameron.*

———. *Genealogia Deorum Gentilium.*

Bottari, Giovanni Gaetano, *Raccolta di Lettere sulla Pittura, Scultura e Architettura Scritte da' più celebri personaggi dei secoli XV, XVI, e XVII pubblicata da M. Gio. Bottari e continuata fino ai nostri giorni da Stefano Ticozzi* (Rome: Pagliarini, 1757; Milan: Silvestri, 1822).

Cellini, Benvenuto. *Vita di Benvenuto Cellini orefice e scultore fiorentino scritta da lui medesimo.* Edited by Francesco Tassi. Florence: Guglielmo Piatti, 1829.

———. *Autobiography.* Translated by John Addington Symonds. New York: Appleton, 1904.

Dante Alighieri. *Divina Commedia.*

Gaye, Johann Wilhelm. *Carteggio inedito d'artisti dei secoli XIV, XV, XVI.* Florence: Presso G. Molini, 1840.

Lapini, Agostino. *Diario Fiorentino di Agostino Lapini dal 252 al 1596.* Edited by Giuseppe Odoardo Corazzini. Florence: Sansoni, 1900.

Petrarch. *Epistolae Familiares.*

Scoti-Bertinelli, Ugo. *Giorgio Vasari scrittore.* Nistri, 1905.

Varchi, Benedetto. *Storia fiorentina di Messer Benedetto Varchi.* Cologne: Pietro Martello, 1721.

Vasari, Giorgio. *Giorgio Vasari: Der literarische Nachlass.* Edited by Karl Frey and Herman-Walther Frey. 3 vols. Munich: Georg Müller, 1923-40. Edited and put online by the Fondazione Memofonte, Florence, at http://www.memofonte.it/autori/carteggio-vasariano-1532-1574.html. [Cited as *CV.*]

———. *Le Opere di Giorgio Vasari pittore e architetto.* Edited by Stefano Audin. (Étienne Audin de Rians). 9 vols. Florence: David Passigli e Socj, 1838.

———. *Vite dei più eccellenti pittori, scultori, ed architettori.* Edited by Rosanna Bettarini and Paola Barocchi. Florence: Sansoni [later S.P.E.S.], 1966-87. Put online by the Scuola Normale Superiore di Pisa, at http://vasari.sns.it/consultazione/Vasari/indice.html.

———. *Le opere di Giorgio Vasari,* ed. Gaetano Milanesi, 9 Vols., Florence: Sansoni, 1881.

二次資料

Alberti, Leon Battista. *On Painting: A New Translation and Critical Edition.* Edited and translated by Rocco Sinisgalli. Cambridge and New York: Cambridge University Press, 2011.

Alfani, Guido. *Calamities and the Economy in Renaissance Italy: The Grand Tour of the Horsemen of the Apocalypse.* London: Palgrave Macmillan, 2013.

口絵クレジット

p.1 上 *The Sala dei Cinquecento*: Scala / Art Resource, NY.
下 Battle of Anghiari *black chalk and pen sketch by Rubens* : Photo: Michèle Bellot. Louvre [Museum], Paris, France.
p.2 上 *A study for the never-executed* Battle of Cascina *fresco* : Gabinetto dei Disegni e delle Stampe, Uffizi, Florence, Italy.
下 *Sala dei Cinquecento sketch* : Gabinetto dei Disegni e delle Stampe, Uffizi, Florence, Italy.
p.3 上 *The fresco by Vasari in which a clue is concealed* : Photo: Raffaello Bencini. Salone dei Cinquecento, Palazzo Vecchio, Florence, Italy.
下 *Detail of soldiers in battle with the inscription CERCA TROVA on a banner* : Photo: Raffaello Bencini. Salone dei Cinquecento, Palazzo Vecchio, Florence, Italy.
p.4 上 *A self-portrait by Vasari* : Scala / Art Resource, NY.
下 *Vasari's studio at his home in Florence* : Casa del Vasari, Florence, Italy.
p.5 上 *Vasari portrayed his onetime schoolmate* : Uffizi, Florence, Italy.
下 *Vasari's painting of Saint Luke* : Scala / Art Resource, NY.
p.6 上 *Cosimo de' Medici, as portrayed by Bronzino* : Uffizi, Florence, Italy.
下 *Raphael's most famous fresco*, School of Athens: Stanza della Segnatura, Stanze di Raffaello, Vatican Palace.
p.7 上 *Portrait by Bronzino of Eleonora di Toledo with Giovanni* : Uffizi, Florence, Italy.
下 *Vasari's posthumous portrait of Lorenzo* : Uffizi, Florence, Italy.
p.8 上右 *The title page of Lives* : Biblioteca B. 2898.1-2. Casa Buonarroti, Florence, Italy.
上左 *The frontispiece of the first edition of Vasari's* Lives: Photo: Sergio Anelli. Biblioteca Nazionale, Florence, Italy.
下 *Bronzino's* Allegory of Love and Lust: National Gallery, London, Great Britain.

カバー装画 *Vasari's painting of Saint Luke* : Scala / Art Resource, NY.

装丁◎宮川和夫
監修◎和栗珠里（桃山学院大学教授）

【著者紹介】

イングリッド・ローランド　Ingrid Rowland

ポモナ大学卒業、ブリンマー大学大学院修了。専門はイタリア美術史、建築史、西洋古典学。現在ノートルダム大学建築学部教授。2009年、*Giordano Bruno, Philosopher/ Heretic*で、優れたイタリア文化史の書籍に贈られるヘレン＆ハワード・R・マッラーロ賞を受賞。その他に*The Culture of the High Renaissance: Ancients and Moderns in Sixteenth-Century Rome*などの著書がある。

ノア・チャーニー　Noah Charney

アメリカ・コネチカット州生まれ。コルビー大学卒業後、コートールド美術研究所とケンブリッジ大学で美術史の修士号を取る。その後、スロベニアに移り、リュブリャナ大学で建築学の博士号を取得。2007年には美術犯罪についての小説『名画消失』（早川書房）を出版。その他にもAssociation for Research into Crimes against Artを設立するなど、幅広く活躍。

【訳者紹介】

北沢あかね（きたざわ・あかね）

早稲田大学文学部卒業。翻訳家。主な訳書に『天使の鐘』（柏書房）『偽りのレベッカ』『死者は眠らず』『インフォメーショニスト』『ドールマン』『殺人小説家』『ブルー・ブラッド』（以上、講談社）『トップ・プロデューサー ウォール街の殺人』（小学館）『夜明けが来るまで見られてる』（ヴィレッジブックス）などがある。

「芸術《げいじゅつ》」をつくった男《おとこ》

二〇一八年八月十七日　第一刷発行

著　者　イングリッド・ローランド／ノア・チャーニー
訳　者　北沢あかね
発行者　富澤凡子
発行所　柏書房株式会社
東京都文京区本郷二―一五―一三（〒一一三―〇〇三三）
電話（〇三）三八三〇―一八九一（営業）
（〇三）三八三〇―一八九四（編集）
組　版　株式会社キャップス
印刷・製本　中央精版印刷株式会社

ISBN978-4-7601-5025-0